Kriminalgeschichten aus drei Jahrhunderten

Ausgewählt und herausgegeben
von Armin Arnold

Philipp Reclam jun. Stuttgart

Universal-Bibliothek Nr. 9919 [5]

Satz: C. H. Beck'sche Buchdruckerei Nördlingen
Herstellung: Reclam Stuttgart
Printed in Germany 1980
ISBN 3-15-009919-6

Vorwort

1

Im Leben und in der Literatur wimmelt es von Verbrechen und Verbrechern. Wie im Falle aller Gruppen literarischer Protagonisten kann man auch die literarischen Verbrecher in »gute« und »schlechte« einteilen. Die »guten« Verbrecher genießen die Sympathie des Lesers, die »schlechten« erregen seine Abneigung. Die Picaros der spanischen Schelmenromane sind die Ahnherren von A. J. Raffles (E. W. Hornung) und Arsène Lupin (Maurice Leblanc), den beiden hervorragenden Repräsentanten der »guten« Gesetzesbrecher in den Jahren um und nach der Jahrhundertwende.
Nicht jeder, der sich an die staatlichen Gesetze hält, ist gut; und nicht jeder, der diese Gesetze bricht, ist schlecht. Wenn der Held im Wildwestroman die Schurken ohne Rücksicht auf gesetzliche Formalitäten niederschießt, dann freut sich der Leser gewöhnlich. Hätte Raffles in der hier abgedruckten Erzählung den Pfandleiher umgebracht – er wäre unserer Sympathie ebenso sicher gewesen. Glaubt man heute überhaupt noch an die Gerechtigkeit der Gesetze oder der Gesetzesvertreter? In der Literatur nur noch selten. Simenons Commissaire Maigret ist wohl einer der integersten Staatsdiener der Weltliteratur, aber mehr als einmal läßt er einen Mörder laufen; sein privates Gerechtigkeitsgefühl gilt ihm mehr als das Gesetzbuch. Viele Amerikaner empfinden heute noch Freude, wenn es einer Gruppe von Dieben gelingt, eine Bank auszurauben, ohne dafür bestraft zu werden. Von einem amerikanischen Sheriff oder Staatsanwalt erwarten wir alles andere als Gerechtigkeit. Erle Stanley Gardners Perry Mason zum Beispiel kämpft nicht in erster Linie gegen Verbrecher, sondern gegen die Polizisten und die Staatsanwälte. Der

kalifornische Sheriff ist ein politischer Angestellter; um gewählt zu werden, muß er den einflußreichen Leuten gehorchen. In zweiter Linie muß er, sofern es sich bei den Schuldigen nicht um Mitglieder des Establishment handelt, die Mörder zur Strecke bringen. Findet er die richtigen nicht, dann bleibt ihm nichts anderes übrig, als Leute zu verhaften und zu »überführen«, von denen er genau weiß, daß sie unschuldig sind. Die amerikanische Skepsis den staatlichen Gesetzen und den Hütern dieser Gesetze gegenüber hat sich von Hammett, Chandler und Ross Macdonald auf die sozialkritischen jungen deutschen Krimiautoren vererbt, zum Beispiel auf Michael Molsner und -ky.

2

Das Verbrechen fasziniert die meisten von uns, vor allem die Phantasiebegabten und die Klugen; deshalb auch die vielen Universitätsprofessoren, die Krimis schreiben und lesen. Für die meisten Menschen scheint der Haß ein wichtigeres und langlebigeres Phänomen zu sein als etwa die Liebe. Wie gerne würde man sich an gewissen Leuten rächen! »Umbringen sollte man sie – man hätte der Welt einen Gefallen getan!« Aber was dann, wenn man dabei erwischt wird? »Das Verbrechen lohnt sich nicht!« Man läßt es also in Wirklichkeit, dafür schreibt und liest man es auf dem Papier. Mit Begeisterung wurden 1734 die ersten Bände des *Pitaval* aufgenommen. Seither »genießen« wir regelmäßig Berichte über Verbrechen in Büchern, Zeitungen, Zeitschriften, am Radio und im Fernsehen. Noch heute schlagen viele Zeitungsleser zuerst die Rubrik »Unglücksfälle und Verbrechen« auf. Nicht anders als damals denkt man: »Schrecklich, diese Marquise von Brinvillier!« Man diskutiert ihren (oder einen anderen) Fall als abschreckendes Exempel. Aber im Grunde würde man gerne den einen oder andern vergiften oder wenigstens vergiftet sehen.

3

Es gibt gewisse Perioden, während deren der sonst skeptische Leser eher bereit ist, an den guten Willen der Gesetzeshüter zu glauben. In Schillers *Verbrecher aus verlorener Ehre* besaß noch der Verbrecher das sicherste Gerechtigkeitsgefühl. Später hingegen, etwa zwischen 1880 und 1910, brachte man in der deutschen Literatur den Polizisten einiges Vertrauen entgegen – bedeutend mehr als etwa in den Jahren seit 1970. Oder blicken wir nach England: Die ersten Detektive Londons, die Bow-Street-Runners, spielen in der Literatur der Zeit eine traurige Rolle; es sind Erpresser, Betrüger, Schwindler, die für Geld ihre Seele verkaufen. Charles Dickens hat ihnen ein negatives Denkmal gesetzt (z.B. in *Oliver Twist*). Und was hielt Victor Hugo von den staatlichen Polizisten in Frankreich? Man denke nur an seinen hassenswerten Detektiv Javert, der es sich zur Lebensaufgabe macht, den herzensguten Jean Valjean zu verfolgen *(Les Misérables)*. Kein Wunder, daß – von einer Ausnahme abgesehen – die ersten positiven literarischen Detektive Amateur- und Privatdetektive waren. Diese eine Ausnahme ist »Richmond«.

4

Bisher galt Edgar Allan Poes Erzählung *The Murders in the Rue Morgue* (1841) als erste Detektivgeschichte. Diese Annahme hat E. F. Bleiler 1976 widerlegt, als er einen Reprint von *Richmond: Scenes in the Life of a Bow Street Runner* (1827) herausbrachte. Richmond er-

zählt in der Ich-Form, wie er – als »Angestellter« (das Wort »Detektiv« gab es damals noch nicht) des Kriminalgerichts an der Londoner Bow Street – fünf Fälle löst. Der erste erscheint in diesem Band. Im zweiten Fall ist Richmond einer Bande von Leichenräubern auf der Spur, im dritten geht es um betrügerische Heiraten, Pferderennen und um Schmuggel. Der vierte Fall ist komisch; im fünften treten einige der schlimmsten Gauner der Weltliteratur auf – darunter eine Dame, die es an Schönheit, Verderbtheit und Ruchlosigkeit sogar mit Patrick Quentins weiblichen Ungeheuern aufnehmen kann. Richmond behandelt nicht nur bereits die Lieblingsthemen der späteren englischen Krimiliteratur, sondern es geht schon im Detail so zu wie später bei Sherlock Holmes. Der Detektiv wartet, bis Hilfesuchende kommen, oder bis der Richter ihn ruft und einem Klienten vorstellt. Sobald Richmond die Hilfesuchenden erblickt, versucht er, von äußeren Zeichen abzuleiten, wer sie sind und was für ein Problem sie zu ihm treibt.
Richmond ist zwar ein Gerichtsangestellter, aber er darf auch private Fälle annehmen, und er lebt zur Hauptsache von Belohnungen, die er von privater Seite erhält. In Poes drei Erzählungen um den genialen Amateurdetektiv C. Auguste Dupin erzählt ein Freund Dupins in der Ich-Form. Dieser Freund ist nicht der Klügsten einer; um so mehr bewundert er die Intelligenz Dupins und vermittelt diese Bewunderung dem Leser. Während Richmond ständig unterwegs ist, sitzt Dupin in der Regel zu Hause und läßt sein Gehirn arbeiten. Die hier aufgenommene Erzählung ist die einzige, in der sich Dupin persönlich aufmachen muß – um nämlich den gefährlichen Brief zu finden.
Auch im Falle von Arthur Conan Doyle, von R. Austin Freeman und von T. S. Stribling erzählt jeweils ein Freund des Detektivs, der dem Meister geistig unterlegen ist. Dumm sind diese Dr. Watsons schon deshalb,

weil sie auch nach dem 20. Fall des Detektivs nichts gelernt haben. Immer noch sind sie davon überzeugt, daß ihr Detektiv unrecht hat, sie selbst aber im Recht sind, daß ihr Detektiv Fehler auf Fehler begeht. Wenn der Detektiv dann am Ende doch zum 21. Mal recht gehabt hat, fallen sie aus allen Wolken wie beim ersten Mal. Auch Jacques Futrelles Professor Van Dusen hat einen Begleiter, den Journalisten Hutchinson Hatch, der sowohl Intelligenz als auch Ironie besitzt – eine Ausnahme also, von der bezeichnenderweise in der dritten Person erzählt wird.

Sherlock Holmes ist ein Genie, Freemans Dr. Thorndyke ebenfalls; dazu ist Thorndyke Gerichtsmediziner und mit den letzten technischen Raffinessen auf dem Gebiete der wissenschaftlichen Kriminologie vertraut. Professor S. F. X. Van Dusen, genannt »The Thinking Machine«, ist eine weitere Steigerung; sein zerebraler Super-Computer hinter der hohen Stirn ist unübertroffen. Dr. Poggioli besitzt alles, was seine Vorgänger besessen haben, dazu ist er aber auch noch psychologisch geschult – er ist Doktor der Medizin und der Psychologie und Professor für Kriminologie und Psychologie.

5

Als die Detektivgeschichte im rein Kombinatorischen und Wissenschaftlichen steckenzubleiben drohte und die Detektive ihre Fälle nur noch vom Sofa aus lösten, besann man sich in den USA darauf, daß das wirkliche Verbrechen oft eine blutige Sache sei, wobei der Verbrecher gegen den Detektiv sogar handgreiflich werden könne. Aus solchen Überlegungen heraus entstand nach 1920 in Kalifornien die »harte Schule«, zu der vor allem Hammett, Chandler und Ross Macdonald gehören. Ihre Detektive sind lange nicht mehr so klug wie Dupin, Holmes, Thorndyke, Van Dusen und Poggioli.

Es sind hartgesottene (›hard-boiled‹) Einzelgänger, die eher zu wenig als zu viel denken. Tapfer und unvorsichtig marschieren sie auf die Drachen der Unterwelt los und werden gewöhnlich zuerst einmal fertiggemacht. Das führt dazu, daß Leser und Detektiv beginnen, die Bösewichte zu hassen und ihnen alles Schlechte zu wünschen. Gegen Ende kommt dann die Stunde der Erleichterung, wo Detektiv und Leser den Revolver zükken und Rache üben dürfen. Diese »tough guy detectives« sind nach außen hin einsame, unsentimentale Menschen, aber innerlich sind sie Gerechtigkeitsapostel, Schutzengel der Verfolgten, die Heiligen unserer Tage.

Die Wirklichkeit hat heute die blutigsten Romane und Novellen Hammetts überholt. Gegen den internationalen Terrorismus oder gegen sonstige Verbrechen auf multinationaler Ebene sind die Archers und Marlowes machtlos; da haben höchstens noch Märchenfiguren wie James Bond Erfolg. Aber deswegen ist der Krimi noch lange nicht tot. Schon Friedrich Glauser hat seine Romane und Erzählungen mit einem guten Schuß Sozialkritik versehen. Ross Macdonalds Archer-Romane sind eine kritische Comédie humaine der kalifornischen Gesellschaft des 20. Jahrhunderts. In diesem Sinne betrachtet auch -ky die bundesrepublikanische Szene und hat Erfolg damit. Er scheint den Rat zu befolgen, den Dürrenmatt dem Schriftsteller gibt, der unbelästigt bleiben will, nämlich Kunst zu machen, »wo sie niemand vermutet«, z. B. »indem er Kriminalromane schreibt«.

Armin Arnold

FRANÇOIS GAYOT DE PITAVAL

Geschichte der Marquise von Brinvillier

Marie Margarethe von Aubray war die Tochter des Herrn Drogo von Aubray, Zivilleutnant beim Chatelet zu Paris. Sie vermählte sich im Jahr 1651 mit dem Marquis von Brinvillier, dem Sohn des Herrn Gobelin, eines reichen Präsidenten bei der Rechnungskammer. Beide waren in Rücksicht auf Stand und Vermögen sich gleich. Der Marquis hatte ein jährliches Einkommen von 30000 Livres; seine Gemahlin erhielt eine Mitgabe von 200000 Livres und hatte die Hoffnung auf ein beträchtliches Erbe, das sie nach ihres Vaters Tod mit einer Schwester und zwei Brüdern zu teilen hatte. Reichtum war aber nicht der einzige Vorzug der Marquise. Sie war von der Natur nicht weniger als von dem Glück begünstigt. Bei einem Wuchs von mittelmäßiger Länge hatte sie ein rundes, freundliches Gesicht, in welchem sich Anmut mit Regelmäßigkeit der Züge und mit dem Ausdruck einer ganz reinen, leidenschaftsfreien Seele vereinigte, um ihm den höchsten Reiz zu geben. Diese in allen ihren Zügen herrschende Ruhe, der echte Widerschein eines unbefangenen, arglosen Gemütes, gewann ihr das Zutrauen aller, mit welchen sie umging, während ihre Schönheit die Herzen aller fesselte.

Ihr Verführer ward ein gewisser Herr Gedin, der sich von Sainte-Croix nannte und Hauptmann bei dem Kavallerieregiment Trossi war. Der Marquis von Brinvillier, der als Oberst bei dem Regiment von Normandie stand, machte seine Bekanntschaft im Felde.

Dieser Sainte-Croix war einer von den Glücksrittern, die, weil sie selbst nichts haben, alles fremde Gut als ihr Eigentum behandeln. Man sprach sehr verdächtig von seiner Herkunft. Man wußte, daß er zu Montauban geboren sei; allein man zweifelte, ob er von einer guten

Familie abstamme oder ein unechtes Kind aus einem vornehmen Hause sei. Das Glück hatte ihn nicht sehr begünstigt, aber die Natur war freigebiger gegen ihn gewesen. Er hatte ein einnehmendes, geistvolles Gesicht, das ihm leicht Vertrauen und Zuneigung verschaffte, und besaß diejenige glückliche Geschmeidigkeit des Geistes, die jede Gestalt mit gleicher Leichtigkeit annimmt und mit ebender Fertigkeit die Rolle des Andächtigen spielt, mit der sie ein Bubenstück ausführt. Er war empfindlich gegen Beleidigungen, reizbar gegen das andre Geschlecht bis zur Leidenschaft und eifersüchtig in der Liebe bis zur Raserei – selbst bei Personen, welche ihr öffentliches Gewerbe zu Freiheiten berechtigte, die ihm nicht unbekannt sein konnten. Bei einem unbegrenzten Hang zur Verschwendung von allen Hilfsmitteln entblößt, war er jeder Schandtat fähig, wodurch er etwas zu gewinnen hoffte. Einige Jahre vor seinem Tode fing er an, den Frömmling zu spielen, und er soll sogar Andachtsbücher in dieser Periode geschrieben haben. Er sprach von Gott wie ein Prophet, während er ihm wie ein Baalspfaffe diente, und gab sich unter dieser Maske, die er nur im Kreise seiner vertrautesten Freunde abnahm, das Ansehen eines ganz frommen Menschen, während er Urheber und Mitverschworener der ungeheuersten Verbrechen war.

Der Aufmerksamkeit eines solchen Menschen konnte der Marquis von Brinvillier nicht entgehen, der bei einem auszeichnenden Hang zum Vergnügen einen starken Aufwand machte. Reize genug für Sainte-Croix, um seine Angel nach ihm auszuwerfen! Es konnte ihm auch nicht fehlen, sich bald genug in seine Gunst einzuschmeicheln. Sobald der Feldzug geendigt war, führte ihn der Marquis selbst in seinem Hause ein. Der Freund des Mannes wurde bald der Liebhaber der Frau, und seine Grundsätze fanden Eingang mit der Neigung, die er einzuflößen wußte. Der Marquis, selbst zu sehr zerstreut, um auf die Schritte seiner Gemahlin achtzuge-

ben, war ganz unbesorgt wegen ihrer Aufführung, und die beiden Liebenden hatten freie Hand zu tun, was sie wollten.
Der Marquis brachte endlich sein Hauswesen in solche Zerrüttung, daß es seiner Gemahlin verstattet wurde, ihr Vermögen zurückzunehmen und für sich zu verwalten. Durch diesen letzten Schritt glaubte sie sich berechtigt, alle weiteren Rücksichten aus den Augen zu setzen und sich ihrer Neigung ohne Zwang zu überlassen.
Man sprach bald ganz laut über ihren Umgang mit Sainte-Croix. Der Marquis hörte es mit der größten Gleichgültigkeit. Allein Herr von Aubray, für die Ehre seiner Tochter mehr als ihr Gemahl besorgt, wirkte einen Verhaftbefehl wider ihren Liebhaber aus und ließ ihn ganz unvermutet, da er eben mit der Marquise im Wagen saß, gefangennehmen. Er wurde auf ein ganzes Jahr in die Bastille gebracht.
Unglücklicherweise gab ihm diese Gefangenschaft selbst das schrecklichste Mittel zur Rache in die Hand. Er machte in der Bastille die Bekanntschaft eines gewissen Exili, eines geborenen Italieners, der ihn noch mehr zur Rache anfeuerte und ihn zugleich die Mittel lehrte, sie ungestraft zu vollführen. Die Franzosen, sagte er, gehen bei ihren Verbrechen viel zu ehrlich zu Werke und wissen auch ihre Rache so wenig geschickt auszuführen, daß sie immer selbst das Opfer derselben werden. Sie führen den Streich auf ihren Feind mit so viel Geräusch, daß sie sich selbst einen noch weit grausameren Tod zuziehen, als der ist, den sie ihrem Feind antun, indem sie zugleich Vermögen und Ehre verlieren. Die Italiener sind feiner in ihrer Rache. Sie haben es so weit in ihrer Kunst gebracht, daß sie Gifte bereiten können, welche sich dem Auge des geschicktesten Arztes verbergen. Ein schneller oder langsamer Tod, wie es ihre Zwecke fordern, ist in ihrer Gewalt. In beiden Fällen lassen ihre Mittel keine Spur zurück. Oder, wenn sich ja einige Kennzeichen finden, so sind sie so zweideutig,

daß man sie auch der gewöhnlichsten Krankheit zuschreiben kann, und die Ärzte, in der gänzlichen Ungewißheit über die unbestimmten Anzeichen, die sie bei ihren anatomischen Untersuchungen finden, den Tod des Patienten nicht anders als aus einigen allgemeinen Ausflüchten, die sie immer bei der Hand haben, verborgenen Krankheitsstoffen, schlimmen Zufällen, ungesunder Luft und dergleichen, zu erklären wissen. Dies ist eigentlich die wahre Kunst, die es versteht, die Verbrechen der Menschen auf die Rechnung der Natur zu bringen.

Eine so erwünschte Gelegenheit, sich mit unsichtbaren Werkzeugen der Rache zu bewaffnen, wodurch er nicht bloß seinen bittern Haß ohne Gefahr befriedigen, sondern zugleich auch ein unermeßliches Vermögen auf einmal in die Hände einer Frau bringen konnte, welche mit Vergnügen den Raub mit ihm teilen würde, ergriff Sainte-Croix mit der größten Begierde. Er hatte Zeit genug, während seiner Gefangenschaft die abscheuliche Kunst des Italieners von Grund auf zu lernen. Dieser Unterricht füllte nun die leeren Stunden der beiden Gefangenen aus. Die Geschicklichkeit des Lehrers und der Eifer des Schülers, von Liebe und Rache und Raubgier gleich stark angefeuert, beflügelten die Fortschritte des letztern, und noch ehe er die Bastille verließ, war er Meister in dieser infernalischen Erfindung.

Das erste Opfer, das er sich wählte, war Herr von Aubray, der Vater der Marquise. Außerdem, daß dieser strenge Sittenrichter ihn mitten im Genuß seiner Freude zu einer Zeit gestört hatte, da der Ehemann selbst ein entweder ganz blinder oder doch ganz kalter Zuschauer dabei gewesen war – außerdem stand er auch jetzt seinem Umgang mit der Marquise überall im Wege und hinderte ihn aufs neue, die süßen Früchte einer Leidenschaft zu genießen, welche durch die Entfernung nicht gedämpft, sondern nur noch mehr gereizt worden war. Zwei der ausschweifendsten Leidenschaften forderten ihn also zugleich auf, eines so beschwerlichen Aufsehers sich zu entledigen. Allein es war ihm nicht genug, seinen Feind zu morden; durch die Hand seiner eignen Tochter sollte er sterben. Und die Marquise war verabscheuungswürdig genug, ihres eignen Vaters Henker zu werden, bloß weil es ihr lästig war, sich in ihren Ausschweifungen Zwang auflegen zu lassen.

Es ist unglaublich, bis zu welchem Grad von Lasterhaftigkeit eine einzig herrschend gewordene Leidenschaft einen Menschen führen kann. Aus wollüstigem Hang zu einem schändlichen Bösewicht unterdrückt die Tochter das stärkste Gefühl, das die Natur in uns gelegt hat, und beschließt, ihres Vaters Mörderin zu werden. Allein noch nicht genug! Um ihren Streich nicht zu verfehlen, entschließt sie sich zu einer Vorbereitung, die noch abscheulicher ist als das Verbrechen selbst. Angesteckt von den verworfensten Grundsätzen ihres Liebhabers und eingeweiht in die Geheimnisse seiner infernalischen Kunst, übte die Marquise sich lange vorher in den unerhörtesten Versuchen, um ihr Ziel desto sicherer zu erreichen. Ihre ersten Experimente machte sie an Tieren. Allein da ihre Hauptabsicht auf Menschen gerichtet war, so genügten ihr diese Versuche nicht. Sie fürchtete, die große Verschiedenheit des menschlichen Körperbaues könnte ihre Kunst zuschanden machen. Sie nahm sich also vor, sie an den Menschen selbst zu studieren. Zu diesem Ende teilte sie vergifteten Zwieback unter die Armen aus und brachte selbst diese tödlichen Geschenke in das Hôtel-Dieu, um mit eignem Auge die ersten Wirkungen derselben an den Kranken beobachten zu können. Indes da ihr die Klugheit hier doch nicht erlaubte, von allen Wirkungen und Symptomen des Giftes selbst Zeuge zu sein, so beschloß sie endlich, an ihrer Kammerjungfer eine Probe zu machen. Sie gab ihr einen Teller mit vergifteten Johannisbeeren und Schinken. Das unglückliche Mädchen wurde todkrank davon, aber sie starb doch nicht. Eine Beobachtung, wodurch

Sainte-Croix belehrt wurde, daß sein Gift noch eines Zusatzes bedürfe, um seine Wirkung nicht zu verfehlen. Sie wiederholte diese Experimente auch noch an andern, um die Wirkung ihres Giftes auf verschiedene Körper methodisch zu studieren. Die Frau von Sévigné macht in ihren Briefen folgende Beschreibung von diesen Versuchen. »Die Brinvillier«, sagt sie, »setzte ihren Gästen bisweilen vergiftete Taubenpasteten vor, nicht gerade um sie ums Leben zu bringen, sondern nur um Beobachtungen über ihre Gifte anzustellen. Mehrere aber starben wirklich davon. Auch der Ritter von Guet hatte einst eine solche Mahlzeit bei ihr eingenommen. Das Gift verzehrte ihn aber ganz langsam, er starb erst zwei oder drei Jahre nachher. Da die Unglückliche schon im Gefängnis saß, erkundigte sie sich nach ihm, ob er gestorben sei. Und als man ihr sagte, daß er noch lebe, erwiderte sie: ›Er hat in der Tat ein zähes Leben.‹ Herr von Rochefoucault erzählte dies als eine ganz wahre Begebenheit.«

Durch eine Reihe solcher unerhörter Grausamkeiten im Laster schon verhärtet und durch lange Übung sicher, ihr Ziel nicht zu verfehlen, beschloß sie endlich, den Streich auf das bestimmte Opfer selbst zu führen. Es konnte ihr nicht schwer werden, eine geschickte Gelegenheit dazu zu finden. Als eine gelehrige Schülerin von Sainte-Croix hatte sie auch in der Verstellungskunst so schnelle Fortschritte gemacht, daß sie den Unwillen ihres Vaters, der wegen ihrer Aufführung sehr aufgebracht gewesen war, längst wieder besänftigt hatte. Seit ihr Liebhaber in die Bastille war gebracht worden, hatte sie ihr Betragen mit so viel Feinheit geändert, daß ihr Vater bald wieder ganz mit ihr ausgesöhnt wurde. Und da sie auch in der Folge vorsichtig genug war, ihn von der Fortsetzung ihres Umgangs mit Sainte-Croix nichts ahnen zu lassen, so besaß sie jetzt seine ganze Zärtlichkeit und sein unumschränktes Vertrauen.

Als er eines Tages beschloß, zur Erholung von seinen

beschwerlichen Amtsgeschäften einige Tage auf seinem Landhause zu Offemont zuzubringen, mußte ihn die Marquise begleiten. Sie hatte sich ihm ganz unentbehrlich gemacht. Ihr hatte er die ganze Sorge für seinen durch Arbeit und Alter schon geschwächten Körper anvertraut; ohne sie wollte er keine Freude genießen, mit ihr auch dies Vergnügen des ländlichen Aufenthaltes teilen. Hier in dieser heiligen Freistatt der Ruhe, mitten unter den rührendsten Ergießungen der väterlichen Liebe, reichte die Marquise ihrem Vater den Becher des Todes.

Um auch nicht den entferntesten Verdacht zu veranlassen, übernahm sie selbst gleich von Anfang an die ganze Verpflegung ihres Vaters. Wer konnte auch besser als eine so zärtliche Tochter jede kleinste Sorge für ein so teures Leben beobachten? Sie selbst ließ unter ihren Augen alle Suppen für ihn bereiten. Sie selbst reichte sie ihm mit eigner Hand. Kein Zug ihres Gesichts verriet das unnatürliche Verbrechen, das in ihrer Seele schon unwiderrufbar beschlossen war. Vielmehr schien sie nur mit doppelter Sorgfalt für die Erhaltung des unglücklichen Vaters zu wachen, zu dessen Vernichtung sie schon den Dolch gezückt hatte.

Endlich glaubte sie sich sicher genug, um ihr Werk zu vollenden. Sie vergiftete eine Suppe, die sie ihm selbst brachte, und sie war Ungeheuer genug, um sie ihm mit der Miene der zärtlichsten Besorgnis für seine Gesundheit selbst reichen zu können.

Nicht lange, so äußerte das Gift seine Wirkung. Herr von Aubray bekam ein heftiges Erbrechen und unerträgliche Magenschmerzen. Eine tötende Hitze brannte in seinen Eingeweiden. Unter dem Vorwand, ihm beizustehen und ihm die Arzneien selbst zu reichen, ließ ihn seine Tochter keinen Augenblick aus den Augen. Mit gespannter Erwartung beobachtete sie die Wirkungen des Giftes. Ihr einziger Wunsch war, den Tod schnell kommen zu sehen, ihre einzige Furcht, daß die

gute Leibesbeschaffenheit des Unglücklichen dem Gift widerstehen möchte. Aber auch nicht die kleinste Bewegung ihres Gesichts verriet diese satanischen Empfindungen. Vielmehr schien sie über die Leiden ihres Vaters vom innigsten Schmerz durchdrungen. Der Kranke wurde nach Paris zurückgebracht und mußte in einigen Tagen der Stärke des Giftes unterliegen.
Gewisse Verbrechen, besonders Verbrechen dieser Art, sind so abscheulich, daß man, weit entfernt, sie zu argwöhnen, sich nicht einmal ihre Möglichkeit vorstellen kann. Die wahre Ursache von dem plötzlichen Tod des unglücklichen Vaters ahnte kein Mensch. Es fiel niemand ein, sie in seinen Eingeweiden aufsuchen zu lassen. Man bezeugte seinen Kindern Beileid über den Verlust eines so rechtschaffenen Vaters, und die schöne leidtragende Tochter hatte die meisten Tröster um sich. Die erkünstelte Betrübnis, unter der sie ihre innere Freude verbarg, hatte so ganz den Schein der Aufrichtigkeit, daß jedermann glaubte, sie fühle den Verlust noch weit schmerzlicher als ihre Geschwister. Aber sie tröstete sich für diesen lästigen Zwang, den sie sich antun mußte, in den Armen ihres abscheulichen Liebhabers, mit dem sie nun schon Pläne entwarf, den Nachlaß des Ermordeten auf die beste Art zu verschwenden.
Indes fiel der Anteil von dem hinterlassenen Vermögen, den die Marquise erhielt, nicht ihren Erwartungen gemäß aus. Die meisten Güter erhielt ihr älterer Bruder, der seinem Vater im Amte folgte, mit dem jüngern, welcher Parlamentsrat war. Sainte-Croix und seine schändliche Buhlerin sahen also ihren Zweck nur halb erreicht. Es mußten noch zwei Köpfe fallen, um sie ganz in den Besitz der Güter zu setzen, den sie bei der Ermordung des Vaters abgezweckt hatten. Der Tod der beiden Brüder wurde also beschlossen. Das Vorzugsrecht an der väterlichen Erbschaft, das Gesetze und Familienverträge den Söhnen zusprechen, war hier ihr Todesurteil.

Sainte-Croix übernahm selbst die Vollendung des Plans. Es war zu seinen Absichten hinreichend, die Marquise zum Vatermord selbst gebraucht und sich dadurch ihrer Verschwiegenheit und ihrer Einwilligung zu jedem folgenden Schritt versichert zu haben. Was noch zu tun übrig war, wollte er selbst vollführen.

Zwei Bösewichter, die er in seinem Sold hatte, waren ihm die unfehlbarsten Mittel dazu. – Der eine, namens Martin, aus einer Provinz mit ihm gebürtig, war bei ihm im Hause und machte eine Art von Verwalter. Diesem Menschen konnte er die verwegensten Unternehmungen anvertrauen, sicher, daß ihn keine Schwierigkeit abschrecke, sobald es darauf ankam, ein Verbrechen zu begehen. Falsches Geld zu münzen war sein Hauptgeschäft. Die Zeit, die er nicht dazu gebrauchte, brachte er in den zügellosesten Ausschweifungen zu. Ein Subjekt, das in der Tat wert war, einem solchen Herrn zu dienen. – Der andere, namens La Chaussée, sein ehemaliger Bedienter, hatte ebenfalls alle nötigen Anlagen, um sich seines Zutrauens vollkommen würdig zu machen.

Der letztere wurde hier zum Werkzeug gewählt. Die Marquise fand Gelegenheit, ihn in die Dienste ihres jüngern Bruders zu bringen, der mit dem ältern zusammen wohnte. Sie verbarg aber ihren Brüdern sehr sorgfältig, daß dieser Mensch ehemals mit Sainte-Croix in Verbindung gestanden hatte, so wie sie überhaupt auch ihren eigenen Umgang mit ihrem Liebhaber aufs äußerste vor ihnen verheimlichte.

Der erste Angriff sollte auf den Zivilleutnant gerichtet werden. Dem La Chaussée wurden hundert Pistolen versprochen, mit der Versicherung einer lebenslänglichen Versorgung, wenn er ihn glücklich aus dem Wege schaffen würde. Die Hitze, womit dieser Bösewicht zu Werke ging, hätte aber beinah den ganzen Plan aufgedeckt.

Begierig, seinen Auftrag schnell auszurichten, und in

der Absicht, seinen Zweck nicht zu verfehlen, nahm er die Dosis zu stark. Er brachte dem Zivilleutnant Wein und ein Glas Wasser, das er vergiftet hatte. Allein kaum hatte dieser es an die Lippen gebracht, als er erschrokken zurückfuhr und schrie: »Was hast du mir gegeben, Bösewicht? Ich glaube, du willst mich vergiften!« Er gab das Glas seinem Sekretär, der etwas davon in einem Löffel kostete und versicherte, es schmecke bitter und rieche wie Vitriol. Die kleinste Verwirrung des Bedienten würde alles verraten haben. Allein selten fehlt es Verbrechern dieser Art an der nötigen Geistesgegenwart. Ohne im geringsten aus der Fassung zu kommen, nahm La Chaussée eilends das Glas und goß es aus. »Wahrscheinlich«, sagte er, »ist mir in der Eile das Glas in die Hände gefallen, aus welchem der Kammerdiener des Rats heute früh Arznei genommen hat; daher muß der üble Geschmack kommen.« So entkam er mit einem bloßen Verweis wegen seiner Nachlässigkeit, und der Vorfall erregte weiter keinen Verdacht. Dieser mißlungene Versuch, unerachtet er mit so großer Gefahr verbunden gewesen war, hielt aber die Verbündeten nicht ab, ihren Plan zu verfolgen. Allein um ihn mit mehr Sicherheit auszuführen, nahmen sie ihre Maßregeln auf Gefahr, mehrere Personen zugleich zu treffen, denen es nicht eigentlich gelten sollte.

Im Anfang des April 1670 begab sich der Zivilleutnant auf sein Landgut nach Villequoy in Beaussy, um die Osterferien da zuzubringen. Der Parlamentsrat, begleitet von La Chaussée, reiste mit ihm. Eines Tages, da eine zahlreiche Gesellschaft mit ihnen zu Mittag speiste, wurden plötzlich sieben Personen zugleich nach der Mahlzeit sehr krank. Dies waren gerade diejenigen, die von einer Ragoutpastete, die aufgetragen worden war, gegessen hatten. Alle anderen, welche sie hatten vorübergehen lassen, blieben ganz wohl. Der Zivilleutnant und der Rat waren die ersten, die die Wirkung des Giftes erfuhren. Sie wurden vom heftigsten Erbrechen befallen. Am 12. April kamen sie nach Paris zurück, beide mit eingefallenen, blassen Gesichtern, als wären sie eben von einer langwierigen Krankheit wieder erstanden.

Dies hielt Sainte-Croix für den rechten Zeitpunkt, sich der Vorteile zu versichern, die er für seine Person von dem Verbrechen beabsichtigt hatte. Er ließ sich von der Marquise zwei Verschreibungen ausstellen, die eine von 30000 Livres auf seinen eignen und eine andere von 25000 Livres auf Martins Namen. So groß war also die Summe, welche die Marquise für den Mord ihrer Brüder bezahlte!

Mit dem Zivilleutnant wurde es inzwischen von Tag zu Tag schlimmer. Er hatte einen unüberwindlichen Ekel vor allen Speisen, und das Erbrechen ließ nicht nach. Drei Tage vor seinem Tode fühlte er ein wütendes Feuer in seinem Magen, das ihn ganz zu verzehren schien. Er starb endlich den 17. Junius 1670. Bei der Öffnung seines Leichnams fand man den Magen und den Zwölffingerdarm ganz gebrannt und die Leber angefressen und brandig. Es war entschieden, daß er müsse vergiftet worden sein. Allein auf wen sollte man Verdacht werfen? Man hatte noch nicht die geringste Anzeige auf jemand.

Die Marquise hatte die Vorsicht gebraucht, sich während dieser Auftritte aufs Land zu begeben. Sainte-Croix berichtete ihr jetzt über den Tod des Zivilleutnants mit dem Zusatz, das Befinden des Parlamentsrats lasse hoffen, er werde seinem Bruder bald nachfolgen.

In der Tat zeigten sich auch bei dem Parlamentsrat gänzlich ebendieselben Symptome wie bei seinem Bruder. Er mußte aber noch einen Monat länger in diesem qualvollen Zustand zubringen. Sein Gemüt war von einer peinlichen Beängstigung nicht weniger als sein Körper von heftigen Schmerzen gemartert. Von innen und von außen unaufhörlich beunruhigt, fand er jede Lage unbequem. Das Bett war ihm eine Marter, und doch,

kaum hatte er es verlassen, so verlangte er auch wieder hinein, um Linderung darin zu suchen, welche er doch nicht eher als in den Armen des Todes fand. Man öffnete seinen Leichnam und fand Magen und Leber bei ihm in ebendem Zustand wie bei seinem Bruder. Daß La Chaussée der Mörder sei, ahnte er so wenig, daß er ihm vielmehr eine Anweisung auf 300 Livres in seinem Testament vermachte, die ihm auch ohne Schwierigkeit überlassen wurde.
Noch war aber der Erbschaftshunger der Marquise nicht gestillt. Bis jetzt hatte sie zur Hälfte für ihre Schwester gearbeitet, mit welcher sie die Erbschaft von ihren Brüdern zu teilen hatte. Um alles allein zu haben, mußte auch diese aus dem Wege geräumt werden, und ihr Werk war immer nur halb getan, wenn nicht den vollbrachten drei Mordtaten diese vierte folgte. Sie ließ es auch in der Tat nicht an Versuchen fehlen, ihrer Schwester mit den nämlichen Waffen beizukommen. Allein diese, gewarnt durch drei so schreckliche Beispiele, die so schnell hintereinander in ihrer Familie vorgefallen waren, war auf ihrer Hut und entging allen Nachstellungen durch kluge Vorsicht.
Am übelsten aber wurde dem Gemahl der Marquise selbst mitgespielt. »Die Frau von Brinvillier«, erzählt die Frau von Sévigné in ihrem zweihundertsiebzigsten Brief, »hatte Lust, den Sainte-Croix zu heiraten, und brachte, um diesen Plan ausführen zu können, ihrem Gemahl mehrmals Gift bei. Sainte-Croix aber, der gar keine Lust hatte, ein Weib zu heiraten, das ihm an Abscheulichkeit gleichkam, suchte jederzeit, um die Ausführung dieses Planes zu verhindern, ihm Gegengift beizubringen. So ward der unglückliche Ehemann nur dadurch beim Leben erhalten, daß er, von den beiden Ungeheuern einander zugeschleudert, bald vergiftet, bald entgiftet wurde.«
Man sprach jetzt allgemein über diese drei so schnell aufeinander erfolgten Todesfälle, und die Umstände,

von welchen sie begleitet gewesen waren, ließen gar nicht zweifeln, daß der Vater sowohl als die beiden Söhne an Gift gestorben seien. Allein über die Täter hatte man bloß leere Vermutungen. Auf Sainte-Croix fiel auch nicht der entfernteste Argwohn. Jedermann glaubte, sein Verhältnis mit der Marquise sei längst ganz aufgehoben. Zu was für einem Zweck sollte er also diese Verbrechen verübt haben? Auch La Chaussée kam gar nicht in Verdacht. Im Verstellen seiner Lasterhaftigkeit nicht weniger als im Ausführen derselben geübt, hatte er sich mit solcher Unbefangenheit bei dieser Schandtat benommen, daß es niemand einfiel, sie ihm zuzuschreiben. Ein Zufall entdeckte endlich das ganze infernalische Komplott. Sainte-Croix hatte zwar in der Familie Aubray seinen Zweck erreicht. Allein für einen Menschen, dessen Wünsche mit jeder Befriedigung nur unersättlicher wurden, hatte eine Kunst, die so leichte Mittel anbot, zu jedem Ziel zu gelangen, zuviel Reiz, um sie sogleich nach dem ersten Versuch ungebraucht beiseite zu legen. Vielmehr betrieb er jetzt das Studium derselben nur mit desto größerem Eifer. Die Gifte, die er verfertigte, waren so fein, daß sie durch einen einzigen Atemzug töten konnten. Er nahm deshalb bei seinen Zubereitungen eine gläserne Maske vor, um die Ausdünstungen des Giftes von sich abzuhalten. Eines Tages aber fiel ihm die Maske vom Gesicht, und er blieb auf der Stelle tot.

Niemand wußte, ob noch Verwandte von ihm vorhanden seien. Die Obrigkeit ließ also seine Sachen versiegeln und darauf ein Inventarium darüber verfertigen. Unter anderm kam auch ein Kästchen zum Vorschein, bei dessen Eröffnung man gleich obenauf ein Schreiben folgenden Inhalts fand: »Ich bitte diejenigen inständigst, in deren Hände dieses Kästchen kommen könnte, daß sie mir die Güte erzeigen, der Marquise von Brinvillier in der neuen Paulsstraße dasselbe eigenhändig zu überliefern, indem alles, was darin befindlich ist, sie al-

lein betrifft und ihr allein gehört und außer dem Interesse, das sie dabei hat, keinem Menschen etwas nutzen kann. Sollte aber diese Dame vor mir schon gestorben sein, so bitte ich, dasselbe nicht zu öffnen noch darin herumzustören, sondern es mit allem, was darin enthalten ist, sogleich zu verbrennen. Damit aber derjenige, in dessen Hände dieses Kästchen fällt, nicht zum Vorwand nehme, daß man doch nicht wissen könne, ob sich dies alles wirklich so verhalte, so schwöre ich bei Gott, den ich anbete, und bei allem, was heilig ist, daß es die reine Wahrheit ist. Sollte jemand aber dem unerachtet meiner gutgemeinten und wohlüberlegten Anweisung zuwiderhandeln, so gebe ich es ihm auf sein Gewissen in dieser und jener Welt, indem ich erkläre, daß es mein letzter Wille ist. Geschrieben zu Paris, den 25. Mai 1672, nachmittags. Unterzeichnet: von Sainte-Croix.« Weiter unten war noch geschrieben: »Paket, gerichtet an Herrn Penautier, der es überliefern soll.«
Dieser Protestation unerachtet machte sich die Obrigkeit kein Gewissen, das Kästchen zu untersuchen, und wir wollen nun unsern Lesern eine Beschreibung dieser dem Schutz Gottes und alles dessen, was am heiligsten ist, übergebenen Schätze in den Worten des davon gemachten Protokolls mitteilen:
1. In dem Kästchen fand sich ein Paket, das mit acht Siegeln von verschiedenen Wappen versiegelt war, mit der Aufschrift: »Papiere, die nach meinem Tod zu verbrennen sind, da sie niemand etwas nützen können. Ich bitte sehr inständigst darum, und ich gebe es denen, in deren Hände sie kommen, aufs Gewissen, daß sie es tun. Aber ohne etwas zu öffnen.« In diesem Paket waren zwei andre, welche sublimierten Merkurius enthielten.
2. Ein anderes Paket, mit sechs Siegeln von verschiedenen Wappen und auf die nämliche Art überschrieben, worin sich gleichfalls ein halbes Pfund sublimierter Merkurius befand.

3. Ein Paket, auf die nämliche Art versiegelt und überschrieben, mit drei Päckchen, von welchen das erste eine halbe Unze, das zweite zwei Unzen sublimierten Merkurius und ein Viertelpfund römischen Vitriol enthielt.
4. Eine große, viereckige Flasche mit einem Nößel klaren Wassers, woran, wie Herr Moreau, der Arzt, versicherte, nichts zu erkennen war, bis man Versuche damit anstellen könnte.
5. Eine andere, kleinere Flasche mit gleich klarem Wasser, auf deren Boden sich ein weißlicher Satz befand. Herr Moreau bemerkt dabei das nämliche.
6. Ein kleiner Topf von Porzellan, worin zwei oder drei Unzen präpariertes Opium waren.
7. Ein zusammengelegtes Papier, in welchem sich zwei Drachmen von sublimiertem korrosivischem Merkurius befanden.
8. Eine Büchse mit Höllenstein.
9. Ein Papier mit einer Unze Opium.
10. Ein Stück von drei Unzen Regulus Antimonii.
11. Ein Paket Pulver, auf dessen Umschlag geschrieben war: »Das Blut der Weiber zu stillen.« Herr Moreau sagt, es sei aus gedörrten Quittenknospen und Blättern gemacht.
12. Ein Paket mit sechs Siegeln, wie die obigen überschrieben, in welchem siebenundzwanzig Stückchen Papier enthalten waren, jedes mit der Aufschrift: »verschiedne sonderbare Geheimnisse«.
13. Ein Paket, ebenfalls mit der obigen Überschrift, worin man sechs verschiedene Pakete fand, die an verschiedene Personen adressiert waren und zusammen fünfundsiebzig Pfund sublimierten Merkurius enthielten.

Außer diesem Apparat enthielt aber jenes Kästchen – zum Unglück der Frau von Brinvillier – auch alle die Papiere, welche auf sie Beziehung hatten. Man fand in denselben nicht nur alle die Briefe, die sie an ihn geschrieben hatte, sondern auch die von ihr an Sainte-Croix ausgestellte Verschreibung von 30000 Livres. In einem dieser Briefe schrieb die Marquise: »Entschlossen, meinem Leben ein Ende zu machen, habe ich diesen Abend etwas von dem genommen, was Ihre freundschaftliche Hand mir mitgeteilt hat. Es ist von Glazers Rezept. Sie sehen, daß ich für Sie mein Leben aufopfern kann. Aber ich gebe den Wunsch nicht auf, Sie vielleicht noch einmal an einem gewissen Ort zu sprechen, um Ihnen das letzte Lebewohl zu sagen.« Wahrscheinlich war dies bloß eine von den Drohungen, die gewöhnliche Sprache aufgebrachter Liebender und gemeiniglich nur das Signal zur Versöhnung sind. Aber man sieht doch daraus, daß zwischen diesen beiden durch die schwärzesten Verbrechen verbündeten Seelen nicht immer die beste Harmonie geherrscht habe.

Die Marquise erfuhr zu gleicher Zeit den Tod des Sainte-Croix und die Versiegelung seiner Sachen. Der Schmerz über den Verlust ihres Liebhabers ward durch die Unruhe über diese Versiegelung verdrängt. Ohnehin war, wie man sogleich sehen wird, die Liebe dieser zwei Menschen, die einander vielmehr wechselseitig fürchten mußten, längst erkaltet. Und das fatale Kästchen ließ ihr jetzt gar nicht Zeit, an etwas anders zu denken. Was für Schritte sie tat, um dasselbe noch in ihre Gewalt zu bekommen, hören wir aus folgenden Zeugenaussagen.

Peter Frater, der Schreiber des Kommissärs Picard, sagte bei dem Zeugenverhör aus, die Frau von Brinvillier sei abends um zehn Uhr in das Haus seines Herrn gekommen, um diesen noch zu sprechen. Er habe ihr geantwortet, sein Herr sei schon zu Bette. Darauf habe sie verlangt, er solle es dem Kommissär melden, daß sie wegen eines Kästchens gekommen sei, das unter den versiegelten Sachen des Sainte-Croix sich befinde und ihr eigentümlich zugehöre und das sie uneröffnet zurückverlange. Der Kommissär habe ihr durch ihn ant-

worten lassen, er sei bereits schlafen gegangen; und darauf habe sie zur Antwort gegeben, sie werde den andern Morgen einen Menschen schicken, der das Kästchen abholen solle.
Ein anderer Zeuge, namens Cluet, gab an, die Frau von Brinvillier habe gesagt, ihr ältester Bruder sei ein nichtswürdiger Mensch gewesen; wenn es ihr darum zu tun gewesen wäre, ihn aus der Welt zu schaffen, so hätte sie ihn längst, da er noch Intendant zu Orleans gewesen, auf dem Wege dahin durch zwei Edelleute können ermorden lassen. Sie habe dem Sainte-Croix nur darum noch soviel gute Worte gegeben, um ihm das Kästchen abzulocken, und sie würde gerne fünfzig Louisdor gegeben haben, wenn es ihr jemand hätte nach seinem Tode verschaffen können. Sie wünsche nicht, daß jemand sähe, was darin sei, es seien Sachen von Wichtigkeit, welche sie betreffen. Da er ihr darauf gesagt habe, der Kommissär Picard habe verlauten lassen, er habe sonderbare Sachen darin gefunden, sei sie plötzlich errötet und habe sogleich gesucht, das Gespräch auf etwas anderes zu lenken. Er habe sich auch die Freiheit genommen, sie zu fragen, ob sie nicht etwa Anteil an den Vergiftungen gehabt habe, deren Sainte-Croix verdächtig sei. Darauf habe sie mit sichtbarer Verwirrung geantwortet: »Warum ich?« Zugleich habe sie äußerst verlegen und ohne recht zu wissen, was sie rede, hinzugesetzt: Sie habe den Sainte-Croix lange genug verfolgt, um das Kästchen zu bekommen, und wenn sie es gehabt hätte, würde sie ihn haben aufhängen lassen.
Die Marquise sah bald deutlich genug, daß es bereits umsonst sei, sich noch um das Kästchen zu bemühen. Es war in den Händen der Obrigkeit, und sie konnte nicht hoffen, daß es ihr ununtersucht würde ausgeliefert werden. Und also der dabei zu befürchtenden Gefahr zu entgehen, faßte sie den Entschluß, ihr Heil in der Flucht zu suchen. Sie verließ Picpus, wo sie sich damals auf-

hielt, plötzlich in der Nacht und flüchtete sich nach Lüttich.

Vor ihrer Abreise trug sie noch einem Sachwalter auf, in ihrem Namen bei der Versiegelungskommission zu erscheinen. Diese ließ folgendes zu Protokoll bringen: »Es erscheint Alexander La Mare als Sachwalter der Frau Marie Margarethe von Aubray, Marquise von Brinvillier, und bringt an, daß, wenn sich in einem Kästchen ein von besagter Marquise von Brinvillier unterschriebenes schriftliches Versprechen einer Summe von 30000 Livres finden sollte, dieses ein durch List und Überraschung ihr abgelocktes Versprechen ist, wogegen sie gehört zu werden verlangt, um es für null und nichtig erklären zu lassen.«

Alle diese Umstände gaben Verdachtsgründe genug wider die Marquise, daß sie mit Sainte-Croix gemeinschaftliche Sache gemacht habe. Allein sie waren doch nicht hinreichend, sie zu überführen. Auf einmal aber erhielten die Richter neues Licht durch La Chaussée, der sich selbst durch seine Unbesonnenheit der Gerechtigkeit in die Hände lieferte. Er machte nämlich Einsprache bei der Versiegelungskommission wegen besonderer Forderungen, die er noch an Sainte-Croix zu machen habe. Er habe ihm, sagte er, während der sieben Jahre, die er in dessen Diensten zugebracht, hundert Pistolen und hundert Taler Silbergeld aufzuheben gegeben, die sich in einem leinenen Beutel hinter dem Fenster des Kabinetts finden müßten, mit einer schriftlichen Versicherung des Sainte-Croix zur Beglaubigung seiner Aussage. Ferner werde man an demselben Orte eine Zession von dreihundert Livres, auf einen gewissen La Serre ausgestellt, antreffen, die er von dem verstorbenen Rat Aubray erhalten habe, und drei Quittungen von seinem Lehrherrn, jede über hundert Livres. Er verlangte also diese Papiere sowohl als jenes Geld zurück.

Diese bestimmte Bezeichnung so vieler besondrer Umstände, welche man alle richtig fand, ließ vermuten, daß La Chaussée eine sehr genaue Bekanntschaft mit dem Kabinett des Sainte-Croix haben müsse. Wahrscheinlich aber hatten in diesem Kabinett nur die vertrautesten Freunde desselben Zutritt, und der Vertraute eines solchen Menschen kann man nicht sein, ohne an seinen Verbrechen Anteil zu nehmen. La Chaussée hatte also durch diesen Schritt einen starken Verdacht wider sich erweckt, welcher dadurch noch sehr vermehrt wurde, daß er eine große Unruhe blicken ließ, als man ihm sagte, was für Entdeckungen beim Versiegeln gemacht worden seien.

Madame von Villarceau, die Witwe des jüngern Zivilleutnants von Aubray, hielt diese Anzeigen für stark genug, um ihn wegen Vergiftung ihres Gemahls peinlich anzuklagen. Es wurde auch sogleich ein Dekret zu seiner Verhaftnehmung erlassen. Als man ihn arretierte, fand man Gift bei ihm.

Der Prozeß nahm also nun seinen Anfang mit den Zeugenverhören. Wir wollen aus einer großen Menge von Zeugenaussagen hier nur einige der merkwürdigsten aufzeichnen.

Lorenz Perette, ein Lehrbursche bei dem Apotheker Glazer, sagte aus: Er habe oft eine Dame in Begleitung des Sainte-Croix zu seinem Herrn kommen sehen, deren Bedienter einst zu ihm gesagt habe: »Das ist die Frau von Brinvillier; ich wollte meinen Kopf wetten, daß sie bloß zum Glazer kommt, um Gift bei ihm machen zu lassen. Ihren Wagen«, setzte er hinzu, »haben sie jedesmal in ziemlicher Entfernung vom Hause halten lassen.«

Die zweite Zeugin war Amande Huet, die Tochter eines Apothekers, welche in dem Hause der Marquise von Brinvillier freien Zutritt hatte und oft dahin kam. Folgendes ist ihre Aussage: »Eines Tages befand ich mich in dem Kabinett der Marquise, da diese eben ganz betrunken hereinkam, um ihren Rausch auszuschlafen. In diesem Zustand war sie so unbedachtsam, mir eine Büchse zu zeigen, die sie aus ihrer Schatulle nahm. ›Hier ist etwas‹, sagte sie, ›womit man sich an seinen Feinden rächen kann, auch soll es für Sukzessionen sehr gut sein.‹ Ich erkannte es für sublimiertes Merkurius, teils in Pulver, teils als Masse. Da die Marquise nach sieben oder acht Stunden wieder erwachte und die Weindünste verraucht waren, erzählte ich ihr, was vorgefallen war. ›Das war nur in den Wind gesprochen‹, erwiderte sie, empfahl mir aber doch unverbrüchliches Stillschweigen. Indes bewahrte sie diese Schatulle immer mit der äußersten Sorgsamkeit und bat mich, wenn sie sterben sollte, dieselbe sogleich ins Feuer zu werfen. Als sie einst Verdruß gehabt hatte«, fuhr die Zeugin fort, »entwischte ihr die Äußerung, sie wolle sich vergiften. Ein andermal, da sie gegen jemand aufgebracht war, sagte sie: ›Es gibt noch Mittel, sich widerwärtige Leute vom Hals zu schaffen, es braucht nur eine Pistolenkugel in einer Brühe!‹ Auch sah ich den La Chaussée öfter bei der Marquise in vertraulichen Gesprächen. ›Das ist doch ein braver Junge‹, sagte sie eines Tages zu ihm, indem sie ihm die Wangen streichelte, ›er hat mir gute Dienste geleistet.‹«

Eine Jungfer Villeray bezeugte, sie habe den La Chaussée in großer Vertraulichkeit mit der Marquise gefunden. Nach dem Tod des Zivilleutnants habe sie beide allein beisammen gesehen, und zwei Tage nach dem Tod des Parlamentsrates habe die Marquise ihn selbst hinter ihr Bett verstecken müssen, weil eben Herr Cousté, der Sekretär des Verstorbenen, sich bei ihr habe anmelden lassen. Diesen Umstand bekannte La Chaussée selbst bei seinem zweiten Verhör. Er habe einen Brief von Sainte-Croix, sagte er, an die Marquise gehabt und wäre von Herrn Cousté bei ihr angetroffen worden, wenn er sich nicht versteckt hätte.

Cluet, der schon oben unter den Zeugen wider die Marquise angeführt worden ist, setzte hinzu: Noch vor der

Vergiftung der beiden jüngern Herren von Aubray habe er eines Tages zu Frau von Brinvillier gesagt: »Wenn der Zivilleutnant wüßte, daß La Chaussée bei Sainte-Croix gedient hat, er würde ihn gewiß sogleich fortschicken.« – »Mein Gott«, habe sie darauf hastig geantwortet, »sagen Sie meinen Brüdern ja nichts davon, ich glaube, sie prügelten ihn zum Hause hinaus, und doch sehe ich's lieber, daß er etwas verdient als ein anderer.«

Andere Zeugen erzählten: »Da La Chaussée während der Krankheit seines Herrn um dessen Befinden befragt worden, habe er, mit einem groben und verächtlichen Beinamen, den er ihm gegeben habe, geantwortet: ›Er ist schon abgezehrt genug, aber er macht uns viel Mühe, ich weiß nicht, wann er einmal seinen Abschied nehmen wird.‹ Und nachher, da er ihn nach seinem Tode in ein Tuch eingewickelt hatte, habe er mit dem nämlichen Schimpfworte gesagt: ›Nun ist er tot – ich will ihn jetzt verscharren lassen. Ich habe ihn rechtschaffen herumgeschüttelt, bei seinem Leben hätte ich ihn nicht so herumschütteln dürfen.‹«

Das Châtelet hielt indes diese Beweise doch nicht für hinreichend, um das Todesurteil über ihn zu sprechen, und verurteilte ihn zu den ersten Graden der Folter.

Die Frau von Villarceau appellierte aber gegen diesen Ausspruch, der den Verbrecher leicht der verdienten Strafe entziehen könnte, wenn er nur Mut genug hätte, die Schmerzen der Folter zu überwinden und seine Verbrechen standhaft zu leugnen. Darauf wurde von der Kriminalkammer den 4. März 1673 folgendes Urteil über La Chaussée gesprochen: »Es wird feierlich und öffentlich erklärt, daß La Chaussée, angeklagt und überwiesen des Verbrechens, den Zivilleutnant und den Rat von Aubray mit Gift vergeben zu haben, zu wohlverdienter Strafe verurteilt worden sei, lebendig gerädert und sodann auf das Rad geflochten zu werden. Vor der Hinrichtung aber soll er noch auf die ordentliche und außerordentliche Folter gebracht werden, um seine Mitschuldigen von ihm zu erfahren. Übrigens wird die Marquise von Brinvillier, welche vor dem Richter zu erscheinen sich geweigert hat, verurteilt, enthauptet zu werden.«

Auf der Folter gestand er seine Verbrechen und erklärte, er sei eigentlich bloß der Geschäftsträger von Sainte-Croix gewesen, der ihn durch große Belohnungen zu seinen Absichten verführt habe. »Das erstemal«, setzte er hinzu, »da mir Sainte-Croix Gift gab, sagte er mir, er habe es von der Marquise erhalten, deren Brüder damit vergiftet werden sollten. Nachdem aber die Tat wirklich geschehen war, sagte er, die Frau von Brinvillier wisse nichts davon. Mir kommt dieses letztere aber sehr unwahrscheinlich vor, denn sie sprach nicht nur täglich mit mir von Gift, sondern sie wollte mich auch nach der vollbrachten Tat zur Flucht überreden und gab mir sogar Geld zu dieser Absicht. Die Vergiftung der beiden Brüder«, fuhr er fort, »habe ich in Wasser und in Brühen versucht. In dem Glas, das ich dem Zivilleutnant reichte, war von dem rötlichen, in der Pastete, die zu Villequoy aufgetragen wurde, von dem hellen Wasser.« – Man kann daraus schließen, daß er mehrere Versuche gemacht habe, den beiden Beamten Gift beizubringen. – »Sainte-Croix«, sagte er endlich noch, »hatte auch große Lust, die Schwester der Marquise zu vergiften, und gab sich Mühe, ihr einen Bedienten zuzubringen, der die Tat hätte verrichten können. Allein der Versuch schlug fehl, entweder weil ein günstiger Zufall es so fügte oder weil das Fräulein von Aubray, die wahre Ursache der plötzlichen Todesfälle in ihrer Familie ahnend, in alles, was durch die Hand oder auf Empfehlung ihrer Schwester an sie geplant war, ein Mißtrauen setzte.«

Demunerachtet unterstützte dieses Frauenzimmer ihre mordsüchtige Schwester mit Geld auf ihrer Flucht.

Nun wurde das Todesurteil an La Chaussée auf dem Grèveplatz sogleich vollzogen.
Das ganze Gewicht der Anklage war jetzt durch diese Untersuchung auf die Marquise von Brinvillier gefallen. Jedermann war überzeugt, daß sie schuldig sei. Man sprach ihren Namen mit Abscheu aus. Inzwischen glaubte sie durch ihre Flucht in ein fremdes Land sich dem Arm der Gerechtigkeit entzogen. Allein die Freistatt, welche Fürsten, durch das Gefühl der Menschlichkeit bewogen, Verbrechern aus einem fremden Lande in ihren Staaten eröffnen, gilt nicht Verbrechern, welche selbst alles Gefühl der Menschlichkeit in sich erstickt haben; der Schutz, welcher kleinern Vergehungen gestattet wird, ist kein Freibrief für Verbrechen, vor welchen die Menschheit zurückschaudert. Die Täter werden der Gerechtigkeit überliefert, sobald dem Landesherrn die Gründe der Zurückforderung vorgelegt werden.
Man schickte einen Gefreiten von den Polizeireitern, namens Degrais, nach Lüttich, begleitet von einigen Gerichtsdienern, mit einem königlichen Schreiben an den Rat der Sechziger daselbst, worin der Monarch die Auslieferung der Marquise verlangte, um die gebührende Strafe an ihr vollziehen zu lassen. Der Rat, welchem Desgrais dieses mit einem Auszug aus den peinlichen Akten begleitete Schreiben vorlegte, fand kein Bedenken, ihm sogleich Erlaubnis zur Verhaftnehmung der Frau von Brinvillier zu geben.
Desgrais, welcher hörte, daß sie sich in einem Kloster verborgen hätte, hielt es nicht für ratsam, sie aus dieser Freistätte mit Gewalt abzuholen. Er konnte hier leicht seinen ganzen Zweck verfehlen. Es war zu fürchten, daß eine gewaltsame Aufhebung in dem Kloster als Entweihung eines Heiligtums angesehen werden und einen Auflauf in der Stadt veranlassen möchte, währenddessen seine Beute ihm könnte aus den Händen gerissen werden.

Er nahm also seine Zuflucht zu einer List. In einem geistlichen Habit versteckt, machte er der Marquise seine Aufwartung. Er sei ein Franzose, sagte er, und habe nicht wollen durch Lüttich reisen, ohne eine Dame zu besuchen, die ebenso allgemeine Teilnahme durch ihr unglückliches Schicksal als allgemeine Bewunderung durch ihre Schönheit errege. Er spielte seine Rolle so gut, daß er bald auf den Punkt kam, von Liebe sprechen zu dürfen. Er fand Gehör. Ein Kloster ist zu vertrauten Zusammenkünften zweier Verliebter ein sehr unbequemer Ort. Desgrais schlug also eine Spazierfahrt aufs Land vor. Sein Vorschlag ward angenommen. Kaum waren sie aber vor der Stadt, als sich der verliebte Abbé plötzlich in einen grausamen Gefreiten von der Polizeiwache verwandelte und sie den Händen seiner Häscher übergab, welche sie schon hier erwartet hatten. Mit einer Ordre von dem Rat versehen, welche ihm freien Eingang sicherte, begab sich jetzt Desgrais sogleich ins Kloster und nahm alles weg, was er in dem Zimmer der Marquise fand. Am meisten war die Marquise durch eine Schatulle beunruhigt, die er unter ihrem Bett gefunden hatte. Sie bat sehr dringend, daß man sie ihr zurückgeben möchte. Allein Desgrais war taub gegen alle Bitten. Endlich verlangte sie nur wenigstens ein Papier, das sie ihre Beichte nannte; allein auch dieses wurde ihr versagt. Selbst die Ehrfurcht, welche man sonst für alles, was sich auf das Sakrament der Beichte bezieht, zu haben pflegt, konnte den Gefreiten nicht bestimmen, ihr die Handschrift zurückzugeben. Er hielt es für seine strenge Amtspflicht, nicht nur die Verbrecherin, sondern auch alles, was zu ihrer Überführung dienen konnte, in die Hände der Gerechtigkeit zu überliefern.

Die Marquise versuchte inzwischen ein anderes Mittel, sich oder wenigstens ihre Schatulle zu retten. Sie bot einem von den Häschern Geld an, wenn er eine Bestellung für sie übernehmen wollte, und da dieser sich be-

reitwillig stellte, so gab sie ihm einen Brief an einen gewissen Theria, mit dem sie während ihres Aufenthalts zu Lüttich in einem sehr vertrauten Umgang gelebt hatte. In diesem Brief bat sie ihn, ihr schleunigst zu Hilfe zu kommen und sie aus den Händen des Desgrais zu retten. Und in einem zweiten Briefe benachrichtigte sie ihn, daß ihre ganze Bedeckung bloß aus acht Mann bestehe, welche durch fünf entschlossene Leute leicht würden auseinandergesprengt werden können.
In einem dritten Brief endlich schrieb sie dem geliebten Theria, wenn er auch sie selbst nicht mit offenbarer Gewalt befreien könnte, so möchte er wenigstens kommen, um einige von den Pferden an ihrer Kutsche totzustechen und sich der Schatulle zu bemächtigen, weil sie sonst unfehlbar verloren wäre.
Keiner von diesen Briefen kam zwar in Therias Hände, indem der Häscher seinen Auftrag verriet. Gleichwohl fand er sich zu Maastricht ein, da sie durch diese Stadt gebracht wurde, und machte einen Versuch, die Häscher zu bestechen. Er stieg mit seinen Anerbietungen bis auf tausend Pistolen, wenn sie die Marquise entwischen lassen würden. Allein sie waren unerbittlich. – Da nun alle Hoffnung zur Rettung verloren schien, wollte die Marquise aus Verzweiflung sich selbst das Leben nehmen und zu diesem Endzweck eine Nadel verschlucken. Einer von ihrer Wache wurde aber ihr Vorhaben gewahr und hinderte sie an der Ausführung.
Inzwischen erhielt das Parlament Befehl, den Rat Palluau nach Rocroy abgehen und die Marquise sogleich dort verhören zu lassen. Die Absicht dieses Befehls war, entweder zu verhindern, daß sich nicht zum Vorteil der Verbrecherin, die beinah mit dem ganzen Parlament in Verbindung stand, eine Kabale entspinne, oder, weil man ihr nicht Zeit lassen wollte, auf Antworten zu sinnen und wegen geschickter Ausflüchte sich bei andern Rat zu holen. Der Auftrag ward richtig vollzogen.
Sobald die Marquise in Paris angelangt und in dem Par-

lamentsgefängnis in Verwahrung gebracht war, wendete sie sich an Herrn Penautier, der als Rentmeister der Stände und der Geistlichkeit von Languedoc ein großes Einkommen und Veranlassung hatte, eine reiche Tafel zu halten. Durch diese beiden Vorzüge in Achtung gesetzt, konnte er in der Tat sich zum Beschützer aufwerfen. Allein er kam selbst bei dieser Geschichte ins Gedränge und hatte für sich selbst seinen ganzen Kredit nötig.

Ein Brief, den die Marquise von dem Parlamentsgefängnis aus an ihn schrieb, wurde aufgefangen und brachte ihn in große Verlegenheit. Sie benachrichtigte ihn ganz freimütig in diesem Brief von der Gefahr, welche ihr drohte, ihr Leben auf dem Schafott zu verlieren, und von dem Betragen, das sie bei ihrem Verhör anzunehmen entschlossen sei. Sie habe sich vorgenommen, schrieb sie, alles abzuleugnen und nicht das geringste zu gestehen. Sie bat ihn endlich noch um seinen Rat und ersuchte ihn, den Einfluß seiner Freunde für sie zu verwenden.

Diesem Entschluß gemäß hatte sie auch in der Tat schon bei dem Verhör zu Rocroy ihr Betragen eingerichtet und alles hartnäckig geleugnet. Sie wollte nichts von den Briefen wissen, welche sie nach ihrer Verhaftnehmung geschrieben hatte, und sie wollte auch die Schatulle des Sainte-Croix nicht kennen, da man sie ihr vorzeigte. Wegen der Verschreibung von 30000 Livres gab sie an, sie habe sie dem Sainte-Croix bloß darum ausgestellt, damit er unter ihren Gläubigern mit auftreten und diese zur Nachsicht und zur Beilegung des wider sie angestellten gerichtlichen Verfahrens bewegen könne. Er habe ihr deshalb einen Gegenschein gegeben, den sie aber unterwegs verloren habe.

Im Gefängnis affektierte sie eine Gemütsruhe, die aber ihrem Herzen ganz fremd war. Sie kannte ihre Verbrechen, und sie sah, daß sie auch ihren Richtern nicht mehr unbekannt waren. Unaufhörlich umschwebte sie das Bild des Todes, der sie erwartete, und in dem Augenblick, da sie mit scheinbarer Ruhe eine Partie Pikett zu spielen verlangte, war ihr einziger Gedanke, sich ums Leben zu bringen. Sie hatte sich eine Klistierspritze mit einer sehr langen Röhre angeschafft, um sich derselben ohne fremde Hilfe bedienen zu können. Diese suchte sie so weit in den Leib hineinzustoßen, um sich die Eingeweide zu durchstechen, entschlossen, die Qualen dieses Todes der Schmach desjenigen vorzuziehen, den ihr die Hand der Gerechtigkeit bereitete. Man entdeckte aber ihr Vorhaben, und sie ward an der Vollziehung verhindert.

Das wichtigste unter den wider sie vorhandenen Beweismitteln war ihre geschriebene Beichte, worin Nachrichten von den geheimsten Umständen ihres Lebens enthalten waren. Es gibt beinahe kein Verbrechen, dessen sie sich in dieser Schrift nicht selbst anklagte. Gleich im Eingang erklärt sie sich für eine Mordbrennerin und bekennt, daß sie Feuer in einem Hause angelegt habe und, mit den Ausschweifungen aller Art vertraut, sich allen Unordnungen der Wollust und der Trunkenheit zügellos überlassen habe. »Die Frau von Brinvillier benachrichtigt uns in ihrer Beichte«, schreibt die Frau von Sévigné in ihrem zweihundertneunundsechzigsten Briefe, »und zwar ist es wirklich wahr, was sie davon schreibt, was, im Vorbeigehen gesagt, sonst nicht immer ihr Fall ist, daß sie schon in ihrem siebenten Jahre aufgehört habe, Jungfer zu sein, und im nämlichen Ton fortgefahren sei. Sie habe ihren Vater, ihre Brüder und eins ihrer Kinder vergiftet und sogar selbst Gift genommen, um mit einem Gegengift einen Versuch zu machen.« (Madame Sévigné vergißt hier den Umstand, der wirklich in der Beichte auch angezeigt war, daß sie auch ihrer Schwester mit Gift nachgestellt habe.) »Medea selbst hat es nicht so weit getrieben. Sie hat diese Beichte für ihre Handschrift erkannt, und das ist sehr unklug. Aber sie behauptete, sie habe den Aufsatz im hitzigen Fieber geschrieben, es sei ein sinnloses, ungereimtes Geschwätz, das man gar nicht ohne Lachen lesen könne.« – Im folgenden Briefe setzt sie noch hinzu: »Man spricht jetzt von nichts als von der Brinvillier. Man erzählt sich, was sie sagt, wie sie sich beträgt. Ihren Vatermord hat sie vermutlich in ihrer Beichte aufgezeichnet, um ihn bei ihrem Beichtvater nicht zu vergessen. Man muß in der Tat gestehen, die kleinen Gewissensskrupeln, die sie zu vergessen fürchtet, sind admirabel.«

Die Verbrecherin fand indes doch einen geschickten Verteidiger an Herrn Nivelle, einem Mann, der ebenso berühmt war durch seine Klugheit und Rechtschaffenheit als durch seine gründliche Gelehrsamkeit und der alle Kräfte seines Geistes aufbot, seine Klientin zu retten. Folgendes sind die Hauptgedanken der Verteidigungsschrift, die er für sie drucken ließ:

»Die Marquise hatte sehr unrecht«, sagt er gleich im Eingang seiner Apologie, »eine so strafbare Liebe in ihrem Herzen Wurzel fassen zu lassen, und es ist um so tadelnswürdiger, da sie den abscheulichsten aller Menschen zum Gegenstand ihrer Zärtlichkeit gewählt hatte. Allein sie kannte ihn nicht. Er wußte sich zu verstellen und verbarg das verworfenste Herz unter der Maske einer strengen Rechtschaffenheit.

Er allein war der Urheber von dem schauervollen Schicksale, das die Familie der Marquise traf, und dieser Lasterhafte, den sie so zärtlich liebte, den sie zum Vertrauten ihrer Leiden machte, in dessen Teilnahme sie, tief verwundet durch den plötzlichen und traurigen Verlust ihrer geliebtesten Anverwandten, Trost und Linderung suchte, dieser Bösewicht war grausam genug, während er mit der einen Hand ihre Tränen abtrocknete, mit der andern ihr das Herz noch einmal zu durchstechen.

Die gefährlichste unter allen Zeugenaussagen wider sie ist Cluets Erzählung. Allein er ist allein – und ein ein-

zelner Zeuge ist nicht zur Entscheidung über eine Sache hinreichend. Überdies, wie unwahrscheinlich ist es nicht, daß eine Dame von solchem Stande einen so unbedeutenden Menschen zum Vertrauten gemacht habe?
Keiner von den übrigen ist als Augenzeuge aufgetreten, keiner bringt etwas vor, das er gesehen hätte. Alles, was sie sagen, sind bloße Vermutungen.
Unter den Beweisen gegen die Marquise ist nun nichts weiter mehr übrig als jenes Papier, das ihre Beichte überschrieben ist und welches Bekenntnisse der entsetzlichsten Greueltaten enthält.
Dieses Papier kann nicht nur auf keinerlei Art bei dem Prozesse der Marquise gebraucht werden, sondern es muß auch nicht den geringsten Einfluß auf denselben haben. Die Beichte, sie mag nun mündlich oder schriftlich abgelegt werden, ist immer ein unverletzliches, heiliges Geheimnis, und man kann von ihrem Inhalt im bürgerlichen Leben schlechterdings keinen Gebrauch machen.«
Dies waren die scharfsinnigen Gründe, mit welchen Herr Nivelle die Marquise verteidigte. Allein das Corpus delicti war vollkommen berechtigt. Daß die beiden Brüder der Marquise wirklich vergiftet gewesen seien, war erwiesen durch den Bericht eines Arztes, zweier Wundärzte und eines Apothekers.
Die eignen Aussagen der Marquise, verbunden mit den wider sie vorhandenen Zeugenaussagen, vollendeten ihre Überweisung bis zur höchsten Evidenz. Man weiß nicht, ob das Parlament auch Beweise aus der Beichte genommen hat. Inzwischen ist es einleuchtend, daß der Prozeß selbst Gründe genug enthielt, um jenes Mittel ganz entbehrlich zu machen, das ohnehin, was auch immer die Gegner der Marquise sagen mochten, weder als Bekenntnis noch als Beweis bei dem Prozeß gebraucht werden durfte.
Es wurde also endlich, den 16. Julius 1676, in der Versammlung der großen Kammer und der Kriminalkam-

mer des Parlaments folgendes Urteil über die Marquise gesprochen:
»Marie Margarethe von Aubray, die Gattin des Herrn Marquis von Brinvillier, wird für überführt und überwiesen erklärt, ihren Vater, Herrn Drogo von Aubray, und ihre beiden Brüder, Herrn Anton von Aubray, Requetenmeister und Zivilleutnant zu Paris, und Herrn von Aubray, den Parlamentsrat, vergiftet und ihrer verstorbenen Schwester nach dem Leben getrachtet zu haben. Sie wird daher zur wohlverdienten Strafe verurteilt, barfuß, mit einem Strick um den Hals und einer zwei Pfund schweren brennenden Kerze in der Hand, auf einem Karren an die Tür der Hauptkirche zu Paris gebracht zu werden, um daselbst Kirchenbuße zu tun und auf ihren Knien öffentlich zu bekennen, daß sie schändlicherweise sowohl aus Rachsucht als aus Geldgier ihren Vater und ihre zwei Brüder vergiftet und ihrer Schwester nach dem Leben getrachtet habe. Von da soll sie auf den Grèveplatz geführt und ihr auf einem dazu errichteten Schafott der Kopf abgeschlagen, ihr Körper verbrannt und die Asche in die Luft gestreut werden. Zuvor aber soll sie noch auf die außerordentliche und ordentliche Folter gebracht werden, um ihre Mitschuldigen anzugeben.«
Die Marquise, welche indes noch, in der Hoffnung, ihren Richtern ein Blendwerk zu machen, ihre Verbrechen hartnäckig geleugnet hatte, gestand sie jetzt selbst, nachdem ihr Urteil schon gesprochen war. Herr Pirot, ein Doktor der Sorbonne, dem sie beichtete und der sie auf den Richtplatz begleitete, macht eine sehr rührende Erzählung von den letzten vierundzwanzig Stunden ihres Lebens. Sie bat um das Abendmahl. Es wurde ihr aber abgeschlagen, es wird niemals Verbrechern gereicht, die zur Todesstrafe verurteilt sind. Sie verlangte darauf nur das geweihte Brot, so wie es ihr Vetter, der Marschall von Marillac, vor seiner Hinrichtung noch empfangen habe. Allein auch dieses wurde ihr abge-

schlagen, weil das Verbrechen des Marschalls, sagte man ihr, bei weitem nicht so abscheulich gewesen wäre wie das ihrige. Sie müsse es durch die Entziehung nicht nur des Abendmahls selbst, sondern auch sogar dieses Zeichens desselben büßen.

Der Zulauf von Menschen bei ihrer Hinrichtung war außerordentlich groß. Nicht nur der Richtplatz, sondern auch alle Gassen, durch welche sie geführt wurde, waren mit einer unzähligen Menge Menschen bedeckt. Der berühmte Maler le Brun stellte sich an einen Ort, wo er sie ganz genau beobachten konnte, um den Ausdruck der Todesfurcht vor einer gewaltsamen Hinrichtung von ihrem Gesicht zu kopieren. Allein er fand nicht, was er suchte. Die Marquise mit dem Bild des Todes, den sie so oft mit eigner Hand ausgeteilt hatte, durch lange Übung vertraut, hatte eine Härte erlangt, die sie selbst gegen ihren eignen Tod unempfindlich machte. Sie verlor die Geistesgegenwart so wenig, daß sie, schon auf dem Wege zum Richtplatz, wo sie ein schmerzvoller Tod erwartete, in der schimpflichsten Stellung, in der sich ein Mensch befinden kann, alles, was um sie her vorging, ganz frei und unerschrocken beobachtete. Einige vornehme Damen, welche die Neugier auch herbeigeführt hatte, faßte sie mit einem festen Blick in die Augen und sagte ihnen ganz bitter: »In der Tat, ein sehr schönes Schauspiel für Sie, meine Damen!«

Doch wir wollen uns diese Hinrichtung von der Frau von Sévigné erzählen lassen:

»Mit der Brinvillier ist es nun vorbei«, sagt sie in einem Briefe vom 17. Julius 1676, dem Tag nach der Publikation des Urteils, »sie befindet sich in der Luft. Ihr armer kleiner Körper wurde nach der Enthauptung in ein ungeheuer großes Feuer geworfen und ihre Asche in die Luft gestreut. Wir können sie nun einatmen, und wer weiß, mit was für giftmischerischen Launen uns diese Mitteilung anstecken wird? Gestern wurde ihr Urteil gesprochen, diesen Morgen las man es ihr vor. Man wollte sie auf die Folter bringen, sie versicherte aber, es sei nicht nötig, sie wolle alles freiwillig gestehen. Sie hat auch wirklich bis um vier Uhr eine Erzählung von ihrem Leben gemacht, die noch viel schrecklicher ist, als man sich dachte. Zehnmal nacheinander hat sie ihrem Vater Gift beigebracht, ehe sie ihren Zweck erreichte. Und immer heuchelte sie ihm dabei die höchste kindliche Zärtlichkeit. Sie verlangte noch den Generalprokurator zu sprechen. Er war auch eine ganze Stunde bei ihr, man weiß aber nicht, was sie ihm noch zu sagen hatte. Um sechs Uhr wurde sie, im bloßen Hemde, mit einem Strick um den Hals, zu der Kirche Unsrer Lieben Frau geführt, um da Kirchenbuße zu tun, und sodann wieder auf den Karren gesetzt. Hier sah ich sie selbst, rücklings auf Stroh liegend, im Hemde, mit einer niedrigen Haube auf dem Kopf, den Geistlichen auf der einen, den Nachrichter auf der andern Seite. Alle Glieder zitterten mir bei diesem Anblick. Diejenigen, welche die Hinrichtung mit angesehen haben, versichern, sie habe das Schafott mit vielem Mut bestiegen. Ich für meinen Teil war mit der guten Deseurs auf der Brücke der Notre-Dame. Nie habe ich Paris so in Bewegung gesehen. Wenn Sie mich aber aufs Gewissen fragen, was ich eigentlich gesehen habe – ich muß bekennen, nichts weiter als eine Haube. Es war ein schauderhafter Tag. Ich werde heute noch mehr davon hören, und das sollen Sie morgen auch noch erfahren.«

»Noch ein paar Worte von der Brinvillier«, sagt sie im folgenden Briefe. »Sie ist gestorben, wie sie gelebt hat, mit Entschlossenheit. Da man sie an den Ort brachte, wo sie die Tortur bekommen sollte, sagte sie beim Anblick der drei Eimer Wasser: ›Ich soll vermutlich ersäuft werden, denn von meiner Person kann man doch nicht verlangen, das alles einzuschlucken.‹ Ihr Urteil hörte sie ohne Bestürzung. Am Ende desselben bat sie, es ihr noch einmal vorzulesen, denn der Karren, sagte sie, ist mir gleich von Anfang so aufgefallen, daß ich für das übrige die Aufmerksamkeit verloren habe. Auf dem Wege zum Richtplatz bat sie ihren Beichtvater, er möge den Nachrichter sich vor sie setzen lassen, damit ich, setzte sie hinzu, den Schurken Desgrais, der mich eingefangen hat, nicht sehen darf. Desgrais begleitete den Karren zu Pferde. Da ihr der Beichtvater diese Äußerung verwies, erwiderte sie: ›Ach, mein Gott, ich bitte Sie um Verzeihung. Lassen Sie mir also diesen seltsamen Anblick!‹ Sie bestieg das Schafott allein, mit bloßen Füßen. Es dauerte wohl noch eine Viertelstunde, bis die Scharfrichter sie zurechtgemacht hatten, so daß die Zuschauer anfingen, ungeduldig zu werden. Den folgenden Tag suchte man die Überbleibsel von ihren Gebeinen zusammen, denn der Pöbel war in der Meinung, daß sie eine Heilige sei. – Sie hatte vor ihrer Gefangennehmung, wie sie vorgab, zwei Beichtväter gehabt. Der eine, sagte sie, verlangte, ich müsse alles bekennen, der andre aber behauptete, ich sollte es nicht tun. Und ich, setzte sie mit Lachen über diese entgegengesetzten Meinungen hinzu, kann also tun, was mir beliebt. Es hat ihr beliebt, von ihren Mitschuldigen nicht ein Wort zu sagen. Penautier kommt noch etwas weißer als Schnee aus dem Handel. Das Publikum ist nicht zufrieden.«

»Die Welt ist immer ungerecht«, sagt sie im folgenden Briefe, »sie war es auch in Absicht auf die Brinvillier. Nie hat man eine Greueltat so gelind behandelt. Man hat die Verbrecherin nicht auf die Folter gebracht. Man ließ sie sogar Begnadigung hoffen – und so gewiß hoffen, daß sie wirklich glaubte, mit dem Leben davonzukommen, und noch beim Hinaufgehen aufs Schafott sagte: ›Nun ist wohl alles gut?‹ Indes ist sie nun in der Luft, und ihr Beichtvater versichert, sie sei eine Heilige.«

Der Marquis von Brinvillier wurde bei dem Prozeß seiner Gattin in nichts mit verwickelt, und niemand weiß, was nach ihrer Hinrichtung aus ihm geworden ist. Madame Sévigné erzählt, er habe doch für seine teure Hälfte um Begnadigung gebeten. Vermutlich suchte er in irgendeinem einsamen Aufenthalt seinen Kummer zu vergraben und dem Andenken des Publikums einen Namen zu entziehen, der jetzt zur Bezeichnung des abscheulichsten Verbrechens diente.

RICHMOND

Mein erster Fall

Kapitel 1

Schattenseiten meines Berufs – Jem Bucks in Eile – Mysteriöser Vorfall in Roehampton – Panik einer Mutter

Mein erstes Abenteuer in meiner neuen Stellung ließ mir die Lebensweise, die ich nun gewählt hatte, in einem faszinierenden Licht erscheinen und entschädigte mich für viel Peinliches und Unangenehmes, was ich daneben erfahren mußte. Ich kannte mich inzwischen ziemlich gut in London aus; mit dem Polizeiwesen jedoch war ich nicht vertraut, und alles in der Bow Street war mir neu.

Zuerst hatte ich ein Gefühl, das ich kaum beschreiben kann: als sei ich nun degradiert – aus jeder Gesellschaft ausgeschlossen. Der bloße Anblick eines Polizeibeamten erfüllt ja jedermann mit Abneigung und Schrecken – wohl deshalb, weil illegale Machenschaften und Gemeinheiten so allgemein verbreitet sind und viele Menschen fürchten müssen, plötzlich entlarvt und verhaftet zu werden. Meine Kollegen, die Polizeibeamten, entpuppten sich allerdings als wohlwollend-gutmütige Kerle, unbeschwert, sorglos, fröhlich; sie erzählten zahllose Geschichten über ihre beruflichen Heldentaten, durch die ich das menschliche Leben in einer Vielfalt kennenlernte, die ich mir auf meiner bisherigen Wanderschaft nicht hätte träumen lassen.

Wenn wir uns bei einem Schoppen trafen, wurde manch ungewöhnliches Abenteuer erzählt, das einer selbst erlebt hatte und das unsern Kreis erheiterte und fesselte. Solche Abenteuer beschäftigten meine Phantasie sehr stark und weckten in mir den Wunsch, mich mit ähnlichen Heldentaten hervorzutun – ein Wunsch, der nicht lange unerfüllt bleiben sollte.

Derselbe Tatendrang, der mich aus der bürokratischen Tretmühle des Kontors in Liverpool fortgetrieben hatte, erfüllte mich nämlich noch immer und wird mich, so will es scheinen, bis zu meinem Tode nicht verlassen. Zwar stelle ich mir oft vor, wie ich mich für den Rest meines Lebens in ein stilles Häuschen in meinem heimatlichen Derbyshire zurückziehe, und freue mich von Jahr zu Jahr auf diese Zeit als die Erfüllung meiner sehnlichsten Wünsche. Doch dann kommen immer wieder neue Abenteuer auf mich zu und stürzen mich wie zuvor in unvorhergesehene Schwierigkeiten, die überwunden, oder in Arbeiten, die erledigt werden müssen. Auch bleibt meine Sehnsucht nach dem geschäftigen Treiben der Welt und den Wunderlichkeiten des Lebens ungestillt und unstillbar.

In jener Zeit, von der ich jetzt erzähle, d.h. unmittelbar nach meiner Anstellung beim Gericht von Bow Street, saß ich eines Abends allein in meiner Kammer und meditierte. Welch ein Unterschied zwischen dem reinlichen Teppich, den Rohrstühlen, der Ordnung und Sauberkeit meiner ganzen Umgebung hier und dem Wust von Stroh und allem möglichen Zeug, an den ich mich in den Zelten der Zigeuner gewöhnt hatte! Ich hatte mir etwas Warmes zum Abendessen bestellt und gedachte, mir – allein wie ich war – einen großen Krug Warmbier, mit einem Glas Weinbrand versetzt, zu Gemüte zu führen. Es war mir jedoch nicht vergönnt, diese guten Dinge zu genießen: gerade als ich nach dem Bier schikken wollte, hörte ich Jem Bucks unten auf der Treppe; wie üblich war er in größter Eile.

»Tom! He, Tom, alter Junge!« rief er. »Du sollst blitzschnell in die Bude kommen. Schnell, sag ich!« Und damit stürzte er schnaufend und pustend ins Zimmer; in seiner Eile war er ganz außer Atem geraten.

»Was soll das alles?« sagte ich. »Was ist los?«

»Es muß etwas Wichtiges vorgefallen sein«, sagte Jem. »Du hast keine Ahnung davon, was für eine Aufregung

da unten herrscht. Erst kam ein Reiter angaloppiert, als ob der Teufel hinter ihm her wäre; darauf brauste eine Lady in einem Vierspänner heran. Muß eine außergewöhnliche Sache sein, und dazu noch vornehme Leute! Vielleicht kannst du dein Glück machen.«
»Wie denn, Jem? Du weißt ja, ich bin ein blutiger Anfänger. Was kann ich schon machen? Mein Glück! Ah, ha, ha! Das ist kein schlechter Witz!«
»Ich weiß nicht, Tom; aber du sollst dabei sein – Befehl von oben. Mich haben sie extra geschickt, um dich zu holen. Komm schon, alter Junge! Du wirst deinen ersten Fall schon schaukeln.«
Jem wußte nichts über die näheren Umstände; ich war verblüfft, weshalb man gerade nach mir verlangte – unerfahren in Polizeidingen wie ich war. Ich vergaß mein Abendessen und mein Warmbier und eilte mit Jem Bucks in die Amtsstube – oder, wie er es nannte, die »Bude« –, wo ich sofort ins Hinterzimmer geführt wurde.
Hier fand ich einen der Richter mit einer Lady, die in großer Aufregung war: sie lief im Zimmer herum, rang die Hände, setzte sich von Zeit zu Zeit, sprang aber jeweils gleich wieder auf. Ein Gentleman stand dabei und versuchte vergeblich, sie in ihrer Bedrängnis zu trösten.
»Oh! Ich werde ihn nie, nie mehr sehen!« schluchzte sie auf. »Mein kleiner Liebling, mein Junge! Er ist mir verloren – für immer, und ich werde ihn nie wieder sehen!«
Der Richter sagte ihr, sie solle nicht verzweifeln; was in seiner Macht stehe, solle geschehen. Und er fuhr fort: »Hier kommt der junge Mann, der uns wahrscheinlich am besten helfen kann. Richmond!« wandte er sich dann an mich, »hier haben wir einen äußerst betrüblichen Fall, in dem Ihre Kenntnisse von größtem Nutzen sein können; wenn Sie Erfolg haben, sollen Sie ansehnlich belohnt werden.«
»Gewiß!« rief die Lady – mit ergreifender Dringlich-

keit; »verlangen Sie, soviel Sie wollen, wenn Sie mir nur meinen kleinen William wiederbringen! Soviel Sie wollen! Alles würde ich geben, um ihn noch einmal sehen zu können!«

Nach und nach erfuhr ich (denn in solchen Fällen kann man nie einen zusammenhängenden Bericht erhalten), daß der kleine Junge, dessen Verschwinden die ganze Aufregung verursacht hatte, in der Nähe von Roehampton auf einem Pony geritten war, während eine Dienerin auf ihn aufgepaßt hatte. Da war eine wahrsagende Zigeunerin gekommen und hatte die Aufmerksamkeit der Dienerin auf sich gelenkt; unterdessen war der Junge weitergeritten, und seither hatte man nichts mehr von ihm gehört.

Man hatte das Pony – weidend – auf der andern Seite der Heide gefunden – zwei oder drei Meilen von dem Platz entfernt, wo die Dienerin den Jungen zuletzt gesehen hatte. Sattel und Zaumzeug, obwohl beides neu und wertvoll, waren unberührt, offensichtlich befand sich also der Junge, wenn er wirklich entführt worden war, in den Händen von Leuten, die an keiner anderen Beute interessiert waren.

Die untröstliche Mutter und der Gentleman, der sie begleitete, waren der Ansicht, daß der Junge von Zigeunern gestohlen worden war und daß die Wahrsagerin die Dienerin absichtlich so lange abgelenkt hatte, bis die Entführer ihren gottlosen Plan ausgeführt hatten.

Ich konnte nicht umhin, anderer Meinung zu sein und zögerte nicht, ihnen zu erklären, daß ich seit langem viele Stämme dieser unsteten Rasse kenne, daß ich aber noch nie vernommen hätte, daß ein Verbrechen von dieser Art von ihnen begangen worden sei. Trotzdem, eine Entführung durch Zigeuner sei möglich – schließlich kannte ich ja nicht alle Stämme –, aber es sei äußerst unwahrscheinlich, da anscheinend kein Motiv für die Tat vorliege.

Man weiß von Bettlern, die adlige Kinder gestohlen ha-

ben, um ihnen die Kleider zu rauben; aber in unserem Fall war das Pony mit Sattel und Zaumzeug zurückgelassen worden – mit Dingen, die mehr wert waren als der Anzug des Jungen. Kinder sind auch schon entführt worden, damit sie beim Betteln helfen; Bettler mit Kindern erregen mehr Mitleid; aber Zigeuner betteln nie. Und außerdem war der Junge, der zwischen drei und vier Jahren alt war, eigentlich schon zu groß, um zu diesem Zweck verwendet werden zu können. Die Wahrsagerin jedoch schien – nach der Beschreibung zu schließen – wirklich eine Zigeunerin zu sein. Sie sei recht hübsch und wohl an die zwanzig Jahre alt. Die Beschreibung ihrer Kleidung und ihrer allgemeinen Erscheinung führte mich zur Vermutung, daß es sich um Wiltons Mary handeln müsse; wenn es wirklich Mary gewesen war, so war ich fast sicher, daß sie an der Entführung des kleinen Jungen nicht beteiligt war. Die Dienerin hatte keine andern Zigeuner in der Nähe beobachtet und hatte niemanden mit dem Jungen sprechen sehen; das Verbrechen den Zigeunern zur Last zu legen, schien mir daher unberechtigt und grundlos.
Diese Argumente, die ich mit einigem Eifer darlegte, wirkten auf die erregte Mutter ganz anders, als ich gewollt oder erwartet hatte. Denn anstatt zu erwägen, was für andere Hypothesen noch in Frage kämen (freilich kann niemand logisch denken, wenn er so außer sich ist, wie sie es war), begann sie zu glauben, ich wolle die Partei meiner früheren Freunde ergreifen und die Zigeuner in Schutz nehmen. Zwar sagte sie das nicht offen, aber ich merkte bald, daß sie sich diese Idee in den Kopf gesetzt hatte.
Der Richter merkte das so gut wie ich; um sie von diesem Gedanken abzubringen, erklärte er folgendes: da der Fall so verwirrend und ich noch neu im Amte sei, werde er den Oberinspektor mit mir zusammen losschicken, so daß wir eine gründliche Untersuchung durchführen könnten; er garantiere dafür, daß wir unser

Äußerstes tun würden. Es war inzwischen schon fast 10 Uhr abends geworden, und der Vorschlag wurde gemacht, unser Unternehmen auf den nächsten Morgen zu verschieben. Um meinen Diensteifer unter Beweis zu stellen, bestand ich darauf, daß man keine Zeit verlieren dürfe und sofort aufbrechen müsse. Daß wir uns mitten im Sommer befanden und das Wetter warm und klar war, sprach für diesen Plan. Der Gentleman, wahrscheinlich der Bruder der Lady, erklärte uns nochmals, wir sollten keine Kosten scheuen und so oft Pferde und Wagen mieten wie nötig. Auf seinen Vorschlag hin ließen wir daher eine vierspännige Postchaise kommen; unsere Absicht war, zur Putney-Heide zu fahren, wo ich denjenigen meiner alten Freunde, die in dieser Gegend ihre Zelte aufgeschlagen hatten, einen mitternächtlichen Besuch abstatten wollte. Es versteht sich, daß ich nicht vergaß, ein Paar gute Pistolen in die Taschen zu stecken; ohne diese verlasse ich nachts mein Zimmer unter keinen Umständen.

Die arme Mutter wollte uns unbedingt begleiten; es war aber offensichtlich, daß ihre Kräfte, die durch die schreckliche Aufregung erschöpft waren, es ihr nicht erlaubten; trotzdem konnte ihr Bruder sie nur mit größter Mühe davon abhalten, das zu tun, was ihr die momentane Erregung gerade eingab. Ihre Gedanken schienen ausschließlich um den kleinen Jungen zu kreisen, und sie glaubte, daß sie ihn schneller wiedersehen würde, wenn sie mit uns käme. Schließlich wurde sie – teils durch Überredung, teils mit sanfter Gewalt – so lange zurückgehalten, bis wir abgefahren waren.

Ich hatte großes Mitleid mit der Lady, die – wenn ich mir ein Urteil erlauben darf – eine außergewöhnlich vornehme Dame und etwa dreißig Jahre alt war; in diesem Lebensabschnitt beginnt die Frische der Jugend den Reizen der reifenden Frau Platz zu machen; an die Stelle albernen, wenn auch bezaubernden Leichtsinns tritt der Charme der Klugheit. Sie war elegant gekleidet; aus dem Auftreten der Dame und ihres Bruders zu schließen, mußten sie sehr wohlhabend, wenn nicht sogar von Adel sein. Der Oberinspektor, der die Familie vom Hörensagen kannte, erzählte mir, daß die Dame Mrs. Manson heiße, und daß sie ihrem Mann ein ansehnliches Vermögen mit in die Ehe gebracht habe, obwohl dieser es nicht nötig gehabt hätte, da er schon vor seiner Ehe unermeßlich reich gewesen war. Nach dem, was der Polizeibeamte von ihm berichtete, schien er jedoch weder eine hübsche Frau noch ein stattliches Vermögen zu verdienen, denn es hieß, er sei überaus engstirnig und geizig und drehe jeden Pfennig dreimal um, bevor er ihn ausgebe.

Zum Glück hatte Mrs. Mansons Vater schon vor der Hochzeit Gerüchte über diese Charaktereigenschaften seines künftigen Schwiegersohns gehört. Mrs. Manson war seine Lieblingstochter (wahrscheinlich war sie der Liebling von jedermann, der sie sah, dachte ich), und so hatte er ihr eine beträchtliche Summe derart überschrieben, daß Manson seine Hand nicht darauf legen konnte. Dieses Geld wurde für die Mansons die Quelle endlosen Streits und Ärgers. Mrs. Manson konnte ihre Zinsen verbrauchen wie sie wollte – ihr Mann bezeichnete jede ihrer Ausgaben als törichte Verschwendung.

Es hieß, Mrs. Manson sei mehr als einmal dazu entschlossen gewesen, um des lieben Friedens willen die ganze Rente auf ihren Mann zu übertragen, aber der Vater habe ihr entschieden abgeraten. Das Geld gehöre nicht Manson; er habe keinen Anspruch darauf. Er habe jeden Schilling des Vermögens erhalten, das ihm versprochen worden sei; sie könne ihr Geld in die Themse werfen, wenn sie wolle, ohne jemandem Rechenschaft ablegen zu müssen.

Mir war es seltsam vorgekommen, daß der Vater des Jungen seine Frau nicht begleitet hatte; aber als ich diese Einzelheiten erfuhr, schien mir der Umstand nicht mehr so verwunderlich zu sein. Eine engstirnige und geldgierige Natur ist selten fähig, edlere menschliche Gefühle zu empfinden. Mir tat die Lady leid, die ihre Schönheit und ihren edlen Charakter an einen derart kaltblütigen Geizhals weggeworfen hatte. Allerdings ist mir aufgefallen, daß solche Verbindungen häufiger bei den Wohlhabenden und den Adeligen vorkommen als beim Mittelstand; die Vorsehung scheint gerecht zu sein: das Glück geht selten mit dem Reichtum zusammen.

Kapitel 2

Nächtliche Abenteuer auf der Putney-Heide – Eine seltsame Entdeckung

Ich gestehe, daß ich mir keine großen Hoffnungen machte; unsere Suche würde wohl erfolglos sein. Andererseits war ich sicher, daß ich den kleinen William ohne Schwierigkeiten zurückbekommen würde, falls meine Freunde, die Zigeuner, bei der Sache die Hand im Spiel gehabt hatten. Was mich ärgerte, war die Tatsache, unter der Aufsicht eines Vorgesetzten operieren zu müssen, dem (wie üblich) alles Lob zufallen würde, während in Wirklichkeit ich die Arbeit verrichtet hatte. Früher hatte ich mich gerne anleiten lassen – zuerst von Jem Bucks und später von Wilton, aber diese Zeiten waren nun vorbei. Meine Lehrzeit war zu Ende. Ich hatte eine gute Portion Selbstbewußtsein gewonnen und wollte auf eigenen Füßen stehen. Ich mußte also einen Plan aushecken, wie ich meinen Begleiter, den Oberinspektor, abschütteln oder wenigstens soweit als möglich kaltstellen konnte.
Ich erklärte ihm also – und das war die lautere Wahrheit –, es sei nicht ratsam, daß wir gemeinsam zu den Zigeunern gingen; sie würden ihn höchstwahrscheinlich als Polizisten erkennen und hätten alle eine tödliche Ab-

neigung gegen jede Art von Beamten. Die Folge wäre – gesetzt den Fall, daß sie uns helfen könnten –, daß sie an eine Zusammenarbeit nicht denken würden. Ginge ich dagegen allein, so könnte ich sie vorsichtig ausforschen und ihre aktive Unterstützung gewinnen; denn daß ich ein Polizeibeamter war, wußten sie noch nicht. Außerdem würden sie zu dieser späten Stunde um so mehr erschrecken, wenn wir beide auf einmal vor einem ihrer Zelte auftauchten; seit die Gemeindebehörden sie so heftig verfolgten, seien sie gegen Störungen dieser Art besonders empfindlich.

Tatsächlich hatten sie allen Grund, in Furcht und steter Wachsamkeit zu leben. Es geschah nicht selten, daß sie auf den Verdacht hin, Verbrechen begangen zu haben (die sie sich niemals hätten einfallen lassen), verhaftet, ins Gefängnis geworfen und sogar verurteilt wurden. Dies geschah, auch wenn sie an dem, was ihnen zur Last gelegt wurde, völlig unschuldig waren –, und zwar nur deshalb, weil sie Vagabunden waren. Dies waren überzeugende Gründe; der Oberinspektor beschloß, sich unsichtbar zu machen – zumindest so lange, bis ich die Wege ein bißchen geebnet hatte. Wir einigten uns also auf einen Treffpunkt, worauf ich die Putney-Heide überquerte, um die Zelte zu suchen. Da ich die üblichen Aufenthaltsorte der Zigeuner kannte, fand ich das Lager meiner alten Freunde, der Marshalls, ohne Schwierigkeit; es wurde treu bewacht von Rover, dessen aggressives Gebell in ein freundliches Begrüßungsgewinsel überging, sobald er mich erkannte.

Es stellte sich heraus, daß Mary nicht zu Hause war, da sie am Vortag nach Norwood gegangen war. Ich gestehe, daß mich das stutzig machte. Es weckte den Verdacht in mir, daß sie an der Entführung des Jungen vielleicht doch beteiligt sein könnte, da sie an eben dem Tag weggegangen, an dem er verschwunden war – höchst wahrscheinlich, wie ich annehmen mußte, um unangenehmen Nachforschungen aus dem Wege zu gehen. Marshall selber gab zu, einen Jungen, auf den die Beschreibung Williams zutraf und der auf einem Pony über die Heide geritten war, gesehen zu haben; er wisse aber nicht, was aus ihm geworden sei. Zu jenem Zeitpunkt sei keine Dienerin bei ihm gewesen; ein Mann, der herumspazierte, sei jedoch an den Knaben herangetreten, habe das Pony gestreichelt und es dann die Hauptstraße entlang weitergeführt. Marshall hatte ihn verständlicherweise für den Vater des Jungen gehalten und ihn nicht weiter beachtet.

Ha! dachte ich, da steckt ein Verbrechen dahinter – ein raffinierterer Plan, als wir zuerst dachten – mehr als die Entführung des Jungen um seiner Kleider willen. Aber war es möglich, daß sich Mary zu einem solchen Unternehmen hergegeben hatte? Marshall versicherte mir aufs entschiedenste, daß Mary zu jenem Zeitpunkt unmöglich auf oder in der Nähe der Heide gewesen sein könne; sie sei früh am Morgen weggegangen, da sie in Battersea eine Verabredung mit einem Mädchen gehabt habe, das ihre Hilfe bei einem Schabernack wünschte (welcher Art dieser Schabernack war, wird im folgenden deutlich werden). Anschließend habe sie nach Norwood gehen wollen, um dort Freunde zu besuchen, die kürzlich angekommen seien. Mary könne daher nicht die listige Wahrsagerin gewesen sein, die die Dienerin von ihrer Pflicht abgelenkt hatte. Damit stand ich, gerade als eine Spur sichtbar zu werden begann, wieder vor dem Nichts. Dieser Schabernack, so dachte ich, konnte ja unmöglich mit dem Verschwinden des Jungen in Verbindung stehen.

Marshall war gerne bereit, mir bei meinen Nachforschungen zu helfen. Freilich verbarg ich meinen Beruf und meine Vollmachten sorgfältig vor ihm und vermied jeden Hinweis auf meinen offiziellen Status. Er hätte sonst wohl gezögert, unsere alte Bekanntschaft zu erneuern. Ich erzählte ihm bloß, daß ich an der Familie interessiert sei und daher mein Äußerstes tun werde, um den Jungen wiederzufinden. Er schlug vor, mich zu einem andern Lager, etwa eine Meile von dem seinen entfernt, zu begleiten, wo wir vielleicht genauere Auskunft erhalten würden.

Man wird vielleicht einwenden, daß das überflüssig war: gewiß hatten die Verwandten des Jungen bereits die ganze Heide abgesucht und jeden Zigeuner, dem sie begegneten, unter die Lupe genommen. Aber überraschenderweise stellte sich heraus, daß keinem Zigeuner eine Frage gestellt worden war, und niemand war bei der Suche in die Nähe der Zigeunerlager gekommen. In der Aufregung über den Verlust des Jungen war, wie wir wissen, die Mutter zur Überzeugung gelangt, daß das Verbrechen von Zigeunern begangen worden sei; es sei zwecklos, diese auszufragen; im Gegenteil: vermehrte Vorsicht wäre die Folge, und der Junge würde nur noch besser versteckt werden.

Mrs. Manson wollte auch verhüten, daß der Vorfall öffentlich bekannt wurde. Sie fürchtete ähnliche Attentate in der Zukunft, wenn einmal ruchbar würde, daß der Junge von Zigeunern gestohlen und gegen eine hohe Belohnung wieder zurückgegeben worden sei. Man hatte uns daher strengstens eingeschärft, nach Möglichkeit geheimzuhalten, wessen Kind wir suchten: sollte die Tatsache, daß sie es verloren hatte, bekannt werden, so würde sich Mrs. Manson darüber beinahe ebenso grämen wie über den Verlust selbst. Möglicherweise fürchtete sie auch, daß der Junge dann einen Spitznamen erhalten würde, was – so belanglos das auch scheint – oft sehr lästig sein kann.

Auf Marshalls Rat hin suchten wir das benachbarte Lager auf, das nahe bei der Stelle lag, wo man das Pony wieder gefunden hatte. Es war Sommer; die Nacht war nicht dunkel, obwohl kein Mond am Himmel stand und hohe, weiße Wolken den Himmel bedeckten. Wir schritten mitten durchs Ginstergebüsch, ohne uns die Mühe zu machen, nach ausgetretenen Heidepfaden zu suchen, denn unsere Sache erlaubte keine Verzögerung.

Unser eiliger Marsch wurde bald durch eine Senke aufgehalten, die wir rasch hätten durchqueren können, wäre der Boden nicht am Abhang schon so sumpfig gewesen, daß unsere Füße im Schlamm versanken. Wir hatten diese Stelle der Heide gekannt und waren bemüht gewesen, sie zu vermeiden, hatten uns aber nicht weit genug nach links gehalten. Während wir überlegten, was schneller sei: die Senke zu umgehen oder sie geradeaus zu durchlaufen, auch wenn wir dabei mit Schlamm bespritzt würden – während wir also überlegten, ließ Rover, der sich von seinem Wachtposten weggestohlen hatte und uns gefolgt war, ein tiefes Knurren hören, als ob jemand in der Nähe sei; kurz darauf begann er laut zu bellen.

Es muß der Oberinspektor sein, dachte ich. Er mißtraut mir, genau wie die Lady. Er ist mir nachgeschlichen, um mich zu beobachten. Ist es so, dann soll er nicht umsonst spioniert haben – zum Teufel mit seiner Unverschämtheit!

Wir horchten und blickten uns nach allen Seiten um, konnten aber niemanden entdecken. Rover gab keine Ruhe und rannte einige Schritte vorwärts in Richtung auf einen Tümpel weiter unten in der Senke. Ich spähte angestrengt; endlich glaubte ich, eine Gestalt zu sehen, die sich um den Tümpel herum bewegte und sich uns zu nähern schien. Falls es wirklich mein Vorgesetzter sein sollte, der mir nachspionierte, so war ich entschlossen, ihn für seine gemeine Hinterlist gründlich im Tümpel einzuweichen.

Wer immer der Mensch war – er hatte offensichtlich Angst, denn ich konnte erkennen, wie er sich duckte, um nicht gesehen zu werden. Marshall hatte keine Ahnung, um wen es sich handeln konnte, es war ihm auch gleichgültig. Ich war entschlossen, den Kerl zu stellen, denn der Gedanke behagte mir gar nicht, einen Spion auf den Fersen zu haben – ich, der ich meine Pflicht nach bestem Wissen und Gewissen tat! Ich rief also: »Wer da?« Anstatt zu antworten, ließ der Mann, der sich dicht am Rand des Tümpels befand, etwas Schweres ins Wasser plumpsen; dann rannte er wie ein Hase davon.

»Antworte, oder ich schieße!« schrie ich ihm nach, und Rover raste hinter ihm her; der Mann aber hielt nicht an und war bald außer Sicht.

Marshall, der ja von meinem Verdacht nichts wissen konnte, meinte, daß der Flüchtende niemand anderes als der berüchtigte Straßenräuber Blore gewesen sei. Dieser Kerl habe sich in letzter Zeit öfters auf der Heide herumgetrieben; was er ins Wasser geworfen habe, sei wahrscheinlich ein Beutestück gewesen, das er in der Eile nicht anders habe verbergen können. Das leuchtete ein; ich war aber von der Idee, daß es mein Spion sei, so besessen, daß ich das Aufspritzen des Wassers für eine Finte hielt, damit wir nämlich – anstatt den Flüchtigen zu verfolgen – den Tümpel absuchen sollten. Ich war dafür, dem Davoneilenden nachzusetzen, gleichgültig, ob es sich um den Polizeibeamten oder um Blore handle; aber Marshall brachte mich von der Idee ab; er meinte, es sei klüger, nachzusehen, was in den Tümpel geworfen worden sei; vielleicht konnte uns das auf eine Spur bringen. Später sollte ich mich ärgern, daß wir den Kerl damals nicht verfolgt hatten.

Da Blore erwähnt worden war – für den ich eine Art romantische Zuneigung empfand, seit er zufällig bei meinen früheren Abenteuern eine Rolle gespielt hatte –, wurde in mir der Wunsch wach, dem Straßenräuber wieder zu begegnen, besonders deswegen, weil er vielleicht mehr über das Verschwinden des Jungen wußte als die Zigeuner. Obwohl ich ihn seit der Geschichte mit dem Buckligen und dessen Frau in Monsal-Dale nicht mehr gesehen hatte, glaubte ich doch, daß er sich an

mich erinnern würde, auch wenn unsere Bekanntschaft damals nur flüchtig gewesen war.
Unterdessen hatten Marshall und ich uns weiter rechts gehalten, wo wir den Boden trockener und fester fanden; schließlich gelangten wir an den Rand des Tümpels – genau an der Stelle, von der her wir das Aufspritzen gehört hatten. Der Tümpel war weder sehr breit noch tief; obwohl es dunkel war, konnten wir die helle Wasseroberfläche deutlich erkennen; nichts schwamm darauf. Was immer hineingeworfen worden war, es war auf den Grund gesunken.
Da wir keine Stangen bei uns hatten, konnten wir die Suche nicht fortsetzen; außerdem war meine Zeit kostbar, und ich durfte sie nicht ziellos verschwenden; Marshall dagegen konnte am Morgen wieder hierherkommen und in aller Ruhe nach der vermuteten Beute suchen.
Rover bellte noch immer und beschnüffelte die Spur, die der Mann hinterlassen hatte; gerade als wir uns wieder auf den Weg machen wollten, kam er zu Marshall herangesprungen, etwas Tuchartiges zwischen den Zähnen. Wir entdeckten zu unserer Überraschung, daß es eine Knabenmütze war, von eleganter Machart und aus gutem Material. Die Farbe konnten wir in der Dunkelheit nicht erkennen. Man hatte mir gesagt, daß der kleine William eine dunkelblaue Stoffmütze in eben dieser Art getragen habe, mit seinem Namen im Seidenfutter. Ich zweifelte keinen Augenblick daran, daß es sich hier um seine Mütze handelte; ich begann zu vermuten, daß ihm ein noch schlimmeres Schicksal zugestoßen war, als nur entführt zu werden.
»Guter Gott!« rief ich Marshall zu, »es ist vielleicht die Leiche des armen Knirpses gewesen, die wir ins Wasser haben fallen hören.«
»Nicht unwahrscheinlich«, sagte er, »wenn es so ist, so kommt nur Blore in Frage. Niemand sonst würde ein so gemeines Verbrechen begehen.«

»Nein, nein!« sagte ich, »das ist ausgeschlossen. Ich kenne Blore ziemlich gut; er ist freilich ein hartgesottener Schuft, aber er würde niemals einen harmlosen, kleinen Jungen ermorden, der ihm als Zeuge nicht gefährlich werden könnte. Das ist wirklich unglaubhaft!«
»Glaubhaft genug«, sagte Marshall. »Verstehst du denn nicht, daß er vielleicht für die Tat fürstlich belohnt worden ist, falls nämlich der Junge jemandem ein Dorn im Auge gewesen ist, einem Erben oder so?«
»Dann soll er verflucht sein, der höllische Schurke!« rief ich aus. »Wenn er das getan hat, dann hat er den Tod mehr als verdient; und ich will nicht ruhen, bis er am Galgen hängt!«
»Zum Teufel auch, Tom!« sagte Marshall, »du wirst doch nicht einen alten Bekannten verraten?«
Ich sagte nichts mehr; ich war in ein gefährliches Fahrwasser geraten. Zigeuner haben von jeher ein Vorurteil gegen alles, was mit der staatlichen Justiz zusammenhängt. Mir lag daran, meine eigene Verbindung zu den Hütern des Gesetzes vor Marshall geheimzuhalten. Was ich gesagt hatte, war spontan aus dem Herzen gekommen; als ich daran dachte, daß der Junge vielleicht ermordet worden sei, war mir die Mutter in den Sinn gekommen – verzweifelt, niedergeschmettert, untröstlich, die schönen Augen voller Tränen.
Die Tatsache, daß die Mütze zum Vorschein gekommen war, sprach dafür, daß es sich um die Leiche des unglücklichen Jungen handelte, die in den Tümpel geworfen worden war; trotzdem, ohne Licht und Werkzeuge konnten wir nichts ausrichten, und wir machten uns daher, wie anfangs geplant, auf den Weg ins nächste Lager, von wo wir mit dem ersten Tageslicht zurückkehren und den Tümpel absuchen wollten.
Bernard (oder Barny, wie wir ihn nannten) Allen, das Oberhaupt der anderen Zigeunergruppe, konnte den Informationen, die ich bereits erhalten hatte, wenig hinzufügen. Er hatte den Jungen auf dem Pony reiten se-

hen und erinnerte sich, daß eine Kutsche vorbeigefahren war, die das Pony erschreckt hatte, so daß dieses eine kurze Strecke von der Straße weg in die Heide hineingelaufen war; aber er hatte den Vorfall weiter nicht beachtet. Ob diese Kutsche im Zusammenhang mit dem Räuber Blore oder mit dem Verschwinden des Jungen stand, konnte ich nicht wissen; aber jeder Umstand, wie geringfügig er auch jetzt erscheinen mochte, konnte am Ende von Bedeutung sein. Beim Licht, das wir in Allens Zelt ansteckten, überzeugte ich mich davon, daß es wirklich die Mütze des Jungen war; im Futter stand der Name »William Granville Manson«.

Kapitel 3

Hasenjagd im Morgengrauen – Ein Räuber wird bei seinem nächtlichen Rundgang gestört

Mit dem Morgengrauen kehrten Marshall und ich, begleitet von Barny Allen, an den Tümpel zurück. Wir hatten alles, was wir zum Dreggen brauchten, mitgenommen. Ich war fast sicher, daß die Leiche im Tümpel lag; wir wurden in dieser Ansicht bestärkt, als wir am Ufer eine kleine Reitpeitsche fanden, die wohl dem Jungen gehört hatte.

Wie die Peitsche dahin gekommen war, ließ sich nicht leicht erklären; denn wenn es die Leiche des Kindes war, die wir in den Tümpel hatten plumpsen hören, dann war klar, daß man das Kind schon früher ermordet hatte; sonst wären seine Schreie zu hören gewesen. Und wenn das tote Kind die Peitsche in der Hand gehalten hatte, war es unwahrscheinlich, daß sie seiner starren Hand gerade hier entfallen war. Es war aber auch nicht einzusehen, warum der Urheber dieser schrecklichen Tat (die uns nun zur Gewißheit geworden war) die Peitsche dort hätte zurücklassen sollen.

Wir begannen nun, mit unseren Geräten den Tümpel zu dreggen und stießen bald auf etwas Weiches und Schweres; es gelang uns aber nicht, es an den Rand zu ziehen, denn es entglitt uns immer wieder und rutschte bei jedem Versuch weiter und tiefer ins Wasser hinein. Ich war überzeugt, daß das die Leiche sei; ohne Zögern legte ich meine Kleider ab und stieg ins Wasser, um sie herauszuholen.

Wir hatten uns nicht getäuscht. Es war die Leiche eines Knaben, und – soweit ich es beurteilen konnte – entsprach sie genau der Beschreibung, die ich erhalten hatte. Was die Mütze betraf, die Rover gefunden hatte, konnte es keinen Zweifel geben, denn der Name des Jungen stand im Futter; und die Kleider, die die Leiche trug, entsprachen ebenfalls der Beschreibung. Natürlich konnte ich über die Gesichtszüge, die beim Dreggen ziemlich gelitten hatten, kein Urteil abgeben; aber der Größe und dem Gewicht nach handelte es sich um einen etwa vierjährigen Jungen.

Es war nun offensichtlich, daß ein entsetzlicher Mord begangen worden war; wenn wir nicht zufällig zur Stelle gewesen wären, als der Rohling die Leiche ins Wasser warf, wäre diese entweder nie gefunden worden, oder man hätte annehmen müssen, das Pony sei mit dem Jungen durchgegangen und hätte ihn abgeworfen, als es am Tümpel vorbeigaloppierte. Diese zweite Hypothese hätte der Umstand bestätigt, daß die Mütze und die Peitsche so dicht beim Tümpel gefunden worden waren.

Welches konnten die Beweggründe einer solchen Tat sein? Mir kam nur in den Sinn, was Marshall zuvor angedeutet hatte: daß Blore oder irgendein anderer zu allem entschlossener Schurke zu diesem Zweck gemietet worden war. Raub als Motiv kam nicht in Frage, denn von den Sachen des Jungen fehlte nichts; der Tote trug sogar eine Uhr, die ihm die vernarrte Mutter trotz seiner jungen Jahre geschenkt hatte. Ich finde solche Zeichen mütterlicher Zuneigung liebenswert und rüh-

rend, auch wenn sie, bei nüchternem Verstand betrachtet, eher lächerlich sind. Niemand, der je gesehen hat, wie Mrs. Manson ihrem Kind gegenüber fühlte, würde auch nur im Traum daran denken, diesem ein Leid anzutun und damit der Mutter Schmerz zuzufügen. Wer also hatte es übers Herz gebracht, um des schnöden Mammons willen einen Schurken anzustellen, damit dieser kaltblütig einen liebenswerten Jungen von der Art des kleinen William ermorde?
Die Zigeuner wußten meiner Meinung nach ebensowenig von der Tat wie ich; es war mir jedoch klar, daß die Zeit, der Ort und vor allem der Umstand, daß die Dienerin im Gespräch mit einer wahrsagenden Zigeunerin gesehen worden war, gegen sie sprachen; es würde nicht leicht sein, Leute, die voller Vorurteile steckten, von der Unschuld der Zigeuner zu überzeugen. Ich wußte wohl, daß die Tatsache, daß ich selbst von ihrer Schuldlosigkeit überzeugt war, noch lange nicht bedeutete, daß ich auch andere dazu bringen konnte, die Sache mit meinen Augen zu betrachten. Mrs. Manson, der die schreckliche Nachricht mitgeteilt werden mußte, würde bestimmt an die Schuld der Zigeuner glauben, es sei denn, eindeutige Beweise sprächen dagegen.
Der einzige entlastende Umstand, den ich ins Feld führen konnte, war folgender: wenn die Wahrsagerin nicht Wiltons Mary gewesen war – und das war anscheinend ausgeschlossen –, so befand sich unter den hiesigen Zigeunern keine andere junge Frau, auf welche die Beschreibung passen würde; die Zigeuner standen selbst vor einem Rätsel.
Vorerst mußte die Leiche weggeschafft werden; wir trugen sie in den »Stag«, wie das Gasthaus – so glaube ich mich zu erinnern – hieß. Marshalls Zelt war zwar näher, aber dorthin wollte ich den toten Jungen nicht bringen. Ich befand mich in höchster Erregung und empfand tiefstes Mitleid für die Mutter, die einen solchen Verlust

erlitten hatte; würde sie den Schmerz überhaupt ertragen können, wenn sie das Schlimmste erfuhr?
Gleichzeitig fühlte ich aber auch Hochstimmung, da ich bei meiner Suche so raschen Erfolg gehabt hatte – und dabei war es das erste Mal in meinem neuen Amt, daß man mir einen Auftrag anvertraut hatte; sollte es mir nun noch gelingen, den Mörder aufzuspüren und festzunehmen, so würde ich sofort in den Ruf eines rührigen und wagemutigen Beamten kommen. Dies war mir wichtiger als jede etwaige Belohnung, die bei dieser Geschichte für mich abfallen konnte.
Nachdem die Leiche verwahrt war und ich dem Wirt eingeschärft hatte, in der Sache reinen Mund zu halten, zahlte ich meinen Zigeunerfreunden eine Runde und machte mich dann allein auf den Weg zum Ort, wo ich mich mit dem Oberinspektor verabredet hatte. Als Spion brauchte ich ihn glücklicherweise nicht mehr zu verdächtigen. Er hingegen war ziemlich verärgert, daß ich ihn so lange hatte warten lassen, denn es war schon bald fünf Uhr morgens.
Als ich ihm berichtete, was ich entdeckt hatte, war er wie ich der Meinung, daß einer von uns in die Stadt gehen müsse, um weitere Instruktionen einzuholen (Mrs. Manson und ihr Bruder waren nicht nach Roehampton zurückgekehrt); vor allem mußte geprüft werden, ob irgendein Verwandter der Familie wegen eines Erbanspruchs oder aus anderen Gründen verdächtigt werden konnte. Wir beschlossen, daß ich zurückbleiben und so viel als möglich über den Mann in Erfahrung bringen sollte, den wir am Tümpel gesehen hatten und der – so wollte es scheinen – entweder der Mörder selbst oder zumindest ein Komplize war.
Von neuem machte ich mich auf den Weg durch die Ginsterbüsche der Heide in Richtung auf die Zelte der Zigeuner. Ich war noch nicht weit gekommen, als der Knall und Rauch einer Feuerwaffe dicht vor mir meine Aufmerksamkeit erregte. Gewiß ein Jäger, der Hasen

schießt, dachte ich; es wird nichts schaden, wenn ich ihn anspreche – vielleicht hat er etwas gesehen, was mir nützen kann.

Als ich mich der Stelle näherte, wo der Rauch aufgestiegen war, sah ich einen Mann, der sich bückte, als ob er ein Wild erlegt hätte; sobald er mich jedoch erblickte, duckte er sich hinter ein Gebüsch, da er offensichtlich nicht erkannt werden wollte.

Ha! dachte ich, kein echter Jäger, sondern ein Wilderer; und falls er heute morgen schon länger auf der Heide ist, gerade die richtige Person für mich – wenn ich es richtig anfasse.

Ich ging vorsichtig weiter, denn ich wußte wohl, daß es ein gewagtes Spiel war, einem Wilderer zu nahe zu kommen, der eine Feuerwaffe in der Hand hielt. Der angebliche Wilderer durchschaute meine Absicht, denn ich konnte ihn von Busch zu Busch schleichen sehen, in der Hoffnung, mich abzuschütteln oder ein Versteck zu finden. Ich blieb jedoch nicht müßig und gewann rasch an Boden, als ich ihn plötzlich in der Nähe eines Ginstergestrüpps, das dichter als die umstehenden Büsche war, aus den Augen verlor.

Hier, so schien es, war er untergetaucht; ich stand da wie ein Jäger, der die Fährte verloren hat. Es kam mir damals seltsam vor, daß kein Hund zu sehen war. Vielleicht besaß der Mann keinen, oder er hatte den Hund darauf dressiert, geräuschlos mit ihm davonzuschleichen. Wäre nur Rover bei mir gewesen, er hätte den Schlupfwinkel des Wilderers bald entdeckt.

Ich war entschlossen, die Suche nicht aufzugeben, besonders weil mir der Verdacht gekommen war, daß dieser Wilderer möglicherweise etwas mit dem Schicksal des kleinen Jungen zu tun haben könnte. Dafür sprach allerdings nur die Tatsache, daß sich der Wilderer auf der gleichen Heide befand, auf der der Mord geschehen war; aber so, wie mir zumute war, genügte das bereits. Behutsam und vorsichtig wand ich mich durch die

schmalen Lücken zwischen den Ginsterbüschen und spähte nach allen Seiten, so wie ich es als Junge auf der Suche nach Vogelnestern getan hatte.
Endlich glaubte ich unter einem Busch, der bedeutend höher als die anderen war, ein Stück von einem graubraunen Rockschoß zu erblicken. Ich wußte, daß beim Ginster, wenn er größer wird, der dichte obere Wuchs die unteren Zweige absterben läßt; da die Stämme dünn sind, entstehen auf diese Weise beträchtliche Hohlräume im Gebüsch, die Straßenräubern und andern auf der Heide schon oft als Versteck gedient haben. Als ich daher den graubraunen Rockschoß erblickte, war ich sicher, daß ich meinen Mann gefunden hatte.
Vorsicht war angebracht. Wie scheuchte ich am besten diesen Löwen aus seiner Höhle auf? Ich hoffte, daß er meine Schritte nicht gehört hatte; aus der Lage des Rockschoßes schloß ich, daß ich mich hinter ihm befand und er mich folglich nicht sehen konnte. Ich schlich so vorsichtig näher, als ob ich auf Glas ginge, und ich wagte kaum zu atmen vor Angst, den Mann vorzeitig zu alarmieren.
Endlich war ich so nahe, daß ich den Rockschoß hätte berühren können; aber der Busch war so dicht, daß ich nicht erkennen konnte, wie der Mann lag. Bei genauerem Hinsehen entdeckte ich im Gras die Mündung einer Feuerwaffe, anscheinend eine große Pistole oder eine Hakenbüchse, die im übrigen durch den überhängenden Ginster verdeckt war.
Mein erster Impuls war, mich auf die Waffe zu stürzen und sie mir anzueignen. In diesem Augenblick sah ich, wie sie sich bewegte und hörte das Knacken des Hahns. Diese »Vorwarnung« ließ mich innehalten, aber nur einen Moment, denn ich befand mich jetzt hinter dem Mann, ein Vorteil, den ich im Nu verlieren konnte.
Tollkühn griff ich zu, faßte den Lauf mit beiden Händen und hatte dem Mann die Waffe entwunden, ehe er es sich versah. Er sprang unter dem Busch hervor und ver-

suchte, mir das Schießeisen wieder abzunehmen; im Handgemenge ging es los – aber glücklicherweise, ohne einen von uns zu verletzen. Ich ließ die Waffe fallen, zog aus meiner Brusttasche eine geladene Pistole und hielt sie ihm an den Kopf:
»Stillgestanden! Antworte mir, oder ich schieße!«
Als ich mir den Mann genau betrachtete, um herauszufinden, mit was für einem Menschen ich es in diesem Kampf auf Tod und Leben zu tun hatte, glaubte ich das grimmige Gesicht des Straßenräubers Blore zu erkennen. Er war es wirklich, aber wie jämmerlich hatte er sich verändert! Die Augen waren eingesunken, und sein Gesicht war von tiefen Furchen durchzogen. Er hatte grimmig und abgehärmt ausgesehen, als ich ihm vor einigen Jahren zuletzt begegnet war. Doch es war das Gesicht eines Engels gewesen im Vergleich zu dem brutalen Ausdruck, der jetzt seine Visage prägte.
Blore erkannte mich sofort; obwohl er nicht wissen konnte, in welcher Eigenschaft ich auftrat, versuchte er keinen gewaltsamen Widerstand, wohl so lange, bis er meine Absichten erfahren hatte. Für mich andererseits war es wichtig, diese zu verbergen und aus ihm so viele Informationen herauszuholen, wie ich konnte.
Im Hinblick darauf schlug ich einen ungezwungenen, sorglosen Ton an; ich erzählte ihm, ich sei ein Abenteurer wie er selbst, obwohl ich noch kein Straßenräuber geworden sei, und fragte ihn, anscheinend gleichgültig und im Scherz, was für Erfolge er in letzter Zeit gehabt habe und welcher Heldentaten er sich rühmen könne. Ich wußte, das war eine kitzlige Frage, hoffte aber, daß mein zutrauliches Benehmen sein Mißtrauen einschläfern werde.
Es gelang. Blore war an den milden Ton der Freundschaft so wenig gewöhnt, daß dieser alle seine edleren Gefühle (wie sie in der Brust eines jeden Räubers schlummern) weckte. Ich glaube, er hätte keine Bedenken gehabt, mir alle Verbrechen zu erzählen, die er je

begangen hatte. Als mir das klar wurde, begann ich eine schmerzliche Anteilnahme an seinem Schicksal zu empfinden, so daß ich innerlich zu zittern begann, in der Befürchtung, er werde sich zum Mord an dem kleinen William bekennen und damit mein Pflichtgefühl auf eine harte Probe stellen.

Direkt konnte ich ihn über diese Angelegenheit nicht ausfragen; aber es glückte mir, das Gespräch vom Hasen, auf den ich ihn hatte schießen sehen, auf die Ereignisse der vergangenen Nacht zu lenken. Ich gestehe, ich war sehr froh, als sich herausstellte, daß er nicht in das Verbrechen verwickelt war, das ich gerade untersuchte – d. h. wenn ich ihm glauben durfte. Ich hatte aber keinen stichhaltigen Grund, seine Aufrichtigkeit zu bezweifeln. Denn warum hätte er mir gerade das verschweigen sollen, da ich doch genügend anderes Belastungsmaterial gegen ihn besaß, falls ich ihn hätte anzeigen wollen?

Ich erfuhr, daß Blore in der vorigen Nacht unterwegs gewesen war – natürlich auf Raub aus –, als gegen zwölf oder ein Uhr ein Pferdekarren seine Aufmerksamkeit erregte, der hart am Rand der Heide entlangfuhr. Da diese Art von Fahrzeug nicht viel in Sachen Beute versprach, trat er auf die Seite und ließ es vorbeifahren, ohne den Kutscher anzurufen.

Eine Minute später hörte er, wie der Karren anhielt. Da Blore der Gedanke nicht behagte, einen Zeugen so dicht bei dem Ort zu haben, wo er seine Geschäfte abzuwickeln pflegte, beschloß er, den Karren im Auge zu behalten. Blore war nahe genug, um zu sehen, wie der Kutscher ausstieg, das Pferd an einem Busch festband, etwas Schweres auslud und damit in die Heide hinaus eilte.

Das brachte Blore, wie Marshall vor ihm, auf die Idee, daß der Mann beabsichtige, etwas Wertvolles zu verstecken; der Straßenräuber eilte dem Mann nach, indem er eine Abkürzung einschlug. Er wollte herausfinden, wohin dieser ginge. Blore konnte ihn auch abfangen, falls die Beute sich als eines Kampfes wert erweisen sollte. Der routinierte Räuber kam dem Mann unbemerkt so nahe, daß er sehen konnte, daß dieser den leblosen Körper eines Jungen trug. Der sonst eher abgebrühte Blore sagte, ihn habe bei dem unerwarteten Anblick geschaudert. Da er sich unter keinen Umständen in eine solche Sache einmischen wollte, sei er schnellstens davongeeilt, ohne zu beobachten, was aus dem Mann und aus dessen verbrecherischer Last geworden sei.

Hier war also ein weiteres Glied in der Kette der Ereignisse um den unglückseligen Jungen; unklar blieb, wer der Kutscher des Pferdekarrens sein konnte. Es war für Blore zu dunkel gewesen, als daß er hätte erkennen können, was für ein Mensch der Fahrer gewesen war. Fest stand nur, daß er eine Kappe und einen unförmig aussehenden Umhang oder »Benjamin« getragen hatte.

Nachdem ich aus Blore alles, was er wußte, herausgeholt hatte, zögerte ich nicht, ihm mitzuteilen, daß ich mich für den Jungen interessiere – ohne allerdings einen Grund anzugeben. Ich fand bald einen Vorwand, um mich zu verabschieden; während ich meine Nachforschungen fortsetzte, blieb er zurück, um sich seinen Hasen zum Frühstück zu braten. Ehe ich von Blore wegging, ließ ich mir noch erklären, wie ich ihn wieder finden könne, falls ich einmal seine Hilfe brauchen sollte.

Kapitel 4

Eine junge Dame unter Verdacht – Rhetorik im Hinterhof – Kampf mit einem Desperado

Ich ging weder zu den Zelten der Zigeuner zurück noch wartete ich die Rückkehr des Oberinspektors ab, denn ich glaubte, von den Zolleinnehmern an der Hauptstraße etwas über den Kutscher des Pferdekarrens erfahren zu können. Allerdings hatte ich kein großes Zutrauen zu dieser Art von Leuten, seit ich damals den Verdacht gefaßt hatte, daß Blore bei dem dicken Kerl am Paß nach Monsal-Dale wohnte oder zumindest ein geschätzter Besucher war. Aber das Fragen kostete nichts, und so wollte ich es wenigstens versuchen. Die Einnehmer des Straßenzolls, das muß man ihnen lassen, haben meistens ein gutes Gedächtnis in Sachen Pferde und Fahrzeuge; wenn es mir gelänge, das Pferd oder den Karren mit einem Besitzer in Verbindung zu bringen, so wäre das ein wichtiger Beitrag zur Lösung des Falles.

Zuerst hatte ich keinen Erfolg. Die Kerle waren nachts so schläfrig und benommen gewesen, daß sie sich nicht erinnern konnten, ob ein Karren vorbeigekommen war. Schließlich aber fand ich einen Mann, der sagte, er habe zwischen elf und zwölf Uhr ein Fuhrwerk vorbeifahren sehen, von dem er annehme, daß es Mr. Jones in Battersea gehöre; ja, der Fahrer habe eine Kappe und einen »Benjamin« getragen.

Als das Wort »Battersea« fiel, kam mir unwillkürlich in den Sinn, daß Mary nach Battersea gegangen war. Ich begann – trotz meiner guten Meinung von ihr – anzunehmen, daß sie doch in die Affäre verwickelt sei, obwohl ihr Vater sicher nichts davon wußte. Es war nur eine Vermutung, aber der bloße Gedanke, sie könne an einem solch teuflischen Geschäft beteiligt sein, tat mir weh. Auf der anderen Seite: wer war dieser Jones? Der Zolleinnehmer wußte nicht, was für einen Beruf Jones ausübte und hatte ihn nie gesehen; hingegen hatte er vernommen, daß der grüne Karren Jones in Battersea gehöre.

Es war klar, daß ich als nächstes nachforschen mußte, mit wem Mary in Battersea in Verbindung stand; nachdem ich einmal angefangen hatte, war ich entschlossen, meine Untersuchung zu Ende zu führen – was immer auch die Folgen für Mary sein mochten. Ich machte mich also erneut auf die Suche nach Marshall. Aber mein Weg war umsonst. Marshall hatte den Namen Jones aus Battersea nie gehört, und er wußte nicht, wen Mary dort kannte. Nach einem hastigen Frühstück machte ich mich auf nach Battersea, um über diesen Jones, den vermutlichen Eigentümer des Karrens, Erkundigungen einzuziehen.

Die Auskünfte, die ich erhielt, ergaben, daß Jones als sehr wohlhabend galt. Man munkelte jedoch, daß er hauptsächlich durch Schmuggel und durch andere dunkle Geschäfte zu seinem Geld gekommen sei. Er spekuliere in Geschäften, bei denen es um alles oder nichts gehe, wo ungeheure Profite ungeheuren Risiken die Waage hielten. Ob ein Handel legal oder illegal sei, kümmere ihn nicht, sofern ein tüchtiger Gewinn herausschaue.

Alles das wurde aber nur geflüstert – von einigen geschwätzigen Schnüfflern im Dorf. Jones hatte sich anscheinend hier niedergelassen, um sich die Respektabilität wieder zu verschaffen, die er anderswo verloren hatte, da man dort seinen Untaten auf die Spur gekommen war. Machenschaften solcher Art lassen sich selten ganz vertuschen. Jones selbst, nachdem er einige Zeit in Sicherheit und (wie er glaubte) ohne Verdacht zu erregen gelebt hatte, ging allmählich weniger vorsichtig zu Werke und hatte in mehreren Fällen gewagt, Schmuggelware in seinem eigenen Haus aufzubewahren.

Neben einer Kalesche für seine Familie besaß er den vorhin erwähnten Karren, angeblich um Haushaltwaren, die er aus London bezog, transportieren zu können. In Wirklichkeit aber diente ihm der Karren als Transportmittel in einem lukrativen Zweig seiner Handelsunternehmung, den er neuerdings in Battersea in größerem Umfang, als er anfänglich gewagt hatte, betrieb.

Was die Nachbarn zuerst stutzig gemacht hatte, waren

die ungewöhnlichen Zeiten, zu denen der Karren ein- und ausgefahren war: das führte zu Vermutungen und geflüsterten Gerüchten, die Jones' Respektabilität in Frage stellten. Unter anderem hieß es, Jones schrecke nicht davor zurück – von seinen eher verzeihbaren Schmuggelgeschäften abgesehen –, mit menschlichen Leichen »en gros« zu handeln, die er in die entsetzlichen Höhlen der Londoner Anatomen liefere.
Niemand konnte das beweisen, doch alle glaubten es; als ich dieses Gerücht mit der mitternächtlichen Unternehmung auf der Heide in Verbindung brachte, wurden mir diese Mutmaßungen schnell zur Gewißheit: dieser Jones war entweder der Mörder selbst, oder er war beteiligt am Mord des unglücklichen kleinen Jungen. Hatte er auch Mary mit ins Komplott gezogen, war seine Schuld um so größer. Daß sie geholfen hatte, erschien als wahrscheinlich; ihre Erklärung, sie gehe nach Norwood, hielt ich für eine Finte, mit der sie ihren Vater hinters Licht geführt hatte.
Es war möglich, daß der Oberinspektor inzwischen zurückgekehrt war und daß er unterdessen ein Motiv für das Verbrechen entdeckt hatte; da ich aber bereits so tief in die dunkle Angelegenheit eingedrungen war, dachte ich, es würde meinem Ruf mehr nützen, wenn ich die Aufklärung des Falles ohne Hilfe abschließen könnte. Ich setzte daher meine Nachforschungen in Battersea mit aller möglichen Umsicht und Schlauheit fort; jedermann war gerne bereit, persönliche Details zu den erwähnten üblen Gerüchten über Jones hinzuzufügen, besonders über den Leichenhandel, der ja überall von allen verworfen wird.
Am mitteilsamsten war ein Fuhrknecht, der einige Zeit bei Jones gearbeitet hatte, dem die Stelle jedoch nicht zugesagt und der gekündigt hatte. Ich bezahlte diesem Menschen ein paar Glas Bier; er erzählte mir dafür, daß das Gerücht über den Leichenhandel den Tatsachen entspreche; dies sei der Hauptgrund gewesen, warum er

gekündigt habe; der Lohn sei im übrigen bei Jones besser gewesen als anderswo.
Nach viel nutzlosem und zusammenhangslosem Gerede, das ich mir geduldig anhören mußte (der Kerl war – wie die meisten seines Standes in der Hauptstadt und der Umgebung – so unwissend und grob wie ein Wilder), erfuhr ich, daß sein Nachfolger ebenfalls im Begriffe stehe, seine Stelle aufzugeben. Diesen Hinweis durfte ich nicht außer acht lassen; hier bestand eine Möglichkeit, wertvolle Informationen aus erster Hand zu erhalten. Ich beschloß kühn, mich selbst um die frei werdende Stelle zu bewerben. So würde ich Gelegenheit haben, Jones selbst kennenzulernen und herauszufinden, mit was für einem Mann ich es zu tun hatte; es konnte ja bald der Fall eintreten, daß ich ihn wegen Entführung und Mord verhaften mußte.
Ohne zu zögern begab ich mich zum Haus von Jones; die Fassade war elegant und geschmackvoll und erinnerte an alles andere als an eine Leichenhalle. Der Herr des Hauses war nicht da, aber eine junge Dame – gut gekleidet und von gewinnendem Äußeren, wenn auch nicht besonders hübsch, die ich für Jones' Tochter hielt – empfing mich in der Vorhalle, als man ihr sagte, weshalb ich gekommen sei. Sie schien überrascht zu sein, daß ein junger Mann von meinem Äußeren sich um eine solche Stelle bewerben wollte. Obwohl ich mich nach Kräften bemühte, wie ein Prolet zu sprechen und aufzutreten, war ich doch ziemlich gut gekleidet und zeigte wohl ein Benehmen, das vornehmer war als das, was man von Fuhrleuten erwartet hätte.
Das Erscheinen dieser jungen Dame brachte mich auf einige Gedanken, die mit meinem unmittelbaren Anliegen in enger Verbindung standen. Der Schabernack, an dem Mary beteiligt war, stand – falls es sich nicht um eine ganz und gar erfundene Geschichte handelte – sehr wahrscheinlich mit Miss Jones in Zusammenhang; Miss Jones und Mary konnten von Jones getäuscht worden

sein und ihm unwissentlich bei der Ausführung seiner niederträchtigen Pläne geholfen haben.
Wie ich Mary kannte, war es ausgeschlossen, daß sie sich in irgendeiner Weise an der Ermordung eines unschuldigen Kindes beteiligt hatte. Auch Miss Jones hielt ich einer solchen Tat für unfähig; dazu schien sie mir zu sanft, zu anmutig, zu gebildet zu sein.
Ich beschloß, sie vorsichtig auszuhorchen. Ich erzählte ihr, daß ich lange Zeit unter den Zigeunern gelebt hatte, nun des Herumziehens müde sei und eine feste und gut bezahlte Stelle suche – etwa in der Art, wie sie ihr Vater zu vergeben habe. Beim Wort »Zigeuner« wurde sie plötzlich rot und konnte ihre Aufregung nicht verbergen. Mir schien, ich hatte einen wunden Punkt berührt und Gefühle angesprochen, die sie vergeblich zu unterdrücken suchte.
»Was für Zigeunerfamilien kennen Sie denn?« fragte sie mich mit einer gewissen Nervosität, aber in einem Ton, der gleichgültig klingen sollte.
»Warten Sie einmal, Miss«, sagte ich und tat, als ob ich mich besinnen müsse. »Am besten kenne ich die Allens, die Boswells, die Marshalls, die Stanleys und ihre Verwandten.«
Ich bemerkte (oder glaubte zu bemerken), daß sie beim Namen der Marshalls zusammenzuckte. Ich hatte den Namen absichtlich erst an dritter Stelle erwähnt, damit sie nicht auf den Verdacht kommen konnte, ich wisse etwas vom Verschwinden des Jungen; das hätte alles verdorben.
»Heißen Sie Wilton?« fragte sie mit offensichtlichem Interesse. »Nein, Miss«, sagte ich, »aber ich weiß, wen Sie meinen; das ist der, der vor langer Zeit bei den Marshalls gelebt hat.«
Daraufhin schwieg sie und wußte nicht recht, was sie sagen sollte; andererseits wollte sie mich auch nicht gehen lassen. Möglicherweise hatte sie eine unbestimmte Ahnung, weshalb ich hier war, denn ein schlechtes Ge-

wissen schärft den Blick; vielleicht fragte sie mich jetzt deswegen, ob ich Mary in letzter Zeit gesehen habe.
Ich antwortete: »Nein, Miss, schon lang nicht mehr. Aber gehört habe ich, daß sie bei einer Sache mitgemacht hat, die in Roehampton geschehen ist – ein gräßlicher Kindermord, hab ich gehört. Schade um diese junge Frau!«
Während ich in vulgären Phrasen dieses Thema weiter ausführte, wurde Miss Jones abwechselnd rot und blaß. Sie gab sich Mühe, mich den Grund nicht merken zu lassen; sie tat so, als erschüttere sie die Geschichte und als bemitleide sie das Mädchen – falls nämlich die Geschichte wahr sei, was sie nicht hoffe.
Für mich war nun erwiesen, daß sowohl Mary als auch Miss Jones über den Verbleib des Jungen Bescheid wußten. Nachdem ich Miss Jones in Aufregung versetzt hatte, hielt ich es für klug, mich nun gleichgültig zu stellen und die Sache zu bagatellisieren. Ich hätte Miss Jones augenblicklich auf Mordverdacht hin festgenommen, wenn ich einen Haftbefehl dabeigehabt hätte; so aber wußte ich als Neuling nicht, ob ich diesen Schritt ohne offizielle Bewilligung wagen konnte.
Aus dieser verzwickten Situation rettete uns Jones selbst, der aus dem Magazin (oder wie immer er das Depot seiner illegalen Waren nannte) durch die Hintertür hereintrat und dabei ein großes Gelärme und Getrampel veranstaltete – wie es Leute tun, wenn sie sich ihre Schuldgefühle nicht eingestehen mögen.
»Vater!« sagte Miss Jones, »hier ist ein junger Mann ...«
»Ein junger Nichtsnutz!« schrie er voller Wut; er kam aus Wales, und diese Leute sind fürs Fluchen berühmt. »Was zum Teufel haben junge Männer überhaupt hier zu suchen, he?« Zornig drehte er sich um, ging wieder auf die Hintertür zu, als ob er etwas vergessen hätte, und schrie: »Bob! He, Bob Lumby, faules Aas!«
»Er ist wieder einmal in Rage«, sagte Miss Jones; »aber

warten Sie ein wenig, in einigen Minuten können Sie ganz vernünftig mit ihm sprechen.«
Sie war froh, sich zurückziehen zu können. Der Dialog zwischen Jones und seinem Knecht erregte sofort meine Aufmerksamkeit; die beiden sprachen so laut, daß ich sie ohne Schwierigkeit verstehen konnte.
»Wird's bald, Blödian?« sagte Jones. »Los! Der Karren muß geschrubbt, Tramper gestriegelt werden; ich brauch sie beide!«
»Um Gottes willen, Meister«, sagte der Knecht, »Tramper ist noch völlig erschöpft von der Fahrt von gestern nacht; auf keinen Fall darf er heute aus dem Stall.«
»Verdammt noch mal! Ich sage dir, er muß, und zwar sofort! Gib ihm Hafer, und wenn er nicht laufen will, dann werden ihm Brandy und die Peitsche schon Beine machen!«
»Wo er doch gestern nacht so eine fürchterliche Fahrt gehabt hat!«
»Halt deine verfluchte Klappe, Bob, und leg endlich Hand an! Was heißt fürchterliche Fahrt? Von Lambeth ist er in einem ganz gemütlichen Trott heimgezottelt. Und was hat er gezogen? Nichts als ein Fäßchen Gepökeltes im Karren. So ein erstklassiges Schweinefleisch ist doch keine schwere Ladung, oder? Du hast wohl Stroh im Kopf!«
»Man kann es auch erstklassiges Schweinefleisch nennen, wenn Sie meinen«, sagte Bob kalt; »mir jedenfalls paßt's nicht, daß es hier herumliegt.«
»Saukerl, miserabliger! Hab ich dir nicht gesagt, du sollst mit deinem Geschwätz aufhören!«
»Schon gut. Ich sage nur, daß ich die Ware nicht mag, die Sie erstklassig nennen; und Tramper, mein ich, muß ungewöhnlich schnell von Lambeth hierher gelaufen sein, sonst wäre er nicht so ausgepumpt. Jack Smith hat mir gesagt, daß er den Karren kurz vor Mitternacht in einem mörderischen Tempo auf der Wandsworthstraße gesehen hat. Vielleicht haben Sie auf dem Heimweg von

Lambeth einen Abstecher nach der Putney-Heide gemacht.«
»Ach was, du Esel! Jack Smith hat ja nicht alle Tassen im Schrank!«
»Er hat den Karren gesehen; aber er hat nichts über die erstklassige Ware gesagt; er hat bloß geblinzelt, wie wenn er auf dem laufenden wäre.«
Dieser Hieb saß; Jones tobte wie ein Irrsinniger und drohte, er werde Bob auspeitschen, wenn er solches Geschwätz über seine Geschäfte verbreite. Bob dagegen blieb nach außen gelassen und kalt, wie es Cockneys immer sind, wenn die Wut sie packt; aber er fuhr mit seinen anzüglichen Bemerkungen fort. Jones hielt es für ratsam, dieser Tirade zu entfliehen, wahrscheinlich, weil er sofort Maßnahmen für seine Sicherheit ergreifen wollte, nachdem sein (wie er geglaubt hatte) wohlgehütetes Geheimnis so weit herum bekannt geworden war.
Als er mich diesmal im Hausgang antraf, hatte sich seine Stimmung geändert. Ich erklärte ihm, daß ich gehört habe, der Knecht wolle kündigen; ich sei gekommen, um Mr. Jones meine Dienste anzubieten. Es fiel ihm ein, daß ich ihm bei einigen seiner Unternehmungen von Nutzen sein könnte. Wir machten ab, daß ich binnen einer Stunde mit dem Karren und einer Ladung von zwei Fässern (erstklassiges, gepökeltes Schweinefleisch!) zu einem Freund in die Stadt fahren sollte.
Ich erklärte mich mit seinem Angebot einverstanden; mir lag ja nicht daran, um den Lohn zu feilschen. Jones führte mich nach hinten, damit ich Bob helfen könne, alles bereit zu machen. Als Bob hörte, wie die Sache stand, sagte er, ohne sich im geringsten um den wütenden Jones zu kümmern, in spöttischem Ton zu mir:
»Hör mal, Junge, ich glaube nicht, daß es dir wohl sein wird, wenn du neben den Dingen da im Karren sitzen mußt.«
»Ich warne dich, du Schuft«, entgegnete Jones, »halte deine ... Klappe, oder ich schlage dir den Schädel ein!«

»Wagen Sie's!« sagte Bob, scheinbar ohne Angst vor den Folgen. »Und außerdem bin nicht ich hier der Schuft, Mr. Jones, sondern Sie, wenn Sie sich so aufführen.«
»Verflucht noch mal, du Hund! Ich mache Hackfleisch aus dir, wenn du nicht endlich ruhig bist!«
»Also, dann kommen Sie mal!« sagte Bob und nahm eine Boxerstellung ein, »und wenn ich nicht gerade so gut bin wie Sie, dann können Sie mich in eines Ihrer Fässer einpökeln – so wie Sie es mit dem *Jungen* gemacht haben!«
Das war zuviel für Jones; er ergriff eine Mistgabel, die neben ihm lehnte, und machte Bobs Schmähreden ein Ende, indem er versuchte, den Knecht an die Wand zu spießen. Ich sprang dazwischen, um ein Unglück zu verhüten; im Handumdrehen packte ich die Mistgabel und entwand sie ihm. Ich hatte nämlich gerade überlegt, ob ich Jones nicht verhaften sollte – Haftbefehl hin oder her –, dabei aber befürchtet, daß ich ihn allein nicht würde festnehmen können, falls Bob gegen mich Partei ergreifen sollte; obwohl Jones, wie die meisten Waliser, klein war, so war er doch stark gebaut und muskulös. Seine Gesichtszüge allein ließen erkennen, daß er ein skrupelloser Verbrecher und jeder Gewalttätigkeit fähig war. Jetzt aber, als ich Bobs Anspielung auf den Jungen hörte, die zu allen meinen bisherigen Informationen paßte, und als ich Jones tatsächlich einen Mordversuch unternehmen sah und glaubte, auf die Unterstützung des Knechts zählen zu können – jetzt warf ich die Mistgabel hin, zog meinen Amtsstab heraus und teilte Jones mit, daß er vor dem Gericht von Bow Street wegen Entführung und Mord zu erscheinen habe.
Jones, unbesonnen und wütend, fiel aus allen Wolken; er war auf eine so plötzliche Katastrophe nicht gefaßt gewesen, obwohl er doch seit langem befürchtet haben mußte, daß seine illegalen Machenschaften eines Tages entdeckt werden würden. Die Plötzlichkeit, mit der al-

les geschah, ließ, wie das oft der Fall ist, seinen Zorn bald verrauchen, und er begann mir Geld anzubieten: keine Summe sei ihm zu hoch, wenn ich ihn entkommen ließe. Sein Angebot beeindruckte mich nicht, und ich sagte ihm, es nütze alles nichts, er müsse mitkommen. Darauf sah er sich nach Bob um, um festzustellen, ob dieser ihm helfen würde. Bob war kaum weniger verblüfft als er selber und stand da, als ob er nicht recht wisse, auf wessen Seite er sich stellen solle. Endlich aber fiel ihm ein, daß ein Kampf von zweien gegen einen unfair wäre; als Jones ihn um Hilfe bat, antwortete er:
»Nein, nein, Meister! Ich hole Sie nicht aus der Klemme; aber wenn Sie einen Kampf riskieren wollen, würden Sie eine gute Chance haben.«
»Los!« sagte ich, »Mr. Jones, ich kann hier nicht meine Zeit vertrödeln. Sie müssen mitkommen, es hilft Ihnen alles nichts.«
»Meinen Sie?« sagte der Verbrecher, indem er eine Pistole aus der Tasche zog und auf mich richtete. Ich aber war noch schneller als er, denn im selben Augenblick hielt ich eine Pistole in jeder Hand. Als er das sah, entschloß er sich, dieses Duell mit ungewissem Ausgang zu vermeiden und ergab sich.
Miss Jones war gewiß an lautstarke Wortwechsel von der Art, wie sich eben im Hof einer abgespielt hatte, gewöhnt und hätte wohl kaum darauf geachtet, wenn nicht ein paar verdächtige Worte zu ihr gedrungen wären. Zuerst spähte sie heimlich hinter der Türe hervor; als sie jedoch ihr Unglück in seinem ganzen Ausmaß begriffen hatte, stürzte sie heraus, fiel mir zu Füßen und flehte, bat und beschwor mich, Mitleid mit ihrem Vater zu haben und ihn laufen zu lassen.
»Ach, Sir!« schluchzte sie, »lassen Sie ihn laufen, und er wird Ihnen alles sagen – alles, was er weiß. Haben Sie doch Mitleid mit mir, Sir, und lassen Sie ihn gehen. Ich selbst will mit Ihnen kommen, wenn Sie ihn laufen lassen.«

Das junge Wesen tat mir aufrichtig leid, und nie habe ich meine Pflicht schmerzlicher und schwerer empfunden als in diesem Moment. Wäre ich sicher gewesen, daß sie selbst über jeden Verdacht erhaben sei, hätte ich wahrscheinlich nicht festbleiben können; nach der Unterredung, die ich vorhin mit ihr gehabt hatte, war ich jedoch davon überzeugt, daß sie mehr von dem Verbrechen wußte, als sie hätte wissen dürfen – kurz: ich gab nicht nach.

Wenn jemand um eine Vergünstigung bittet oder fleht, so ist die Persönlichkeit des Bittstellers immer der ausschlaggebende Faktor bei der Entscheidung. Alle Tränen und alles Geschluchze einer Frau würden mich nicht im geringsten beeinflussen, wenn ich der Überzeugung wäre, daß sie im Unrecht sei oder um etwas Unrechtes bitte. Ich fragte mich sogar, ob ich Miss Jones nicht ebenfalls verhaften sollte. Auf alle Fälle mußten sie und Mary verhört werden; was wußten sie von der Sache?

Die einzige Gefälligkeit, die ich ihr erweisen konnte, bestand darin, daß ich Bob nach einer Kutsche schickte, die uns vor Jones' Haus erwarten sollte, damit die Nachbarn die Verhaftung nicht bemerken sollten. Der Knecht war über diesen Auftrag nicht besonders erfreut; er war enttäuscht darüber, daß aus dem schönen Boxkampf zwischen Jones und mir nichts geworden war.

Jones gab ihm etwas Geld, damit er seinen Mund halte, während er die Chaise besorgte. Ich nehme aber an, daß ihm das Geheimnis zu schwer auf dem Herzen lag; er mußte sich Erleichterung verschaffen, indem er es Jack Smith oder sonst jemandem im Vertrauen zuflüsterte, worauf es sich wie ein Lauffeuer verbreitete. Bis die Kutsche da war, hatte sich das halbe Dorf eingefunden und verfolgte unsere Abfahrt mit neugierigem Glotzen.

Kapitel 5

Aufklärung der Geheimnisse – Bestechung und Korruption einer Magd – Heimliche Unterredung im Kuhstall

Als wir das Gericht betraten, fand ich, daß – als Resultat der Nachforschungen des Oberinspektors – ein junger Mann namens Clarke zum Verhör vorgeladen worden war und sich nun in der Amtsstube befand. Clarke war mit dem kleinen William verwandt und im Falle von Williams Tod der legale Erbe eines beträchtlichen Vermögens. Als Clarke Jones erblickte, fuhr er zusammen, als ob er einen Geist oder einen Dämon gesehen hätte, oder – was bei Kriminalfällen oft kaum weniger erschreckend ist – als ob er mit einem unerwarteten Zeugen, der seine Schuld eindeutig beweisen konnte, konfrontiert würde.

Ich wartete die Verhöre nicht ab; ausgestattet mit Haftbefehlen für Mary und Miss Jones, machte ich mich sogleich auf den Weg nach Norwood, um Mary zu suchen.

Noch am Morgen dieses Tages wäre es mir schwergefallen, einen derartigen Schritt auch nur zu erwägen; jetzt aber, da ich Jones so erfolgreich aufgespürt und festgenommen hatte, befand ich mich in einer derartigen Hochstimmung, daß ich nötigenfalls meinen eigenen Vater verhaftet hätte. Mary war nicht in Norwood. Sie war zwar im Dorf gewesen, hatte es aber bereits wieder verlassen. Was den Schabernack anging, so erfuhr ich, daß sie jemandem in Battersea, der sich verkleiden wollte, ihre Kleidung geliehen habe, weiter nichts. Wenn Mary den Zweck dieser Verkleidung gekannt hatte, dann hatte sie sich ihren Freunden gegenüber unwissend gestellt – oder aber diese wollten sie nicht verraten.

Ich war erleichtert; ich hoffte, daß Mary nicht gelogen hatte und ihre Unschuld würde beweisen können. Leicht würde es nicht sein, das sah ich voraus.

Wer konnte sich Marys Kleider geborgt haben, um sich als Zigeunerin zu verkleiden? Der Anlaß hierfür war angeblich ein Schabernack zwischen Liebenden, der wahre Zweck aber die Entführung des unglücklichen Jungen gewesen. Konnte Miss Jones selbst die Wahrsagerin auf der Heide gespielt haben? Die Beschreibung paßte freilich nicht: Miss Jones, ein typisches Mädchen aus Wales, war hellblond, weißhäutig und hatte blaue Augen. Die Wahrsagerin dagegen war als typische Zigeunerin beschrieben worden.

Noch immer lag das Motiv für das Unternehmen in geheimnisvollem Dunkel: Jones hatte den armen Jungen kaum wegen der paar Guineen ermordet, die man ihm für dessen Leiche bezahlt hätte. Außerdem schien ja Jones die Leiche gar nicht gewollt zu haben, sonst hätte er sie nicht in den Tümpel auf der Heide geworfen.

Andererseits war möglicherweise Mr. Clarke, der künftige Erbe, am Verbrechen beteiligt – wieso hätte ihn sonst der Anblick von Jones, den er übrigens kannte, so betroffen gemacht? Clarke mußte entweder Abscheu vor der Tat oder Furcht vor Jones' Aussage empfunden haben.

Der ganze Tag war den Untersuchungen und Nachforschungen gewidmet, ohne daß aber das Geheimnis im wesentlichen aufgeklärt worden wäre. Nur ein neuer Sachverhalt kam ans Licht: Mr. Clarke war offiziell mit Miss Jones versprochen gewesen, d.h. er war es noch. Ein wichtiger Umstand, denn Clarke war arm und befand sich in Zahlungsschwierigkeiten! Wenn Klein-William nicht im Weg gestanden hätte, wäre Clarke im Geld geschwommen – im Geld, das jetzt noch die Vormünder des Jungen verwalteten.

Jones, der diese Umstände genau kannte, hatte Clarke umschmeichelt, umworben und umschwärmt, hatte ihm Geld vorgeschossen und überhaupt alles getan, was in seiner Macht stand, um Clarke für seine Tochter zu gewinnen. Dabei wären diese Anstrengungen überflüs-

sig gewesen; Miss Jones besaß genügend persönliche Anziehungskraft, um das Herz eines jungen Mannes für sich zu gewinnen. Die Zuneigung war gegenseitig, und nur die Geldverlegenheiten und die Armut von Clarke hatten die jungen Leute bisher am Heiraten gehindert. Jones war zwar reich, aber der Gedanke, seinen Schwiegersohn unterhalten zu müssen, paßte ihm nicht. Auch hätte sich Clarke, der ein starkes Ehrgefühl besaß, nicht unterstützen lassen.
Wie sich später herausstellte, hatte Jones ein wohlüberlegtes Spiel gespielt. Er wußte, wieviel der Besitz wert war, den Clarke geerbt hätte, wenn William nicht gewesen wäre. Tag und Nacht grübelte er darüber nach, wie er den Jungen aus dem Weg räumen konnte. Wir kennen Jones nachgerade gut genug, um zu wissen, daß er nicht die geringsten Skrupel besaß, eine solche Tat auszuführen. Die Versuchung war groß, denn er sah, daß Clarke in Miss Jones verliebt war. Wenn dieser im Besitz eines so großen Erbes wäre, könnte er ihm seine Tochter ohne Mitgift anhängen. Außerdem erwartete Jones fette Gewinne für sich selbst; da Clarke nämlich jung und unerfahren war, gedachte er – Jones – Clarkes Geld anzulegen und zu verwalten.
Mit solchen Überlegungen scheint Jones der geplanten Eheschließung entgegengesehen zu haben. Er war jedoch ein zu gewiefter Spekulant, als daß er sich darauf verlassen hätte, daß der Zufall Clarke in den Besitz des Vermögens bringen werde: solange die Sache noch unsicher war, dachte er nicht daran, in die Hochzeit einzuwilligen.
Auf Grund dieser Fakten und Überlegungen gelangte ich zur Überzeugung, daß Jones entweder im Einvernehmen mit seiner Tochter und Clarke oder ohne Wissen der jungen Leute die Entführung des Kindes inszeniert hatte. Er hatte Williams Pony auf der Heide freigelassen, dann den Jungen umgebracht, in den Tümpel geworfen und Mütze und Peitsche des Kleinen am Ufer

liegen lassen, damit es so aussähe, als sei er durch einen unglücklichen Zufall ins Wasser gefallen und ertrunken. Diese Hypothese erklärte sowohl das, was mit dem Jungen geschehen war, als auch die Motive, die zur Tat geführt hatten.

Am folgenden Tag sollte der Untersuchungsrichter die Leichenschau durchführen; dabei konnten sich weitere Anhaltspunkte ergeben, mit deren Hilfe Licht in all das gebracht werden konnte, was jetzt noch dunkel war.

Es ist nicht notwendig, hier im einzelnen die Ergebnisse dieser Verhandlung aufzuzählen. Es ergab sich als sensationelle Tatsache, daß die im Tümpel gefundene Leiche nicht als diejenige des kleinen William identifiziert wurde, obwohl sie in der Größe dem Kind von Mrs. Manson entsprach. Verblüffend war ebenfalls, daß die Leiche in Williams Kleidern steckte. Ganz abgesehen davon, daß wir die Mütze und die Peitsche des Jungen so dicht am Tümpel gefunden hatten, war dieser Umstand völlig unerklärlich und verwirrend und warf vorderhand alle unsere Hypothesen über den Haufen.

Es konnte jedoch nicht die Leiche Williams sein. Zwar war das Gesicht ziemlich verunstaltet und konnte nicht eindeutig identifiziert werden, aber William hatte auf seiner Brust ein traubenförmiges Muttermal (Mrs. Manson hatte während ihrer Schwangerschaft den Wunsch nach Weintrauben verspürt), und die Leiche wies kein solches Mal auf. Auch waren die Haare der Leiche wesentlich dunkler und üppiger als die Williams. Der Arzt, der den Toten untersuchte, war überdies der Meinung, daß die Leiche schon mehrere Tage alt sei: die Todesursache sei eine langwierige Krankheit gewesen, wie aus dem abgemagerten Zustand – besonders des Unterkörpers, der Arme und der Beine – zu ersehen sei. William dagegen war ein kräftiger, wohlgenährter und gesunder kleiner Kerl gewesen – die Folge des Reitens in der frischen Luft der Heide.

Aus alledem konnte man nur den Schluß ziehen, daß

man diesem Jungen, der wahrscheinlich schon vor einigen Tagen gestorben war, die Kleider Williams angezogen hatte, und daß dies alles ein raffinierter (und nun gescheiterter) Plan gewesen war, Williams Verwandte glauben zu machen, daß er tatsächlich im Tümpel ertrunken sei. Meine Suche nach William war also einerseits völlig umsonst gewesen; andererseits hatte ich (aus den oben erwähnten Gründen) praktisch bewiesen, daß Jones oder Clarke an der Entführung beteiligt sein mußten.
Es stellte sich auch heraus, daß Mary ihre Kleider der Magd von Jones geliehen hatte; die Magd war unterdessen weggelaufen und unauffindbar. Die Beschreibung des Mädchens ließ keinen Zweifel offen, daß sie die Wahrsagerin gespielt hatte. Dadurch wurde Mary entlastet, denn wenn sie wirklich an der Entführung des Jungen teilgenommen hätte, wäre es für sie nur natürlich gewesen, selbst die Wahrsagerin zu spielen. Mit dem bereits erwähnten Vorwand, man wolle einen Schabernack inszenieren, hatte man Mary also an der Nase herumgeführt. Miss Jones, die sich während der ganzen Verhandlung in größter Aufregung befand, bestätigte diese Annahme.
Mein Verdacht gegen Miss Jones erwies sich ebenfalls als unbegründet; hätte ich sie besser gekannt, hätte ich sie wohl gar nie verdächtigt. Sie gab zu Protokoll, daß die Magd Sally, die Ausgang gehabt hatte, am Abend des Tages, an dem der Junge verschwunden war, zitternd und aufgeregt zu ihr gekommen sei und ihr berichtet habe, William sei von den Zigeunern gestohlen worden – vermutlich von den Marshalls –, und Williams Leiche sei in einem Tümpel auf der Heide gefunden worden. Da das Mädchen ihr das mehrere Stunden vor dem Zeitpunkt erzählt hatte, an dem die Leiche, die wir gefunden hatten, in den Teich geworfen worden war, bestand kein Zweifel darüber, daß Sally mit allen Details des infamen Planes vertraut gewesen war.

Miss Jones wußte, in welcher Beziehung der kleine William zu ihrem Verlobten stand, und sie kannte – infolge der Erzählung von Sally – das angebliche Schicksal Williams; deshalb also ihre Aufregung, als ich ihr gegenüber die Marshalls erwähnt hatte. Durch Wiltons romantische Liebesaffäre mit Mary waren die Marshalls allgemein bekannt geworden; Miss Jones hatte Mary mehrere Male getroffen. Wie wohl die meisten jungen Damen war Miss Jones von Mary fasziniert. Mary war es ja gelungen, einen jungen, gutaussehenden Oxforder Studenten so zu bezaubern, daß dieser lange Zeit auf die Bequemlichkeiten des zivilisierten Lebens verzichtet hatte und mit ihr durchs Land gezogen war.
Schon ehe sie gewußt hatte, daß ihr eigener Vater in die Sache verwickelt war, hatte sich Miss Jones über das Verschwinden des Jungen Sorgen gemacht; jetzt aber war sie völlig verzweifelt. Ob Clarke erben würde, interessierte sie überhaupt nicht. Sie liebte Clarke, obwohl er arm war; sie hätte ihn bestimmt auch geheiratet, wenn er ein Bettler gewesen wäre. Die Qualen der Armut hatte sie nie gekannt und konnte sich daher ein solches Leben nur so vorstellen, wie es in den Romanen der Leihbibliotheken beschrieben wird: arm aber glücklich. Um keinen Preis hätte sie dem Jungen ein Haar gekrümmt.
Jones wußte das nur zu gut und weihte sie deshalb nicht in seinen Plan ein. Clarkes Charakter entsprach demjenigen von Miss Jones; deshalb wagte es Jones auch nicht, ihm etwas von seinen Absichten zu sagen. Allerdings hatte Clarke am eigenen Leibe erfahren, wie unangenehm der Mangel an Geld sich auswirken kann; wahrscheinlich wußte er auch, daß seine Armut für eine Heirat ein unüberwindliches Hindernis darstellte. Er war von Natur aus sanft, nachgiebig und leicht zu überreden. Trotzdem hatte Jones ihn nicht eingeweiht. Denn wenn Jones auch Clarkes finanzielle Lage und dessen Gutmütigkeit hätte ausnützen können, so mußte

er sich doch sagen, daß Clarke völlig unfähig dazu sein würde, eine Aufgabe bei dem verbrecherischen Unternehmen zu übernehmen.

Die Tatsache, daß Sally unauffindbar war, erschwerte die Untersuchung sehr, denn das Mädchen hatte beim Komplott eine wichtige Rolle gespielt. Nachdem sie ihrer jungen Herrin ihre Version über den Verbleib des Jungen mitgeteilt hatte, war sie sofort verschwunden.

Jones selbst stand unter schwerem Verdacht, und man hatte ihn in Haft behalten. Es konnte jedoch nicht bewiesen werden, daß er die Leiche in den Tümpel geworfen hatte; es stand nicht einmal fest, daß sein Karren die Zollstelle passiert hatte: obwohl mein Zeuge zunächst sicher gewesen war, daß er Jones' Fahrzeug gesehen hatte, wollte er es jetzt vor dem Untersuchungsrichter nicht beschwören. Da die Leiche nicht identifiziert werden konnte, war auch die Mordanklage hinfällig. Jones wurde daher – wie schon viele Schurken vor ihm – mangels Beweisen freigesprochen und auf freien Fuß gesetzt.

Marys Aussage wäre für die Untersuchung wichtig gewesen, aber bisher war es uns nicht gelungen, ihren Aufenthaltsort zu entdecken. Marshall hatte anfänglich, auf Grund der äußeren Umstände in diesem Fall, um Marys Sicherheit gebangt. Jetzt machte er sich auf die Suche und kehrte mit ihr kurz vor dem Ende der Verhandlung zurück. Jones – das muß ich hinzufügen – war zu diesem Zeitpunkt bereits entlassen worden; er hatte sofort das Weite gesucht, um der Möglichkeit eines zweiten Verhörs zu entgehen.

Mary und ihr Vater hatten offensichtlich Angst und waren äußerst aufgeregt – wir werden gleich sehen, warum. Auch wird klar werden, weshalb es so schwer gewesen war, Mary zu finden. Mary hatte nämlich befürchtet, sie würde des Mordes angeklagt werden – und das nicht ohne Grund.

Marys Bericht – soweit ich ihn verstehen konnte, denn

in ihrer Angst sprach sie stockend und unzusammenhängend – entnahm ich, daß sie, wie abgemacht, in der Abenddämmerung auf einem Feld bei Battersea auf Sally gewartet hatte, damit ihr diese die entliehenen Kleider zurückgebe. In der Ecke des Feldes, in einiger Entfernung von ihr, stand ein größerer Heustadel – und dicht daneben eine Art Schuppen oder Viehstall aus Holz, der, falls er offen war, einen günstigen Platz für den Kleidertausch abgeben würde, günstiger als der Platz hinter der Hecke, wo sich Mary befand. Sie näherte sich also dem Schuppen und wollte ihn untersuchen.

Plötzlich drang unterdrücktes Stimmengemurmel zu ihr; sie spitzte die Ohren. Vorsichtig legte sie den Kopf an einen Spalt im Holzschuppen, worauf sie deutlich eine weibliche und eine männliche Stimme unterscheiden konnte, die sich leise unterhielten. Da dieses Gespräch für meine Geschichte von Wichtigkeit ist, werde ich es genau so wiedergeben, wie es Mary berichtet hatte:

»Das hast du gut gemacht, Sal, du kleine Hexe!« sagte der Mann. »Du hast deine Belohnung verdient – und einen Kuß obendrein.«

»Sie schlechter Kerl, Sie!« sagte Sal. »Das würde Ihnen so passen: mich zu küssen, statt mir das Geld zu geben. Haben Sie den Zaster dabei? Diesmal lasse ich mich nicht mehr hinhalten.«

»Aber sicher, Mädchen, hier ist er. Fünf, oder? Hier hast du fünf Kröten. Wieviel du mir schon aus der Tasche gezogen hast, Sal, du kleine raffinierte Hexe!«

»Nicht umsonst!« entgegnete das Mädchen.

»Sal, wenn du mir noch einen kleinen Gefallen tust, habe ich auch noch mehr Zaster für dich.«

»Hm, ich habe nichts dagegen. Natürlich hat jede Arbeit ihren Preis – das versteht sich.«

»Diesmal, Sal, möchte ich etwas Besonderes von dir.«

»So? Was denn? Ich habe gedacht, Sie wollen immer dasselbe.«
»Sal, die Geschichte mit dem Jungen hier, die ist kitzlig, verstehst du?«
»Meine Güte! Ich weiß davon nichts. Wenn's kitzlig ist, so ist das Ihre Sache.«
»Du willst mich also verpfeifen, Mädchen, was? Nachdem ich dich geküßt und dir das Gold und alles gegeben habe?«
»Um Himmels willen, ich? Sie wissen doch, ich bin treu wie Gold. Ich und jemanden verpfeifen! Guter Gott! Wie kommen Sie denn darauf?«
»Aber das Zigeunermädel, das dir die Kleider geliehen hat, das könnte dich verpfeifen, oder nicht? Und dann kommt alles an den Tag.«
»Hm – aber sie weiß ja gar nichts. Ich habe ihr erzählt, daß ich einem Mädchen einen Schabernack spielen wolle, das mir meinen Liebsten abspenstig gemacht hat. Und dabei bin ich Ihnen, weiß Gott, treu und gehe mit keinem anderen seit der Nacht, wo Sie mir versprochen haben, daß Sie mich heiraten und wieder eine anständige Frau aus mir machen wollen – Ihre echte und rechtmäßige Mrs. Jones.«
»Gewiß, Sal, ich weiß, was du meinst; aber bis dahin ...«
»Ha, Sie halten mich immer wieder hin; aber ich meine, daß ein Versprechen gehalten werden muß – unter allen Umständen!«
»Reg dich nicht auf, Sal, du wirst dich nicht beklagen, du wirst sehen. Aber, wie gesagt, wenn du vorerst tust, was ich möchte, dann sollst du einen hübschen Batzen haben.«
»Wenn es so steht, so schießen Sie gleich los!«
»Also gut, Sal; es ist eine kitzlige Sache, eine höllisch gefährliche Sache mit dem Jungen da; wenn du verduften würdest, einfach abhauen, verstehst du – woandershin, ziemlich weit weg – dann weiß ich nicht, wieviel du

mit deiner schlauen, kleinen Zunge aus mir rauskriegen könntest.«
Hier folgte eine lange Pause; Jones wartete gespannt darauf, wie Sally auf seinen Vorschlag reagieren würde, und das Mädchen überdachte die unerwartete Angelegenheit, die so ganz anders war als das, was bisher von ihr verlangt worden war.
»Ach so«, sagte sie schließlich mit melancholischer Stimme, »jetzt ist mir alles klar. Sie wollen mich los sein – ein für allemal. Das ist es!«
»Aber nein, meine liebe Sally! Du weißt doch, ich würde mich von dir unter keinen Umständen trennen – das weißt du ganz genau, du schlaue kleine Hexe du, mit deinem hübschen Lärvchen. Aber schau, das ist eine gefährliche Sache, wie ich schon gesagt habe. Und wenn nur das geringste herauskommt, sind wir beide erledigt. Nun habe ich folgende Idee: die Schwalbe, dem Bill sein Schiff, weißt du, segelt morgen nach Frankreich ab, und du könntest das Schiff gerade noch schaffen, d.h. wenn du einverstanden bist – und reichlich mit Geld versehen.«
»Wieviel soll es sein?« fragte Sally etwas zögernd.
»Fünfzig – fünfzig bar auf die Hand. Abgemacht?«
»Nein, Mr. Jones, für fünfzig gehe ich nicht, kommt nicht in Frage! Aber machen Sie hundert, und ich will's mir überlegen.«
»Und die fünf, die ich dir eben gegeben habe, die sind bei den hundert dabei?«
»Nichts da! Kein Schwindel hier! Hundert extra, oder ich gehe nicht.«
»Also gut; ich muß diesmal machen, was dein schlaues Zünglein verlangt. Ich habe nämlich eine Höllenangst, daß sie dich noch heute wegen dieser Sache verhaften! Du weißt noch nicht, daß der kleine Kerl sicher hinter Schloß und Riegel ist.«
»Wie meinen Sie das? Haben Sie ihn noch nicht zu Ihrem Freund im New Forest gebracht?«

»Nein, Sal, das war nicht sicher genug, längst nicht sicher genug, Mädchen, glaub's mir. Wenn schon, denn schon, weißt du.«
»Meine Güte, Sie haben ihn doch nicht um ...«
»Pst, um Gottes willen, Sal!« Das Geflüster wurde jetzt so leise, daß Mary nichts verstehen konnte, außer daß einmal das Wort »Tümpel« fiel. Dann sprach Jones wieder etwas lauter:
»Du siehst, wie's ist. Man kann dir auf die Schliche kommen und dich für seinen Tod verantwortlich machen; deswegen bist du im Land der Mössjös besser aufgehoben – wenigstens so lange, bis sich hier die Aufregung gelegt hat. Vielleicht werde ich selbst in den New Forest fliehen müssen. Also mach's gut, Sal, ich muß weg. Eine höllisch gefährliche Sache, das ist sicher.«
»Sie haben das Geld vergessen, Mr. Jones – die hundert, die Sie mir versprochen haben.«
»Richtig, Sal! Hier hast du's in Wechseln – so gut wie Goldstücke überall auf der Welt. Das ist eine höllisch große Summe, Mädchen, aber es war auch eine gefährliche Sache. Du wirst mich jetzt nicht noch im letzten Augenblick verpfeifen, meine hübsche Sally, oder? Sonst wirst du noch verhaftet, bevor du wegkommst. Du darfst mich jetzt auf keinen Fall anschmieren und dableiben. Du kennst mich, Sal, ich lasse mich nicht anschmieren.«
»Richtig, Mr. Jones, wie Sie sagen: ich kenne Sie. Sie sind ein mörderischer, hinterhältiger Hund!«
»Was zum Teufel unterstehst du dich, du ...; tote Hunde beißen nicht! Ich werd dir den Garaus machen! Da – siehst du das?«
Mary spähte angestrengt durch den Spalt im Holz, konnte aber nichts sehen. Sie hörte das metallische Geräusch einer Waffe und dachte, es könnte sich um ein großes Messer oder um eine Stockklinge handeln. Sie zitterte um das Leben des Mädchens, das einem solchen

Kerl ausgeliefert war, wagte aber nicht, ihr zu Hilfe zu eilen.
»Ach Gott, Mr. Jones, verschonen Sie mich!« schrie das arme Mädchen.
»Tote Hunde bellen nicht, sage ich, und tote ... auch nicht. Sprich noch ein Stoßgebet und dann ...!«
»Ach, verschonen Sie mich doch, Mr. Jones, haben Sie Erbarmen! Ich verspreche ja alles – auf meinen Knien will ich schwören und geloben, daß kein einziges Wörtchen je über meine Lippen kommen soll!«
»Dann weg mit dir, und laß dich nie mehr vor mir blikken! Denk daran: die Schwalbe segelt morgen mit der Ebbe!«
Es war höchste Zeit, daß Mary vom Schauplatz dieser brutalen Szene verschwand – bevor die beiden den Stall verließen. Sie hegte den starken, wenn auch unbestimmten Verdacht, daß Sally sich nicht für einen Schabernack, sondern für das Verbrechen, auf das im Gespräch so oft angespielt worden war, als Zigeunerin verkleidet hatte. Mary befürchtete, daß man Sallys Anteil am Verbrechen ihr selbst in die Schuhe schieben könnte. Mary traf sich deshalb nicht mit Sally, um die Kleider wieder auszutauschen, sondern eilte direkt nach Norwood. Dort beriet sie mit ihren Freunden, wie sie sich am besten verstecken könnte, falls man nach ihr suchte. Sie wollte sich erst wieder zeigen, wenn klar geworden war, daß sie nichts mit der Sache zu tun gehabt hatte.
Meine Nachforschungen in Norwood und das Gerücht vom Verschwinden des Jungen, das sich trotz der auf Wunsch der Mutter getroffenen Vorsichtsmaßnahmen wie ein Lauffeuer verbreitet hatte, veranlaßten Mary dazu, unterzutauchen. Der Umstand, daß sie noch immer Sallys Sonntagsgewand trug, war ihr von Vorteil.
Als Marys Vater jedoch merkte, wie sich die Dinge entwickeln würden, hielt er es für ratsam, seine Tochter zu suchen (er wußte selbst nicht, wo sie sich versteckt

hatte); er fand sie nur mit großer Mühe. Mary erzählte ihre Geschichte so spontan und natürlich, und ihre Empörung darüber, daß man ihr eine Kindesentführung oder einen Mord zutraue, war so groß, daß sie einstimmig freigesprochen wurde. Man ermahnte sie, in Zukunft erst einmal vorsichtig zu prüfen, wem sie ihre Kleider leihe.

Man bedauerte es nun allerseits, daß Jones so voreilig entlassen worden war, denn Marys Aussage belastete ihn schwer. Man hoffte auf die Möglichkeit, ihn wieder ergreifen zu können. Aber wenn ein Schurke einem einmal aus den Augen ist, läßt sich kaum erraten, wohin er sich wenden wird. Wir hatten Jones einen Schrecken eingejagt, wie er ihn kein zweites Mal erleben wollte. Jones hatte seine Chance bestens genützt: selbst nach einer äußerst intensiven Fahndung konnten wir ihn nicht mehr finden; nach Wandsworth verlor sich jede Spur von ihm.

Kapitel 6

Der Bierausträger von Battersea – Die Schiffsmagd und ihr Lastschiff – Dolchstöße im Dunkeln – Großmut eines Geizhalses – Gefühle einer Mutter

Wieder einmal waren wir bei unseren Nachforschungen an einem toten Punkt angelangt. Mrs. Mansons Söhnchen war verschwunden; wir hatten keine Ahnung, was aus ihm geworden war. Jones' Plan, der Familie des kleinen William eine fremde Leiche in Williams Kleidern unterzuschieben, war mißlungen. Es hatte allerdings den Anschein (nach der Unterhaltung zu schließen, die Mary belauscht hatte), als hätte Jones Sally davon überzeugt, daß der tote Junge William sei. Wie wir wissen, hatte Sally vor ihrer Abreise nach Frankreich, wenn sie wirklich abgefahren war, Miss Jones besucht und ihr die Geschichte so erzählt, als ob William tot sei. Indem er Sally glauben machte, der kleine William sei ermordet worden, wollte Jones wohl Sallys Furcht um ihre eigene Sicherheit vergrößern und ihre Flucht aus England beschleunigen. Uns war noch nicht klar, ob der Junge ermordet worden war oder nicht. Jones war ein so brutaler Kerl, daß ihm die teuflische Tat durchaus zuzutrauen war. Es war auch möglich, daß Jones begriffen hatte, daß jede Spur von Gewaltanwendung an der Leiche seinen Plan, einen Unglücksfall vorzutäuschen, ruinieren würde. Wenn dem aber so war, warum hatte er den Jungen nicht gleich ertränkt, anstatt umständlich eine andere Leiche in Williams Sachen zu kleiden? Ich glaube, Jones' Verhalten zeugt von einer unerklärlichen, aber unwahrscheinlich klugen Vorsicht, wie sie in den Annalen des Verbrechens so häufig zu finden ist.

Ich war von dem ganzen Fall so gepackt, daß ich mein Äußerstes versuchen wollte, um den Jungen aufzuspüren und zurückzubringen – tot oder lebendig. Einerseits war der Fall wirklich interessant, andererseits agierte ich hier zum ersten Mal in meiner offiziellen Funktion. Wir wußten über den Jungen nichts weiter, als daß er Jones in die Hände gefallen war.

Da kam mir Bob in den Sinn und das, was ich beim Streit zwischen ihm und seinem Meister erfahren hatte. Ich dachte, es könnte sich lohnen, Bob und dessen Hauptinformationsquelle, Jack Smith, zu verhören. Jack Smith schien mehr über Jones zu wissen, als er zugeben wollte; Bob hatte ja deutlich genug auf die nächtliche Wagenfahrt über die Heide angespielt. Der Gedanke, von den beiden wichtige Hinweise erhalten zu können, hatte mich so gepackt, daß ich mich fragte, weshalb ich nicht schon früher auf die Idee gekommen war, und ich eilte nach Battersea.

Jack Smith entpuppte sich als einer jener großen, schlaksigen Jünglinge, die in London und Umgebung als

»Bierausträger« bekannt sind. Lesern aus der Provinz dürfte diese Bezeichnung nicht ohne weiteres verständlich sein.
Was der Schuhputzer im Hotel, das ist der Bierausträger in der Pinte. Er besorgt die ganze Dreckarbeit: er schrubbt und putzt, wäscht die Gläser, spült die Flaschen und wischt die Bierlachen auf den Tischen im Schankraum auf. Seine wichtigste Aufgabe aber ist es, zur Zeit des Mittag- und Abendessens die Haushalte des Viertels mit Bierkrügen zu beliefern. Nach dem Essen macht er eine weitere Runde und sammelt die leeren Töpfe wieder ein, damit sie gewaschen und vor der nächsten Mahlzeit wieder gefüllt werden können. Sind die Kunden nicht zu zahlreich, so trägt er die leeren Bierkrüge an einem über die Schulter geschlungenen Strick; ist der Kundenbereich aber groß, verwendet der Bierträger einen Schubkarren. Während und zwischen den Runden schäkert er mit den Mägden oder unterhält sich – in der Gaunersprache – mit den Landstreichern, die er auf der Straße trifft. Infolgedessen weiß er über alles Bescheid, was in der Gegend geschieht; er weiß sogar mehr, denn es herrscht allgemein die Tendenz, Gerüchte nach Möglichkeit auszuschmücken.
Ein solcher Bierausträger war Jack Smith, der Freund von Bob Lumby und dessen Informationsquelle in allem, was die Machenschaften seines Meisters Jones betraf.
Es war Nachmittag; Jack befand sich auf dem Heimweg, zusammengekrümmt unter der Last der an einem Strick aufgereihten Bierkrüge. Während meines Wanderlebens hatte ich eine gewisse Geschicklichkeit darin erlangt, mich bei Leuten aller möglichen Schichten beliebt zu machen und ihr Vertrauen zu gewinnen, indem ich mir Mühe gab, so wie sie zu reden. Ich ließ die Leine locker, wie die Fischer sagen, so daß sie den größten Teil des Gesprächs bestritten; man spricht ja lieber selbst, als daß man zuhört. Sobald ich Jacks Bekannt-

schaft gemacht und ihn unauffällig auf das Thema Jones gebracht hatte, lockerte ich die Leine und ließ Jack mit dem Köder spielen, wie er wollte.

Seine Version vom Verschwinden des kleinen William entsprach der von uns anfänglich geglaubten, d.h. William sei ertrunken aufgefunden worden. Als ich Jack darauf das Ergebnis der Leichenschau mitteilte, war er zuerst überrascht, hatte aber schnell eine Ersatzlösung zur Hand. Seiner Meinung nach sei William ins Spital an der Windmill Street gebracht worden, um dort bei lebendigem Leibe seziert zu werden; das sei schon vielen andern passiert, bei deren Verschwinden Jones seine Hand im Spiele gehabt habe.

Bei lebendigem Leibe seziert zu werden, davon hatte ich nie gehört oder auch nur geträumt. Das sei zu entsetzlich, sagte ich, um als Möglichkeit erwogen zu werden. Aber Jack behauptete steif und fest, es gäbe solche Fälle genug, und der kleine William sei einer von diesen.

Indem ich Jack ermutigte, sich weiter über dieses Thema auszulassen, hatte ich ihn bald dort, wo ich ihn haben wollte. Er erzählte schändliche und unglaubliche Geschichten über Jones, die allerdings ein Körnchen Wahrheit enthalten mochten. Als Beispiel für das Schicksal des Jungen erzählte er mir insbesondere von einer hübschen Magd (nicht Sally), die bei Jones gewohnt hatte und die auf unerklärliche Weise verschwunden war. Schließlich habe jemand, der es – Jacks Meinung nach – wissen müsse, berichtet, daß Jones dem Mädchen den Mund mit Pflaster verklebt habe, damit es nicht schreien könne. Dann habe er es auf den Karren geladen und zu den Anatomen gebracht.

Dies zu glauben fiel mir schwer, besonders wenn ich an das Verschwinden von Sally dachte. In einigen Wochen würde das Gerücht Sally ein ähnliches Schicksal andichten, bloß weil sie plötzlich verschwunden war.

Trotzdem durfte ich diesen Hinweis, den ich von Jack

erhielt, nicht außer acht lassen. Ich beschloß daher (obwohl ich beim Gedanken an die Geschichten, die ich soeben gehört hatte, zitterte), die Örtlichkeiten, die Jack erwähnt hatte, zu durchsuchen. Ich hatte diesen faszinierenden Fall einmal übernommen und war entschlossen, ihn zu Ende zu führen, selbst wenn es mir das Leben kosten sollte.

Ich machte mich auf den Weg in die Stadt. Als ich über die Brücke kam und an die unangenehmen Szenen dachte, die mir bevorstanden, sah ich Bob Lumby. Er hatte offensichtlich nichts zu tun und schaute auf die Boote hinunter, die mit der Ebbe rasch stromabwärts fuhren. Als er mich erblickte, rief er:

»Aha, Bursche, der Meister ist wohl zu schlau für dich gewesen. Jones ist ein gefährlicher Vogel und schlau wie ein Fuchs. Wie ich gehört habe, hat er das Gericht von Bow Street schön angeschmiert, den Leichenbeschauer und euch alle dazu.«

»Weiß ich, weiß ich, Bob«, sagte ich, »aber ich kann nichts dafür. Ich habe ihn nicht laufen lassen. Aber hast du eine Ahnung, wo er sich versteckt?«

»Ich habe gehört, daß er ins Wasser ist – wie ein Fisch. Nicht einmal ein Boot hat er genommen, sondern ist in die Themse gesprungen und zu einem Lastschiff geschwommen, das ihm gehört und das hier gelegentlich vor Anker liegt; zu welchem Zweck kann man sich denken!«

»Und wo ist dieses Lastschiff jetzt, Bob?«

»Das ist mit der Ebbe den Fluß hinunter – ich würde sagen vor ein oder zwei Stunden.«

»Meinst du, man könnte es einholen?«

»Weiß nicht, aber man kann es ja probieren, wenn man ein gutes Boot hat.«

Ich durfte keine Zeit verlieren. Ich besorgte so schnell wie möglich ein Boot, und weil es wahrscheinlich einen erbitterten Kampf geben würde, überredete ich Bob, mitzukommen; ich würde ihn für seine Mühe reichlich

belohnen. Der Bootsführer sagte, er kenne das Lastschiff, es sei ein alter Kasten; er wette sein Leben, daß er ihn überholen werde, ehe er London Bridge passiert habe.
Und los ging's. Die Ebbe und die Ruder des Bootsführers trugen uns rasch flußabwärts. Auf der Fahrt kamen wir an vielen Kähnen vorbei, den gesuchten aber erblickten wir noch nicht. Da ich das Schiff nicht kannte, wäre es sinnlos gewesen, wenn ich Ausschau gehalten hätte; Bob aber war begierig, Jones' Boot zu entdecken: erstens hatte ich ihm eine Belohnung versprochen, zweitens ärgerte er sich darüber, wie sein früherer Meister ihn behandelt hatte.
Gerade als wir unter einem Bogen der Westminster Bridge hindurchschossen, machte mir der Bootsführer ein Zeichen und zog die Ruder ein. Gleichzeitig flüsterte Bob, daß er das gesuchte Schiff in einiger Entfernung vor uns sehe; es liege am Ufer zwischen Fahrzeugen, die dort ihren regulären Ankerplatz hätten. Jetzt hieß es, vorsichtig zu Werke gehen. Wenn wir einfach auf das Lastschiff losruderten, würde Jones im Labyrinth der engen Gassen und Höfe untertauchen; eine Suche dort wäre hoffnungslos.
Ich wies den Bootsführer an, zurückzurudern, wieder unter dem Brückenbogen durch, und uns auf der Lambethseite der Brücke an Land zu setzen. Ich wollte nämlich Jones, falls er sich wirklich auf dem Schiff befand, den Weg ans Ufer abschneiden, indem wir uns selbst vom Ufer aus näherten. Aus dem gleichen Grund vermied ich den offenen Quai am Ende der Brücke, sondern machte einen Umweg durch schmale Gäßchen, damit wir möglichst nahe beim Schiff wären, wenn und falls ein Alarm gegeben werden sollte.
Als wir in einer dieser Gassen an einer Schenke vorbeikamen, hörte ich eine Stimme, die nur Jem Bucks gehören konnte: er sang aus vollem Hals eines seiner lustigen Lieder, begleitet, wie üblich, von einem lauten Chor

von Saufkumpanen. In seinem gegenwärtigen Zustand war nicht viel Hilfe von Jem Bucks zu erwarten; er hatte anderes im Kopf als seinen Beruf. Trotzdem konnte er mir vielleicht nützlich sein. Ich überredete ihn also, mitzukommen und mit uns vom Land her das Schiff zu überfallen. Wir machten uns sogleich auf den Weg. Bald schlichen wir uns über die breiten Decks von Kohlenschleppern und andern Fahrzeugen, die zwischen Jones' Laster und dem Ufer lagen.

Als wir das Schiff erreichten, machte es einen verlassenen Eindruck; zumindest deutete nichts darauf hin, daß sich jemand an Bord befand. War Jones schon entflohen, oder hatte er sich irgendwo auf dem Schiff versteckt? Das mußten wir herausfinden. Wir machten uns also daran, durch die Luke ins dunkle Innere des Schiffes hinabzusteigen. Wenn Jones sich auf dem Schiff verborgen hielt, dann dort unten.

Da trat uns plötzlich eine Person entgegen, deren Aufgabe es zu sein schien, die Geheimnisse unter Deck zu bewachen. Sie tat, als ob sie bereit sei, uns um jeden Preis am weiteren Vordringen zu hindern. Zuerst konnte ich nicht erkennen, um was für ein menschliches Wesen es sich handelte, denn es dämmerte bereits und die Luke war im Dunkeln. Als ich dann näher hinschaute, sah ich, daß wir es mit einem männlich wirkenden Frauenzimmer zu tun hatten; kein Zweifel: das Mannweib stammte aus Wales wie sein Meister.

Die »Dame« trug über einer weißen, spitzenbesetzten Haube einen abgeschabten Männerhut, der einmal schwarz gewesen war, jetzt aber eine rotbraune Farbe angenommen hatte. Dazu trug sie eine von Öl und Teer speckig gewordene Matrosenjacke, die nicht zugeknöpft war und den Blick auf etwas weiblicher anmutende Unterkleidung freigab. Ihr Gesicht hatte eine ähnliche Farbe wie der Hut, gelblich und wettergegerbt; es verriet keine Bekanntschaft mit Wasser und Seife. Das karottenrote Haar hing verfilzt und ungekämmt

unter dem Kopfputz hervor. Sie war ein typisches Exemplar jener Amphibienwesen zweifelhaften Geschlechts, die man am Steuer von Kanalbooten oder auf dem Deck von Lastschiffen sehen kann, die entlang der Küste von Wales verkehren. Wo immer sie sich aufhalten, riecht es nach fauliger Lauchsuppe.
»Sagen Sie Mr. Jones, er soll an Deck kommen«, befahl ich, »wir haben mit ihm zu reden.«
Das Mannweib starrte mich mit seinen grünen Augen an, als wolle es sich vergewissern, daß ich wirklich zur menschlichen Rasse gehöre. Mein Aussehen schien sie nicht davon zu überzeugen; ohne mich einer Antwort zu würdigen, beeilte sie sich, die Luke zu schließen.
»Halt, halt, Gnädigste!« sagte ich. »Wir müssen und *werden* mit Mr. Jones sprechen; lassen Sie den Deckel ruhig offen.« Gleichzeitig sicherten Bucks und Lumby die Luke.
Auch jetzt erwiderte sie kein Wort, sondern verschwand hastig in der Dunkelheit nach unten. Wir stürzten ihr nach, aber wir hatten kein Licht, so daß wir bald wie Blinde herumtappten. In der Mitte dieser schwarzen Höhle war ein großer freier Platz. Als wir uns an den Wänden entlangtasteten, fanden wir, daß hier verschiedene Fässer und Pakete aufgestapelt waren; aber das Schiff war keineswegs voll beladen.
Das Herumtappen im Dunkeln half uns nicht weiter. Weder von Jones noch von seiner Schiffsmagd – ich muß die Dame wohl, wie es Brauch ist, so nennen – fanden wir eine Spur. Bob Lumby, der uns begleitet hatte, war von der Wendung, die die Dinge genommen hatten, gar nicht begeistert. Bei einem fairen und offenen Kampf im Boxring war er ein Draufgänger, der es mit jedem aufnahm. Aber im Dunkeln erstochen und in einem von Jones' Fässern mit Schweinefleisch eingepökelt zu werden – daran lag ihm gar nichts. Noch weniger gefiel ihm der Gedanke, mit verklebtem Mund und bei lebendigem Leibe seziert zu werden. Wenn Jones uns

im Dunkeln überwältigen sollte, so waren dies die einzigen Alternativen, die Bob Lumby sich vorstellen konnte.
Jem Bucks war vom Gin zu benebelt, als daß ihm etwas hätte Furcht einjagen können; mir selber verlieh der Ehrgeiz Mut. Dennoch muß ich zugeben, daß wir uns in Gefahr befanden – auch dann, wenn außer der Frau niemand an Bord sein sollte. Sie war mit jedem Winkel hier vertraut, während wir uns überhaupt nicht auskannten.
Bob Lumbys Befürchtungen waren nicht grundlos. Am entfernteren Ende des Laderaums stieß ich auf einen Verschlag mit einer Tür, die einen Spalt offenstand. Ich wollte sie ganz aufschieben, da sich ja Jones hier versteckt haben konnte. Gerade als ich hineingehen wollte, hörte ich, wie Bucks hinter mir aufschrie:
»Hilfe! Tom! Ich werde ermordet!« Darauf vernahm ich den Lärm eines Handgemenges.
»Komm doch, Tom! Um Himmels willen!« rief er wieder.
Ich tat mein Bestes, den Kampfplatz zu finden, obwohl in der Dunkelheit nicht festzustellen war, woher die Geräusche kamen.
»Wo bist du hin, du Satansweib?« hörte ich Bucks rufen. »Warte doch, bis ich mit dir abgerechnet habe!«
Plötzlich wurde ich angegriffen. Die Schiffsmagd – denn sie war es – sprang mich an wie ein Tiger, krallte ihre eisernen Klauen in mein Halstuch und stach mit irgend etwas nach mir. Glücklicherweise traf sie nicht das Herz, sondern verletzte mich nur leicht in der Seite. Einen Moment lang war ich wie gelähmt. Im nächsten Augenblick hatte ich mich wieder gefangen und ging nun meinerseits zum Angriff vor. Statt des Weibes erwischte ich den dicken, strubbligen Kopf Bob Lumbys.
»O Gott! O Gott! Ich werde abgemurkst!« schrie der Kerl in Todesangst. »Pökeln Sie mich nicht ein, lieber

Mr. Jones, pökeln Sie mich nicht ein – ich verspreche alles, was Sie wollen!«

»Sei ruhig, du Esel!« sagte ich. »Ich habe nicht die Absicht, dich einzupökeln, ich kann dir's versprechen.«

Das Weib hatte sich in der Dunkelheit davongemacht; vom Verschlag her hörten wir Geräusche: jedenfalls hatte sie die Türe hinter sich zugezogen und verriegelt. Ich sah ein, daß wir ohne Licht nichts weiter ausrichten konnten, und hielt es fürs klügste, wieder an Deck zu gehen und Bucks nach Fackeln auszuschicken. Lumby und ich würden unterdessen Wache halten, damit niemand aus dem Schiff entkommen konnte. Ich war jetzt ziemlich sicher, daß Jones sich darauf befand, und ich hatte nicht die geringste Lust, ihn durch die Lappen gehen zu lassen.

Als Bucks die Fackeln gebracht hatte, stiegen wir zum zweiten Mal hinunter: diesmal mit größerer Aussicht und Hoffnung auf Erfolg als vorhin, als wir uns im Dunkeln hatten vorwärts tasten müssen und in Gefahr geraten waren, von einer Frau ermordet zu werden. Bald hatten wir die Türe zum Verschlag aufgebrochen, fanden aber nichts als eine Art Kasten mit Stroh und Dekken, der wohl als Bett diente. Das Weib und Jones hatten ihr Versteck gewechselt, falls sie wirklich hier gewesen waren.

Ich nahm an, daß ein Schiff, das einem solchen Gauner wie Jones gehörte, geheime Türen aufweisen würde, aber obwohl wir sorgfältig suchten, fanden wir keine weiteren Verschläge oder Kammern. Was uns besonders ärgerte, war die Tatsache, daß wir ständig die Stimme der Frau vernahmen, die uns verspottete und uns höhnisch aufforderte, sie zu finden!

»Sinnlos, dort herumzuschnüffeln, ihr Bluthunde!« dröhnte ihre Stimme durch die Planken. »Ihr kriegt mich nie. Es hat keinen Zweck, und der, den ihr sucht, ist schon längst über alle Berge und in Sicherheit!«

»Holla, du alte Giftspritze!« schrie Jem Bucks. »Wir

holen dich schon noch heraus – und wenn wir das Schiff anzünden müssen. Wir werden's dir austreiben, im Dunkeln mit dem Dolch zu hantieren!«
Bucks war ihrer ersten, mörderischen Attacke nur knapp entronnen; jetzt brannte er darauf, es ihr heimzuzahlen. Sie mußte ihr Versteck für unauffindbar halten, sonst hätte sie es nicht gewagt, uns zu verhöhnen. Sie hatte es jedenfalls vom Schiffsbauch aus erreicht, denn auf Deck hatte ich genau aufgepaßt und hätte sie gesehen. Wir suchten nochmals überall nach einer Falltür oder nach einem versteckten Drücker, hatten aber so wenig Erfolg wie beim ersten Mal.
»Hören Sie«, rief ich ihr zu, »wenn Sie nicht augenblicklich sagen, wo Jones ist oder – wenn Sie es wissen – wo der Junge ist, den er auf der Heide von Roehampton gestohlen hat, dann zünden wir Ihnen das Boot über dem Kopf an.«
Als sie antwortete, kam ihre Stimme aus einer ganz anderen Richtung als vorher: Jones sei in die Stadt gegangen; man würde ihn im Hinterzimmer der Schenke »Zum Bären mit dem Krummstab« in der Tooley Street finden. Von dem verschwundenen Jungen wisse sie überhaupt nichts.
Ich erklärte ihr, daß ihr Leben von der Richtigkeit ihrer Auskunft abhänge. Wir würden sie scharf bewachen, während einer von uns in die Tooley Street eilen und die Sache prüfen werde. Sie bestand auf ihrer Aussage, und ich schickte Bucks zum »Bären mit dem Krummstab«, falls es eine solche Schenke überhaupt gab, während Lumby und ich auf dem Boot blieben.
Da die Stimme der Frau von verschiedenen Seiten des Schiffes hergekommen war, mußte ihr Versteck weitläufig sein. Wahrscheinlich befand sie sich in einem Hohlraum, der durch eine doppelte Holzverschalung geschaffen worden war. Diese Vermutung wurde bestätigt, als es hohl klang, wenn wir gegen die Planken schlugen. Wenn ich eine Axt gehabt hätte, hätte ich

versucht, mir einen Weg in diesen geheimen Gang zu schlagen. Da fiel mir ein, daß wir das Bett noch gar nicht richtig untersucht hatten. Wir hatten zwar die Planken ringsherum abgeklopft; aber unter dem Stroh nachzusehen, daran hatten wir nicht gedacht.

Ich zog also die Decken und das Stroh heraus; nachdem ich ein bißchen herumprobiert hatte, stellte sich heraus, daß sich das untere Ende des Bettes niederdrücken ließ, wodurch das obere Ende hochgeklappt wurde. Ein Einstieg mit zwei schmalen Stufen wurde sichtbar, der zu einem winzigen Kämmerchen führte, in dem sich ein zweites Bett ähnlicher Konstruktion befand. Es war möglich, daß ein Dutzend solcher Gelasse vorhanden waren, die alle miteinander in Verbindung standen. Wenn Sie um den Laderaum einen geschlossenen Kreis bildeten – was ja möglich war –, so konnte sich das Frauenzimmer freilich sicher fühlen, auch dann, wenn wir die doppelte Verschalung durchbrechen sollten.

Ich klappte eine weitere Bett-Falltüre auf: vom Mannweib keine Spur. Ich war entschlossen, so weit wie möglich vorzudringen. Im dritten Gelaß vernahm ich ein Geräusch – wie wenn jemand hastig durch eine solche Geheimtüre entfliehe. Ich hastete weiter und stieß im vierten Kämmerchen auf die Hexe, die gerade das Bett hochklappen wollte. Als sie merkte, daß es kein Entrinnen mehr gab, zog sie schnell einen Vorhang vors Bett, und ich hörte, wie sie ganz leise etwas flüsterte – als ob sich jemand im Bett befinde.

Ha! dachte ich. Da haben wir ja Jones selbst, und hier ist er uns sicherer als im Schankraum vom »Bären mit dem Krummstab«. Andererseits werde ich ein verflixtes Risiko eingehen müssen. Ich hatte nämlich Lumby mit seiner Fackel an Deck gelassen, damit er aufpaßte, daß niemand das Schiff verließ.

Das Weib stand kampfbereit vor mir und schwang einen Säbel von fremdartiger Form – wahrscheinlich die Waffe, mit der sie uns im Dunkeln angegriffen hatte.

Ich empfand gar keine Angst, weder vor dieser Waffe, obwohl sie eindrucksvoll war, noch vor den wilden Blikken der Furie aus Wales. Ich hatte ja meine bewährten Pistolen, geladen und schußbereit. Als sie sah, was ihr blühen würde, kam sie nicht näher, wie sie es ursprünglich wohl gewollt hatte, sondern blieb stehen und schaute mich unschlüssig an, als ob sie überlege, was sie nun tun solle.

»Ich will jetzt sofort wissen, ob Jones in diesem Bett da ist!« sagte ich.

»Und wenn er's wäre?« entgegnete sie.

»Dann schick ich dich zur Hölle, du mörderische Vettel!« rief ich und richtete eine meiner Pistolen auf ihre Brust.

»Und wenn er's nicht ist?« fuhr sie mit größter Kaltblütigkeit fort, ohne die Pistole zu beachten.

»Wenn er's nicht ist«, antwortete ich, »dann ist es wohl ein ebenso großer Verbrecher wie Jones, und es ist meine Pflicht, ihn zu verhaften.« Ich dachte nämlich, daß es vielleicht die liederliche Magd Sally sein könnte, oder irgendein anderer von Jones' Komplizen.

»Lassen Sie mich frei, wenn ich's Ihnen sage?« fing die Hexe wieder an.

Darauf ließ ich mich nicht ein: ich war Herr der Lage und zum Äußersten entschlossen, um möglichst viele von der Bande festnehmen zu können. Das Weib besaß anscheinend keine Schußwaffe; andererseits wußte ich nicht, wie die Person hinter dem Vorhang ausgerüstet sein mochte. Ich hätte, ohne mit Reden Zeit zu verschwenden, das Bett schon längst untersucht, wenn ich nicht einen plötzlichen Angriff von dieser Seite her befürchtet hätte, und wenn ich nicht sicher gewesen wäre, daß mich das Mannweib von hinten erstechen würde, sobald ich ihr den Rücken drehte.

Mochte es jetzt gehen, wie es wollte: ich mußte mein Leben riskieren. Und weil ein Rückzug nicht nur schmählich gewesen wäre, sondern auch meinen Tod bedeutet hätte, schritt ich beherzt auf das Weib zu und befahl ihr, sich bedingungslos zu ergeben, sonst würde ich sie auf der Stelle erschießen. Sie zögerte – ich legte den Finger an den Drücker; da wollte sie doch lieber weiterleben: sie hielt mir den Griff ihres Säbels hin. Ich nahm ihr die Waffe aus der Hand, zog ein Paar Handschellen aus der Tasche und legte sie ihr an. Dabei fiel kein Wort zwischen uns.

Während sich dies alles abgespielt hatte, war ihr vom Bett her niemand zu Hilfe gekommen – sehr seltsam, wenn wirklich einer von der Bande dort versteckt sein sollte. Das Weib bemerkte, daß ich verblüfft war; voller Schadenfreude versuchte sie, mir weiszumachen, daß sich überhaupt niemand im Bett befinde; sie habe mich an der Nase herumgeführt.

Ich ging der Sache sogleich auf den Grund. Ich schob den Vorhang zurück, den die Hexe so sorgsam vorgezogen hatte; es schien sich tatsächlich so zu verhalten, wie sie gesagt hatte: ich erblickte niemanden, und das Bett war so klein, daß sich kein erwachsener Mensch darin hätte verstecken können. Das Kopfkissen aber sah ungewöhnlich dick aus, verglichen mit denen in den drei anderen Betten, die ich passiert hatte. Als ich die Hand darauf legte, fühlte ich die Umrisse eines kleinen Kopfs.

Augenblicklich zog ich die Decke weg: da lag, quer über das Kopfkissen ausgestreckt, ein Junge, der vor Angst zitterte und mich nicht anzublicken wagte. Es war niemand anders als William Manson. Zuerst erkannte ich ihn nicht, denn seine Kleidung glich nicht der, die man mir beschrieben hatte – verständlicherweise. Die Umstände, unter denen ich den Knaben jetzt gefunden hatte, ließen mich jedoch schnell erraten, wer er war. Seine Antwort auf meine erste Frage bestätigte meine Vermutung.

Das war mein bisher größter Erfolg, und ich war nicht weniger glücklich als eine Mutter, der man das verloren geglaubte Kind zurückbringt. Ich malte es mir schon aus, wie ich Mrs. Manson den kleinen William in die Arme legen würde – ein Höhepunkt meines Lebens! Nach dem, was der arme Junge erzählte, war er zuerst unter all den Versprechungen, mit denen man ein Kind am leichtesten gewinnen kann, in eine Kutsche gelockt worden.

Man hatte ihn eiligst in ein einsames Haus gebracht, wo er bis zum Abend hatte bleiben müssen. Nun hatte man ihm die Kleider ausgezogen und ihm andere gegeben. Statt Schmeicheleien und Versprechungen hagelte es jetzt schreckliche Drohungen. Mit verbundenen Augen wurde er auf das Lastschiff geschleppt und der Hexe aus Wales übergeben. Diese hatte ihn in den geheimen Verschlag gebracht, wo ich ihn entdeckte. Was für Pläne hatte Jones mit dem Jungen gehabt? Vielleicht noch gar keine. Ursprünglich wollte Jones den Jungen, um ihn aus dem Weg zu schaffen, zu seinen Freunden im New Forest schicken; das hatte er Sally gegenüber behauptet.

Das Weib hatte nicht damit gerechnet, daß ich den Jungen finden würde. Sie hatte ihm mit den schrecklichsten Foltern gedroht, falls er etwas sagen oder das geringste Geräusch machen würde. Als die Aussagen des Jungen ihr Verbrechen in seiner ganzen Schwere ans Licht gebracht hatten, zeigte sie sich aufgeregter als bei der Verhaftung – wahrscheinlich weil sie wußte, daß sie damit eines Kapitalverbrechens überführt werden konnte. Sie fand jedoch ihre Kaltblütigkeit bald wieder und ließ sich ohne Widerstreben durch die geheimen Gemächer führen, auf deren Sicherheit sie sich zu sehr verlassen hatte.

Als Lumby ihren Kopf in der Luke erblickte, war er drauf und dran, sie mit einem gewaltigen Ruder niederzuschlagen – er trug es wie eine Muskete geschultert, während er, die Fackel in der andern Hand, Wache stand. Als Bob sah, daß sie gefesselt war und ich ihr folgte, schrie er »Bravo!« und freute sich so, wie sich ein unerschütterlicher Cockney eben freuen kann.

Bob starrte das Weib an, wie er den für einen Festzug eingekleideten Oberbürgermeister oder sonst ein auffälliges Schauspiel angestarrt hätte; aber es fiel ihm nicht ein, Freudensprünge zu machen, wie das ein Ire so meisterhaft getan hätte. Er rieb sich auch nicht stillvergnügt und kichernd die Hände, wie man es von einem Schotten erwartet hätte.

Ich war der Ansicht, daß die Hexe mit ihren Handschellen nicht entfliehen könne und bewachte sie deshalb nicht sonderlich; meine Aufmerksamkeit konzentrierte sich auf die Befragung des Jungen. Ich achtete daher nicht darauf, als sie ans Heck des Schiffes trat. Daß ihr jemand zu Hilfe kommen könnte, befürchtete ich nicht – alle Boote in der Nachbarschaft schienen von ihren Mannschaften verlassen zu sein. Ich nahm an, sie seien an Land gegangen, um – wie üblich – zu saufen.

Während ich mit Lumby sprach – der Junge stand neben mir –, hörte ich, wie hinter uns etwas ins Wasser plumpste. Ich packte Lumbys Fackel und rannte nach achtern, um zu sehen, was es sei. Meine Gefangene war weg, tatsächlich über Bord gesprungen, gefesselt wie sie war. Noch seltsamer war, daß ich sie im Wasser nicht erblicken konnte, obwohl die Fackel hell brannte. Entweder war sie untergegangen, oder sie hatte sich hinter einem der zahlreichen Boote um uns herum versteckt. Ich stieg von einem zum andern und leuchtete mit meiner Fackel in alle Ecken, aber die Vettel war nicht zu finden. Ich mußte mich damit zufriedengeben, daß ich den Jungen gefunden hatte.

Es war schon ziemlich spät, als wir den verteufelten Kahn verließen. Ich hielt es nicht für notwendig, zur Bow Street zu gehen und meinen Erfolg dort zu melden oder auf die Rückkehr von Bucks aus der Tooley Street zu warten.

Ich dachte an Mrs. Manson, die sich in einem Zustand äußerster Verzweiflung befand, seit ich sie zuerst gesehen hatte; schließlich hatte man die fast bewußtlose Frau nach Roehampton gebracht. Ich ließ eine vierspännige Kutsche kommen und fuhr, den kleinen William neben mir, eilends dorthin.

Bei unserer Ankunft wurden wir vom zahlreichen Hauspersonal begrüßt; stürmisch wurde gratuliert; die Nachricht von der Rettung des Jungen verbreitete sich wie Lauffeuer. Mr. Manson, Williams Vater, den ich bisher noch nicht gesehen hatte, schritt aus dem Salon zu uns ins Foyer; ihm folgte Mrs. Mansons Arzt, der – völlig unerschüttert und sachlich – davor warnte, seiner Patientin die Neuigkeit sogleich mitzuteilen.

Der Vater seinerseits brauchte offensichtlich keine Mahnung, seine Gefühle im Zaum zu halten – Mr. Manson hatte seine Freude absolut unter Kontrolle. Zu William sagte er: »Mein lieber Sohn, ich freue mich, dich wiederzusehen.« Der Ton seiner Stimme war gemessen und kühl; keine Spur von Gefühl, von väterlicher Zärtlichkeit; es kam ihm nicht in den Sinn, den Jungen an die Brust zu reißen und zu weinen. Seine Bewegungen waren beherrscht, seine Worte abgewogen. Er glich eher einem Automaten, den man aufgezogen hat, als einem Menschen, in dem ein empfindsames Herz schlägt.

Zu meiner Enttäuschung beachtete er mich kaum. Ich hatte einen warmen, herzlichen, dankbaren Empfang erwartet. Der Gedanke an die Freude der Mutter war ja während der Untersuchung mein stärkster Ansporn gewesen. Ich hatte mir Mrs. Manson vorgestellt, wie ihre schönen Augen vor Freude strahlten, wie sie mich mit den glühendsten Beteuerungen ihrer Dankbarkeit überschüttete und mir eine Belohnung von unbegrenzter Höhe anbot – »soviel Sie wollen«, hatte sie gesagt. Gibt es ein noch stärkeres Mittel, um einen Menschen anzuspornen, sein Bestes zu tun?

Wie so oft in meinem Leben zerfielen meine Hoffnungen zu Asche; ich hatte eine Fata Morgana gesehen, ein

Luftschloß gebaut. Mr. Manson fragte William in kalter Gleichgültigkeit, ob ich der Mann sei, der ihn zurückgebracht habe. Begeistert antwortete der kleine Kerl: »O ja, freilich, Papa! Mr. Richmond hat mich der bösen Frau weggenommen und in der Kutsche nach Hause gebracht.«
»In diesem Fall«, sagte Mr. Manson zu mir, »werde ich Ihnen für Ihre Mühe wohl etwas geben müssen. Wenn ich nur einen Goldesel hätte. Die ganze Welt will Geld von mir. Da«, indem er mir zwei halbe Kronen hinhielt, »sind Sie damit zufrieden?«
Ich blickte ihn voller Entrüstung und Verachtung an und würdigte ihn keiner Antwort.
»Ach so, Freundchen! Sie meinen, eine Krone ist nicht genug? Dabei ist der Junge kaum zwei Tage weggewesen. Ich denke, mit einer halben Krone pro Tag sind Sie reichlich bezahlt. Meine Taglöhner verdienen gerade die Hälfte.«
Ich machte auf dem Absatz kehrt und wollte den kaltblütigen Pfennigfuchser mit seiner schäbigen Belohnung stehenlassen; da war jedes Wort verschwendet. Seine Taglöhner – was für ein Vergleich! Ich konnte mir vorstellen, wie er mir mit seinen ausdruckslosen Augen nachschaute, während er die beiden Halbkronen sorgfältig in die dicke Geldbörse zurücklegte. Sicher freute er sich über meine – wie er es nennen würde – dumme Frechheit. Eben hatte ich das Haustor erreicht, als ich Mrs. Mansons Stimme von der Treppe her hörte. Sie rief:
»Oh, wo ist er? Ich will ihn sehen! Sie können mich nicht zurückhalten, Doktor! Lassen Sie mich vorbei – ich will mein Kind sehen, meinen lieben, kleinen Jungen!«
Und sie flog die Treppe hinab und schloß den Jungen ungestüm in die Arme. Manson stand wie ein Holzklotz daneben; er fragte sich wohl, warum Menschen so sentimental sein müssen. Die Szene fesselte mich, und ich

blieb an der Tür stehen, um zu sehen, was jetzt geschehen würde.
Ich fühlte mich nun reichlich belohnt für alle Anstrengungen und Gefahren durch die große Freude, die ich dieser reizenden Dame hatte bereiten können. Mein Herz schlug, und Tränen stiegen mir in die Augen, als ich sah, wie sie den kleinen Jungen liebte. Ihre grenzenlose Freude beglückte mich mehr, als es eine Handvoll Gold von Manson hätte tun können; aber in meine Freude mischte sich Bedauern darüber, daß eine so schöne Frau und eine so zärtliche Mutter an einen derart gefühllosen Mann gebunden war. Mein Herz machte einen Sprung, als ich sie sagen hörte:
»Aber wer hat dich zurückgebracht, William, mein Liebling? Wo ist dein Retter?«
Oh, wie ich mit allen Fasern meines Herzens wünschte, umzukehren und mich ihr zu erkennen zu geben! Aber Mansons eiskalter Blick bannte mich an meinem Platz fest. Da zeigte der kleine Junge auf mich.
»Was, ist der unverschämte Bursche immer noch da?« sagte Manson in gereiztem Ton – vielleicht hatte er Angst, ich würde ihm die zwei halben Kronen doch noch abverlangen. Mrs. Manson ignorierte ihren Mann und lief lachend und weinend auf mich zu, fiel mir zu Füßen, umfaßte meine Knie und rief:
»Oh, ich danke Ihnen, ich danke Ihnen! Ich kann Ihnen gar nicht genug danken – ich kann Ihnen das nie vergelten!«
»Mrs. Manson«, sagte ich, »stehen Sie auf, ich bitte Sie. Ich verdiene das nicht, ich habe nur meine Pflicht getan.« Ich hob sie sanft vom Boden auf – ein unbeschreibliches Gefühl in der Brust. In diesem Augenblick hörte ich Manson sagen:
»Gott, sie ist wirklich verrückt geworden. Meinen Sie nicht auch, Doktor?«
»Was kann ich Ihnen geben?« fuhr Mrs. Manson fort. »Was kann ich für Sie tun? Alles, was ich habe, bedeu-

tet nichts im Vergleich zu meinem lieben Jungen. Aber nehmen Sie einstweilen dies« – und sie hielt mir ihre Börse hin – »und lassen Sie es mich wissen, auf welche Weise ich Ihnen nützlich sein kann.«

Ich nahm die Börse aus ihrer zitternden Hand mit einer tiefen Verbeugung entgegen; ich tat es, weil ich sie durch eine Zurückweisung nicht kränken wollte – nicht weil ich nach dem Geld Verlangen trug. Die edlen Gefühle, die sie dem Jungen und mir gegenüber gezeigt hatte, waren mir Belohnung genug. Selbst wenn die Börse leer gewesen wäre, hätte ich sie als Andenken in Ehren gehalten und gedacht, ich sei reichlich belohnt worden. Als Manson die Börse erblickte, kam zum ersten Mal Leben in ihn.

»Irrsinn!« sagte er laut, »absolut wahnsinnig!« Und indem er sich an seine Frau wandte, fuhr er fort: »Du verrückte Närrin, du wirst doch dem Burschen nicht eine Börse voll Gold geben, oder? Für zwei Tage Arbeit?«

Die Dame antwortete nicht und schien ihn nicht zu hören. Ich wollte ihr die Börse zurückgeben; denn ich konnte es nicht ertragen, wie sie vor meinen Augen von ihrem gefühllosen Mann beschimpft wurde. Sie aber winkte ab und lief zu ihrem Kind zurück.

»He, Mann!« rief mir Manson nach, als ich durch die Türe schritt, »Sie werden mir doch nicht diese Börse aus dem Haus tragen, nur weil eine Verrückte sie Ihnen gegeben hat?«

Ich hielt es fürs klügste, dem guten Beispiel von Mrs. Manson zu folgen und so zu tun, als hätte ich die Frage nicht gehört. Ich bestieg die noch immer wartende Kutsche und fuhr zur Bow Street. Auf der Fahrt fiel mir wieder ein, daß Mrs. Manson ja über eine beträchtliche Summe Geld selbst verfügen konnte – Geld, an das ihr Mann nicht herankonnte. Aber selbst wenn es nicht so gewesen wäre, hätte ich mir die Börse von dem eingefleischten Geizhals nicht wieder abnehmen lassen.

In der Bow Street erfuhr ich, daß Bucks zurückgekommen war, ohne das Wirtshaus zum »Bären mit dem Krummstab« oder den Gauner Jones gefunden zu haben: das Ganze war eine Erfindung der Hexe gewesen, um Zeit zu gewinnen. Es war mehr als wahrscheinlich, daß sich Jones, da er so gute Beziehungen zu Schiffsleuten hatte, bereits weit draußen auf hoher See befand. Nachforschungen am nächsten Morgen bestätigten diesen Verdacht; die weitere Verfolgung von Jones wurde vorderhand eingestellt. Wie sich später herausstellen wird, war er gar nicht so weit geflohen. Er hatte lediglich seine Unternehmungen an einen andern Ort verlegt, bis die Geschichte mit dem Jungen vergessen sein würde.

Obwohl es mir nicht gelungen war, Jones ein zweites Mal zu verhaften, wurde ich für meine Arbeit in dieser Sache vom Richter höchlich gelobt. Er erklärte mir, daß er beim nächsten interessanten und wichtigen Fall einen so wagemutigen Beamten wie mich nicht übergehen werde. Das war gerade der richtige Ansporn für mich. Ungeduldig wartete ich auf eine Gelegenheit, bei der ich mich von neuem auszeichnen konnte, denn die tägliche Routinearbeit im Büro lag mir gar nicht.

EDGAR ALLAN POE

Der entwendete Brief

*Nil sapientiae odiosius acumine nimio.**

Es war in Paris an einem stürmischen Abend im Herbst 18 .. gerade nach Einbruch der Dunkelheit. Ich erfreute mich des zweifachen Genusses besinnlichen Nachdenkens und einer Meerschaumpfeife in Gesellschaft meines Freundes C. Auguste Dupin in seiner kleinen rückwärtigen Bibliothek oder Studierstube, *im dritten Stock des Hauses Nr. 33 in der Rue Dunôt, Faubourg St. Germain.* Wenigstens eine Stunde lang hatten wir tiefes Schweigen bewahrt; dabei mochte es einem zufälligen Beobachter vorgekommen sein, als wären wir intensiv und ausschließlich mit den sich kringelnden Wirbeln des Rauchs beschäftigt, der auf die Atmosphäre des Zimmers drückte. Ich selbst jedoch ging im Geiste gewisse Punkte durch, die Gegenstand unserer Unterhaltung zu einer früheren Zeit des Abends gewesen waren; ich meine die Affäre in der Rue Morgue und das Geheimnis, das den Mord an Marie Rogêt umgab. Deshalb betrachtete ich es als eine merkwürdige Art des Zusammentreffens, als die Tür unseres Zimmers aufging und unser alter Bekannter, Monsieur G., der Präfekt der Pariser Polizei, eintrat.
Wir hießen ihn herzlich willkommen; denn der Mann hatte mehr Unterhaltsames als Verächtliches an sich, und wir hatten ihn einige Jahre lang nicht gesehen. Wir hatten im Dunkeln gesessen, und Dupin stand nun auf, um die Lampe anzuzünden; aber er setzte sich wieder, ohne es zu tun, als G. sagte, er sei vorbeigekommen, um uns um Rat zu fragen, d.h. eher um die Meinung meines Freundes in einer offiziellen Angelegen-

* Nichts ist der Weisheit lästiger als übermäßiger Scharfsinn (Seneca).

heit zu hören, die eine Menge Staub aufgewirbelt hatte.

»Wenn es sich um etwas handelt, das Nachdenken erfordert«, bemerkte Dupin, während er darauf verzichtete, den Docht anzufachen, »werden wir es besser im Dunkeln untersuchen.«

»Dies ist wieder eine von Ihren seltsamen Vorstellungen«, sagte der Präfekt, der die Angewohnheit hatte, alles ›seltsam‹ zu nennen, was über seine Fassungskraft ging, und der auf diese Weise mit einer vollen Legion von ›Seltsamkeiten‹ lebte.

»Sehr wahr«, sagte Dupin, während er seinen Besucher mit einer Pfeife versorgte und ihm einen bequemen Stuhl zuschob.

»Und was macht jetzt Schwierigkeiten?« fragte ich. »Hoffentlich nichts, was wieder mit Mord zu tun hat.«

»O nein, nichts Derartiges. Tatsache ist, der Fall ist *sehr* einfach, wirklich, und ich zweifle nicht, daß wir ganz gut selbst damit fertig werden. Aber dann dachte ich, Dupin würde vielleicht gern die Einzelheiten hören, weil alles so außerordentlich *seltsam* ist.«

»Einfach und seltsam«, sagte Dupin.

»Nun ja, und doch nicht genau das eine oder das andere. Tatsache ist, wir sind alle etwas irre geworden, weil die Sache so *einfach* ist und wir dennoch völlig zum Narren gehalten werden.«

»Vielleicht ist es gerade die Einfachheit des Falles, die euch fehlgehen läßt«, sagte mein Freund.

»Was für Unsinn Sie reden!« antwortete der Präfekt und lachte herzhaft.

»Vielleicht ist das Geheimnis etwas *zu* offenkundig«, sagte Dupin.

»Guter Gott! Hat jemand schon mal so etwas gehört?«

»Etwas *zu* selbstverständlich.«

»Hahaha! – Hahaha! – Hohoho!« brüllte unser Besucher, zutiefst belustigt. »O Dupin, Sie sind noch mein Tod!«

»Und worum *geht* es nun eigentlich?« fragte ich.
»Nun, ich will es Ihnen sagen«, erwiderte der Präfekt, während er eine lange, ununterbrochene, nachdenkliche Rauchwolke von sich gab und sich auf dem Stuhl niederließ. »Ich will es Ihnen mit ein paar wenigen Worten sagen; aber bevor ich beginne, lassen Sie sich belehren, daß dieser Fall größte Verschwiegenheit verlangt und daß ich höchstwahrscheinlich meine jetzige Stellung verlieren würde, sollte es bekannt werden, daß ich ihn irgend jemandem anvertraut hätte.«
»Also weiter«, sagte ich.
»Oder auch nicht«, sagte Dupin.
»Also gut; ich habe von höchster Stelle eine persönliche Information erhalten, daß ein bestimmtes Dokument von dringender Wichtigkeit aus den königlichen Gemächern entwendet worden ist. Die Person, die es entwendet hat, ist bekannt, und zwar ohne jeden Zweifel. Sie wurde gesehen, als sie es an sich nahm. Außerdem ist bekannt, daß es sich noch in ihrem Besitz befindet.«
»Wieso ist das bekannt?« fragte Dupin.
»Dies kann klar aus der Art des Dokuments erschlossen werden«, antwortete der Präfekt, »und daraus, daß bestimmte Resultate ausgeblieben sind, die sich sofort ergeben hätten, sobald es aus dem Besitz des Diebes entschwunden wäre – d.h. sobald er es so verwendet hätte, wie er es nach seinem Plan am Ende verwenden muß.«
»Erklären Sie sich etwas genauer!« sagte ich.
»Also, ich darf wohl soweit gehen zu sagen, daß das Schriftstück seinem Besitzer bestimmte Macht in einer bestimmten Position gibt, wo solche Macht ungeheuer wertvoll ist.« Der Präfekt liebte die diplomatische Ausdrucksweise.
»Ich verstehe doch noch nicht ganz«, meinte Dupin.
»Nein? Also die Enthüllung des Dokuments gegenüber einer dritten Person, die nicht genannt werden soll, würde die Ehre einer Persönlichkeit in überaus exponierter Stellung in Zweifel ziehen; und diese Tatsache

gibt dem Besitzer des Dokuments Macht über die erlauchte Persönlichkeit, deren Ehre und Seelenfrieden somit auf dem Spiel stehen.«

»Aber diese Macht«, warf ich ein, »würde von dem Wissen des Diebes abhängen, daß der Bestohlene den Dieb kennt. Wer würde wagen ...«

»Minister D. ist der Dieb«, sagte G. »Er wagt alles, sowohl was sich für einen Mann ziemt, als auch was sich nicht ziemt. Die Methode des Diebstahls war ebenso genial wie kühn. Die bestohlene Person hatte das betreffende Dokument – einen Brief, um es offen zu sagen – erhalten, als sie allein im königlichen Boudoir war. Während sie ihn las, wurde sie plötzlich durch den Eintritt jener anderen erlauchten Persönlichkeit unterbrochen, vor der sie ihn besonders zu verbergen wünschte. Nach einem eiligen, aber vergeblichen Versuch, ihn in eine Schublade zu stecken, wurde sie gezwungen, ihn offen auf einen Tisch zu legen. Die Adresse war indessen zuoberst, und während der Inhalt so verborgen blieb, entging der Brief der Aufmerksamkeit. In diesem Moment tritt Minister D. ein. Sein Luchsauge erspäht sofort das Schriftstück, erkennt die Handschrift der Adresse, bemerkt die Verwirrung der Person, an die der Brief gerichtet ist, und geht ihrem Geheimnis auf den Grund. Nach einigen geschäftlichen Erledigungen, die er in gewohnter Manier eilig vornimmt, zieht er einen Brief hervor, der dem besagten etwa ähnelt, öffnet ihn, gibt vor, ihn zu lesen und legt ihn dann ganz nahe an den anderen. Wiederum unterhält er sich etwa fünfzehn Minuten lang über Staatsangelegenheiten. Schließlich nimmt er beim Abschied den Brief vom Tisch, auf den er keinen Anspruch hatte. Seine rechtmäßige Besitzerin sah dies, wagte aber natürlich nicht, in Gegenwart der dritten Person, die unmittelbar neben ihr stand, die Aufmerksamkeit auf diesen Akt zu lenken. Der Minister machte sich davon, seinen eigenen – absolut unwichtigen – Brief auf dem Tisch zurücklassend.«

»Hier also«, sagte Dupin zu mir, »haben Sie genau das, was Sie zu einer absoluten Machtvollkommenheit brauchen – das Wissen des Diebes, daß die bestohlene Person den Dieb kennt.«
»Ja«, erwiderte der Präfekt, »und die so erworbene Macht ist in den vergangenen Monaten in äußerst gefährlichem Maße für politische Zwecke ausgenützt worden. Die bestohlene Person ist von Tag zu Tag mehr von der absoluten Notwendigkeit überzeugt, daß sie ihren Brief zurückfordern muß. Aber dies kann natürlich nicht offen geschehen. Kurz, zur Verzweiflung getrieben, hat sie die Sache mir anvertraut.«
»Denn kein scharfsinnigerer Agent«, sagte Dupin inmitten eines vollkommenen Rauchwirbels, »ließe sich vermutlich wünschen oder gar ausdenken.«
»Sie schmeicheln mir«, erwiderte der Präfekt, »aber es ist möglich, daß eine derartige Ansicht verbreitet sein mag.«
»Es ist klar«, sagte ich, »daß der Brief, wie Sie bemerken, noch im Besitz des Ministers ist, denn eben der Besitz, und nicht die Verwendung des Briefes, verleiht die Macht. Mit der Verwendung schwindet die Macht.«
»Sehr wahr«, sagte G., »und aufgrund dieser Überzeugung ging ich vor. Meine erste Sorge galt einer völligen Durchsuchung des Palastes des Ministers. Und dabei mußte ich besonders der Notwendigkeit Rechnung tragen, daß ohne sein Wissen durchsucht werde. Vor allen Dingen war ich vor der drohenden Gefahr gewarnt, ihm Grund zum Verdacht gegen unseren Plan zu geben.«
»Aber«, sagte ich, »Sie sind in derartigen Nachforschungen *au fait.* Die Pariser Polizei hat so etwas oftmals zuvor getan.«
»O ja; und deshalb bin ich auch nicht verzweifelt. Die Gewohnheiten des Ministers gereichten mir außerdem zum Vorteil. Er ist oft die ganze Nacht von zu Hause abwesend. Seine Diener sind keineswegs zahlreich. Sie schlafen in einiger Entfernung von den Gemächern ihres

Herrn, und da es hauptsächlich Neapolitaner sind, lassen sie sich leicht betrunken machen. Wie Sie wissen, habe ich Schlüssel, mit denen ich jedes Zimmer und jedes Kabinett in Paris öffnen kann. Drei Monate verging keine Nacht, während deren ich nicht, größtenteils persönlich, damit beschäftigt war, den Palast D. s zu durchstöbern. Meine Ehre steht auf dem Spiel und, um ein großes Geheimnis nicht unerwähnt zu lassen, die Belohnung ist enorm hoch. So gab ich die Suche nicht auf, bis ich mich vollständig davon überzeugt hatte, daß der Dieb schlauer ist als ich. Ich glaube, daß ich jede Ecke und jeden Winkel des Anwesens untersucht habe, in dem möglicherweise das Schriftstück verborgen sein kann.«
»Aber ist es nicht möglich«, warf ich ein, »daß der Brief zwar im Besitz des Ministers ist, worüber kein Zweifel besteht, daß er ihn aber irgendwo anders als auf seinem Anwesen verborgen hat?«
»Das ist kaum möglich«, sagte Dupin. »Die gegenwärtige besondere Situation am Hofe und vor allem der Verlauf der Intrigen, in die D. bekanntermaßen verwikkelt ist, dürften die augenblickliche Verfügbarkeit des Dokuments – die Möglichkeit seiner sofortigen Verwendung – fast ebenso wichtig machen wie seinen Besitz selbst.«
»Die Möglichkeit seiner Verwendung?« fragte ich.
»Das heißt, seiner *Vernichtung*«, sagte Dupin.
»Richtig«, bemerkte ich, »das Schriftstück ist also offenbar auf dem Anwesen. Daß es der Minister bei sich trägt, können wir wohl ausschließen.«
»Vollkommen«, sagte der Präfekt. »Er wurde zweimal zum Schein von Straßenräubern überfallen, und man durchsuchte seine Person rigoros vor meinen eigenen Augen.«
»Diese Mühe hätten Sie sich sparen können«, sagte Dupin. »D. ist wahrlich kein Narr, möchte ich annehmen; und wenn nicht, mußte er mit diesen Überfällen selbstverständlich gerechnet haben.«

»Wahrlich kein Narr«, sagte G., »aber ein Dichter, und somit nicht weit vom Narren entfernt.«

»Richtig«, erwiderte Dupin nach einem langen, nachdenklichen Zug aus der Meerschaumpfeife, »obwohl ich mich selbst gewisser Reimproduktionen schuldig gemacht habe.«

»Sie können uns doch wohl die Einzelheiten Ihrer Untersuchung mitteilen«, sagte ich.

»Also, Tatsache ist, wir nahmen uns Zeit, und wir suchten *überall.* Ich habe reiche Erfahrung in solchen Dingen. Ich nahm mir das gesamte Gebäude vor, Zimmer für Zimmer, wobei ich einem jeden die Nächte einer ganzen Woche widmete. Wir prüften zunächst das Mobiliar eines jeden Gemaches. Wir öffneten jede mögliche Schublade; und ich darf wohl annehmen, Sie wissen, daß es für einen richtig ausgebildeten Polizeibeamten so etwas wie ein *Geheim*fach nicht gibt. Ein Tölpel ist, wer zuläßt, daß ihm bei einer derartigen Suche ein Geheimfach entgeht. Die Sache ist ja so einfach. In jedem Schrank ist ein gewisses Quantum – Rauminhalt – zu berücksichtigen. Außerdem haben wir genaue Regeln. Nicht der fünfzigste Teil eines Zolls konnte uns entgehen. Nach den Schränken kamen die Stühle dran. Die Polster untersuchten wir mit feinen langen Nadeln, wie ich sie in Ihrer Gegenwart schon verwendet habe. Von den Tischen entfernten wir die Platten.«

»Warum das?«

»Manchmal wird die Platte eines Tisches oder eines ähnlich gebauten Möbelstücks von der Person, die einen Gegenstand verbergen will, entfernt; dann wird das Bein ausgehöhlt, der Gegenstand in die Höhlung deponiert und die Platte wieder aufgesetzt. Die oberen und unteren Enden von Bettpfosten werden in gleicher Weise behandelt.«

»Aber könnte man den Hohlraum nicht durch Abklopfen entdecken?« fragte ich.

»Keineswegs; wenn nämlich der deponierte Gegenstand mit genügend Watte umwickelt worden ist. Außerdem waren wir in unserem Fall gehalten, ohne Lärm vorzugehen.«

»Aber Sie konnten doch nicht *alle* Möbelstücke, in denen man möglicherweise etwas in der erwähnten Weise deponieren konnte, entfernen – oder in Stücke zerlegen. Einen Brief kann man zu einer dünnen Spirale zusammenrollen, welche sich kaum in Form und Volumen von einer großen Stricknadel unterscheidet, und in dieser Form könnte man ihn z.B. in eine Stuhlleiste einführen. Sie haben doch nicht alle Stühle auseinandergenommen?«

»Gewiß nicht. Aber wir machten es noch besser – wir untersuchten jede Stuhlleiste in dem Haus und sogar die Fugen jedes Möbels welcher Art auch immer mit Hilfe eines überaus starken Mikroskops. Hätte es Spuren irgendeiner erst kurz zurückliegenden Beschädigung gegeben, wir hätten sie unfehlbar sofort entdeckt. Ein einziges Staubkörnchen, das z.B. von einem Bohrer herrührte, wäre uns so deutlich wie ein Apfel erschienen. Jede Unregelmäßigkeit der Leimung – jeder ungewöhnliche Spalt in den Fugen – hätte zur sicheren Entdeckung genügt.«

»Ich nehme an, Sie haben auch bei den Spiegeln nachgesehen, zwischen Rahmen und Platten, und haben Betten und Betttücher sowie die Vorhänge und Teppiche untersucht.«

»Natürlich, und als wir mit jedem Möbelteilchen auf diese Weise vollständig fertig waren, durchforschten wir das Haus selbst. Wir teilten seine gesamte Fläche in Abschnitte ein und numerierten sie, so daß keiner ausgelassen wurde. Dann suchten wir jeden einzelnen Quadratzentimeter des Anwesens mit dem Mikroskop ab, wie zuvor, einschließlich der beiden unmittelbar anschließenden Häuser.«

»Die beiden anschließenden Häuser!« rief ich aus. »Sie müssen eine Menge Arbeit gehabt haben.«

»So ist es; aber die ausgesetzte Belohnung ist außerordentlich.«
»Sie bezogen auch den *Grund und Boden* rings um die Häuser mit ein?«
»Er ist vollständig mit Ziegeln bepflastert und machte uns verhältnismäßig wenig Mühe. Wir untersuchten das Moos zwischen den Ziegeln und fanden es nicht beschädigt.«
»Sie sahen unter D.s Papieren nach, natürlich, und bei den Büchern in der Bibliothek?«
»Gewiß; wir öffneten jedes Paket und jedes Bündel. Wir öffneten nicht nur jedes Buch, sondern blätterten alle Seiten jedes Bandes durch, indem wir uns nicht wie einige unserer Beamten mit einem bloßen Ausschütteln zufriedengaben. Auch maßen wir die Dicke jedes Buch*deckels* höchst genau nach und ließen jedem die akkurateste Untersuchung mit dem Mikroskop angedeihen. Hätte sich jemand an einem der Einbände kürzlich zu schaffen gemacht, so wäre diese Tatsache unmöglich unserer Beobachtung entgangen. Etwa fünf oder sechs Bände, die frisch vom Buchbinder kamen, prüften wir sorgfältig der Länge nach mit den Nadeln.«
»Sie forschten unter den Teppichen nach?«
»Kein Zweifel. Wir entfernten jeden Teppich und untersuchten die Bretter mit dem Mikroskop.«
»Und die Tapeten?«
»Ja.«
»Sie schauten in den Kellern nach?«
»So ist es.«
»Dann«, sagte ich, »haben Sie sich verkalkuliert, und der Brief befindet sich nicht auf dem Anwesen, wie Sie vermuten.«
»Ich fürchte, da haben Sie recht«, meinte der Präfekt, »und nun, Dupin, was würden Sie mir raten?«
»Das Anwesen nochmals einer gründlichen Untersuchung zu unterziehen.«

»Das ist absolut unnötig«, antwortete G. »So sicher wie ich atme ist der Brief nicht in dem Palast.«

»Einen besseren Rat kann ich Ihnen nicht geben«, sagte Dupin. »Sie besitzen doch wohl eine genaue Beschreibung des Briefes?«

»O ja!« – Und hier zog der Präfekt ein Notizbuch hervor und ging daran, einen genauen Bericht über die innere und besonders die äußere Gestalt des vermißten Dokuments laut vorzulesen. Bald nach Beendigung der Beschreibung nahm er seinen Abschied, weitaus deprimierter, als ich den guten Herrn je zuvor gesehen hatte.

Etwa einen Monat später besuchte er uns wieder und fand uns fast in derselben Weise beschäftigt. Er nahm eine Pfeife und einen Stuhl und begann eine normale Unterhaltung. Schließlich sagte ich:

»Nun, G., was ist denn mit dem entwendeten Brief? Ich nehme an, Sie haben sich wenigstens dafür entschieden, daß es nicht möglich ist, den Minister zu überlisten?«

»Verdammt, ja! Ich nahm eine neuerliche Untersuchung vor, wie Dupin riet – aber es war verlorene Mühe, wie ich geahnt hatte.«

»Wieviel, sagten Sie, war als Belohnung ausgesetzt?« fragte Dupin.

»Nun, eine ganze Menge – eine *sehr* großzügige Belohnung – ich möchte nicht sagen, wieviel genau. Ich will aber doch sagen, daß ich persönlich ohne weiteres einen Scheck über 50000 Francs demjenigen geben würde, der mir diesen Brief besorgte. Tatsache ist, daß er täglich wichtiger wird; und die Belohnung ist kürzlich verdoppelt worden. Jedoch auch wenn sie verdreifacht würde, könnte ich nicht mehr tun, als ich getan habe.«

»Ja also«, sagte Dupin gedehnt, zwischen Zügen aus seiner Meerschaumpfeife, »wirklich – ich glaube, G., Sie haben in dieser Sache noch nicht – das Äußerste – getan. Sie könnten doch, glaube ich, noch etwas – mehr – tun, nicht wahr?«

»Wie? – Auf welche Weise?«

»Nun – paff, paff – Sie könnten – paff, paff – einen Gutachter in der Sache bemühen, nicht? – paff, paff, paff. Erinnern Sie sich an die Geschichte, die von Abernethy erzählt wird?«

»Nein, zum Teufel mit Abernethy!«

»Gewiß! Zum Teufel mit ihm und zum Wohl. Einstmals faßte ein reicher Geizhals den Plan, von diesem Abernethy ein medizinisches Gutachten herauszuschlagen. Zu diesem Zweck begann er in einer privaten Gesellschaft eine gewöhnliche Unterhaltung und trug dem Arzt seinen Fall als den einer fiktiven Person vor. ›Nehmen wir an‹, sagte der Geizhals, ›das sind die Symptome; nun, Doktor, was hätte er nach *Ihren* Anweisungen nehmen sollen?‹

›Nehmen?‹ sagte Abernethy. ›Nun, auf jeden Fall, einen Arzt!‹«

»Aber«, sagte der Präfekt, ein wenig verwirrt, »ich bin ja *völlig* dazu bereit, mir einen Rat geben zu lassen und dafür zu zahlen. Ich würde *tatsächlich* demjenigen 50000 Francs geben, der mir in dieser Sache hülfe.«

»In diesem Fall«, erwiderte Dupin, zog eine Schublade auf und ein Scheckbuch hervor, »können Sie genauso gut mir den Scheck über den genannten Betrag ausstellen. Sobald Sie ihn unterschrieben haben, werde ich Ihnen den Brief aushändigen.«

Ich war verblüfft. Der Präfekt schien förmlich wie vom Donner gerührt. Einige Minuten lang blieb er sprach- und reglos und schaute meinen Freund mit offenem Mund an und mit Augen, die aus ihren Höhlen hervortraten. Als er sich dann offensichtlich in gewisser Weise etwas erholt hatte, ergriff er eine Feder, schrieb schließlich, nach einigen Pausen und leeren Blicken, einen Scheck über 50000 Francs aus, unterzeichnete ihn und reichte ihn Dupin über den Tisch. Dieser prüfte ihn gewissenhaft und steckte ihn in sein Taschenbuch, dann schloß er ein Schreibkästchen auf, entnahm ihm einen Brief und gab ihn dem Präfekten. Der Beamte griff danach in einer vollkommenen Agonie der Freude, öffnete ihn mit zitternder Hand, warf einen schnellen Blick auf seinen Inhalt, taumelte dann hastig zur Tür und stürzte schließlich ohne Umschweife aus dem Zimmer und dem Haus. Er hatte keine Silbe gesprochen, seit Dupin ihn aufgefordert hatte, den Scheck auszustellen.

Als er gegangen war, gab mein Freund einige Erklärungen ab.

»Die Pariser Polizei«, sagte er, »ist auf ihre Weise außerordentlich kompetent. Sie ist ausdauernd, einfallsreich, geschickt und durchaus in den Kenntnissen versiert, welche ihre Pflichten hauptsächlich zu verlangen scheinen. Als uns deshalb G. die Art und Weise schilderte, wie das Anwesen von D.s Palast untersucht worden war, hatte ich volles Vertrauen, daß er seine Nachforschungen zufriedenstellend vorgenommen hatte – soweit seine Bemühungen gingen.«

»Soweit seine Bemühungen gingen?« fragte ich.

»Ja«, sagte Dupin, »die angewandten Maßnahmen waren nicht nur die bestmöglichen, sondern sie wurden auch mit absoluter Perfektion durchgeführt. Hätte der Brief im Bereich ihrer Nachforschungen gelegen, hätten ihn diese Burschen ohne Frage gefunden.«

Ich lachte nur – aber er meinte alles, was er sagte, durchaus ernst.

»Also, die Maßnahmen«, fuhr er fort, »waren an sich gut und wurden gut durchgeführt. Der Fehler lag darin, daß sie nicht auf den Fall und den Mann anwendbar waren. Eine gewisse Anzahl höchst ingeniöser Hilfsmittel ist für den Präfekten eine Art Prokrustesbett, dem er gewaltsam seine Pläne anpaßt. Aber er macht ständig Fehler, weil er entweder zu tiefschürfend oder zu oberflächlich in dem betreffenden Fall vorgeht; und manch ein Schuljunge kombiniert besser als er. Ich kannte einen von acht Jahren, dessen Erfolg im Ratespiel ›Gerade oder Ungerade‹ allgemeine Bewunderung erregte. Dieses Spiel ist einfach und wird mit Murmeln gespielt. Ein Spieler hält eine Anzahl dieser Kugeln in der Hand und fragt einen anderen, ob es eine gerade oder ungerade Summe ist. Wenn der Betreffende richtig rät, hat er eine gewonnen; wenn falsch, eine verloren. Der Junge, den ich meine, gewann alle Murmeln der Schule. Natürlich hatte er ein Prinzip beim Raten; und es beruhte auf der bloßen Beobachtung und dem Abschätzen der Schläue seiner Gegner. Z.B. ist der Gegner ein ausgemachter Dummkopf: er hält seine geschlossene Faust hoch und fragt: ›Gerade oder ungerade?‹ Unser Schuljunge antwortet ›ungerade‹ und verliert. Aber beim nächsten Versuch gewinnt er, denn er sagt sich: ›Der Dummkopf hatte beim ersten Mal gerade, aber beim zweiten Mal reicht seine Überlegung nur soweit, daß er jetzt ungerade macht; deshalb rate ich auf ungerade.‹ – Er rät auf ungerade und gewinnt. Bei einem Dummkopf von nächsthöherem Grad hätte er so kombiniert: ›Dieser Bursche merkt, daß ich beim ersten Mal ungerade geraten habe, und beim zweiten Mal wird er zunächst Lust zu einer simplen Abwechslung von gerade zu ungerade haben wie der erste Dummkopf. Aber dann wird ihm ein zweiter Gedanke kommen, daß dies nämlich eine zu simple Veränderung sei, und schließlich wird er sich wieder wie vorher zu gerade entscheiden. Deshalb rate ich auf gerade.‹ – Er rät auf gerade und gewinnt. Nun, welcher Art ist diese Kombination des Schuljungen, den seine Kameraden ›vom Glück begünstigt‹ nannten – wenn man sie letztlich analysiert?«

»Lediglich eine Identifikation des Intellektes des Kombinierenden mit dem seines Gegners«, sagte ich.

»So ist es«, erwiderte Dupin, »und als ich den Jungen fragte, wie er die *vollkommene* Identifikation, auf der sein Erfolg beruhte, erreicht habe, erhielt ich folgende Antwort: ›Wenn ich herausfinden möchte, wie klug oder wie dumm, wie gut oder wie böse jemand ist, oder was er gerade denkt, so forme ich meinen Gesichtsausdruck so genau wie möglich nach dem seinen. Und dann warte ich ab, welche Gedanken oder Gefühle in meinem Gehirn oder Herzen entstehen, welche gleichsam dem Gesichtsausdruck entsprechen.‹ Diese Antwort des Schuljungen macht den Grund des ganzen scheinbaren Tiefsinns aus, den man etwa Rochefoucauld, La Bougive, Machiavelli oder Campanella zugeschrieben hat.«

»Und die Identifikation des Intellekts des Ratenden mit dem seines Gegners«, sagte ich, »hängt, wenn ich Sie recht verstehe, von der Genauigkeit ab, mit der der Intellekt des Gegners eingeschätzt wird.«

»Ihr praktischer Wert hängt davon ab«, erwiderte Dupin, »und der Präfekt und seine Leute machen so häufig Fehler, erstens, weil es an der Identifikation mangelt, und zweitens, weil der Intellekt, mit dem sie es zu tun haben, falsch oder eher gar nicht eingeschätzt wird. Sie ziehen nur ihre *eigenen* Vorstellungen von Scharfsinn in Betracht; und wenn sie nach etwas Verborgenem suchen, kommen sie nur auf die Methoden, mit denen *sie* es verborgen hätten. Sie haben insoweit recht, als ihr eigener Scharfsinn den der großen *Masse* getreulich repräsentiert. Aber wenn die Schlauheit des einzelnen Verbrechers wesentlich von ihrer eigenen abweicht, dann werden sie natürlich von ihm überspielt. Das geschieht immer, wenn jene größer, und meist, wenn sie geringer ist als ihre eigene. Sie verändern ihre Prinzipien bei den Untersuchungen keineswegs; bestenfalls erweitern oder übertreiben sie ihre alten *Methoden,* wenn sie durch eine unerwartete Notlage dazu gedrängt werden – oder durch irgendeine besonders hohe Belohnung –, aber ihre Prinzipien tasten sie nicht an. Was ist zum Beispiel im Falle von D. zur Veränderung der Handlungsprinzipien geschehen? Was bedeutet das Bohren, Testen, Ausloten und Untersuchen mit dem Mikroskop, die Aufteilung der Oberfläche des Gebäudes in registrierbare Quadratzentimeter? – Doch nichts anderes als die übertriebene *Anwendung* des einen oder einer Reihe von Untersuchungsprinzipien, die auf einer Reihe von Vorstellungen über den menschlichen Scharfsinn beruhen und an die sich der Präfekt in langer Berufsroutine gewöhnt hat. Sie sehen, er hielt es für ausgemacht, daß *alle* Menschen so vorgehen; daß sie einen Brief, wenn schon nicht in einer nadelgroßen Stuhlbeinhöhlung, so doch wenigstens in *irgendeiner* entlegenen Höhlung oder Ecke verstecken, besessen von derselben Vorstellung, die jemanden dazu drängen könnte, einen Brief in einer nadelgroßen Stuhlbeinhöhlung verschwinden zu lassen. Und außerdem sehen Sie, daß solche ausgetüftelten Winkel nur bei gewöhnlichen Gelegenheiten zum Verstecken benutzt werden, und nur von gewöhnlichen Geistern. Denn in allen Fällen, wo es ums Verstecken geht, wird zunächst einmal als wahrscheinlich angenommen, daß über den zu versteckenden Gegenstand verfügt wird – in dieser ausgetüftelten Weise verfügt wird. Und so hängt seine Entdeckung keineswegs von der Schlauheit, sondern lediglich von der Sorgfalt, Geduld und Entschlossenheit der Suchenden ab. Und wenn es sich um einen wichtigen Fall handelt – oder, was vom polizeilichen Gesichtspunkt auf das gleiche hinausläuft: wenn die Belohnung hoch ist –, haben die betreffenden Eigenschaften bekanntlich *immer* zum Ziel geführt. Sie verstehen jetzt, was ich meinte, als ich zu bedenken gab, daß ohne jede Frage der entwendete Brief entdeckt worden wäre, wenn er im Bereich der Untersuchung des Präfekten verborgen gewesen wäre – mit anderen Worten: wenn sich das Prinzip des Versteckens mit den Prinzipien des Präfekten gedeckt hätte. Dieser Beamte ist jedoch vollkommen an der Nase herumgeführt worden, und der tiefste Grund für seine Niederlage liegt in seiner Annahme, daß der Minister ein Narr ist, weil er sich Ruhm als Dichter erworben hat. Alle Narren sind Dichter: das hat der Präfekt im *Gefühl.* Und er hat sich lediglich einer *non distributio medii** schuldig gemacht, da er schloß, daß alle Dichter Narren seien.«

»Aber ist es wirklich der Dichter?« fragte ich. »Es gibt, wie ich weiß, zwei Brüder, und beide haben sich literarischen Ruhm erworben. Der Minister hat, glaube ich, einen gelehrten Beitrag zur Differentialrechnung verfaßt. Er ist Mathematiker, nicht Dichter.«

»Sie irren sich, ich kenne ihn gut; er ist beides. Als Dichter *und* Mathematiker pflegt er sehr vernünftig zu denken. Wäre er lediglich Mathematiker, hätte er wohl überhaupt nicht vernünftig denken können und wäre der Gnade des Präfekten ausgeliefert gewesen.«

»Sie überraschen mich durch diese Ansichten, die der landläufigen Meinung widersprechen«, sagte ich, »Sie wollen doch nicht etwa eine jahrhundertealte, wohlerwogene Vorstellung über Bord werfen. Die mathematische Vernunft galt lange als *die* Vernunft *par excellence.«*

»Il y a à parier«, antwortete Dupin, indem er Chamfort zitierte, *»que toute idée publique, toute convention reçue, est une sottise, car elle a convenu au plus grand nombre.*** Die Mathematiker, versichere ich Ihnen, haben ihr Bestes dazu getan, den volkstümlichen Irrtum, auf den Sie anspielen, zu verbreiten, und trotzdem ist es ein Irrtum, mag er noch so sehr als Wahrheit verbreitet werden. Mit einer Kunstfertigkeit, die einer besseren Sache würdig wäre, haben sie zum Beispiel dem Begriff ›Analyse‹ in der Algebra zur Anwendung verholfen. Die Franzosen sind die Urheber des Betruges in diesem besonderen Fall. Aber wenn ein Begriff noch Bedeutung haben soll – wenn Worte irgendeinen Wert aus ihrer Verwendung ableiten –, dann hat ›Analyse‹ eben-

* Die Nichtzerlegung des Mittelsatzes einer dreiteiligen logischen Aussage.

** Es ist zu wetten, daß jede öffentliche Idee, jede akzeptierte Übereinkunft eine Torheit ist, weil sie von einer größeren Menge gebilligt wird.

soviel mit ›Algebra‹ zu tun wie das lateinische *ambitus* mit ›Ambition‹, *religio* mit ›Religion‹ oder *homines honesti* mit ›einer Gruppe Ehrenmännern‹.«

»Ich sehe«, sagte ich, »Sie liegen mit einigen Pariser Algebraikern im Streit; aber fahren Sie fort.«

»Ich bestreite die Verfügbarkeit und damit den Wert einer Vernunft, die in einer speziellen abstrakt-logischen Form verschieden ausgebildet wird. Ich wende mich insbesondere gegen eine Vernunft, die auf mathematischen Studien beruht. Mathematik ist die Wissenschaft von Form und Quantität. Mathematische Vernunft ist lediglich Logik, angewendet auf die Beobachtung von Form und Quantität. Der große Irrtum liegt darin, zu vermuten, daß selbst die Wahrheiten der sogenannten *reinen* Algebra abstrakte oder allgemeine Wahrheiten sind. Und dieser Irrtum ist so ungeheuerlich, daß ich über die weltweite Verbreitung beunruhigt bin. Mathematische Axiome sind *nicht* Axiome von allgemeiner Gültigkeit. Was für die *Relation* – von Form und Quantität – richtig ist, ist oft falsch, z.B. im Hinblick auf die Ethik. In dieser Wissenschaft ist es nämlich meist nicht richtig, daß die Summe der Teile gleich dem Ganzen ist. In der Chemie gilt das Axiom ebenfalls nicht, und in Hinsicht auf die Motivation stimmt es auch nicht: denn zwei Motive von bestimmtem Wert ergeben in der Vereinigung nicht notwendig denselben Wert wie die Summe der einzelnen gesonderten Werte. Es gibt viele andere mathematische Wahrheiten, die nur innerhalb der Grenzen der *Relation* stimmen. Aber die Mathematiker gehen gewöhnlich von ihren *begrenzten Wahrheiten* aus, als seien sie absolut und generell anwendbar – wie die Welt auch tatsächlich glaubt. Bryant erwähnt in seiner überaus gelehrten ›Mythologie‹ eine ähnliche Quelle des Irrtums, wenn er sagt: ›Die heidnischen Märchen werden zwar nicht geglaubt, aber wir vergessen uns ständig und schließen von ihnen auf vorhandene Wirklichkeiten.‹ Bei den Algebraikern jedoch,

die selbst Heiden sind, *werden* die ›heidnischen Märchen‹ geglaubt, und man zieht daraus Schlüsse, weniger aus Gedächtnisschwund als vielmehr in einer unbegreiflichen geistigen Verwirrung. Kurz, ich habe noch nie einen reinen Mathematiker getroffen, dem man über die Quadratwurzel hinaus trauen konnte oder der nicht heimlich fest daran glaubte, daß x^2+px absolut und unbedingt gleich q sei. Bitte sagen Sie einem dieser Herren, versuchsweise, Sie glaubten, in bestimmten Fällen brauche x^2+px gar nicht gleich q zu sein, und erklären Sie ihm, was Sie meinen: dann bleibt Ihnen nur übrig, sich so rasch wie möglich außer Reichweite zu begeben, denn zweifellos wird er versuchen, Sie zusammenzuschlagen.
Damit möchte ich sagen«, fuhr Dupin fort, während ich über seine letzten Bemerkungen nur lachen konnte, »wäre der Minister lediglich ein Mathematiker gewesen, hätte für den Präfekten keineswegs die Notwendigkeit bestanden, mir den Scheck zu geben. Ich kannte ihn jedoch als Mathematiker und Dichter, und meine Maßnahmen richteten sich nach seinen Fähigkeiten unter Einbeziehung der Umstände, denen er sich gegenübersah. Ich kannte ihn auch als Mann von Hofe und als kühnen Intriganten. Ein solcher Mann, dachte ich, mußte sich über die normalen Polizeimethoden im klaren sein. Er mußte mit Überfällen rechnen, die man gegen ihn unternahm – und die Ereignisse haben ja gezeigt, daß er damit gerechnet hat. Er mußte, überlegte ich, die heimlichen Durchsuchungen seines Anwesens vorhergesehen haben. Seine häufige nächtliche Abwesenheit von zu Hause, die der Präfekt als gewisse Hilfe für ein erfolgreiches Vorgehen begrüßte, betrachtete ich lediglich als *List*. Damit wollte er der Polizei Gelegenheit zu gründlicher Durchsuchung geben und sie um so eher zu der Überzeugung bringen, zu der G. schließlich gelangte – daß nämlich der Brief nicht auf dem Anwesen sei. Ich hatte auch das Gefühl, daß alle

Gedanken, die ich Ihnen eben mühsam auseinandersetzte, hinsichtlich des starren Prinzips polizeilicher Handlungsweise bei der Suche nach verborgenen Gegenständen – daß diese Gedanken notwendig auch dem Minister durch den Kopf gehen mußten. Sie würden ihn mit kategorischer Bestimmtheit dazu bringen, alle normalen Versteck*winkel* zu verschmähen. Er konnte sich nicht die Blöße geben, dachte ich, zu übersehen, daß das komplizierteste und entfernteste Versteck seines Palastes den Augen, Sonden, Bohrern und Mikroskopen des Präfekten ebenso sichtbar sei wie der gewöhnlichste Schrank. Endlich sah ich, daß er ganz natürlich zur Simplizität gedrängt wurde, falls er sie nicht von vornherein mit Bedacht wählte. Sie erinnern sich wahrscheinlich, wie der Präfekt furchtbar lachen mußte, als ich bei unserer ersten Unterhaltung zu bedenken gab, daß ihn dieses Geheimnis möglicherweise deshalb so verwirrte, weil es so ganz selbstverständlich sei.«

»Ja«, sagte ich, »ich erinnere mich seiner Heiterkeit wohl. Ich dachte wirklich, er würde Krämpfe bekommen.«

»Die materielle Welt«, fuhr Dupin fort, »ist reich an sehr genauen Analogien zur immateriellen Welt. Und so hat das rhetorische Dogma einen Anschein von Wahrheit erhalten, welches besagt, daß Metapher und Gleichnis dazu dienen können, ein Argument zu stützen oder eine Beschreibung auszuschmücken. Das Prinzip der *vis inertiae** scheint z. B. identisch in der Physik und in der Metaphysik. So gilt für erstere, daß ein größerer Körper schwerer zu bewegen ist als ein kleinerer und daß die folgende Bewegung zu dieser Schwierigkeit im Verhältnis steht, und analog für letztere, daß Intellekte von größerer Fassungskraft zwar kraftvoller, beständiger und wirksamer in ihren Bewegungen sind als Intel-

* Energie der Ruhe.

lekte von geringeren Graden, jedoch auch schwerer beweglich, eher verlegen und zögernd in den ersten Schritten, die sie unternehmen. Und dann: haben Sie je bemerkt, welche Straßenschilder über den Ladentüren am meisten Aufmerksamkeit erregen?«

»Darauf habe ich noch nie geachtet«, sagte ich.

»Es gibt ein Puzzlespiel«, fuhr er fort, »das man auf einer Landkarte spielt. Die eine Spielpartei verlangt von der anderen, ein gegebenes Wort zu finden – den Namen einer Stadt, eines Flusses, eines Staates oder Reiches –, kurz, ein beliebiges Wort auf der bunten, verworrenen Karte. Ein Neuling in diesem Spiel sucht im allgemeinen seine Gegner dadurch in Verlegenheit zu bringen, daß er ihnen die Namen mit den kleinsten Buchstaben aufgibt. Aber der Fortgeschrittene wählt solche Wörter, die sich in großen Typen von einem Ende der Karte zum anderen erstrecken. Ebenso wie übergroß beschriftete Schilder und Plakate an Straßen, entgehen diese der Beobachtung, weil sie allzu auffallend sind. Und hier liegt die genaue Analogie zwischen physischem Übersehen und geistiger Unachtsamkeit, wodurch der Intellekt jene Gedanken unbemerkt durchgehen läßt, die in allzu aufdringlicher und auffälliger Weise selbstverständlich sind. Aber dies ist anscheinend ein Punkt, der für das Verständnis des Präfekten etwas zu hoch oder zu niedrig ist. Er hielt es keinen Augenblick für wahrscheinlich oder möglich, daß der Minister den Brief ganz offen vor aller Welt sichtbar liegen ließ, wodurch er am sichersten verhinderte, daß auch nur irgend jemand ihn bemerkte.

Aber je länger ich über den kühnen, eleganten und urteilsfähigen Scharfsinn D.s nachdachte: über die Tatsache, daß das Dokument stets zur Hand sein mußte, wollte er es sinnvoll verwenden; über die entschiedene Evidenz (die der Präfekt erlangt hatte), daß er nicht in dem normalen Suchbereich dieses Würdenträgers ver-

borgen war; – desto zufriedener stellte ich fest, daß der Minister, um diesen Brief zu verbergen, auf den begreiflichen und schlauen Ausweg gekommen war, erst gar nicht zu versuchen, ihn zu verbergen.
Erfüllt von diesen Gedanken, beschaffte ich mir eine grüne Brille und sprach an einem schönen Morgen ganz zufällig im Palast des Ministers vor. Ich traf D. zu Hause an, gähnend, faulenzend, trödelnd wie üblich und anscheinend ungeheuer gelangweilt. In Wirklichkeit ist er vielleicht das aktivste menschliche Wesen, das im Augenblick existiert – aber nur, wenn ihn niemand sieht.
Um eine Chance zu haben, klagte ich über meine schlechten Augen und die Notwendigkeit, eine Brille tragen zu müssen; unter deren Schutz musterte ich vorsichtig und eingehend das gesamte Zimmer, während ich mich offenbar ganz auf die Unterhaltung mit meinem Gastgeber konzentrierte.
Besondere Aufmerksamkeit widmete ich einem großen Schreibtisch, neben dem er saß und auf dem einige ganz verschiedenartige Briefe und Papiere, ein oder zwei Musikinstrumente und ein paar Bücher durcheinanderlagen. Jedoch sah ich nach langer und sehr sorgfältiger Prüfung hier nichts, was besonderen Verdacht erregen konnte.
Während meine Augen die Runde durch das Zimmer machten, fielen sie schließlich auf einen lumpigen Filigranbriefständer aus Pappe, der an einem schmutzigen blauen Band von einem kleinen Messingknopf genau in der Mitte des Kaminsimses herabbaumelte. In diesem Ständer, der drei oder vier Fächer hatte, befanden sich fünf oder sechs Visitenkarten und ein vereinzelter Brief. Letzterer war arg verschmutzt und zerknittert. Er war in der Mitte fast in zwei Hälften zerrissen – als ob zunächst eine Absicht bestanden habe, ihn als wertlos ganz und gar zu zerreißen; als ob diese aber im nächsten Augenblick geändert oder aufgegeben worden sei. Er war mit einem schwarzen Siegel versehen, das die Initiale D.

sehr deutlich lesbar trug und in einer winzigen Frauenschrift an den Minister D. persönlich adressiert war. Man hatte ihn achtlos und anscheinend sogar verächtlich in eines der obersten Fächer des Ständers geworfen.

Sobald ich diesen Brief erblickt hatte, kam ich zu dem Schluß, daß er der gesuchte war. Gewiß, er unterschied sich äußerlich radikal von dem, den uns der Präfekt so detailliert beschrieben hatte. Hier war das Siegel groß und schwarz mit der Initiale D.; da war es klein und rot mit dem herzoglichen Wappen der Familie S. Hier war die Adresse, an den Minister, winzig und von weiblicher Hand, da die Anschrift, an eine gewisse Person aus dem Königshaus, bemerkenswert kühn und entschlossen; allein die Größe bildete einen Punkt der Übereinstimmung. Jedoch andererseits: die *radikalen* Unterschiede waren außergewöhnlich; der Schmutz, der zerknitterte und zerrissene Zustand des Schriftstückes, so völlig unvereinbar mit den *wahren* Methoden und Gewohnheiten D.s und so deutlich in der Absicht, den Betrachter dazu zu verleiten, das Dokument für wertlos zu halten; – diese Fakten, dazu die allzu auffällige Position des Dokuments, jedem Besucher voll sichtbar und genau in Übereinstimmung mit den Folgerungen, zu denen ich vorher gekommen war; diese Fakten, sage ich, bestärkten ungemein den Verdacht bei einem, der gekommen war, um zu verdächtigen.

Ich zog meinen Besuch so lange wie möglich hin, und während ich eine sehr lebhafte Diskussion mit dem Minister unterhielt über ein Thema, das ihn, wie ich wußte, unfehlbar zu interessieren und aufzuregen pflegte, richtete ich meine Aufmerksamkeit in Wahrheit auf den Brief. Bei dieser Prüfung prägte ich meinem Gedächtnis ein, wie er aussah und wie er in dem Ständer postiert war. Und ich machte schließlich auch noch eine Entdekkung, die den letzten Zweifel, den ich hegen mochte, beseitigte. Als ich nämlich die Kanten des Papiers untersuchte, fand ich heraus, daß sie mehr *abgewetzt* waren als nötig. Sie zeigten das *brüchige* Aussehen, das entsteht, wenn ein einmal gefaltetes und mit einem Falzbein gepreßtes, steifes Papier umgekehrt gefaltet wird, und zwar entlang der Kniffe und Kanten der ursprünglichen Faltung. Diese Entdeckung genügte. Mir war klar, daß der Brief wie ein Handschuh von innen nach außen gewendet, neu adressiert und neu versiegelt worden war. Ich wünschte dem Minister einen guten Morgen und wandte mich sofort zum Gehen, während ich eine goldene Schnupftabakdose auf dem Tisch zurückließ.

Am nächsten Morgen fragte ich nach der Schnupftabakdose, und wir nahmen die Unterhaltung vom Vortag sehr eifrig wieder auf. Als wir so beschäftigt waren, ertönte ein lauter Knall, wie von einer Pistole, unmittelbar unter den Fenstern des Palastes, dem eine Reihe fürchterlicher Schreie und die Rufe der erschreckten Menge folgten. D. stürzte zu einem Fenster, öffnete es und schaute hinaus. Unterdessen trat ich zu dem Briefständer, nahm den Brief, steckte ihn in meine Tasche und ersetzte ihn durch ein Faksimile (wenigstens äußerlich), das ich sorgfältig zu Hause hergestellt hatte, indem ich die Initiale D. ganz einfach mit Hilfe eines aus Brot geformten Siegels nachmachte.

Der Aufruhr auf der Straße war durch das verrückte Benehmen eines Mannes mit einer Muskete ausgelöst worden. Er hatte damit in eine Menge von Frauen und Kindern geschossen. Es zeigte sich jedoch, daß keine Kugel darin gewesen war, und man ließ den Burschen laufen, weil man ihn für einen Verrückten oder Betrunkenen hielt. Als er fort war, kam D. vom Fenster zurück, wohin ich ihm gefolgt war, gleich nachdem ich den betreffenden Gegenstand sicher verwahrt hatte. Bald darauf verabschiedete ich mich. Der angebliche Verrückte war von mir selbst bezahlt worden.«

»Aber was bezweckten Sie damit«, fragte ich, »als Sie den Brief durch ein Faksimile ersetzten? Wäre es nicht besser gewesen, sich des Briefes beim ersten Besuch offen zu bemächtigen und zu verschwinden?«

»D. ist ein desperater Mann, ein Mann des Risikos«, erwiderte Dupin. »Auch ist sein Palast voll von Dienern, die um seinen Vorteil bemüht sind. Hätte ich den ungestümen Versuch unternommen, den Sie andeuten, wäre ich wohl der Gegenwart des Ministers nicht lebend entronnen. Die guten Leute von Paris hätten nie mehr von mir gehört. Aber es gab für mich noch etwas außerhalb dieser Überlegungen. Sie kennen meine politischen Ansichten. In diesem Fall stehe ich auf seiten der betroffenen Dame. Achtzehn Monate lang hatte sie der Minister in seiner Gewalt. Jetzt hat sie ihn in ihrer, da er, ohne zu wissen, daß der Brief nicht mehr in seinem Besitz ist, seine Erpressungen weiter fortsetzen wird, als sei nichts geschehen. So wird er sich unvermeidlich mit einemmal selbst politisch zugrunde richten. Auch sein Sturz wird ebenso plötzlich wie peinlich sein. Es ist sehr leicht, über *facilis descensus Averni** zu reden, aber bei jeder Art von Kletterei ist es, wie die Catalani über das Singen sagte, viel leichter hinauf- als wieder hinunterzukommen. Gegenwärtig habe ich kein Mitgefühl – wenigstens kein Mitleid – mit dem, der hinabsteigt. Er ist jenes *monstrum horrendum,* ein Genie ohne Grundsätze. Ich bekenne jedoch, daß ich sehr gern den genauen Charakter seiner Gedanken kennenlernen würde, wenn er, herausgefordert von der, die der Präfekt eine gewisse Persönlichkeit nennt, sich gezwungen sieht, den Brief zu öffnen, den ich ihm auf dem Briefständer hinterließ.«

»Wie? Haben Sie etwas Besonderes hineingesteckt?«

»Nun – ich hielt es nicht für ganz richtig, die Innenseite leer zu lassen –, das wäre ein Hohn gewesen. In Wien

* Leicht ist der Abstieg in die Unterwelt (Zitat aus Vergil, *Aeneis* 6,126).

hat mir D. einmal einen Streich gespielt, und ich sagte ihm gutgelaunt darauf, ich würde mich daran erinnern. Da ich nun wußte, daß er eine gewisse Neugier empfinden würde hinsichtlich der Person, die ihn überlistet habe, hätte ich es für bedauerlich gehalten, ihm keinen Hinweis zu geben. Er kennt meine Handschrift gut, und so schrieb ich in die Mitte des leeren Bogens lediglich die Worte –

– Un dessein si funeste,
S'il n'est digne d'Atrée, est digne de Thyeste.*

Sie finden sich in Crébillons *Atreus.*«

* Ein so teuflischer Plan, wenn nicht würdig des Atreus, dann würdig des Thyestes.

ARTHUR CONAN DOYLE

Die gefährliche Erbschaft

»Ich muß zu meinem Bedauern gestehen«, sagte Sherlock Holmes eines Tages, »seit dem Tod Professor Moriartys ist London für den Kriminalisten ein ausnehmend langweiliges Pflaster.«

»Ich kann mir kaum vorstellen, daß viele anständige Leute deine Meinung teilen«, entgegnete ich etwas mürrisch.

»Ja, schon gut«, sagte er lächelnd, während er seinen Stuhl vom Frühstückstisch zurückschob. »Ich weiß, ich sollte nicht so egoistisch denken. Zweifellos ist die Allgemeinheit der Gewinner, und niemand außer einem armen, brotlos und arbeitslos gewordenen Spezialisten hat Grund zum Klagen. Aber als dieser Mann noch auf dem Schlachtfeld des Lebens war – welch prickelndes Abenteuer bot da die Lektüre der Morgenzeitungen, wieviel Möglichkeiten standen offen! Oft war es ja nur eine winzige Spur, Watson, nur die Andeutung eines Hinweises, und doch genügte das, und ich wußte: Hier ist wieder der teuflische Geist am Werk, wie schon das leiseste Zittern des ausgespannten Netzes an die ekelhafte Spinne gemahnt, die im Zentrum lauert. Kleine Diebstähle, maßlose Drohungen, sinnlose Gewalttaten – und der Mann, der den Schlüssel besaß, konnte das alles zu einem zusammenhängenden Ganzen vereinen. Keine Hauptstadt Europas vermochte zu der Zeit dem Studenten in der hohen Kunst der Kriminalistik mehr und besseres Material zu bieten als London. Und jetzt ...«, in komischer Verzweiflung zuckte er die Schultern, um seine Unzufriedenheit mit Lebensverhältnissen auszudrücken, zu denen er selbst doch so viel beigetragen hatte.

Zur Zeit dieses Gesprächs war Sherlock Holmes bereits

seit einigen Monaten wieder in London; auf seine Bitte hin hatte ich meine Praxis aufgegeben und war wieder zu ihm in die alte Wohnung in der Baker Street gezogen. Ein junger Arzt namens Verner hatte meine Kensingtoner Räume erworben und auch noch erstaunlich bereitwillig den höchsten Preis, den ich zu fordern gewagt hatte, gezahlt. Ein glücklicher Zufall oder, wie es mir vorkam, ein Wunder, das sich erst Jahre später aufklärte, als ich nämlich erfuhr, daß dieser Verner entfernt mit Holmes verwandt war und daß in Wahrheit mein Freund das Geld aufgebracht hatte.

Die letzten Monate unseres Zusammenlebens waren gar nicht so arm an Ereignissen gewesen, wie Holmes es empfand; beim Durchsehen meiner Notizen stieß ich zum Beispiel auf den Fall von den Papieren des Ex-Präsidenten Murillo und auch auf die schreckliche Geschichte des holländischen Dampfers *Friesland,* wobei wir beide fast ums Leben gekommen waren. Doch ich schweife ab ...

Holmes also lehnte sich in seinem Sessel, der diskret quietschend protestierte, zurück und wollte gerade friedlich die Morgenzeitung studieren, als unsere Ruhe durch heftiges Klingeln und Pochen – als schlüge jemand mit geballter Faust gegen die Haustür – gestört wurde. Dann hörten wir ein wirres Durcheinander, schnelle Schritte stürmten die Treppe hinauf, und im nächsten Augenblick stürzte ein verstörter junger Mann in unser Zimmer. Er blickte von einem zum anderen, und dann wurde ihm unter unseren fragenden Gesichtern wohl allmählich klar, daß er uns eine Erklärung und Entschuldigung für seinen Überfall schulde.

»Verzeihen Sie bitte vielmals, Mr. Holmes«, stotterte er, »bitte nehmen Sie mir diesen Auftritt nicht übel! Ich werde noch verrückt, ich bin der unglückliche John Hector McFarlane.«

Das brachte er in einem Ton heraus, als könnte der

Name allein sowohl den Grund seines Erscheinens als auch sein seltsames Benehmen hinreichend erklären. Aber ich las von dem verständnislosen Gesicht meines Freundes ab, daß dieser Name ihm so wenig sagte wie mir.

»Hier, nehmen Sie eine Zigarette, Mr. McFarlane«, sagte Holmes und reichte ihm seine Schachtel hinüber. »Ich glaube, bei den Symptomen, die Sie aufweisen, ist mein Freund Dr. Watson eher zuständig als ich. Es war wirklich eine furchtbare Hitze, die letzten Tage, nicht wahr? Wenn es Ihnen jetzt vielleicht etwas besser geht, möchte ich Sie doch bitten, sich hier in den Sessel zu setzen und uns möglichst ruhig und langsam zu erzählen, wer Sie nun eigentlich sind und um was es geht. Sie nannten Ihren Namen so, als setzten Sie voraus, daß ich ihn kenne; aber ich versichere Ihnen, außer den offensichtlichen Tatsachen, daß Sie Junggeselle, Anwalt, Freimaurer und Asthmatiker sind, weiß ich gar nichts von Ihnen.«

Ich war lange genug Holmes' Freund und Schüler, darum fiel es mir nicht weiter schwer, ihm zu folgen: Ich bemerkte die Anwaltskleidung mit dem runden schwarzen Hut, das Aktenbündel juristischer Papiere, den Anhänger an der Uhrkette, das Keuchen, das die letzte Behauptung bestätigte. Unser Besucher allerdings stutzte.

»Ja, ja, das stimmt alles, Mr. Holmes, außerdem bin ich aber auch noch der unglücklichste Mann von ganz London. Um Gottes Barmherzigkeit willen, weisen Sie mich nicht ab, Mr. Holmes! Und wenn sie jetzt kommen und mich verhaften wollen, dann bringen Sie sie dazu, mir so viel Zeit zu lassen, bis ich Ihnen die ganze Wahrheit erzählt habe. Nur wenn ich weiß, daß Sie sich meines Falles annehmen, kann ich ruhig ins Gefängnis gehen!«

»Sie verhaften?« fragte Holmes. »Das ist in der Tat sehr – interessant! Welche Anklage wird denn gegen Sie erhoben?«

»Die Anklage, Mr. Jonas Oldacre aus Lower Norwood ermordet zu haben.«

Das ausdrucksvolle Gesicht meines Freundes spiegelte ein Mitgefühl, das – es läßt sich leider nicht leugnen – nicht ganz ohne Befriedigung war. »Mein Gott«, sagte er, »erst eben beim Frühstück behauptete ich noch, man fände keinen sensationellen Fall mehr in unseren Zeitungen.«

Unser Besucher griff mit zitternder Hand nach dem *Daily Telegraph,* der immer noch auf Holmes' Knien lag.

»Wenn Sie das hier gelesen hätten, Sir, würden Sie sofort verstanden haben, warum ich heute früh zu Ihnen komme. Ich habe das Gefühl, mein Name und mein Unglück müßten in jedermanns Mund sein.« Er faltete die Zeitung auseinander und schlug die mittlere Seite auf. »Hier ist es ja schon. Wenn Sie erlauben, lese ich es Ihnen vor. Hören Sie gut zu, Mr. Holmes. Die Überschrift lautet: Geheimnisvoller Fall in Lower Norwood. Bekannter Bauunternehmer verschwunden. Verdacht auf Mord und Brandstiftung. Dem Täter bereits auf der Spur. Das ist die Spur, der sie jetzt folgen, Mr. Holmes, und ich weiß es, sie führt unweigerlich zu mir. Sie haben mich von der London Bridge Station verfolgt, jetzt warten sie wohl nur noch auf den Haftbefehl, um mich festzunehmen. Meine Mutter überlebt das nicht – sie überlebt das nicht!« Er rang in fiebriger Besorgnis die Hände und rutschte unruhig in seinem Sessel hin und her.

Ich betrachtete diesen Mann, der eines Gewaltverbrechens verdächtigt wurde, mit Interesse. Er war sehr blond, glattrasiert, auf eine gewisse Art in seiner Farblosigkeit ganz hübsch, hatte erschrockene blaue Augen und einen schwachen, empfindsamen Mund. Er mochte etwa 27 Jahre alt sein, Kleidung und Benehmen waren die eines Gentleman. Aus der Tasche seines leichten Sommermantels ragte ein Stoß beschriebener Blätter heraus.

»Wir müssen die Zeit nutzen, die uns bleibt«, sagte Holmes. »Watson, sei so gut und lies mir den Bericht aus der Zeitung vor.«
Unter den riesigen Schlagzeilen, die auf unseren Klienten zielten, stand folgender eindringliche Text:

»Sehr spät gestern abend, fast schon heute früh, wurde in Lower Norwood – leider muß man das annehmen – ein schweres Verbrechen verübt. Es betrifft Mr. Jonas Oldacre, einen bekannten Bürger dieses Vorortes, in dem er viele Jahre als Bauunternehmer tätig war. Er ist Junggeselle, 52 Jahre alt, lebt in Deep Dene House am Ende der Sydenham-Straße und hat den Ruf, ein Mann mit exzentrischen Gewohnheiten zu sein, im übrigen verschlossen und zurückhaltend. Seit einigen Jahren lebt er praktisch im Ruhestand, nachdem er mit seinem Unternehmen ein, wie man sagt, beträchtliches Vermögen erworben hat. Aber bis jetzt bestand noch ein kleines Holzlager hinter dem Haus. Gestern nacht gab es plötzlich Alarm: Einer der Holzstöße stand in Flammen. Obwohl die Feuerwehr schnell zur Stelle war, konnte man den Flammen keinen Einhalt gebieten: Das trockene Holz brannte lichterloh, bis nur noch Asche zurückblieb. Soweit trug der Vorfall lediglich die Zeichen eines normalen Unglücksfalls, neue Hinweise lassen jedoch ein schweres Verbrechen vermuten. Man war verwundert, den Grundstückseigentümer nicht auf dem Schauplatz des Brandes zu sehen, dann brachte ein Verhör zutage, daß er aus dem Haus verschwunden war. Eine Untersuchung seines Zimmers zeigte, daß das Bett unbenutzt war, der Safe geöffnet, und daß eine Reihe wichtiger Dokumente im Zimmer herumgestreut lagen; außerdem aber hatte anscheinend ein heftiger Kampf stattgefunden; überall im Raum konnte man schwache Blutspuren feststellen, und dann fand man noch einen schweren Spazierstock aus Eiche, dessen Griff ebenfalls Blut aufwies.

Wir erfuhren, daß Mr. Jonas Oldacre heute nacht einen Besucher in seinem Schlafzimmer empfangen hat; der Spazierstock wurde als dessen Eigentum identifiziert. Es handelt sich dabei um den jungen Londoner Anwalt John Hector McFarlane, Juniorpartner der Kanzlei Graham & McFarlane, 426 Gresham Buildings, London E. C. Die Polizei glaubt im Besitz von Beweismaterial zu sein, das ein überzeugendes Motiv für das Verbrechen liefert. Jedenfalls haben wir sensationelle Enthüllungen zu erwarten.
Letzte Meldung: Bei Redaktionsschluß hören wir, daß Mr. John Hector McFarlane gerade unter der Anklage des Mordes, verübt an Mr. Jonas Oldacre, verhaftet worden ist, zumindest wurde ein Haftbefehl ausgestellt. Auch weitere Einzelheiten erreichten uns aus Norwood. Außer der Tatsache, daß ein Kampf im Zimmer des unglücklichen Bauunternehmers stattgefunden hat, ist jetzt klar, daß die französischen Fenster des Raumes, der im Parterre liegt, offengestanden haben. Man konnte feststellen, daß ein großer, schwerer Gegenstand über den Holzboden geschleift worden war. Ferner hat man in der Holzasche verkohlte Knochenreste gefunden. Die Polizei ist überzeugt, daß ein schweres Verbrechen vorliegt: Das Opfer muß in seinem Zimmer zusammengeschlagen, seiner Papiere beraubt und dann zu dem Holzstoß geschleift worden sein; das Feuer sollte alle Spuren vernichten. Die polizeilichen Ermittlungen liegen in den bewährten Händen von Inspektor Lestrade von Scotland Yard, der den Fall mit bekannter Energie und Klugheit verfolgen wird.«

Die Augen geschlossen, die Fingerspitzen aneinandergepreßt, hatte Holmes dem Bericht gelauscht.
»Nun ja, einige interessante Aspekte sind da«, sagte er mit halber Stimme. »Darf ich aber zunächst fragen, Mr. McFarlane, wie es kommt, daß Sie noch immer frei herumlaufen, obwohl doch anscheinend genügend

Verdachtsmomente vorhanden sind, Sie zu verhaften?«

»Sehen Sie, Mr. Holmes, das ist so: Normalerweise wohne ich in Torrington Lodge, Blackheath, bei meinen Eltern. Da ich aber gestern noch spätabends mit Mr. Jonas Oldacre geschäftlich zu sprechen hatte, verbrachte ich die Nacht in einem Hotel in Norwood und fuhr erst heute von da aus ins Büro. Ich hatte nicht die geringste Ahnung von all dem, bis ich in der Zeitung den Bericht las, den Sie eben hörten. Natürlich sah ich sofort, wie gefährlich meine Lage ist, und eilte deshalb zuerst hierher zu Ihnen. Wäre ich nicht hier, hätte man mich bestimmt bereits in meinem Stadtbüro oder zu Hause verhaftet. Und von London Bridge Station folgte mir ein Mann – guter Gott, was ist das jetzt?«

Nicht ohne amtliches Gepolter im Treppenhaus verbreitet zu haben, erschien unser alter Freund Lestrade in der Tür, und hinter ihm sah ich undeutlich zwei Polizisten.

»Mr. John Hector McFarlane«, setzte Lestrade an. Unser bedauernswerter Klient taumelte aus seinem Sessel hoch.

»Ich verhafte Sie wegen vorsätzlichen Mordes, begangen an Mr. John Oldacre in Lower Norwood.«

Mit einer Geste, die seine Verzweiflung ausdrückte, wandte sich der junge Mann zu uns und sank dann kraftlos wieder auf seinen Sitz.

»Einen Augenblick, Lestrade«, sagte Holmes. »Eine halbe Stunde mehr oder weniger dürfte Ihnen nicht allzu viel ausmachen. Der Herr hier ist gerade dabei, uns seine Version dieses außerordentlich interessanten Falls zu geben. Vielleicht hilft sie zu seiner Klärung.«

»Ich habe nicht den Eindruck, daß es da noch viel aufzuklären gibt«, brummte Lestrade grimmig.

»Mit Ihrer Erlaubnis möchte ich den Bericht trotzdem hören.«

»Sie wissen, Mr. Holmes, es fällt mir nicht leicht, Ihnen

etwas abzuschlagen, schließlich waren Sie ja der Polizei in der letzten Zeit ein- oder zweimal von Nutzen, und Scotland Yard schuldet Ihnen Dank.« Lestrade wand sich. »Anderseits muß ich bei meinem Gefangenen bleiben. Ich mache Sie darauf aufmerksam, Sir, daß alles, was Sie aussagen, vor Gericht gegen Sie verwendet werden kann!«
»Was anderes will ich doch gar nicht«, rief unser Klient. »Ich will ja nur erreichen, daß Sie die volle Wahrheit anhören und erkennen.«
Lestrade warf einen Blick auf seine Uhr: »Ich gebe Ihnen eine halbe Stunde.«
»Zunächst muß ich vorausschicken«, begann McFarlane, »daß ich kaum etwas über Mr. Oldacre weiß. Sein Name ist mir zwar bekannt, denn meine Eltern waren früher mit ihm befreundet, aber die Verbindung ging später auseinander. Um so mehr überraschte es mich, daß er gestern nachmittag, so gegen drei, in meinem Stadtbüro auftauchte. Meine Überraschung wurde nicht geringer, als ich den Grund seines Besuches erfuhr. Er hielt mehrere handbeschriebene Blätter aus einem Notizbuch in der Hand und legte sie vor mich hin auf den Tisch – hier sind sie. ›Das ist mein Letzter Wille‹, sagte er. ›Ich möchte, daß Sie ihn in die juristisch ordnungsgemäße Form bringen. Ich warte so lange hier, bis Sie fertig sind.‹
So setzte ich mich also hin, um das Ganze zu überarbeiten, und jetzt stellen Sie sich mein Erstaunen vor, als ich las, daß er mit Ausnahme einiger kleiner Legate sein gesamtes Vermögen mir hinterlassen wollte! Er war ein sonderbarer kleiner Mann, erinnerte an ein Frettchen und hatte weiße Augenwimpern. Als ich dann zu ihm hinschaute, waren seine scharfen grauen Augen mit einem amüsierten Ausdruck auf mich gerichtet. Ich zweifelte fast an meinem eigenen Verstand, als ich die Bestimmungen des Testaments las, aber er erklärte mir, er sei Junggeselle und habe so gut wie keine lebenden Ver-

wandten; daß er in jungen Jahren meine Eltern gut gekannt und nun gehört habe, ich sei ein vielversprechender junger Mann, und deshalb fände er, sein Geld käme in würdige Hände. Ich konnte nur noch meinen Dank stammeln. Das Testament war bald fertig, wurde unterzeichnet, und mein Bürodiener bezeugte seine Richtigkeit. Hier, das ist es, das blaue Blatt, und hier die Zettel, die den Rohentwurf enthalten. Mr. Oldacre sagte dann noch, er habe noch eine Menge Dokumente – Pachtverträge, Eigentumsurkunden, Hypotheken, Interimsaktien etc. –, die ich mir unbedingt ansehen sollte. Er könne sich nicht eher beruhigt fühlen, als bis all das erledigt sei, sagte er, und bat mich, am späten Abend zu ihm nach Norwood hinauszukommen, das Testament mitzubringen und mich der übrigen Papiere anzunehmen. ›Aber vergiß nicht, mein Junge, kein Wort zu deinen Eltern, ehe nicht alles abgeschlossen ist! Sie sollen eine kleine Überraschung erleben.‹ Er bestand hartnäkkig darauf und ließ sich mein feierliches Versprechen geben.

Ich glaube, Sie werden sich leicht meine Stimmung vorstellen können: Ich war nicht in der Lage, ihm auch nur irgend etwas abzuschlagen, vielmehr bereit, meinem Wohltäter alle Wünsche von den Augen abzulesen. So telegrafierte ich meinen Eltern, ich sei mitten in einem wichtigen Geschäft und könne nicht sagen, wie spät ich heimkäme. Mr. Oldacre wollte gern mit mir zu Abend essen, aber erst gegen neun Uhr, da es ihm nicht möglich sei, früher einzutreffen. Es war ziemlich schwierig, sein Haus zu finden, und so war es schon fast halb zehn Uhr, als ich endlich ankam. Ich fand ihn ...«

»Eine Zwischenfrage«, unterbrach Sherlock Holmes, »wer öffnete Ihnen?«

»Eine Frau in mittleren Jahren, ich dachte, sie sei die Haushälterin.«

»Und ich nehme an, sie nannte Ihren Namen?«

»Ja, den kannte sie.«

»Bitte fahren Sie fort.«
Mr. McFarlane strich sich über die feuchte Stirn und erzählte weiter: »Diese Frau führte mich in ein Wohnzimmer, in dem ein frugales Essen aufgetischt war. Später bat mich Mr. Oldacre in sein Schlafzimmer hinüber. Dort stand ein schwerer Safe. Er öffnete ihn und holte einen Packen Dokumente heraus, die wir zusammen durchsahen. So zwischen elf und zwölf waren wir damit fertig. Er sagte noch, wir wollten die Haushälterin nicht mehr stören, und zeigte mir, wie ich durch die Balkontür hinausgelangen könnte. Sie hatte die ganze Zeit offengestanden.«
»War das Rouleau herabgezogen?«
»Ich bin mir da nicht ganz sicher, aber ich meine, es war nur zur Hälfte runter. Doch, jetzt weiß ich's wieder: Er zog es hinauf, um die Tür aufzumachen. Ich konnte meinen Stock nicht finden, und er sagte: ›Macht nichts, mein Junge, ich werde dich jetzt ja häufiger sehen, den Stock heb ich auf, bis du nächstes Mal kommst.‹ So verließ ich ihn – die Safetür stand offen, und die Papiere lagen in Stößen auf dem Tisch. Da der letzte Zug nach Blackheath schon weg war, verbrachte ich die Nacht im Gasthof ›Anerley Arms‹. Ich hatte von all dem Furchtbaren keine Ahnung, bis ich heute früh die Zeitung las.«
»Haben Sie noch weitere Fragen, Mr. Holmes?« ließ sich jetzt Lestrade vernehmen; seine Augenbrauen hatten sich inzwischen ein paarmal ungläubig gehoben.
»Nein, danke, nicht bevor ich in Blackheath gewesen bin.«
»Sie meinen: in Norwood«, berichtigte ihn Lestrade.
»Ach ja, das werde ich wohl gemeint haben«, sagte Holmes mit einem rätselhaften Lächeln. Lestrade hatte zu viele Begegnungen mit Holmes gehabt, um glauben zu können, diesem messerscharfen Verstand würde ein solches Versprechen unterlaufen. Ich sah, wie er verwundert auf meinen Freund blickte.

»Es wäre mir lieb, Sie noch kurz sprechen zu können, Mr. Holmes, und zwar gleich«, sagte Lestrade. »Zu Ihnen aber, Mr. McFarlane: Auf Sie warten an der Tür zwei Polizisten und unten der Wagen.« Der arme Kerl stand auf und verließ mit einem letzten flehenden Blick zu uns hin den Raum. Holmes hatte sich inzwischen die Zettel mit dem Testamentsentwurf geholt und betrachtete sie höchst interessiert.
»Mir fällt einiges Merkwürdige an diesem Dokument auf, Lestrade, was meinen Sie?« fragte er und reichte ihm die Blätter.
Der Inspektor sah sie verwirrt an und sagte: »Ich kann nur die ersten Zeilen lesen, dann ein paar in der Mitte der zweiten Seite und eine oder zwei am Schluß. Das ist so deutlich geschrieben, als sei es gedruckt. Die Passagen dazwischen sind verwischt, und an drei Stellen kann ich kein Wort entziffern.«
»Was halten Sie davon?«
»Wie erklären Sie's sich denn?«
»Nun, ich behaupte, alles wurde im Zug geschrieben. Die lesbare Schrift bedeutet Aufenthalt, die undeutliche: Fahrt, und die unlesbaren Stellen: Passieren von Weichen. Ein Experte würde sicher sofort erkennen, daß es sich um eine Vorstadtlinie handelt, denn nirgends als in unmittelbarer Nähe einer großen Stadt findet man so häufig aufeinanderfolgende Stationen. Angenommen, er hat die ganze Fahrt über an seinem Letzten Willen geschrieben, so muß der Zug ein Expreß sein, der lediglich einmal auf der Strecke zwischen Norwood und London Bridge hält.«
Lestrade lachte. »Ich muß schon sagen, Mr. Holmes, Sie machen mich fertig, wenn Sie Ihre Theorien entfalten. Aber was bedeutet das für unseren Fall?«
»Ganz einfach, es bestätigt die Geschichte des jungen Mannes, daß der alte Mann dieses Testament während seiner Fahrt geschrieben hat. Seltsam – nicht wahr? –, daß jemand ein so wichtiges Dokument während einer

so zufälligen Gelegenheit aufsetzt. Ich denke, er legte ihm keine besondere Wichtigkeit bei. Denn so kann nur ein Mann handeln, der seinen Aufzeichnungen von vornherein keine Bedeutung beimißt.«

»Aber er unterschrieb doch damit sein eigenes Todesurteil«, nickte Lestrade gewichtig.

»Ach, glauben Sie?«

»Wollen Sie vielleicht sagen, Sie nicht?«

»Das ist natürlich durchaus eine Möglichkeit, aber ich sehe in diesem Fall noch nicht klar.«

»Nicht klar, Sir? Also wissen Sie, wenn das hier nicht klar ist, dann möchte ich sehen, was klarer ist! Da haben wir einen jungen Mann, der von einer Minute auf die andere erfährt, daß er ein Vermögen erbt. Nur ein alter Mann braucht zu sterben. Was tut er also? Er läßt keinem Menschen gegenüber ein Wort davon verlauten, arrangiert es aber, unter irgendeinem Vorwand seinen Klienten am späten Abend aufsuchen zu können. Er wartet, bis die einzige andere Person im Haus zu Bett gegangen ist, ermordet den alten Mann in dem abgelegenen Zimmer, schleppt seine Leiche zu dem Holzstapel, zündet diesen an und geht dann in sein Hotel. Die Blutspuren im Schlafzimmer und auch auf dem Stock sind nur sehr schwach. Wahrscheinlich glaubte er, seine Tat sei blutlos geschehen und daß er mit der Beseitigung der Leiche auch alle anderen Hinweise, wie die Tat vor sich gegangen war, ausgelöscht habe. Spuren, die zu ihm hätten führen müssen. Sagen Sie selbst, ist das denn nicht völlig einleuchtend?«

»Mir fällt auf, mein guter Lestrade, daß es allzu einleuchtend ist«, sagte Holmes. »Leider gehört zu Ihren übrigen großen Gaben nicht gerade das Vorstellungsvermögen. Nun, versuchen Sie doch einmal, sich nur einen Augenblick in die Situation des jungen Mannes zu denken: Würden Sie an seiner Stelle ausgerechnet den Abend desselben Tages, an dem das Testament gemacht wurde, für den Mord wählen? Müßte es Ihnen nicht vielmehr sträflich leichtsinnig vorkommen, eine so enge Beziehung zwischen beiden Ereignissen zu schaffen? Und dann: Würden Sie wirklich Ihren Plan ausführen, obwohl Sie wissen, daß Sie von einer Angestellten gesehen wurden? Schließlich aber: Würden Sie nach all der Mühe, die Sie sich mit dem Beseitigen des Körpers gemacht haben, ausgerechnet Ihren eigenen Spazierstock zurücklassen und damit geradezu einen Wegweiser auf Ihre Person aufbauen? Geben Sie's zu, Lestrade, das alles ist doch höchst unwahrscheinlich.«

»Was den Stock betrifft, Mr. Holmes, so wissen Sie doch so gut wie ich, daß ein Verbrecher oft nervös wird und dann Dinge tut, auf die ein normaler, ruhiger Mensch nie kommen würde. Vermutlich hatte er Angst, den Tatort noch einmal zu betreten. Geben Sie mir eine andere Erklärung, zu der die Tatsachen besser passen.«

»Ich könnte Ihnen mit Leichtigkeit ein halbes Dutzend nennen«, sagte Holmes. »Zum Beispiel diese, die ebenfalls sehr glaubhaft und einleuchtend ist. Ich schenke sie Ihnen: Der alte Mann holt Dokumente von großem Wert hervor; da das Rouleau nur halb heruntergezogen ist, wird er von einem Landstreicher beobachtet. Dann geht der Rechtsanwalt. Der Landstreicher kommt herein, nimmt den Stock, den er gerade sieht, erschlägt Oldacre und verschwindet, nachdem er die Leiche verbrannt hat.«

»Warum aber sollte er die Leiche verbrennen?«

»Wenn Sie danach schon fragen – warum sollte denn McFarlane es getan haben?«

»Natürlich doch, um Beweise zu beseitigen.«

»Nun, vielleicht wollte der Landstreicher vertuschen, daß es überhaupt einen Mord gegeben hat.«

»Und warum wohl ließ der Landstreicher nichts mit sich gehen?«

»Wahrscheinlich, weil es sich um Papiere handelte, die er nicht veräußern konnte.«

Lestrade schüttelte den Kopf; allerdings machte er keinen so selbstsicheren Eindruck wie zuvor.

»Also, Mr. Holmes, suchen Sie Ihren Landstreicher, und wenn Sie ihn haben, wollen wir ihn gern als unseren Mann hinter Schloß und Riegel bringen. Die Zukunft wird zeigen, wer recht hat. Aber beachten Sie diesen Punkt: Bisher konnten wir nicht feststellen, daß auch nur ein einziges der Papiere fehlt, und unser Gefangener ist der einzige Mensch auf der ganzen Welt, der wirklich keinen Grund hatte, etwas wegzunehmen, denn er ist der Erbe und würde ohnehin alles bekommen.«

Mein Freund schien von dieser Bemerkung betroffen.

»Ich will keinesfalls abstreiten, daß die Tatsachen in gewisser Weise Ihre Theorie stark untermauern«, sagte er. »Was ich will, ist, deutlich zu machen, daß es auch noch andere Erklärungen gibt. Sie sagten es: Die Zukunft wird es zeigen. Und nun wünsche ich Ihnen einen guten Morgen. Ich werde im Laufe des Tages in Norwood eintreffen und sehen, wie Sie vorankommen.«

Gleich nachdem der Inspektor uns verlassen hatte, stürzte Holmes sich in die Vorbereitungen für die Arbeit dieses Tages. Er tat es wie einer, der eine willkommene Aufgabe vor sich sieht. »Mein erstes Ziel, Watson«, sagte er, während er in sein Jackett schlüpfte, »liegt, wie ich bereits erwähnte, in Richtung Blackheath.«

»Kannst du mir erklären, warum du nicht in Norwood beginnst?«

»In diesem Fall spielen zwei seltsame Vorfälle eine Rolle, und sie haben einen Zusammenhang. Die Polizei macht den Fehler, ihre Aufmerksamkeit nur auf den zweiten zu konzentrieren, da es sich hierbei um ein offensichtliches Verbrechen handelt. Aber ich fühle es ganz deutlich: Man kann diesen Fall nur dann logisch erfassen, wenn man Licht in den ersten Teil bringt, und zwar in dieses seltsame Testament, das so plötzlich aufgesetzt wurde, zugunsten eines völlig unerwarteten Erben. Vielleicht wird es dann leichter sein, die zweite Hälfte zu begreifen. – Nein, mein Lieber, ich glaube nicht, daß du mir helfen kannst. Eine Gefahr ist nicht zu erwarten, sonst würde ich bestimmt nicht ohne dich losziehen. Ich hoffe zuversichtlich, dir noch heute zu berichten, daß ich etwas für den armen Jungen, der sich unter meinen Schutz begeben hat, habe tun können.«

Spät in der Nacht, als mein Freund endlich heimkam, zeigte mir ein Blick auf sein verstörtes und sorgenvolles Gesicht, daß seine Hoffnung sich nicht erfüllt hatte. Eine Stunde lang kratzte er auf seiner Geige herum, er versuchte wohl, seinen überreizten Geist zu beruhigen. Schließlich legte er das Instrument beiseite und begann zu berichten – die detaillierte Geschichte seines Mißerfolgs.

»Alles geht schief, Watson, so schief, wie man sich's nur vorstellen kann. Lestrade gegenüber konnte ich zwar noch mein Gesicht wahren, aber – verflucht noch mal – ich glaube, diesmal ist er auf der richtigen Fährte. All mein Instinkt weist mich nur auf den einen Weg, alle Tatsachen führen auf den anderen. Und ich fürchte, ich fürchte, mit der Intelligenz der britischen Geschworenen ist es noch nicht so weit her, daß sie meiner Theorie vor Lestrades Tatsachen den Vorzug geben werden.«

»Du warst in Blackheath?«

»Ja, Watson, das war ich, und ich fand heraus, daß unser verstorbener Oldacre ein ganz schöner Lump gewesen ist. Vater McFarlane war unterwegs auf der Suche nach seinem Sohn, die Mutter – ein kleines, schmächtiges, blauäugiges Weiblein – zitterte nur so vor Angst und Empörung. Ihr Sohn ein Mörder – nie würde sie auch nur die Möglichkeit zugeben! Aber ebensowenig zeigte sie eine Spur von Erstaunen oder Bedauern für Oldacres Ende. Ganz im Gegenteil: Aus ihren Worten sprach solche Bitterkeit, daß sie damit unwissentlich die

Meinung der Polizei unterstützte; denn: Wenn ihr Sohn sie in dieser Art hat reden hören, konnte es ihn für Haß und Gewalt nur empfänglich gemacht haben. ›Der hat ja nichts von einem menschlichen Wesen an sich gehabt‹, sagte sie. ›Und so war er schon immer, schon als ganz junger Mann.‹ – ›Sie kannten ihn bereits damals?‹ fragte ich. ›Ja, und sogar recht gut. Nun, er war mal mein Verehrer. Gott sei Dank hatte ich noch so viel Verstand, ihn fallenzulassen und einen besseren, wenn auch ärmeren Mann zu heiraten. Ich war damals mit ihm verlobt, Mr. Holmes, aber dann erfuhr ich eines Tages eine schreckliche Geschichte, wie er nämlich eine Katze in ein Vogelhaus gelassen hat. Ich war von dieser Grausamkeit so entsetzt, daß ich von da an nichts mehr mit ihm zu tun haben wollte.‹ Dann wühlte sie in einer Schublade herum und holte die Fotografie einer Frau hervor, schamlos entstellt und mit einem Messer verstümmelt. ›Das bin ich‹, sagte sie. ›Das schickte er mir mit seinem Fluch zu meinem Hochzeitsmorgen.‹ – ›Nun, jetzt hat er Ihnen ja alles vergeben, denn er hat Ihrem Sohn sein gesamtes Vermögen vermacht‹, meinte ich. ›Nein, o nein‹, rief sie überzeugend, ›weder mein Sohn noch ich wollen irgend etwas von Jonas Oldacre, weder von dem lebenden noch von dem toten! Es gibt einen Gott im Himmel, Mr. Holmes, und dieser Gott, der den sündhaften Mann seiner Strafe zugeführt hat, der wird zu seiner Zeit auch ans Licht bringen, daß die Hände meines Sohnes von Blut rein sind!‹

Ich stellte dann noch ein paar Fragen, fand jedoch nichts heraus, was uns weitergeholfen hätte, nur, was unserer Theorie widersprach. Schließlich gab ich es auf und fuhr nach Norwood.

Das Anwesen, Deep Dene House, ist eine moderne Villa mit knallroten Ziegeln. Das Haus steht ziemlich weit hinten im Gelände, davor Lorbeersträucher. Rechts, vom Weg etwas entfernt, war der Schauplatz des Brandes: das Holzlager: Hier, nimm dies Blatt: Das

ist ein grober Plan des Ganzen. Das Fenster links gehört zu Oldacres Zimmer. Du merkst, man kann von der Straße her hineinsehen. Und das ist auch der einzige Trost, den ich heute gewonnen habe. Lestrade traf ich nicht, sein Oberwachtmeister hielt die Stellung. Sie hatten gerade einen Fund gemacht. Nachdem sie den ganzen Morgen damit verbracht hatten, in der Asche des verbrannten Holzes herumzustöbern, entdeckten sie außer den verkohlten Knochenresten ein paar verfärbte runde Metallplättchen. Ich untersuchte sie eingehend: Es handelt sich dabei zweifellos um ehemalige Hosenknöpfe. Auf einem entdeckte ich die Einprägung ›Hyams‹: der Name von Oldacres Schneider. Ich untersuchte auch den Boden sorgfältig nach Spuren, aber die Hitze hat ihn so ausgetrocknet, daß er unempfindlich wie Eisen ist. Und so konnte ich nicht mehr feststellen, als daß ein Körper oder ein großes Bündel durch eine niedrige Ligusterhecke geschleift worden ist; das entspricht der Richtung zum Holzstoß. Freilich ist das alles Öl auf das Feuer der polizeilichen Theorie. Die Augustsonne auf dem Buckel, kroch ich am Boden herum, aber nach einer Stunde war ich auch nicht klüger als zuvor.
Nach diesem Fiasko begab ich mich ins Schlafzimmer und sah mich dort um. Die Blutspuren waren sehr schwach, blasse Flecken, allerdings ganz frisch. Den Stock hatten Lestrades Leute vom Tatort entfernt, aber auch an ihm gab es nur geringe Spuren. Kein Zweifel, daß es der Stock unseres Klienten ist. Er leugnet es ja auch nicht. Auf dem Teppich ließen sich Fußabdrücke von zwei Personen feststellen, keine von einer dritten, also wiederum ein Pluspunkt für die Gegenseite. Sie gewannen einen Punkt nach dem anderen, und wir standen genauso da wie beim Start.
Einen einzigen Schimmer Hoffnung erhaschte ich – aber auch der stellte sich als Niete heraus. Das war, als ich den Inhalt des Safes untersuchte; das meiste war herausgenommen und auf dem Tisch gestapelt. Die Pa-

piere steckten durchweg in versiegelten Umschlägen, von denen die Polizei ein paar geöffnet hatte. Soweit ich es beurteilen konnte, waren sie nicht sonderlich wertvoll, noch ging aus den Kontoauszügen hervor, Mr. Oldacre sei wirklich vermögend gewesen. Aber ich gewann den Eindruck, daß etwas fehlte. Es fanden sich Hinweise auf einige Dokumente – vielleicht die wertvolleren –, von denen ich nichts entdecken konnte. Und wenn sich dies beweisen ließe, Watson, kehren Lestrades Argumente als Bumerang zu ihm zurück: Denn wer sollte schon etwas stehlen, das er – wie er wußte – ohnehin bald erben würde?
Schließlich, nachdem ich jede Ecke inspiziert und doch keinen einzigen Hinweis gefunden hatte, versuchte ich mein Glück bei der Haushälterin: Mrs. Lexington ist eine kleine, dunkle und schweigsame Person mit schrägen, mißtrauischen Augen. So wahr ich hier sitze, sie könnte uns mehr sagen, wenn sie nur wollte. Aber sie ist verschlossen wie eine Auster. Sie bestätigte, um halb zehn Uhr abends Mr. McFarlane hereingelassen zu haben, und sie wünschte, die Hand wäre ihr vorher verdorrt. Halb zwölf Uhr ist sie schlafen gegangen. Ihr Zimmer liegt auf der anderen Seite des Hauses, so daß sie nichts von dem hören konnte, was geschah. Mr. McFarlane hatte seinen Hut und – sie war sicher, sich zu erinnern – auch seinen Stock in der Halle abgelegt. Geweckt wurde sie durch den Feueralarm. Ganz bestimmt ist ihr lieber armer Herr ermordet worden. Ob er Feinde gehabt habe? Nun, jeder Mensch hat Feinde, meinte sie, aber Mr. Oldacre lebte sehr zurückgezogen und kam nur geschäftlich mit anderen Leuten zusammen. Sie hatte sich die Knöpfe angesehen und bestätigte, daß sie von dem Anzug stammten, den er am vorigen Abend angehabt hatte. Der Holzstoß brannte wie Zunder, es hatte ja seit einem Monat nicht geregnet, und als sie dort ankam, war nichts als Flammen zu erkennen.

Sie sowohl als auch die Feuerwehrmänner hatten den Geruch verbrannten Fleisches wahrgenommen. Von den Dokumenten ihres Arbeitgebers wußte sie nichts, ebensowenig von seinen persönlichen Angelegenheiten. Tja, mein Freund, damit hast du den Bericht meines beispiellosen Erfolgs. Und doch, und doch ...«, er ballte die Fäuste, »ich weiß, daß das alles nicht stimmt. Ich fühl's in den Knochen! Es gibt da irgend etwas, das nicht zur Sprache kam, und die Haushälterin weiß, was das ist.

In ihrem Blick lag so etwas wie trotzige Herausforderung, und das habe ich bisher nur in Verbindung mit Schuldbewußtsein erlebt. Nun, es hat keinen Sinn, jetzt weiter darüber zu reden, Watson, aber wenn wir nicht unerhörtes Glück haben, sieht es ganz danach aus, als ob unsere nachsichtige Lesergemeinde, die zweifellos bald wieder eine Chronik unserer Erfolge über sich ergehen lassen wird, auf den Norwood-Fall verzichten muß.«

»Aber meinst du nicht, allein schon das Aussehen des jungen Mannes wird jeden Geschworenen von seiner Unschuld überzeugen?«

»Damit begibst du dich auf gefährliches Glatteis, mein Lieber. Erinnere dich einmal an diesen Schurken Bert Steves, der 1887 von uns Hilfe haben wollte. Konnte man sich vielleicht einen sanfteren Sonntagsschüler denken?«

»Du hast recht.«

»Wenn es uns nicht gelingt, eine überzeugende Theorie aufzustellen, ist der Mann verloren. Das Indiziennetz, in dem er jetzt zappelt, zeigt keine Lücke auf; alle bisherigen Ermittlungen haben es nur verstärkt. Übrigens, eine Kleinigkeit ist mir doch noch im Zusammenhang mit den Dokumenten aufgefallen, und vielleicht sollten wir hier unsere Nachforschungen ansetzen. Bei Durchsicht der Kontoauszüge fiel mir auf, daß der niedrige Stand der Finanzen in der Hauptsache auf hohen Zahlungen aus dem letzten Jahr an einen Mr. Cornelius beruht. Es scheint mir durchaus von Interesse, wer denn dieser Mr. Cornelius ist, mit dem ein privatisierender Bauunternehmer Geldtransaktionen in solcher Höhe vornimmt. Vielleicht hat er etwas mit dem Fall zu tun? Er könnte Makler sein, dachte ich, aber wir fanden keine Interimscheine, die Zahlungen in solcher Höhe gerechtfertigt hätten. Da ich sonst keine Hinweise habe, werde ich bei der Bank nachforschen müssen, wer der Einlöser der Schecks ist. Trotzdem, alter Junge, ich fürchte, unser Fall wird unrühmlich für uns enden, Lestrade unseren Klienten dem Strick überliefern und Scotland Yard einen Triumph feiern.«

Ich habe keine Ahnung, ob überhaupt und wenn, wie lange, Sherlock Holmes in jener Nacht Schlaf fand. Jedenfalls sah er am nächsten Morgen, als ich zum Frühstück herunterkam, blaß und zerquält aus. Dunkle Ringe ließen seine Augen noch intensiver glühen. Auf dem Boden um seinen Sessel lagen Zigarettenstummel und die Morgenausgaben der Zeitungen wild verstreut; auf dem Tisch bemerkte ich ein geöffnetes Telegramm.

»Was hältst du davon, Watson?« fragte er, indem er es mir herüberwarf.

Es kam aus Norwood und lautete:

Wichtiger neuer Beweis. McFarlanes Schuld eindeutig. Geben Sie es auf! Lestrade.

»Klingt schlecht«, sagte ich.

»Lestrades Siegesgekrähe«, sagte Holmes mit einem bitteren Lächeln. »Und doch könnte es sich als voreilig erweisen, jetzt die Flinte ins Korn zu werfen. Denn: ›Wichtiger neuer Beweis‹ ist ein zweischneidiges Schwert und mag durchaus an anderer Stelle treffen, als Lestrade es sich denkt. Sieh zu, daß du mit deinem Frühstück fertig wirst, Watson, wir wollen aufbrechen. Mal sehen, was wir erreichen. Ich glaube, ich werde heute dich und deine moralische Unterstützung brauchen.«

Mein Freund hatte nichts gegessen; es gehörte zu seinen Eigenheiten, daß er in Zeiten der Hochspannung jede Nahrung ablehnte, ich habe schon erlebt, daß er seine eiserne Gesundheit so lange strapazierte, bis er schließlich vor Schwäche zusammenbrach. »Ich kann jetzt einfach weder Kräfte noch Nerven im Dienst der Verdauung vergeuden«, pflegte er dann auf meine ärztlichen Vorhaltungen zu antworten. So war ich auch heute nicht überrascht. Wir brachen nach Norwood auf.

Immer noch schwelte eine Menge krankhafter Sensationsgier um Deep Dene House, das genau dem vorstädtischen Prachtexemplar von Villa entsprach, das ich mir vorgestellt hatte. Auf dem Grundstück liefen wir Lestrade in die Arme, der vor Siegerstolz rötlich angehaucht war und fast platzte.

»Na, Mr. Holmes, sagen Sie immer noch, wir seien auf dem Holzweg? Haben Sie Ihren Landstreicher gefunden?« rief er.

»Ich habe mir noch keine abschließende Meinung gebildet«, antwortete mein Freund zurückhaltend.

»Ha! Aber wir haben, jawohl, und zwar seit gestern, und nun liegt der Beweis vor uns. Sie müssen schon zugeben, daß wir Ihnen diesmal eine Nasenlänge voraus sind, was, Mr. Holmes?«

»Ihrem Auftreten nach zu schließen, muß ja wirklich etwas Außergewöhnliches geschehen sein.«

Lestrade lachte schallend. »Sie stecken genausowenig gern eine Niederlage ein wie wir anderen«, sagte er. »Aber keiner kann erwarten, daß alles immer nach seiner Nase geht. Hab ich nicht recht, Dr. Watson? Kommen Sie nur hier entlang, meine Herren, ich werde Sie gleich ein für allemal überzeugen, daß McFarlane der Schuldige ist.«

Er dirigierte uns durch einen Gang in eine dahinterliegende düstere Vorhalle.

»Hier muß der junge McFarlane nach dem Mord herausgekommen sein, um seinen Hut zu holen«, erklärte Lestrade. »Und jetzt sehen Sie sich das an ...«; dramatisch riß er ein Streichholz an. Beim Licht der Flamme wurde ein Blutfleck auf der weißgetünchten Wand sichtbar, und als er das Streichholz näher an die Stelle heranhielt, sah ich, daß es mehr als ein Blutfleck war: der deutliche Abdruck eines Daumens.

»Sehen Sie sich das nur durch Ihre Lupe an, Mr. Holmes!«

»O ja, das werde ich gleich tun.«

»Es dürfte Ihnen ja bekannt sein, daß es keine zwei gleichen Daumenabdrücke gibt.«

»In der Tat, ich habe schon einmal so etwas gehört.«

»Nun, wollen Sie ihn dann bitte mit diesem Abdruck vergleichen. Das ist der Wachsabdruck des rechten Daumens, der auf meine Anordnung heute früh dem jungen McFarlane abgenommen wurde.«

Als er die beiden nebeneinander hielt, brauchte es nicht einmal eines Vergrößerungsglases, um zu erkennen, daß sie identisch waren. Unser unglücklicher Klient war verloren!

»Das gibt den Ausschlag«, sagte Lestrade.

»Ja, das gibt den Ausschlag«, echote ich.

»Das gibt in der Tat den Ausschlag«, sagte Holmes. Etwas in seiner Stimme ließ mich zu ihm hinschauen: Sein Gesicht war wie verwandelt, es zuckte geradezu vor unterdrücktem Lachen. Seine Augen strahlten. Ich hatte den Eindruck, daß er sich krampfhaft bemühte, nicht in schallendes Gelächter auszubrechen.

»Mein Gott, mein Gott«, brachte er schließlich hervor. »Wer hätte das wohl gedacht. Da sieht man doch wieder einmal, wie trügerisch die äußere Erscheinung eines Menschen sein kann. So ein netter junger Mann, dachten wir. Das sollte wirklich eine Lehre für uns sein, unserem eigenen Urteil nicht zu sehr zu trauen, nicht wahr, Lestrade?«

»Wie wahr, Mr. Holmes«, stimmte Lestrade zu. »Es

gibt eben Leute, die neigen dazu, ihre eigene Meinung für das A und O zu halten.«
Die Impertinenz dieses Mannes konnte einen rasend machen, aber wir ließen sie an uns abgleiten.
»Und welch glücklicher Zufall, daß der junge Mann seinen Daumen gegen die Wand drückte, als er seinen Hut vom Haken nahm. Eine so völlig natürliche Bewegung, wenn man's sich recht überlegt!«
Obwohl Holmes äußerlich ruhig wirkte, merkte ich, daß er immer noch vor unterdrücktem Lachen bebte.
»Übrigens, wer machte eigentlich diese bemerkenswerte Entdeckung, Lestrade?«
»Mrs. Lexington hat den Nachtposten darauf aufmerksam gemacht.«
»Und wo befand sich der Polizist zu der Zeit?«
»Er hielt im Mordzimmer Wache, damit nichts berührt wurde.«
»Aber sagen Sie, warum hat die Polizei diesen Abdruck nicht schon gestern gefunden?«
»Nun, es lag da ja noch kein Grund vor, die Halle besonders gründlich zu durchsuchen, und außerdem – es hat auch nichts weiter geschadet, wie Sie sehen.«
»Nein, nein, natürlich nicht. Ich nehme an, es gibt auch keinen Zweifel, daß der Abdruck schon gestern da war?«
Lestrade schaute meinen Freund an, als zweifle er an seinem Verstand. Ich muß zugeben, auch mich erstaunte seine heitere Art und die seltsame Frage.
»Ich weiß nicht, ob Sie damit meinen, McFarlane sei mitten in der Nacht aus dem Gefängnis entwischt, um das Indizienmaterial gegen sich selbst zu vervollständigen, Sir«, sagte Lestrade befremdet. »Ich bin gern bereit, sämtliche Experten der Welt untersuchen zu lassen, ob das hier nicht sein Daumenabdruck ist, wenn Sie Zweifel hegen!«
»O nein, das ist bestimmt sein Abdruck.«
»Ja, und damit hat es sich jetzt, Mr. Holmes«, sagte

Lestrade. »Ich bin ein Mann der Praxis. Sobald ich meine Beweise habe, komme ich auch zu einer Entscheidung. Sollte sonst noch was sein, finden Sie mich im Wohnzimmer, ich schreibe dort meinen Bericht.«
Inzwischen hatte Holmes seine Ruhe wiedererlangt, wenn ich auch noch dann und wann ein leises Zucken in seinem Gesicht wahrnahm.
»Ach du lieber Gott, das ist aber wirklich übel, was meinst du, Watson?« sagte er. »Und doch gibt es einzigartige Gründe, daß wir für unseren Klienten wieder hoffen können.«
»Das freut mich wirklich«, sagte ich herzlich, »ich hatte schon Angst, es sei ganz aus mit ihm.«
»Das möchte ich keinesfalls sagen, mein Junge. Tatsache ist, daß die Beweiskette jetzt eine sehr ernsthafte Lücke aufweist; die Beweiskette, der unser Polizeifreund so große Bedeutung beimißt.«
»So spann mich doch nicht auf die Folter, Holmes! Sag schon, was es Neues gibt!«
»Nichts Besonderes, nur dies: Ich *weiß*, daß gestern, als ich die Halle untersuchte, der Abdruck noch *nicht* da war. – Laß uns jetzt einen kleinen Spaziergang in der Sonne machen.«
Mit wirrem Kopf, doch mit einem Herzen, in das etwas wärmende Hoffnung zurückgekehrt war, begleitete ich meinen Freund auf seinem Gang durch den Garten. Er sah sich sehr eingehend jede Seite des Gebäudes an. Danach wandte er sich dem Inneren zu und untersuchte das Haus vom Keller bis zum Boden. Die meisten der Räume waren leer, trotzdem inspizierte Holmes sie eingehend. Dann, auf dem oberen Flur, der an drei unbewohnten Schlafzimmern entlangführte, ergriff ihn wieder diese seltsame Heiterkeit.
»Weiß Gott, Watson«, sagte er, »der Fall ist wirklich einzigartig! Ich glaube, wir sollten nun unseren Freund Lestrade ins Vertrauen ziehen. Er hat schließlich seinen Spaß auf unsere Kosten gehabt, vielleicht kommen wir

jetzt zu unserem, falls sich meine Vermutung als richtig erweist. Ja, ja, du hast recht gehört: Ich glaube, ich weiß jetzt, wo der Hase im Pfeffer liegt.«

Lestrade, seines Zeichens Inspektor von Scotland Yard, war immer noch dabei, einen umständlichen Bericht abzufassen, als Holmes ihn im Wohnzimmer störte.

»Ich verstand Sie doch richtig, daß Sie jetzt eine Zusammenfassung des Falles ausarbeiten wollten?« fragte er.

»So ist es, Mr. Holmes.«

»Haben Sie nicht das Gefühl, es sei noch etwas verfrüht? Ich kann mir nicht helfen, aber ich habe den Eindruck, Ihre Beweisführung ist noch nicht vollständig.«

Lestrade schaute mißtrauisch auf. Er legte seinen Federhalter beiseite und sah Holmes ins Gesicht.

»Was wollen Sie damit sagen, Sir?«

»Nichts weiter, als daß es einen wichtigen Zeugen gibt, den Sie noch nicht kennengelernt haben.«

»Sie können ihn beibringen?«

»Ich glaube schon.«

»Dann bitte ich Sie darum.«

»Ich will mein Bestes tun. Wie viele Polizisten haben Sie zur Verfügung?«

»Drei in Rufweite.«

»Ausgezeichnet«, nickte Holmes. »Darf ich fragen, ob alle drei groß und kräftig sind und über laute Stimmen verfügen?«

»Ich bin sicher, daß das alles zutrifft, obwohl ich offen gestanden nicht einsehen kann, was ihr Organ hiermit zu tun haben soll«, sagte Lestrade verwirrt.

»Ich hoffe, es wird mir gelingen, Ihnen zu dieser Erkenntnis zu verhelfen – vielleicht auch noch zu der einen oder anderen mehr«, sagte Holmes. »Seien Sie so gut, rufen Sie Ihre Leute, ich will's dann versuchen.«

Fünf Minuten später standen drei Polizisten vor uns.

»Im Schuppen werden Sie eine beträchtliche Menge Stroh vorfinden«, sagte Holmes. »Ich möchte Sie bitten, zwei Bündel davon ins Haus zu holen. Ich glaube, das wird mir helfen, den fehlenden Zeugen herbeizurufen. – So, vielen Dank. Du hast doch sicher Streichhölzer in der Tasche, Watson? Und nun, Mr. Lestrade, begleiten Sie mich bitte mit Ihren Männern zum oberen Absatz der Treppe.«

Ich habe wohl vorhin schon erwähnt, daß sich oben ein breiter Korridor befand, der an drei leeren Schlafzimmern entlanglief. Sherlock Holmes versammelte uns alle an dem einen Ende des Flurs – die Schutzleute grinsten, und Lestrade starrte meinen Freund an: Überraschung, Erwartung und Spott wechselten auf seinem Gesicht.

Holmes hingegen stellte sich in der Manier eines Zauberkünstlers, der gerade einen Trick vorbereitet, vor uns auf.

»Würden Sie einen Ihrer Polizisten bitten, zwei Eimer Wasser heraufzuholen?« wandte er sich an Lestrade. »Legen Sie das Stroh hier auf den Boden, aber es darf mit den Wänden nicht in Berührung kommen«, wies er den zweiten Polizisten an. »Nun, ich glaube, jetzt wären wir soweit.«

Lestrades Gesicht nahm langsam die Farbe eines gekochten Krebses an und drückte unverhohlenen Ärger aus.

»Ich weiß nicht, ob Sie uns zum besten halten wollen, Mr. Holmes«, sagte er. »Wenn Sie wirklich etwas wissen, so können Sie es uns auch ohne all diesen Hokuspokus sagen.«

»Ich versichere Ihnen, mein lieber Lestrade, ich habe meine guten Gründe für alles, was ich tue. Erinnern Sie sich, wie Sie mich erst vorhin aufgezogen haben, als das Glück Ihnen hold zu sein schien? Da dürfen Sie mir doch jetzt ein wenig Aufwand und Feierlichkeit nicht übelnehmen. Watson, darf ich dich nun bitten, das Fenster zu öffnen und das Stroh an einer Ecke anzuzünden?«

Ich tat es. Vom Luftzug getrieben, wirbelte eine graue Rauchfahne den Flur hinunter, während das trockene Stroh lichterloh brannte.

»Jetzt wollen wir doch versuchen, den fehlenden Zeugen für Sie aufzutreiben, Lestrade. Darf ich Sie alle bitten, in den Schrei ›Feuer‹ einzustimmen. Bitte jetzt: eins, zwei drei ...«

»Feuer!« brüllten wir alle.

»Sehr gut. Ich muß Sie noch einmal bemühen.«

»Feuer!«

»Noch einmal, meine Herren, alle zusammen.«

»Feuer!«

Unser Gebrüll muß bis nach Norwood hinein zu hören gewesen sein. Der Lärm war noch kaum verklungen, als etwas Merkwürdiges geschah: Plötzlich flog eine Tür auf, und zwar dort, wo ich eine solide Wand gesehen hatte, am Ende des Flurs, und ein kleiner, verschrumpelter Mann schoß heraus, wie ein Kaninchen aus seinem Bau.

»Großartig«, sagte Holmes kühl. »Watson, bitte einen Eimer Wasser auf das Stroh. Ja, das genügt. – Lestrade, erlauben Sie mir, Sie mit Ihrem Hauptzeugen bekannt zu machen: Mr. Jonas Oldacre.«

Der Inspektor starrte den alten Mann wie eine Erscheinung an. Dieser blinzelte in dem hellen Licht des Korridors und warf mißtrauische Blicke auf uns und das verglimmende Feuer. Sein Gesicht war durchtrieben, lasterhaft und böse, mit unsteten grauen Augen unter weißen Augenwimpern.

»Was soll das heißen, he!« schrie schließlich Lestrade. »Wo haben Sie die ganze Zeit über gesteckt?«

Oldacre lachte unsicher und wich vor dem zorngeröteten Gesicht des Inspektors zurück.

»Aber ich hab doch gar nichts getan ...«

»Was, nichts getan? Sie haben alles getan, um einen

Unschuldigen an den Galgen zu bringen! Und wäre dieser Herr hier neben mir nicht, weiß Gott, Sie hätten's erreicht!«

Der erbärmliche Wicht begann zu wimmern.

»Glauben Sie mir doch, Sir, es sollte ja nur ein Scherz sein!«

»Ach nein, ein Scherz! Was Sie nicht sagen! Ich kann Ihnen jetzt schon versichern, die Lacher werden Sie nicht auf Ihrer Seite finden. Los, Leute, führt ihn runter und behaltet ihn im Wohnzimmer, bis ich komme. Mr. Holmes«, fuhr er fort, als wir wieder allein waren, »eben vor den Polizisten konnte ich es nicht gut sagen, aber jetzt – es macht mir nichts aus, daß Dr. Watson dabei ist – das ist doch das Tollste, was Sie bisher geleistet haben! Allerdings bleibt mir unbegreiflich, wie Sie darauf gekommen sind. Sie haben nicht nur das Leben eines Unschuldigen gerettet – Sie haben auch noch einen Skandal abgewendet, der meine Laufbahn bei der Polizei beendet hätte.«

Holmes lächelte und klopfte Lestrade auf die Schulter: »Statt ruiniert zu sein, werden Sie feststellen, daß Ihr Ansehen sehr gestiegen ist. Machen Sie nur ein paar Änderungen in dem Bericht, über dem Sie gerade saßen, und man wird merken, wie nutzlos es ist, Inspektor Lestrade Sand in die Augen streuen zu wollen.«

»Ja, möchten Sie denn nicht, daß Ihr Name erwähnt wird?«

»Aber woher denn! Heißt es nicht irgendwo so hübsch: ›Die gute Tat trägt den Lohn in sich‹? Und vielleicht komme ich eines späten Tages doch noch zu Ehren, wenn ich nämlich meinem eifrigen Chronisten wieder erlaube, seine Aufzeichnungen zu veröffentlichen – nicht wahr, Watson? So, genug des Geredes, nun laßt uns einmal ansehen, wo diese Ratte sich eigentlich versteckt gehalten hat.«

Das Ende des Ganges war zu einem kleinen Raum ausgebaut, mit einer geschickt angebrachten, unsichtbaren

Öffnung, die durch eine Zugvorrichtung von der Dachrinne aus betätigt werden konnte. Wir erblickten einige Möbel, Proviant, Wasser, Bücher und Papiere. »Da liegt eben der Vorteil, wenn man selbst Baumeister ist«, sagte Holmes, als wir wieder in den Flur traten. »Er konnte sich seinen eigenen kleinen Schlupfwinkel errichten, ohne auch nur einen Mitwisser zu haben – ausgenommen natürlich seine unschätzbare Haushälterin. – Wenn ich Sie wäre, Lestrade, würde ich keinen Augenblick zögern und diese Dame ebenfalls meiner Polizeifracht beifügen.«

»Ich werde Ihren Rat bestimmt befolgen. Aber sagen Sie, wie haben Sie sein Versteck entdeckt?«

»Nun, ich sagte mir, der Mann muß bestimmt im Haus versteckt sein. Als ich dann den Flur abschritt und dabei feststellte, daß er sechs Fuß kürzer als der entsprechende unten ist, lag es ja ziemlich auf der Hand, wo unser Mann war. Ich dachte mir, er würde nicht die Nerven aufbringen, bei einem Feueralarm ruhig in seinem Mauseloch zu verharren. Natürlich hätten wir auch von uns aus zu ihm hineingelangen können – aber es machte mir einfach Spaß, ihn sich selbst verraten zu lassen. Außerdem war ich Ihnen eine Revanche schuldig, Lestrade – für Ihre Fopperei heute früh.«

»Ja, Sir, in dem Punkt steht's nun bestimmt zwei zu eins für Sie. Aber verraten Sie mir: Wie in aller Welt wußten Sie, daß er ausgerechnet hier im Hause steckte?«

»Der Daumenabdruck, Lestrade. Sagten Sie nicht wörtlich: ›Das gibt den Ausschlag?‹ Sie wußten gar nicht, wie recht Sie hatten. Ich konnte schwören, daß der Abdruck am Tag zuvor nicht dagewesen war. Vielleicht haben Sie bemerkt, daß ich mich besonders den sogenannten Kleinigkeiten zu widmen pflege: Ich habe die Halle genau untersucht, und ich bin sicher, daß die Wand vorher sauber gewesen ist. Deshalb muß dieser Fingerabdruck während der Nacht angebracht worden sein.«

»Aber wie denn, Sir?«
»Ganz einfach: Als jene Umschläge mit den Dokumenten versiegelt wurden, bat Oldacre Mr. McFarlane, einen der Siegel durch seinen Daumenaufdruck zu sichern. Vielleicht ist alles so rasch und unauffällig geschehen, daß der junge Mann sich nicht einmal daran erinnern kann. Als Oldacre dann später in seiner Höhle über den Fall brütete, erinnerte er sich, welch herrlichen, unwiderlegbaren Beweis er für die Schuld McFarlanes liefern konnte. Es war kinderleicht für ihn, einen Wachsabdruck von jenem Siegel zu machen, ihn mit so viel Blut, wie ihm ein Nadelstich in den Finger lieferte, zu befeuchten und den Abdruck während der Nacht auf der Wand anzubringen – sei es nun durch eigene Hand oder durch die seiner Haushälterin. Ich wette, Sie finden das Siegel, wenn Sie die Dokumente, die er mit in sein Versteck genommen hat, durchsuchen.«
»Wunderbar«, sagte Lestrade, »einfach wunderbar! Wenn Sie es so darlegen, ist alles klar wie Kristall. Aber sagen Sie mir: Warum das alles, warum dieser Betrug, dieses Täuschungsmanöver?«
Es war schon sehr komisch mit anzusehen, wie der eben noch überhebliche, selbstsichere Inspektor plötzlich wie ein staunendes Kind seinen Lehrer befragte.
»Nun, ich glaube nicht, daß eine Erklärung schwerfällt. Unten haben wir einen verschlagenen, boshaften und rachsüchtigen alten Mann, der auf uns wartet. Sie wissen natürlich, daß er früher einmal von Mr. McFarlanes Mutter abgewiesen worden ist? Ach, nein? Ich riet Ihnen doch, zunächst nach Blackheath und dann erst nach Norwood zu fahren. Nun, dieses Unrecht – denn so empfand er es – schwärte in seinem kranken, ränkesüchtigen Gehirn; sein Leben lang lechzte er nach Vergeltung, und nie kam seine Chance. Im letzten Jahr, oder auch in den beiden letzten, hat er wenig Glück gehabt: geheime Spekulationen, nehme ich an, und so findet er sich ziemlich am Ende. Er beschließt, seine

Gläubiger zu betrügen, und stellt hohe Schecks auf einen Mr. Cornelius aus, der – wie ich vermute – ein Deckname ist: für ihn selbst. Ich habe es noch nicht nachgeprüft, aber ich bin überzeugt, diese Summen wurden auf eine Provinzbank überwiesen. Er hatte vor, den Namen zu wechseln, und hob deshalb sein Geld ab, um zu verschwinden und irgendwo neu anzufangen.«

»Ja, das klingt glaubhaft.«

»Und dann kam ihm der gloriose Einfall, zwei Fliegen mit einer Klappe zu schlagen: erstens alle Spuren, die zu ihm führen könnten, zu verwischen, und gleichzeitig sich an seiner alten Liebsten zu rächen. Dazu mußte ihm nur gelingen, ihren einzigen Sohn als seinen Mörder hinzustellen. Das Testament: ein überzeugendes Motiv für die Tat; der heimliche Besuch, von dem nicht einmal die Eltern etwas wußten; der verbliebene Stock; das verspritzte Blut und schließlich die verkohlten Knochenreste und Knöpfe in der Asche des Holzstoßes – alles war bewundernswert aufgebaut. Ein Indiziennetz, aus dem selbst ich vor ein paar Stunden noch kein Entrinnen sah. Aber ihm fehlte die höchste Gabe des wirklichen Künstlers: nämlich zu wissen, wann man aufhören muß. Er wollte verbessern, was bereits vollendet war, den Strick um den Hals seines unglücklichen Opfers noch fester zuziehen – und damit zerstörte er alles. – Lassen Sie uns jetzt hinuntergehen, Lestrade, ich möchte ihn noch ein oder zwei Sachen fragen.«

Von zwei Polizisten eingerahmt, saß Oldacre in seinem Wohnzimmer.

»So glauben Sie mir doch, lieber Herr, es war ein Scherz, nur ein dummer Scherz«, winselte er unaufhörlich. »Ich schwöre Ihnen, ich hab mich nur versteckt, weil ich erleben wollte, wie mein Verschwinden aufgenommen wird. Sie können doch nicht ernsthaft glauben, ich hätte zugelassen, daß dem armen jungen Mr. McFarlane auch nur ein einziges Haar gekrümmt wird!«

»Das zu entscheiden, ist Sache des Gerichts«, sagte Le-

strade. »Jedenfalls wird gegen Sie Anklage der Verschwörung, wenn nicht gar versuchten Mordes erhoben.«
»Außerdem müssen Sie es höchstwahrscheinlich auf sich nehmen, daß Ihre Gläubiger das Bankguthaben eines Mr. Cornelius mit Beschlag belegen«, fügte Holmes hinzu.
Der kleine Mann fuhr zusammen und richtete seine bösen Augen auf meinen Freund.
»Ihnen hab ich eine Menge zu verdanken«, sagte er. »Vielleicht kann ich eines Tages die Rechnung begleichen.«
Holmes lächelte nachsichtig.
»Ich möchte annehmen, daß Ihre Zeit bis auf weiteres sehr ausgefüllt sein wird«, sagte er. »Aber verraten Sie mir noch, was steckten Sie, außer Ihren alten Hosen, in den Holzstoß? Einen toten Hund, ein Kaninchen, oder was? Sie wollen es nicht sagen? Das ist aber wirklich unfreundlich von Ihnen. Ich möchte meinen, ein paar Kaninchen würden sowohl das Blut als auch die verkohlten Knochenreste erklären. Solltest du jemals über diesen Fall schreiben, Watson, vergiß nicht, die Kaninchen zu erwähnen.«

E. W. HORNUNG

Vorsätzlicher Mord

Raffles und ich haben viele Einbrüche durchgeführt, aber nur im Falle von wenigen sind die Umstände so interessant gewesen, daß es sich lohnt, die Vorfälle zu erzählen. Es ist nicht etwa so, daß bei den Einbrüchen, die ich hier nicht erwähne, Dinge vorgefallen wären, die ich taktvollerweise nicht zu Papier bringen dürfte – im Gegenteil: bei den meisten Einbrüchen geschah nichts Aufregendes, denn Raffles plante unsere Aktionen mit größter Schlauheit und Überlegenheit. Die Chancen, daß irgendwo eine Störung hätte eintreten können, waren minimal. Gelegentlich waren wir enttäuscht darüber, daß die gestohlenen Gegenstände weniger einbrachten, als wir gehofft hatten. Ganz selten aber stießen wir auf ein unvorhergesehenes Hindernis oder gerieten in eine wirklich gefährliche Situation. Die Einbrüche waren Teil unserer Routine; die angestrebte Beute war fast immer von derselben Art: bei dem vorhandenen Risiko lohnte es sich für uns nur, die allerwertvollsten Edelsteine ins Auge zu fassen. Kurz, unsere erfolgreichsten und lohnendsten Einbrüche waren die, deren Schilderung die langweiligsten Geschichten abgeben würden. Der Raub der Ardagh-Smaragde in Irland zum Beispiel war einer unserer ganz uninteressanten Fälle gewesen; wir hatten die Sache acht oder neun Wochen vor dem Cricket-Festival von Milchester gedreht. Aber der Raub hatte ein Nachspiel, das mir noch heute schlaflose Nächte bereitet, was ich von keinem unserer anderen Fälle behaupten könnte.

Es war Abend; am Tag vorher waren wir aus Irland zurückgekehrt. Ich saß in meinem Zimmer und wartete auf Raffles, der weggegangen war, um unsere Beute in Bargeld zu verwandeln. Was diese für uns äußerst wichtige Seite des Geschäfts betrifft, so hatte Raffles seine eigene Methode; ich kümmerte mich darum überhaupt nicht. Soviel ich weiß, spielte er bei den Verhandlungen mit dem Hehler die Rolle eines schäbig-geschmacklos gekleideten »Elegant«, der im Cockney-Dialekt redete, den Raffles meisterhaft beherrschte. Er ging immer zum selben Hehler, der nach außen als Geldverleiher auftrat. Dieser Alte war auch als Wucherer übelster Art bekannt, ein Gauner, der es sogar mit Raffles aufnehmen konnte. Vor einigen Wochen hatte ich den Wucherer selbst aufgesucht, allerdings nicht in Verkleidung. Wir hatten Geld für die Reise nach Irland gebraucht, um dort die Smaragde stehlen zu können. Ich hatte hundert Pfund zu einem unverschämten Zins geborgt. Der graubärtige Hehler und Wucherer besaß eine mild-einschmeichelnde Stimme, verbeugte sich unaufhörlich, und seine unsteten Augen, die einem nie ins Gesicht blickten, wanderten hinter ihren Gläsern immer von einem Brillenrand zum andern. Das Geschäftskapital für die Ardagh-Affäre stammte also aus der gleichen Quelle wie der Gewinn, den uns die Kriegsbeute einbrachte – eine Tatsache, die Raffles und ich als durchaus sinnvoll empfanden.

Wie hoch dieser Gewinn sein würde, wußte ich im Moment noch nicht. Ich wartete gespannt – wartete und wartete und wurde immer ungeduldiger, je dunkler es draußen wurde. Vom Fenster aus beobachtete ich die Leute auf der Straße, bis ich die Gesichter nicht mehr unterscheiden konnte. War Raffles in eine Falle geraten? Fürchterliches konnte geschehen sein. Nervös lief ich hin und her; als ich hörte, wie draußen die klapprige Lifttüre aufgemacht wurde, brach mir der Angstschweiß aus. Ich hielt den Atem an, bis ich das wohlbekannte Klopfsignal vernahm.

»Du bist ja im Dunkeln!« rief Raffles, als ich ihn ins Zimmer zog. »Was ist denn los, Bunny?«

»Nichts mehr – seit du da bist!« sagte ich und schloß die

Türe hinter ihm ab. Ich war gleichzeitig erleichtert und doch ängstlich gespannt. »Und jetzt, wieviel hast du bekommen?«

»Fünfhundert Pfund.«

»Bar?«

»Das Geld ist in meiner Tasche.«

»Großartig!« rief ich. »Du kannst dir nicht vorstellen, was für Ängste ich ausgestanden habe. Wart, ich drehe das Licht an. Die letzte Stunde habe ich an nichts anderes mehr gedacht als an all das, was dir hätte zustoßen können. Ich ... ich bin ein Esel gewesen – was hätte denn schon schiefgehen können!«

Als es im Zimmer hell wurde, sah ich, daß Raffles lächelte; aber im Moment fiel mir die seltsame Art seines Lächelns nicht auf. Ich war noch ganz erfüllt von meiner vorigen Angst und der darauf folgenden Erleichterung; in meiner blöden Aufregung verschüttete ich Whisky und spritzte Sodawasser in alle Himmelsrichtungen, denn ich wollte unseren Erfolg begießen.

»So, so, du hast gemeint, es sei etwas passiert«, sagte Raffles amüsiert; er hatte sich in meinen Fauteuil gesetzt, lehnte sich zurück und steckte sich eine Zigarette an. »Und wenn du recht hättest? Na, reg dich nicht auf, lieber Freund! Es ist etwas ganz und gar Unwichtiges, und die Sache ist auch schon vorbei. Eine hartnäckige und lange Jagd, Bunny, aber ich glaube, ich habe ihn für diesmal abgehängt.«

Plötzlich fiel mir auf, daß sein Stehkragen naß, sein Haar durcheinander, seine Schuhe staubbedeckt waren.

»Die Polizei?« flüsterte ich erschrocken.

»Aber nein, das nicht. Nur der alte Baird.«

»Baird! Aber hat Baird nicht die Smaragde gekauft?«

»Gewiß.«

»Warum sollte er dich denn verfolgen?«

»Ich erzähle es dir gern, mein Lieber, aber laß mich erst zu Wort kommen. Es ist nichts Aufregendes geschehen. Der alte Baird hat wohl endlich gemerkt, daß ich nicht der proletarische Geldschrankknacker bin, den ich zu sein vorgebe. Und nun hat er versucht, meinen Schlupfwinkel herauszufinden.«

»Und das nennst du nichts Aufregendes!«

»Wenn es ihm gelungen wäre, dann wäre es allerdings schlimm. Aber es ist ihm nicht gelungen. Ich gebe freilich zu, daß ich mich teuflisch habe anstrengen müssen. Das kommt davon, wenn man seinem Beruf so fern der Heimat nachgehen muß. Der Alte hatte das Morgenblatt vor sich, und darin stand die Sache mit den Ardagh-Smaragden. Er hat sofort gemerkt, daß der Dieb einer sein muß, der erfolgreich den Gentleman spielen kann. Baird machte Augen wie Wagenräder, als ich ihm sagte, ich hätte hier diese Smaragde – und das im näselnden Cockney-Dialekt eines Menschen, der nie über die Volksschule hinausgekommen ist. Ich habe mich gewunden wie ein Aal – habe gesagt, mein Helfer sei ein richtiger Aristokrat, aber es ist klar: Baird hat mich durchschaut. Er hörte auf zu feilschen und zahlte das Verlangte, als ob es ihm Freude machte! Aber als ich verduften wollte, spürte ich, daß er mir folgte. Natürlich habe ich mich nicht umgedreht.«

»Warum nicht?«

»Lieber Bunny, das ist das dümmste, was man in einem solchen Fall tun kann. Solange du vorgibst, nichts zu merken, lassen sie dir einen gewissen Vorsprung – und damit eine Chance. Gibst du ihnen aber zu verstehen, daß du weißt, daß sie dir auf den Fersen sind, dann schließen sie auf, damit du ja nicht entkommen kannst. Ich blicke überhaupt nie hinter mich. Denk daran, daß du es in einer solchen Situation auch nie tust. Ich eilte zur Untergrundstation Blackfriars und verlangte mit lauter Stimme eine Fahrkarte nach High Street, Kensington; in dem Augenblick, als der Zug am Sloane Square abfuhr, sprang ich ab, raste die Treppe hinauf wie ein Hase und durch die Hintergassen in mein Zimmer in Chelsea. Um ganz sicher zu sein, setzte ich den ganzen Nachmittag keinen Fuß vor die Tür. Ich hörte nichts Verdächtiges, wäre aber froh gewesen, wenn meine Bude statt des Oberlichts ein Fenster gegen die Straße gehabt hätte. Jedoch, wie hätte er mir auf der Spur bleiben können? Auch hatte ich ja nur vermutet, daß er mir folgen würde; es lag kein Beweis vor, daß er es wirklich getan hatte. Zuletzt marschierte ich kühn auf die Straße, diesmal unverkleidet – genau in Bairds Arme!«

»Teufel auch! Und was hast du gemacht?«

»Ich bin an ihm vorbeigegangen, als ob ich ihn nie im Leben gesehen hätte – und ohne ihm einen Blick zu schenken; an der King's Road nahm ich eine Droschke und ließ mich Tempo Teufel zur Station Clapham Junction fahren, raste ohne Fahrkarte auf den nächsten Bahnsteig und sprang in den ersten Zug, den ich sah, stieg in Twickenham aus, marschierte im Eilschritt zurück nach Richmond, nahm die Untergrundbahn nach Charing Cross, und hier bin ich! Ich brauche ein Bad, frische Kleider und dann das beste Abendessen, das im Klub zu haben ist. Ich bin zuerst bei dir vorbeigekommen, weil ich dachte, du könntest dir sonst Sorgen machen. Komm, wir gehen zuerst ins Albany – es wird nicht lange dauern.«

»Bist du sicher, daß du ihn abgeschüttelt hast?« fragte ich, während wir nach den Hüten griffen.

»Ziemlich sicher; aber wir wollen nichts riskieren«, sagte Raffles und stellte sich ans Fenster. Von dort aus beobachtete er ein oder zwei Minuten lang die Straße.

»Alles in Ordnung?« fragte ich ihn.

»Alles in Ordnung«, erwiderte er; wir eilten die Treppe hinunter und machten uns auf den Weg zum Albany, wo Raffles wohnte.

Wir gingen Arm in Arm, sprachen aber wenig unterwegs. Ich fragte mich, was Raffles wohl mit seinem Zimmer in Chelsea machen würde; daß er dort einen Unterschlupf hatte, das hatte Baird nun herausbekommen. Ich war der Ansicht, man müsse sofort etwas unternehmen, und teilte Raffles meine Gedanken mit. Er sagte, wir hätten Zeit genug und könnten es uns noch lange überlegen. Dann schwieg er wieder, bis uns an der Bond Street ein junger Mann begegnete, den wir kannten und dem wir zunickten. In letzter Zeit waren üble Gerüchte über ihn verbreitet worden.

»Dieser arme Jack Rutter«, seufzte Raffles. »Es gibt nichts Traurigeres, als mitansehen zu müssen, wie so ein junger Kerl vor die Hunde geht. Alkohol und Schulden haben ihn zum Äußersten getrieben. Hast du seine Augen gesehen? Die eines Verrückten! Seltsam, daß wir ihm gerade heute begegnen. Der alte Baird soll ihn angeblich in den Klauen haben. Ich hätte große Lust, meinerseits den alten Baird zwischen meine Klauen zu nehmen!«

Den letzten Satz hatte er mit unterdrückter Wut herausgepreßt; dann schwieg er lange Zeit – beim Umkleiden, während des exquisiten Abendessens im Klub und als wir bei Kaffee und Zigarren in bequemen Sesseln in einer stillen Ecke des Rauchsalons saßen. Schließlich blickte Raffles auf, und ein nonchalantes Lächeln huschte über sein Gesicht. Ich wußte, daß sein Anfall von Verdrießlichkeit nun zu Ende war.

»Du hast dich wohl gefragt, woran ich die ganze Zeit gedacht habe?« sagte er. »Ich habe mir überlegt, daß es unsinnig ist, nicht konsequent zu sein!«

»Na«, sagte ich und lächelte ebenfalls, »daß du nicht konsequent bist, das wird dir niemand nachsagen können, oder?«

»Ich bin gar nicht so sicher«, meinte Raffles und blies den Rauch seiner Zigarre nachdenklich in die Luft. »Ich habe vorhin weniger an mich gedacht als an Jack Rutter, diesen armen Teufel. Das ist einer, der nicht konsequent ist; alles, was er tut, tut er nur halb. Zum Beispiel ist er nicht *ganz und gar* vor die Hunde gegangen. Vergleiche einmal seine Situation mit der unseren: er befindet sich in den Krallen eines üblen Wucherers; wir sind eher wohlhabende Bürger. Er säuft; wir trinken mit Maßen. Seine Freunde wenden sich von ihm ab; unser Problem ist, wie wir uns Freunde vom Leibe halten können. Und schließlich: er bettelt und borgt, was zur Hälfte Stehlen ist; wir hingegen stehlen konsequent – und haben deshalb keine Probleme. Unser Vorgehen ist zweifellos das ehrlichere. Und trotzdem, Bunny, frage ich mich, ob wir nicht beginnen, inkonsequent zu werden – und uns mit Halbheiten zufriedengeben!«

»Wieso? Wir können doch nicht mehr als stehlen!« spottete ich leise und blickte mich um, um sicher zu sein, daß uns niemand zuhören konnte.

»Aber doch«, sagte Raffles, »morden zum Beispiel.«

»Quark!«

»Wie man's nimmt, lieber Bunny; ich halte es nicht für Quark. Ich habe dir schon früher gesagt, es muß ein erhebendes Gefühl sein, einen Mord begangen zu haben und nicht erwischt worden zu sein. Oder genauer: es müßte ein erhebendes Gefühl sein, wobei freilich die wenigsten Mörder die seelischen Voraussetzungen besitzen, um dieses Gefühl richtig empfinden und genießen zu können. Stell dir vor: Du kommst in den Klub und diskutierst mit den Leuten über einen Mord, den du selbst begangen hast! Und du stellst dir vor, was sie sagen würden, wenn sie wüßten, daß du selbst der Mörder bist! Das müßte herrlich sein, eine großartige Sache! Und daneben denke an folgendes: wirst du erwischt, dann kommt das Ende schnell und barmherzig; einige Wochen Sensation um dich in den Zeitungen; dann noch einige Extrablätter, und du wirst ausgeblasen wie eine Kerze; werden wir jetzt erwischt, blühen uns zwischen sieben und vierzehn Jahren Zuchthaus, während deren wir vor Ekel und Langeweile geistig veröden würden.«

»Großartig formuliert!« grinste ich. »Mach so weiter, und ich verzeihe dir deine Einsilbigkeit von vorhin!«

»Es ist mir todernst mit dem, was ich sage.«
»Unsinn!«
»Sicher.«
»Du weißt genau, daß du nie jemanden ermorden würdest – unter keinen Umständen!«
»Ich weiß genau, daß ich jemanden ermorden werde – und zwar noch heute nacht!«
Raffles hatte sich in seinem Ledersessel zurückgelehnt und mich mit seinen scharfen, hinter halbgeschlossenen Lidern verborgenen Augen beobachtet; jetzt lehnte er sich plötzlich nach vorne, und seine stahlharten Augen bohrten sich in meine. Und nun endlich wurde es mir klar; mein lethargischer Verstand begann zu begreifen. Ich, der ich geglaubt hatte, meinen Freund zu kennen, spürte es: seine geballten Fäuste, seine zusammengepreßten Lippen bedeuteten Mord; in seinen harten, blauen Augen las ich Mord, hundertfachen Mord!
»Baird?« stammelte ich und fuhr mit der Zunge über die Lippen.
»Klar!«
»Aber du hast doch gesagt, die Sache mit deinem Zimmer in Chelsea sei unwichtig.«
»Ich habe gelogen.«
»Auf alle Fälle hast du ihn nachher abgehängt!«
»Wieder gelogen. Ich habe ihn nicht abgehängt. Ich habe es geglaubt, als ich heute abend zu dir kam. Aber wie ich aus dem Fenster blickte – erinnerst du dich –, um nichts zu ›riskieren‹, da stand er auf dem Gehsteig gegenüber.«
»Und du hast mir kein Wort gesagt!«
»Warum sollte ich dir das Abendessen verderben, lieber Bunny, und dann hättest du mir meines verdorben. Dort stand er also wie angewurzelt, und danach ist er uns bis ins Albany auf den Fersen geblieben. Ein herrliches Spielchen für diesen alten, geldgierigen Halunken. Auf der einen Seite kann er mich erpressen, auf der anderen läßt er sich von der Polizei Belohnungen ver-

sprechen; so spielt er die eine Seite gegen die andere aus. Nur lasse ich nicht mit mir spielen; nicht einmal den Anfang seines geplanten Spielchens soll er mehr erleben; die Welt hat einen Wucherer weniger. Kellner! Zwei Whisky Soda. Um elf gehe ich los, Bunny. Es ist der einzige Ausweg.«

»Du weißt schon, wo er wohnt?«

»Ja. Auf Willesden zu. Er lebt allein; zu allem andern ist der Kerl noch ein Geizkragen. Alles, was es über ihn zu wissen gibt, weiß ich schon seit langem.«

Ich blickte mich von neuem um und betrachtete die Anwesenden. Die Mitglieder des Klubs waren zumeist jüngere Herren. Überall wurde gelacht, diskutiert, geraucht, getrunken. Jemand nickte mir zu. Ich nickte automatisch zurück. Dann wendete ich mich wieder Raffles zu, und ein Stöhnen drang aus meiner Brust.

»Du wirst ihm doch eine Chance geben«, drängte ich. »Wenn er deine Pistole erblickt, wird er sofort nachgeben und versprechen, was du willst.«

»Er würde sein Versprechen nicht halten.«

»Du könntest es versuchen und abwarten, was passiert.«

»Vielleicht tue ich das. Da ist dein Whisky, Bunny. Wünsch mir Glück zum Abschied!«

»Ich komme mit.«

»Das will ich nicht.«

»Aber ich muß mitkommen.«

Seine stahlblauen Augen blitzten mich böse an.

»Wozu? Um mir ein Bein zu stellen?«

»Gewiß nicht.«

»Ehrenwort?«

»Ehrenwort.«

»Bunny, wenn du es brichst ...«

»Dann knallst du mich auch ab!«

»Genau das werde ich tun«, sagte Raffles feierlich. »Wenn du mitkommst, dann auf dein eigenes Risiko, mein Lieber; und wenn du wirklich mitkommen willst, dann sogleich – je früher, desto besser. Ich muß nochmals zu Hause vorbei.«

Fünf Minuten später wartete ich auf ihn am Piccadilly-Ausgang des Albany. Nicht ohne Grund wartete ich im Freien. Ich hatte ein Gefühl – halb Hoffnung, halb Angst –, daß der Wucherer Angus Baird uns noch immer auf den Fersen sei. Dann bestand die Möglichkeit, daß wir zwei uns plötzlich begegneten; die Folge wäre vielleicht ein Arrangement von weniger drastischer Art als das, welches Raffles im Auge hatte. Ich würde Baird nicht sagen können, welche Gefahr ihm drohte, ich durfte ihn nicht warnen; aber ich würde alles daransetzen, um eine Tragödie zu vermeiden. Diesen letzten Vorsatz ließ ich auch dann nicht fallen, nachdem ich Baird nicht begegnet war und nachdem Raffles und ich uns auf dem Weg nach Willesden befanden. Wenn irgend möglich wollte ich mein Ehrenwort nicht brechen; andererseits tröstete ich mich damit, daß ich es doch jederzeit brechen konnte – natürlich auf die Gefahr hin, in der Folge erschossen zu werden. Aber, ach Gott, ich befürchte, daß mein Vorsatz zwar gut gemeint, daß ich aber im Grunde eigentlich voller Neugier und Spannung war: das Schreckliche, was geschehen sollte, faszinierte mich.

Ich erinnere mich lebhaft an jene einstündige Reise nach Willesden. Wir durchquerten zuerst den St. James-Park zu Fuß (ich kann jetzt noch die Lichter sehen – hell auf der Brücke, verschwommen im Wasser); dann warteten wir einige Minuten auf den letzten Zug nach Willesden; er fuhr um 11 Uhr 21, und Raffles war enttäuscht, als er vernahm, daß der Zug nur noch bis Willesden und nicht mehr bis Kensal Rise fahren würde. Wir mußten in Willesden Junction aussteigen und durch das ganze Dorf marschieren, bis wir wieder in ein offenes Gelände kamen, das mir völlig unbekannt war. Es wäre mir heute unmöglich, das Haus wieder zu finden. Aber ich erinnere mich, daß wir uns auf einem dunkeln

Fußweg befanden, der durch Waldstücke und über Felder führte, als die Kirchenglocken von Willesden Mitternacht schlugen.

»Er ist gewiß im Bett und schläft«, sagte ich.

»Hoffentlich«, erwiderte Raffles mit grimmiger Stimme.

»Du willst mit Gewalt eindringen?«

»Was hast du dir denn vorgestellt?«

Ich hatte an solche Nebensachen überhaupt nicht gedacht; der geplante Mord hatte meine ganze Aufmerksamkeit auf sich konzentriert. Verglichen mit dem Mord war der Einbruch zwar eine Bagatelle, die aber doch nicht unterschätzt werden durfte. Gegen einen Einbruch sprachen folgende Tatsachen: der Mann war vertraut mit Einbrechern und ihren Techniken; bestimmt besaß er Feuerwaffen und würde wohl nicht zögern, diese als erster zu gebrauchen.

»Nichts wäre mir lieber«, sagte Raffles. »Dann geht es Mann gegen Mann, und der bessere gewinnt. Du meinst doch nicht etwa, ein ehrlicher Kampf sei mir nicht lieber als Gemeinheiten hinten herum. Aber wie auch immer: sterben muß er, denn sonst werden wir zwei einige Jahre absitzen müssen.«

»Lieber absitzen als morden.«

»Dann kehr wieder um, mein Lieber! Ich habe dir gesagt, ich will dich nicht dabeihaben. Hier ist das Haus. Gute Nacht!«

Ich konnte kein Haus erblicken. Wir standen vor einer hohen Mauer, die einsam in die Nacht hinaufragte. Das Licht der Sterne brachte Tausende von Glasscherben zum Glitzern, die oben die Mauer verzierten. Nicht weit von uns beleuchtete eine schwache Straßenlaterne ein grünes Tor in der Mauer; spitze, eiserne Stacheln schlossen es nach oben ab. Das Tor war so solide konstruiert, daß es den größten Sturmböcken stundenlang hätte Widerstand leisten können. Das Haus schien einsam am Ende einer neuangelegten Straße zu stehen; auf den andern Grundstücken war noch nicht gebaut worden. Wenigstens war das mein Eindruck damals; aber die Nacht war zu dunkel, als daß ich das mit Bestimmtheit behaupten könnte.

Raffles hatte die Örtlichkeiten bei Tageslicht besichtigt und sich überlegt, wie die verschiedenen Hindernisse überwunden werden konnten. Er ging aufs Tor zu, kletterte am Gitter in die Höhe, steckte Korken von Champagnerflaschen auf die eisernen Stacheln und warf seinen Umhang über die Korken. Während er sich ganz hinaufzog, trat ich einen Schritt zurück. Es sah aus, als ob eine Pyramide von Schiefersteinen den Himmel über dem Tor durchschneiden würde. Während Raffles sich hinüberschwang, nahm ich einen Anlauf und wand mich an Stacheln, Korken und am Stoff in die Höhe. Von der andern Seite zog Raffles am Umhang.

»Willst du doch mitkommen?«

»Versteht sich.«

»Dann paß aber auf. Überall sind Drähte mit Glöckchen gespannt, und es wimmelt von Fußangeln – also laß dich vorsichtig fallen. So, jetzt bleib stehen, während ich die Korken wieder abnehme.«

Der eher kleine Garten war eben angelegt worden; die Rasenstücke waren noch nicht zusammengewachsen. Eine Reihe von Lorbeersträuchern hatte man in frische Lehmbeete eingepflanzt. »Genauso gut wie Glocken«, flüsterte Raffles. »Nichts raschelt stärker – ein schlauer alter Hase!« Wir schlugen einen großen Bogen um die Sträucher, während wir aufs Haus zukrochen.

»Er ist schon im Bett!«

»Kaum, Bunny. Ich glaube, er hat uns entdeckt.«

»Warum?«

»Ich habe ein Licht gesehen.«

»Wo?«

»Im Parterre, einen Augenblick lang, als ich ...«

Er brach plötzlich ab; da war das Licht wieder, und diesmal sah ich es auch.

Es lag wie eine goldene Rute unter der Haustür – und verschwand. Es tauchte als goldener Faden oberhalb der Türe wieder auf – und verschwand endgültig. Wir hörten, wie die Treppen knarrten und knarrten – dann brach das Geräusch ab. Wir sahen und hörten nichts mehr, obwohl wir lange Zeit unbeweglich im Gras stehenblieben; unsere Füße waren naß vom Tau.

Schließlich sagte Raffles: »Ich gehe hinein. Ich glaube, er hat uns gar nicht gesehen. Schade. Komm!«

Vorsichtig überquerten wir einen Gartenweg, aber die Steinchen hängten sich an unsere nassen Fußsohlen und machten fürchterlich kratzende Geräusche, als wir eine schmale Holzveranda betraten, von wo aus eine Glastüre ins Haus führte. Hinter dieser Glastür hatte Raffles zum ersten Mal das Licht erblickt. Raffles zog den Diamanten, den Leimtopf und ein Stück braunes Papier aus der Tasche – Materialien, die er meistens bei sich trug – und begann, eine Glasplatte herauszuschneiden. Ich vergaß, in welcher Absicht ich Raffles begleitet hatte und half ihm bei der Arbeit. Es waren meine Finger, die den Leim aufs Papier strichen und die das Papier ans Glas preßten, bis der Diamant letzteres rundherum ausgeschnitten hatte und die Glasplatte sich geräuschlos und leicht in unsere Hände senkte.

Raffles schob seine Hand durch die Lücke und drehte den Schlüssel, der im Schloß steckte. Dann beugte er sich hinein und zog den Bolzen hoch, mit dem die Türe am Boden verschlossen war. Einen weiteren Riegel gab es nicht; die Tür ließ sich aufschieben – aber nicht sehr weit.

Als Raffles den Fuß auf die Schwelle setzte, entstand ein knirschendes Geräusch. »Was ist denn das?« sagte Raffles.

Ich bückte mich und hob einen Gegenstand auf. »Eine Brille«, flüsterte ich. Während ich die zerbrochenen Linsen und das verbogene Gestell betastete, stolperte

Raffles und wäre beinahe hingefallen. Ein keuchender Schrei entrang sich seinem Mund.

»Ruhig, Mensch, ruhig«, beschwor ich ihn leise. »Er ist doch nicht taub!«

Statt einer Antwort vernahm ich, wie Raffles' Zähne klapperten – und wie er nach Streichhölzern suchte.

»Doch, Bunny; er ist taub für immer«, sagte Raffles, während er sich von den Knien erhob und mit dem Streichholz ein Gaslicht ansteckte.

Angus Baird lag am Boden – tot. Blut hatte seine grauen Haare verklebt. Neben ihm lag ein Schürhaken, dessen feuchtes Ende im Licht glänzte. In der Ecke stand ein Pult – aufgebrochen, durchwühlt. Auf dem Kaminsims tickte laut eine Uhr, das einzige Geräusch im Hause.

Raffles stand unbeweglich und blickte auf die Leiche hinab – so wie ein Mensch, der in einen Abgrund hinunterstarrt, nachdem er ahnungslos, mit einem Tuch vor den Augen, bis an dessen Rand geführt worden war. Seine Brust hob und senkte sich, sonst machte er keine Bewegung – und sagte kein Wort.

»Jenes Licht!« sagte ich heiser. »Das Licht, das wir unter der Tür gesehen haben!«

Raffles fuhr zusammen und drehte sich um.

»Richtig. Ich hatte es vergessen. An dieser Stelle habe ich es das erste Mal gesehen.«

»Er muß noch im oberen Stockwerk sein!«

»Wenn er noch da ist, haben wir ihn bald gefunden. Komm!«

Statt zu gehorchen legte ich die Hand auf seinen Arm und beschwor ihn, einen Augenblick nachzudenken. Sein Feind war tot. Wenn wir blieben, würden wir in die Sache verwickelt werden. Jetzt hatten wir die letzte Gelegenheit, uns aus dem Staub zu machen. Wütend und ungeduldig schüttelte er mich ab. Kühnheit und Verachtung blitzten aus seinen Augen. Wenn es mir Spaß mache, solle ich meine Haut nur retten. Er ließ mich

stehen, und ich war nahe daran, seinem Rat zu folgen. Hatte er denn vergessen, warum er hierhergekommen war? Mußte diese Nacht denn unbedingt in einer Katastrophe enden? Während ich mir diese Fragen vorlegte, sah ich, daß Raffles im Treppenhaus ein Streichholz anzündete. Dann hörte ich das Knarren der Treppenstufen – genauso hatten sie unter den Füßen des Mörders geknarrt. Durften wir den Mörder einfach laufenlassen? Der menschliche Instinkt, der Raffles jetzt dazu trieb, sein Leben zu riskieren, ergriff schließlich auch mein langsamer reagierendes Wesen. Ich flog die knarrende Treppe hinauf und holte Raffles dort ein, wo die Treppe in die Diele des oberen Stockwerks mündete.
Wir hatten die Wahl zwischen drei Türen. Wir öffneten die erste und erblickten ein Schlafzimmer. Das Bett war bezogen, aber nicht benützt worden. Das zweite Zimmer war absolut leer; die dritte Türe verschlossen.
Im Gang hing ein Gaslicht, und Raffles zündete es an.
»Er ist hier drin«, sagte er und entsicherte den Revolver. »Kannst du dich erinnern, wie wir im Internat in die Zimmer eingebrochen sind? Also los!«
Seine Fußsohle sauste auf die Stelle über dem Schlüsselloch, das Schloß brach entzwei, die Türe flog auf. Im plötzlich entstandenen Durchzug neigte sich die Gasflamme wie ein Segelboot im Wind; als sie sich wieder aufgerichtet hatte, sah ich eine Badewanne, zwei zusammengeknüpfte Badetücher, ein offenes Fenster, vor dem eine Gestalt kauerte – und Raffles, der wie erstarrt auf der Türschwelle stand.
»Jack – Rutter?«
Er stammelte den Namen langsam und mit Entsetzen in der Stimme, und entsetzt plapperte ich ihn nach. Die kauernde Gestalt neben dem Fenster richtete sich langsam auf.
»Sie sind es!« flüsterte er, nicht weniger überrascht als wir. »Sie sind es! Was soll das bedeuten, Raffles? Ich habe euch zwei beobachtet, als ihr übers Tor geklettert

seid. Eine Glocke hat geläutet; das Haus ist voll von Alarmglocken. Dann seid ihr eingebrochen! Wozu?«

»Vielleicht sagen wir es Ihnen, Rutter, aber zuerst wollen wir wissen, was zum Teufel Sie hier angerichtet haben?«

»Angerichtet? Was ich angerichtet habe?« Der unglückselige Kerl kam näher; das Licht fiel auf seine blutunterlaufenen, blitzenden Augen und auf sein blutiges Hemd. »Sie wissen es ja – Sie haben es gesehen – aber ich erzähle Ihnen alles, wenn Sie wollen. Ich habe einen Räuber umgebracht – und weiter nichts. Einen Räuber, einen Wucherer, einen Halunken, einen Erpresser, den gerissensten und ruchlosesten Schurken aller Zeiten. Und wenn man mich auch an den Galgen bringt –, ich brächte ihn nochmals um!«

Grimmig blickte er uns ins Gesicht, mit einem trotzigen Ausdruck in seinen müden Augen. Seine Brust hob und senkte sich; herausfordernd hatte er das Kinn nach vorne geschoben.

»Soll ich Ihnen erzählen, wie es dazu gekommen ist? Gut!« Eifrig fuhr er fort: »Er hat mir das Leben in diesen letzten Wochen und Monaten zur Hölle gemacht. Vielleicht wissen Sie das. Zur absoluten Hölle. Heute abend bin ich ihm in der Bond Street begegnet. Erinnern Sie sich – ich habe euch zwei heute dort gesehen. Er war etwa zwanzig Meter hinter euch. Er spürte Ihnen nach, Raffles. Er sah, wie ich Ihnen zunickte, hielt mich an und fragte mich, wer Sie seien. Er tat so, als ob es um Tod und Leben gehe; weshalb, das konnte ich mir nicht vorstellen. Es war mir auch gleichgültig, denn ich sah darin eine Chance für mich. Ich sagte, ich würde ihm jede Auskunft über Sie geben, sofern er mir eine Besprechung unter vier Augen gewähre. Er lehnte ab. Ich bestand darauf und hielt ihn am Mantel fest. Als ich ihn schließlich losließ, waren Sie beide verschwunden. Baird eilte davon; ich blieb stehen, bis er zurückkam – ganz verzweifelt, er hatte Sie verloren. Jetzt war

ich im Vorteil. Ich konnte verlangen, was ich wollte, und ich verlangte, daß die Besprechung bei ihm zu Hause stattfinden solle. So nahm er mich denn mit, und ich schwor ihm hoch und heilig, ich würde ihm alles mögliche über Sie erzählen. Als wir hier ankamen, verlangte ich zuerst etwas zu essen und schob die Sache immer weiter hinaus. Um zehn Uhr hörte ich, wie das Gartentor ins Schloß fiel. Ich wartete noch ein wenig und fragte ihn dann, ob er allein hier wohne.
›Ganz und gar nicht‹, sagte er. ›Haben Sie die Haushälterin nicht gesehen?‹
Ich sagte, ich hätte sie zwar gesehen, aber mir sei, als ob ich sie hätte gehen hören. Falls sie noch da sei, so würde sie ja sofort kommen, wenn man sie riefe. Dreimal rief ich mit lauter Stimme. Niemand erschien. Ich hatte es nicht anders erwartet, denn vor einigen Tagen hatte ich Baird spät abends aufgesucht; er sprach mit mir durchs Gitter des Tores, aber öffnen wollte er nicht. Als auf mein Rufen hin niemand erschien, wurde er so weiß wie die Zimmerdecke. Ich sagte ihm, daß die Zeit für unser Gespräch nun gekommen sei und zog den Schürhaken aus dem Kaminvorsatz. Ich hielt ihm vor, wie er mich ausgeraubt habe und sagte ihm, daß es damit nun ein Ende habe. Ich gab ihm drei Minuten Zeit, eine Quittung für alle seine frevelhaften Forderungen an mich auszustellen und zu unterschreiben. Falls er sich weigere, würde ich ihm den Schädel einschlagen, daß sein Gehirn im ganzen Zimmer herumspritze. Er überlegte einen Moment und trat dann ans Pult – scheinbar, um Papier und Feder zu holen. Kaum war er dort, drehte er sich blitzschnell um – mit einem Revolver in der Hand. Wie ein Rasender stürzte ich mich auf ihn. Er schoß zwei oder drei Mal, ohne zu treffen. Wenn Sie wollen, können Sie die Löcher in der Wand finden. Aber jeder Schlag von mir hat getroffen – großer Gott, ich raste wie ein Tobsüchtiger, bis die Sache zu Ende war. Ich bereue nichts. Ich durchsuchte das Pult und fand meine Doku-

mente und war gerade daran, mich aus dem Staub zu machen, als Sie beide auftauchten. Ich habe gesagt, ich bereue nichts – und das ist die Wahrheit. Aber ich hatte die Absicht, mich noch heute der Polizei freiwillig zu stellen, und das will ich auch tun. Sie sehen, ich werde Ihnen keine große Mühe machen!«

Er hatte alles gesagt. Dort standen wir im oberen Stockwerk des einsamen Hauses, den Nachklang der leisen, beschwörenden, eifernden Stimme in den Ohren; unten der tote Mann – vor uns der ruchlose Mörder. Ich wußte, wen dieser Mangel an Reue mit Begeisterung erfüllen würde, und ich täuschte mich nicht.

»Das ist alles Unsinn«, sagte Raffles. Nach einer kurzen Pause fügte er hinzu: »Das lassen wir nicht zu, daß Sie sich der Polizei stellen.«

»Daran können Sie mich nicht hindern! Alles andere hätte ja doch keinen Sinn. Die Haushälterin hat mich gesehen. Es wäre nur eine Frage der Zeit, und ich habe keine Lust, mich voller Angst herumzudrücken, bis man mich doch erwischt. Stellen Sie sich vor: immer Angst haben zu müssen, bis Sie plötzlich von hinten an der Schulter gepackt werden! Nein, tausendmal nein. Ich stelle mich freiwillig und bringe die Sache hinter mich.«

Er redete jetzt anders. Er stammelte und stotterte. Es war, als ob der Gedanke an eine mögliche Flucht ihm den Ernst seiner Lage erst wirklich klargemacht hätte.

»Hören Sie einmal zu«, beschwor ihn Raffles. »Es geht nicht nur um Sie. Mein Freund und ich sind ebenfalls in einer gefährlichen Situation. Wie Diebe sind wir hier eingebrochen, um eine Sache in Ordnung zu bringen – ähnlich wie Sie. Begreifen Sie: wir haben eine Glasscheibe herausgenommen – wie Diebe. Natürlich wird man uns auch den Mord in die Schuhe schieben.«

»Sie meinen, ich werde gar nicht in Verdacht geraten?«

»Ja, so ist es!«

»Aber ich will gar nicht ungestraft davonkommen«, rief Rutter aus und wurde hysterisch. »Ich habe ihn umgebracht, das ist mir klar. Aber es ist Notwehr gewesen, nicht Mord. Ich muß das zugeben und die Folgen auf mich nehmen. Ich werde sonst verrückt.«

Seine Hände flatterten, die Lippen zitterten; er hatte Tränen in den Augen. Raffles packte ihn an den Schultern.

»Jetzt hören Sie mal zu, Sie Narr. Wenn man uns drei jetzt hier erwischt – wissen Sie, was geschehen würde? In sechs Wochen würden wir alle drei baumeln! Sie reden, als ob wir im Klub säßen. Wissen Sie denn nicht, daß es ein Uhr morgens ist, daß hier die Lichter brennen, daß unten ein Toter liegt? Jetzt reißen Sie sich zusammen, Mann, und tun Sie, was ich Ihnen sage, sonst sind Sie in kurzem auch eine Leiche.«

»Nichts wäre mir lieber«, schluchzte Rutter. »Hätte ich nur seinen Revolver, dann könnte ich mir eine Kugel durch den Kopf jagen. Er liegt irgendwo unter ihm. Ach Gott, großer Gott!«

Seine Zähne klapperten; die Reaktion auf seine Tat hatte ihren hysterischen Höhepunkt erreicht. Wir mußten ihn in die Mitte nehmen; wie einen Betrunkenen führten wir ihn die Treppe hinunter und durch die Vordertüre ins Freie.

Im Garten war alles still – man hörte nur das unterdrückte Weinen des Häufchens Elend zwischen uns. Raffles eilte kurz ins Haus zurück und löschte die Lichter. In der Dunkelheit öffneten wir das Tor und schlossen es sorgfältig hinter uns zu. Nach wie vor glitzerten die Glasscherben in der Mauer und die eisernen Stacheln am Tor im Licht der Sterne.

Die Flucht gelang; es hätte wenig Sinn, sie hier zu beschreiben. Unser Mörder war darauf versessen, an den Galgen zu kommen. Seine Tat hatte ihm den Kopf verdreht; sechs Besoffene hätten uns weniger Mühe gemacht als er. Immer wieder drohten wir ihm, wir würden ihn seinem Schicksal überlassen, wir würden nichts mehr mit ihm zu tun haben wollen. Wir hatten unglaubliches – und unverdientes – Glück. Zwischen Bairds Haus und Willesden begegneten wir keinem Menschen. Und die, die uns später auf dem Weg nach London sahen – wie sollten sie auf den Gedanken kommen, daß die zwei jungen Männer mit verrutschten weißen Krawatten, die einen dritten in offenbar unzweideutigem Zustand zwischen sich führten, etwas mit der schrecklichen Tragödie in Kensal Rise zu schaffen hatten, von der am selben Tag alle Abendzeitungen berichteten?

Wir gingen zu Fuß bis Maida Vale. Von dort ließen wir uns in aller Öffentlichkeit bis vor meine Haustüre fahren. Aber ich ging allein in die Wohnung hinauf; die andern zwei begaben sich ins Albany. Zwei Tage lang hörte ich nichts mehr von Raffles. Als ich ihn am Morgen besuchen wollte, war er nicht da und hatte keine Botschaft hinterlassen. Als er wieder auftauchte, waren die Zeitungen noch immer voll von Berichten über den Mord. Der Mann aber, der ihn begangen hatte, schwamm auf dem Atlantik – ein Zwischendeckpassagier von Liverpool nach New York.

»Mit dem Kerl war absolut nichts zu machen«, erzählte mir Raffles. »Entweder ging er zur Polizei und legte ein Geständnis ab, oder er mußte das Land verlassen. So habe ich ihn bei mir mit allem Nötigen in materieller und ideeller Hinsicht versehen. Dann haben wir den nächsten Zug nach Liverpool genommen. An seiner Stelle hätte ich versucht, die Situation in stiller Freude zu genießen; aber bei ihm war nichts zu machen; es kann uns ja auch gleichgültig sein. Zurück in London, wollte ich auf sein Zimmer gehen, um einige seiner Papiere zu verbrennen. Was meinst du, was ich entdeckte? Die Polizei war da, hat schon alles beschlagnahmt, und es liegt bereits ein Haftbefehl vor! Die Idioten glauben, der Mord und der Einbruch durch die Glastüre hängen nicht zusammen; der Haftbefehl gilt für ihn

allein. Ich kann nichts dafür, falls sie Rutter je erwischen sollten!«
Es ist viele Jahre her, aber ich muß leider sagen, auch ich habe nichts getan, um den Mörder der Gerechtigkeit auszuliefern.

MAURICE LEBLANC

Der geheimnisvolle Reisende

Am Vortag hatte ich mein Auto über die Landstraße nach Rouen geschickt. Ich wollte mit der Eisenbahn nachfahren und von Rouen aus Freunde besuchen, die an der Seine wohnen.

Einige Minuten vor Abfahrt des Zuges in Paris bevölkerten sieben Herren mein Abteil; fünf von ihnen rauchten. Obgleich diese Reise in dem Schnellzug kurz war, war mir die Aussicht, sie in einer solchen Gesellschaft verbringen zu müssen, unangenehm, um so mehr, als der Waggon, ein altes Modell, keinen Korridor hatte. Ich nahm also meinen Mantel, die Zeitungen und meinen Fahrplan und flüchtete mich ins Nachbarabteil.

Dort saß eine Dame. Bei meinem Anblick machte sie eine ärgerliche Bewegung, die mir nicht entging, und beugte sich zu einem Herrn auf dem Trittbrett, zweifellos ihr Mann, der sie zum Bahnhof begleitet hatte. Der Herr musterte mich, und die Prüfung fiel wahrscheinlich zu meinen Gunsten aus, denn er sprach lächelnd und leise zu seiner Frau, mit jener Miene, mit der man ein Kind beruhigt, das Furcht hat. Sie lächelte ihrerseits und streifte mich mit einem freundschaftlichen Blick, als verstünde sie plötzlich, daß ich einer dieser galanten Männer sei, mit dem eine Frau zwei Stunden lang in einem kleinen Käfig von sechs Quadratmetern eingeschlossen bleiben kann, ohne etwas befürchten zu müssen.

Ihr Mann sagte zu ihr:

»Du bist mir nicht böse, mein Liebling, aber ich habe eine dringende Verabredung und kann nicht länger warten.«

Er umarmte sie liebevoll und verschwand. Seine Frau

warf ihm durch das Fenster Kußhände nach und winkte mit dem Taschentuch.

Ein schriller Pfiff ertönte. Der Zug setzte sich in Bewegung.

Genau in diesem Augenblick wurde die Tür trotz der Protestrufe der Bahnbeamten aufgerissen, und ein Mann sprang in unser Abteil.

Meine Begleiterin, die gerade stand und ihre Sachen im Gepäcknetz ordnete, stieß einen Schrei des Entsetzens aus und fiel auf die Bank.

Ich bin kein Feigling, sogar weit davon entfernt, aber ich muß zugeben, daß solche Einbrüche in der letzten Sekunde immer peinlich sind. Sie erscheinen verdächtig, unnatürlich. Es muß etwas dahinterstecken, sonst ...

Der Anblick des Neuankömmlings und seine Haltung hätten den schlechten Eindruck, den er hervorgerufen hatte, jedoch abschwächen können. Seine Kleidung war korrekt, fast elegant, seine Krawatte geschmackvoll, die Handschuhe sauber, das Gesicht energisch. Aber, verflixt, wo zum Teufel hatte ich dieses Gesicht schon gesehen? Denn es bestand kein Zweifel, ich hatte es gesehen. Um es genauer auszudrücken, ich verspürte mindestens diese Art Erinnerung, die ein mehrmals gesehenes Porträt hinterläßt, von dem man das Original nie gesehen hat. Gleichzeitig fühlte ich, daß es nutzlos sei, mein Gedächtnis anzustrengen, weil diese Erinnerung zu unbestimmt und vage war.

Als ich meine Aufmerksamkeit wieder der Dame zuwandte, überraschte mich ihre Blässe und die Bestürzung in ihren Zügen. Sie betrachtete ihren Nachbarn – sie saßen beide auf der gleichen Seite – mit wahrhaftem Schrecken, und ich konnte feststellen, daß eine ihrer Hände zitternd zu einem kleinen Reisebeutel glitt, der zwanzig Zentimeter von ihren Knien entfernt auf der Bank lag. Schließlich ergriff sie den Beutel und zog ihn nervös zu sich herüber.

Unsere Blicke trafen sich, ich las in ihren Augen so viel Unbehagen und Angst, daß ich sie ansprechen mußte:
»Sind Sie unpäßlich, gnädige Frau? Soll ich das Fenster öffnen?«
Ohne zu antworten deutete sie ängstlich auf den Mann. Ich lächelte beruhigend, wie es ihr Mann getan hatte, zuckte mit den Schultern und erklärte ihr durch Zeichen, daß sie nichts zu befürchten brauche, daß ich da wäre, und daß dieser Mann im übrigen sehr harmlos zu sein schien.
In diesem Augenblick drehte er sich zu uns herum, musterte uns nacheinander von Kopf bis Fuß, drückte sich dann in seine Ecke und rührte sich nicht mehr.
Wir schwiegen, aber die Dame, die ihre ganze Kraft hatte zusammennehmen müssen, um nicht eine Verzweiflungstat zu begehen, flüsterte mir kaum verständlich zu:
»Wissen Sie, wer sich in unserem Zug befindet?«
»Wer?«
»Aber er ... er ... ganz bestimmt.«
»Wer, er?«
»Arsène Lupin!«
Sie hatte den Reisenden nicht aus den Augen gelassen, und sie sprach die Silben dieses beunruhigenden Namens mehr zu ihm als zu mir.
Er zog seinen Hut noch tiefer ins Gesicht. Wollte er seine Verwirrung verbergen oder nur schlafen?
Ich warf ein: »Arsène Lupin wurde gestern in Abwesenheit zu zwanzig Jahren Zwangsarbeit verurteilt. Deswegen ist es sehr unwahrscheinlich, daß er heute die Unvorsichtigkeit begeht, sich in der Öffentlichkeit zu zeigen. Haben die Zeitungen nicht außerdem berichtet, daß er sich seit seiner berühmten Flucht aus der Santé den ganzen Winter über in der Türkei aufhielt?«
»Er ist in diesem Zug«, wiederholte die Dame mit der immer deutlicheren Absicht, von unserem Begleiter gehört zu werden. »Mein Mann ist stellvertretender Direktor im Gefängnisdienst, und der Bahnhofskommis-

sar selbst hat uns erzählt, daß Arsène Lupin gesucht wird.«
»Das ist kein Grund ...«
»Er wurde in der Bahnhofsvorhalle gesehen. Er hat eine Fahrkarte erster Klasse nach Rouen gelöst.«
»Es wäre einfach, ihn zu erwischen.«
»Er ist verschwunden. Der Schaffner am Eingang des Wartesaals hat ihn nicht gesehen, aber man vermutet, daß er über die Bahnsteige der Vorortszüge gekommen ist und in den Kurierzug, der zehn Minuten nach unserem abfährt, gestiegen ist.«
»In diesem Fall wird man ihn dort geschnappt haben.«
»Und wenn er im letzten Augenblick von dem Zug abgesprungen ist, um in unseren zu steigen, was wahrscheinlich, was sicher ist?«
»Dann wird er hier geschnappt werden, denn die Bahnbeamten und Polizisten haben diesen Wechsel der Züge bestimmt bemerkt, und wenn wir in Rouen ankommen, wird man ihn sauber einfangen.«
»Ihn? Niemals! Er wird auch dann noch einen Ausweg finden.«
»Dann wünsche ich ihm gute Reise.«
»Aber was kann er bis dahin noch alles anstellen!«
»Was denn?«
»Weiß ich es? Man muß auf alles gefaßt sein.«
Sie war sehr aufgeregt. Die Situation rechtfertigte auch tatsächlich bis zu einem gewissen Grade diese nervöse Aufregung. Fast gegen meinen Willen sagte ich:
»Es sind in der Tat merkwürdige Zusammentreffen. Aber beruhigen Sie sich. Auch wenn wir annehmen, daß sich Arsène Lupin in einem dieser Wagen befindet, wird er sich hübsch ruhig verhalten und überlegen, wie er die drohende Gefahr abwenden kann, statt sich neue Unannehmlichkeiten zu verschaffen.«
Meine Worte beruhigten sie kaum. Doch schwieg sie jetzt, wahrscheinlich aus Furcht, zuviel zu sagen.
Ich faltete meine Zeitung auseinander und las die Zu-

sammenfassung von Arsène Lupins Prozeß. Da sie jedoch nichts brachte, was man nicht schon wußte, interessierte sie mich nur mäßig. Außerdem war ich müde, denn ich hatte schlecht geschlafen und fühlte, wie meine Lider schwer wurden und mein Kopf sich zur Seite neigte.
»Aber, mein Herr, Sie wollen doch nicht etwa schlafen?«
Die Dame entriß mir die Zeitung und sah mich vorwurfsvoll an.
»Natürlich nicht«, antwortete ich, »ich habe gar keine Lust dazu.«
»Das wäre wirklich zu unvorsichtig«, sagte sie.
»Wirklich zu unvorsichtig«, erwiderte ich.
Ich kämpfte energisch gegen den Schlaf an und ließ verzweifelt die Landschaft und die Wolken am Himmel auf mich einwirken. Bald hüllte sich alles in einen Nebel, das Bild der aufgeregten Dame und des eingeschlafenen Herrn verwischte sich vor mir, die große, tiefe Stille des Schlafes hatte mich umfangen.
Unbestimmte leichte Träume gestalteten diesen Schlaf sehr angenehm. Ein Wesen, das die Hauptrolle spielte und den Namen Arsène Lupin trug, nahm einen bestimmten Platz darin ein. Es stieg am Horizont auf, den Rücken mit kostbaren Gegenständen beladen, überstieg Mauern und räumte Schlösser aus.
Aber der Schatten dieses Wesens, das nun nicht mehr Arsène Lupin war, wurde deutlicher. Es kam auf mich zu, wurde immer größer, sprang mit unglaublicher Leichtigkeit in den Wagen und fiel mit aller Gewalt auf meine Brust.
Ein stechender Schmerz ... ein schriller Schrei.
Ich erwachte.
Der Mann, der Reisende, hatte ein Knie auf meine Brust gepreßt und drückte mir die Kehle zusammen.
Ich konnte es nur undeutlich sehen, denn vor meinen Augen hing ein Blutschleier. Ich sah auch die Dame, die

mit verzerrten Zügen in einer Ecke lag, gepeinigt von einem Nervenzusammenbruch. Ich versuchte nicht, Widerstand zu leisten. Ich hätte übrigens auch nicht die Kraft dazu gehabt. In meinen Schläfen hämmerte es, meine Kehle war zugeschnürt, ich röchelte. Noch eine Minute ... und ich war erstickt.
Der Mann mußte es gefühlt haben. Er lockerte seine Umklammerung. Ohne sich von mir zu entfernen, faßte er mit der rechten Hand nach einem Strick mit einer vorbereiteten Schlinge und fesselte mir mit einer schroffen Bewegung beide Handgelenke. Innerhalb von Sekunden war ich gebunden, geknebelt und bewegungslos.
Er tat das alles in der natürlichsten Art der Welt und mit einer Leichtigkeit, die auf das Können eines Meisters, eines Berufsdiebes und -verbrechers schließen ließ. Wortlos, ohne jegliche fieberhafte Bewegung. Kaltblütig und kühn. Da saß ich wie eine Mumie verschnürt auf der Bank, ich, Arsène Lupin!
Es war wirklich zum Lachen. Und trotz des Ernstes der Umstände kam ich nicht umhin, die Ironie und den Witz meiner Lage zu würdigen. Arsène Lupin war wie ein Neuling hereingelegt, wie der erstbeste ausgeraubt worden, denn der Bandit hatte mich selbstverständlich um meine Börse und die Brieftasche erleichtert. Arsène Lupin seinerseits ein Opfer, geprellt, besiegt. Was für ein Abenteuer!
Es blieb noch die Dame. Er beachtete sie überhaupt nicht und begnügte sich damit, den kleinen Beutel, der auf dem Teppich lag, aufzuheben und die Schmuckstücke, das Portemonnaie, Kleinigkeiten aus Gold und Silber, die es enthielt, herauszunehmen. Sie öffnete ein Auge, zitterte vor Entsetzen, zog ihre Ringe ab und reichte sie dem Mann, als wolle sie ihm jede unnütze Anstrengung ersparen. Er nahm die Ringe und sah die Dame an. Sie wurde ohnmächtig.
Dann setzte er sich, immer noch schweigsam und ruhig,

ohne sich weiter um uns zu kümmern, auf seinen Platz, steckte eine Zigarette an und machte sich an eine gründliche Untersuchung der Schätze, die er erbeutet hatte. Die Prüfung schien ihn vollständig zu befriedigen.

Ich war sehr viel weniger zufrieden. Ich will nicht von den zwölftausend Francs sprechen, die man mir ungehörigerweise geraubt hatte; das war ein Verlust, den ich nur momentan akzeptierte, denn ich rechnete stark damit, daß diese Summe in kürzester Zeit wieder in meinen Besitz gelangen würde, wie auch die wichtigen Papiere, die meine Brieftasche enthielt: Pläne, Kostenvoranschläge, Adressen, Listen von meinen Geschäftsfreunden und kompromittierende Briefe. Aber im Augenblick plagte mich eine viel nähere, ernstere Sorge: Was würde jetzt geschehen?

Wie man sich vorstellen kann, war mir die Erregung nicht entgangen, die ich im Bahnhof Saint-Lazare verursacht hatte. Da ich von Freunden eingeladen worden war, die ich unter dem Namen Guillaume Berlat besucht hatte und für die meine Ähnlichkeit mit Arsène Lupin Ursache liebevoller Spötteleien war, hatte ich mich nicht nach Belieben schminken können. Meine Anwesenheit war bemerkt worden. Außerdem hatte man einen Mann sich vor dem Kurierzug in den Schnellzug stürzen sehen.

Wer war dieser Mann, wenn nicht Arsène Lupin? Also würde sich der Polizeikommissar von Rouen, der sicher durch ein Telegramm benachrichtigt worden war und den eine stattliche Anzahl Polizisten begleiten würde, unglückseligerweise und unabwendbar bei Ankunft des Zuges einfinden, die verdächtigen Reisenden einem Verhör unterziehen und eine genaue Untersuchung der Waggons vornehmen.

Alles das sah ich voraus und hatte mich deswegen nicht so sehr beunruhigt, da ich sicher war, daß die Polizei von Rouen nicht scharfsinniger sein würde als die von Paris und daß ich ungehindert passieren könnte, denn würde es beim Ausgang nicht genügen, nachlässig meine Abgeordnetenkarte zu zeigen, dank deren ich dem Kontrolleur von Saint-Lazare schon Vertrauen eingeflößt hatte? Aber wie sehr hatte sich die Lage jetzt verändert. Ich war nicht mehr frei. Es war mir unmöglich, einen meiner gewöhnlichen Coups zu versuchen. In einem der Waggons würde der Kommissar den Herrn Arsène Lupin entdecken, den ihm ein günstiger Umstand mit gebundenen Händen und Füßen zuspielte und der hilflos wie ein Lamm verpackt und bestens für ihn vorbereitet war. Er brauchte die Ware nur noch in Empfang zu nehmen, wie man ein Paket übernimmt, das für einen im Bahnhof hinterlegt wird, gleich einem Geflügel-, Obst- oder Gemüsekorb.

Was konnte ich, der ich in meine Bändchen eingewikkelt war, unternehmen, um diesen ärgerlichen Ausgang der Angelegenheit zu verhindern? Und der Schnellzug flitzte nach Rouen, der einzigen und nächsten Station, fuhr in Vernon und Saint-Pierre durch.

Ein anderes Problem beunruhigte mich, an dem ich weniger persönlich interessiert war, dessen Lösung aber meine Berufsneugier weckte. Was waren die Absichten meines Reisebegleiters? Wäre ich allein gewesen, hätte er in Rouen Zeit genug gehabt, in aller Ruhe aus dem Zug zu steigen. Aber die Dame? Kaum wäre die Tür offen, würde die jetzt so artige, gefügige Frau schreien, herumtoben, um Hilfe rufen!

Deswegen auch mein Erstaunen. Warum machte er sie nicht genauso unschädlich wie mich, was ihm Zeit und Muße geben würde zu verschwinden, bevor man seine doppelte Missetat entdeckt hätte?

Er rauchte noch immer und schaute in die Ferne; es hatte zögernd, in großen schrägen Streifen zu regnen begonnen. Einmal drehte er sich jedoch herum, ergriff meinen Fahrplan und blätterte darin.

Die Dame bemühte sich, ohnmächtig zu bleiben, um ihren Feind in Sicherheit zu wiegen. Aber durch den

Rauch verursachte heftige Hustenanfälle straften diese Ohnmacht Lügen. Ich fühlte mich gar nicht wohl, sondern wie gerädert. Ich überlegte, kombinierte.
Pont-de-l'Arche, Oissel. Der Schnellzug flog dahin, fröhlich, trunken von der Geschwindigkeit.
Saint-Etienne ... In diesem Augenblick stand der Mann auf und machte zwei Schritte auf uns zu, worauf sich die Dame beeilte, mit einem weiteren Schrei und einer neuerlichen, nicht vorgetäuschten Ohnmacht zu reagieren.
Was hatte er bloß vor? Er ließ auf unserer Seite das Fenster herunter. Der Regen peitschte jetzt wild vom Himmel, und der Mann machte eine ärgerliche Geste, weil er weder einen Regenschirm noch einen Mantel bei sich hatte. Sein Blick glitt zum Gepäcknetz. Dort lag der Taschenschirm der Dame. Er nahm ihn an sich. Er nahm auch meinen Mantel und zog ihn an.
Wir überquerten die Seine. Er schürzte seine Hosenbeine, beugte sich vor und schob die Außenklinke hoch. Wollte er sich auf die Gleise stürzen? Bei dieser Geschwindigkeit würde es den sicheren Tod bedeuten. Der Zug sauste in den Tunnel, der unter der Küste von Sainte-Catherine verlief. Der Mann öffnete halb die Tür und tastete mit dem Fuß nach der obersten Stufe. Was für ein Wahnsinn! Die Dunkelheit, der Rauch und Lärm gaben diesem Unternehmen etwas Gespenstisches. Doch plötzlich wurde der Zug langsamer, die Bremsen leisteten den Rädern Widerstand. In einer Minute wurde das Tempo normal, dann noch langsamer. Zweifellos wurden in diesem Teil des Tunnels Festigungsarbeiten durchgeführt, die die langsame Fahrt der Züge notwendig machten, vielleicht erst seit einigen Tagen, und der Mann wußte es.
So brauchte er nur noch den anderen Fuß aufs Trittbrett zu stellen, auf die zweite Stufe zu steigen und friedlich von dannen zu gehen, nachdem er die Klinke wieder hochgeschlagen und die Tür geschlossen hatte.
Kaum war er verschwunden, durchflutete Licht den

weißen Rauch. Wir kamen in ein Tal. Noch ein Tunnel und wir waren in Rouen.
Die Dame kam wieder zu sich und brach als erstes über den Verlust ihres Schmucks in Klagen aus. Ich flehte sie mit den Augen an. Sie verstand und befreite mich von dem Knebel, der mir die Kehle zuschnürte. Sie wollte auch meine Fesseln lösen, ich hinderte sie daran.
»Nein, nein, die Polizei soll die Dinge sehen, wie sie sind. Ich möchte, daß sie weiß, was sie von diesem Halunken zu halten hat.«
»Und wenn ich die Alarmglocke ziehen würde?«
»Zu spät, Sie hätten daran denken müssen, als er mich angriff.«
»Aber er hätte mich getötet! Oh, ich habe Ihnen ja gesagt, daß er in diesem Zug fährt! Ich habe ihn sofort nach einem Photo erkannt. Und jetzt ist er mit meinen Schmuckstücken verschwunden.«
»Man wird ihn wiederfinden, haben Sie keine Angst!«
»Arsène Lupin wiederfinden? Nie!«
»Das hängt von Ihnen ab, gnädige Frau. Hören Sie: Gleich bei der Ankunft stellen Sie sich an die Tür und rufen, machen Lärm. Polizeibeamte und Bahnangestellte werden herbeieilen. Erzählen Sie ihnen, was Sie gesehen haben, erwähnen Sie in wenigen Sätzen den Angriff, dessen Opfer ich war, und die Flucht von Arsène Lupin. Geben Sie seine Beschreibung: ein Schlapphut, ein Regenschirm – der Ihre –, ein grauer Mantel auf Taille.«
»Der Ihre«, sagte sie.
»Wieso meiner? Aber nein, seiner. Ich hatte keinen.«
»Ich hatte den Eindruck, er hätte auch keinen gehabt, als er einstieg.«
»Doch, doch, wenn es nicht ein im Gepäcknetz vergessenes Stück war. Auf jeden Fall trug er ihn, als er ausstieg, und das ist die Hauptsache ... ein grauer Mantel auf Taille, erinnern Sie sich daran. Oh, ich vergaß ... sagen Sie gleich zu Anfang Ihren Namen. Das

Amt Ihres Mannes wird den Eifer dieser Leute anstacheln.«
Wir kamen an. Sie beugte sich schon zur Tür. Ich fuhr mit lauterer, ein wenig herrischer Stimme fort, damit sich meine Worte in ihr Hirn eingruben:
»Nennen Sie auch meinen Namen, Guillaume Berlat. Wenn es nötig ist, sagen Sie, daß Sie mich kennen. Dadurch gewinnen wir Zeit. Die Voruntersuchung muß verschoben werden, die Hauptsache ist, Arsène Lupin zu verfolgen, Ihre Schmuckstücke. Ein Irrtum ist ausgeschlossen, nicht wahr? Guillaume Berlat, ein Freund Ihres Mannes.«
»Gut ... Guillaume Berlat.«
Sie rief schon und gestikulierte. Der Zug hatte noch nicht gehalten, als ein Herr einstieg, gefolgt von mehreren Männern. Die kritische Stunde war gekommen.
Außer Atem rief die Dame:
»Arsène Lupin ... er hat uns überfallen ... er hat meinen Schmuck gestohlen ... Ich bin Frau Renaud ... mein Mann ist stellvertretender Direktor der Gefängnisabteilung ... Oh, sehen Sie, hier ist mein Bruder, Georges Ardelle, Direktor der Kreditbank von Rouen ... Sie müssen wissen ...«
Sie umarmte einen jungen Mann, der zu uns kam und den der Kommissar grüßte. In Tränen aufgelöst fuhr sie fort:
»Ja, Arsène Lupin ... Während der Herr schlief, ist er ihm an die Kehle gesprungen ... Herr Berlat, ein Freund meines Mannes.«
Der Kommissar fragte:
»Aber wo ist denn Arsène Lupin?«
»Er ist im Tunnel hinter der Seine aus dem Zug gesprungen.«
»Sind Sie sicher, daß er es war?«
»Ja, ich bin sicher! Ich habe ihn einwandfrei wiedererkannt. Übrigens ist er im Bahnhof Saint-Lazare gesehen worden. Er trug einen Schlapphut ...«
»Nicht doch ... einen harten Filzhut wie diesen hier«,

berichtete der Kommissar, indem er auf meinen Hut zeigte.
»Einen Schlapphut, sage ich«, wiederholte Frau Renaud, »und einen grauen Mantel auf Taille.«
»Tatsächlich«, murmelte der Kommissar, »das Telegramm erwähnt diesen grauen Mantel auf Taille mit einem schwarzen Samtkragen.«
»Mit einem schwarzen Samtkragen, genau«, rief Frau Renaud triumphierend.
Ich atmete auf. Oh, die gute, die ausgezeichnete Freundin, die ich da hatte!
Die Polizeibeamten hatten mich in der Zwischenzeit von meinen Fesseln befreit. Ich biß mich kräftig auf die Lippen, Blut quoll hervor. Zusammengekrümmt, mit dem Taschentuch vor dem Mund, wie es sich für einen Menschen, der lange Zeit in einer unbequemen Lage gesessen hat und der im Gesicht das blutige Mal des Knebels trägt, gehört, sagte ich mit schwacher Stimme zu dem Kommissar:
»Mein Herr, es war Arsène Lupin, daran besteht kein Zweifel. Wenn wir uns beeilen, können wir ihn noch erwischen. Ich glaube, ich kann Ihnen dabei nützlich sein.«
Der Waggon, den das Gericht zur Untersuchung brauchte, wurde abgehängt. Der Zug fuhr weiter nach Le Havre. Wir wurden zum Büro des Bahnhofsvorstehers geführt durch die Menge der Neugierigen, die den Bahnsteig versperrte.
In diesem Augenblick zögerte ich. Unter irgendeinem Vorwand konnte ich verschwinden, mein Auto suchen und abhauen. Warten war gefährlich. Wenn ein Zwischenfall eintrat oder eine Depesche aus Paris kam, war ich verloren.
Ja, aber mein Dieb? Meiner eigenen Geldmittel beraubt, in einer Gegend, die ich nicht gut kannte, konnte ich nicht hoffen, ihn zu finden. ›Pah! Versuchen wir es‹, sagte ich mir, ›bleiben wir. Die Partie ist schwer zu ge-

winnen, aber so vergnüglich zu spielen. Und der Einsatz lohnt die Mühe!‹

Als wir gebeten wurden, unsere Aussagen in großen Zügen zu wiederholen, rief ich:

»Herr Kommissar, in diesem Augenblick bekommt Arsène Lupin einen Vorsprung. Mein Auto wartet auf dem Hof. Wenn Sie mir das Vergnügen machen und einsteigen wollen, würden wir versuchen ...«

Der Kommissar lächelte leicht:

»Die Idee ist nicht schlecht, sie ist sogar so gut, daß sie gerade ausgeführt wird.«

»Aha!«

»Ja, zwei meiner Beamten haben sich mit dem Fahrrad auf den Weg gemacht, schon seit längerer Zeit.«

»Aber wohin denn?«

»Zum Ausgang des Tunnels, dort werden sie Indizien, Zeugenaussagen einholen und der Fährte von Arsène Lupin folgen.«

Ich konnte nicht umhin, mit den Schultern zu zucken.

»Ihre beiden Beamten werden weder Indizien noch Zeugenaussagen einholen.«

»Wirklich?«

»Arsène Lupin wird es so eingerichtet haben, daß ihn niemand sieht, wie er den Tunnel verläßt. Er wird die erste Straße genommen haben und von da aus ...«

»Und von da aus nach Rouen, wo wir ihn aufgreifen.«

»Er wird nicht nach Rouen gehen.«

»Dann wird er eben in der Umgebung bleiben, und wir sind noch sicherer ...«

»Er wird nicht in der Umgebung bleiben.«

»Oho, wo will er sich denn verstecken?«

Ich zog meine Uhr hervor.

»Zu dieser Stunde schleicht Arsène Lupin um den Bahnhof von Darnétal herum. Um zehn Uhr fünfzig, das heißt in zweiundzwanzig Minuten, wird er den Zug nehmen, der von Rouen-Nordbahnhof kommt und nach Amiens fährt.«

»Glauben Sie? Und woher wissen Sie das?«

»Oh, das ist doch ganz einfach. Im Abteil hat Arsène Lupin in meinem Fahrplan nachgeschlagen. Aus welchem Grund? Gibt es nicht weit von der Stelle entfernt, an der er verschwunden ist, eine andere Strecke, einen Bahnhof auf dieser Strecke und einen Zug, der in diesem Bahnhof hält? Auch ich habe im Fahrplan nachgesehen. Er hat mir diese Vermutung bestätigt.«

»Tatsächlich, mein Herr«, sagte der Kommissar, »Sie haben wunderbare Schlußfolgerungen gezogen. Was für eine Urteilsfähigkeit!«

Von meiner Überzeugung mitgerissen, hatte ich dadurch, daß ich soviel Geschicklichkeit bewies, einen Fehler begangen. Er sah mich erstaunt an, und ich glaubte zu spüren, wie ein Verdacht in ihm hochstieg. – Oh! der Verdacht war gering, denn die von der Staatsanwaltschaft in alle Richtungen verschickten Photographien waren zu unvollständig, stellten einen Arsène Lupin dar, der zu verschieden von dem war, den er vor sich hatte, so daß es ihm nicht möglich war, mich zu erkennen. Aber trotzdem, er war verwirrt, sehr beunruhigt.

Einen Augenblick herrschte Stille. Etwas Verdächtiges, Ungewisses hielt unsere Worte zurück. Ich selbst wurde von einem Verlegenheitsschauer geschüttelt. Wandte sich das Blatt gegen mich? Ich beherrschte mich und begann zu lachen.

»Mein Gott, nichts schärft einem so den Verstand wie der Verlust einer Brieftasche und der Wunsch, sie wiederzufinden. Und mir scheint, daß, wenn Sie mir zwei von Ihren Beamten geben würden, wir vielleicht ...«

»Oh, bitte, Herr Kommissar«, rief Frau Renaud, »hören Sie auf Herrn Berlat.«

Das Einschreiten meiner vortrefflichen Freundin gab den Ausschlag. Von ihr, der Frau einer einflußreichen Persönlichkeit, ausgesprochen, wurde dieser Name Berlat wirklich der meine und sicherte mir eine Identität, die über jeden Verdacht erhaben war.

Der Kommissar erhob sich:
»Ich wäre zu glücklich, Herr Berlat, Sie können es mir glauben, wenn Sie Erfolg haben würden. Mir liegt ebensoviel an der Verhaftung Arsène Lupins wie Ihnen.«
Er brachte mich bis zum Auto. Zwei seiner Beamten, die er mir vorstellte, Honoré Massol und Gaston Delivet, nahmen darin Platz. Ich setzte mich ans Lenkrad. Mein Mechaniker betätigte die Handkurbel. Sekunden später verließen wir den Bahnhof. Ich war gerettet.
Ah, ich muß gestehen, daß ich einen gewissen Stolz verspürte, als wir so schnell, wie die fünfunddreißig PS meines Moreau-Lepton es hergaben, die Boulevards entlangfuhren, die die alte normannische Stadt umschließen. Der Motor brummte melodiös. Rechts und links flogen die Bäume an uns vorüber. Und jetzt brauchte ich, da ich frei und außer Gefahr war, nur noch meine kleinen persönlichen Angelegenheiten mit der Hilfe der beiden ehrlichen Vertreter der öffentlichen Gewalt zu ordnen. Arsène Lupin begab sich auf die Suche nach Arsène Lupin. Delivet Gaston und Massol Honoré, ihr bescheidenen Stützen der gesellschaftlichen Ordnung, wie kostbar war mir eure Hilfe! Was hätte ich ohne euch getan? Wie oft hätte ich ohne euch an den Kreuzungen den falschen Weg eingeschlagen. Ohne euch hätte sich Arsène Lupin verirrt und der andere wäre entkommen! Aber es war noch nicht geschafft. Sogar weit davon entfernt. Zunächst mußte ich den Mann einholen und mich dann selbst der Papiere bemächtigen, die er mir gestohlen hatte. Meine beiden Helfershelfer durften um keinen Preis ihre Nase in diese Dokumente stecken, noch weniger sie in Beschlag nehmen. Mich ihrer bedienen und ohne sie handeln, das war es, was ich wollte, und das war nicht leicht.
Wir kamen drei Minuten nach Durchfahrt des Zuges in Darnétal an. Zu meinem Trost erfuhr ich jedoch, daß ein Mann in einem grauen taillierten Mantel mit

schwarzem Samtkragen mit einer Fahrkarte nach Amiens in ein Abteil zweiter Klasse gestiegen war. Meine Anfänge als Kriminalbeamter waren entschieden erfolgversprechend.
Delivet sagte zu mir:
»Es ist ein Kurierzug, der nur noch in Montérolier-Buchy hält, und zwar in neunzehn Minuten. Wenn wir nicht vor Arsène Lupin dort sind, kann er nach Amiens weiterfahren oder nach Clères abzweigen und von da aus Dieppe oder Paris erreichen.«
»Montérolier ist wie weit?«
»Dreiundzwanzig Kilometer.«
»Dreiundzwanzig Kilometer in neunzehn Minuten. Wir werden vor ihm ankommen.«
Eine aufregende Etappe! Nie hatte mein treuer Moreau-Lepton mit größerem Eifer und schönerer Regelmäßigkeit meine Ungeduld erwidert. Es schien mir, als vermittle ich ihm meinen Willen direkt, ohne Hilfe der Hebel und Handgriffe. Er teilte meine Wünsche. Er stimmte meiner Hartnäckigkeit zu. Er verstand meine Feindschaft gegen diesen Kerl von Arsène Lupin. Der Schurke! Der Verräter! Würde ich mit ihm fertig werden? Würde er sich noch einmal über die Autorität hinwegsetzen, diese Autorität, deren Verkörperung ich war?
»Nach rechts!« schrie Delivet. »Nach links ... geradeaus!«
Wir schwebten über den Boden. Die Grenzsteine sahen aus wie furchtsame kleine Tiere, die bei unserem Herannahen in Ohnmacht fielen.
Und plötzlich, an einer Straßenbiegung, eine Rauchwolke: der Nordexpreß.
Einen Kilometer lang kämpften wir Seite an Seite einen ungleichen Kampf, dessen Ausgang sicher war. Bei der Ankunft schlugen wir ihn um zwanzig Längen.
In drei Sekunden standen wir auf dem Bahnsteig vor der zweiten Klasse. Die Türen wurden geöffnet. Einige

Menschen stiegen aus. Mein Dieb nicht. Wir untersuchten die Abteile. Kein Arsène Lupin.
»Teufel!« rief ich, »er wird mich im Auto erkannt haben, als wir Seite an Seite fuhren, und ist heruntergesprungen.«
Der Zugführer bestätigte diese Vermutung. Er hatte einen Mann gesehen, der zweihundert Meter vom Bahnhof entfernt die Böschung hinunterpurzelte.
»Sehen Sie, dort hinten, der, der den Bahnübergang überquert.«
Ich stürzte los, gefolgt von meinen beiden Gehilfen, vielmehr von einem, denn der andere, Massol, erwies sich als ein außergewöhnlicher Läufer, unter dem der Boden förmlich wegflog. In wenigen Augenblicken verringerte sich merklich der Abstand, der ihn von dem Flüchtigen trennte. Der Mann bemerkte ihn, setzte über eine Hecke und nahm schnell Reißaus zu einer Böschung, die er emporkletterte. Wir sahen ihn noch in einiger Entfernung; er hatte ein kleines Wäldchen erreicht.
Als wir dorthin kamen, erwartete uns Massol. Aus Furcht, uns zu verlieren, hatte er es für zwecklos gehalten, sich noch weiter vorzuwagen.
»Ich gratuliere Ihnen, mein lieber Freund«, sagte ich zu ihm. »Nach einem solchen Lauf muß unser Mann außer Atem sein. Wir haben ihn.«
Ich besah mir die Umgebung und überlegte die Möglichkeiten, die Verhaftung des Flüchtigen allein vorzunehmen, um mir selbst meine Sachen wiederzuholen, was das Gericht zweifellos erst nach vielen unangenehmen Untersuchungen erlauben würde. Dann kehrte ich zu meinen Begleitern zurück.
»Es ist ganz einfach. Sie, Massol, stellen sich links auf. Sie, Delivet, rechts. Von da aus überwachen Sie die ganze hintere Linie des Wäldchens, und er kann, ohne von Ihnen gesehen zu werden, nur durch diesen Hohlweg entkommen, in dem ich Stellung nehmen werde.

Wenn er nicht herauskommt, gehe ich hinein und treibe ihn zwangsläufig einem von Ihnen beiden zu. Sie brauchen also nur zu warten. Ah, ich vergaß: im Fall eines Alarms ein Schuß.«

Massol und Delivet entfernten sich jeder in seine Richtung. Sobald sie verschwunden waren, drang ich in den Wald ein, mit der größten Vorsicht, so daß ich selbst weder gesehen noch gehört wurde. Es war ein fast undurchdringliches Dickicht, das für die Jagd eingerichtet war und in das sehr enge Pfade geschlagen waren, in denen man wie in unterirdischen Gängen nur gekrümmt gehen konnte.

Der eine Pfad endete in einer Lichtung, in deren nassem Gras Fußspuren zu sehen waren. Ich folgte ihnen und bemühte mich, zwischen dem Unterholz durchzugleiten. Die Spuren führten mich an den Fuß eines kleinen Hügels, mit einem alten halb verfallenen Gemäuer.

›Dort muß er sein‹, dachte ich. Der Beobachtungsstand ist gut gewählt.

Ich kroch bis in die Nähe des Mauerwerks. Ein leises Geräusch verriet mir seine Anwesenheit, und tatsächlich sah ich ihn durch einen Spalt, er wandte mir den Rücken zu.

In zwei Sätzen war ich über ihm. Er versuchte, den Revolver, den er in der Hand hielt, zu richten. Ich ließ ihm jedoch keine Zeit dazu und warf ihn so auf die Erde, daß seine beiden Arme verrenkt unter ihm zu liegen kamen und ich mein Knie auf seine Brust drükken konnte.

»Höre, mein Kleiner«, flüsterte ich ihm ins Ohr, »ich bin Arsène Lupin. Du wirst mir sofort und freiwillig meine Brieftasche und den Beutel der Dame geben; dafür befreie ich dich aus den Fängen der Polizei und nehme dich als meinen Freund an. Ein Wort nur: ja oder nein?«

»Ja«, murmelte er.

»Um so besser. Deine Sache von heute morgen war ganz schön kombiniert. Wir werden uns einig werden.«
Ich stand auf. Er kramte in seiner Tasche, zog ein langes Messer hervor und wollte zustechen.
»Idiot!« schrie ich.
Mit einer Hand hatte ich den Angriff abgewehrt. Mit der anderen schlug ich ihn auf die Halsschlagader, was man in der Fachsprache einen ›Haken‹ nennt. Er stürzte zu Boden.
In meiner Brieftasche fand ich meine Papiere und die Banknoten wieder. Aus Neugier sah ich mir die seine an. Auf einem an ihn adressierten Umschlag las ich seinen Namen: Pierre Onfrey. Ich zuckte zusammen. Pierre Onfrey, der Mörder aus der Rue Lafontaine in Auteuil. Pierre Onfrey, der Frau Delbois und ihre beiden Töchter erwürgt hatte. Ich beugte mich über ihn. Ja, das war das Gesicht, das im Abteil die Erinnerung an schon gesehene Züge in mir geweckt hatte.
Aber die Zeit verstrich. In einen Umschlag steckte ich zwei Geldscheine von hundert Francs und eine Karte mit folgenden Worten:
»Arsène Lupin an seine guten Kollegen Honoré Massol und Gaston Delivet zum Beweis der Dankbarkeit.«
Den Umschlag legte ich deutlich sichtbar in die Mitte des Raumes. Daneben den Beutel von Frau Renaud. Sollte ich ihn nicht der vortrefflichen Freundin, die mir geholfen hatte, zurückgeben?
Ich gestehe jedoch, daß ich ihm alles, was von irgendwelchem Interesse war, entnahm und nur einen Schildpattkamm und ein leeres Portemonnaie zurückließ. Zum Teufel! Geschäft ist Geschäft. Und außerdem, ihr Mann übte wahrhaftig einen so wenig ehrenwerten Beruf aus ...
Blieb nur noch der Mann. Er begann sich zu bewegen. Was sollte ich tun? Ich war weder in der Lage, ihn zu retten, noch ihn zu verurteilen.

Ich nahm ihm seine Waffen ab und gab einen Revolverschuß in die Luft ab.

›Die beiden anderen werden kommen‹, dachte ich, ›soll er sich selbst helfen! Die Dinge werden sich im Sinne seines Schicksals entwickeln.‹

Und ich entfernte mich im Laufschritt auf dem Hohlweg.

Zwanzig Minuten später brachte mich eine Querstraße, die ich während unserer Verfolgungsjagd bemerkt hatte, zu meinem Auto.

Um vier Uhr telegraphierte ich meinen Freunden in Rouen, daß mich ein unvorhergesehener Zwischenfall gezwungen hätte, meinen Besuch aufzuschieben. Unter uns gesagt, fürchte ich stark, daß ich in Anbetracht dessen, was sie jetzt wissen müssen, gezwungen bin, ihn auf unbestimmte Zeit aufzuschieben. Was für eine grausame Enttäuschung für sie!

Um sechs Uhr kehrte ich über Isle-Adam, Enghien und die Porte Bineau nach Paris zurück.

Aus den Abendzeitungen erfuhr ich, daß es schließlich gelungen war, sich Pierre Onfreys zu bemächtigen.

Am nächsten Tag – wir wollen die Vorzüge einer kleinen Reklame nicht unterschätzen – veröffentlichte das *Echo de France* den sensationellen Artikel:

»Gestern hat Arsène Lupin in der Gegend von Buchy nach zahlreichen Zwischenfällen die Verhaftung von Pierre Onfrey erwirkt. Der Mörder der Rue Lafontaine hatte auf der Strecke von Paris nach Le Havre gerade Frau Renaud, die Frau des stellvertretenden Direktors der Gefängnisabteilung, ausgeraubt. Arsène Lupin hat Frau Renaud den Beutel, der ihre Schmuckstücke enthielt, zurückerstattet und großzügig die beiden Sicherheitsbeamten, die ihm im Laufe dieser dramatischen Verhaftung geholfen hatten, belohnt.«

JACQUES FUTRELLE

Das Motorboot

Hank Barber, Kapitän des Handelsdampfers »Liddy Ann«, beugte sich über die Reling und spähte durch den frühen Morgennebel nach einem dunklen Strich, der durch das grüngraue Wasser flitzte. Dieser entpuppte sich bald als langes, elegantes Motorboot. Hank konnte die Gestalt eines Mannes erkennen, der unbeweglich am Steuer saß und geradeaus starrte. Das Boot durchschnitt eine Welle, neigte sich ein wenig, richtete sich dann wieder auf und raste weiter, während das Gesicht des Mannes von einem Gischtstrahl getroffen wurde. Er machte keine Bewegung und schien das beißend-kalte Wasser, das der Wind vor sich hertrieb, nicht zu spüren.

»Wahnsinn«, brummte Hank nachdenklich. »Wenn der in dem Tempo durch die Hafeneinfahrt saust, stoppen ihn frühestens die Bäume im Park!«

Hank beobachtete das Boot aufmerksam, bis es im Nebel verschwand, dann wandte er sich wieder seinem eigenen Fahrzeug zu; nur noch zwei Meilen bis zum Hafen von Boston. Es war sechs Uhr morgens. Kaum war das Motorboot verschwunden, hörte Hank das durchdringende Geheul einer Sirene. Das Schiff, dessen Riesenumriß schwach durch den Nebel sichtbar wurde, konnte kaum zweihundert Meter entfernt sein. Wahrscheinlich ein Kriegsschiff.

Wenige Minuten nachdem Barber das Boot aus den Augen verloren hatte, wurde es erneut gesichtet. Diesmal lief es, immer noch mit Vollgas, in den Bostoner Hafen ein und rammte beinahe den Bug eines ausfahrenden Lotsenschiffes, von dem es angerufen wurde. Der Mann, der die Morgenwache gehabt hatte, erzählte beim Mittagessen: »Dieses Boot – völlig irre. Hab noch nie so was gesehen; so nah rauschte es vorbei, daß es uns fast die Farbe abgekratzt hat; ich hätte reinspucken können. Als ich ihn anrief, fuhr der Kerl einfach weiter und drehte sich nicht einmal um. Aber dem habe ich es gegeben. Der vergißt nicht so schnell, was ich ihm gesagt habe!«

Innerhalb des Hafens vollführte das Boot wahre Wunderdinge. Es verfolgte einen einmalig unberechenbaren Kurs und schnitt die Wellen in einem halsbrecherischen Tempo; weder der Nebel, noch die Nähe anderer Schiffe noch die Bugwellen der Großdampfer schienen es in seinem Kurs zu beirren. Es verfehlte knapp einen Schlepper, strich an einem Lastschiff entlang, von dem her kräftige Warnrufe ertönten; ein Fischer fluchte, wie eben nur ein Fischer fluchen kann. Endlich geriet das Boot wieder in offenes Wasser und raste mit voller Kraft auf ein Dock zu. Kein Schiff, das je in den Hafen von Boston einlief, ist gründlicher verflucht worden.

»Der meint wohl, er ist ein Schnellzug«, knurrte ein Seebär, der das Boot vom Dock aus beobachtete.

»Wenn der Esel den Motor nicht bald abstellt, dann jagt's ihn auch bis zum Bahnhof!« sagte ein anderer.

Aber der Mann im Boot bewegte sich nicht; in der plötzlich eingetretenen Stille knatterte der Motor lauter denn je. Die Warnrufe verstärkten sich. Nur noch ein Wunder konnte eine Katastrophe verhindern. Big John Dawson erschien am Dockrand. Big John hatte eine Stimme, deren Volumen und Reichweite von Neufundland bis Norfolk bekannt waren. Seine Kraftausdrücke wurden von allen Fischern bestaunt und bewundert.

»Du Vollidiot«, dröhnte er zu dem unerschütterlichen Mann am Steuer hinunter, »stell ab und wirf das Steuer rum!«

Aber dieser rührte sich nicht. Das Boot schoß direkt auf das Dock zu, auf dem Big John und seine Kumpane standen. Die Fischer und sonstiges neugierige Volk sahen den Zusammenprall kommen und liefen vom Dockrand zurück.

»Dieser hoffnungslose Idiot«, stöhnte Big John resigniert.

Dann kam der Aufprall, ein Krachen; Holz splitterte; die nachfolgende Stille störte nur der noch immer laufende Motor. Big John eilte an den Dockrand zurück und blickte hinunter. Mit voller Wucht war das Boot auf ein dem Landungssteg vorgelagertes Floß geprallt; dieses lag jetzt schräg im Wasser. Der Mann war nach vorne geschleudert worden und lag zusammengekrümmt und leblos mit dem Gesicht nach unten auf dem Floß. Das schmutzige Wasser schien gierig an ihm zu lecken.

Big John war als erster auf dem Floß. Vorsichtig kroch er an das leblose Bündel heran und drehte es um. Weitgeöffnete, glasige Augen starrten ihn an. Big John wandte sich langsam um; zu den Neugierigen, die zu ihm hinunterblickten, sagte er ganz verblüfft: »Kein Wunder, daß er nicht angehalten hat; der Idiot ist tot.«

Willige Hände halfen, und einige Minuten später lag die Leiche auf dem Dock. Es war ein Mann in Uniform – in der Uniform einer ausländischen Flotte. Er war etwa fünfundvierzig Jahre alt, kräftig, groß und hatte das sonnengebräunte Gesicht eines Seemanns. Der rabenschwarze Schnurrbart und der Spitzbart stachen ab von der Leichenblässe des Gesichts. Das Haar war grau meliert; auf dem Rücken seiner linken Hand war ein einzelner Buchstabe eintätowiert – ein blaues ›D‹.

»Es ist ein Franzose«, meinte Big John; »das ist die Uniform von einem Kapitän in der französischen Flotte.« John betrachtete die Leiche mit Verwunderung. »Seit einem halben Jahr ist kein französisches Kriegsschiff mehr in diesen Hafen eingelaufen!«

Nach einer Weile erschienen einige Polizisten – unter ihnen der Chef der Kriminalpolizei, Detektiv Mallory, und schließlich auch Dr. Clough, der Polizeiarzt. Während der Detektiv die Fischer und andere Augenzeugen befragte, beschäftigte sich der Arzt mit der Leiche.

»Wir müssen eine Autopsie vornehmen«, bemerkte er im Aufstehen.
»Wie lange ist er schon tot?« fragte der Detektiv.
»Acht bis zehn Stunden. Woran er gestorben ist, kann ich noch nicht sagen; soviel ich sehe, hat er weder eine Schuß- noch eine Stichwunde.«
Detektiv Mallory untersuchte die Kleidungsstücke des Toten. Er fand nicht ein einziges eingenähtes Firmenzeichen, obwohl der Stoff offensichtlich neu war. Der Name der Schuhfabrik war mit einem Messer herausgeschnitten worden. Die Taschen des Toten waren leer; er trug weder Papiere noch Kleingeld bei sich.
Nun wandte sich Mallory dem Boot zu. Schale und Motor waren französischer Herkunft. Lange und tiefe Kratzspuren auf beiden Seiten wiesen darauf hin, daß der Name entfernt worden war. Im Innern des Bootes stach dem Detektiv etwas in die Augen: ein weißes Taschentuch mit den aufgestickten Initialen ›E. M. B.‹, das offensichtlich einer Frau gehörte.
»Aha, cherchez la femme!« brummte der Detektiv.
Die Leiche wurde den Blicken der sensationshungrigen Reporter entzogen, bevor diese Zeit hatten, Aufnahmen zu machen. Deshalb erschien später keine Photographie des Toten in der Zeitung. Hutchinson Hatch, der Reporter, fragte eifrig; auch die andern Reporter bemühten sich darum, Details zu erfahren. Doch Detektiv Mallory deutete nur vage auf mögliche internationale Verwicklungen hin. Der Tote sei ein französischer Offizier gewesen, in dieser Richtung werde man forschen müssen.
»Ich kann Ihnen leider nicht alles mitteilen«, meinte er, »doch habe ich eine perfekte Hypothese aufgestellt. Es handelt sich um Mord. Das Opfer war Kapitän auf einem französischen Kriegsschiff. Die Leiche wurde in ein Boot geschafft, und man ließ dieses fahren, wohin es wollte. Das Boot gehörte wohl zur Ausrüstung des Kriegsschiffes ... Das ist alles, was ich sagen kann.«

»Ihre Hypothese ist also perfekt«, bemerkte Hatch beiläufig, »einmal abgesehen davon, daß weder der Name des Mannes noch die Todesursache, noch das Motiv oder der Name des Schiffes bekannt sind. Ihre Theorie erklärt weder das Taschentuch, noch erklärt sie, weshalb eine Leiche – statt ins Wasser geworfen zu werden – in ein fahrendes Motorboot gesetzt wird.«

Der Detektiv schnaufte ärgerlich. Hatch machte sich auf, um auf eigene Faust einige Auskünfte einzuholen. Sechs Stunden später hatte er sich auf telegraphischem Wege davon überzeugt, daß während der letzten sechs Monate kein französisches Kriegsschiff näher als fünfhundert Meilen an den Hafen von Boston herangekommen war. Damit war der Fall noch mysteriöser geworden; es gab tausend Fragen und keine Antworten.

An diesem Punkt der Untersuchung, am Tag nach den erzählten Ereignissen, kam die Geschichte mit dem Motorboot Professor Augustus S. F. X. Van Dusen, auch »die Denkmaschine« genannt, zu Ohren. Der Wissenschaftler hörte sich den Fall, den ihm Hatch erzählte, aufmerksam, aber ungeduldig an.

»Liegen die Resultate der Autopsie schon vor?« fragte er schließlich.

»Nein, man nimmt sie heute morgen um elf Uhr vor«, entgegnete der Reporter, »es ist jetzt kurz nach zehn.«

»Dann will ich dabei sein«, erwiderte der Wissenschaftler.

Der Polizeiarzt Clough freute sich darüber, daß der berühmte Professor Van Dusen in seiner Eigenschaft als Mediziner bei der Untersuchung helfen wollte. Hatch und die anderen Reporter warteten ungeduldig vor der Tür. Zwei Stunden später war man fertig. »Die Denkmaschine« studierte die Abzeichen der Offiziersuniform, während Dr. Clough der Presse mit einer Überraschung aufwartete. Der Mann sei nicht ermordet worden; er sei an einem Herzversagen gestorben. Es gebe

keine Giftspuren in seinem Magen; weder Schuß- noch Stichwunden seien vorhanden.
Die neugierigen Reporter überschütteten Dr. Clough mit einer wahren Flut von Fragen: Wer hatte den Bootsnamen weggekratzt? Dr. Clough wußte es nicht. Warum hatte man es getan? Er wußte es nicht. Warum war der Name der Schuhfabrik entfernt worden? Dr. Clough zuckte die Achseln. Was hatte das Taschentuch mit der ganzen Sache zu tun? Der Doktor hatte keine Ahnung. Wußte man etwas über die Identität dieses Mannes? Nein. Lag ein besonderes körperliches Merkmal vor, etwa eine Narbe, die zur Identifizierung des Toten führen könnte? Nein.
Beamte! – Hatch dachte sich sein Teil. Unauffällig zog er »die Denkmaschine« von den übrigen Reportern ab.
»Ist der Mann wirklich an einem Herzschlag gestorben?« fragte er ohne Umschweife.
»Nein«, war die Antwort, »er ist vergiftet worden.«
»Aber der Polizeiarzt hat doch ausdrücklich gesagt, daß man im Magen keine Giftspuren gefunden hat«, sagte der Reporter.
Van Dusen antwortete nicht mehr. Hatch hätte gern weiter gefragt, unterdrückte aber seine Neugier. Als die beiden im Haus des Wissenschaftlers angekommen waren, konsultierte dieser als erstes ein Fachlexikon. Einige Minuten später drehte er sich zu dem Reporter um und sagte mit undurchdringlicher Miene: »Die Idee eines natürlichen Todes ist in diesem Falle absurd. Alles spricht dagegen. Wären Sie so freundlich, Mr. Hatch, mir alle Lokalblätter und die New Yorker Tageszeitungen von dem Tage zu beschaffen, an dem die Leiche gefunden wurde, also von gestern. Senden Sie diese her, oder bringen Sie sie selbst, und dann können Sie gegen fünf Uhr wieder vorbeikommen.«
»Aber ... aber ...«, stotterte der Reporter.

»Ich kann nichts sagen, bis ich alle Fakten kenne«, unterbrach ihn »die Denkmaschine«.
Hatch lieferte die Zeitungen persönlich ab; er wunderte sich, denn der Professor las sonst keine Zeitungen.
Hatch verbrachte einen Nachmittag des qualvollen und ungeduldigen Wartens. Pünktlich um fünf erschien er bei Van Dusen und wurde ins Labor geführt, wo er den Wissenschaftler – unter Zeitungen halb begraben – antraf. Van Dusen sprang auf und rief:
»Es war Mord, Mr. Hatch – und zwar ein ganz raffinierter!«
»Wer – wer ist der Mann? Wie hat man ihn umgebracht?« fragte Hatch.
»Er heißt ...«, begann der Wissenschaftler, hielt dann aber inne.
»Haben Sie in der Redaktion ein *Who's Who in America*? Bitte rufen Sie an und lassen Sie sich den Eintrag über Langham Dudley vorlesen.«
»Ist das sein Name?« fragte Hatch.
»Ich weiß es nicht«, war die Antwort.
Hatch ging zum Telefon; als er zehn Minuten später zurückkam, hatte der Professor bereits den Mantel angezogen.
»Langham Dudley ist ein Reeder, einundfünfzig Jahre alt«, las der Reporter aus seinem Notizbuch vor. »Er war früher Matrose; später besaß er sein eigenes Schiff. Als Reeder hat er klein angefangen; er war geschäftstüchtig und ist nun schon seit fünfzehn Jahren mehrfacher Millionär. Er genießt soziales Ansehen – und dies vor allem wegen der Frau, die er vor anderthalb Jahren geheiratet hat. Es ist die frühere Edith Marston Belding; sie stammt aus der berühmten Belding-Familie. Dudley besitzt ein Landgut an der Nordküste.«
»Schön«, sagte der Wissenschaftler, »jetzt wollen wir herausfinden, wie der Mann ermordet worden ist.«
Im Nordbahnhof bestiegen sie den Zug und fuhren nach

einer kleinen Ortschaft an der Nordküste, etwa 35 Meilen von Boston entfernt. Dort zog »die Denkmaschine« einige Auskünfte ein; dann mietete Van Dusen einen schwerfälligen Wagen. Es dauerte fast eine halbe Stunde, bis sie endlich die Lichter eines offensichtlich großen Landhauses erblickten. Von der rechten Seite der Straße her hörte man das unablässige Rauschen des Meeres.

»Warten Sie auf uns!« befahl »die Denkmaschine« dem Fahrer.

Van Dusen stieg, gefolgt von Hatch, die Treppe hinauf und klingelte. Nach etwa einer Minute wurde die Türe geöffnet, und Licht flutete heraus. Vor ihnen stand ein Japaner, ein Mann mit dem ernsten und undurchdringlichen Gesicht seiner Rasse; sein Alter war unbestimmbar.

»Ist Mr. Dudley hier?« fragte »die Denkmaschine«.

»Er hat leider nicht das Vergnügen«, erwiderte der Japaner; der gedrechselte Satz entlockte Hatch ein Grinsen.

»Mrs. Dudley?« fragte der Wissenschaftler.

»Mrs. Dudley probiert gerade Kleider an«, antwortete der Japaner. »Vielleicht haben Sie das Vergnügen, einzutreten.«

»Die Denkmaschine« übergab seine Karte; Van Dusen und Hatch wurden darauf ins Empfangszimmer geführt. Der Japaner, höflich und aufmerksam, rückte Stühle heran und verschwand. Nach einer kleinen Weile hörte man das Rauschen von Seidenröcken auf der Treppe, und eine Dame – allem Anschein nach Mrs. Dudley – trat ein. Sie war nicht hübsch, aber sie war eine eindrucksvolle, große, elegante Erscheinung; besonders ihr wunderbares schwarzes Haar zog sofort die Aufmerksamkeit auf sich.

»Mr. Van Dusen?« fragte sie, während sie auf die Karte blickte. »Die Denkmaschine« reagierte mit einer ungelenken Verbeugung. Mrs. Dudley ließ sich aufs Sofa sinken, und die beiden Männer setzten sich wieder. Nach kurzem Schweigen begann sie:

»Nun, Mr. Van Dusen, was ...«

»Sie haben seit mehreren Tagen keine Zeitung gelesen«, unterbrach sie der Professor abrupt.

»Nein«, antwortete sie erstaunt, fast lächelnd. »Warum?«

»Können Sie mir sagen, wo Ihr Mann ist?«

»Die Denkmaschine« richtete dabei einen durchbohrenden Blick auf sie – einen Blick, dem niemand standhalten konnte. Sie wurde verlegen; eine dunkle Röte überzog ihr Gesicht; eine ängstliche Frage lag in ihren Augen.

»Ich weiß es nicht – in Boston wahrscheinlich«, sagte sie endlich.

»Dann haben Sie ihn seit dem Ball nicht mehr gesehen?«

»Nein, nicht seit halb zwei Uhr in jener Nacht.«

»Ist sein Motorboot hier?«

»Ich kann es nicht sagen. Wahrscheinlich. Darf ich fragen, warum Sie sich danach erkundigen?«

»Die Denkmaschine« starrte ihr ins Gesicht, fast eine halbe Minute lang. Hatch fühlte sich peinlich berührt. Die Frau war sichtlich nervös, und Hatch nahm dem Professor den scharfen, kalten Ton seiner Fragen übel.

Van Dusen ignorierte Mrs. Dudleys Frage und fuhr fort: »In der Ballnacht hat sich Mr. Dudley am linken Arm geschnitten – eine kleine Wunde, gleich oberhalb des Handgelenks. Ein Pflaster hat als Verband gedient. Wissen Sie, ob er es selbst aufgelegt hat? Und wenn nicht, wer hat es getan?«

»Ich habe ihn verbunden«, sagte sie sofort, leicht erstaunt.

»Und wem hat das Pflaster gehört?«

»Mir. Ich hatte einige in meinem Boudoir. Warum?«

Der Wissenschaftler stand auf, ging zur Tür und starrte in den Korridor hinaus. Mrs. Dudley blickte fragend zu

Hatch hinüber und wollte gerade eine Bemerkung machen, als »die Denkmaschine« neben sie trat und seine schlanken Finger auf ihre Hände legte. Sie zog die Hände nicht zurück; aus ihren Augen sprach Neugier, nicht Empörung.

»Können Sie einen Schock ertragen?« fragte der Wissenschaftler.

»Was ist es?« fragte sie – und plötzlich schwangen Angst und Schrecken in ihrer Stimme mit. »Diese Spannung ...«

»Ihr Mann ist tot, ermordet, mit Gift!« sagte der Wissenschaftler plötzlich und brutal. Seine Finger prüften ihren Puls. »Das Heftpflaster, mit dem Sie die Wunde verbunden haben und das aus Ihrem Boudoir kam, war mit einem tödlichen Gift bestrichen, das sofort in Dudleys Blutkreislauf eingetreten ist.«

Mrs. Dudley bewegte sich nicht; sie schrie auch nicht. Sie starrte »die Denkmaschine« an, wurde bleich im Gesicht, und ein Zittern durchlief ihren Körper. Bewußtlos fiel sie aufs Sofa zurück.

»Schön!« meinte »die Denkmaschine« befriedigt. Als Hatch empört auffahren wollte, fügte Van Dusen hinzu: »Schließen Sie die Tür!«

Der Reporter schloß sie; als er sich umdrehte, beugte sich der Professor eben über die bewußtlose Frau. Einen Moment später richtete er sich auf, trat ans Fenster und starrte hinaus. Unterdessen beobachtete Hatch, wie Mrs. Dudleys Gesicht wieder etwas Farbe annahm, und schließlich schlug sie die Augen auf.

»Werden Sie nicht hysterisch!« sagte »die Denkmaschine« zu ihr. »Ich weiß, daß Sie absolut nichts mit dem Tod Ihres Mannes zu tun haben. Ich brauche lediglich etwas Hilfe, damit ich seinen Mörder finden kann.«

»Oh, mein Gott!« rief Mrs. Dudley aus, »tot! Er ist tot!«

Plötzlich strömten Tränen über ihr Gesicht; die beiden Männer bewahrten ein respektvolles Schweigen. Als ih-

nen Mrs. Dudley einige Minuten später das Gesicht wieder zuwandte, waren ihre Augen rot, aber sie hatte einen entschlossenen Ausdruck um den Mund.
»Wenn ich Ihnen irgendwie helfen kann ...«, begann sie.
»Ist dies das Bootshaus, das ich von diesem Fenster aus sehe?« fragte »die Denkmaschine«. »Dieses lange niedrige Haus mit einer Lampe über der Tür?«
»Ja«, erwiderte Mrs. Dudley.
»Sie sagen, daß Sie keine Ahnung haben, ob sich das Motorboot jetzt dort befindet?«
»Nein, keine Ahnung.«
»Dann fragen Sie bitte Ihren japanischen Diener; und wenn er es auch nicht weiß, dann soll er hingehen und nachsehen.«
Mrs. Dudley stand auf und drückte auf eine elektrische Klingel. Sogleich erschien der Japaner in der Tür.
»Osaka, wissen Sie, ob Mr. Dudleys Boot im Bootshaus ist?« fragte sie.
»Nein, ehrenwerte Dame.«
»Dann gehen Sie bitte hin und sehen Sie nach!«
Osaka verbeugte sich und verließ den Raum. Er schloß die Türe behutsam hinter sich. »Die Denkmaschine« trat wieder ans Fenster, setzte sich und blickte schweigend hinaus in die Dunkelheit. Mrs. Dudley fing nun an, Fragen zu stellen. Er antwortete geduldig und berichtete ausführlich darüber, wie man die Leiche ihres Mannes gefunden habe; aber sie vernahm nur das, was auch die Reporter wußten. Das Gespräch wurde von Osaka unterbrochen.
»Ich finde das Motorboot nicht, ehrenwerte Dame.«
»Danke«, antwortete der Wissenschaftler.
Osaka verbeugte sich und verließ das Zimmer.
»Also, Mrs. Dudley«, nahm »die Denkmaschine« den Faden wieder auf, »wir wissen, daß Ihr Mann auf dem Ball eine französische Marineuniform getragen hat. Darf ich fragen, was Sie getragen haben?«

»Ein elisabethanisches Kostüm«, antwortete Mrs. Dudley, »ein sehr schweres mit einer langen Schleppe.«
»Und könnten Sie mir eine Photographie von Mr. Dudley geben?«
Sie verließ den Raum und kehrte mit einer Porträtaufnahme zurück. Hatch und der Wissenschaftler betrachteten sie zusammen; es war zweifellos der Mann im Motorboot.
»Sie selbst können weiter nichts tun«, sagte »die Denkmaschine« schließlich und ging auf die Tür zu. »In wenigen Stunden werden wir die schuldige Person überführt haben. Und ich versichere Ihnen, daß Ihr Name dabei in keiner Weise in der Öffentlichkeit genannt werden soll.«
Hatch beobachtete Van Dusen fasziniert; es war ihm, als ob sich eine Drohung hinter der freundlichen Stimme verstecke; aber das Gesicht verriet nichts. Mrs. Dudley begleitete die beiden zur Eingangshalle. Osaka stand an der Haustür. Sie gingen an ihm vorbei, und die Tür schloß sich hinter ihnen.
Hatch ging die Treppe hinunter; »die Denkmaschine« jedoch blieb vor der Tür stehen und bewegte die Füße so, daß es sich anhörte, als stiege auch er die Treppe hinab. Erstaunt kam der Reporter zurück. Im trüben Licht erblickte er den beschwörend erhobenen Zeigefinger des Wissenschaftlers; dann sah er, wie dieser plötzlich sein Ohr an die Tür preßte. Kurz darauf klopfte er behutsam. Die Türe wurde von Osaka geöffnet. Der Diener folgte dem Wink des Professors und trat ins Freie. Schweigend führte ihn dieser von der Veranda weg in den Hof. Osaka schien keineswegs überrascht zu sein.
»Ihr Boß, Mr. Dudley, ist ermordet worden«, sagte »die Denkmaschine« ruhig und bestimmt. »Wir wissen, daß Mrs. Dudley die Mörderin ist«, fuhr er fort, während Hatch bestürzt zuhörte, »aber sie hat von unserem Verdacht keine Ahnung. Wir sind keine Polizeibeamten,

und wir können sie nicht verhaften. Können Sie mit uns nach Boston kommen, ohne daß sie etwas davon erfährt, und genau erzählen, wie sich der Ehestreit abgespielt hat? Die Polizei muß das wissen.«
Osaka blickte ruhig in Van Dusens Gesicht.
»Ich hatte die Ehre zu glauben, daß diese Umstände verborgen bleiben würden«, sagte er nach langem Schweigen, »aber da Sie diese zu kennen scheinen, will ich mitkommen.«
»Gut, wir fahren ein wenig vom Haus weg und warten dann auf Sie.«
Der Japaner verschwand durch die Tür. Hatch war zu überrascht, um irgend etwas sagen zu können; still folgte er »der Denkmaschine« zum Wagen. Sie fuhren etwa hundert Meter und hielten dann an. Wenige Minuten später näherte sich ihnen ein kaum bemerkbarer Schatten. Der Wissenschaftler spähte hinaus und flüsterte leise: »Osaka?«
»Ja.«
Eine Stunde später saßen die drei Männer im Zug nach Boston. Sie machten es sich bequem, worauf der Wissenschaftler sich an den Japaner wandte.
»So, jetzt haben wir Zeit. Könnten Sie mir sagen, was eigentlich in der Ballnacht geschehen ist? Was hat eigentlich zum Streit zwischen Mrs. und Mr. Dudley geführt?«
»Er soff unmaßvoll«, erklärte Osaka zögernd – in seinem komischen Englisch. »Und wenn er soff, war er ziemlich brutal mit der ehrenwerten Dame. Ich sah mit meinen eigenen Augen, wie er sie zweimal schlug. Das erste Mal geschah es in Japan, wo ich in ihre Dienste trat, als sie auf der Hochzeitsreise waren. Und einmal geschah es hier. In der Ballnacht war er exzessiv berauscht, und als er tanzte, stürzte er zu Boden. Die ehrenwerte Dame war kummervoll und ärgerlich – sie war schon vorher ärgerlich gewesen. Sie hatten einen Streit gehabt, dessen Gründe sich meinem Wissen entziehen.

Ihre Bahnen hatten sich schon seit Monaten nicht mehr gekreuzt. Doch war dies für Außenstehende kaum bemerkbar.«

»Und der Schnitt am Arm, den man mit einem Heftpflaster verbunden hat? Wie ist es zu dieser Wunde gekommen?« fragte der Wissenschaftler.

»Es geschah, als er stürzte. Er beugte sich, um Halt zu finden, zu einem geschnitzten Stuhl, und dabei schnitt er sich. Ich half ihm beim Aufstehen, und die ehrenwerte Dame sandte mich in ihr Zimmer, um das Heftpflaster zu holen. Ich nahm es von ihrem Ankleidetisch, und sie verband damit die Wunde.«

»Das schließt den Ring der Beweise endgültig«, sagte der Wissenschaftler mit einer Stimme, die deutlich ausdrückte, daß die Sache für ihn nun erledigt war. Nach einer Pause fragte er: »Wissen Sie zufällig, wie sie die Leiche ins Boot gebracht hat?«

»Diese Ehre habe ich leider nicht zu wissen. Ich habe kein Wissen von dem, was geschah, nachdem der Verband besorgt war. Ich weiß nur, daß Mr. Dudley in einer sonderbaren Laune den Saal verließ, und daß Mrs. Dudley etwa die nächsten zehn Minuten nicht unter den Leuten zu bemerken war.«

Hutchinson Hatch starrte mit offenem Mund »der Denkmaschine« ins Gesicht. Aber es ließ sich nichts darauf ablesen. Dann hörte er den Schaffner »Boston, alles aussteigen« rufen und folgte dem Wissenschaftler und dem Japaner automatisch ins Taxi, das sie direkt ins Polizeihauptquartier brachte. Detektiv Mallory war gerade dabei, heimzugehen, als sie in sein Büro traten.

»Ich darf Ihnen mitteilen, Mr. Mallory«, sagte der Professor mit frostiger Stimme, »daß der Mann im Motorboot kein französischer Marineoffizier gewesen ist, der eines natürlichen Todes starb; der Tote ist Langham Dudley, Reeder und Millionär. Er ist ermordet worden. Und zufällig habe ich herausgefunden, wer ihn ermordet hat.«

Der Detektiv sprang erstaunt von seinem Stuhl auf und starrte den unauffälligen Mann an, der vor ihm stand. Er kannte Van Dusen zu gut, um irgend etwas in Frage zu stellen, was dieser behauptete.

»Wer ist der Mörder?« fragte er.

»Die Denkmaschine« schloß die Türe und schob den Riegel vor.

»Dieser Mann hier ist es«, meinte er ruhig und wies auf Osaka.

Einen Augenblick lang bewegte sich niemand; dann schritt der Detektiv mit ausgestreckten Händen auf den Japaner zu. Plötzlich sprang dieser Mallory entgegen – so wie eine geschmeidige Schlange plötzlich zustößt; es entbrannte ein kurzer, heftiger Kampf, und Detektiv Mallory lag am Boden. Eine kleine Handbewegung, ein Jiu-Jitsu-Griff hatte ihn außer Gefecht gesetzt; dann sprang Osaka nach der Türe. Während er am Schloß herumhantierte, ergriff Hatch in aller Ruhe einen Stuhl und ließ ihn auf den Kopf des Japaners niedersausen. Lautlos sank Osaka zu Boden.

Es dauerte über eine Stunde, bis er wieder vernehmungsfähig war. Der Detektiv hatte sich inzwischen mit einem halben Dutzend Schwellungen und Prellungen befaßt, die sich plötzlich an seinem Körper bemerkbar machten, und hatte dann Osaka durchsucht. Außer einer kleinen Flasche hatte er nichts gefunden, was ihn interessiert hätte. Er zog den Zapfen heraus und wollte eben daran riechen, als ihm der Professor das Fläschchen aus der Hand riß.

»Sie Dummkopf, das ist tödlich!« rief er.

Osaka saß in Detektiv Mallorys Büro, Hände und Füße an einen Stuhl gefesselt; der Detektiv wollte nichts mehr riskieren. Das Gesicht des Japaners war nicht mehr ausdruckslos, sondern zeigte Furcht, Verrat und Verschlagenheit. Wider Willen mußte er der Analyse des Falls durch »die Denkmaschine« zuhören. Van Dusen hatte sich in seinen Stuhl zurückgelehnt und starrte mit aneinandergepreßten Fingerspitzen an die Decke.

»Zwei und zwei gibt vier; nicht *manchmal,* sondern *immer*!« begann er endlich, als ob eben jemand das Gegenteil behauptet hätte. »Zwar gibt die Zahl ›zwei‹, wenn man sie isoliert betrachtet, nichts her; sie ist ein Faktum für sich ohne Konsequenzen. Doch wenn man dieses Faktum zu einem andern addiert, ein drittes Faktum hinzufügt etc., dann wird man ein Endresultat erhalten. Und dieses Resultat muß, wenn alle Fakten genau geprüft sind, unbedingt richtig sein. Deswegen kann jedes Problem logisch gelöst werden; etwas Verläßlicheres als die Logik gibt es nicht.

Im vorliegenden Fall hätten die Fakten, wären sie gesondert betrachtet worden, alles mögliche bedeuten können: natürlicher Tod, Selbstmord oder Mord. Wenn man sie aber im Zusammenhang betrachtete, kam nur Mord in Frage. Den Ausschlag gab das Entfernen des Namens der Schuhfabrik aus den Schuhen der Leiche. Dazu kam, daß man versucht hatte, die Herkunft des Bootes zu verhehlen. Alles deutete auf einen ausgeklügelten Mordplan hin.«

»Das habe ich mir auch gedacht«, sagte Detektiv Mallory. »Ich war überzeugt davon, bis der Polizeiarzt ...«

»Wir haben es mit einem Mord zu tun«, fuhr »die Denkmaschine« unbeirrt fort. »Die Methode? Ich stand neben Dr. Clough, als er die Autopsie vornahm. Keine Schuß- oder Stichwunde, keine Giftspuren im Magen. Aber weil ich wußte, daß es ein Mord war, suchte ich weiter. Ich kam der Methode auf die Spur, als ich eine unscheinbare Schnittwunde am linken Arm fand. Sie war mit einem Heftpflaster verbunden worden. Während Dr. Clough das Herz auf Herzkrampf hin untersuchte, entfernte ich das Pflaster. Es roch – und zwar so ungewöhnlich, daß ich annehmen konnte, daß das Gift durch die offene Wunde in den Kreislauf eingedrungen war. Zwei und zwei waren also vier.

Die nächste Frage: was für ein Gift? Meine Botanikkenntnisse halfen mir. Ich konnte den Geruch als denjenigen einer Pflanze erkennen, die nur in Japan wächst. Also ein japanisches Gift. Die Analyse in meinem Labor bewies endgültig, daß es sich um ein japanisches Gift handelte – ein starkes Gift, das langsam wirkt, es sei denn, man leite es direkt in eine Arterie. Das Gift auf dem Heftpflaster und das in Osakas Fläschchen sind identisch!«

Der Wissenschaftler öffnete das Fläschchen, ließ einen einzigen Tropfen einer grünen Flüssigkeit auf sein Taschentuch fallen, ließ die Flüssigkeit etwa eine Minute lang verdampfen und überreichte das Tuch dann dem Detektiv, der es aus respektvoller Distanz beroch. »Die Denkmaschine« nahm darauf das Stück Heftpflaster, das er von der Leiche entfernt hatte, und wieder ließ er den Detektiv daran riechen.

»Genau das gleiche Gift«, bemerkte der Wissenschaftler, während er das Taschentuch anzündete und wartete, bis es verkohlt war, »und so stark, daß schon bloßes Inhalieren den Tod herbeiführen kann. Ich ließ Dr. Clough das Resultat seiner Autopsie – nämlich: Herzversagen – öffentlich bekanntgeben, aus einem ersichtlichen Grund: Der Mörder sollte es in der Zeitung lesen und sich so in Sicherheit wiegen; außerdem starb Mr. Dudley tatsächlich an Herzversagen, an dem Krampf nämlich, den das Gift herbeiführte.

Dann kam die Frage der Identifizierung. Mr. Hatch fand heraus, daß kein französisches Kriegsschiff in den letzten Monaten sich auf weniger als 500 Meilen dem Bostoner Hafen genähert hatte. Was Kapitän Barber sah, war sicher ein amerikanisches Kriegsschiff. Der Mann im Motorboot war angeblich ein französischer Marineoffizier und erst seit acht Stunden tot. Weil er offensichtlich keine Verbindung zu einem Schiff dieser Nationalität hatte, stellte sich die Frage: Woher ist er gekommen?

Ich bin kein Spezialist in Sachen Schiffsuniformen. Aber als ich die Arm- und Schulterabzeichen studierte, nämlich mit Hilfe eines Lexikons, überzeugte ich mich davon, daß die Uniform zwar eher französisch als sonstwie aussah; aber in Wirklichkeit handelte es sich um eine Phantasieuniform; sie paßte zu keiner Nation. Die Abzeichen bildeten eine seltsame internationale Mischung.

Was nun? Unter den verschiedenen Erklärungsmöglichkeiten stach die eines Maskenballs hervor. Bei einem Maskenball brauchen die Abzeichen nicht zu stimmen. Wo hatte um diese Zeit ein Maskenball stattgefunden? Ich fand die Auskunft, wie erwartet, in der Zeitung. Eine kurze Meldung aus einem Ort an der Nordküste besagte, daß ein Maskenball auf dem Gut der Dudleys stattgefunden hatte, und zwar am Abend, bevor die Leiche gefunden wurde.

Es ist wichtig, wenn man ein Problem lösen will, daß man *alle* Tatsachen gegenwärtig hat; es ist wie bei einer mathematischen Aufgabe: *alle* gegebenen Zahlen müssen berücksichtigt werden. Dudley! Ein ›D‹ war auf der Hand des toten Mannes eintätowiert. *Who's Who* vermerkte die Heirat von Langham Dudley und Edith Marston Belding. Deshalb die Buchstaben ›E. M. B.‹ auf dem Taschentuch. Langham Dudley war ein Reeder, ein ehemaliger Seemann, ein Millionär. Es war also möglich, daß es sein eigenes, in Frankreich gebautes Boot war.«

Detektiv Mallory starrte »die Denkmaschine« mit offener Bewunderung an. Osaka, der bis jetzt von der Erzählung nicht betroffen war, schaute nachdenklich und fasziniert vor sich hin. Hutchinson Hatch, der Reporter, saugte jedes Wort gierig auf.

»Wir kamen auf Dudleys Landgut an«, fuhr der Wissenschaftler fort, »und ein Japaner öffnete uns die Türe. Japanisches Gift! Zwei und zwei gaben immer noch vier! Ich wollte mich aber erst mit Mrs. Dudley befassen. Sie zeigte keinerlei Erregung und gab sofort zu, daß sie ihrem Mann das Heftpflaster aufgelegt hatte und daß es aus ihrem Zimmer stammte. Mein ursprünglicher Verdacht gegen sie geriet ins Wanken; ihre Offenheit wirkte spontan.

Ich fühlte ihr den Puls – er war normal – und sagte ihr so brutal wie möglich, ihr Mann sei ermordet worden. Der Puls schlug sofort schneller; als ich ihr die Todesursache mitteilte, wurde der Puls unregelmäßig und schwächer – bis sie in Ohnmacht fiel. Wenn sie gewußt hätte, daß ihr Mann tot war – sogar wenn sie die Mörderin gewesen wäre –, hätte die Todesnachricht allein nicht diese Schwankung im Pulsschlag verursacht. Auch bezweifle ich, daß sie die Leiche ihres Mannes allein ins Boot hätte schaffen können. Dudley war ein stattlicher Mann; und ihr Abendkleid wäre ein zusätzliches Hindernis gewesen. Sie mußte also unschuldig sein.

Und dann befaßte ich mich mit Osaka, unserem Japaner hier. Vom Zimmer aus, in dem wir mit Mrs. Dudley redeten, konnte ich die Türe des Bootshauses beobachten. Mrs. Dudley fragte ihn, ob das Boot dort sei, und Osaka sagte, er wisse es nicht. Sie schickte ihn hin, um nachzusehen. Nach einer Weile kam er zurück und berichtete, es sei nicht dort. *Und dabei war dieser Kerl überhaupt nicht ins Bootshaus gegangen!* Er wußte also genau, daß sich das Boot nicht dort befand. Vielleicht hatte er es von einem andern Angestellten erfahren – aber der Umstand stimmte mich mißtrauisch.«

Wieder hielt der Wissenschaftler inne. Mit bohrendem Blick betrachtete er Osaka. Einen Moment lang hielt der Japaner den Blick aus, dann wandte er sich ab und wurde nervös.

»Osaka so zu ködern, daß er freiwillig mitkam, war nicht schwer«, fuhr »die Denkmaschine« fort. »Im Zug fragte ich ihn, ob er wisse, wie Mrs. Dudley die Leiche ihres Mannes ins Boot geschafft habe. Vergessen Sie nicht, daß Osaka gar nicht wissen konnte, daß die Lei-

che je im Boot gewesen war. Er sagte, er wisse es nicht und gab gerade damit zu, daß er wußte, daß der Mann ins Boot geschafft worden war. Er wußte es deshalb, weil er es selbst getan hatte. Er hatte ihn nicht einfach ins Wasser geworfen, weil er schlau genug gewesen war, daran zu denken, daß die Flut die Leiche wieder ans Ufer zurückgetragen hätte.
Nach seiner leichten Verletzung muß Mr. Dudley zum Bootshaus gegangen sein. Aber das Gift wirkte schnell, und er fiel wahrscheinlich hin. Jetzt kam der Japaner und beseitigte alle Identifikationshinweise, sogar den Namen der Schuhfabrik. Dann setzte er die Leiche ins Boot und ließ es mit Vollgas ins offene Meer auslaufen. Er durfte mit Recht annehmen, daß das Boot im Meer verlorengehen oder daß die Leiche über Bord gespült werden würde; doch Wind, Flut und ein schadhaftes Steuer lenkten das Boot in den Hafen von Boston. Wie Mrs. Dudleys Taschentuch ins Boot geraten ist, weiß ich nicht. Es gibt Hunderte von Möglichkeiten.«
»Wie konnten Sie wissen, daß es einen Ehezwist gegeben hatte?« fragte Hatch.
»Ganz einfach, weil sie nicht wußte, wo ihr Mann war«, antwortete »die Denkmaschine«. »Wenn sie sich gestritten hatten, war es durchaus möglich, daß er weggegangen war, ohne ihr zu sagen, wohin. Sie hätte sich deswegen keine grauen Haare wachsen lassen – wenigstens vorerst nicht. Sie nahm ja auch an, er sei in Boston. Vielleicht hat Osaka ihr gegenüber eine solche Andeutung gemacht.«
»Die Denkmaschine« wandte sich nun dem Japaner zu und starrte ihn neugierig an.
»Habe ich recht?« fragte er.
Osaka gab keine Antwort.
»Und das Motiv?« fragte schließlich Detektiv Mallory.
»Wollen Sie uns nicht sagen, warum Sie Mr. Dudley getötet haben?« fragte »die Denkmaschine« den Japaner.

»Das werde ich nicht!« rief Osaka plötzlich aus. Es war das erste Mal, daß er etwas gesagt hatte.

»Ich nehme an, es hat etwas mit einem Mädchen in Japan zu tun«, fuhr »die Denkmaschine« unbefangen fort. »Der Mord war lange und sorgfältig geplant worden – eine Rache, wie sie nur verletzte Liebe eingeben kann.«

Am nächsten Tag kam Hutchinson Hatch auf einen Sprung zu Van Dusen. Er berichtete, daß der Mörder gestanden habe; auch das Motiv sei jetzt bekannt. Es sei eine üble Geschichte. »Worüber ich am meisten staunen muß«, fügte Hatch hinzu, »sind die zwingenden Indizienbeweise, die sich wie ein Ring um Mrs. Dudley geschlossen hatten – angefangen mit dem Ehekrach bis zum Auflegen des todbringenden Pflasters. Wenn Sie Osaka nicht so überzeugend entlarvt hätten, sie wäre des Mordes angeklagt und verurteilt worden.«

»Indizienbeweis – was für ein Quark!« rief »die Denkmaschine«. »Ich würde nicht einmal einen Hund auf einen Indizienbeweis hin verurteilen, sogar wenn er die Schnauze noch voll Marmelade hätte. Das beweist nämlich noch lange nicht, daß er sie gestohlen hat.« Einen Augenblick lang blitzte der Professor den Reporter böse an; dann sagte er in milderem Ton: »Normale Hunde fressen sowieso keine Marmelade.«

R. AUSTIN FREEMAN

Die blaue Paillette

Noch eine Minute bis zur Abfahrt. Thorndyke blickte nervös den Bahnsteig auf und ab.
»Das ist dumm«, meinte er und kletterte in ein leeres Raucherabteil in dem Augenblick, als der Beamte die grüne Flagge schwenkte. »Ich glaube, wir haben unsern Freund verpaßt.« Er schloß die Abteiltür und schaute nochmals zum Fenster hinaus, als der Zug anfuhr.
»Vielleicht ist er das«, fuhr er fort; »dann hat er den Zug eben noch erwischt und sitzt jetzt im letzten Wagen.«
Der Gegenstand von Dr. Thorndykes Bemerkungen war Mr. Edward Stopford, Partner der Anwaltsfirma Stopford and Myers; seinen Namen hatten wir zum ersten Mal im Text eines Telegramms gelesen, das uns gestern abend in unserer Wohnung erreicht hatte. Die Antwort war vorausbezahlt, und der Text lautete folgendermaßen:
»Können Sie morgen hier sein, um dem Verteidiger zu helfen? Wichtiger Fall. Alle Kosten werden von uns übernommen. – Stopford and Myers.«
Thorndyke hatte zugesagt, und wir hatten noch ein weiteres Telegramm erhalten, das offenbar in der Nacht aufgegeben worden war:
»Abfahrt nach Woldhurst 8 Uhr 25 von Charing Cross. Werde Sie abholen, wenn möglich. Edward Stopford.«
Er hatte uns aber zu Hause nicht abgeholt. Ob er unter den Passagieren war, wußten wir nicht, denn wir kannten ihn ja nicht.
»Das ist sehr dumm«, wiederholte Thorndyke, »denn ich hätte gerne im voraus einiges über den Fall gewußt und mich etwas vorbereitet. Er stopfte sich nachdenklich seine Pfeife. Als auch an der London Bridge Station

niemand zustieg, der als Stopford in Frage gekommen wäre, nahm sich Thorndyke die Zeitung vor, die er am Kiosk gekauft hatte. Er überflog die Seiten, ohne sich durch sensationelle Schlagzeilen aufhalten zu lassen.

»Es ist wirklich ein großer Nachteil«, meinte er, indem er eine Seite umblätterte, »Hals über Kopf in eine Untersuchung einsteigen zu müssen und mit Einzelheiten konfrontiert zu werden, bevor man sich die allgemeinen Aspekte eines Falles gründlich überlegt hat. Zum Beispiel ...«

Er hielt mitten im Satz inne, und als ich ihn fragend ansah, hatte er erneut umgeblättert und sich in die Lektüre vertieft.

»Das könnte unser Fall sein, Jervis«, sagte er schließlich und reichte mir das Blatt herüber, wobei er auf eine Notiz rechts oben verwies. Sie war kurz und trug den Titel: »Schrecklicher Mord in Kent«. Der Text lautete:

»Ein abscheuliches Verbrechen wurde gestern in der kleinen Stadt Woldhurst entdeckt. Woldhurst ist über eine Nebenlinie vom Eisenbahnknotenpunkt Halbury aus zu erreichen. Als ein Gepäckträger bei einem eben eingefahrenen Zug die Abteiltür eines Erster-Klasse-Wagens öffnete, fand er zu seinem Entsetzen auf dem Boden die Leiche einer elegant gekleideten Dame. Sofort wurde ärztliche Hilfe angefordert. Dr. Morton, der Bezirksarzt, stellte fest, daß die Frau erst vor wenigen Minuten getötet worden war.

Der Zustand der Leiche läßt auf einen Mord brutalster Art schließen. Todesursache ist eine Kopfwunde, die mit einem spitzen Instrument, das mit ungeheurer Wucht geführt wurde, zugefügt worden ist. Es durchbohrte den Schädel und drang ins Gehirn ein. Raub scheint als Motiv auszuscheiden, denn eine teuer aussehende Reisetasche wurde im Gepäcknetz gefunden, und der Schmuck der Toten, darunter verschiedene kostbare Diamantringe, war nicht angerührt worden. Die

örtliche Polizei soll dem Vernehmen nach eine Verhaftung vorgenommen haben.«
»Eine schreckliche Geschichte«, bemerkte ich, als ich die Zeitung zurückgab. »Aber sehr informativ ist der Bericht nicht.«
»Nein, das nicht«, stimmte mir Thorndyke zu, »aber einige Hinweise sind doch darin. Der Schädel wurde mit einem spitzen Instrument durchbohrt – also keine Kugel. Was für ein Instrument verursacht eine solche Wunde? Wie hat man ein solches Instrument in einem engen Zugabteil handhaben können, und was für Leute besitzen ein solches Instrument? Diese Fragen müssen zuerst bedacht werden, und ich lege sie dir ans Herz. Ferner: Was könnte das Motiv sein, wenn Raubmord nicht in Frage kommt? Und schließlich: Könnten die Verletzungen einen anderen Grund haben – muß unbedingt Mord vorliegen?«
»Die Auswahl an derartigen Mordinstrumenten ist nicht gerade groß«, bemerkte ich.
»Sogar sehr beschränkt, und die meisten – etwa ein Eispickel oder eine Spitzhacke – sind eng mit spezialisierten Berufen oder Hobbies verbunden. Hast du dein Notizbuch dabei?«
Ich hatte es, verstand seinen Wink und zog es hervor. Ich überlegte mir das Problem im stillen weiter, während mein Freund das Notizbuch auf sein Knie gelegt hatte und nachdenklich zum Fenster hinausschaute. Die ganze Strecke blieb er so sitzen, gedankenverloren, ab und zu etwas in das Buch kritzelnd. Endlich trafen wir in Halbury ein, wo wir in einen Zug der Nebenlinie, die nach Woldhurst führte, umsteigen mußten.
Beim Aussteigen fiel mir ein gut gekleideter Herr auf, der vom hintern Ende des Bahnsteigs her heraneilte und die wenigen Passagiere, die ausgestiegen waren, aufmerksam musterte. Er bemerkte uns bald, kam auf uns zu und fragte, während er uns abwechselnd betrachtete:

»Dr. Thorndyke?«

»Ja«, antwortete mein Kollege, »und Sie sind vermutlich Mr. Edward Stopford?«

Der Anwalt verbeugte sich. »Es ist eine schreckliche Geschichte«, meinte er aufgeregt. »Sie haben eine Zeitung in der Hand, Sie haben es also schon gelesen. Eine abscheuliche Geschichte. Ich bin sehr erleichtert, daß Sie hier sind. Ich habe beinahe den Zug verpaßt und fürchtete, ich hätte auch Sie verpaßt.«

»Man soll jemanden verhaftet haben«, sagte Thorndyke.

»Jawohl – meinen Bruder. Eine fürchterliche Sache. Vielleicht können wir etwas beiseite gehen; der Zug fährt erst in einer Viertelstunde.«

Wir legten unseren Koffer und Thorndykes Reisetasche ins Gepäcknetz eines Erster-Klasse-Abteils und begaben uns zum Ende des Bahnsteigs, wo wir uns ungestört unterhalten konnten.

»Die Lage meines Bruders ist beängstigend«, sagte Mr. Stopford. »Aber ich erzähle Ihnen zuerst der Reihe nach, was alles geschehen ist; dann können Sie sich selbst ein Urteil bilden. Das arme Geschöpf, das so brutal ermordet worden ist, war eine gewisse Miss Edith Grant. Sie hat früher als Modell gearbeitet – auch für meinen Bruder, der Maler ist – vielleicht kennen Sie seinen Namen: Harold Stopford, Mitglied der Königlichen Akademie ...«

»Ich kenne seine Werke – sehr eindrucksvoll.«

»Finde ich auch. Nun, er war früher, als Zwanzigjähriger, ein ziemlich lebhafter Kerl; und er verliebte sich Hals über Kopf in Miss Grant. Es war eine harmlose Affäre; aber die beiden waren leider nicht sehr diskret. Miss Grant war eine durchaus respektable Person – die meisten englischen Malermodelle sind es –, und niemand dachte etwas Böses dabei. Er überschüttete sie mit Liebesbriefen und kleinen Geschenken. Unter diesen Geschenken war eine Perlenkette mit einem Medaillon. In dieses hatte der junge Dummkopf sein Miniatur-Selbstporträt eingeschlossen – mit der Widmung: ›Für Edith von Harold‹.

Miss Grant, die eine ziemlich gute Stimme hatte, ging später zur Bühne und sang in Operetten; sie änderte damit nicht nur ihre Karriere, sondern auch ihren Bekanntenkreis. Als Harold sich verlobte, hätte er natürlich gerne die Briefe zurückerhalten und das kompromittierende Medaillon gegen ein anderes Geschenk ausgetauscht. Nach einiger Zeit erhielt er die Briefe zurück, aber das Medaillon wollte sie unter keinen Umständen herausgeben.

Seit einem Monat nun hat Harold, der sich in Halbury ein Zimmer gemietet hat, in der Umgebung skizziert und gemalt. Eine dieser Exkursionen führte ihn gestern per Zug nach Shinglehurst, der dritten Station von hier – eine Haltestelle vor Woldhurst.

Auf dem Bahnsteig hier traf er Miss Grant, die sich auf dem Weg von London nach Woldhurst befand. Sie bestiegen gemeinsam den Lokalzug und saßen allein in einem Erster-Klasse-Abteil. Sie scheint das Medaillon getragen zu haben, und als er einen erneuten Versuch machte, es zurückzubekommen, wies sie ihn einmal mehr zurück. Ihr Gespräch muß ziemlich hitzig gewesen sein, denn der Schaffner und ein Gepäckträger in Munsden hörten den laut geführten Streit. Zum Schluß zerriß die Dame die Kette und warf sie – samt Medaillon – meinem Bruder zu. Als Harold in Shinglehurst ausstieg, hatten sie wieder Frieden geschlossen. Er hatte seine Malerausrüstung dabei, wozu ein großer Sonnenschirm gehört, dessen unterster Teil aus Eschenholz gefertigt ist und in einer starken Stahlspitze ausläuft, so daß der Schirm leicht in den Boden gerammt werden kann.

Als mein Bruder den Zug in Shinglehurst verließ, war es halb elf; um elf hatte er seinen Standort erreicht und begann zu malen. Drei Stunden später packte er seine sieben Sachen zusammen und wollte eben den Rückweg

zum Bahnhof antreten, als er auf die Polizei stieß und sofort festgenommen wurde.
Führen Sie sich einmal die belastenden Umstände vor Augen. Mein Bruder war die letzte Person, die mit der Toten zusammen war, denn niemand hat anscheinend Miss Grant gesehen, nachdem der Zug Munsden verlassen hatte. Und in Munsden hatte sie sich mit meinem Bruder gestritten. Er hatte ein Motiv, sie umzubringen; und er hatte eine Mordwaffe bei sich, den Eschenstiel mit Stahlspitze, der die Todeswunde hätte verursachen können. Als er durchsucht wurde, fand man bei ihm das Medaillon mit der zerrissenen Kette, was darauf schließen ließ, daß er es mit Gewalt an sich genommen hatte.
Natürlich sprechen einige Dinge für ihn: sein Charakter zum Beispiel, der als durchaus freundlich und offen bezeichnet werden kann. Und sein Verhalten nach dem angeblichen Mord, das – wenn er schuldig wäre – als idiotisch bezeichnet werden müßte. Als Anwalt muß ich jedoch sagen, daß zu viele Umstände gegen ihn sprechen; der Fall ist fast hoffnungslos.«
»Sagen wir nicht ›hoffnungslos‹«, bemerkte Thorndyke, als wir uns in unser Abteil setzten. »Die Polizei meint natürlich, sie habe den Fall unter Dach und Fach. Wann findet die Verhandlung statt?«
»Heute um vier Uhr. Ich habe vom Gerichtsarzt die Erlaubnis erhalten, daß Sie die Leiche untersuchen und bei der Obduktion dabei sein dürfen.«
»Wissen Sie zufällig, wo genau die Wunde sich befindet?«
»Ja, sie ist etwas über und hinter dem linken Ohr – ein schreckliches, rundes Loch. Von diesem Loch aus verläuft eine Riß- oder Schnittwunde in Richtung Stirne.«
»Und in welcher Stellung befand sich die Leiche?«
»Sie lag auf dem Boden ausgestreckt – mit den Füßen gegen die Abteiltür.«
»Hatte sie nur diese eine Wunde?«
»Nein; auf der rechten Wange verlief eine Schnitt- oder

Stoßwunde; der Polizeiarzt nannte sie eine Quetschwunde. Er meint, daß sie durch eine schwere, stumpfe Waffe verursacht worden ist. Von weiteren Verletzungen habe ich nichts gehört.«

»Ist gestern jemand in Shinglehurst eingestiegen?« fragte Thorndyke.

»Nein, nach Halbury ist niemand mehr zugestiegen.«

Thorndyke schwieg eine Weile und versank in Nachdenken. Er sagte kein Wort mehr, bis der Zug Shinglehurst verlassen hatte.

»Hier ungefähr muß der Mörder zugeschlagen haben«, bemerkte Mr. Stopford, »zwischen hier und Woldhurst.«

Thorndyke nickte zerstreut; er beobachtete aufmerksam alles, was man durchs Fenster sehen konnte.

»Da liegen ja ein Haufen Stifte zwischen den Schienen; und einige dieser Gleisverstrebungen sehen neu aus. Haben hier in letzter Zeit Schienenarbeiter die Geleise repariert?«

»Ja«, meinte Stopford, »sie sind immer noch an der Arbeit. Ich habe gestern eine Mannschaft in der Nähe von Woldhurst gesehen. Sie sollen – unabsichtlich – einen Schuppen in Brand gesteckt haben; ich sah den Trümmerhaufen noch rauchen, als ich gestern kam.«

»So. Und dieses Zwischengeleise neben unserm Zug ist wohl ein Abstellgleis?«

»Ja. Hier werden Güterzüge und leere Wagen abgestellt. Dort sind noch die Reste des Schuppens; es glimmt immer noch ein bißchen.«

Thorndyke blickte auf den verkohlten Haufen, bis ihm ein abgestellter Viehwagen die Sicht versperrte. Es folgten eine Reihe von Güterwagen, dann ein Personenwagen; ein Erster-Klasse-Abteil war verschlossen und versiegelt. Der Zug fing plötzlich an zu bremsen, und zwei Minuten später stiegen wir in Woldhurst aus.

Der Empfang, den man uns bereitete, bewies, daß uns das Gerücht von Thorndykes Ankunft vorausgeeilt war.

Das ganze Bahnhofspersonal – zwei Gepäckträger, ein Schaffner und der Stationsvorsteher – stand erwartungsvoll auf dem Bahnsteig. Letzterer kam sogleich herbei und ließ es sich, ungeachtet seiner Würde, nicht nehmen, Thorndykes Gepäck eigenhändig zu tragen.

»Könnte ich vielleicht den Wagen sehen, in dem der Mord passiert ist«, fragte Thorndyke.

»Leider nur von außen«, sagte der Stationsvorsteher; »die Polizei hat ihn versiegelt. Sie müßten den Inspektor fragen.«

»Dann schauen wir ihn uns eben von außen an«, sagte Thorndyke.

Der Vorsteher war damit einverstanden und bot sich uns als Führer an.

»Welche anderen Passagiere waren im Erster-Klasse-Wagen?« fragte Thorndyke.

»Keine. Es war nur ein Erster-Klasse-Wagen, die Verstorbene war die einzige Reisende. Es hat uns alle gewaltig erschüttert, was hier passiert ist«, sagte er, als wir den Schienen entlangschritten. »Ich war auf dem Bahnsteig, als der Zug einfuhr. Wir schauten zu, wie dort hinten ein Schuppen brannte – ein wahres Höllenfeuer. Und ich sagte eben, daß wir den Viehwagen wegrangieren müßten, der auf dem Abstellgleis in der Nähe des Schuppens stand. Denn der Wind trieb die Funken und den Rauch auf den Viehwagen zu, und ich dachte, die armen Tiere könnten in Panik geraten. Mr. Felton besteht darauf, daß man seine Tiere mit Handschuhen anfaßt; er sagt, jede Aufregung schadet der Qualität des Fleisches.«

»Da hat er sicher recht«, bemerkte Thorndyke. »Aber jetzt sagen Sie mir, ob Sie es für möglich halten, daß jemand den Zug auf der anderen Seite besteigen oder verlassen kann, ohne gesehen zu werden? Könnte zum Beispiel ein Mann von der anderen Seite her in einen Wagen einsteigen und eine Station später, kurz vor dem

Halten, auf gleichem Wege wieder verschwinden, ohne gesehen zu werden?«
»Das bezweifle ich«, sagte der Bahnhofsvorsteher, »aber ganz unmöglich ist es nicht.«
»Gut. Ich habe noch eine andere Frage. Auf der Strecke sind Schienenarbeiter beschäftigt. Kommen diese Männer aus der hiesigen Gegend?«
»Nein, es sind ausnahmslos Fremde. Ungehobeltes Volk, das muß ich sagen: aber ich glaube nicht, daß es Verbrecher sind. Wenn Sie in dieser Hinsicht einen Verdacht haben, kann ich ...«
»Ganz und gar nicht«, unterbrach ihn Thorndyke brüsk. »Ich verdächtige niemanden. Ich will lediglich alle Fakten zusammenhaben.«
»Selbstverständlich«, antwortete der Beamte verlegen, und wir gingen eine Weile schweigend weiter.
»Übrigens, erinnern Sie sich«, fragte Thorndyke, als wir uns dem leeren Wagen näherten, »ob die Abteiltür auf der gegenüberliegenden Seite verschlossen war, als man die Leiche entdeckte?«
»Sie war zu, aber nicht abgeschlossen. Warum, meinen Sie ...?«
»Nichts, gar nichts. Das versiegelte Abteil ist also das, was uns interessiert, nicht wahr?«
Thorndyke wartete die Antwort nicht ab, sondern begann, den Wagen zu untersuchen, während ich mich diskret darum bemühte, unsere beiden Begleiter daran zu hindern, ihm zu folgen, wie sie eigentlich vorhatten. Er betrachtete das Trittbrett auf der anderen Seite, das am Wagen entlanglief, mit besonderer Aufmerksamkeit. Zuerst untersuchte er es auf der Höhe des betreffenden Abteils. Dann ging er langsam von einem Wagenende zum andern, die Augen ganz nah am Trittbrett – als ob er darauf etwas suche.
Als er sich dem hinteren Ende des Wagens näherte, blieb er stehen, nahm ein Stück Papier aus der Tasche, befeuchtete seinen Zeigefinger, tupfte ein für uns un-

sichtbares kleines Ding vom Trittbrett auf und brachte es sorgfältig auf das Papier, das er dann zusammenfaltete und in die Brieftasche steckte.

Darauf stieg er aufs Trittbrett und betrachtete das Mordabteil durchs Fenster. Er nahm einen kleinen Balg oder Puderzerstäuber aus der Tasche und bestäubte damit den Fensterrahmen des Abteils, worauf er sorgfältig einige unregelmäßige Flecken untersuchte, an denen sich das Pulver abgesetzt hatte. Zuletzt maß er die Abstände der Flecken voneinander mit einem Taschenmaßstab. Nachdem er auch noch das Trittbrett auf der andern Wagenseite abgesucht hatte, sagte er, er sei fertig.

Als wir entlang der Schienen zum Bahnhof zurückkehrten, begegneten wir einem Arbeiter, der aufmerksam die Schwellen und Schrauben prüfte.

»Ist das einer von den Schienenarbeitern?« fragte Thorndyke den Bahnhofsvorsteher.

»Ja, es ist der Vorarbeiter«, war die Antwort.

»Ich will ihn etwas fragen. Gehen Sie unterdessen langsam weiter!« Mein Kollege eilte dem Vorarbeiter nach, holte ihn ein und unterhielt sich ein paar Minuten lang mit ihm.

»Ich glaube, der Polizeiinspektor steht auf dem Bahnsteig«, meinte Thorndyke, als er uns wieder eingeholt hatte und mit uns auf den Bahnhof zuging.

»Ja, dort ist er«, erwiderte unser Führer; »er wird wissen wollen, ob Sie eine Spur gefunden haben.« Was zweifellos stimmte, obwohl sich der Inspektor den Anschein gab, nur zufällig anwesend zu sein.

»Sie möchten sicher die Mordwaffe sehen?« fragte er, nachdem er sich vorgestellt hatte.

»Den Sonnenschirm!« korrigierte Thorndyke. »Gerne. Nachher wollen wir zum Leichenschauhaus.«

»Der Weg führt an der Polizeiwache vorbei. Ich begleite Sie.«

Daraufhin begaben wir uns alle zusammen zur Polizei-

hauptwache; auch der Bahnhofsvorsteher, der vor Neugier beinahe platzte, schloß sich an.
»Hier wären wir«, sagte der Inspektor, als er sein Büro aufschloß und uns bat, einzutreten. »Niemand soll sagen, wir hätten der Verteidigung etwas vorenthalten. Hier sind sämtliche Habseligkeiten des Angeklagten, das Mordinstrument eingeschlossen.«
»Na, na«, protestierte Thorndyke höflich, »seien wir nicht voreilig!« Er nahm den Schaft aus Eschenholz in die Hand und untersuchte ihn sorgfältig mit seiner Lupe. Er zog einen Zirkel aus der Tasche und maß den Durchmesser des Bolzens und des Schaftes. »Und jetzt«, sagte er, nachdem er die Maße ins Notizbuch eingetragen hatte, »möchte ich die Malutensilien und die Skizzen sehen. Aha! Er muß ein ordnungsliebender Mann sein, Ihr Bruder, Mr. Stopford. Alle Tuben in ihrem Fach, die Spachteln säuberlich abgewischt, die Palette auch; sogar die Pinsel sind gereinigt worden, damit sie nicht hart und unbrauchbar werden. Ich finde das höchst bemerkenswert.« Dann löste er das halbfertige Bild, das auf dem Rahmen aufgespannt war, ab, stellte es ins richtige Licht auf einen Stuhl und trat zurück, um es besser betrachten zu können.
»Und er hat nur drei Stunden daran gearbeitet!« rief Thorndyke aus, während er sich dem Anwalt zuwandte. »Eine großartige Leistung, muß ich sagen.«
»Mein Bruder arbeitet sehr schnell«, bemerkte der Anwalt niedergeschlagen.
»Und das ist nicht das einzige, worüber ich mich wundere. Das ist doch ein Bild in heiteren und fröhlichen Farben – wirklich eindrucksvoll. Aber wir dürfen damit keine Zeit mehr verlieren.« Er befestigte das Bild wieder auf dem Rahmen; als er noch einige weitere Gegenstände und das Medaillon genau betrachtet hatte, dankte er dem Inspektor für seine Hilfsbereitschaft und verließ das Zimmer.

»Dieses Bild und der Malkasten sind höchst aufschlußreich«, meinte er, als wir wieder auf der Straße waren.
»Das finde ich auch«, bemerkte Mr. Stopford verdrießlich. »Sie sind hinter Schloß und Riegel wie mein Bruder, der arme Kerl.«
Er seufzte, und wir schritten schweigend weiter.
Der Leichenwärter war offensichtlich von unserem Kommen benachrichtigt worden. Er wartete an der Tür mit dem Schlüssel in der Hand. Als wir ihm den Schein des amtlichen Leichenschauers gezeigt hatten, ließ er uns eintreten. Stopford warf nur einen einzigen Blick auf die geisterhafte, mit einem weißen Tuch bedeckte Gestalt auf dem Steintisch, wurde bleich und verließ den Raum. Er sagte, er würde draußen mit dem Wärter auf uns warten.
Sobald die Türe von innen verschlossen war, sah sich Thorndyke in dem kahlen, geweißten Raum um. Die Sonne schien voll durchs Oberlicht; einige Strahlen fielen auf die stille Gestalt, die nur mit einem Tuch bedeckt war; andere beleuchteten in einer Ecke neben der Tür die Kleider der Toten, die zum Teil an der Wand aufgehängt, zum Teil auf einem Tisch ausgebreitet waren.
»Diesen armseligen Reliquien haftet etwas unsagbar Trauriges an«, sagte Thorndyke zu mir, als wir vor ihnen standen. »Mir kommen sie noch trauriger und beachtenswerter vor als die Leiche selbst. Schau dir den kühnen, eleganten Hut an, und dann diesen teuren Rock, der so verlassen und verzweifelt dahängt. Und die zierliche Unterwäsche dort, so schön gefaltet – wohl von der Frau des Leichenwärters; dann die französischen Schuhe und die hübschen Seidenstrümpfe. Das alles spiegelt so überdeutlich die harmlose Eitelkeit der Besitzerin, ihr fröhliches, sorgenfreies, wohl etwas flottes Leben – und plötzlich alles vorbei. Aber wir sollten nicht sentimental werden. Ein anderes Leben ist bedroht, und nur wir können es retten.«

Er nahm den Hut vom Haken und drehte ihn nach allen Seiten. Es war ein malerischer Kopfputz, groß und flach; bestehend aus Gaze, Bändern und Federn, übersät mit einer Unzahl von dunkelblauen Pailletten, die bei jeder Bewegung blitzten. An einer Stelle des Hutrands befand sich ein ausgefranstes Loch – durch dieses fielen dunkelblaue Pailletten zu Boden, sobald der Hut bewegt wurde.

»Diesen Hut hat sie etwas schräg nach links getragen«, sagte Thorndyke, »das kann man aus der Form erkennen – und aus der Position des Lochs.«

»Auf Gainsboroughs Porträt trägt die Herzogin von Devonshire einen ähnlichen Hut«, bemerkte ich.

»Genau.«

Thorndyke ließ sich einige der kleinen blauen Pailletten in die Hand fallen; er hängte den Hut an den Haken zurück und ließ die Plättchen in einen Umschlag gleiten, den er einsteckte, nachdem er »Vom Hut« darauf geschrieben hatte. Dann schritt er zum Tisch hinüber und zog das Leichentuch mit einer fast zärtlichen, respektvollen Gebärde von dem Gesicht der toten Frau zurück. Mitleidig betrachtete er das marmorweiße Antlitz, das einen friedlichen, verklärten Ausdruck hatte, die halbgeschlossenen Augen, das hellglänzende Haar. Eine lange Wunde, die sich vom Auge über die rechte Wange bis zum Kinn hinunterzog, hatte die Schönheit des Gesichts zerstört.

»Eine wirklich hübsche Frau«, bemerkte Thorndyke. »Nur schade, daß sie die dunkelblonden Haare hell gefärbt hat.« Er strich ihr das Haar aus der Stirn und fügte hinzu: »Sie scheint die Haare vor etwa zehn Tagen zum letztenmal gefärbt zu haben; die dunklen Haarwurzeln sind schon etwa sechs Millimeter lang. Wie beurteilst du die Wunde im Gesicht?«

»Sie könnte gegen einen festen Gegenstand gefallen sein. Nur: die Erster-Klasse-Sitze sind ja überall gepol-

stert; ich kann mir nicht recht vorstellen, auf was sie gestürzt sein könnte.«
»Ich auch nicht. Aber schauen wir uns die andere Wunde an. Würdest du bitte notieren.« Er drückte mir sein Notizbuch in die Hand, und ich fing an, nach seinem Diktat zu schreiben: »Ein scharfkantiges, rundes Loch im Schädel, je einen Zoll hinter und über dem linken Ohr, anderthalb Zoll Durchmesser; der Schädelknochen angesplittert; Gehirnmembranen durchlöchert, der Stoß ins Gehirn war tief; Schläfe zerfetzt; Partikel von Gaze und Pailletten an den Wundrändern. Das wäre vorläufig alles. Dr. Morton wird uns noch weitere Details geben, falls das nötig sein sollte.«
Er steckte Zirkel und Maßstab wieder ein und rupfte der Leiche einige Haare vom Kopf, die er in den Umschlag steckte, in dem sich bereits die Pailletten befanden. Dann suchte er den Körper nach andern Wunden oder Quetschungen ab, fand aber keine. Er deckte die Leiche wieder zu, und wir verließen den Raum.
Schweigsam und nachdenklich ging Thorndyke neben mir her; er schien sich ganz mit den eben gemachten Beobachtungen zu beschäftigen. Endlich sagte Mr. Stopford, der ihn mehrmals neugierig betrachtet hatte:
»Die Leichenschau findet um drei Uhr statt, und jetzt haben wir halb elf. Was möchten Sie als nächstes unternehmen?«
Thorndyke, der trotz seines Nachdenkens alles beobachtete, was um ihn her vorging, blieb plötzlich stehen.
»Sie erwähnen die Leichenschau. Da kommt mir gerade in den Sinn, daß ich vergessen habe, Ochsengalle mitzubringen.«
»Ochsengalle!« rief ich aus und versuchte mich zu erinnern, wozu ein Pathologe wohl Ochsengalle verwenden könnte. »Was willst du ...?«
Aber dann brach ich ab, weil mir einfiel, wie ungern es

Thorndyke hatte, wenn man seine Methoden vor Fremden diskutierte.
»Wahrscheinlich gibt es in so einem kleinen Ort kein Malereigeschäft, in dem man sich so etwas verschaffen könnte«, fuhr er fort.
»Ich glaube kaum«, bestätigte Mr. Stopford, »aber könnten Sie so etwas nicht direkt vom Schlächter beziehen? Dort drüben ist eine Metzgerei.«
»Schön«, sagte Thorndyke, der den Laden bereits gesehen hatte. »Die Galle muß natürlich gereinigt werden, aber wir können sie selbst filtrieren – sofern der Schlächter überhaupt welche hat. Auf alle Fälle wollen wir uns erkundigen.«
Wir überquerten die Straße und gingen auf das Geschäft zu, über dem in großen Goldlettern zu lesen stand: »Felton«. Der Besitzer stand unter der Türe; Thorndyke stellte sich vor und erklärte, was er wollte.
»Ochsengalle?« sagte der Metzger. »Leider habe ich keine auf Lager. Aber ich schlachte am Nachmittag, und dann könnten Sie welche haben. Eigentlich«, fuhr er nach kurzem Zögern fort, »könnte ich gleich jetzt einen Ochsen schlachten, wenn die Sache so wichtig ist.«
»Das ist sehr liebenswürdig«, sagte Thorndyke, »und ich bin Ihnen zu großem Dank verpflichtet. Ist das Tier absolut gesund?«
»Alle sind in bestem Zustand, Dr. Thorndyke. Ich habe sie mir selbst aus der Herde ausgesucht. Warum schauen Sie sich die Tiere nicht selbst an; ich schlachte Ihnen das, welches Ihnen am besten gefällt.«
»Sie sind wirklich sehr hilfsbereit«, antwortete Thorndyke freundlich. »Ich gehe schnell zum Apotheker nebenan, um mir eine passende Flasche zu holen. Dann werde ich von Ihrem Angebot Gebrauch machen und mir ein Tier aussuchen.«
Thorndyke eilte zur Apotheke und kam nach wenigen Minuten mit einem weißen Päckchen in der Hand wie-

der zurück. Jetzt folgten wir dem Metzger durch ein schmales Gäßchen, das zu einem umzäunten Platz mit einem kleinen Stall führte. Hier standen drei Ochsen, deren lange, weißgraue und fast gerade Hörner scharf von den schwarzen, glänzenden Fellen abstachen.

»Das sind wirklich schöne Tiere«, bemerkte Thorndyke, als wir beim Gehege angelangt waren, »und gut gemästet.«

Er beugte sich über den Zaun und betrachtete alle drei sorgfältig, besonders Augen und Hörner. Dann hob er seinen Stock und klopfte zuerst an die Unterseite des rechten, dann des linken Horns – eine Prozedur, die der erste Ochse mit stoischem Glotzen über sich ergehen ließ.

»Der Zustand der Hörner«, erklärte Thorndyke, während er sich zum nächsten Tier hinüberlehnte, »kann manches über den Gesundheitszustand der Tiere aussagen.«

»Das wohl nicht«, lachte Mr. Felton, »denn in den Hörnern spüren sie ja nichts; wenn die Hörner empfindlich wären, würden sie den Tieren ja nichts nützen!«

Er hatte scheinbar recht. Denn der zweite Ochse reagierte ebensowenig wie der erste. Als Thorndyke aber auf das dritte Tier zuging, trat ich unwillkürlich näher und sah genau zu. Als der Stock das Horn traf, erschrak das Tier offensichtlich und machte einen Schritt rückwärts. Als es einen zweiten Schlag erhielt, wurde es unruhig.

»Das scheint ihm nicht zu passen«, sagte der Schlächter. »Es tut, als ob ... Nanu, das ist aber seltsam!«

Thorndyke hatte seinen Stock bloß über das linke Horn erhoben, und schon trat das Tier zurück, schüttelte den Kopf und fing an, jämmerlich zu muhen. Fliehen konnte der Ochse nicht, und das Gehege war so eng, daß Thorndyke, indem er sich nach vorne lehnte, das sensible Horn mit der Hand ergreifen konnte. Er untersuchte es sorgfältig, während der Metzger offenbar be-

sorgt zuschaute. »Sie glauben doch nicht, daß dem Tier etwas fehlt?« fragte er.
»Das kann ich erst sagen, wenn ich es genauer untersucht habe. Vielleicht ist nur das Horn krank. Würden Sie es bitte nahe am Kopf absägen und in unser Hotelzimmer bringen lassen; ich werde es untersuchen und Ihnen die Diagnose dann mitteilen. Um eine Verwechslung zu verhüten, werde ich es jetzt markieren und dann umwickeln, damit es beim Schlachten nicht verletzt wird.«
Er öffnete jetzt sein Päckchen und entnahm ihm eine Flasche, die mit »Ochsengalle« beschriftet war, ein Blatt Guttapercha-Gewebe, eine Bandagerolle und ein Stück Siegelwachs. Die Flasche gab er Mr. Felton, das Gewebe und die Bandage wickelte er um das Horn und befestigte beides mit Siegelwachs.
»Ich werde das Horn absägen und es Ihnen mit der Galle selbst ins Hotel bringen«, sagte Mr. Felton. »In einer halben Stunde haben Sie beides.«
Und er hielt Wort. Eine halbe Stunde später saß Thorndyke an einem kleinen Tisch am Fenster unseres Zimmers im Black Bull Hotel. Der Tisch war mit Zeitungspapier bedeckt; darauf lagen das lange, graue Horn und Thorndykes Reisetasche. Sie war offen und enthielt unter anderem ein kleines Mikroskop mit Zubehör. Der Schlächter hatte sich in einem Fauteuil niedergelassen und wartete mit mißtrauischer Miene auf den Bericht. Ich versuchte inzwischen, Mr. Stopford aufzuheitern, der offensichtlich jede Hoffnung aufgegeben hatte. Daneben verfolgte auch ich gespannt die geheimnisvollen Tätigkeiten meines Kollegen.
Thorndyke löste das Horn sorgfältig aus dem Verband und hielt es ans Ohr, während er es langsam drehte. Er suchte die Oberfläche des Horns mit der Lupe ab; dann kratzte er eine Substanz von der Hornspitze und strich sie auf ein Glasplättchen. Nun fügte er einen Tropfen Flüssigkeit hinzu. Mit zwei Nadeln zog er das Gemisch

in die Breite und schob das Plättchen unters Mikroskop. Nachdem er ein oder zwei Minuten aufmerksam durch die Linse geblickt hatte, wandte er sich plötzlich um.
»Komm, schau dir das an, Jervis«, sagte er.
Ich verlor keine Sekunde, meine Neugier zu stillen, und blickte durch die Linse.
»Nun, was ist es?« fragte er.
»Ein Nervenkorpuskel – zusammengeschrumpft, aber zweifellos ein Korpuskel.«
»Und das hier?«
Er verschob das Glasplättchen ein wenig.
»Zwei pyramidenförmige Nervenkorpuskel und ein paar Muskelfetzchen.«
»Mit was für einem Gewebe haben wir es zu tun?«
»Substanz von der Hirnrinde – kein Zweifel.«
Thorndyke nickte und fügte hinzu, an Mr. Stopford gewandt: »Die Verteidigung hat ihre Untersuchung abgeschlossen; ich glaube, wir haben den Fall in der Tasche.«
»Um Himmels willen, wovon sprechen Sie?« sagte Mr. Stopford aufgeschreckt.
»Ich spreche davon, daß wir beweisen können, wie, wann und wo Miss Grant ihren Tod gefunden hat. Setzen Sie sich, ich will es Ihnen erklären. Nein, gehen Sie nicht weg, Mr. Felton, vielleicht brauchen wir Sie als Zeugen. Ich glaube, es ist am besten, wir halten uns die Fakten der Reihe nach vor Augen und überlegen, welche Bedeutung sie haben könnten. Da ist zuerst die Lage des Körpers im Zug; die Füße liegen Richtung Abteiltür. Das heißt also, daß Miss Grant wahrscheinlich stand, bevor sie hinfiel – und zwar stand sie nahe am Fenster. Das nächste Stück im Beweismaterial ist dieses«; er zog aus seiner Tasche ein zusammengefaltetes Stück Papier, dem er eine kleine, blaue Paillette entnahm. »Dies ist eines der Plättchen, die zur Hutverzierung gehörten; ich habe noch mehrere davon in einem Briefumschlag, die direkt vom Hut stammen.

Diese einzelne Paillette fand ich auf dem Trittbrett des Zuges – und zwar am Ende des Wagens, auf der anderen Seite des Abteils. Wir können also mit großer Wahrscheinlichkeit annehmen, daß Miss Grant zu irgendeinem Zeitpunkt den Kopf zum Fenster auf der anderen Seite hinausgestreckt hat.
Einen weiteren Beweis fand ich, als ich den Fensterrahmen des Abteils mit Puder bestäubte und einen fettigen, dreieinhalb Zoll langen Abdruck am Metallrand der rechten Seite – rechte Seite, von innen nach außen gesehen – entdeckte!
Und jetzt zu den Beweismitteln, die uns die Leiche liefert. Die Wunde am Schädel ist über und hinter dem linken Ohr, sie ist rund und mißt ungefähr anderthalb Zoll im Durchmesser. Eine Verletzung mit gefransten Rändern verläuft vom Loch gegen das linke Auge. Dazu kommt die Quetschung auf der rechten Wange, die dreieinhalb Zoll lang ist. Andere Wunden konnten wir nicht finden.
Weitere Angaben vermittelt uns dieses Horn hier.« Er ergriff das Horn und beklopfte es mit dem Finger, während der Anwalt und Mr. Felton ihn sprachlos vor Verwunderung anstarrten. »Sie sehen, es ist ein linkes Horn, und Sie erinnern sich, wie sensibel es war. Wenn Sie nun das Ohr an dieses Horn halten, während ich es zu biegen versuche, werden Sie ein feines, kratzendes Geräusch vernehmen, das auf einen Bruch im Innern hindeutet. Wenn Sie das spitze Ende betrachten, werden Sie einige tiefe Kratzspuren entdecken, die längs verlaufen; wo diese Kratzspuren enden, weist das Horn genau einen Durchmesser von eineinhalb Zoll auf. Die Kratzspuren sind von einem Blutfleck bedeckt; an der Hornspitze klebt ein wenig von jener Masse, die Dr. Jervis und ich unter dem Mikroskop untersucht haben. Wir sind sicher, daß es sich um Hirngewebe handelt.«
»Großer Gott«, rief Mr. Stopford aus, »wollen Sie damit sagen, daß ...«

»Wir wollen zuerst alle Tatsachen in Betracht ziehen, Mr. Stopford«, unterbrach ihn Thorndyke. »Wenn Sie nun genau hinsehen, so können Sie sogar ein Stück Haar entdecken, das am Horn klebt. Mit dieser Linse können Sie die Haarwurzel erkennen. Es handelt sich um ein hellblondes Haar, dessen unterster Teil dunkelblond ist, und zwar sechs Millimeter lang. Ich habe hier im Umschlag einige Haare der toten Dame. Sie sind ebenfalls hellblond, dunkel am unteren Ende, und zwar auf eine Länge von sechs Millimetern. Und dann habe ich noch das.«

Er drehte das Horn um und wies auf ein kleines Blutgerinnsel. Eine blaue Paillette klebte daran.

Mr. Stopford und der Schlächter betrachteten das Horn mit ungläubiger Andacht. Dann atmete Mr. Stopford auf und blickte Thorndyke ins Gesicht.

»Ich zweifle keinen Augenblick, daß Sie dieses Geheimnis aufdecken können; aber obwohl Sie mir wieder Hoffnung machen, tappe ich noch völlig im dunkeln.«

»Und dabei ist die Sache äußerst einfach«, erwiderte Thorndyke. »Schon die eben erwähnten Tatsachen genügen, um den Fall zu klären. Nun will ich aber meine Theorie entwickeln, und Sie, meine Herren, sollen die Richter sein.« Er kritzelte rasch einen Plan in groben Zügen auf ein Blatt Papier und fuhr fort: »Dieses war die Situation in dem Augenblick, als der Zug sich Woldhurst näherte. Hier war der Personenwagen, dort der brennende Schuppen, und hier war der Viehwagen abgestellt. Dieses Tier, dem das Horn gehörte, war im Viehwagen. Nun ist meine Hypothese, daß Miss Grant den Kopf zum Fenster hinausstreckte, um den brennenden Schuppen zu sehen. Da sie einen breitrandigen Hut trug, der auf der linken Seite des Kopfes tiefer saß, konnte sie den Viehwagen, dem sich der Zug näherte, nicht bemerken. Und dann ereignete sich folgendes.«

Er kritzelte einen anderen Lageplan – diesmal größer.

»Einer der Ochsen – und zwar dieser – hatte sein Horn

durch die Stangen des Viehwagens gesteckt. Die Hornspitze bohrte sich in den Schädel unseres Opfers. Ihr Gesicht prallte scharf gegen den seitlichen Fensterrahmen. Beim Herauslösen bohrte sich das Horn durch die Schläfe, erhielt aber selbst einen kleinen Bruch wegen der heftigen Drehung. Diese Hypothese hat die Wahrscheinlichkeit für sich; sie erklärt alle bekannten Fakten; und diese Fakten können anders nicht erklärt werden.«

Der Anwalt saß einen Augenblick da, als ob er betäubt wäre; dann erhob er sich mit einem Ruck und ergriff Thorndykes Hände.

»Ich weiß nicht, was ich sagen soll!« rief er, mit Tränen in der Stimme. »Sie haben meinem Bruder das Leben gerettet; Gott möge Sie dafür belohnen.«

Der Schlächter stand ebenfalls auf; er schüttelte lachend den Kopf.

»Mir scheint, als ob unsere Ochsengalle nur eine Finte war, nicht wahr, Dr. Thorndyke?«

Und dieser nickte mit einem unergründlichen Lächeln.

Als wir am folgenden Morgen nach London zurückkehrten, waren wir zu viert, Harold Stopford war auch dabei. »Tod durch Unfall« hatte das Urteil der Geschworenen gelautet. Kurz darauf hatte man den Künstler aus der Haft entlassen. Er saß jetzt neben mir und seinem Bruder und hing an Thorndykes Lippen, als dieser abschließend meinte:

»Sehen Sie, ich hatte sechs mögliche Theorien für die Todesursache aufgestellt, bevor wir Halbury erreicht hatten, und ich brauchte nur die auszuwählen, auf die alle Fakten zutrafen. Als ich den Viehwagen erblickte, die Paillette aufhob, die Beschreibung der Ochsen hörte und den Hut und die Wunden gesehen hatte, galt es nur noch, die Details einzusetzen.«

»Und Sie haben überhaupt nie an meiner Unschuld gezweifelt?« fragte Harold Stopford.

Thorndyke lächelte seinem ehemaligen Klienten zu. »Nein, nicht nachdem ich Ihren Malkasten und Ihr Bild gesehen hatte, von der Schirmspitze gar nicht zu reden.«

T. S. STRIBLING

Ein unfähiger Polizeidirektor

Mein Freund, Dr. Henry Poggioli, Professor der Kriminalistik an der Ohio State University, hatte sich im Hotel St. Regis einquartiert. Sein Zimmer lag im siebten Stock, von wo man einen Teil der Stadt Tiamara überblicken konnte. Auf dem Bett lagen Dutzende von Ausschnitten aus den Lokalzeitungen. Poggioli hatte einige Artikel rot, andere schwarz umrandet. Hier und dort hatte er neben dem Text etwas vermerkt: Hinweise von einem Bericht auf andere Berichte.

Die Schlagzeilen der neuesten Zeitungen galten selbstverständlich der vom Stadtrat geplanten Absetzung des Polizeidirektors von Tiamara. Direktor Toppertoe wurde der absoluten Unfähigkeit im Amt beschuldigt, denn seine Polizeikräfte hätten noch nie auch nur einen einzigen Dieb, geschweige denn einen Schwerverbrecher in Haft genommen oder vor Gericht gebracht. Die Zeitungen bliesen die Sache gewaltig auf, denn es war Frühling in Florida, die Touristen waren nach Norden verschwunden, und was hätte man sonst zur Sensation aufbauschen können? Dr. Poggioli hatte sich den letzten Jahrgang der Zeitungen noch in Ohio besorgt und dann im Zug durchgesehen.

Poggioli wies auf die rot eingerahmten Artikel hin und sagte: »Aus diesen über Monate verstreuten Berichten ergibt sich die unglaubliche Tatsache, daß die Polizei von Tiamara zwar noch nie einen Dieb erwischt hat, daß sie aber in jedem Fall gestohlenes oder verlorenes Geld wieder gefunden und dem Eigentümer zurückgegeben hat – nur Bargeld allerdings; gestohlene Aktien, Obligationen, Schmuckstücke sind verschollen geblieben.«

Ich machte große Augen, aber Poggioli gab mir keine Chance, meinem Erstaunen Ausdruck zu geben. Er fuhr

in lehrhaftem Ton fort, als ob er einen Hörsaal voller Studenten vor sich hätte:
»Am 29. Mai bringt das *Telegramm* folgende Geschichte: ›Villa am Meerufer ausgeraubt – Filmschauspielerin verliert Schmuck, Wertpapiere und Bargeld.‹«
Unter dem Artikel hatte Poggioli eine Anmerkung eingetragen, die auf einen andern Ausschnitt verwies. Er suchte ihn, fand ihn und sagte: »Dieser Artikel stammt aus dem Abendblatt, gleiches Datum, Seite 2: ›Polizei findet Bargeld, das der Filmschauspielerin Elise Eliot entwendet worden war. Juwelen und Wertpapiere bleiben verschwunden. Diebe entkommen.‹ Was sagen Sie dazu? Das ist allerdings nur ein einzelnes Beispiel, und es mag sich um einen Zufall handeln. Aber hier ist ein weiteres: ›Ehepaar aus Pennsylvania verliert 12 000 Dollar an Betrüger. Die Polizei findet und beschlagnahmt das Geld.‹« Poggioli wies auf die übrigen Berichte hin: »Immer wieder das gleiche, nur in einem einzigen Fall hat die Polizei das Geld nicht gefunden und nicht zurückgegeben.«
Ich blickte Poggioli gespannt ins Gesicht, es nahm mich wunder, was für Schlüsse er aus dieser offensichtlich eher einseitigen Leistungsfähigkeit der Polizei ziehen würde. Wie ich ihn kannte, würde er sofort alles daransetzen, eine Lösung für diese Rätsel zu finden. Als er aber schwieg, in Gedanken versunken, fragte ich ihn, welches denn diese einzige Ausnahme gewesen sei.
»Ach so ... der Raubmord beim Pferderennen – 30 000 Dollar. Hier steht es, im *Telegramm* vom 9. Mai: ›Unbekannter Mann, der 30 000 Dollar gewonnen hat, ermordet und beraubt auf der Straße zwischen dem Poinciana-Rennplatz und der Stadt. Nichts an der Leiche, was die Person identifizieren könnte.‹ Das ist der einzige Fall, auf den ich in allen diesen Zeitungen gestoßen bin, in dem die Polizei das gestohlene Geld nicht zurückgegeben hat.«
»Die wissen wohl nicht, wem sie es geben sollen«,

grinste ich. »Der Kerl ist tot, und woher sollen sie wissen, wer die Erben sind?«
Poggioli hat keinen Sinn für Witze. Professoren, die vor übermütigen Teenagern Vorlesungen halten müssen, verlieren oft den Sinn für Humor. Er sagte: »Mhm.«
Um wieder in Gnade zu kommen, fragte ich mit nachdenklicher Miene, warum er einige Artikel schwarz umrandet habe.
»Das sind Verkehrsunfälle mit tödlichem Ausgang, Selbstmorde, Todesfälle infolge unbekannter Ursache. Tiamara weist 31% mehr solcher Fälle auf als alle anderen Städte ähnlicher Größe. Ich habe mich eben gefragt, ob das ein Hinweis sein könnte ...«
»Sie meinen doch nicht etwa, daß das etwas mit dem Umstand zu tun haben könnte, daß die Polizei jeweils das Geld wieder findet?«
»Nein, *meinen* sowieso nicht. Ich präge mir diese Tatsache nur ein. Wie oft hat es sich herausgestellt – und Sie wissen das so gut wie ich –, daß zwei Abnormitäten, die an ein und demselben Ort vorgekommen sind, im Zusammenhang gestanden haben. Am Ende hat die eine die andere erklärt.«
»Sind Sie von Ohio nach Tiamara gekommen, um herauszufinden, warum die hiesige Polizei gestohlenes Geld zurückgibt und wie die Unfallstatistik aussieht?«
»Nein, ganz und gar nicht. Ich habe einen Auftrag auszuführen.« Er blickte auf die Uhr, wie um nachzusehen, ob ihm noch weitere fünf Minuten blieben, um seinen Auftrag auszuführen. »Bevor ich an einen bestimmten Ort reise, beschaffe ich mir immer zuerst einige Lokalzeitungen und lese sie im Zug; so finde ich heraus, ob etwas geschehen ist, was eine Untersuchung wert sein könnte.«
»Und wie wollen Sie in diesem Fall hier vorgehen?« fragte ich.
Der Kriminologe blickte wieder auf die Uhr. »Ich ginge gern auf einen Sprung hinüber zur Stadtverwaltung; ich

möchte mit Bundley sprechen, sofern ich dazu noch Zeit habe.«

»Bundley«, wiederholte ich. »Sie meinen den Detektiv, vor dem die Stadträte eine solche Angst haben, daß sie ihn daran hindern wollen, vor Gericht auszusagen?«

»Langsam, langsam«, protestierte Poggioli. »Wenn Sie ›Angst‹ sagen, so ist das Ihre eigene Interpretation. Die Stadträte haben gesagt, sie hätten das öffentliche Wohlergehen im Auge, wenn sie Bundley daran hinderten, vor Gericht auszusagen.«

Die ungeheure Naivität meines Freundes erschreckte mich. Ich sagte: »Poggioli, das ist doch nur eine lahme Ausrede! ›Öffentliches Wohlergehen!‹ – Unsinn! Sie verbinden ihm das Maul, damit ihre eigene, stinkende Korruption nicht ans Tageslicht kommt. Was für andere Gründe gäbe es denn noch dafür, daß amerikanische Stadträte versuchten, einen Zeugen mundtot zu machen?«

Poggioli brachte nun ziemlich stupide, theoretische Argumente vor; die Stadträte müßten ehrliche Menschen sein, sonst würden sie sich nicht dafür einsetzen, den Polizeiapparat auszumisten und den Polizeidirektor abzusetzen. Korrupte Stadträte würden sich davor hüten, gegen einen Polizeichef vorzugehen, denn in einer korrupten Stadtverwaltung stecke er mit den Räten unter einer Decke.

»Poggioli«, sagte ich, »damit bin ich nicht einverstanden. Was ich sage, mag unlogisch klingen; aber wenn ich die Korruption mit eigenen Augen vor mir sehe – denken Sie an Bundley –, dann gebe ich zu, daß es sie gibt. Gut, gehen wir zu Bundley; Sie werden sehen, wer recht hat.«

Mein Freund blickte schon wieder auf die Uhr. »Ich habe eine Verabredung hier im St. Regis um 10 Uhr 14. Jetzt haben wir 10 Uhr 03.«

»Was soll denn das – zehn Uhr *vierzehn*!«

»Eben! Es muß sich also um etwas sehr Wichtiges und

Außerordentliches handeln, sonst hätte mein Auftraggeber die Zeit nicht so genau angegeben.«
»Wer ist es denn?«
»Ein gewisser Mr. Claymore aus Chicago.«
»Warum sollte der gerade auf 10 Uhr 14 kommen?«
»Ich soll ihn unten in der Halle treffen. Um diese Zeit ist die Halle fast leer, und so wird er die Möglichkeit haben, mich unter die Lupe zu nehmen, bevor ich ihn erblicke. Anders gesagt: er will zuerst einen Eindruck von mir haben – offenbar, weil er ein Risiko auf sich nimmt, wenn er mich anstellt; jedenfalls wird es sich um eine kitzlige Sache handeln. Aber Sie werden ihn ja auch kennenlernen; betrachten Sie ihn genau, und sagen Sie mir dann, was Sie von ihm halten.«
»Ich soll ihn kennenlernen?«
»Gewiß. Das wichtigste an meiner Arbeit ist doch, daß Sie diese zu Erzählungen verarbeiten können.« Poggioli lächelte süßsauer – etwa so wie ein Professor, der einem Studenten eine ungenügende Arbeit zurückgibt.
»Wie soll ich ihn denn kennenlernen? Soll ich Sie in die Halle begleiten?«
»Nein. Sie begeben sich schon jetzt nach unten. Kaufen Sie eine Zeitung und setzen Sie sich in eine Ecke, von wo aus Sie den Eingang überwachen können. Merken Sie sich auf die Minute genau, wann er hereinkommt; ich muß wissen, ob ich recht vermutet habe – im Hinblick auf die Art der Aufgabe, die ich ausführen soll. Und natürlich kennen Sie mich nicht, es sei denn, ich wende mich zuerst an Sie. Ich hoffe, die Sache läßt sich in einer Stunde erledigen. Wir treffen uns nachher um elf Uhr bei der Stadtverwaltung und machen Bundley einen Besuch.«
Dieser Mr. Claymore schien eine angenehm-aufregende Persönlichkeit zu sein. Ich hoffte natürlich, Poggioli habe ihn falsch eingeschätzt; dann hätte auch ich ihm mit einem süßsauren, akademischen Lächeln begegnen können. Ich wünschte, Claymore würde sich als großer

und geschwätziger Fettwanst entpuppen, der die Zeit 10 Uhr 14 gewählt hatte, weil seine Uhr regelmäßig um 10 Uhr 15 stehenblieb und er infolgedessen für den Rest des Tages nicht wissen konnte, wie spät es war.

In der Eingangshalle des St. Regis kaufte ich mir eine Zeitung und setzte mich unter ein Fenster. Aber ich kam nicht zum Lesen. Claymore ging mir durch den Kopf. Natürlich wollte er Poggioli im Zusammenhang mit einem Verbrechen konsultieren. Wahrscheinlich sollte Poggioli irgendeinen Fall aufklären. Aber warum hatte er sich nicht an eine Detektivagentur gewandt?

Poggioli betrat die Halle um 10 Uhr 13. Eine halbe Minute nach 10 Uhr 14 erschien ein gepflegter, kleiner Herr an einer der inneren Türen und ging auf meinen Freund zu. »Sie sind Mr. Poggioli?« »Und Sie, nehme ich an, sind Mr. Claymore?« Der kleine Herr nickte und blickte zu mir herüber. »Wenn ich mich nicht irre, sitzt dort der Autor, der die Geschichten über Ihre kriminologische Tätigkeit verfaßt?«

Ich errötete verlegen, aber Poggioli mußte so etwas erwartet haben; er zuckte mit keiner Wimper und sagte: »Wir waren uns nicht klar, Mr. Claymore, ob Sie für meinen Kompagnon Verwendung haben würden oder nicht. Deshalb habe ich ihm gesagt, er soll sich irgendwo in die Nähe setzen.«

Auf ein Zeichen von Claymore hin erhob ich mich und ging auf die beiden zu. Claymore betrachtete mich nachdenklich und sagte: »Mir soll es recht sein. Ich weiß, Sie beide arbeiten gern zusammen.« Dann fügte er folgende seltsame Bemerkung hinzu: »Aber behalten Sie die Sache bei sich, solange ich noch am Leben bin.«

Wir erklärten uns einverstanden. Darauf fragte ich Claymore, warum er sofort gewußt habe, daß ich zu Poggioli gehöre. Unser neuer Freund lachte kurz, aber freundlich: »Als ich hereinkam, haben Sie auf die Uhr geblickt. Sie haben nicht gelesen, sondern die Zeitung seitwärts gehalten und den Hoteleingang beobachtet.

Außerdem wußte ich, daß jemand Poggiolis Abenteuer aufzeichnet, und Sie sehen aus wie ein Journalist oder ein Schriftsteller.«
Poggioli und ich lachten über die letzte Bemerkung. Ich sagte: »Ich sehe nicht ein, warum Sie einen Detektiv einstellen wollen; Sie sind ein so scharfsinniger Kerl, daß Sie doch alles selbst herausfinden können.«
»Sie meinen also, ich wolle etwas herausfinden?« fragte der kleine Mann und führte uns zu einer Gruppe von Sesseln.
»Natürlich. Wenn jemand Dr. Poggioli engagiert, will er etwas herausfinden, gewöhnlich im Zusammenhang mit einem Verbrechen.«
»Gott behüte!« rief Claymore aus, offensichtlich erschrocken. »Aber es ist wahr, ich will etwas herausfinden. Ich habe einen Bruder – besser: ich hatte einen Bruder, der sich Anfang Mai hier in Tiamara aufgehalten hat. Seither ist er spurlos verschwunden, und ich wäre dankbar, wenn Dr. Poggioli mir bei der Suche nach ihm helfen würde.«
»Wann haben Sie zum letzten Mal von Ihrem Bruder gehört?« fragte Poggioli.
»Das ist sein letzter Brief.« Claymore reichte ihn dem Kriminologen. »Mein Bruder hat ihn kurz nach seiner Ankunft in Tiamara geschrieben; seither habe ich nichts mehr von ihm gehört.«
Poggioli las den Brief, runzelte die Stirn und fragte, ob er mir den Brief zeigen dürfe.
»Gewiß. Von jetzt an betrachte ich Sie beide als eine Person.«
Der Brief, den mir Poggioli übergab, war kurz und lautete: »Lieber Cy: Habe Pferderennen gewonnen, werde eine Woche hier, eine Woche in New Orleans verbringen. Komme anschließend nach Hause. Herzlichst, James Barocher.«
Der Hinweis auf ein gewonnenes Pferderennen rief mir etwas ins Gedächtnis zurück. Ich warf einen Blick aufs

Datum: der 9. Mai. Jetzt fiel es mir plötzlich wieder ein; eine große Aufregung bemächtigte sich meiner. Das war doch sicher der Raubmord, über den Poggioli und ich eben gesprochen hatten ... Aber Freund Poggioli hatte mit keiner Wimper gezuckt, und ich mußte annehmen, ihm sei der Zusammenhang noch nicht aufgefallen. Er sagte eben: »Wenn Ihr Bruder James Barocher hieß, Mr. Claymore, dann war er also ein Halbbruder?«
Der kleine Mann nickte, und Poggioli fuhr fort: »Und nach der geplanten Woche in New Orleans ist er also nicht nach Hause gekommen?«
»Ich habe ihm hierher und in alle größeren Hotels von New Orleans telegrafiert, aber nichts weiter von ihm gehört.«
Jetzt konnte ich mich nicht mehr zurückhalten. Ich zwinkerte Poggioli bedeutungsvoll zu und sagte: »Poggioli ... der neunte Mai ... Pferderennen ... haben wir nicht gehört, daß jemand gewonnen hat ... beim Pferderennen ... am neunten Mai?«
Der Kriminologe nickte so beiläufig, daß ich nicht sicher war, ob er sich wirklich an den sensationellen Raubmord erinnerte oder nicht: »Ja, es kommt mir so vor«, sagte er. Er dachte eine Weile nach, dann fragte er: »Mr. Claymore, ist Ihr Halbbruder ein fanatischer Spieler gewesen? Hat er große Summen gewettet?«
»Ja. Er hat große Summen bei Pferderennen verloren.«
Poggioli rief einen Hoteldiener herbei, gab ihm seinen Zimmerschlüssel und befahl ihm, die Ausgabe des *Telegramm* vom 9. Mai, die auf dem Bett liege, zu holen. Dann wandte er sich an Claymore: »Sie sagen, Sie haben Ihrem Bruder ein Telegramm in dieses Hotel geschickt?«
»Zwei. Aber sagen Sie, was wissen Sie von Jim ...«
»Einen Augenblick, Mr. Claymore. Ich will nur schnell die Telegramme holen, die Sie hierher gesandt haben.«
Er ging zum Empfang hinüber und kam zwei Minuten später mit zwei Telegrammumschlägen zurück, die an

James Barocher adressiert waren. Im Telegramm vom 14. Mai bat Mr. Claymore seinen Bruder, ihm telegrafisch seine Pläne mitzuteilen. Im zweiten beschwor Claymore seinen Bruder, das Trinken einzustellen und nach Hause zu kommen. Der kleine Mann beeilte sich, den Text des zweiten Telegramms zu erklären:
»Jim hat nicht oft getrunken. Wenn er aber einmal anfing, dann hörte er ein oder zwei Wochen lang nicht mehr auf. Ich wußte das. Als er mir schrieb, er habe beim Pferderennen gewonnen, war mir sofort klar, daß er viel gewonnen hatte – er gab sich nicht mit Kleingeld ab. Hatte er aber viel gewonnen, so würde er wahrscheinlich zu feiern beginnen. Deshalb das zweite Telegramm.«
Claymore erklärte das alles mit der ängstlichen, hastigen Stimme eines Menschen, der ahnt, daß großes Unheil droht. Es tat mir direkt leid, als ich den Hoteldiener mit Poggiolis Zeitung aus dem Lift treten sah. Wir brachen das Gespräch ab. Poggioli überflog die Schlagzeilen; dann sagte er zu Claymore in dem etwas gehobenen, monotonen Tonfall, mit dem man anderen schlechte Neuigkeiten mitteilt: »Mr. Claymore, das ist *vielleicht* nicht Ihr Halbbruder. Bestimmt hat es noch andere gegeben, die am 9. Mai gewonnen haben.«
Poggioli hielt die Zeitung so, daß wir beide die Schlagzeilen lesen konnten.
Der kleine Mann ließ den Kopf sinken; er schien in sich zusammenzufallen. »Ich ... ich hätte nicht gedacht, daß Sie ... meine Frage so schnell beantworten würden.«
»Langsam, Mr. Claymore, langsam. Die Sache ist ja noch keineswegs sicher. Wie gesagt, mehrere Personen werden gewonnen haben – das kommt oft vor. Setzen Sie nun eine Beschreibung Ihres Halbbruders auf: wie er aussah, Kleider, Schmuck, Uhr – alles, was Ihnen einfällt. Ich gehe dann mit dem Zettel zur Polizei und lasse die Beschreibung überprüfen.«

»Aber wenn er nicht ... ermordet worden wäre, Mr. Poggioli, wäre er ... nach Hause gekommen.«
»Bitte, Mr. Claymore, ... notieren Sie hier die Beschreibung.«
Wir standen auf und gingen ins Schreibzimmer. Während Claymore nachdachte und schrieb, wieder nachdachte und von neuem schrieb, tröstete ihn Poggioli: »Vielleicht ist es gar nicht Ihr Halbbruder; wenn er es aber doch sein sollte, werden Sie ihn dann ausgraben und nach Chicago überführen lassen?« Mr. Claymore nickte.
Poggioli steckte die Beschreibung ein, die Claymore aufgesetzt hatte, ebenso die zwei Telegramme. Wir verabschiedeten uns von Claymore, winkten ein Taxi herbei und fuhren zum Polizeirevier.
Im Auto äußerte ich Verwunderung und Erstaunen darüber, daß der Mord, über den mein Freund und ich noch vor kurzem gesprochen hatten, uns nun plötzlich persönlich betraf: wir sollten ihn aufklären. Poggioli zog an seiner Unterlippe, was bei ihm Nachdenken signalisierte. »Warum die Verabredung um 10 Uhr 14? Das verstehe ich nicht.«
Ich blickte ihm ins Gesicht. »Weshalb jetzt diesen nebensächlichen Punkt aufbringen?«
»Und warum wollte er mich betrachten, bevor ich ihn zu Gesicht bekommen durfte? Warum sollte er meine Pünktlichkeit auf eine Minute genau prüfen wollen? Meine Persönlichkeit hat doch überhaupt keine Bedeutung für ihn, wenn es sich nur um die Suche nach einem verlorenen Halbbruder handelt?«
»Poggioli«, sagte ich, »Claymore ist wohl einfach einer von diesen kleinlich-exakten Bürokratenzwergen. Er zieht sich an wie einer, spricht wie einer, ist auch einer.«
»Mhm, vielleicht haben Sie recht. Aber ein gewöhnlicher Mensch hätte für eine Verabredung nie diese ungewöhnliche Zeit und dazu die genaue Minutenzahl ge-

wählt, es sei denn, es lägen schwerwiegende Gründe vor.«

Auf dem Polizeirevier fragten wir nach der Mordabteilung und wurden an Direktor Toppertoe persönlich verwiesen. Als wir sein Büro gefunden hatten, erfuhren wir, er sei gerade im Stadtrat, um sich wegen seiner Entlassung zu verteidigen. Wir verfügten also über etwas freie Zeit, und Poggioli fragte, wo wir den Detektiv Bundley finden könnten. Man schickte uns ins 16. Stockwerk des Bezirksgerichts.

Das Bezirksgericht von Tiamara scheint eine einzigartige Einrichtung zu sein: eine sich ständig vorwärtsbewegende Prozession von Menschen drängt sich am Richter vorbei. Die Entscheidungen fallen schnell und nonchalant: während ein Angeklagter in Richtung Freiheit oder Zuchthaus abmarschiert, redet schon der nächste auf den Richter ein, drängt sich der dritte, flankiert von Anwalt und Zeugen, verzweifelt nach vorne, weil er fürchtet, der Fall könne sonst entschieden werden, bevor er noch die Anklagebank erreicht habe.

Als wir den Saal betraten, stand ein kleiner, vertrockneter Neger vor der Schranke; ein wohlgenährter Anwalt verteidigte ihn. Der Anwalt behauptete, daß Detektiv Bundley das Heim seines Klienten, Stogie, betreten und illegal durchsucht habe. Die Tatsachen seien folgende: Bundley habe zwar einen Hausdurchsuchungsbefehl gehabt, aber dieser habe auf Joob Street 70 gelautet, während Stogies Haus die Nummer Joob Street 70½ trage. Das belastende Material gegen Stogie stamme anscheinend aus dem Haus Joob Street 70. Der fette Anwalt schlug also folgendes vor: da der Hausdurchsuchungsbefehl unkorrekt ausgestellt gewesen sei, solle sein Klient freigelassen und das konfiszierte Beweismaterial an ihn zurückgegeben werden.

Detektiv Bundley stand am Ende der Gerichtsschranke und starrte den kleinen Neger, der völlig unberührt und selbstsicher dastand, wütend an. Bundley hatte das Beweismaterial in der Hand: eine Zigarrenkiste voller Papierschnitzel. Poggioli und ich arbeiteten uns gegen den Strom zu Bundley durch und fragten ihn, welcher Art das Beweismaterial in der Schachtel sei. Er knurrte: »Lotterielose«. Ich fragte ihn, um was für eine Lotterie es sich denn handle. Er blickte mich genauer an, wie um sich zu versichern, daß es wirklich noch Menschen gebe, die davon nichts gehört hatten; dann erklärte er mit wütenden Worten und Gesten, daß es sich um kubanische Lotterienummern handle. Ich bemerkte, daß es keine kubanischen Lotteriescheine seien, denn solche hätte ich selbst schon gekauft.

»Nein, diese Scheine sind hier gedruckt worden«, Bundley schüttelte seine Schachtel, »aber die gleichen Zahlen gewinnen wie in Kuba.«

Ich brauchte eine Weile, bis mir die Implikationen dieser Aussage klar wurden; dann rief ich aus: »Sie wollen sagen, daß dieser kleine Neger Tausende von Dollar ausbezahlen wird, wenn eine von ihm verkaufte Nummer gewinnt?«

»Nein, er ist nur der Zwischenmann. Die Organisation, für die er arbeitet, bezahlt.«

In diesem Augenblick fällte der Richter das Urteil: »Angeklagter schuldig – laut Anklage. Buße fünfzig Dollar und Gerichtskosten. Der nächste.«

Trotz der Verurteilung schien sich Bundley zu ärgern. Ich sagte: »Ihr Arrestant ist doch verurteilt worden, immerhin!«

Bundley spuckte auf den Boden. »Das ist keine Verurteilung, eher schon Reklame. Der hat Lose für fünfzig Dollar verkauft, bevor er hier aus dem Haus ist; die Verhandlung vorhin ist für ihn die reinste Propaganda gewesen.«

Der kleine, schwarze Mann machte offenbar gute Geschäfte; um seine Geldstrafe zu bezahlen, zog er eine armdicke Rolle Banknoten aus der Hosentasche, schälte eine Fünzigernote ab und steckte die Rolle in die Tasche zurück, die eine beachtliche Wölbung nach außen aufwies.

Poggioli flüsterte dem verärgerten Detektiv ins Ohr: »Diese illegale Lotterie – war es das, was Sie dem Stadtrat erzählt hätten, wenn man Sie als Zeuge vorgeladen hätte?«

»Klar!«

»Aber der Rat verhinderte Ihre Aussage – im Interesse des Gemeinwohls?«

»Gemeinwohl – oder ein privates Bankkonto«, sagte Bundley.

Das brachte die vorige Auseinandersetzung zwischen Poggioli und mir wieder in Gang. Bundleys Bemerkung schien mir zu beweisen, daß der Stadtrat völlig korrupt sei, während Poggioli weiterhin behauptete, der Rat sei ehrlich und patriotisch, sonst hätte er nicht die Entlassung von Polizeidirektor Toppertoe eingeleitet.

»Sogar wenn die Stadträte vom kleinen Neger Stogie Bestechungsgelder annehmen?« sagte ich.

»Es gibt nur einen Beweis dafür, daß irgend jemand im Rathaus von Stogie Geld erhält: die Aussage eines verärgerten Detektivs.«

Als wir die große Steintreppe vor dem Gerichtsgebäude hinunterschritten, erblickte ich Stogie. Es fiel mir sofort auf, daß seine Hosentasche leer sein mußte; die Wölbung war verschwunden. Das amüsierte mich, hier hatte ich also bereits den Beweis. Ich winkte Stogie heran und fragte ihn, ob er kubanische Lose verkaufe. Er bejahte, und ich kaufte eines. Er zog ein Stück billig bedrucktes Papier hervor, anscheinend ohne sich im geringsten Sorgen darüber zu machen, daß Dutzende von Passanten ihn beobachten konnten. Ich gab ihm eine Zehn-Dollar-Note. Er nahm sie, zögerte einen Augenblick und sagte dann: »Entschuldigung, Boss, ich muß schnell wechseln gehen. Hier, halten Sie meine Uhr, bis ich wieder da bin? Ich kann sonst nicht herausgeben.«

Das war ein solch vollständiger und schlüssiger Beweis

für die Richtigkeit meiner Annahme, daß ich in lautes Gelächter ausbrach; als sich der Neger entfernt hatte, schüttelte Poggioli langsam den Kopf und wiederholte: »Es ist einfach nicht logisch. Korrupte Stadträte veranlassen normalerweise keine Untersuchung gegen sich selbst. Wenn der Stadtrat behauptet, er habe auf Bundleys Aussage im Interesse des öffentlichen Wohlergehens verzichtet, dann habe ich das Gefühl, daß ich das glauben kann.«

»Selig sind die, die da etc., etc.«, zitierte ich fröhlich, denn ich bin leider einer von denen, die um jeden Preis recht haben wollen. Von mir aus hätte sich die ganze städtische Administration in wildester Anarchie auflösen können – hätte das doch nur bewiesen, daß ich recht hatte.

Wir kehrten zum Polizeirevier zurück und fanden Direktor Toppertoe in seinem Büro. Er war ein großer, schlanker Mann und sprach mit einem südlichen Akzent; dabei machte er grammatikalische Fehler, wie es Leute tun, die nur gerade die Volksschule hinter sich gebracht haben. Als Poggioli um einen Termin bat, sagte Toppertoe: »Wenn Sie mich noch als Polizeidirektor sprechen wollen, dann am besten gleich jetzt.«

Der Kriminologe stellte sich vor, und Toppertoe drückte ihm erfreut die Hand. »Ich habe von Ihnen gehört, Mr. Poggioli.« Er wandte sich an mich: »Ich habe Ihre Geschichten gelesen und mir immer gewünscht, Ihnen einmal zu begegnen. Kommen Sie in mein Büro, meine Herren, und nehmen Sie Platz. Was darf ich Ihnen anbieten – Whisky oder Gin?«

Der freundliche Empfang hatte zur Folge, daß wir sofort ein gewisses Vertrauen zueinander faßten. Poggioli erwähnte die Zeitungshetze gegen den Polizeidirektor und den Versuch des Stadtrats, ihn zu entlassen. »Ich bin ein Kriminologe, Mr. Toppertoe, und wenn Sie mir gegenüber nicht ehrlich sind, verschwenden wir beide unsere Zeit. Die allgemeine Klage des Stadtrats lautet

auf Unfähigkeit; speziell legt man Ihnen zur Last, daß nur ein ganz kleiner Prozentsatz der Verbrecher in Tiamara je verhaftet und verurteilt wird.
Der Polizeichef blickte Poggioli eine Weile an, ohne ein Wort zu sagen. Dann meinte er trocken: »Ein kleiner Prozentsatz kommt zwar leider vor Gericht, aber doch nur ganz wenige.«
Der Kriminologe nickte leicht. Ich wußte, daß seinem scharfen Verstand kein Wort, keine Nuance entgehen würde.
»Mr. Toppertoe, ist die geringe Zahl der Verhaftungen und Verurteilungen einfach Zufall, oder handelt es sich um eine bewußte Politik Ihrer Abteilung?«
Die Miene des Polizeidirektors hellte sich auf. »Wissen Sie, Mr. Poggioli, Sie sind der erste, der mir diese Frage gestellt hat.«
»Also handelt es sich um eine bewußte Politik?«
»Aber gewiß, Mr. Poggioli. Ich hätte doch viele von diesen Kerlen fangen und vor Gericht bringen können – das wäre keine Kunst gewesen.«
»Aber Sie haben darauf verzichtet.«
»Gewiß, wozu ...« Plötzlich gab er seine vorsichtige Zurückhaltung auf und brach in einen Wortschwall aus: »Wozu soll ich einen Kriminellen verhaften, wenn legale Technikalitäten so große Löcher in unsere Netze machen, daß der schlimmste Verbrecher durch sie entschlüpfen kann? Und wenn man keine Technikalität findet, dann weinen die Geschworenen vor Mitleid, oder sie lassen sich bestechen. Und wenn die Gauner trotzdem ins Gefängnis kommen sollten, was dann? Die Gefängnisse und die Zuchthäuser sind Hochschulen des Verbrechens. Wer vorher ein Amateurdieb gewesen ist, wird hier zum Profi ausgebildet. Wozu ihn also verhaften?«
»Aber Mr. Toppertoe«, rief ich aus. »Sie können doch nicht alle Verbrecher einfach laufen lassen!« Der Polizeichef dachte eine Weile nach. »Es gibt auch noch an-

dere Gesichtspunkte im Hinblick auf meine Administration – niemand hat sie anscheinend bisher beachtet ... Kaum einem Dieb gelingt es je, das gestohlene Geld in Sicherheit zu bringen. Ich meine, wenn die Halunken dieser Stadt einmal begriffen haben, daß sich ihre Taten nicht bezahlt machen, geben sie es auf. Und bedenken Sie, was die Stadt an Staatsanwälten spart. Einen Kriminellen ins Zuchthaus zu schicken, das ist ein ungeheuer teurer Spaß; die Gerichtsverhandlungen, Berufungen, Appellationen, Bestimmungen der Zuständigkeit etc., das kostet Unsummen, und wer bezahlt das alles? Das Volk! Ich bin dagegen, Mr. Poggioli, ich bin für Sparsamkeit im Verwaltungswesen.«

An diesem Punkt brachte Poggioli den Detektiv Bundley ins Gespräch und die Tatsache, daß der Stadtrat dessen Aussage nicht hören wollte, angeblich im Interesse des Gemeinwohls. »Als ich mit Bundley sprach, hatte ich den Eindruck, seine Zeugenaussage hätte der illegalen Lotterie gegolten; ich muß also annehmen, daß die Lotterie in irgendeinem Zusammenhang mit dem Gemeinwohl steht.«

Der Polizeichef betrachtete meinen Freund mit Verwunderung: »Sie sind wirklich ein Hellseher, Mr. Poggioli. Tatsächlich, der Stadtrat weiß alles über die Lotterie – und fördert sie.«

»Sie sagen also, daß Sie die illegale Lotterie ganz bewußt tolerieren?« fragte ich.

»Nein, ganz und gar nicht«, grinste Toppertoe. »Ich sage, daß meine Abteilung die Lotterie sogar betreibt. Sie gehört uns. Als ich vor dreizehn Jahren dieses Amt übernahm, war die Lotterie in verantwortungslosen Händen. Gewinne wurden nicht ausgezahlt. Schlägereien und Mord waren die Folgen. Ein Los mit einer Nummer, die gewonnen hat, kann heute als Bankscheck verwendet werden. Das ist mir zu verdanken. Was wir an der Lotterie verdienen, geht in die Kasse der Polizeiabteilung; es ist genau wie beim Staat: was er an Pferde-

und Hunderennen etc. verdient, das steckt er in die Erziehung. Ja, was die Lotterie betrifft, da ist der Stadtrat mit mir zufrieden.«

»Aber Ihre eigenen Leute verhaften die Losverkäufer«, sagte ich. »Denken Sie an Bundley!«

»Ach so, das tun wir zu Wohl und Nutzen der Kirche«, lachte Toppertoe.

»Was wollen Sie damit sagen: Wohl und Nutzen der Kirche?«

»Die Geistlichen meinen immer, ein Polizeirevier müsse funktionieren wie die Kirche. Sie merken nicht, daß es ihre Aufgabe ist, Sünder in den Himmel zu bringen, während wir nur versuchen können, sie aus dem Gefängnis herauszuhalten. Unser Ehrgeiz ist also bedeutend geringer.«

Kurz darauf erwähnte Poggioli so nebenbei Mr. Claymores Halbbruder, James Barocher. Toppertoe fragte, wieviel Geld Barocher verloren habe.

»Es geschah am neunten Mai«, präzisierte Poggioli. »Die Zeitungen sagten, es handle sich um einen unbekannten Mann, der ermordet und beraubt worden sei; der Mann habe kurz vorher 30000 Dollar bei einem Pferderennen gewonnen. Dieser Mann war wahrscheinlich James Barocher.«

Jetzt erinnerte sich der Polizeidirektor. »Und was meint Mr. Claymore – was soll nun geschehen?«

»Er will die Leiche seines Bruders nach Chicago überführen. Hier ist die Beschreibung, die Claymore aufgesetzt hat; ich soll sie Ihnen übergeben.« Poggioli reichte ihm den Zettel.

»Gut, Mr. Poggioli. Ich will mich um die Sache kümmern und Ihnen persönlich Bericht erstatten, ... wenn ich dann immer noch Polizeichef sein sollte.«

Nachdem wir Toppertoes Büro verlassen hatten, kehrten wir nicht ins St. Regis zurück. Ich nahm Poggioli zum Mittagessen mit nach Hause. Unterwegs begann ich das Lob des Polizeichefs zu verkünden. Poggioli erwachte aus seinen Gedanken und sagte, Toppertoe sei einer der gefährlichsten Menschen, denen er je begegnet sei. Ich fiel aus allen Wolken und fragte, wie er zu einer solchen Ansicht komme. Er sagte, Toppertoe sei ein radikaler, skrupelloser und im übrigen absolut *ehrlicher* Individualist, der leider über zu viel Macht verfüge. Es seien Leute wie Toppertoe, die sich zu Diktatoren entwickeln und ganze demokratische Staatswesen über den Haufen werfen könnten.

Das war mir zuviel. Ich sagte: »Poggioli, möchten Sie denn lieber, daß der Polizeichef nicht ehrlich und korrupt wäre?«

Mein Freund stieg einmal mehr aufs hohe Roß des Wissenschaftlers: »Gewiß nicht. Das heutige Amerika verdankt seine Freiheit der Tatsache, daß es zur Hauptsache von Schurken regiert worden ist, für die Moral und Ethik hohle Begriffe waren, von Leuten also, die man jederzeit entlarven, überführen und absetzen konnte. Aber bei einem intelligenten, ehrlichen Individualisten ist das nicht so leicht möglich. Dieser erkennt, was seinem Land von Nutzen ist, lange bevor das Land es selbst ebenfalls erkennt. Er sammelt um sich eine kleine Elite von Menschen, die stark genug ist, um seine Ideen in die Wirklichkeit umzusetzen. Daraus entwickelt sich eine langwährende Diktatur. Nein, wir müssen Gott danken, daß Amerika es vorzieht, Dummköpfe, Diebe und Clowns in die Regierung zu wählen. Sollte es je geschehen, daß unsere besten Köpfe an die Macht kommen, dann werden wir aufhören, eine Demokratie zu sein.«

Das war natürlich lächerlich, aber was hätte ich sagen sollen? Mit Poggioli diskutieren zu wollen ist sinnlos. Kaum waren wir zu Hause angelangt und hatten uns zu Tisch gesetzt, klingelte das Telefon. Als ich mich meldete, antwortete mir eine Stimme mit Südstaatenakzent: Toppertoe. Er wollte mit Poggioli sprechen. Ich fragte ihn scherzhaft, woher er wisse, daß Poggioli hier sei. Der Taxifahrer habe es ihm gesagt, als er zu seinem Standplatz zurückgekehrt sei. Ich mußte lachen und fragte Toppertoe, ob die Arbeit eines Detektivs immer so einfach sei. Er bejahte – sofern der Detektiv etwas von seinem Beruf verstehe.

Poggioli ergriff den Hörer, machte ein oder zwei Bemerkungen, hörte dann mehrere Minuten lang schweigend zu und brach am Schluß in Rufe des Erstaunens aus.

»Sie sagen, Ihre Leute hätten die 30 000 Dollar gefunden!« Er hörte eine Weile zu, dann: »Sie haben also das Geld gleich nach dem Überfall beschlagnahmt, aber der Eigentümer war ermordet worden, und Sie wußten nicht, wem das Geld nun gehören sollte ... Nein, ich kenne Mr. Claymore persönlich nicht ... Er rief mich von Chicago aus an, ich solle ihn in Tiamara treffen. Das war das erste Mal, daß ich seinen Namen hörte ... Nein, ich kann Ihnen nicht sagen, ob es juristisch korrekt wäre, das Geld seinem Halbbruder auszuhändigen ... Die von Claymore aufgesetzte Beschreibung stimmt also, was Körperbau, Kleider etc. betrifft? ... Der Tote scheint also wirklich Barocher zu sein ... Sicher, gewiß, ich bin bereit zu helfen ... Ich könnte Claymore treffen und Sie dann anrufen und Ihnen mitteilen, welchen Eindruck ich hatte ... Verstehe ich Sie richtig? Sie lassen ihm das Geld in meiner Gegenwart übergeben, und ich beobachte dabei seine Reaktion ... Ist das kein zu großes Risiko? ... Sie nehmen das Risiko auf sich ... Sehr schön, gehen wir also auf diese Weise vor. Auf Wiederhören.«

Der Kriminologe legte auf und blickte mich verständnislos an: »Das ist doch die unwahrscheinlichste ...«

»Sie sollen also herausfinden, ob Mr. Claymore die richtige Person ist, um die 30 000 Dollar in Empfang zu nehmen ...«

Poggioli winkte ab. »Das ist nicht das Problem, das läßt sich leicht feststellen. Das Rätsel ist: woher hat Toppertoe die 30 000 Dollar?«

»Er hat Ihnen doch eben gesagt, seine Leute hätten das Geld gefunden!«

»Hören Sie mal: wenn seine Leute damals wirklich 30000 Dollar gefunden hätten, dann hätte er diese Tatsache im Kopf behalten! Dann hätte er diesen Fund gewiß erwähnt, als wir über den Raubmord sprachen, das wäre nur natürlich gewesen. Aber als er eben jetzt mit mir über das Geld sprach, da schwang kein Stolz über seine Leistung in der Stimme mit; es klang, als ob ihn die ganze Sache kaum interessiere, ein Routinefall wie viele andere. Er sagte, er habe das Geld und werde es Claymore auszahlen, sofern ich versichern könne, daß Claymore der rechtmäßige Eigentümer sei. Was soll denn das heißen?«

Dr. Poggioli hat die Eigenschaft, daß er einfache Sachen ungeheuer kompliziert, andererseits wirkliche Rätsel zu einfachen Sachen machen kann. Ich wußte nicht, was ich sagen sollte, und Poggioli fuhr in seinem Monolog fort: »Einen Augenblick ... Erinnern Sie sich an jene Filmschauspielerin, der man den Schmuck und das Bargeld gestohlen hatte – das Bargeld erhielt sie von der Polizei zurück? Versuchen Sie, ob Sie sie nicht telefonisch erreichen können.«

Ich schlug im Telefonbuch unter Elise Eliot nach. Poggioli fauchte mich ärgerlich an: »Dort finden Sie sie nicht. Die Namen der Filmstars kommen nicht ins Telefonbuch. Rufen Sie bei einer Agentur an; dort wird man ihre Nummer haben. Ich gehorchte, erhielt die Auskunft und hatte kurz nachher sogar das Glück, daß Miss Eliot zu Hause war. Dr. Poggioli stellte sich vor, gab an, er sei ein großer Bewunderer ihrer Filme und kam schließlich zur Sache:

»Miss Eliot, als die hiesige Polizei Ihnen das gestohlene Bargeld zurückgab, erhielten Sie da die gleichen Noten, die Ihnen gestohlen worden waren, oder gab man Ihnen einen Scheck oder andere Noten? ... Man hat Ihnen also schmutzige, kleine Noten geschickt, die Sie nicht

anrühren wollten ... Sie schickten Ihr Mädchen zur Bank und ließen die schmutzigen gegen saubere Noten umtauschen ... Mehr brauche ich nicht zu wissen, Miss Eliot, vielen Dank, auf Wiederhören.«
Er drehte sich um und nickte mir zu: »Das beweist die Richtigkeit meiner Theorie.«
»Wovon zum Teufel sprechen Sie eigentlich, Poggioli?«
»Ist doch klar: ich habe das Rätsel um den Polizeidirektor gelöst.«
»Bitte, erklären Sie mir das!«
»Hören Sie mal zu – vielleicht kommen Sie von alleine darauf. Miss Eliot wurden neue, saubere Noten gestohlen. Die Polizei gab ihr schmutzige Noten zurück. Warum schmutzige Noten?«
»Hmm ... nanu ... der Chef hat die Noten schmutzig gemacht.«
Poggioli war angewidert. »Wissen Sie denn nicht, daß es im Normalfall sechs bis acht Monate dauert, bis eine Banknote schmutzig wird? Welche Menschenklasse verwendet denn gewöhnlich schmutziges Geld?«
»Die Armen«, antwortete ich und hoffte, diese Antwort würde seine Verachtung für meinen Scharfsinn nicht noch weiter vergrößern.
»Richtig, die Armen. Und jetzt: woher hatte wohl die Polizei die schmutzigen Noten, die sie Miss Eliot schickte?«
Mir ging ein Licht auf. »Von der Lotterie!« rief ich aus.
»Schön. Ganz einfach. Die Lotterie. Die Polizeiabteilung darf jedenfalls weder ihr Geheimnis noch ihr Geld einer Bank anvertrauen. Toppertoe verwendet die gleichen Geldscheine, die er über die Lotterie erhält, um alle diejenigen zu entschädigen, denen in Tiamara Bargeld abhanden gekommen ist. Kurz: *er betreibt eine Diebstahlsversicherungsgesellschaft im Interesse des Gemeinwohls in Tiamara!* Darum findet die Polizei nur gestohlenes Bargeld, nie aber Wertpapiere oder Schmuck. Der Stadtrat ist selbstverständlich auf dem

laufenden und unterstützt die Sache – deshalb ist man entschlossen, Bundley daran zu hindern, diese Sache vor Gericht aufzurollen. Sie sehen also: Bundleys Aussage wäre wirklich nicht im Interesse des Gemeinwohls.«

Diese Entwicklung der Angelegenheit brachte mich völlig durcheinander. Daß der Stadtrat wirklich ans »Gemeinwohl« dachte, kam mir beinahe unmöglich vor.

»Was mir aber völlig unbegreiflich ist«, sagte Poggioli, »ist die Tatsache, daß Toppertoe die 30000 Dollar an Claymore übergeben will, während ich zuschauen und entscheiden soll, ob Claymore wirklich der berechtigte Empfänger ist. Wenn Claymore das Geld einmal hat, ist jeder nachträgliche Entscheid sinnlos.«

»Lassen wir die Sache an uns herankommen«, sagte ich. »Kommen Sie, besuchen wir Claymore!«

Ehrlich gesagt, ich freute mich; ich war glücklich. Ich glaube, das war das erste Mal, daß Poggioli einen Fall so gelöst hatte, daß alle Beteiligten als Gentlemen dastehen konnten. Der Polizeichef war mir vom ersten Augenblick an sympathisch gewesen. Ich zog Poggioli damit auf, daß er ein Nordstaatler sei. »Sehen Sie, Sie mußten zuerst in den Süden kommen, um einem Fall zu begegnen, in dem sich alle Parteien als Ehrenmänner erweisen.«

Im St. Regis empfing uns Mr. Claymore mit ausgesprochener, aber melancholischer Höflichkeit. Er hatte eine ganze Suite im 21. Stockwerk gemietet. Er sagte, er habe die Polizei telefonisch kontaktiert (er gebrauchte wirklich das Wort »kontaktiert«) und habe veranlaßt, daß man den Leichnam seines Halbbruders nach Chicago überführe. Poggioli brachte seine Angelegenheit langsam und vorsichtig vor. Man habe ihm eine wichtige Neuigkeit mitgeteilt, die im Zusammenhang mit dem Raubmord an James Barocher stehe. Mr. Claymore fragte ohne großes Interesse, worum es sich handle.

»Toppertoes Leute haben die 30 000 Dollar, die ihrem Halbbruder gestohlen worden sind, wiedergefunden«, sagte Poggioli.
Der kleine Mann sah genau so melancholisch aus wie vorher. »Mein Bruder wäre mir lieber als das Geld. Ist die Beschreibung richtig gewesen?«
»Natürlich ist sie richtig gewesen«, sagte Poggioli, »sonst hätte Toppertoe nichts wegen der 30 000 Dollar unternommen. Ein Bote wird Ihnen das Geld gleich bringen. Toppertoe sagte, Sie können es entweder an den Testamentsvollstrecker Ihres Bruders überweisen lassen oder es selbst in Empfang nehmen, sozusagen im Auftrag des Testamentsvollstreckers.«
»Wie es sich ergibt, bin ich selbst Jims Testamentsvollstrecker«, sagte Mr. Claymore mit wehleidiger Stimme.
»Dann nehmen Sie am besten das Geld hier in Empfang.«
»Was immer Sie empfehlen, Dr. Poggioli. Mir ist es so lang wie breit.«
»Sie bestätigen den Empfang hier, das ist das einfachste. Ich kondoliere Ihnen, Mr. Claymore, es ist traurig, einen Bruder zu verlieren. Menschen, die auf Pferde wetten, werden oft scheel angesehen; die Leidenschaft für ihr Hobby bringt ihnen wenig Ehre ein. Dabei sind es gewöhnlich die ehrlichsten, offensten und großzügigsten Menschen der Welt.«
»Genau so einer war Jim, Dr. Poggioli.«
»Ich nehme an, er machte es wie andere seiner Art: wettete nach einem System, war abergläubisch, trug auffällige Kleider etc.?«
»Gewiß. Jim hatte mehrere Systeme ausgeklügelt, und was seine Kleider betrifft: immer das Neueste ... Und nun ist er nicht mehr.«
Der Bote kam und brachte die Banknoten. Mr. Claymore unterschrieb die Quittung, und Poggioli und ich entfernten uns.
Vor dem Hotel stand ein Taxi; der Fahrer, ein kleiner,

vertrockneter Neger, griff an die Mütze und entschuldigte sich; er sei besetzt, er warte auf jemanden. Wir bestiegen einen andern Wagen und ließen uns zur nächsten Telefonzelle fahren. Poggioli rief den Polizeidirektor an, um ihm Bericht zu erstatten.

Ich war so neugierig, daß ich mich neben Poggioli in die Zelle drängte. Glücklicherweise war es ein alter Apparat; aus dem Hörer ertönte die quäkende Stimme des Sprechers am andern Ende mit einer Lautstärke, daß auch eine dritte Person alles verstehen konnte.

Toppertoe fragte Poggioli, wie Mr. Claymore die Nachricht aufgenommen habe, daß das Geld gefunden worden sei. Poggioli antwortete, daß Claymore größeres Interesse an der Identifizierung des Toten als am Geld gezeigt habe. »Seine erste Frage war: ›Ist die Beschreibung richtig gewesen?‹«

»Und wie erklären Sie das, Dr. Poggioli?« quäkte es aus dem Hörer.

»Sehr einfach. Die Sache mit dem Geld überraschte ihn nicht. Irgendwie hatte er herausgefunden, daß die Polizei alles in Tiamara gestohlene Geld zurückvergütet. Er war also in erster Linie an der Identifizierung des Toten interessiert, das Geld würde dann automatisch folgen. Wenn Sie seine Beschreibung vor sich haben, lesen Sie sie noch einmal durch. Er hat den großen Fehler begangen, die Kleider des Toten genau zu beschreiben.«

Es folgte eine Pause, während der der Polizeidirektor wohl Claymores Zettel suchte. Dann fragte er: »Warum wäre das ein Fehler gewesen, Dr. Poggioli?«

»Vor fünf Minuten hat mir Claymore gesagt, sein Bruder sei in Sachen Kleidung ein Dandy gewesen, ein typischer Rennbahnkunde: immer das Neueste. Wenn Claymore wirklich in Chicago gewesen wäre, als Barocher ermordet wurde, dann wäre es ihm nie in den Sinn gekommen, seinen Bruder zu identifizieren, indem er *dessen Kleider beschrieb.* Er hätte unmöglich wissen können, *welchen Anzug Barocher an seinem Todestag getragen hatte.* Aber in der Beschreibung heißt es: ... ein karierter Anzug. Ich stand dabei, als er das schrieb. Er dachte zuerst längere Zeit nach, dann aber schrieb er es nieder: ein karierter Anzug. Barochers karierter Anzug kam ihm nicht aus dem Sinn, er war besessen von diesem Anzug. Und dafür gibt es nur eine Erklärung.«

»Und die wäre?« fragte Toppertoe.

»Er und Barocher waren zusammen – am Tag und zur Stunde, als Claymores falscher Bruder ermordet wurde.«

Es folgte wieder eine Pause. »Ich verstehe. Claymore ist also der Mörder. Er hat dem Toten 30000 Dollar abgenommen; aber damit nicht zufrieden, hat er versucht, weitere 30000 aus meiner Abteilung herauszuschwindeln?«

»Genau. Claymore ist einer der raffiniertesten Halunken, die mir je begegnet sind. Aber bevor ich aufhänge, will ich noch eine kleine Sache anführen, die die Korrektheit meiner Schlüsse bestätigt.«

»Und die wäre?«

»Ein Ausdruck, den Claymore verwendet hat. Als ich ihm sagte, er habe die Wahl, das Geld nach Chicago schicken zu lassen oder es selbst in Empfang zu nehmen, sagte er, es sei ihm so lang wie breit. Nur wer innerlich satt und selbstzufrieden ist, kann sagen: ›Es ist mir so lang wie breit.‹ Hätte er den Tod von Barocher wirklich schmerzlich empfunden, dann hätte er gesagt: ›Es ist mir gleichgültig‹ – ›es macht keinen Unterschied‹, aber er hätte nie gesagt: ›Es ist mir so lang wie breit.‹ Dadurch hat er gezeigt, daß er dem Toten völlig herzlos gegenübersteht, wie etwa dessen Mörder.«

Als ich diese völlig unerwarteten Enthüllungen hörte, wurde mir schwindlig; die Telefonzelle begann sich zu drehen. Ob es dem Polizeidirektor auch so ging, weiß ich nicht, jedenfalls quäkte der Hörer weiter: »Vielen Dank für Ihre Analyse, Dr. Poggioli, und für Ihre Anwesenheit bei der Überreichung des Geldes. Vielleicht interessiert es Sie zu hören, daß mir Claymore vor einigen Wochen geschrieben hatte – er tat so, als suche er seinen Bruder. Ich gab ihm Ihren Namen und Ihre Adresse und sagte, Sie wären der richtige Mann, um ihm bei seiner Suche zu helfen. Das war einer der vielen Gründe, warum ich mich so freute, als Sie mich heute im Büro aufsuchten.« Toppertoes näselndes, südstaatliches Lachen drang aus dem Hörer. »Noch einmal: ganz herzlichen Dank. Auf Wiederhören.«

Als Poggioli die Kabine verließ, trug sein Gesicht den Ausdruck entsetzter Hilflosigkeit. »Barmherziger Gott, was habe ich da angerichtet?!«

»Meinen Sie, weil der Direktor Sie an Claymore empfohlen hat?« fragte ich.

»Nein, nein, das ist unwichtig, eine Nebensache ... Aber Toppertoes Lachen – sein völlig sorgloses Gelächter, als er vernahm, daß er eben einem Mörder 30000 Dollar ausgezahlt hat!« Plötzlich raste Poggioli auf ein Taxi zu – ich hintendrein. Während wir uns durch die hintere Türe zwängten, befahl Poggioli: »Zum St. Regis – so schnell wie möglich! Von dort auf dem kürzesten Weg zum Flugplatz!«

Während wir davonbrausten, sagte ich zu Poggioli: »Folgen wir Claymore, um ihm das Geld wieder abzunehmen?«

»Nein, nein; ich versuche, dem kleinen Teufel das Leben zu retten, so daß er gesetzlich verurteilt werden kann.«

Ich war ganz durcheinander. »Sein Leben retten ... Warum soll sein Leben in Gefahr ...?«

»Himmel, Herrgott – Mensch! Sind Sie denn blind? Haben Sie nicht gehört, wie Toppertoe *lachte*? Als ich ihm sagte, Claymore sei mit einem Vermögen abgehauen, da hat er nur gelacht – sorglos gelacht! Merken Sie denn nicht, daß er also völlig sicher ist, das Geld bald wieder in Händen zu haben?«

»Wie soll er es zurückerhalten? Claymore ist über alle Berge.«

Wir rasten jetzt vom Hotel zum Flugplatz. Poggioli erklärte schnell und nervös, während er gespannt durch die Windschutzscheibe starrte: »Wie Toppertoe zu seinem Geld kommt? Indem er Claymore umbringt! Direktor Toppertoe umgeht die Wege des Gesetzes. *Darum gibt es in Tiamara dreißig Prozent mehr Verkehrsunfälle als in jeder anderen Stadt Amerikas von ähnlicher Größe!* Sie haben gehört, was er von Geschworenen hält, die Schuldige freisprechen. Hier in Tiamara kommt so etwas nicht vor. Ein Schuldiger hat gar keine Gelegenheit, je vor ein Geschworenengericht zu kommen ...!« Poggiolis aufgeregt vorgebrachte Erklärungen wurden unterbrochen. Vor uns lag ein Taxi am Straßenrand – schwer beschädigt. »Anhalten!« schrie der Kriminologe.

Unser Wagen stoppte, aber wir kamen zu spät. Mr. Claymore lag inmitten eines Trümmerhaufens; im Tod sah er noch kleiner aus als früher. Der kleine, vertrocknete Neger war anscheinend damit beschäftigt, die Leiche aus den Trümmern zu befreien. Das Geldpaket war nirgends zu sehen.

Poggioli und ich betrachteten das Autowrack. Ich erwähnte das Geld. Ob Poggioli denke, daß Toppertoe seine 30000 Dollar je wieder sehen werde.

»Natürlich«, sagte der Kriminologe. »Der Fahrer dort ist Stogie, der kleine Neger, der das Geld von der Lotterie bei der Polizei abliefert. Er liefert auch die 30000 Dollar wieder ab. Toppertoe benützt Stogie auch dazu, Verkehrsunfälle zu inszenieren. Das kostet verhältnismäßig wenig, und die Sentimentalität von Geschworenen kommt dabei nicht ins Spiel.«

»Gewiß, aber wissen Sie, Poggioli«, sagte ich, nachdenklich geworden, »wenn Stogie ihn jetzt nicht umgelegt hätte, wäre Claymore frei ausgegangen. Kein Geschworenengericht hätte Ihre Überlegungen und

Schlüsse als gesetzlich gültiges Beweismaterial angenommen ...« Plötzlich merkte ich, daß mich Toppertoe angesteckt hatte.
Ein Zeitungsverkäufer unterbrach unser Gespräch. Er schrie: »Extrablatt! Extrablatt! Die Untersuchung ist vorbei! Stadtrat feuert Polizeidirektor Toppertoe wegen Unfähigkeit!«

DASHIELL HAMMETT

Ein starkes Stück

Harvey Gatewood hatte Auftrag gegeben, mich sofort nach meiner Ankunft zu ihm zu führen. Infolgedessen brauchte ich nur knappe fünfzehn Minuten, um mich an Pförtnern, Büroangestellten und Sekretärinnen vorbei – die fast das ganze Areal zwischen dem Haupteingang der *Gatewood Lumber Corporation* und dem Privatbüro des Präsidenten bevölkerten – zu ihm zu begeben. Sein Büro war sehr groß, alles Mahagoni, Bronze und grüner Plüsch; und in der Mitte ein Mahagonischreibtisch, so groß wie ein Bett.

Gatewood lehnte sich über den Schreibtisch und blaffte mich an, kaum daß der servile Angestellte unter Verbeugungen mich herein- und sich wieder hinauskomplimentiert hatte.

»Meine Tochter ist gestern abend entführt worden! Ich muß die Bande kriegen, und wenn es mich meinen letzten Cent kostet!«

»Erzählen Sie mir, was Sie wissen«, drängte ich.

Doch er wollte Resultate, wie es schien, und keine Fragen, und dadurch verlor ich fast eine Stunde damit, die Auskünfte zu bekommen, die er mir in einer Viertelstunde hätte geben können.

Er war ein Koloß von einem Mann – gut über 200 Pfund festes rotes Fleisch – und ein Despot vom Scheitel seines Dickkopfes bis hinunter zu den Spitzen seiner Schuhe, die, wären sie nicht Maßarbeit gewesen, mindestens Größe 48 sein mußten.

Er hatte seine diversen Millionen dadurch gemacht, daß er jeden, der ihm im Wege stand, rücksichtslos ausmanövrierte, und die Wut, die jetzt in ihm kochte, machte ihn nicht umgänglicher.

Sein bösartiger Unterkiefer ragte heraus wie ein Granitwulst, und seine Augen waren blutunterlaufen – er war in einer lieblichen Gemütsverfassung. Ein Weilchen sah es fast so aus, als sei die *Continental Detective Agency* im Begriff, einen Klienten zu verlieren, weil ich fest entschlossen war, mir alles, was ich wissen wollte, von ihm erzählen oder den Auftrag schießen zu lassen. Aber schließlich brachte ich es dann doch noch aus ihm heraus.

Seine Tochter Audrey hatte das Haus in der Clay Street am gestrigen Abend gegen sieben Uhr verlassen und ihrer Zofe nur gesagt, daß sie einen Spaziergang machen wolle. Sie war jedoch auch während der Nacht nicht nach Hause gekommen – was Gatewood aber erst nach der Lektüre eines Briefes erfahren hatte, der heute morgen gekommen war.

Der Brief war von jemandem, der mitteilte, daß sie entführt worden sei. Er enthielt die Forderung eines Lösegeldes von 50000 Dollar für ihre Freilassung und instruierte Gatewood, das Geld in Hundertdollarscheinen bereitzuhalten – damit es keine Verzögerung gäbe, sobald er Anweisung erhalte, auf welche Weise die Übergabe des Geldes an die Entführer seiner Tochter zu erfolgen habe. Als Beweis, daß die Forderung kein Bluff war, lagen eine Locke seiner Tochter und ein Ring dabei, den sie immer trug, und ein paar kurze Zeilen von ihr, in denen sie ihren Vater bat, auf die Forderung ihrer Entführer einzugehen.

Gatewood hatte den Brief in seinem Büro erhalten und sofort nach Hause telefoniert. Dort hatte man ihm gesagt, daß das Mädchen in der vergangenen Nacht nicht in seinem Bett geschlafen habe, und daß keiner der Hausangestellten es gesehen hatte, seit es ausgegangen war, um besagten Spaziergang zu machen. Daraufhin hatte er die Polizei verständigt und ihr den Brief übergeben und sich kurz darauf entschlossen, noch zusätzlich Privatdetektive zu engagieren.

»Und jetzt gehn Sie los und tun Sie was«, schrie er,

nachdem ich das Ganze mühsam aus ihm herausgeholt und er mich auch noch hatte wissen lassen, daß er die Freundschaften und Gewohnheiten seiner Tochter nicht kenne. »Ich bezahle Sie doch schließlich nicht dafür, daß Sie hier rumsitzen und nur darüber reden!«

»Was gedenken Sie denn zu tun?« fragte ich.

»Ich? Ich werde diese – hinter Schloß und Riegel setzen lassen, und wenn es mich den letzten Cent kostet, den ich auf der Welt besitze!«

»Gewiß! Aber vorher müssen Sie noch die 50000 Dollar bereitmachen, damit Sie sie ihnen geben können, wenn sie verlangt werden.«

Hörbar biß er die Zähne zusammen und stieß mir sein Gesicht entgegen.

»Ich habe mich noch nie in meinem Leben durch Gewalt zu etwas zwingen lassen! Und ich bin zu alt, um jetzt damit anzufangen!« wetterte er. »Ich werde diese Herrschaften reinlegen!«

»Liebliche Aussichten für Ihre Tochter. Aber ganz abgesehen davon, welche Konsequenzen es für sie haben würde, ist es die falsche Taktik. Fünfzigtausend sind schließlich kein hoher Betrag für Sie, und ihre Übergabe wird uns zwei Chancen verschaffen, die wir bis dato noch nicht haben. Die erste, wenn die Bezahlung erfolgt ist – die Chance nämlich, entweder denjenigen, der es abholt, zu schnappen oder etwas über die Bande herauszufinden. Und die zweite nach der Freilassung. Denn so vorsichtig sie auch operieren mögen, Ihre Tochter wird dann mit Leichtigkeit in der Lage sein, uns einige Hinweise zu geben, die uns dazu verhelfen werden, die ganze Bande zu schnappen.«

Er schüttelte wütend den Kopf, und ich war der Diskussionen mit ihm müde. Deshalb ging ich, in der Hoffnung, daß er die Klugheit meines Vorgehens, zu dem ich ihm geraten hatte, einsähe, bevor es zu spät war.

Im Hause Gatewood fand ich Butler, Diener, Chauffeure, Köche, Stubenmädchen, Küchenmädchen und ei-

nen Troß der verschiedensten Hausangestellten vor – genügend Personal, um ein Hotel zu führen.
Was sie mir berichteten, war folgendes: Audrey hatte, bevor sie das Haus verließ, weder einen Telefonanruf noch einen Eilbrief, noch ein Telegramm erhalten – die altbewährten Requisiten, um das Opfer eines Mordes oder einer Entführung in die Falle zu locken. Sie hatte ihrer Zofe gesagt, daß sie in ein bis zwei Stunden wieder zurück wäre; aber das Mädchen war auch nicht weiter beunruhigt gewesen, als seine Herrin die ganze Nacht ausblieb.
Audrey war das einzige Kind, und seit dem Tode ihrer Mutter war sie gekommen und gegangen, wie es ihr paßte. Sie und ihr Vater kamen nicht allzugut miteinander aus – ihre Charaktere waren einander zu ähnlich, folgerte ich – , und er wußte nie, wo sie war. Es war nichts Ungewöhnliches, daß sie die ganze Nacht wegblieb. Sie nahm sich nur selten die Mühe, vorher etwas zu sagen, wenn sie bei Freunden über Nacht blieb.
Sie war neunzehn Jahre alt, sah aber einige Jahre älter aus, war schlank und ungefähr einsfünfundsechzig groß. Sie hatte sehr starkes, langes braunes Haar, war blaß und sehr nervös. Ihre Fotos, von denen ich eine Handvoll mitnahm, verrieten, daß sie große Augen, eine kleine, regelmäßige Nase und ein spitzes Kinn hatte.
Sie war nicht schön, aber auf dem einen Foto, wo ein Lächeln den mürrischen Zug um ihren Mund weggewischt hatte, sah sie doch immerhin hübsch aus.
Beim Verlassen des Hauses trug sie einen hellen Tweedrock mit Jacke, das Werk eines Londoner Schneiders, dazu eine bräunlich-gelbe, etwas dunkler gestreifte seidene Hemdbluse, braune Wollstrümpfe, braune Halbschuhe mit niedrigen Absätzen und einen ungarnierten grauen Filzhut.
Ich ging zu ihren Zimmern hinauf – deren drei, im ersten Stock – und sah ihre sämtlichen Sachen durch. Ich

fand einen großen Stoß Fotografien von Männern, Jünglingen und Mädchen und einen Riesenstoß von Briefen von verschiedenen Graden der Verbundenheit, mit einer großen Vielfalt von Namen, auch von Spitz- und Kosenamen, und notierte mir alle Adressen, die ich fand.

Nichts in ihren Zimmern schien irgendeinen Zusammenhang mit ihrer Entführung zu haben, aber es bestand die Möglichkeit, daß einer der Namen und Adressen von jemandem herrührte, der als Deckadresse gedient hatte. Auch wären einige ihrer Freunde vielleicht in der Lage, uns dienliche Auskünfte zu liefern.

Ich ging bei unserer Agentur vorbei und verteilte die Namen und Adressen unter den dort untätig herumsitzenden Kollegen, mit dem Bemerken, sich sofort auf den Weg zu machen und zuzusehen, was sie herausfinden könnten.

Dann rief ich die beiden Kriminalbeamten O'Gar und Thode an, die den Fall bearbeiteten, und fuhr zum Polizeipräsidium, um sie dort zu treffen. Auch Lusk, ein Postinspektor, war anwesend. Wir wälzten das Problem hin und her und betrachteten es von allen Seiten, kamen aber nicht sehr weit. Jedenfalls waren wir uns alle darüber einig, daß wir uns jeder Publizität enthalten mußten und nicht mit offenen Karten spielen durften, bis das Mädchen in Sicherheit war.

Die beiden hatten einen noch schwereren Stand mit Gatewood gehabt als ich – er hatte die ganze Sache in sämtlichen Zeitungen veröffentlichen lassen wollen, mit dem Angebot einer Belohnung, Fotografien und allem Dazugehörigen. Gatewood hatte natürlich recht mit seiner Behauptung, daß dieser Weg die größte Aussicht auf Erfolg hätte, die Entführer zur Strecke zu bringen – aber das hätte seiner Tochter schwer geschadet, falls ihre Entführer hartgesottene Burschen wären. Und Entführer sind in der Regel keine Lämmer.

Ich sah mir den Brief an, den sie geschickt hatten. Er war in Blockschrift und mit Bleistift auf gewöhnlichem, liniiertem Papier geschrieben, das es in jedem Papiergeschäft der Welt zu kaufen gibt. Das Kuvert war von der gleichen Qualität, die Adresse gleichermaßen mit Bleistift geschrieben, und trug den Poststempel San Franzisko, 20. September, 9 Uhr, der Abend, an dem das Mädchen entführt worden war.

In dem Brief stand:

Sir,

Wir haben Ihre charmante Tochter hier und setzen ihren Wert auf 50000 Dollar fest. Sie werden das Geld sofort in Hunderterscheinen bereithalten, damit keine Verzögerung eintritt, wenn wir Ihnen Bescheid geben, wie es an uns zu übergeben ist.

Seien Sie versichert, daß die Dinge für Ihre Tochter schlimm ausgehen, falls Sie nicht tun, was wir Ihnen sagen, oder die Polizei alarmieren oder sonst irgendwelche Dummheiten machen.

Die 50000 Dollar sind nur ein kleiner Bruchteil dessen, was Sie gestohlen haben, während wir in Frankreich für Ihresgleichen in Dreck und Blut leben mußten, und wir sind fest entschlossen, sie zu kriegen, oder es passiert was!

Drei.

In verschiedener Hinsicht ein sonderbarer Brief. Derartige Briefe werden gewöhnlich unter Vortäuschung einer gewissen Unbildung geschrieben. Fast immer wird der Versuch gemacht, den Verdacht irrezuleiten. Vielleicht war das auch der Zweck des Gefasels vom ehemaligen Kriegsteilnehmer – aber möglicherweise auch nicht.

Dann gab es noch ein Postskriptum:

Wir kennen jemanden, der sie sogar kaufen will, wenn wir mit ihr fertig sind – dies für den Fall, daß Sie keine Vernunft annehmen sollten.

Die Zeilen des Mädchens waren zittrig und anscheinend

mit dem gleichen Bleistift auf derselben Art von Papier geschrieben:

Daddy –

Bitte tue, was sie verlangen! Ich habe solche Angst –

Audrey.

Eine Tür am anderen Ende des Zimmers öffnete sich, und ein Kopf kam zum Vorschein.

»O'Gar! Thode! Eben hat Gatewood telefoniert. Fahrt sofort zu ihm ins Büro!«

Wir vier stürzten aus dem Büro und in einen Streifenwagen.

Nachdem wir ein ganzes Rudel von Gehaltsempfängern beiseite geschoben hatten und schließlich zu ihm gelangten, raste er wie ein Verrückter in seinem Büro auf und ab. Sein Gesicht war puterrot, und seine Augen hatten einen irren Glanz.

»Sie hat eben angerufen!« schrie er mit erstickter Stimme, als er uns sah.

Es dauerte ein paar Minuten, um ihn soweit zu beruhigen, daß er uns nähere Auskünfte geben konnte.

»Sie hat eben mit mir telefoniert. ›Oh, Daddy‹, hat sie gesagt, ›tu doch etwas! Ich halte das nicht aus – sie bringen mich um!‹ Ich habe sie gefragt, ob sie wisse, wo sie sei, und sie sagte: ›Nein, aber ich kann die Twin Peaks von hier aus sehen. Hier sind drei Männer und eine Frau und –‹ Und dann hörte ich einen Mann fluchen und ein Geräusch, als hätte er sie geschlagen. Dann brach die Verbindung ab. Ich habe versucht, die Nummer von der Zentrale zu bekommen, aber sie konnten sie mir nicht geben! Es ist doch eine verdammte Sauerei, wie dieser Telefonbetrieb geführt wird! Wir zahlen doch, weiß Gott, genug Gebühren, und wir ...«

O'Gar kratzte sich am Kopf und wandte sich von Gatewood ab. »Blick auf die Twin Peaks! Die sieht man ja von Hunderten von Häusern aus!«

Mittlerweile hatte Gatewood aufgehört, die Telefongesellschaft zu beschimpfen, und hämmerte mit einem Briefbeschwerer auf seinen Schreibtisch ein, um unsere Aufmerksamkeit zu erregen.

»Habt ihr Leute denn überhaupt schon was getan?« fragte er.

Ich beantwortete seine Frage mit einer Gegenfrage: »Haben Sie das Geld bereit?«

»Nein«, sagte er, »ich lasse mich von niemandem erpressen!«

Aber das sagte er mechanisch, ohne seine sonst übliche Entschiedenheit – das Gespräch mit seiner Tochter hatte ihn aus seinem Starrsinn aufgerüttelt. Jetzt dachte er auch ein wenig an ihre Sicherheit, statt nur an seine Kampflust.

Wir redeten minutenlang wie die Teufel auf ihn ein, und nach einer Weile schickte er schließlich einen Angestellten nach dem Geld.

Dann teilten wir die Arbeit unter uns auf. Thode sollte aus dem Polizeipräsidium einige Mann mitnehmen und zusehen, was er im Twin-Peaks-Gebiet der Stadt herausfinden konnte. Die Aussichten waren jedoch nicht allzu rosig – das Territorium war zu riesig.

Lusk und O'Gar hatten den Auftrag, die Scheine, die der Angestellte von der Bank gebracht hatte, unauffällig zu markieren und im übrigen Gatewood so dicht auf den Fersen zu bleiben, wie es ihnen, ohne Aufsehen zu erregen, möglich war. Ich hatte zu Gatewoods Haus zu gehen und dort zu bleiben.

Die Entführer hatten Gatewood unmißverständlich instruiert, das Geld unverzüglich bereitzuhalten, damit sie es in kürzester Frist abholen konnten – sie ließen ihm keine Zeit, sich mit irgend jemandem in Verbindung zu setzen oder etwas zu planen.

Gatewood bekam den Auftrag, sich mit den Zeitungen in Verbindung zu setzen, ihnen den ganzen Fall zu übergeben – einschließlich seines Angebots von 10000 Dollar Lösegeld für denjenigen, der die Entführer faßte –

und erst veröffentlichen zu lassen, sobald das Mädchen in Sicherheit wäre – auf diese Weise konnten wir dann in kürzester Frist mit der Hilfe der Öffentlichkeit rechnen, ohne das Mädchen zu gefährden.

Die Polizei der Nachbarstädte war bereits informiert worden – und zwar noch bevor der Telefonanruf des Mädchens uns davon überzeugt hatte, daß es in San Franzisko gefangengehalten wurde.

Im Gatewood-Haus ereignete sich den ganzen Abend nichts weiter. Harvey Gatewood kam frühzeitig nach Hause. Nach dem Essen raste er wieder in seiner Bibliothek auf und ab, trank Whisky, bis er zu Bett ging, und verlangte alle paar Minuten, daß wir, die Detektive dieses Falles, gefälligst etwas tun sollten, statt herumzusitzen wie lauter verdammte Mumien. O'Gar, Lusk und Thode waren draußen auf der Straße und behielten das Haus und die Nachbarschaft im Auge.

Um Mitternacht ging Harvey Gatewood zu Bett. Ich lehnte ein Bett zugunsten der Couch in der Bibliothek ab, die ich zum Telefon hinüberzog, dessen Nebenanschluß sich in Gatewoods Schlafzimmer befand.

Um zwei Uhr dreißig klingelte das Telefon. Ich hörte zu, während Gatewood vom Bett aus sprach.

Eine Männerstimme, scharf und kurz angebunden: »Gatewood?«

»Ja.«

»Ist der Zaster bereit?«

»Ja.«

Gatewoods Stimme war heiser und tonlos – ich konnte mir vorstellen, wie es in ihm kochte.

»Gut!« hörte man die scharfe Stimme. »Wickeln Sie ihn ein und verlassen Sie das Haus damit, und zwar auf der Stelle! Gehen Sie die Clay Street hinunter und halten Sie sich auf der gleichen Straßenseite, wo Ihr Haus steht. Gehen Sie nicht zu schnell, und bleiben Sie nicht stehen. Wenn alles in Ordnung ist und keine Spitzel hinter Ihnen her sind, wird zwischen Ihrem Haus und

der Ufergegend jemand auf Sie zukommen. Die Person wird eine Sekunde lang ein Taschentuch an ihr Gesicht drücken und es dann fallen lassen.
Sobald Sie das sehen, legen Sie das Geld auf den Bürgersteig, machen kehrt und gehen zurück in Ihr Haus. Wenn das Geld nicht markiert ist und Sie auch sonst keine faulen Sachen machen, haben Sie Ihre Tochter in ein, zwei Stunden wieder. Sollten Sie aber versuchen, uns reinzulegen – dann erinnern Sie sich, was wir Ihnen geschrieben haben! Ist Ihnen das klar?«
Gatewood stotterte etwas, das als Zustimmung gemeint war, und das Telefon klickte.
Ich vergeudete meine kostbare Zeit erst gar nicht damit, dem Anruf nachzuspüren – er käme sowieso aus einer Telefonkabine, wie ich wußte –, und schrie Gatewood über die Treppe hinauf zu: »Tun Sie genau das, was man Ihnen gesagt hat, und machen Sie keine Dummheiten!«
Dann lief ich in die frühe Morgenluft hinaus, um die Kriminalbeamten und den Postinspektor zu suchen.
Inzwischen waren zwei Geheimpolizisten zu ihnen gestoßen, und zwei Autos standen bereit. Ich schilderte ihnen die Situation, und wir machten schnell einen kurzen Schlachtplan.
O'Gar sollte in einem Wagen die Sacramento Street hinunterfahren, und Thode in dem andern die Washington Street. Diese beiden Straßen verlaufen parallel zu beiden Seiten der Clay Street. Sie mußten langsam fahren, um sich Gatewoods Tempo anzupassen, und an jeder Kreuzung halten, um festzustellen, daß er sie passiert hatte.
Wenn er innerhalb einer angemessenen Zeit die Clay-Street-Kreuzung nicht überquert hatte, sollten sie zur Clay Street einbiegen – und von da an mußten sie sich in ihrem Verhalten auf einen glücklichen Zufall und ihren gesunden Menschenverstand verlassen.
Lusk sollte auf der gegenüberliegenden Straßenseite ein

bis zwei Blocks vor Gatewood hergehen und so tun, als sei er beschwipst.
Ich hatte Gatewood die Straße hinunter zu beschatten, gefolgt von einem der Geheimpolizisten. Der andere sollte inzwischen im Präsidium anrufen, daß alle verfügbaren Beamten in die City Street zu schicken seien. Natürlich kämen sie wahrscheinlich zu spät und brauchten höchstwahrscheinlich auch einige Zeit, um uns zu finden. Aber wir konnten ja schließlich nicht voraussehen, was vor Tagesanbruch noch alles geschehen würde.
Unser Plan war recht unzulänglich, aber etwas Besseres fiel uns nicht ein – wir hatten Hemmungen, denjenigen festzunehmen, der das Geld von Gatewood bekam, wer immer es auch sein mochte. Das Gespräch des Mädchens am Nachmittag mit seinem Vater hatte zu sehr danach geklungen, als legten ihre Entführer es mit aller Gewalt darauf an, daß wir jede sich uns bietende Gelegenheit ergriffen, sie rücksichtslos zu verfolgen, bis das Mädchen sich nicht mehr in ihren Händen befand.
Kaum hatten wir alles besprochen, als Gatewood in einem dicken Mantel aus dem Haus trat und die Straße hinunterging.
Weiter vorn ging Lusk, schwankend und vor sich hinbabbelnd, und war im Häuserschatten kaum wahrnehmbar. Sonst war niemand in Sicht. Das hieß, ich mußte Gatewood mindestens zwei Blocks Vorsprung geben, um zu verhindern, daß die Person, die das Geld abholen wollte, auf *mich* zukäme. Einer der Geheimpolizisten befand sich einen halben Block hinter mir, auf der anderen Straßenseite.
Wir gingen zwei Blocks weiter, als ein vierschrötiger Mann, mit Melone, auftauchte. Er ging an Gatewood und an mir vorbei und setzte seinen Weg fort.
Noch drei Blocks weiter.
Ein großer schwarzer, starkmotoriger Tourenwagen, mit zugezogenen Vorhängen, kam von hinten, fuhr an uns vorbei und weiter. Möglicherweise ein Spitzel. Ich

kritzelte seine Wagennummer auf meinen Notizblock, ohne dabei die Hand aus der Manteltasche zu nehmen. Nochmals drei Blocks.

Ein Polizist patrouillierte vorbei, ohne zu ahnen, was sich unmittelbar unter seiner Nase abspielte; dann kam ein Taxi mit einem einzelnen männlichen Fahrgast. Wieder notierte ich mir die Zulassungsnummer.

Vier Blocks weiter und niemand in Sicht außer Gatewood – Lusk war nicht mehr zu sehen.

Kurz vor Gatewood trat ein Mann aus einem dunklen Torweg, drehte sich um und rief zu einem Fenster hinauf, jemand solle herunterkommen und die Tür aufschließen.

Wir gingen weiter.

Wie aus dem Boden geschossen stand plötzlich, eineinhalb Meter vor Gatewood, eine Frau, ein Taschentuch vor dem Gesicht. Es flatterte zu Boden.

Gatewood blieb steifbeinig, wie angewurzelt, stehen. Ich sah, wie seine rechte Hand in der Manteltasche hochschnellte und die Seite des Mantels mit hochriß – und ich wußte, daß seine Hand eine Pistole umklammerte.

Vielleicht eine halbe Minute lang stand er wie eine Statue da. Dann zog er seine linke Hand mit dem Geldpaket aus der Tasche, und es fiel vor ihm auf den Bürgersteig, wo es in der Dunkelheit wie ein heller Fleck schimmerte. Gatewood machte abrupt kehrt und begab sich nach Hause.

Die Frau hatte ihr Taschentuch wieder aufgehoben. Jetzt lief sie auf das Paket zu, nahm es auf und rannte damit auf die nur ein paar Schritte entfernte dunkle Einmündung eines Gäßchens zu – eine ziemlich große, etwas gebeugte, von Kopf bis Fuß in Schwarz gekleidete Frau.

In der dunklen Einmündung des Gäßchens verschwand sie.

Während Gatewood und die Frau sich gegenübergestanden hatten, war ich gezwungen gewesen, meine Schritte zu verlangsamen, und ich war jetzt mehr als einen halben Block von ihm entfernt. Sobald die Frau verschwunden war, riskierte ich's, nahm die Beine in die Hand und rannte los; und meine Gummisohlen schlugen klatschend gegen das Pflaster.

Als ich bei dem Gäßchen ankam, war es menschenleer. Es führte schnurgerade auf die nächste Querstraße zu. Aber ich wußte, daß die Frau das andere Ende nicht erreicht haben konnte, bevor ich bei dem diesseitigen angelangt war. Ich bin zur Zeit zwar sehr dick, kann aber trotzdem ein paar Blocks immer noch in ganz annehmbarer Zeit schaffen. Zu beiden Seiten des Gäßchens sah man die Rückseiten von Mietshäusern, deren Hintertüren mich leer und geheimnisvoll ansahen.

Der Geheimpolizist, der mir gefolgt war, stieß zu mir, dann O'Gar und Thode in ihren Wagen und bald darauf auch Lusk. O'Gar und Thode fuhren unverzüglich weiter, um die Suche nach der Frau in den umliegenden Straßen aufzunehmen. Lusk und der Geheimpolizist postierten sich an den beiden Straßenecken, von denen aus jeder von ihnen zwei der um den Block herumführenden Straßen überblicken konnte.

Ich lief durch das Gäßchen, vergebens nach einer unverschlossenen Tür, einem offenen Fenster, einer Feuerleiter Ausschau haltend, die eine kürzliche Benutzung vermuten ließ – kurz, nach irgendwelchen Spuren, die durch ein fluchtartiges Verlassen des Gäßchens zurückgeblieben waren.

Nichts!

Kurz darauf kam O'Gar zurück, mit Verstärkung, die er im Präsidium rekrutiert hatte, und – mit Gatewood.

Gatewood schäumte.

»Wieder mal habt ihr alles verpatzt, verdammt noch mal! Keinen Nickel kriegt Ihre Agentur von mir, und außerdem werde ich dafür sorgen, daß ein paar dieser

sogenannten Kriminalbeamten wieder in eine Uniform gesteckt werden und Patrouillendienst machen!«
»Wie sah denn die Frau aus?« fragte ich ihn.
»Das weiß ich nicht! Ich habe gedacht, dazu treiben *Sie* sich ja schließlich hier rum, sich um das zu kümmern! Sie kam mir alt und irgendwie bucklig vor, aber ihr Gesicht konnte ich wegen ihres Schleiers nicht erkennen. Ich weiß nicht! Aber was, zum Teufel, habt ihr Kerle eigentlich bisher getan? Es ist doch geradezu eine Schande, in welcher Weise ...«
Schließlich gelang es mir, ihn zu beruhigen, und ich brachte ihn nach Hause. Die Geheimpolizisten ließ ich zurück, um die Gegend unter Beobachtung zu halten. Es waren mittlerweile vierzehn bis fünfzehn, so daß in jedem dunklen Winkel einer postiert war.
Das Mädchen würde sich sicher beeilen, nach Hause zu kommen, sobald es freigelassen worden war, und ich wollte zur Stelle sein, um es auszuhorchen. Wenn es uns überhaupt nur schon einiges über seine Entführer mitteilen könnte, hätten wir eine ausgezeichnete Chance, sie zu fassen, ehe sie sehr weit kommen konnten.
Zu Hause angelangt, stürzte Gatewood sich wieder auf die Whiskyflasche, während ich mit einem Ohr auf das Telefon und mit dem andern auf die Haustür achtete. O'Gar oder Thode telefonierten fast jede halbe Stunde, ob wir schon etwas von dem Mädchen gehört hätten.
Sie hatten noch immer nichts gefunden.
Um neun Uhr morgens kamen sie mit Lusk zusammen ins Haus. Die Frau in Schwarz hatte sich als ein Mann entpuppt und war entkommen.
Hinter einem der Mietshäuser, die an das Gäßchen grenzten – kaum einen halben Meter von der Hintertür entfernt –, hatten sie einen Frauenrock, einen langen Mantel und einen Hut mit Schleier – alles in Schwarz – gefunden. Nach Befragung der Hausbewohner hatten sie in Erfahrung gebracht, daß vor drei Tagen eine

Wohnung an einen jungen Mann namens Leighton vermietet worden war.

Als sie dann zu seiner Wohnung hinaufgingen, war Leighton nicht zu Hause. In seinem Zimmer fanden sie eine Unmenge Zigarettenstummel, eine leere Flasche, sonst nichts, was nicht schon drin gewesen wäre, als er sie mietete.

Aus diesem Befund ging eins klar hervor: er hatte die Wohnung nur gemietet, um sich Zugang zu dem Gebäude zu verschaffen. Als Frau verkleidet war er durch die Hintertür – die er unverschlossen ließ – hinausgegangen, um Gatewood zu treffen. Danach war er zurückgerannt, hatte seine Verkleidung abgestreift und war durch den Hausflur und den Vordereingang entwischt, bevor wir unser schwaches Netz um den Block zusammengezogen hatten. Vielleicht war er ab und zu in dunklen Türnischen untergeschlüpft, um O'Gar und Thode in ihren Wagen zu entgehen.

Leighton schien ein Mann von annähernd dreißig zu sein, schlank, ungefähr einszweiundsiebzig groß, mit dunklem Haar und dunklen Augen, und nach Leuten im Hause, die ihn zweimal gesehen hatten, sah er sehr gut aus und war sehr gut gekleidet. Er hatte einen braunen Anzug und einen hellbraunen Filzhut getragen.

Nach Ansicht der beiden Kriminalbeamten und des Postinspektors war es ausgeschlossen, daß das Mädchen – auch nicht einmal vorübergehend – vielleicht in Leightons Wohnung festgehalten worden wäre.

Es wurde zehn, und noch immer keine Nachricht von dem Mädchen.

Gatewood hatte seine überhebliche Dickköpfigkeit mittlerweile eingebüßt und war einem Zusammenbruch nahe. Die Spannung wirkte sich bei ihm aus, und der Whisky, den er hinuntergeschüttet hatte, machte es nicht besser. Ich mochte ihn weder persönlich noch was sein Renommee betraf, aber an diesem Morgen tat er mir leid.

Ich telefonierte mit der Agentur und erhielt den Rapport der beiden Beamten, die Audreys Freunde aufgesucht hatten. Danach war eine gewisse Agnes Dangerfield die letzte gewesen, die sie am Abend ihrer Entführung – ungefähr zwischen acht Uhr fünfzehn und acht Uhr fünfundvierzig – allein die Market Street, in der Nähe der Sechsten, hatte hinuntergehen sehen. Aber Audrey sei zu weit weg gewesen, um mit ihr zu sprechen.

Sonst hatten die beiden nichts weiter erfahren können, außer, daß Audrey ein wildes, verwöhntes Geschöpf sei und in der Wahl ihrer Freunde wenig Sorgfalt bewiesen hatte – eben die Art von Mädchen, die leicht in die Hände von Gangstern geraten können.

Es schlug zwölf Uhr. Mittag, und noch immer keine Nachricht von ihr. Jetzt informierten wir die Zeitungen, die Geschichte unter Hinzufügung der Ergebnisse der letzten paar Stunden unverzüglich zu veröffentlichen.

Gatewood war zusammengebrochen. Er saß, den Kopf in den Händen, da und starrte ins Leere. Gerade als ich, einem Impulse folgend, weggehen wollte, sah er zu mir auf, und ich hätte ihn nicht wiedererkannt, wäre ich nicht Zeuge der Veränderung gewesen, die mit ihm vorgegangen war.

»Was glauben Sie, warum sie nicht kommt?« fragte er.

Ich hatte nicht das Herz, ihm zu sagen, was ich, nachdem das Geld übergeben worden, das Mädchen aber nicht zurückgekommen war, nur allzu berechtigterweise vermutete. Deshalb wich ich mit ein paar tröstlichen Worten aus und ging.

Ich erwischte ein Taxi und stieg im Geschäftsviertel aus. Dort ging ich in die fünf größten Warenhäuser und durch sämtliche Abteilungen für Damenkleidung – von Schuhen angefangen, bis zu Hüten – und versuchte herauszubekommen, ob ein Mann, der vielleicht der Beschreibung Leightons entsprach, irgendwann in den

letzten beiden Tagen Kleidung gekauft habe, die Audrey Gatewood passen würde.
Aber da ich keinen Erfolg hatte, überließ ich einem der Leute unserer Agentur die restlichen hiesigen Geschäfte und fuhr über die Bay, um die Geschäfte in Oakland abzuklopfen.
Schon beim ersten hatte ich Erfolg. Ein Mann, der sehr wohl Leighton gewesen sein konnte, war den Tag zuvor im Geschäft gewesen und hatte Kleidung in Audreys Größe gekauft. Er hatte eine Unmenge gekauft, von Unterwäsche bis zu einem Mantel und – Glück muß der Mensch haben – hatte seine Einkäufe zu T. Offord, an eine Adresse in der Vierzehnten Straße, schicken lassen.
An der angegebenen Adresse, einem Apartmenthaus, fand ich die Namen, Mr. und Mrs. Theodore Offord, im Flur, unter Apartment 202.
Gerade hatte ich die Apartmentnummer gefunden, als die Haustür geöffnet wurde, und eine untersetzte Frau in mittleren Jahren, in einem Hauskleid aus Gingham, herauskam. Da sie mich ein wenig neugierig ansah, fragte ich sie: »Wissen Sie, wo ich den Hausverwalter finden kann?«
»Der Hausverwalter bin ich«, sagte sie.
Ich übergab ihr eine Visitenkarte und ging mit ihr hinein. »Ich komme von der Bürgschaftsabteilung der Nordamerikanischen Haftpflichtgesellschaft« – eine Wiederholung derselben Lüge, die auch auf der Karte stand, die ich ihr gegeben hatte –, »wo eine Bürgschaft für Mr. Offord beantragt worden ist. Wissen Sie vielleicht, ob er unbescholten ist?« fragte ich mit der leicht um Verzeihung bittenden Miene eines Menschen, der eine zwar notwendige, aber nicht allzu wichtige Formalität erfüllt.
»Eine Bürgschaft? Das ist komisch! Er reist doch morgen ab.«
»Nun, ich kann auch nicht sagen, wofür die Bürgschaft

sein soll«, bemerkte ich lässig. »Wir Sachbearbeiter bekommen immer nur die Namen und Adressen. Sie mag für seinen augenblicklichen Arbeitgeber sein; vielleicht hat auch sein zukünftiger darum angesucht. Manche Firmen lassen auch, um sicherzugehen, ihre zukünftigen Angestellten von uns investigieren, bevor sie sie einstellen.«

»Soweit ich ihn kenne, ist Mr. Offord ein sehr netter junger Mann«, sagte sie. »Allerdings wohnt er erst seit einer Woche hier!«

»Dann bleibt er also gar nicht lange?«

»Nein. Sie kamen von Denver und hatten die Absicht, hierzubleiben, aber das Klima bekommt Mrs. Offord nicht, darum gehen sie zurück.«

»Wissen Sie genau, daß sie aus Denver gekommen sind?«

»Das hatten sie mir jedenfalls gesagt«, entgegnete sie.

»Wie viele Personen sind es denn?«

»Nur die beiden. Es sind junge Leute.«

»Und welchen Eindruck machen sie sonst auf Sie?« fragte ich und versuchte, den Eindruck zu erwecken, als hielte ich sie für eine Frau von großer Urteilsfähigkeit.

»Sie scheinen ein sehr nettes junges Paar zu sein. Meistens hat man gar nicht gemerkt, daß sie in der Wohnung sind, so still sind sie. Es tut mir leid, daß sie nicht bleiben können.«

»Gehen sie viel aus?«

»Das weiß ich wirklich nicht. Sie haben ihre Schlüssel, und träfe ich sie nicht zufällig mal, wenn sie hereinkommen oder ausgehen, würde ich sie niemals sehen.«

»Dann könnten Sie also auch gar nicht sagen, ob sie nicht in manchen Nächten die ganze Nacht weggeblieben sind, nicht wahr?«

Sie schaute mich mißtrauisch von der Seite an – ich ging jetzt weit über das hinaus, was meiner Rolle als Sachbearbeiter entsprach, glaube aber nicht, daß es etwas ausmachte – und schüttelte den Kopf. »Nein, das könnte ich nicht sagen.«

»Bekommen sie viel Besuch?«

»Das weiß ich auch nicht. Mr. Offord ist nicht –«

Sie hielt plötzlich inne, als ein Mann leise von der Straße hereinkam, eilig hinter mir vorbeiging und sich anschickte, die Treppe hinaufzugehen.

»Ach, du meine Güte«, flüsterte sie. »Ich hoffe bloß, er hat nicht gehört, daß ich von ihm gesprochen habe. Das war nämlich Mr. Offord.«

Ein schlanker Mann in Braun, mit einem hellbraunen Filzhut – Leighton vielleicht.

Ich hatte nichts von ihm gesehen, außer seinem Rücken, und er nichts von mir, außer meinem. Ich beobachtete ihn, während er die Treppe hinaufstieg. Hatte er seinen Namen gehört, würde er den nächsten Treppenabsatz benutzen, um unauffällig einen Blick zu mir hinunterzuwerfen.

Das tat er.

Ich verzog keine Miene, aber ich erkannte ihn.

Er hieß ›Penny‹ Quayle, ein Betrüger, der sein Wirkungsfeld vor vier oder fünf Jahren im Osten gehabt hatte.

Sein Gesicht war genauso ausdruckslos, aber er erkannte mich.

Im zweiten Stock fiel eine Tür ins Schloß. Ich ließ die Frau stehen und ging auf die Treppe zu.

»Ich glaube, ich gehe mal rauf und spreche mit ihm«, sagte ich zu ihr.

Während ich mich leise der Tür von Apartment 202 näherte, horchte ich. Kein Laut. Aber jetzt war nicht die Zeit, zu zögern. Ich klingelte.

So schnell hintereinander, wie das Anschlagen von drei Tasten unter den Händen eines geübten Stenotypisten, nur tausendmal heimtückischer, fielen drei Pistolenschüsse. Und in halber Höhe der Tür zu Apartment 202 waren drei Durchschüsse.

Die drei Kugeln säßen jetzt in meinem Fettwanst, wenn ich nicht schon vor Jahren gelernt hätte, seitwärts von fremden Türen zu stehen, wenn ich unverhoffte Besuche machte.
In der Wohnung hörte man eine scharfe, befehlende Männerstimme: »Laß das, Kind! Um Himmels willen, bloß das nicht!«
Eine schrille, erbitterte, haßerfüllte Frauenstimme schrie wüste Beschimpfungen.
Zwei weitere Kugeln durchschlugen die Tür.
»Hör auf damit! Laß das! Nein!« In der Männerstimme lag jetzt ein Anflug von Furcht.
Die Frauenstimme fluchte unflätig. Ein Gepolter, dann noch ein Schuß – aber diesmal nicht in die Tür.
Mit einem kräftigen Fußtritt sprengte ich das Türschloß.
Auf dem Fußboden rangen ein Mann – Quayle – und eine Frau miteinander. Er lag über sie gebeugt, hatte sie bei den Handgelenken gepackt und versuchte, sie gegen den Boden zu drücken. Sie hatte eine rauchende Pistole in der Hand. Mit einem Satz war ich bei ihr und riß sie ihr weg.
»Genug jetzt!« rief ich ihnen zu, als ich wieder fest auf den Beinen stand. »Steht endlich auf und begrüßt euern Besuch!«
Quayle ließ die Handgelenke seiner Widersacherin fahren, die sofort mit den scharfen Nägeln ihrer gekrümmten Finger auf seine Augen losfuhr und ihm die Wange aufriß. Er kroch auf allen vieren von ihr weg, und beide standen mühsam wieder auf.
Er sank keuchend auf einen Stuhl, während er mit einem Taschentuch seine blutende Wange trocknete.
Sie stand, die Hände in den Hüften, in der Mitte des Zimmers und starrte mich feindselig an: »Sie scheinen wirklich zu glauben, Sie hätten mich geschlagen, was?« fauchte sie.
Ich lachte – jetzt konnte ich mir das leisten.
»Wenn Ihr Vater klug ist, tut er das mit einem Riemen,

wenn Sie nach Hause kommen«, sagte ich zu ihr. »Ein feiner Streich, den Sie sich da für ihn ausgedacht haben!«

»Wenn *Sie* so lange mit ihm hätten leben müssen und so tyrannisiert und unterdrückt worden wären, würden Sie *auch* vor nichts zurückschrecken, um zu Geld zu kommen, damit Sie weggehen könnten und Ihr eigenes Leben leben!«

Darauf entgegnete ich nichts. Wenn ich an einige von Harvey Gatewoods Geschäftspraktiken dachte – besonders an seine Rüstungsgeschäfte, die das Justizministerium zur Zeit noch immer untersuchte –, war wohl das Schlimmste, was man Audrey nachsagen konnte, daß sie die echte Tochter ihres Vater war.

»Was hat Sie eigentlich auf diese Spur gebracht?« fragte Quayle mich höflich.

»Mehrere Umstände«, sagte ich. »Erstens: eine von Audreys Freundinnen hat sie an dem Abend, als sie verschwunden ist, zwischen acht Uhr fünfzehn und acht Uhr fünfundvierzig in der Market Street gesehen, und Ihr Brief an Gatewood war um neun Uhr abgestempelt. Verdammt schnelle Arbeit. Sie hätten mit dem Aufgeben lieber noch ein wenig warten sollen. Audrey hat ihn wohl auf ihrem Weg hierher auf dem Postamt eingeworfen, nicht?«

Quayle nickte.

»Dann zweitens, Audreys Telefonanruf«, fuhr ich fort. »Sie wußte doch genau, daß man ungefähr fünfzehn Minuten warten muß, bis man ihren Vater in seinem Büro an den Apparat bekommt. Hätte sie telefoniert, während sie gefangengehalten wurde, wäre die Zeit so kostbar gewesen, daß sie der ersten Person, die sie erreichte – dem Fräulein in der Zentrale, höchstwahrscheinlich –, ihre Geschichte erzählt hätte. Dadurch erweckte sie den Eindruck, als wollte sie den Alten aus seiner Dickköpfigkeit aufrütteln, nebenbei aber gleichzeitig auch den Twin-Peaks-Köder auswerfen.

Als sie dann nicht erschien, nachdem das Lösegeld bezahlt worden war, stand es für mich fest, daß sie sich selbst entführt hatte. Ich wußte, daß wir ihr, falls sie nach diesem Schwindel nach Hause käme, ohne viel zu fragen sehr schnell auf die Spur gekommen wären, und ich nahm an, sie wußte das auch, und kam gar nicht erst zurück.

Alles andere war leicht – außerdem bekam ich ein paar gute Tips. Nachdem wir auf die Frauenkleider gestoßen waren, die Sie zurückgelassen hatten, wußten wir, daß ein Mann mit ihr zusammenarbeitet, und ich nahm einfach an, daß niemand sonst mit im Spiel war. Dann überlegte ich, daß sie doch Kleider brauchte – denn sie hätte ja keine mitnehmen können, ohne Aufmerksamkeit zu erregen –, und ich hielt es für ebenso unwahrscheinlich, daß sie sich schon vorher eingedeckt hatte. Sie hat zu viele Freundinnen von der Art, die große Einkäufe machen, um sich das Risiko leisten zu können, selbst in die Geschäfte zu gehen. Dann, dachte ich, wird vielleicht der Mann die Sachen kaufen, die sie braucht. Und siehe da, so war es. Und außerdem war er zu bequem, seine Einkäufe gleich mitzunehmen; oder es waren vielleicht auch zu viele, daß er sie darum schicken ließ. Das ist die Geschichte.«

Quayle nickte wieder.

»Ich war schon verdammt unvorsichtig«, sagte er. Und dann plötzlich wild mit dem Daumen verächtlich auf das Mädchen deutend: »Aber was kann man denn schon erwarten? Sie war schon high, als wir anfingen. Die ganze Zeit mußte ich aufpassen, daß sie nicht überschnappt und alles kaputtmacht. Das eben war 'ne kleine Kostprobe. Ich erzähle ihr, daß Sie raufkommen, und sie wird völlig verrückt und versucht, den ganzen Trümmerhaufen auch noch durch Ihren Kadaver zu vervollständigen!«

Das Wiedersehen von Vater und Tochter fand im Rathaus von Oakland im Büro des Polizeihauptmanns statt, und es war eine muntere kleine Party.

Über eine Stunde war es völlig unentschieden, ob Harvey Gatewood an einem Herzschlag sterben, seine Tochter erwürgen oder sie bis zu ihrer Volljährigkeit in eine staatliche Besserungsanstalt stecken würde. Doch Audrey war stärker als er. Abgesehen davon, daß sie aus dem gleichen Holz geschnitzt war wie ihr Vater, war sie noch jung genug, um auf alle Konsequenzen zu pfeifen, während ihrem Vater, trotz seiner Dickköpfigkeit, doch etwas mehr Vorsicht eingebleut worden war.

Die Karte, die ihn ausstach, war ihre Drohung, alles, was sie über ihn wußte, an die Zeitungen weiterzugeben, und mindestens eins dieser Blätter in San Franzisko hatte es schon seit Jahren auf seinen Kopf abgesehen.

Ich weiß nicht, was sie von ihm wußte, und er wußte es meiner Meinung nach selber nicht genau. Aber solange das Justizministerium noch mit der Untersuchung seiner Rüstungsaufträge beschäftigt war, konnte er es sich nicht leisten, ein Risiko einzugehen. Ganz ohne Zweifel hätte sie ihre Drohung wahrgemacht.

Und so begaben sie sich denn gemeinsam nach Hause, obgleich sie einander bis aufs Blut haßten.

Wir brachten Quayle nach oben und sperrten ihn in eine Zelle. Aber er war schon zu erfahren, um sich davon beunruhigen zu lassen. Er wußte, daß man ihn, wenn das Mädchen straffrei ausging, auch nicht so leicht verurteilen konnte.

Ich war froh, daß es vorüber war. Es war ein starkes Stück gewesen.

RAYMOND CHANDLER

Der Mann, der Hunde liebte

1

Ein nagelneuer aluminiumgrauer DeSoto-Sedan stand vor der Tür. Ich ging um ihn herum und drei weiße Stufen hinauf, durch eine Glastür und drei weitere, teppichbelegte Stufen hinauf. Ich drückte auf eine Klingel an der Wand.

Augenblicklich begannen ein Dutzend Hundestimmen das Dach zu erschüttern. Während sie bellten und heulten und jaulten, betrachtete ich ein kleines abgeteiltes Büro mit einem Zylinderschreibtisch und ein Wartezimmer mit ledernen Missionsstühlen und drei Diplomen an der Wand, an einem Missionstisch, auf dem verschiedene Exemplare der *Dog Fancier's Gazette* verstreut lagen.

Draußen, hinten im Haus, beruhigte jemand die Hunde, dann öffnete sich eine innere Tür, und ein kleiner Mann mit nettem Gesicht kam herein, in lohbraunem Kittel und auf Gummisohlen, ein beflissenes Lächeln unter einem bleistiftschmalen Schnurrbart. Er blickte sich um, sah um mich herum, sah keinen Hund. Sein Lächeln wurde beiläufiger.

Er sagte: »Ich würde ihnen das gern abgewöhnen, aber es geht nicht. Jedesmal wenn sie's schellen hören, legen sie los. Sie langweilen sich und wissen, daß es Besuch gibt, wenn es schellt.«

Ich sagte: »Ja-ah«, und gab ihm meine Karte. Er las sie, drehte sie um und betrachtete die Rückseite, drehte sie wieder um und las noch einmal, was vorne stand.

»Ein Privatdetektiv«, sagte er sanft und leckte sich die feuchten Lippen. »Nun – ich bin Doktor Sharp. Was kann ich für Sie tun?«

»Ich bin auf der Suche nach einem gestohlenen Hund.«

Seine Augen blitzten mich an. Sein weicher kleiner Mund schloß sich fest. Sehr langsam lief sein ganzes Gesicht rot an. Ich sagte:
»Ich will damit keineswegs andeuten, daß etwa *Sie* den Hund gestohlen hätten, Doc. Fast jeder könnte ein Tier in einem Haus wie diesem unterbringen, ohne daß Sie sich jedesmal Gedanken darüber machten, ob der Betreffende auch der rechtmäßige Besitzer sei, stimmt's?«
»Man denkt so etwas nicht gern«, sagte er steif. »Um was für einen Hund handelt es sich?«
»Einen Polizeihund.«
Er scharrte mit der Schuhspitze auf dem dünnen Teppich, sah in einen Winkel der Decke hinauf. Die Röte wich aus seinem Gesicht, ließ eine Art glimmender Blässe zurück. Nach einer ganzen Weile erst sagte er:
»Ich habe nur einen Polizeihund hier, und ich kenne die Leute, denen er gehört. Ich fürchte also – –«
»Dann haben Sie sicher nichts dagegen, wenn ich ihn mir einmal ansehe«, unterbrach ich ihn und ging auf die innere Tür zu.
Dr. Sharp rührte sich nicht. Er scharrte nur wieder ein bißchen. »Ich weiß nicht, ob jetzt die passende Zeit ist«, sagte er sanft. »Vielleicht später am Tag.«
»Mir würde es jetzt besser passen«, sagte ich und griff nach der Klinke.
Er trippelte quer durch das Wartezimmer zu seinem kleinen Zylinderschreibtisch. Seine schmale Hand umkreiste das Telephon dort.
»Ich – ich rufe die Polizei, wenn Sie zudringlich werden«, sagte er gehetzt.
»Ach ja, machen Sie das doch«, sagte ich. »Fragen Sie nach Chief Fulwider. Sagen Sie ihm, Carmady wäre hier. Ich komme nämlich grad aus seinem Büro.«
Dr. Sharp nahm die Hand vom Telephon. Ich grinste ihn an und rollte eine Zigarette zwischen meinen Fingern.
»Nun kommen Sie schon, Doc«, sagte ich. »Wischen Sie

sich den Trübsinn aus den Augen und bleiben Sie auf dem Teppich. Wenn Sie nett sind, erzähle ich Ihnen vielleicht die ganze Geschichte.«

Er kaute abwechselnd auf seinen beiden Lippen herum, starrte auf die braune Schreibunterlage auf seinem Tisch, fummelte an einer der Ecken, stand auf und durchquerte den Raum in seinen weißen Galoschen, öffnete vor mir die Tür und ging mit mir einen schmalen grauen Flur entlang. Durch eine offene Tür war kurz ein Operationstisch zu sehen. Wir gingen durch eine weiter hinten gelegene Tür und betraten einen kahlen Raum mit Betonfußboden, einem Gasofen in der Ecke mit einer Schüssel Wasser daneben, und entlang der einen Wand zwei Reihen von Stallverschlägen, die schwere Türen aus Maschendraht hatten.

Hunde und Katzen starrten uns schweigend entgegen, erwartungsvoll, hinter dem Maschendraht. Ein winziger Chihuahua schnüffelte unter einem großen roten Afghanen mit breitem Schaffellkragen um den Hals herum. Es gab einen sauertöpfischen Scottie und einen Köter, dessen eines Bein alles Fell eingebüßt hatte, und eine seidengraue Angora und einen Sealyham und zwei undefinierbare Promenadenmischungen und einen rasiermesserscharfen Foxterrier mit stumpfer Schnauze, deren vorderste fünf Zentimeter im exakt richtigen Winkel nach unten hingen.

Ihre Nasen waren feucht, und ihre Augen waren hell, und sie wollten wissen, wen von ihnen ich besuchen kam.

Ich sah sie kurz durch. »Das sind alles Schoßhunde, Doc«, knurrte ich. »Was ich suche, ist ein Polizeihund. Grau und schwarz, kein Braun. Ein Rüde. Neun Jahre alt. Blendend gebaut rundum, nur daß sein Schwanz zu kurz ist. Langweile ich Sie?«

Er starrte mich an, machte eine unglückliche Handbewegung. »Ja, aber –«, murmelte er. »Also gut, hier entlang.«

Wir gingen wieder hinaus. Die Tiere machten enttäuschte Gesichter, besonders der Chihuahua, der sich durch den Maschendraht zu zwängen versuchte und es auch fast schaffte. Wir traten durch eine Hintertür auf einen zementierten Hof hinaus, an den zwei Garagen grenzten. Eine davon war leer. Die andere, deren Tür einen Fußbreit offenstand, war ein gottverlassener Kasten, in dessen Hintergrund ein großer Hund an einer Kette klirrte und die Schnauze flach auf die alte Steppdecke streckte, die sein Bett war.

»Seien Sie vorsichtig«, sagte Sharp. »Er ist ziemlich wild manchmal. Ich hab ihn erst mit drinnen gehabt, aber die andern waren bange vor ihm.«

Ich trat in die Garage. Der Hund knurrte. Ich ging auf ihn zu, und er fuhr mit einem Ruck bis zum Kettenende in die Höhe. Ich sagte:

»Hallo, Voss. Gib mir mal die Pfote, mein Alter.«

Er legte den Kopf zurück auf die Steppdecke. Seine Ohren richteten sich halb auf. Er war sehr still. Seine Augen waren wölfisch, schwarzgerandet. Dann begann der gekrümmte, zu kurze Schweif langsam den Boden zu schlagen. Ich sagte:

»Na komm, gib die Pfote, alter Junge«, und streckte die Hand aus. In der Tür hinter mir redete der kleine Tierdoktor immer noch auf mich ein, daß ich doch ja vorsichtig sein sollte. Der Hund richtete sich langsam auf den großen rauhen Pfoten in die Höhe, legte die Ohren in die normale Stellung zurück und hob den linken Vorderlauf. Ich schüttelte ihn.

Der kleine Tierarzt beklagte sich: »Das kommt mir aber wirklich sehr überraschend, Mr. – äh –«

»Carmady«, sagte ich. »Tja, das mag wohl sein.«

Ich tätschelte dem Hund den Kopf und trat wieder aus der Garage.

Wir gingen ins Haus zurück, in das Wartezimmer. Ich schob mir ein paar Zeitschriften aus dem Weg und setzte mich auf die Ecke des Missionstischchens, betrachtete den netten kleinen Mann von oben bis unten. »Okay«, sagte ich. »Rücken Sie raus damit. Wie heißen die Besitzer, und wo wohnen sie?«

Er dachte mürrisch nach. »Der Name ist Voss. Sie sind in den Osten gezogen und wollen den Hund nachholen lassen, sobald sie sich eingerichtet haben.«

»Allerliebst«, sagte ich. »Der Hund heißt Voss nach einem deutschen Jagdflieger im Kriege. Und die Leute hat man dann nach dem Hund genannt, was?«

»Sie glauben, ich lüge?« sagte der kleine Mann hitzig.

»Hm, hm. Für einen richtigen Ganeff kann man Ihnen zu schnell Angst einjagen. Ich glaube, jemand hat den Hund verstecken wollen. Hier ist meine Geschichte. Ein Mädchen namens Isobel Snare, in San Angelo zu Hause, ist vor zwei Wochen plötzlich verschwunden. Sie wohnt bei ihrer Großtante, einer netten alten Dame in grauer Seide, die sich nicht so leicht was vormachen läßt. Das Mädchen hatte sich zuletzt in ziemlich schekkiger Gesellschaft rumgetrieben, so in Nachtlokalen und Spielsalons. Deshalb witterte die alte Dame einen Skandal und ging nicht zur Polizei. Sie kam aber auch nicht weiter mit ihrem Latein, bis zufällig eine Freundin von der Snare den Hund in Ihrem Etablissement hier sah. Sie erzählte's der Tante. Die Tante engagierte daraufhin mich – denn als die Nichte in ihrem Roadster wegfuhr und nicht wiederkam, hatte sie den Hund bei sich.«

Ich trat meine Zigarette mit dem Absatz breit und zündete mir eine neue an. Dr. Sharps kleines Gesicht war so weiß wie Teig. Schweiß glitzerte in seinem feschen kleinen Schnurrbart.

Ich fügte sanft hinzu: »Die Polizei ist bis jetzt noch nicht damit befaßt. Das mit Chief Fulwider vorhin, da hab ich Sie bloß auf den Arm genommen. Wie wär's, wenn wir zwei beide das Ganze unter uns regelten?«

»Was – was wollen Sie denn von mir?« stammelte der kleine Mann.

»Glauben Sie, daß Sie wegen dem Hund noch was hören?«

»Aber ja«, sagte er rasch. »Der Mann schien ihn sehr zu mögen. Ein echter Hundeliebhaber. Der Hund war ihm gegenüber auch sehr anhänglich und brav.«

»Dann hören Sie bestimmt wieder von ihm«, sagte ich. »Und wenn's soweit ist, dann will ich's wissen. Wie sah der Bursche aus?«

»Er war groß und dünn und hatte sehr scharfe schwarze Augen. Seine Frau ist genauso groß und dünn wie er. Gutgekleidete, ruhige Leute.«

»Dieses Mädchen, die Snare, ist bloß ein winziges Persönchen«, sagte ich. »Wieso eigentlich die ganze Heimlichtuerei?«

Er starrte auf seinen Fuß nieder und sagte kein Wort.

»Okay«, sagte ich. »Geschäft ist Geschäft. Spielen Sie mit, dann kommt die Sache nicht an die große Glocke. Ist das ein Vorschlag?« Ich hielt ihm die Hand hin.

»Gut, ich spiele mit«, sagte er leise und legte eine feuchte, fischig glitschige kleine Pfote in die meine. Ich schüttelte sie vorsichtig, um sie ihm nicht aus dem Gelenk zu reißen.

Ich sagte ihm noch, wo ich wohnte, und ging dann auf die sonnige Straße zurück und einen Block weit zu der Stelle, wo ich meinen Chrysler abgestellt hatte. Ich stieg ein und rutschte dann so weit um die Ecke vor, daß ich den DeSoto sehen konnte und die Vorderfront von Sharps Haus.

Ich saß wohl eine halbe Stunde so da. Dann kam Dr. Sharp im Straßenanzug aus seinem Haus und stieg in den DeSoto. Er fuhr damit um die Ecke und bog in das Gäßchen, das hinter seinem Hof entlanglief.

Ich warf den Chrysler an und preschte in der entgegengesetzten Richtung den Block hoch, legte mich am anderen Ende des Gäßchens auf die Lauer.

Auf einem Drittel der Wegstrecke hinter mir hörte ich Knurren, Bellen, Fauchen. Das ging eine ganze Zeitlang

so. Dann stieß der DeSoto rückwärts aus dem Betonhof und kam auf mich zu. Ich wich ihm bis zur nächsten Ecke aus.
Der DeSoto fuhr nach Süden zum Arguello Boulevard, dann auf diesem nach Osten. Ein großer Polizeihund mit einem Maulkorb um den Kopf saß, angekettet, auf dem Hintersitz des Sedan. Ich konnte nur grad noch seinen Kopf sehen, der sich gegen die Kette sträubte. Ich fuhr dem DeSoto nach.

2

Die Carolina Street lag weit abseits vom Rand der kleinen Küstenstadt. Sie endete an einer stillgelegten Kleinbahnstrecke, hinter der sich eine Wüstenei von japanischen Gemüsegärtnereien ausbreitete. Der letzte Block hatte nur noch zwei Häuser, also versteckte ich mich hinter dem ersten, das an der Ecke stand, auf einem verunkrauteten Rasenplatz, und vor dessen Front eine hohe staubrotgelbe Lantana mit einer wuchernden Heckenkirsche kämpfte.
Dahinter lagen zwei oder drei abgebrannte Leergrundstücke, aus deren verkohltem Gras nur ein paar Unkrautstengel ragten, und dann ein baufälliger lehmfarbener Bungalow mit einem Drahtzaun. Vor ihm hielt der DeSoto an.
Die Tür flog auf, und Dr. Sharp zerrte den maulkorbgebändigten Hund vom Rücksitz und schleifte ihn mit Gewalt durch ein Tor und den Gartenweg hinauf. Eine große faßförmige Palme benahm mir die Sicht auf die Haustür. Ich stieß mit dem Chrysler zurück und wendete im Schutz des Eckhauses, fuhr drei Blocks weit zurück und bog in eine Parallelstraße zur Carolina ein. Diese Straße endete ebenfalls an der Bahnstrecke. Die Schienen waren verrostet und von einem wahren Unkrautdschungel überwuchert. Jenseits stieß ich auf ei-

nen Feldweg und fuhr auf ihm in Richtung der Carolina zurück.

Der Feldweg senkte sich, bis ich nicht mehr über den Bahndamm sehen konnte. Als ich so weit gefahren war, wie es meinem Gefühl nach drei Blocks entsprach, hielt ich an und stieg aus, kraxelte den Bahndamm hinauf und warf einen verstohlenen Blick hinüber.

Das Haus mit dem Drahtzaun lag einen halben Block von mir entfernt. Der DeSoto stand immer noch davor. Dumpf grollend trug die Nachmittagsluft das tiefe Bellen des Polizeihunds zu mir herüber. Ich packte meinen Bauch in das Unkraut, richtete meinen Blick auf den Bungalow und wartete.

Etwa fünfzehn Minuten lang geschah praktisch nichts, außer daß der Hund ständig weiterbellte. Dann wurde das Bellen ganz plötzlich härter und heiserer. Dann brüllte jemand. Dann schrie ein Mann jäh auf.

Ich rappelte mich aus dem Unkraut hoch und sprintete über die Geleise und auf der anderen Seite den Damm hinunter zum Ende der Straße. Als ich das Haus erreichte, hörte ich das leise wilde Knurren des Hundes, den offenbar irgend etwas beunruhigte, und dahinter das schnatternde Stakkato einer Frauenstimme, aus der eher Wut klang als Furcht.

Hinter dem Drahtzaun lag ein Rasenfleck, auf dem hauptsächlich Löwenzahn und Teufelsgras wuchsen. An der faßförmigen Palme hing ein Fetzen Pappe, Rest eines Schilds. Die Wurzeln des Baums hatten den Gartenweg ruiniert, die Platten hochgebrochen und die rohen Kanten zu Stufen aufgeworfen.

Ich ging durch das Tor und polterte hölzerne Stufen hinauf in eine Vorveranda. Ich schlug mit der Faust gegen die Tür.

Das Knurren drinnen ging immer noch weiter, aber die zankende Stimme war verstummt. Niemand kam an die Tür.

Ich probierte die Klinke, öffnete die Tür und ging hinein. Ein schwerer Geruch von Chloroform lag in der Luft.

Mitten auf dem Boden, auf einem verzerrten Teppich, lag Dr. Sharp auf dem Rücken, alle viere von sich gestreckt, und seitlich aus seinem Hals pulste Blut. Das Blut hatte eine dicke schimmernde Pfütze um seinen Kopf gebildet. Ein Stück davon entfernt kauerte der Hund, auf die Vorderläufe geduckt, die Ohren flach angelegt, Fragmente eines zerrissenen Maulkorbs um den Hals. Sein Fell war über Kehle und Rückgrat borstig gesträubt, und ein leises pulsierendes Knurren drang tief aus seiner Kehle herauf.

Hinter dem Hund stand die Tür eines Wandschranks offen, zurückgeworfen gegen die Wand, und auf dem Boden des Schranks lag ein dickes Paket Baumwollwatte, von dem übelkeitserregende Chloroformschwaden in die Luft aufstiegen.

Eine dunkle hübsche Frau in bedrucktem Hauskleid hielt eine große Automatik auf den Hund gerichtet und drückte nicht ab.

Sie warf mir einen raschen Blick über die Schulter zu, wollte sich umdrehen. Der Hund beobachtete sie, mit verengten, schwarzgerandeten Augen. Ich zog meine Lueger heraus und hielt sie abwärts gerichtet an meiner Seite.

Etwas quietschte, und ein großer schwarzäugiger Mann in verschossen blauem Overall und blauem Arbeitshemd kam durch die Schwingtür im Hintergrund, eine abgesägte doppelläufige Schrotflinte in den Händen. Er richtete sie auf mich.

»He, Sie! Lassen Sie die Knarre fallen!« sagte er wütend.

Ich bewegte den Kiefer, unter dem Einfall, irgend etwas zu sagen. Der Finger des Mannes spannte sich auf dem vorderen Abzug. Meine Pistole ging los – ohne daß ich selber viel dazu getan hätte. Die Kugel traf den Schaft der Schrotflinte, schlug sie dem Mann sauber aus den

Händen. Sie polterte zu Boden, und der Hund tat einen jähen Sprung zur Seite, an die sieben Fuß weit, und duckte sich dort wieder hin.

Mit völlig fassungslosem Ausdruck auf dem Gesicht hob der Mann die Hände in die Luft.

Ich durfte nicht lockerlassen. Ich sagte: »Jetzt weg mit Ihrer, meine Dame.«

Sie fuhr sich mit der Zunge die Lippen entlang und senkte die Automatik an ihrer Seite und trat von dem Körper am Boden fort.

Der Mann sagte: »Zum Teufel, erschießen Sie ihn mir bloß nicht! Ich kann mit ihm umgehen.«

Ich blinzelte, begriff dann, was er meinte. Er hatte Angst gehabt, ich wollte den Hund erschießen. Um sich selber war ihm nicht bange gewesen.

Ich senkte die Lueger ein bißchen. »Was ist passiert?«

»Der da – hat versucht, ihn zu chloroformieren – einen auf den Mann dressierten Hund!«

Ich sagte: »Tja. Wenn Sie Telephon haben, rufen Sie am besten mal gleich einen Krankenwagen. Mit dem Leck im Hals würde er's sonst kaum noch lange machen.«

Die Frau sagte tonlos: »Ich dachte, *Sie* wären von der Polizei.«

Ich sagte nichts. Sie ging an der Wand entlang zu einem Fensterplatz, der voll von zerknüllten Zeitungen lag, griff am einen Ende davon nach einem Telephon.

Ich blickte auf den kleinen Tierdoktor nieder. Das Blut hatte aufgehört, aus seinem Hals zu sprudeln. Sein Gesicht war das weißeste Gesicht, das ich je gesehen hatte.

»Den Krankenwagen können Sie sich sparen«, sagte ich zu der Frau. »Rufen Sie nur gleich im Polizeipräsidium an.«

Der Mann im Overall nahm die Hände herunter und ließ sich auf ein Knie nieder, begann vor sich auf den Boden zu klopfen und besänftigend auf den Hund einzureden.

»Immer mit der Ruhe, mein Alter, immer mit der Ruhe. Wir sind alle gute Freunde jetzt – alle gute Freunde. Ruhig, Voss, ruhig.«

Der Hund knurrte, und sein Hinterteil kam ein wenig ins Rucken. Der Mann redete weiter auf ihn ein. Der Hund hörte auf zu knurren, und das gesträubte Rückenhaar legte sich. Der Mann im Overall sprach in leisem Singsang weiter auf ihn ein.

Die Frau am Fensterplatz legte den Hörer hin und sagte:

»Schon unterwegs. Glaubst du, daß du mit ihm fertig wirst, Jerry?«

»Aber sicher«, sagte der Mann, ohne die Augen von dem Hund zu wenden.

Der Hund ließ jetzt seinen Bauch den Boden berühren und öffnete das Maul und ließ seine Zunge heraushängen. Von der Zunge tropfte Speichel, rosa Speichel, mit Blut untermischt. Das Fellhaar seitlich des Hundemauls war mit Blut befleckt.

3

Der Mann, der Jerry genannt worden war, sagte: »He, Voss. He, Voss, mein Alterchen. Jetzt ist alles wieder gut. Alles wieder gut.«

Der Hund keuchte, rührte sich nicht. Der Mann richtete sich auf und trat dicht an ihn heran, kraulte eins der Ohren des Hundes. Der Hund drehte den Kopf zur Seite und ließ sich das Ohr kraulen. Der Mann streichelte ihm den Kopf, schnallte den zerbissenen Maulkorb auf und nahm ihn ab.

Er stand auf, das Ende der abgerissenen Kette in der Hand, und der Hund erhob sich folgsam, ging durch die Schwingtür hinaus in den rückwärtigen Trakt des Hauses, immer an der Seite des Mannes.

Ich bewegte mich ein bißchen aus der Sichtlinie der

Schwingtür. Jerry konnte noch weitere Schrotflinten haben. Es lag etwas in Jerrys Gesicht, was mir Sorgen machte. Als hätte ich ihn schon einmal gesehen, wenn auch nicht in allerletzter Zeit, ihn selber oder ein Zeitungsphoto von ihm.

Ich betrachtete die Frau. Sie war eine hübsche Brünette Anfang der Dreißig. Ihr bedrucktes Hauskleid schien mir eigentlich gar nicht recht zu ihren feingeschwungenen Brauen und den langen sanften Händen zu passen.

»Wie ist's passiert?« fragte ich beiläufig, als spiele das gar keine besondere Rolle.

Ihre Stimme legte los, als sei sie geradezu versessen darauf, ihre Geschichte an den Mann zu bringen. »Wir wohnen seit etwa einer Woche in dem Haus hier. Möbliert gemietet. Ich war in der Küche, Jerry im Hof. Der Wagen hielt draußen, und der kleine Bursche kam hereinmarschiert, wie wenn er selber hier wohnte. Die Tür war wohl zufällig nicht abgeschlossen. Ich machte die Schwingtür einen kleinen Spalt auf und sah, wie er den Hund in den Wandschrank schob. Dann roch ich das Chloroform. Dann ging alles Hals über Kopf, und ich lief mir eine Pistole holen und rief Jerry durchs Fenster. Ich war grade ins Zimmer gekommen, als Sie reingeplatzt kamen. Wer sind Sie?«

»Da war schon alles vorbei?« fragte ich. »Der Hund war Sharp schon an die Gurgel gefahren?«

»Ja – wenn der Mann da Sharp heißt.«

»Sie beide haben ihn gar nicht gekannt?«

»Wir hatten ihn noch nie gesehen. Auch den Hund nicht. Aber Jerry liebt Hunde sehr.«

»Da sollten Sie sich lieber was anderes einfallen lassen«, sagte ich. »Jerry kannte den Namen des Hundes. Voss.«

Ihre Augen wurden schmal, und ihr Mund bekam etwas Störrisches. »Ich glaube, da irren Sie sich«, sagte sie mit hitziger Stimme. »Ich habe Sie eben gefragt, wer Sie sind, Mister.«

»Wer ist Jerry?« fragte ich. »Ich hab ihn schon mal irgendwo gesehen. Vielleicht auf einem Steckbrief. Wo hatte er die abgesägte Knarre her? Wollen Sie die eigentlich so offen rumliegen lassen, bis die Bullen kommen?«
Sie biß sich auf die Lippe, stand dann plötzlich auf, ging zu der hingefallenen Schrotflinte hinüber. Ich ließ sie das Ding aufheben, sah aber zu, daß sie mit der Hand vom Abzug wegblieb. Sie ging damit zum Fensterplatz und schob es unter einen Stoß Zeitungen.
Sie wandte mir das Gesicht zu. »Okay, wo sitzt die Pointe?« fragte sie grimmig.
Ich sagte langsam: »Der Hund ist gestohlen. Seine Eigentümerin, ein Mädchen, wird vermißt. Ich bin engagiert worden, sie ausfindig zu machen. Die Leute, von denen Sharp den Hund bekommen haben wollte, waren Ihnen und Jerry gar nicht unähnlich. Sie heißen Voss. Sind in den Osten gezogen. Schon mal von einer Dame namens Isobel Snare gehört?«
Die Frau sagte »Nein«, tonlos, und starrte auf meine Kinnspitze.
Der Mann im Overall kam durch die Schwingtür zurück und wischte sich mit dem Ärmel seines blauen Arbeitshemds das Gesicht. Er hatte offenbar auf jede Wiederbewaffnung verzichtet. Er musterte mich ohne sonderliches Interesse.
Ich sagte: »Ich könnte bei der Polizei eine ganze Menge für Sie tun, wenn Ihnen irgendwas zu dieser Snare einfiele.«
Die Frau starrte mich an, kräuselte die Lippe. Der Mann lächelte, fast nachsichtig, als hätte er alle Karten in der Hand. Reifen quietschten, ein Wagen nahm in der Ferne mit Tempo eine Kurve.
»Also, nun lassen Sie die Katze schon aus dem Sack«, sagte ich rasch. »Sharp hatte Angst. Er brachte den Hund dahin zurück, wo er ihn herbekommen hatte. Er muß vermutet haben, das Haus wäre leer. Der Einfall

mit dem Chloroform war nicht besonders gut, aber der kleine Bursche war völlig mit den Nerven fertig.«

Sie gaben keinen Laut von sich, beide. Sie starrten mich einfach an.

»Okay«, sagte ich und ging in die Zimmerecke hinüber. »Ich halte Sie für Leute, denen der Boden unter den Füßen zu heiß geworden ist. Falls jemand hier reinkommt, der nicht zur Polizei gehört, fange ich an zu schießen. Darauf können Sie Gift nehmen.«

Die Frau sagte sehr ruhig: »Tun Sie, was Sie nicht lassen können, Sie Kiebitz!«

Dann preschte ein Wagen den Block entlang und kam mit mahlenden Rädern vor dem Haus zum Stehen. Ich warf einen raschen Blick hinaus, sah den roten Scheinwerfer an der Windschutzscheibe, das P. D. an der Seite. Zwei große Rabauken in Zivil sprangen heraus und stürmten durch das Tor, die Stufen hinauf.

Eine Faust hämmerte gegen die Tür: »Es ist offen«, brüllte ich.

Die Tür sprang weit auf, und die beiden Polizeibeamten stürmten herein, mit gezogenen Pistolen.

Sie blieben wie angewurzelt stehen, starrten auf das, was auf dem Boden lag. Ihre Pistolen richteten sich mit einem Ruck auf Jerry und mich. Der eine, der mich in Schach hielt, war ein großer rotgesichtiger Mann in einem ausgebeulten grauen Anzug.

»Hoch die Finger – und zwar leer!« brüllte er mit rabiater Stimme.

Ich hob die Hände, behielt die Lueger aber im Griff. »Immer mit der Ruhe«, sagte ich. »Ein Hund hat ihn getötet, keine Waffe. Ich bin Privatdetektiv aus San Angelo. Ich arbeite hier an einem Fall.«

»Ach ja?« Er trat dicht an mich heran, bohrte mir seine Pistole in den Bauch. »Vielleicht stimmt's ja sogar, Kamerad. Das werden wir später alles genau rauskriegen.«

Er griff in die Höhe und zerrte mir die Pistole aus der

Hand, schnüffelte daran und drückte mir seine Waffe tiefer in den Leib.
»Abgefeuert, was? Das ist ja reizend! Drehn Sie sich um.«
»Hören Sie –«
»Drehn Sie sich um, Kamerad.«
Ich drehte mich langsam um. Und während ich das tat, ließ er seine Pistole in eine Seitentasche gleiten und griff nach seiner Hüfte.
Das hätte mich warnen sollen, tat's aber nicht. Vielleicht habe ich das Zischen des Totschlägers noch gehört. Bestimmt muß ich's gefühlt haben. Zu meinen Füßen entstand plötzlich ein Abgrund der Finsternis. Ich tauchte hinein und fiel ... und fiel ... und fiel ...

4

Als ich wieder zu mir kam, war das Zimmer voller Rauch. Der Rauch hing in der Luft, in dünnen senkrechten Linien, wie ein Perlenvorhang. An einer Außenwand schienen zwei Fenster offenzustehen, aber der Rauch bewegte sich nicht. Ich hatte das Zimmer noch nie gesehen.
Ich lag ein Weilchen still da und dachte nach, dann öffnete ich den Mund und schrie: »Feuer!«, aus Leibeskräften.
Dann fiel ich aufs Bett zurück und fing an zu lachen. Was ich da aus mir lachen hörte, gefiel mir gar nicht. Es hatte einen einfältigen Klang, selbst für mich.
Schritte kamen von irgendwo gelaufen, und ein Schlüssel drehte sich in der Tür, und die Tür ging auf. Ein Mann in kurzem weißen Kittel schaute zu mir herein, mit hartem Blick. Ich wandte ein wenig den Kopf und sagte:
»Lassen Sie's gut sein, Jack. Ist mir nur so rausgeschlüpft.«

Er runzelte scharf die Stirn. Er hatte ein hartes schmales Gesicht, winzige Knopfaugen. Ich kannte ihn nicht.
»Vielleicht juckt's Sie wieder nach der Zwangsjacke«, sagte er höhnisch.
»Mir geht's schon gut, Jack«, sagte ich. »Wirklich schon ganz gut. Ich werd mal jetzt ein kleines Nickerchen halten.«
»Das möcht ich Ihnen auch geraten haben«, knurrte er.
Die Tür fiel zu, der Schlüssel drehte sich, die Schritte verklangen.
Ich lag still und betrachtete den Rauch. Ich wußte jetzt, daß es in Wirklichkeit gar keinen Rauch hier gab. Es mußte Nacht sein, denn eine Porzellanschale, die an drei Ketten von der Decke hing, verbreitete Licht. Sie hatte kleine farbige Höcker rund um den Rand, orange und blau im Wechsel. Während ich sie beobachtete, öffneten sie sich wie winzige Bullaugen, und Köpfe lugten daraus hervor, winzige Köpfe wie Puppenköpfe, aber lebendig. Da war ein Mann mit Segelmütze und eine üppige, flaumweiche Blondine und ein dünner Mann mit schiefsitzender Fliege, der immerfort sagte: »Möchten Sie Ihr Steak halbroh oder mittel, Sir?«
Ich griff nach dem Zipfel des groben Lakens und wischte mir den Schweiß vom Gesicht. Ich setzte mich auf, stellte die Füße auf den Boden. Sie waren nackt. Ich trug einen Pyjama aus Kanton-Flanell. Meine Füße waren ohne Gefühl, als ich sie auf den Boden stellte. Nach einer Weile begannen sie zu prickeln, und dann waren sie plötzlich ein einziges Gewirr von Nadelstichen.
Dann konnte ich den Boden spüren. Ich hielt mich an der Bettkante fest und stand auf und ging.
Eine Stimme, die vermutlich meine eigene war, sagte in einem fort zu mir: »Du hast Delirium tremens ... du hast Delirium tremens ... du hast Delirium tremens ...«
Ich erblickte eine Flasche Whisky auf einem weißen Tischchen zwischen den beiden Fenstern. Ich machte

mich zu ihr auf den Weg. Es war Johnny Walker, die Flasche halb voll. Ich hob sie zum Mund, genehmigte mir einen tiefen Schluck. Ich stellte die Flasche wieder hin.

Der Whisky hatte einen komischen Geschmack. Während mir langsam bewußt wurde, daß er einen komischen Geschmack hatte, sah ich ein Waschbecken in der Ecke. Ich schaffte es grad noch bis zu dem Waschbekken, bevor ich mich übergab.

Ich stolperte zum Bett zurück und legte mich wieder lang. Das Erbrechen hatte mich sehr schwach gemacht, aber das Zimmer kam mir jetzt ein bißchen gegenständlicher vor, ein bißchen weniger phantastisch. Ich konnte Gitter vor den beiden Fenstern erkennen, einen schweren Holzstuhl. Sonst gab es kein Mobiliar, nur den weißen Tisch mit dem präparierten Whisky darauf. Die Tür zu einem Wandschrank war zu, vermutlich abgeschlossen.

Das Bett war ein Krankenhausbett, und an den Seiten waren zwei Lederriemen befestigt, etwa da, wo ein liegender Mensch seine Handgelenke hatte. Ich wußte, ich befand mich in einer Art Gefängnisklinik.

Mein linker Arm begann plötzlich zu schmerzen. Ich rollte den lockeren Ärmel hoch, erblickte ein halbes Dutzend Einstiche auf dem Oberarm, deren jeder von einem schwarzblauen Kreis umgeben war.

Man hatte mich, um mich ruhigzustellen, so mit Drogen vollgepumpt, daß ich jetzt, wo die Wirkung nachließ, Halluzinationen hatte. Das erklärte den Rauch und die kleinen Köpfe an der Deckenlampe. Der mit Drogen versetzte Whisky gehörte wahrscheinlich zur Kur von jemand anderem.

Ich stand wieder auf und ging, ging pausenlos im Zimmer herum. Nach einer Weile trank ich einen Schluck Wasser aus dem Hahn, behielt es bei mir, trank noch mehr. Nach einer halben Stunde oder mehr war ich so schließlich imstande, wieder mit jemandem zu reden.

Die Tür zum Wandschrank war verschlossen, und der Stuhl war zu schwer für mich. Ich räumte das Bett ab, kippte die Matratze auf die eine Seite. Der Federrahmen darunter bestand aus einem Drahtgeflecht, das oben und unten mit schweren, neun Zoll langen Spiralfedern befestigt war. Es kostete mich eine halbe Stunde und elende Anstrengung, eine davon loszubekommen.

Ich ruhte ein bißchen aus und trank noch ein bißchen kaltes Wasser und ging dann hinüber zur Angelseite der Tür.

Ich schrie gellend »Feuer!«, mehrmals, aus Leibeskräften.

Ich wartete, aber nicht lange. Auf dem Flur draußen kamen Schritte gelaufen. Der Schlüssel fuhr ins Schloß, das Schloß klickte. Der kleine Mann mit dem harten Blick und dem kurzen weißen Kittel kam wie wild hereingeplatzt, die Augen auf das Bett gerichtet.

Ich hieb ihm die Spiralfeder gegen das Kiefergelenk und dann, als er zu Boden ging, noch einmal auf den Hinterkopf. Ich packte ihn bei der Kehle. Er wehrte sich nicht schlecht. Ich mußte ihm das Knie ins Gesicht setzen. Das Knie tat mir weh davon.

Er sagte mir nicht, wie sein Gesicht sich dabei fühlte. Ich zog ihm einen Totschläger aus der rechten Hüfttasche und holte den Schlüssel, der von draußen in der Tür steckte, nach innen und schloß ab. An dem Bund befanden sich noch weitere Schlüssel. Einer davon öffnete meinen Wandschrank. Ich schaute hinein, nach meinen Kleidern.

Ich legte sie langsam an, mit flatternden Fingern. Ich gähnte eine Menge. Der Mann auf dem Boden rührte sich nicht.

Ich schloß ihn ein und ging.

5

Von einem breiten stillen Flur mit Parkettboden und einem schmalen Läufer in der Mitte schwangen sich flache weiße Eichenstufen mit einem ebensolchen Geländer in weiten Bögen zur Eingangshalle hinunter. Es gab viele verschlossene Türen, groß, schwer, altmodisch. Keinerlei Laute dahinter. Ich ging auf dem Läufer nach unten, trat nur mit den Fußballen auf.
Mattglastüren führten in ein Vestibül, von dem aus die Haustür nach draußen ging. Ein Telephon schellte, als ich so weit gekommen war. Eine Männerstimme meldete sich, hinter einer halboffenen Tür, durch die Licht in die dämmrige Halle fiel.
Ich ging zurück, riskierte einen Blick um die Ecke der offenen Tür, sah an einem Schreibtisch einen Mann, der in das Telephon sprach. Ich wartete, bis er aufgelegt hatte. Dann trat ich ein.
Er hatte einen bleichen, knochigen, hochstirnigen Kopf mit einer dünnen Welle braunen Lockenhaars, das wie aufgestuckt wirkte auf seinem Schädel. Sein Gesicht war lang, bleich, freudlos. Seine Augen sprangen mich an. Seine Hand sprang zu einem Knopf auf seinem Schreibtisch.
Ich grinste, knurrte ihn an: »Machen Sie das nicht. Sie haben einen verzweifelten Menschen vor sich, werter Herr.« Ich zeigte ihm den Totschläger.
Sein Lächeln war so steif wie gefrorener Fisch. Seine langen bleichen Hände zappelten wie kranke Schmetterlinge auf der Schreibtischplatte. Eine von ihnen begann sich auf eine Seitenschublade des Schreibtischs zuzubewegen.
Er löste seine Zunge mit Anstrengung. »Sie sind sehr krank gewesen, Sir. Ein sehr kranker Mann. Ich würde Ihnen dringend raten ...«
Ich versetzte ihm mit dem Totschläger eins auf die wanderlustige Hand. Sie zog sich in sich selbst zu-

rück wie eine Schnecke auf einem heißen Stein. Ich sagte:
»Nicht krank, werter Herr, bloß mit Drogen vollgepumpt, und zwar so, daß ich ums Haar den Verstand verloren hätte. Jetzt will ich hier raus und außerdem einen Schluck sauberen Whisky. Geben Sie her.«
Er fuchtelte vage mit den Fingern. »Ich bin Dr. Sundstrand«, sagte er. »Und das Haus hier ist eine Privatklinik – kein Gefängnis.«
»Whisky«, krächzte ich. »Das übrige hab ich schon alles verstanden. Eine Privatklapsmühle. Reizendes Gewerbe. Whisky!«
»Im Medizinschränkchen«, sagte er mit einem tiefen, erschöpften Atemzug.
»Legen Sie die Hände hinter den Kopf.«
»Ich fürchte, Sie werden dies alles noch sehr bedauern.«
Er legte die Hände hinter den Kopf.
Ich trat auf die andere Seite des Schreibtischs, öffnete die Schublade, die seine Hand hatte erreichen wollen, nahm eine Automatik heraus. Ich steckte den Totschläger weg, ging um den Schreibtisch zurück zu dem Medizinschränkchen an der Wand. Es stand eine Pintflasche Bourbon darin, ohne Zollbanderole, dazu ein Satz Gläser. Ich nahm zwei davon.
Ich goß zwei Drinks ein. »Zuerst Sie, werter Doktor.«
»Ich – ich trinke nicht. Ich bin vollkommener Abstinenzler«, murmelte er, die Hände immer noch hinter dem Kopf.
Ich zog den Totschläger wieder heraus. Er nahm sehr schnell eine Hand herunter, leerte eins der Gläser. Ich beobachtete ihn. Es schien ihm nichts zu schaden. Ich schnupperte an meiner Portion, kippte sie dann hinter die Binde. Sie wirkte rasch, und ich genehmigte mir eine weitere, ließ die Flasche dann in meine Manteltasche gleiten.
»Okay«, sagte ich. »Wer hat mich hier eingeliefert? Spucken Sie's aus. Ich hab's eilig.«

»Die – die Polizei natürlich.«
»Wer von der Polizei?«
Er zog die Schultern zusammen in seinem Stuhl. Er sah krank aus. »Ein Mann namens Galbraith hat die Anzeige erstattet und auch als Zeuge unterschrieben. Genau nach gesetzlicher Vorschrift, versichere ich Ihnen. Er ist Beamter.«
Ich sagte: »Seit wann kann ein Bulle in einem Psycho-Fall Anzeige erstatten und als Zeuge unterschreiben?«
Er sagte nichts.
»Wer hat mir eigentlich die erste Drogenladung verpaßt?«
»Das weiß ich nicht. Ich nehme an, Sie sind schon sehr lange davon abhängig.«
Ich befühlte mein Kinn. »Genau zwei Tage«, sagte ich. »Die Lumpen hätten mich lieber abknallen sollen. Auf die Länge gesehen gibt's da weniger lästige Spätfolgen. Machen Sie's gut, Sie Heilkünstler.«
»Wenn Sie das Haus verlassen«, sagte er dünn, »werden Sie sofort verhaftet.«
»Aber nicht, weil ich hier ausgerückt bin«, sagte ich sanft.
Als ich ging, hatte er immer noch die Hände hinter dem Kopf.
Die Haustür hatte, außer dem Schloß, noch eine Kette und einen Riegel. Aber niemand versuchte mich am Öffnen zu hindern. Ich durchquerte eine große altmodische Vorveranda, ging einen breiten, mit Blumen gesäumten Pfad hinunter. Eine Spottdrossel sang in einem dunklen Baum. An der Straße lief ein weißer Staketenzaun entlang. Es war ein Eckhaus, an der Neunundzwanzigsten und dem Descanso.
Ich ging zu Fuß vier Blocks weit zu einer Bushaltestelle und wartete auf einen Bus. Es gab keinen Alarm, kein Streifenwagen suchte nach mir. Der Bus kam, und ich fuhr in die Stadt, ging in ein Türkisches Bad und genehmigte mir ein Dampfbad, eine eiskalte Dusche,

eine Massage, eine Rasur und den ganzen restlichen Whisky.

Dann konnte ich essen. Ich aß und ging in ein fremdes Hotel, trug mich unter falschem Namen ein. Es war halb zwölf. Die Lokalzeitung, die ich bei einem weiteren Whisky mit Wasser las, informierte mich darüber, daß ein gewisser Dr. Richard Sharp, der in einem leerstehenden möblierten Haus an der Carolina Street tot aufgefunden worden war, der Polizei immer noch viele Kopfschmerzen verursache. Bis jetzt hatte sich noch keinerlei Hinweis auf den Mörder ergeben.

Das Datum auf der Zeitung informierte mich darüber, daß man mir ohne mein Wissen und meine Zustimmung über achtundvierzig Stunden meines Lebens entwendet hatte.

Ich ging zu Bett und schlief ein, hatte Alpträume und wachte mit kaltem Schweiß bedeckt aus ihnen auf. Das war die letzte der Entziehungserscheinungen. Am Morgen war ich wieder kerngesund.

6

Polizeichef Fulwider war ein ausgepichtes, fettiges Schwergewicht mit rastlosen Augen und jenem Typus von rotem Haar, der fast rosa ist. Er trug es sehr kurz geschnitten, und seine rosa Kopfhaut schimmerte durch das rosa Haar. Gekleidet war er in einen rehbraunen Flanellanzug mit aufgesetzten Taschen und breiten Ziernähten, und der Anzug hatte einen Schnitt, wie ihn nicht jeder Schneider bei Flanell zuwege bringt.

Er schüttelte mir die Hand, drehte seinen Stuhl nach der Seite und schlug die Beine übereinander. Das zeigte mir französische Florsocken zu drei oder vier Dollar das Paar und handgearbeitete englische Halbschuhe, nußbaumbraun, das Paar zu fünfzehn bis achtzehn, bei Preissenkung.

Vermutlich hatte er eine Frau mit Geld.
»Ah, Carmady«, sagte er und haschte nach meiner Karte auf der Glasplatte seines Schreibtischs, »mit zweimal A, ja? Sind Sie geschäftlich hier?«
»Ein bißchen Ärger«, sagte ich. »Sie können ihn leicht aus der Welt schaffen, wenn Sie wollen.«
Er warf sich in die Brust, machte eine großspurige Bewegung mit einer rosa Hand und senkte die Stimme um ein paar Grade.
»Ärger«, sagte er, »ist etwas, das gibt es hier in unserer kleinen Stadt so gut wie nie. Unsere kleine Stadt ist zwar nur ein sehr kleines Städtchen, aber sehr, sehr sauber. Ich sehe aus meinem Westfenster und sehe da den Pazifik. Nichts sauberer als der. Im Norden der Arguello Boulevard und die Vorberge. Im Osten das schönste kleine Geschäftsviertel, das man sich nur wünschen mag, und dahinter ein Paradies von gepflegten Häusern und Gärten. Im Süden – wenn ich ein Südfenster hätte, was aber leider nicht der Fall ist –, im Süden würde ich den schönsten kleinen Yachthafen der Welt sehen, von den Kleinyachthäfen jedenfalls.«
»Ich habe meinen Ärger mitgebracht«, sagte ich. »Das heißt, einen Teil davon. Der Rest war mir schon vorausgelaufen. Ein Mädchen namens Isobel Snare ist in der großen Stadt von zu Hause ausgerückt, und ihren Hund hatte man hier gesehen. Ich fand den Hund, aber die Leute, die den Hund hatten, strengten sich ganz mächtig an, mich aufs Kreuz zu legen.«
»Ach wirklich?« fragte der Polizeichef abwesend. Seine Brauen krochen auf seiner Stirn herum. Ich war mir ganz und gar nicht im klaren darüber, ob nun eigentlich ich ihn auf den Arm nahm oder er mich.
»Drehn Sie doch bitte mal den Schlüssel in der Tür um, ja?« sagte er. »Sie sind ein bißchen jünger als ich.«
Ich stand auf und drehte den Schlüssel um und setzte mich wieder hin und zog eine Zigarette heraus. Inzwischen hatte der Polizeichef eine nicht übel aussehende

Flasche und zwei Schnapsgläser auf den Tisch gestellt, dazu eine Handvoll Kardamomenkerne.
Wir tranken einen Schluck zusammen, und er knackte drei oder vier von den Kardamomenkernen, und wir kauten darauf herum und sahen uns an.
»So, nun erzählen Sie mal«, sagte er dann. »Jetzt kann ich's vertragen.«
»Haben Sie schon mal von einem Burschen gehört, der Farmer Saint genannt wird?«
»Und *ob* ich von dem gehört habe!« Er schlug auf seinen Schreibtisch, und die Kardamomenkerne sprangen. »Tausend Dollar sind auf den Schlawiner ausgesetzt. Ein Bankräuber, stimmt's?«
Ich nickte, versuchte ihm hinter die Augen zu blicken, ohne daß man es mir anmerkte. »Er und seine Schwester arbeiten zusammen. Diana heißt sie. Sie kleiden sich wie Leute vom Lande und nehmen Kleinstadtbanken aus, städtische Sparkassen. Deswegen nennt man ihn Farmer Saint. Auf die Schwester ist ebenfalls ein Riese ausgesetzt.«
»Dem Pärchen würde ich natürlich liebend gerne die Manschetten anlegen«, sagte der Polizeichef steif und fest.
»Warum zum Teufel haben Sie's dann nicht getan?« fragte ich ihn.
Er ging nicht gerade an die Decke, aber er riß doch den Mund so weit auf, daß ich Angst hatte, der Unterkiefer würde ihm in den Schoß fallen. Die Augen traten ihm wie gepellte Eier aus den Höhlen. Ein dünner Speichelfaden zeigte sich in der fetten Falte seines Mundwinkels. Er schloß den Mund mit der Bedächtigkeit eines Schaufelbaggers.
Es war eine großartige Vorstellung, wenn es eine Vorstellung war.
»Sagen Sie das noch einmal«, flüsterte er.
Ich schlug eine zusammengefaltete Zeitung auf, die ich bei mir hatte, und deutete auf einen Artikel.

»Sehn Sie sich mal den Sharp-Mord hier an. Ihr Lokalblättchen hat da keine besonders glückliche Hand gehabt. Es behauptet, irgendein Unbekannter hätte die Polizei angerufen, und die Jungs wären rausgefahren und hätten in einem leeren Haus einen Toten gefunden. Das ist Quatsch mit Soße. Ich war dort. Farmer Saint und sein Schwesterchen waren ebenfalls dort. Und Ihre Bullen waren auch dort, als wir dort waren.«

»Verrat!« brüllte er plötzlich. »Verräter bei der Polizei!« Sein Gesicht war jetzt so grau wie Fliegenpapier mit Arsen. Er goß zwei weitere Drinks ein, mit zitternder Hand.

Jetzt war es an mir, die Kardamomenkerne zu knacken.

Er kippte sein Glas in einem Zug hinunter und stürzte sich dann auf eine Mahagoni-Sprechanlage auf seinem Schreibtisch. Ich bekam nur den Namen Galbraith mit.

Ich ging hinüber und schloß die Tür wieder auf.

Wir brauchten nicht sehr lange zu warten, aber es dauerte immerhin noch so lange, daß der Chief Zeit fand, zwei weitere Drinks zu sich zu nehmen. Sein Gesicht bekam dadurch eine bessere Farbe.

Dann ging die Tür auf, und der große rotgesichtige Polizeibeamte, der mich niedergeschlagen hatte, kam hereingeschlakst, eine Bulldog-Pfeife zwischen die Zähne geklemmt und die Hände in den Taschen. Er warf mit der Schulter die Tür zu, lehnte sich gemächlich dagegen.

Ich sagte: »Hallo, Sergeant.«

Er sah mich mit einem Blick an, als würde er mir gern ins Gesicht treten, ohne sich dabei beeilen zu müssen.

»Ihre Marke!« brüllte der fette Chief. »Her mit dem Ding! Legen Sie's auf den Tisch. Sie sind entlassen!«

Galbraith ging langsam zum Schreibtisch hinüber und stützte sich mit dem Ellbogen darauf, näherte sein Gesicht der Nase des Chiefs bis auf zwei Handspannen.

»Was war das für'n Quatsch eben?« fragte er belegt.

»Sie haben Farmer Saint in den Fingern gehabt und ihn laufenlassen«, brüllte der Chief. »Sie und dieser Vollidiot Duncan. Sie haben sich von ihm eine Schrotflinte in den Bauch rammen und ihn entwischen lassen. Sie sind erledigt. Entlassen. Sie haben hier nichts weiter mehr zu suchen als eine eingeweckte Auster. Geben Sie Ihre Marke!«

»Wer, zum Teufel, ist Farmer Saint?« fragte Galbraith, gänzlich unbeeindruckt, und blies dem Chief Pfeifenrauch ins Gesicht.

»Das weiß er nicht!« jammerte der Chief zu mir herüber. »Das weiß er nicht einmal! Und mit so was soll unsereins hier arbeiten!«

»Haben Sie ›arbeiten‹ gesagt?« erkundigte sich Galbraith lässig.

Der fette Polizeichef sprang auf, als hätte ihn eine Wespe in die Nasenspitze gestochen. Dann ballte er eine fleischige Faust und hieb sie Galbraith gegen den Kiefer, mit einer Wucht, die keineswegs so aussah, als wäre sie von schlechten Eltern. Galbraiths Kopf bewegte sich etwa einen halben Zoll.

»Machen Sie das lieber nicht noch mal«, sagte er. »Sie werden sich bloß einen Bruch holen, und was soll dann aus dem ganzen Laden hier werden?« Er warf mir einen Blick zu, sah dann wieder Fulwider an. »Soll ich's ihm erzählen?«

Fulwider streifte mich mit einem Blick, um festzustellen, wie die Vorstellung bei mir ankam. Ich hatte den Mund offen und einen leeren Ausdruck auf dem Gesicht, wie ein Bauernjunge in der Lateinstunde.

»Ja, los, erzählen Sie's ihm«, knurrte er und rieb sich die Knöchel.

Galbraith legte ein dickes Bein über eine Ecke des Schreibtischs und klopfte seine Pfeife aus, griff nach dem Whisky und goß sich einen Schuß in das Glas des Chiefs. Er wischte sich die Lippen, grinste. Beim Grinsen riß er den Mund weit auf, und er hatte einen Mund, in dem ein Zahnarzt mit beiden Armen, bis zu den Ellbogen, hätte arbeiten können.

Er sagte ruhig: »Als ich und Dunc die Bude stürmten, lagen Sie stocksteif auf dem Boden, und der schlanke Bursche stand über Ihnen mit einem Totschläger. Die Schickse saß an einem Fensterplatz, eine Masse Zeitungen um sich rum. Okay. Der schlanke Bursche fing grad an, uns irgendein Garn zu erzählen, da heulte draußen ein Hund los. Wir natürlich in die Richtung gekuckt, und da holt die Frau ein abgesägtes Kaliber 12 unter den Zeitungen vor und hält's uns unter die Nase. Na schön, was konnten wir da schon anderes machen als artig sein? Sie hätte uns bestimmt nicht verfehlt, wir aber sie vielleicht durchaus. Tja, und der Bursche holte sich auch noch verschiedene Kanonen aus der Hose, und dann haben sie uns wie Postpakete verschnürt und in einen Wandschrank gesteckt, in dem genug Chloroform war, um uns still zu machen, auch ohne die Stricke. Nach einer Weile hörten wir sie dann abfahren, in zwei Autos. Als wir dann loskamen, war bloß noch die Leiche da. Also haben wir das für die Zeitungen ein bißchen frisiert. Bis jetzt haben wir noch keine neue Spur. Wie paßt das zu Ihrer Version?«

»Gar nicht schlecht«, sagte ich. »Soweit ich mich erinnere, hat die Frau zwar selber nach der Polizei telephoniert. Aber da kann ich mich auch irren. Der Rest paßt insofern, als ich ja niedergeschlagen wurde und gar nichts weiter mitgekriegt habe.«

Galbraith warf mir einen garstigen Blick zu. Der Chief betrachtete seinen Daumen.

»Als ich wieder zu mir kam«, sagte ich, »befand ich mich in einem Privatsanatorium für Säufer und Drogensüchtige an der Neunundzwanzigsten. Wird von einem Mann namens Sundstrand geleitet. Ich war selber so mit Stoff vollgepumpt, daß ich mir vorkam wie Rockefellers Notgroschen beim Versuch, sich selber umzudrehen.«

»Soso, dieser Sundstrand«, sagte Galbraith schwer. »Der Bursche sitzt uns schon seit langem wie eine Hummel in der Hose. Sollen wir mal rausfahren und ihm eins in die Fresse schlagen, Chief?«

»Es liegt auf der Hand, daß Carmady von Farmer Saint selber dort hingebracht wurde«, sagte Fulwider feierlich. »Also muß da eine Verbindung bestehen. Ich würde sagen, ja, und nehmen Sie Carmady mit. Sie wollen doch sicher gern dabei sein, oder?« fragte er mich.

»Und ob ich das will«, sagte ich, und es kam von Herzen.

Galbraith betrachtete die Whiskyflasche. Er sagte bedachtsam: »Auf diesen Saint und seine Schwester ist doch je ein Riese ausgesetzt. Wenn wir sie uns schnappen, wie dividieren wir das?«

»Überhaupt nicht«, sagte ich. »Ich hab mein festes Honorar plus Spesen.«

Galbraith grinste abermals. Er wippte auf den Absätzen und grinste dabei mit faustdicker Freundlichkeit.

»Ei, ei, wie schön. Wir haben Ihre Karre unten in die Garage gestellt. Irgendein Japs rief deswegen an. Wir werden am besten damit rausfahren – bloß wir zwei beide.«

»Vielleicht sollten Sie sich doch ein paar Helfer mitnehmen, Gal«, sagte der Chief zweifelnd.

»Och nö. Bloß wir zwei beide, das reicht dicke. Er ist ein zähes Kindchen, sonst liefe er hier nicht mehr so rum.«

»Na schön«, sagte der Polizeichef heiter. »Und darauf wollen wir jetzt mal noch ein Schlückchen trinken.« Aber er war doch ein bißchen aus dem Gleichgewicht. Er vergaß die Kardamomenkerne.

7

Es war ein reizendes Fleckchen bei Tageslicht. Teerosenbegonien bildeten eine dichte Hecke unter den Vorderfenstern und Stiefmütterchen einen runden Teppich um den Stamm einer Akazie. Eine scharlachrote Kletterrose bedeckte auf der einen Seite des Hauses ein ganzes Spalier, und ein bronzegrüner Kolibri schwirrte allerliebst zwischen den wuchernden Gartenwicken herum, die an der Garagenmauer emporwuchsen.

Das Ganze sah aus wie das Heim eines gutsituierten älteren Ehepaars, das ans Meer gezogen ist, um auf seine alten Tage noch soviel Sonne wie möglich zu haben.

Galbraith spuckte aufs Trittbrett meines Wagens, schüttelte seine Pfeife aus und tippte das Gartentor auf, stampfte den Weg hoch und pflanzte seinen Daumen breit auf eine funkelnde Kupferklingel.

Wir warteten. Ein Gitterfenster ging auf in der Tür, und ein langes fahles Gesicht blickte unter einer gestärkten Schwesternhaube zu uns hinaus.

»Aufmachen. Polizei«, knurrte der große Bulle sie an.

Eine Kette rasselte, und ein Riegel glitt zurück. Die Tür ging auf. Die Schwester war mindestens einsachtzig groß und hatte lange Arme und große Hände, die ideale Assistentin für einen Folterknecht. Irgend etwas ging in ihrem Gesicht vor, und ich sah, daß sie lächelte.

»Ach, das ist ja Mr. Galbraith!« zirpte sie, mit einer Stimme, die hoch und kehlig zugleich war. »Wie geht's Ihnen denn, Mr. Galbraith? Wollten Sie den Doktor sprechen?«

»Jaah, und zwar ein bißchen plötzlich«, knurrte Galbraith und schob sich an ihr vorbei.

Wir gingen durch die Halle. Die Bürotür war zu. Galbraith stieß sie mit dem Fuß auf, während ich ihm dicht auf den Fersen blieb und die große Schwester auf die meinen einzirpte.

Doktor Sundstrand, der vollkommene Abstinenzler, war gerade damit beschäftigt, aus einer frischen Quartflasche einen Morgentrunk zu sich zu nehmen. Sein dünnes Haar war zu strähnigen Dochten verschwitzt, und die knochige Maske seines Gesichts schien eine

Menge Falten zu haben, die in der Nacht zuvor noch nicht darauf gewesen waren.

Er nahm eilig die Hand von der Flasche und schenkte uns sein Gefrorener-Fisch-Lächeln. Er sagte nervös: »Was soll denn das? Was soll denn das? Ich habe doch angeordnet –«

»Ach lassen Sie doch die Luft raus«, sagte Galbraith und rückte sich einen Stuhl vor den Tisch. »Ziehn Sie Leine, Schwester.«

Die Krankenschwester zirpte noch irgend etwas und zog sich zurück. Die Tür wurde geschlossen. Dr. Sundstrand bearbeitete mein Gesicht mit seinen Blicken und schaute sehr unglücklich drein.

Galbraith setzte seine beiden Ellbogen auf den Schreibtisch und nahm seine schwammigen Backen in die Faust. Er starrte den sich windenden Arzt giftig an.

Nach einer Weile, die mir sehr lang vorkam, sagte er fast sanft: »Wo ist Farmer Saint?«

Die Augen des Arztes sprangen weit auf. Sein Adamsapfel hüpfte über dem Halsbund seines Kittels. Seine grünlichen Augen bekamen langsam ein galliges Aussehen.

»Keine Ausflüchte!« brüllte Galbraith. »Wir wissen alles über Ihre saubere Privatklinik hier – daß Sie flüchtige Verbrecher verstecken und nebenbei mit Rauschgift und Weibern handeln! Aber als Sie diesen Schnüffler aus der Großstadt mit Gewalt entführt haben, da sind Sie einen Schritt übers Ziel hinausgeschossen. Und diesmal werden Ihnen Ihre Beziehungen in der Großstadt nichts nützen. Also kommen Sie schon, wo ist Saint? Und wo steckt das Mädchen?«

Mir fiel ein, ganz beiläufig, daß ich in Galbraiths Gegenwart gar nichts von Isobel Snare gesagt hatte – falls sie das Mädchen war, das er meinte.

Dr. Sundstrands Hand flappte auf dem Schreibtisch herum. Schieres Erstaunen schien seine Steifheit bis zur Lähmung zu vollenden.

»Wo sind sie?« brüllte Galbraith noch einmal.

Die Tür ging auf, und die große Krankenschwester fuchtelte wieder herein. »Aber, aber, Mr. Galbraith, die Patienten! Bitte denken Sie an die Patienten, Mr. Galbraith.«

»Rutschen Sie sich selber den Buckel runter«, fuhr Galbraith sie über die Schulter an.

Sie lungerte weiter an der Tür herum. Sundstrand fand endlich die Stimme wieder. Es war ein bloßes Wispern von Stimme. Sie sagte müde:

»Als ob Sie das nicht genau wüßten!«

Dann fuhr seine Hand ganz plötzlich in seinen Kittel und kam mit einer funkelnden Pistole wieder hervor. Galbraith warf sich zur Seite, glatt aus dem Stuhl. Der Arzt schoß zweimal auf ihn, verfehlte ihn zweimal. Meine Hand berührte eine Pistole, zog sie aber nicht. Galbraith auf dem Boden lachte, und seine große rechte Hand zuckte nach seiner Achselhöhle, kam mit einer Lueger hoch. Sie sah wie meine Lueger aus. Sie ging los, nur einmal.

Nichts veränderte sich in dem langen Gesicht des Arztes. Ich konnte nicht sehen, wo die Kugel ihn getroffen hatte. Sein Kopf sackte vor und schlug auf den Tisch, und seine Pistole fiel mit einem dumpfen Prall zu Boden. Er lag mit dem Gesicht auf dem Schreibtisch, völlig reglos.

Galbraith richtete seine Pistole auf mich und stand vom Boden auf. Ich betrachtete noch einmal die Waffe. Ich war sicher, daß es meine Pistole war.

»Das ist ja eine reizende Art, zu Informationen zu kommen«, sagte ich planlos.

»Hände runter, Schnüffler. Sie wollen sich doch nicht übernehmen, oder?«

Ich nahm die Hände herunter. »Allerliebst«, sagte ich. »Vermutlich haben Sie die ganze Szene von vornherein so arrangiert, um den Doc von der Bildfläche zu pusten.«

»Er hat zuerst geschossen, oder nicht?«

»Tja«, sagte ich dünn. »Er hat zuerst geschossen.«

Die Schwester schob sich seitlich an der Wand auf mich zu. Kein Laut war von ihr gekommen, seit Sundstrand seine Vorstellung gegeben hatte. Sie hatte mich fast schon erreicht. Ganz plötzlich, viel zu spät, sah ich das Blitzen eines Schlagrings an ihrer festen rechten Hand und Haar auf dem Handrücken.

Ich wich aus, aber nicht schnell genug. Ein knirschender Schlag schien mir den Kopf zu spalten. Ich hielt mich an der Wand, die Knie voll Wasser und das Gehirn auf Hochtouren, um meine rechte Hand davon abzuhalten, nach der Pistole zu greifen.

Ich richtete mich auf. Galbraith grinste mich höhnisch an.

»Gar nicht so sehr schlau«, sagte ich. »Sie haben immer noch meine Lueger in der Hand. Das ruiniert den Plan doch ziemlich, oder?«

»Ich sehe, bei Ihnen dämmert's, Schnüffler.«

Die Schwester mit der zirpenden Stimme sagte, mitten in eine hohle Pause: »Himmel noch mal, der Bursche hat einen Kiefer – glatt wie ein Elefantenfuß. Verdammt, ich hab mir doch tatsächlich den Knöchel an ihm aufgeschlagen.«

Galbraiths kleine Augen hatten den Tod in sich. »Wie sieht's oben aus?« fragte er die Schwester.

»Alle noch gestern nacht weg. Soll ich noch mal einen Schwinger versuchen?«

»Wozu? Er hat seine Knarre steckenlassen, und für dich ist er zu zähe, Kindchen. Der braucht Blei.«

Ich sagte: »Sie sollten Ihr Kindchen aber zweimal täglich rasieren für den Job.«

Die Schwester grinste, schob die gestärkte Haube und die strähnige blonde Perücke auf einem kahlen Kugelschädel nach hinten. Sie – oder jetzt richtiger er – zog eine Pistole unter der weißen Schwesterntracht hervor.

Galbraith sagte: »Es war Notwehr, verstehn Sie? Sie

haben mit dem Doktor Streit angefangen, aber zuerst geschossen hat er. Wenn Sie keine Sperenzien machen, werden Dunc und ich versuchen, uns in diesem Sinne zu erinnern.«

Ich rieb mir mit der linken Hand den Kiefer. »Hören Sie, Sergeant. Ich bin kein Spielverderber und kann einen Witz vertragen. Sie haben mich in dem Haus an der Carolina Street niedergeschlagen und nichts davon erzählt. Auch ich hab den Mund gehalten. Ich hab mir gesagt, Sie werden schon Ihre Gründe gehabt haben und mich zur gegebenen Zeit sicher einweihen. Vielleicht kann ich die Gründe ja sogar erraten. Ich glaube, Sie wissen, wo Saint ist, oder können's jedenfalls feststellen. Saint weiß, wo die Snare steckt, denn er hatte ihren Hund. Drehn wir die Sache doch so hin, daß wir beide was davon haben.«

»Was *wir* brauchen, das haben wir schon, Dummchen. Ich hatte dem Doc versprochen, ich bring Sie wieder zurück und lasse ihn mit Ihnen spielen. Und dann hatte ich Dunc hier in die Schwesternkluft gesteckt, daß er mit Hand anlegen konnte bei Ihnen. Aber in Wirklichkeit war *er* es, den wir uns vorknöpfen wollten.«

»Schön und gut«, sagte ich. »Aber was springt für mich dabei raus?«

»Vielleicht ein bißchen längeres Leben.«

Ich sagte: »Tja. Denken Sie jetzt bitte nicht, ich wollte Sie auf den Arm nehmen – aber werfen Sie doch mal einen Blick auf das kleine Fenster da hinter Ihnen in der Wand.«

Galbraith rührte sich nicht, wandte kein Auge von mir. Ein dickes Lächeln des Hohns verzog seine Lippen.

Duncan, unser Frauenrollendarsteller, warf einen Blick – und schrie auf.

Ein kleines quadratisches Buntglasfenster hoch oben in der Ecke der Rückwand war ganz still aufgegangen. Ich hatte es direkt im Blick, sah an Galbraiths Ohr vorbei direkt in die schwarze Mündung einer Maschinenpi-

stole, die auf dem Sims ruhte, direkt in die beiden harten schwarzen Augen dahinter.
Eine Stimme, die ich zuletzt gehört hatte, als sie einen Hund besänftigte, sagte: »Wie wär's, wenn Sie die Knarre fallen ließen, Schwester? Und Sie da am Schreibtisch – greifen Sie mal 'ne Wolke!«

8

Der Mund des großen Bullen schnappte nach Luft. Dann spannte sich sein ganzes Gesicht, und er fuhr herum, und die Lueger spuckte einmal hart und scharf.
Ich ließ mich zu Boden fallen, als die Maschinenpistole mit einer kurzen Garbe losbrach. Galbraith sackte neben dem Schreibtisch zusammen, fiel mit verdrehten Beinen auf den Rücken. Blut kam ihm aus Nase und Mund.
Der Polizist in Schwesterntracht wurde so weiß wie die gestärkte Haube. Seine Pistole plumpste zu Boden. Seine Hände versuchten fast die Decke zu erreichen.
Eine sonderbare, lähmende Stille trat ein. Es roch nach Pulverqualm. Farmer Saint sprach von seinem Hochsitz am Fenster aus zu jemandem draußen vor dem Haus hinunter.
Man hörte deutlich eine Tür auf- und zugehen, und Schritte kamen durch den Flur gelaufen. Die Tür unseres Zimmers wurde weit aufgestoßen. Diana Saint kam herein, in jeder Hand eine Automatik. Eine hochgewachsene hübsche Frau, gepflegt und dunkel, mit einem flotten schwarzen Hütchen und zwei behandschuhten Händen, die Pistolen hielten.
Ich erhob mich vom Boden, hielt die Hände in Sicht. Sie hob ihre Stimme gelassen zum Fenster, ohne aber auch den Blick zu heben.
»Okay, Jerry. Ich kann sie in Schach halten.«
Saints Kopf und Schultern und seine Maschinenpistole

verschwanden aus dem Fensterrahmen, ließen blauen Himmel und die dünnen, fernen Zweige eines hohen Baums darin zurück.
Es gab einen Prall, als wären Füße von einer Leiter auf den Holzboden einer Veranda gesprungen. Im Zimmer befanden sich fünf Statuen, zwei davon umgefallen.
Irgendwer mußte sich jetzt rühren. Die Situation verlangte zwei weitere Morde. Von Saints Standpunkt aus konnte ich's nicht anders sehen. Es mußte reiner Tisch gemacht werden.
Der Trick hatte nicht geklappt, als er kein Trick war. Jetzt, wo er's war, probierte ich ihn noch einmal. Ich sah an der Schulter der Frau vorbei, stieß ein hartes Grinsen auf mein Gesicht, sagte heiser:
»Hallo, Mike. Grad im richtigen Moment.«
Ich führte sie nicht hinters Licht damit, natürlich, aber es machte sie wütend. Ihr Körper versteifte sich, und ein Schuß peitschte aus der Pistole in ihrer rechten Hand. Für eine Frau war es eine schwere Waffe, und sie zuckte. Die andere Pistole zuckte zugleich. Ich sah nicht mehr, wohin der Schuß ging. Ich duckte mich und sprang unter die Waffen.
Meine Schulter traf ihren Schenkel, und sie verlor das Gleichgewicht und schlug mit dem Kopf gegen den Türpfosten. Ich verfuhr nicht allzu rücksichtsvoll dabei, ihr die Pistolen aus den Händen zu schlagen. Ich trat die Tür zu, langte hoch und zerrte den Schlüssel im Schloß herum, verzog mich dann vor einem hochhackigen Schuh, der sich redliche Mühe gab, mir die Nase aus dem Gesicht zu treten.
Duncan sagte: »Sauber, sauber«, und tauchte nach seiner Pistole, die auf dem Boden lag.
»Behalten Sie das kleine Fenster im Auge, wenn Ihnen Ihr Leben lieb ist«, knurrte ich ihn an.
Dann war ich hinter dem Schreibtisch, zog das Telephon unter Dr. Sundstrands Leiche hervor, zog es so weit aus der Sicht- und Schußlinie der Tür, wie die Ka-

belschnur mich nur ließ. Ich legte mich damit auf den Boden und begann zu wählen, flach auf dem Bauch.
Beim Anblick des Telephons kam Leben in Dianas Augen. Sie kreischte laut:
»Sie haben mich, Jerry! Sie haben mich erwischt!«
Die Maschinenpistole begann die Tür zu zerfetzen, als ich grad einem gelangweilten Sergeant vom Dienst die Ohren vollgebrüllt hatte.
Stuckbrocken und Holzstücke pfiffen durch die Luft wie Fäuste bei einer irischen Hochzeit. Kugeln durchzuckten die Leiche von Dr. Sundstrand, daß es aussah, als schüttelte ihn ein Fieberschauer zurück ins Leben. Ich warf das Telephon weg und grapschte Dianas Pistolen und eröffnete unsererseits nun das Feuer auf die Tür. Durch einen breiten Spalt konnte ich Stoff erkennen. Ich schoß darauf.
Ich konnte nicht sehen, was Duncan machte. Dann wußte ich es. Ein Schuß, der nicht durch die Tür gekommen sein konnte, traf Diana Saint mitten in die Kinnspitze. Sie ging wieder zu Boden, blieb liegen.
Ein weiterer Schuß, der nicht durch die Tür kam, hob mir den Hut. Ich rollte mich herum und schrie Duncan an. Seine Pistole bewegte sich in steifem Bogen, folgte mir. Sein Mund war ein einziges tierisches Knurren. Ich schrie noch einmal.
Vier runde Flecke Rot erschienen in diagonaler Linie auf der Schwesterntracht, in Brusthöhe. Sie vergrößerten sich rapide, selbst in der kurzen Zeit, die Duncan brauchte, um zu fallen.
Irgendwo erklang eine Polizeisirene. Es war meine Sirene, sie kam in meiner Richtung näher, wurde lauter.
Die Maschinenpistole verstummte, und ein Fuß trat gegen die Tür. Sie erbebte, aber das Schloß hielt. Ich jagte vier weitere Kugeln hinein, wohlweislich nicht allzu nah am Schloß.
Die Sirene wurde immer lauter. Saint mußte verschwinden. Ich hörte seine Schritte durch die Halle davonlau-

fen. Eine Tür schlug zu. Ein Wagen sprang an, draußen in einer Hintergasse. Das Motorengeräusch verebbte, je stärker das kreischende Crescendo der sich nähernden Sirene wuchs.

Ich kroch zu der Frau hinüber und sah das Blut auf ihrem Gesicht und Haar und die durchweichten Stellen vorn auf ihrem Mantel. Ich berührte ihr Gesicht. Sie schlug ganz langsam die Augen auf, als wären die Lider sehr schwer.

»Jerry –«, flüsterte sie.

»Tot«, log ich grimmig. »Wo ist Isobel Snare, Diana?«

Die Augen schlossen sich wieder. Tränen glitzerten, die Tränen der Sterbenden.

»Wo ist Isobel, Diana?« flehte ich inständig. »Seien Sie ehrlich und sagen Sie's mir. Ich bin kein Bulle. Ich bin ihr Freund. Sagen Sie's mir, Diana.«

Ich legte Zärtlichkeit und Sehnsucht hinein, alles was ich hatte.

Die Augen gingen halb auf. Das Flüstern kam wieder: »Jerry –«, dann zerfiel es, und die Augen schlossen sich. Dann bewegten sich die Lippen noch einmal, hauchten ein Wort, das wie ›Monty‹ klang.

Das war alles. Sie starb.

Ich stand langsam auf und lauschte den Sirenen.

9

Es wurde langsam spät, und in dem großen Bürogebäude auf der anderen Straßenseite ging hier und da schon Licht an. Ich war den ganzen Nachmittag in Fulwiders Büro gewesen. Ich hatte meine Geschichte wohl zwanzigmal erzählt. Es war alles wahr – was ich erzählt hatte.

Ganze Scharen von Bullen waren gekommen und gegangen, Ballistiker und Spurensicherer, Leute vom Erkennungsdienst, Reporter auch, ein halbes Dutzend

Funktionäre der Stadtverwaltung, sogar ein Korrespondent der A.P. Dem Korrespondenten gefiel die offizielle Verlautbarung nicht, die man ihm in die Hand gedrückt hatte, und er machte kein Hehl daraus.
Der fette Polizeichef war schweißgebadet und mißtrauisch. Er hatte die Jacke abgelegt, und seine Achselhöhlen waren schwarz, und sein kurzes rotes Haar krüllte sich, als wäre es angesengt worden. Da er nicht ahnte, wieviel oder wie wenig ich wußte, wagte er nicht, mich aufs Kreuz zu legen. Er beschränkte sich darauf, mich umschichtig anzubrüllen und anzuwinseln, und versuchte zwischendurch, mich betrunken zu machen.
Ich wurde langsam betrunken und gewann immer mehr Gefallen daran.
»Also daß überhaupt keiner mehr was gesagt hat!« jammerte er mir zum hundertstenmal vor.
Ich nahm einen weiteren Schluck, schlenkerte schlaff die Hand, machte ein blödes Gesicht. »Nicht ein Wort, Chief«, sagte ich eulenhaft. »Ich muß es ja schließlich wissen. Sie sind alle zu plötzlich gestorben.«
Er packte sein Kinn und zerrte daran herum. »Verdammt witzig«, höhnte er. »Vier Tote am Boden, und Sie nicht mal angekratzt!«
»Ich war eben der einzige«, sagte ich, »der schon am Boden lag, als er noch bei Gesundheit war.«
Er packte sein rechtes Ohr und quälte es. »Sie sind jetzt grad drei Tage hier«, heulte er. »In den drei Tagen haben wir hier mehr Verbrechen gehabt als in den drei Jahren vor Ihrer Ankunft. Das ist nicht mehr menschlich. Ich muß einen Alptraum haben.«
»Mir können Sie das aber nicht zum Vorwurf machen, Chief«, grummelte ich. »Ich bin bloß hergekommen, um nach einem Mädchen zu suchen. Ich suche immer noch danach. Ich hab auch Saint und seiner Schwester nicht gesagt, sie sollten sich hier in Ihrer Stadt verstekken. Als ich ihm auf die Spur kam, hab ich Ihnen sofort einen Tip gegeben, was Ihre eigenen Leute nicht getan

hatten. Ich hab auch Doktor Sundstrand nicht erschossen, bevor man was aus ihm rausbringen konnte. Ich hab noch immer keine blasse Ahnung, wieso man die falsche Krankenschwester da reingeschmuggelt hat.«

»Ich doch auch nicht!« brüllte Fulwider. »Aber schließlich ist's mein Job, der auf einmal lauter Löcher abgekriegt hat. Bei all den Chancen, die ich habe, aus der Geschichte rauszukommen, kann ich praktisch gleich angeln gehen.«

Ich nahm einen weiteren Schluck, rülpste angeheitert.

»Sagen Sie doch das nicht, Chief«, protestierte ich. »Sie haben die Stadt schon einmal gesäubert und schaffen das bestimmt auch ein zweitesmal. Daß ein Schuß mal nach hinten losgeht, kommt schließlich in den besten Familien vor.«

Er drehte eine Runde durch sein Büro und versuchte, mit der Faust ein Loch in die Rückwand zu schlagen, warf sich dann krachend wieder in seinen Sessel. Er beäugte mich wild, grapschte nach der Whiskyflasche, rührte sie dann aber doch nicht an – als sei ihm der Gedanke gekommen, in *meinem* Magen würde ihm der Whisky weit besser tun.

»Ich werde ein Geschäft mit Ihnen abschließen«, knurrte er. »Sie machen, daß Sie wieder nach San Angelo kommen, und ich vergesse, daß es Ihre Knarre war, die Sundstrand ausgepustet hat.«

»Das ist aber gar nicht nett gegenüber einem Mann, der sich für sein tägliches Brot plagen muß, Chief. Sie wissen doch, wieso es meine Pistole war.«

Sein Gesicht sah wieder ganz grau aus, einen Moment lang. Er betrachtete mich, als nähme er Maß für einen Sarg. Dann verflog auch diese Grille, und er klatschte auf seinen Schreibtisch und sagte herzlich:

»Sie haben recht, Carmady. Das kann ich Ihnen wirklich nicht zumuten. Sie müssen ja immer noch dieses Mädchen suchen, stimmt's? Okay, dann laufen Sie mal in Ihr Hotel und ruhen Sie sich etwas aus. Ich werde heut abend noch weiterarbeiten an der Sache und seh Sie dann morgen früh.«

Ich nahm noch einen weiteren kleinen Schluck, den Rest, der noch in der Flasche war. Ich schüttelte ihm zweimal die Hand und taumelte aus seinem Büro. Auf dem Korridor platzten überall Blitzlichter los.

Ich ging die Treppe der City Hall hinunter und seitlich um das Gebäude herum zur Polizeigarage. Mein blauer Chrysler war wieder zu Hause. Ich ließ die Maske des Betrunkenen fallen und ging durch die Seitenstraßen weiter zum Strandgelände, schlenderte über die breite Zementpromenade auf die beiden Vergnügungs-Piers und das Grand Hotel zu.

Es wurde jetzt langsam dämmrig. An den Piers gingen Lichter an. Mastlaternen wurden auf den kleinen Yachten angezündet, die hinter dem Wellenbrecher des Yachthafens vor Anker lagen. An einem Barbecue-Stand kitzelte ein Mann Wiener Würstchen mit einer langen Gabel und brummte dabei eintönig vor sich hin: »Kriegt Kohldampf, Leute. Schöne heiße Würstchen. Kriegt Kohldampf, Leute.«

Ich zündete mir eine Zigarette an, blieb stehen und sah aufs Meer hinaus. Ganz plötzlich leuchteten, weit draußen, Lichter auf, von einem großen Schiff. Ich beobachtete sie, aber sie bewegten sich nicht. Ich ging zu dem Würstchenmann hinüber.

»Ankert der Kasten da?« fragte ich und zeigte hin.

Er warf einen Blick um die Ecke seiner Bude, rümpfte verächtlich die Nase.

»Ach, das ist das schwimmende Spielkasino. Kreuzfahrt nach Nirgendwo sagen die hier dazu, weil das Ding nirgends hinfährt. Wenn Ihnen der Nepp im Tango nicht reicht, können Sie's da versuchen. Jawohl, Sir, das ist die gute alte *Montecito.* Wie wär's mit einem Paar Heiße?«

Ich legte ihm einen Vierteldollar hin.

»Genehmigen Sie sich selber eins«, sagte ich sanft. »Wo fahren die Taxiboote ab?«
Ich hatte keine Pistole. Ich ging zum Hotel zurück, um mir meine Reserveknarre zu holen.
Die sterbende Diana Saint hatte »Monty« gesagt. Vielleicht hatte sie bloß nicht mehr lange genug gelebt, um »Montecito« zu sagen.
Im Hotel legte ich mich hin und schlief ein, als wäre ich narkotisiert worden. Es war acht Uhr, als ich aufwachte, und ich hatte Hunger.
Ich wurde vom Hotel aus beschattet, aber nicht sehr weit. Natürlich kamen in dieser sauberen kleinen Stadt nicht genügend Verbrechen vor, daß die Polizisten hätten lernen können, besonders gute Beschatter zu sein.

10

Es war eine lange Fahrt für vierzig Cent. Das Wassertaxi, ein altes Schnellboot ohne Trimmung, glitt zwischen den ankernden Yachten durch und umrundete den Wellenbrecher. Die Dünung traf uns. Die ganze Gesellschaft, die ich außer dem verwegen dreinblickenden Bürger am Steuer hatte, waren zwei schmusende Pärchen, die sofort anfingen, sich die Gesichter zu schlecken, als die Dunkelheit uns umfing.
Ich starrte zurück auf die Lichter der Stadt und versuchte, mein Abendessen in Schach zu halten. Zuerst verstreute Diamantensplitter, wuchsen die Lichter zusammen und wurden zu einem Armband aus funkelnden Juwelen, ausgelegt im Schaufenster der Nacht. Dann waren sie nur noch ein orange-gelb verschwimmender Schimmer über der Dünung. Das Taxi klatschte in die unsichtbaren Wellen und stampfte wie ein Brandungsboot. Kalter Nebel lag in der Luft.
Die Bullaugen der *Montecito* wurden groß, und das Taxi holte zu einem weiten Bogen aus, legte sich in

einem Winkel von fünfundvierzig Grad hinein und hielt schließlich sauber längsseits einer hell erleuchteten Anlegebrücke. Die Maschine lief leer und knatterte Fehlzündungen in den Nebel.

Ein schlehenäugiger Junge in knapp sitzender blauer Kasinojacke und mit einem Gangstermund half den Mädchen heraus, streifte ihre Begleiter mit einem scharfen Blick, schickte sie nach oben. Der Blick, den ich von ihm abbekam, erzählte mir einiges über ihn. Die Art, wie er mir gegen das Pistolenhalfter knuffte, erzählte mir noch mehr.

»Nix«, sagte er sanft. »Nix.«

Er winkte dem Taximann mit dem Kinn. Der Taximann ließ eine kurze Schlinge über einen Poller fallen, gab dem Steuer eine leichte Drehung und kletterte auf die Brücke. Er trat hinter mich.

»Nix«, schnurrte der Bursche in der Kasinojacke. »Keine Schießeisen an Bord, Mister. Tut mir leid.«

»Gehört bei mir zum Anzug«, sagte ich. »Bin Privatdetektiv. Ich geb's an der Garderobe ab.«

»Tut mir leid, Mann. Keine Garderobe für Schießeisen. Ziehn Sie Leine.«

Der Taximann hakte ein Handgelenk um meinen rechten Arm. Ich zuckte die Achseln.

»Zurück ins Boot«, knurrte der Taximann hinter mir. »Ich schulde Ihnen vierzig Cent, Mister. Kommen Sie schon.«

Ich stieg ins Boot zurück.

»Okay«, blubberte ich die Kasinojacke an. »Wenn Sie mein Geld nicht wollen, dann lassen Sie's eben bleiben. Feine Art ist das, einen Besucher zu behandeln. Also wirklich –«

Sein öliges stummes Lächeln war das letzte, was ich sah, als das Taxi ablegte und sich wieder in die Dünung stürzte. Es fiel mir schwer, dieses Lächeln hinter mir zu lassen.

Der Rückweg kam mir länger vor. Ich sprach kein Wort

mit dem Taximann, und er sprach kein Wort mit mir. Als ich am Pier ausstieg, höhnte er mir in den Rücken: »Vielleicht ein andermal, wenn wir nicht soviel zu tun haben, Schnüffler!«
Ein halbes Dutzend Kunden, die darauf warteten, hinausgefahren zu werden, starrten mich an. Ich ging an ihnen vorbei, vorbei an der Tür des Warteraums auf der Landebrücke, auf die Treppe zu, die an Land führte. Ein großer rothaariger Stiernacken in schmutzigen Segelschuhen, teerigen Hosen und einer abgetragenen blauen Strickjacke richtete sich an der Reling auf und stieß wie zufällig mit mir zusammen.
Ich blieb stehen, machte mich auf allerlei gefaßt. Er fragte aber bloß sanft: »Was war denn los, Spürauge? Keinen Dusel gehabt mit dem verdammten Kahn?«
»Muß ich Ihnen das erzählen?«
»Ich bin einer, der zuhören kann.«
»Wer sind Sie?«
»Nennen Sie mich einfach Red.«
»Aus dem Weg mit Ihnen, Red. Ich hab zu tun.«
Er lächelte traurig, berührte meine linke Seite. »Die Knarre trägt ein bißchen auf in dem leichten Anzug«, sagte er. »Wollen Sie an Bord? Läßt sich schon machen, wenn Sie einen Grund haben.«
»Auf wieviel käme der Grund?« fragte ich ihn.
»Fünfzig Eier. Zehn mehr, wenn Sie bluten in meinem Boot.«
Ich wandte mich ab. »Fünfundzwanzig für die Hinstrecke«, sagte er rasch. »Zurück kommen Sie ja vielleicht mit Freunden, was?«
Ich entfernte mich vier Schritte von ihm, ehe ich mich halb umdrehte, sagte: »Abgemacht«, und ging weiter.
Am Fuß des hell erleuchteten Vergnügungs-Piers lag ein protziger Tango-Parlour, gerammelt voll schon trotz der frühen Stunde. Ich ging hinein, lehnte mich an eine Wand und sah zu, wie ein Ziffernpaar auf dem elektrischen Indikator erschien, beobachtete einen Hausspie-

ler mit präparierter Sequenz, wie er unter dem Tisch mit dem Knie seine Signale gab.

Massige Bläue nahm neben mir Gestalt an, und ich roch Teer. Eine sanfte, tiefe, traurige Stimme sagte: »Brauchen Sie Hilfe da draußen?«

»Ich suche nach einem Mädchen, aber ich suche allein danach. Was machen Sie denn eigentlich so?« Ich sah ihn nicht an.

»Mal hier einen Dollar, mal da einen Dollar. Der Mensch muß gelegentlich was essen. Ich war bei der Polizei früher, aber die haben mich rausgeschmissen.«

Daß er mir das erzählte, gefiel mir. »Sie müssen denen zu ehrlich gewesen sein«, sagte ich und beobachtete den Hausspieler, wie er seine Karte mit dem Daumen über die falsche Nummer schob, beobachtete seinen Gegenspieler, wie er seinen Daumen an die gleiche Stelle brachte und die Karte hochhielt.

Ich konnte Reds Grinsen spüren. »Wie ich sehe, sind Sie schon ein bißchen rumgekommen in unserer kleinen Stadt. Die Sache funktioniert folgendermaßen. Ich hab ein Boot mit Unterwasser-Auspuff. Ich kenne eine Ladeluke, die ich aufmachen kann. Hin und wieder schaffe ich mal für jemanden eine Ladung raus. Unter Deck sind nicht allzu viele Leute. Paßt Ihnen das?«

Ich zog meine Brieftasche heraus und entnahm ihr einen Zwanziger und einen Fünfer, reichte sie ihm zusammengerollt hinüber. Sie wanderten in eine teerige Tasche.

Red sagte: »Danke«, sanft, und ging weg. Ich ließ ihm einen kleinen Vorsprung und machte mich dann hinter ihm her. Durch seine Größe war er leicht zu verfolgen, selbst in einer dichten Menschenmenge.

Wir gingen am Yachthafen vorbei und am zweiten Vergnügungs-Pier, und dahinter wurden die Lichter seltener, und die Menschenmenge verdünnte sich zum Nichts. Ein kurzer schwarzer Pier ragte ins Wasser hinaus, voller Boote, die längsseits vertäut lagen. Mein Mann wandte sich darauf zu.

Erst fast am Ende blieb er stehen, neben einer hölzernen Leiter.

»Ich hole das Ding her«, sagte er. »Der Motor macht ziemlichen Krach, bis er sich warmgelaufen hat.«

»Hören Sie«, sagte ich dringlich. »Ich muß noch schnell telephonieren. Hatt ich vergessen.«

»Läßt sich machen. Kommen Sie.«

Er ging ein Stück weiter auf dem Pier, rasselte mit Schlüsseln an einer Kette und öffnete ein Vorhängeschloß. Er hob eine kleine Klappe und nahm einen Telephonhörer heraus, horchte daran.

»Funktioniert noch«, sagte er mit einem Grinsen in der Stimme. »Muß irgendwelchen Ganeffs gehören. Vergessen Sie nicht, das Schloß wieder einschnappen zu lassen.«

Er schlüpfte lautlos in die Dunkelheit davon. Zehn Minuten lang lauschte ich dem Klatschen des Wassers gegen die Pierpfosten, dem gelegentlichen Kreisen einer Möwe in der Finsternis. Dann dröhnte weit weg ein Motor auf, dröhnte minutenlang weiter. Dann verstummte der Krach abrupt. Weitere Minuten vergingen. Etwas schlug dumpf gegen den Fuß der Leiter, und eine gedämpfte Stimme drang zu mir herauf.

»Alles bereit.«

Ich eilte zum Telephon zurück, wählte eine Nummer, fragte nach Chief Fulwider. Er war schon nach Hause gegangen. Ich wählte eine andere Nummer, bekam eine Frau, fragte sie nach dem Chief, sagte, hier spräche das Präsidium.

Ich wartete wieder. Dann hörte ich die Stimme des fetten Polizeichefs. Sie klang wie randvoll von Bratkartoffeln.

»Ja-ah? Kann der Mensch denn nicht mal in Ruhe essen? Wer ist da?«

»Carmady, Chief. Saint ist auf der *Montecito*. Ein

Jammer, daß die außerhalb Ihres Amtsbereichs liegt.«
Er fing an, wie ein Verrückter zu brüllen. Ich legte ihm ins Gesicht hinein auf, tat den Hörer in sein gemütliches, mit Zinkblech tapeziertes Stübchen zurück und ließ das Vorhängeschloß zuschnappen. Ich stieg die Leiter zu Red hinunter.
Sein großes schwarzes Schnellboot glitt über die öligen Wasser hinaus. Der Auspuff machte keinerlei Geräusch, nur seitlich am Rumpf war ein gleichmäßiges Blubbern zu hören.
Die Lichter der Stadt wurden wieder zu einem gelb verschwimmenden Schimmer auf dem schwarzen Wasser, und die Bullaugen der guten alten *Montecito* wurden wieder groß und hell und rund nach See heraus.

11

Auf der Seeseite des Schiffes gab es kein Flutlicht. Red drosselte den Motor bis auf ein Minimum und steuerte unter den Überhang des Hecks, schlich sich an die glitschigen Platten so schüchtern heran wie ein Vereinsmeier in eine Hotelhalle.
Eiserne Doppeltüren ragten hoch über uns, ein wenig rechts von den schleimigen Gliedern einer Kabelkette. Das Schnellboot schrammte die alten Platten der *Montecito,* und das Seewasser klatschte schlapp gegen die Bootssohle unter unseren Füßen. Der Schatten des massigen Ex-Polizisten wuchs neben mir in die Höhe. Ein in Schlingen gelegtes Tau flog in die Dunkelheit empor, verfing sich irgendwo und fiel ins Boot zurück. Red zog es stramm, schlang es um einen Haken an der Motorhaube.
Er sagte sanft: »Sie liegt hoch wie ein Hindernisrenner. Wir müssen an den Platten hochklettern.«
Ich nahm das Steuer und richtete den Bug des Schnell-

boots gegen den schlüpfrigen Rumpf, und Red griff nach einer Eisenleiter, die flach am Schiff in die Höhe lief, und zog sich in die Dunkelheit hinauf, grunzend, den Körper rechtwinklig versteift, die Segelschuhe glitschend auf den nassen Eisensprossen.
Nach einer Weile quietschte etwas über mir, und schwachgelbes Licht sickerte in die neblige Luft hinaus. Der Umriß einer schweren Tür wurde sichtbar und in ihrem Lichtschein Reds geduckter Kopf.
Ich stieg die Leiter hinauf, ihm nach. Es war keine leichte Arbeit. Sie ließ mich schließlich keuchend in einem säuerlich riechenden Verschlag landen, der voll von unordentlich herumliegenden Kisten und Fässern war. Ratten huschten in den dunklen Ecken außer Sicht. Der große Mann legte seine Lippen an mein Ohr:
»Von hier führt ein leichter Weg zur Laufplanke im Kesselraum. Eine der Hilfsmaschinen dürfte unter Dampf stehen, fürs heiße Wasser und die Generatoren. Das bedeutet als Bedienung einen Mann. Den übernehme ich. Die Mannschaft tut Doppeldienst oben, piekfein in Schale. Im Maschinenraum werde ich Ihnen einen Ventilator zeigen, der kein Gitter hat. Führt direkt aufs Bootsdeck. Was Sie dann machen, ist Ihre Sache.«
»Sie müssen Verwandte an Bord haben«, sagte ich.
»Ach was. Man kriegt halt allerlei mit, wenn man sich dauernd am Ufer rumtreibt. Vielleicht gehöre ich zu einem Verein, der sich vorgenommen hat, den Kahn zum Kentern zu bringen. Kommen Sie schnell wieder zurück?«
»Es dürfte einen ganz hübschen Platsch geben, wenn ich vom Bootsdeck komme«, sagte ich. »Hier.«
Ich fischte noch ein paar Scheine aus meiner Brieftasche, schob sie ihm hin.
Er schüttelte seinen roten Kopf. »Hm, nee. Das ist erst für die Rückfahrt.«
»Die kaufe ich mir jetzt schon«, sagte ich. »Selbst wenn

ich sie nicht brauche. Nun nehmen Sie schon, bevor ich in Tränen ausbreche.«
»Na ja, also – danke, Kumpel. Sie sind richtig.«
Wir stiegen zwischen die Kisten und Fässer. Das gelbe Licht kam von einem Gang dahinter, und wir gingen den Gang entlang bis zu einer schmalen Eisentür. Die führte zur Laufplanke im Maschinenraum. Wir schlichen darauf entlang, stiegen eine ölige Stahlleiter hinunter, hörten das langsame Zischen von Ölbrennern und gingen zwischen Bergen von Eisen auf das Geräusch zu.
Als wir um eine Ecke bogen, erblickten wir einen gedrungenen, schmutzigen Italiener in purpurnem Seidenhemd, der in einem drahtgeflickten Bürostuhl saß, unter einer nackten Glühbirne, und mit Hilfe einer stahlgefaßten Brille und eines schwarzen Zeigefingers die Zeitung las.
Red sagte liebenswürdig: »He, alter Freund. Wie geht's denn den kleinen Bambinos?«
Der Italiener riß den Mund auf und wollte rasch auf. Da traf ihn Reds Schlag. Wir legten ihn lang auf den Boden und rissen sein purpurnes Hemd in Streifen, um ihn damit zu fesseln und zu knebeln.
»An sich sollte man ja einen Menschen mit Brille nicht schlagen«, sagte Red. »Aber die Sache ist die, daß Sie einen Heidenkrach machen, wenn Sie den Ventilator raufgehen – für jemand hier unten. Oben hört kein Mensch was.«
Ich sagte, das wäre mir durchaus lieb, und wir ließen den Italiener gebunden auf dem Boden liegen und suchten uns den Ventilator, der kein Gitter hatte. Ich schüttelte Red die Hand, sagte, ich hoffte ihn wiederzusehen, und bestieg die Leiter im Ventilatorschacht.
Es war kalt und rabenschwarz, und die neblige Luft rauschte zugig darin herunter, und der Weg nach oben kam mir lang vor. Nach drei Minuten, die für mein Gefühl wie eine Stunde waren, erreichte ich die Schacht-

mündung und steckte vorsichtig den Kopf hinaus. Segeltuchbespannte Boote ragten in der Nähe an den Davits des Bootsdecks. Sanftes Flüstern drang zwischen zweien davon aus dem Dunkel. Das dumpfe Bumsen von Musik pulste von unten herauf. Hoch oben über mir brannte eine Mastlaterne, und durch die dünnen, hohen Nebelschichten starrten bitter ein paar Sterne nieder.
Ich lauschte, konnte aber keine Polizeiboot-Sirenen hören. Ich stieg aus dem Ventilatorschacht, ließ mich aufs Deck hinunter.
Das Flüstern kam von einem knutschenden Pärchen, das unter einem der Boote kauerte. Sie schenkten mir keinerlei Aufmerksamkeit. Ich ging das Deck entlang, vorüber an den geschlossenen Türen von drei oder vier Kabinen. Hinter den Läden von zweien davon war etwas Licht. Ich lauschte, hörte aber nichts als das fidele Lärmen der Kunden unten auf dem Hauptdeck.
Ich wich in einen dunklen Schatten zurück, nahm die Lungen voll Luft und stieß sie in einem Heulen wieder aus – dem knurrenden Heulen eines grauen Wolfs, der einsam ist und hungrig und fern der Heimat und das Böse von sieben Plagen in sich hat.
Das tiefe, grollende Bellen eines Polizeihunds antwortete mir. Ein Mädchen schrillte über das dunkle Deck, und eine Männerstimme sagte: »Ich dachte, diese Fuselsäufer wärn alle tot.«
Ich richtete mich auf und takelte meine Pistole ab und lief auf das Bellen zu. Es kam aus einer Kabine auf der anderen Seite des Decks.
Ich legte ein Ohr an die Tür, hörte, wie eine Männerstimme den Hund besänftigte. Der Hund hörte auf zu bellen und knurrte nur noch ein- oder zweimal, war dann still. Ein Schlüssel drehte sich in der Tür, an der ich mich befand.
Ich wich zurück, ließ mich auf ein Knie nieder. Die Tür ging einen Fußbreit auf, und ein glatter Kopf kam hinter

der Kante vor. Licht aus einer abgeschirmten Decklaterne warf einen matten Schein auf das schwarze Haar.
Ich stand auf und schmetterte den Pistolenlauf auf den Kopf. Der Mann sackte weich nach vorn aus der Tür, mir direkt in die Arme. Ich schleifte ihn in die Kabine zurück, stieß ihn auf ein gemachtes Kojenbett.
Ich warf die Tür wieder zu, schloß sie ab. Ein kleines Mädchen kauerte auf dem anderen Bett, mit weit aufgerissenen Augen. Ich sagte:
»Hallo, Miss Snare. War keine Kleinigkeit, Sie zu finden. Wollen Sie nach Hause?«
Farmer Saint rollte sich herum und setzte sich auf, hielt sich den Kopf. Dann war er sehr still, starrte mich nur an mit seinen scharfen schwarzen Augen. Sein Mund zeigte ein angespanntes, fast gutmütiges Lächeln.
Ich maß die Kabine mit einem raschen Blick, sah nicht, wo der Hund war, sah aber eine innere Tür, hinter der er sein konnte. Ich wandte mich wieder dem Mädchen zu.
Sie war ganz und gar nicht ansehnlich, wie die meisten Leute, die das meiste Durcheinander anrichten. Sie kauerte mit angezogenen Knien auf dem Bett, und das Haar fiel ihr über das eine Auge. Sie trug ein Strickkleid und Golfsocken und Sportschuhe mit breiten Laschen, die den Spann bedeckten. Ihre Knie waren nackt und knochig unter dem Saum des Kleids. Sie sah wie ein Schulmädchen aus.
Ich durchsuchte Saint nach einer Waffe, fand keine. Er grinste mich an.
Das Mädchen hob die Hand und warf ihr Haar zurück. Sie sah mich an, als wäre ich ein paar Häuserblocks von ihr entfernt. Dann holte sie tief Luft und fing an zu weinen.
»Wir sind verheiratet«, sagte Saint sanft. »Sie glaubt, Sie legen jetzt los und durchlöchern mich wie ein Sieb. War ein schlauer Trick, das mit dem Wolfsgeheul.«

Ich sagte nichts. Ich lauschte. Keinerlei Geräusch draußen.
»Woher wußten Sie denn, wo Sie suchen mußten?« fragte Saint.
»Das hat mir Diana gesagt – bevor sie starb«, sagte ich brutal.
Seine Augen zuckten, als hätte ich ihn verletzt. »Ich glaube Ihnen kein Wort, Schnüffler.«
»Sie sind weggelaufen und haben sie in der Patsche gelassen. Was erwarten Sie da denn anderes?«
»Ich hatte mir gedacht, die Bullen würden eine Frau wohl nicht so einfach über den Haufen schießen, und ich könnte draußen irgendwie mit ihnen handelseinig werden. Wer hat sie erwischt?«
»Einer von Fulwiders Bullen. Den dann Sie erwischt haben.«
Sein Kopf zuckte zurück, und ein wilder Ausdruck kam über sein Gesicht, schwand dann wieder. Er lächelte zu dem weinenden Mädchen hinüber.
»Hallo, Schatzi. Ich krieg dich schon frei, keine Bange.«
Er wandte sich wieder an mich. »Mal angenommen, ich ergebe mich ohne weiteren Krawall. Ist dann eine Möglichkeit drin, daß sie aus der Sache rausbleibt?«
»Was meinen Sie denn mit Ihrem weiteren Krawall?« feixte ich.
»Och, ich hab eine Menge Freunde hier auf dem Schiff, Schnüffler. Sie stehen erst grad am Anfang.«
»Sie haben sie selber reingeritten«, sagte ich. »Sie rauszuhalten – das ist nicht mehr drin. Jetzt zahlt sie halt mit.«

12

Er nickte langsam, sah auf den Boden nieder zwischen seinen Füßen. Das Mädchen hörte grad lange genug auf zu weinen, um sich die Backen zu wischen, dann fing sie wieder an.

»Fulwider weiß, daß ich hier bin?« fragte Saint mich langsam.
»Ja-ah.«
»Den Tip haben Sie ihm gegeben?«
»Ja-ah.«
Er zuckte die Achseln. »Von Ihrem Standpunkt aus ganz verständlich. Klar. Nur werde ich nie mehr dazu kommen, den Mund aufzumachen, wenn Fulwider mich einmal beim Kragen hat. Wenn ich mit einem von der Staatsanwaltschaft reden könnte, wär's vielleicht drin, daß ich ihn überzeuge, daß *sie* mit den ganzen Sachen von mir nichts zu tun gehabt hat.«
»Auch das hätten Sie sich früher überlegen können«, sagte ich grob. »Sie brauchten nicht unbedingt zu Sundstrand zurückzukehren und mit Ihrer Stotterkanone loszuballern.«
Er warf den Kopf zurück und lachte. »Nicht? Stellen Sie sich mal vor, Sie haben einem Burschen zehn Riesen für Protektion gezahlt, und der legt Sie aufs Kreuz, grapscht sich Ihre Frau, sperrt sie in eine Beklopptenanstalt und richtet Ihnen aus, Sie sollen sich gefälligst zum Teufel scheren und ja schön brav sein, sonst würde die nächste Flut Ihnen Ihre Ehehälfte an Land spülen! Was würden Sie da machen – kopfstehn und lachen? Oder dem Kerl mit einem Stück Eisen auf die Bude rücken, um ein Wörtchen mit ihm zu reden?«
»Sie war da schon gar nicht mehr dort«, sagte ich. »Nein, Sie hatten bloß die Schießwut. Und wenn Sie nicht so närrisch mit dem Hund gewesen wären, daß er schließlich einen Mann getötet hat, dann hätte's auch Ihr Protektionsgeber nicht mit der Angst gekriegt und Sie fallenlassen.«
»Ich liebe Hunde«, sagte Saint ruhig. »Ich bin ein ganz umgänglicher Mensch, wenn ich nicht arbeite, aber ich vertrag's nicht, wenn man mich blödmachen will.«
Ich lauschte. Immer noch alles still auf Deck draußen.
»Hören Sie zu«, sagte ich rasch. »Wenn wir einen Kuh-

handel machen wollen – ich habe ein Boot vor einer Ladeluke draußen, und ich werde versuchen, das Mädchen nach Hause zu bringen, bevor die Polizei Rabatz macht. Was mit Ihnen passiert, ist nicht mehr mein Bier. Ich würde auch keinen Finger für Sie rühren, und wenn Sie zehnmal Hunde lieben.«

Das Mädchen sagte plötzlich, mit schriller Kleinmädchen-Stimme: »Ich will aber nicht nach Hause! Ich will nicht nach Hause!«

»Heute in einem Jahr werden Sie's mir danken«, fuhr ich sie an.

»Er hat recht, Schatzi«, sagte Saint. »Hau lieber ab mit ihm.«

»Ich will aber nicht«, schrillte das Mädchen wütend. »Ich will ganz einfach nicht. Das ist alles.«

Mitten aus der Stille auf Deck schlug etwas hart von außen gegen die Tür. Eine grimmige Stimme brüllte: »Aufmachen! Polizei!«

Ich zog mich rasch zur Tür zurück, behielt Saint im Auge. Ich sprach nach hinten über die Schulter.

»Ist Fulwider dort?«

»Ja-ah«, knurrte die fette Stimme des Polizeichefs. »Carmady?«

»Hören Sie, Chief. Saint ist hier, und er ist bereit, sich zu ergeben. Aber es ist noch jemand anders bei ihm, das Mädchen, von dem ich Ihnen erzählt habe. Kommen Sie also ein bißchen behutsam rein, ja?«

»Wird gemacht«, sagte der Chief. »Schließen Sie auf.«

Ich drehte den Schlüssel, sprang durch die Kabine und stellte mich mit dem Rücken an die innere Teilwand, neben die Tür, hinter der sich der Hund jetzt rührte, mit leisem Knurren.

Die Außentür flog auf. Zwei Männer, die ich bis jetzt noch nicht gesehen hatte, stürmten mit gezogenen Pistolen herein. Der fette Chief war hinter ihnen. Ganz kurz erhaschte ich noch einen Blick auf Schiffsuniformen, bevor er die Tür hinter sich zuwarf.

Die beiden Beamten sprangen Saint an, wirbelten ihn herum, streiften ihm Handschellen über. Dann traten sie zurück, neben den Chief. Saint grinste sie an, und Blut tröpfelte von seiner Unterlippe.
Fulwider sah mich tadelnd an und bewegte eine Zigarre in seinem Mund. An dem Mädchen schien niemand Interesse zu nehmen.
»Sie sind mir ja ein feiner Stratege, Carmady. Mich ohne jeden blassen Schimmer zu lassen, wo ich hier landen würde«, knurrte er.
»Ich wußte's selber nicht«, sagte ich. »Außerdem dachte ich, das wäre außerhalb Ihres Amtsbereichs.«
»Zum Teufel damit. Wir haben die Bundespolizei benachrichtigt. Die kommen hier raus.«
Einer der Beamten lachte. »Aber nicht allzu bald«, sagte er grob. »Stecken Sie die Knarre weg, Schnüffler.«
»Versuchen Sie's mal, mich zu zwingen«, gab ich zurück.
Er wollte auf mich los, aber der Chief winkte ab. Der andere Beamte hatte nur Saint im Auge, nichts anderes.
»Wie haben Sie ihn denn gefunden?« wollte Fulwider wissen.
»Nicht indem ich Geld von ihm annahm, um ihn zu verstecken«, sagte ich.
Nichts veränderte sich in Fulwiders Gesicht. Seine Stimme wurde fast träge. »Ei, ei, Sie haben durchs Schlüsselloch geguckt«, sagte er freundlich.
Ich sagte angewidert: »Für was für einen Idioten halten Sie und Ihre Bande mich eigentlich? Ihre kleine saubere Stadt stinkt. Sie ist das sattsam bekannte getünchte Grab. Eine Freistatt für Ganoven, die hier ihre Schießeisen stecken lassen können – vorausgesetzt, sie zahlen immer schön pünktlich und leisten sich am Ort selbst keine Kapriolen – und in einem Katzensprung per Schnellboot in Mexiko sind, wenn der Arm der Justiz mal zu lang wird und sie hier aufstöbert.«

Der Chief sagte sehr behutsam: »Sonst noch was?«
»Jawohl«, brüllte ich. »Und das hab ich verdammt viel zu lange schon für Sie aufgespart. *Sie* haben mich mit Drogen vollpumpen lassen, bis ich halb dämlich war, und mich in ein Privatgefängnis gesteckt. Als das mich nicht hielt, haben *Sie* mit Galbraith und Duncan einen Plan ausgeheckt, wonach Sundstrand, Ihr Helfershelfer, mit meiner Pistole getötet und ich selber dann abgeknallt werden sollte, weil ich mich der Festnahme widersetzt hätte. Die Party hat Saint Ihnen verdorben und mir das Leben gerettet. Nicht mit Absicht vielleicht, aber immerhin. *Sie* haben die ganze Zeit gewußt, wo das Mädchen, die kleine Snare, steckte. Sie war Saints Frau, und Sie haben sie selber in Gewahrsam gehalten, damit er parierte. Zum Teufel, was glauben Sie wohl, weshalb ich Ihnen den Tip gegeben hab, daß er hier draußen war? Das haben Sie zur Abwechslung mal *nicht* gewußt!«
Der Beamte, der versucht hatte, mir meine Pistole abzuschwatzen, sagte: »Tja, Chief. Wir sollten das am besten doch schnell erledigen. Die Kerls von der Bundespolizei –«
Fulwiders Kinn zitterte. Sein Gesicht war grau, und die Augen lagen tief in ihren Höhlen. Die Zigarre zuckte in seinem fetten Mund.
»Moment noch«, sagte er mit belegter Stimme, zu dem Mann neben ihm. Dann zu mir: »Also gut – und weshalb haben Sie mir den Tip gegeben?«
»Um Sie an einen Ort zu kriegen, wo Sie so wenig Gesetzesvertreter sind wie Billy the Kid«, sagte ich, »und um zu sehen, ob Sie den Nerv haben, mit einem Mord auf hoher See weiterzumachen.«
Saint lachte. Er stieß einen leisen, fauchenden Pfiff durch die Zähne. Ein wütendes tierisches Knurren antwortete ihm. Die Tür neben mir krachte auf, als hätte ein Maultier sie eingetreten. Der große Polizeihund kam durch die Öffnung geschossen, mit einem Schlei-

fensprung, der ihn glatt durch die ganze Kabine trug. Der graue Körper drehte sich in der Luft. Eine Pistole knallte harmlos.
»Pack sie, Voss!« schrie Saint gellend. »Friß sie mit Haut und Haaren, mein Junge!«
Die Kabine füllte sich mit Pistolenfeuer. Das Knurren des Hundes verschmolz mit einem dumpfen, erstickten Schrei. Fulwider und einer der Beamten lagen am Boden, und der Hund saß Fulwider an der Kehle.
Das Mädchen kreischte auf und grub das Gesicht in ein Kissen. Saint glitt sanft von der Koje zu Boden, und Blut lief ihm langsam in einer dicken Welle den Hals nieder.
Der Beamte, der nicht zu Boden gegangen war, sprang auf die Seite, fiel fast der Länge nach aufs Bett des Mädchens, gewann dann sein Gleichgewicht wieder und pumpte Kugeln in den langen grauen Körper des Hundes – wild, blind und ziellos.
Der Beamte auf dem Boden schlug nach dem Hund. Der Hund biß ihm fast die Hand ab. Der Mann schrie wie am Spieß. Fußgetrappel erklang auf Deck. Lautes Brüllen. Etwas Kitzliges lief mir übers Gesicht. Ich hatte ein ganz komisches Gefühl am Kopf, aber ich wußte nicht, was mich getroffen hatte.
Die Pistole in meiner Hand fühlte sich groß an und heiß. Ich erschoß den Hund, so widerlich mir das war. Der Hund rollte von Fulwider herunter, und ich sah, daß eine verirrte Kugel die Stirn des Polizeichefs durchbohrt hatte, genau zwischen den Augen, mit der peinlichen Präzision des puren Zufalls.
Der Schlagbolzen des Beamten, der noch stand, klickte auf eine schon abgeschossene Patrone. Er fluchte, fing wie rasend an nachzuladen.
Ich berührte das Blut auf meinem Gesicht und betrachtete es an meinen Fingern. Es kam mir sehr schwarz vor. Das Licht in der Kabine schien zu schwinden.
Die gleißende Schneide einer Axt spaltete plötzlich die

Kabinentür, die von der Leiche des Chiefs zugekeilt war und vom Körper des stöhnenden Mannes neben ihm. Ich starrte das helle Metall an, sah zu, wie es wieder verschwand und wieder erschien, an einer anderen Stelle.

Dann gingen ganz langsam alle Lichter aus, wie im Theater, wenn sich der Vorhang hebt. Grad als es ganz dunkel wurde, tat mir auf einmal der Kopf weh, aber da wußte ich noch nicht, daß eine Kugel mir den Schädel angeschlagen hatte.

Ich wachte zwei Tage später im Krankenhaus wieder auf. Dort lag ich dann drei Wochen. Saint lebte nicht mehr lange genug, um zu hängen, aber er lebte noch lange genug, um seine Geschichte zu erzählen. Er muß sie sehr gut erzählt haben, denn sie ließen Mrs. Isobel Saint anschließend nach Hause gehen, zu ihrer Tante.

Inzwischen hatte das Große Schwurgericht des County die halbe Polizei der kleinen Küstenstadt unter Anklage gestellt. In der City Hall gab es eine Menge neuer Gesichter, wie ich hörte. Eins davon gehörte einem großen rothaarigen Polizei-Sergeant namens Norgard, der behauptete, er schulde mir fünfundzwanzig Dollar, habe sie aber dazu verwenden müssen, sich einen neuen Anzug zu kaufen, als er seinen Job zurückbekam. Er sagte, ich bekäme mein Geld, sobald er seinen ersten Gehaltsscheck in der Tasche hätte. Ich sagte, ich würde versuchen, mich so lange zu gedulden.

ROSS MACDONALD

Spiel auf dem Floß

Ich saß in meinem funkelnagelneuen Büro, den Geruch von Farbe in der Nase, und wartete darauf, daß irgend etwas geschah. Seit einem Tag war ich zurück auf dem Sunset Boulevard. Dies war der Beginn des zweiten Tages. Unter dem Fenster, das in der Morgensonne blitzte, raste und brüllte der Verkehr wie Schlachtenlärm. Das machte mich nervös und drängte mir den Wunsch nach Bewegung auf. Ich wußte nicht, wohin ich gehen sollte, und nicht, mit wem.

Bis Millicent Dreen hereinkam.

Ich hatte sie schon früher auf dem Sunset Strip mit verschiedenen Begleitern gesehen und wußte, wer sie war: Publicity-Direktor bei den Tele-Pictures. Mrs. Dreen war über Vierzig und sah auch danach aus. Aber sie hatte eine Elektrizität in sich aus einer verborgenen Quelle, die durch die Zeit nie abgenutzt werden konnte. Ihre Bewegungen sagten: Seht her, wie aufrecht und beherrscht meine Haltung ist. Meine Haare sind rot gefärbt, aber hübsch, sagte ihre Frisur, nicht um zu überzeugen, sondern um Zweifel auszuschalten. Ihre Augen waren grün und unbeständig wie die See. Sie sagten, was zum Teufel soll's.

Sie ließ sich an meinem Schreibtisch nieder und erzählte mir, ihre Tochter sei am Vortag verschwunden, also am 7. September.

»Ich war den ganzen Tag in Hollywood. Wir haben hier ein Appartement, und ich hatte noch ein paar Sachen zu erledigen. Una arbeitet nicht. Ich ließ sie daher allein im Strandhaus.«

»Wo ist das?«

»Wenige Meilen oberhalb von Santa Barbara.«

»Ziemlich weit bis da raus.«

»Aber es lohnt sich. Wenn ich mich schon mal ein Wochenende freimachen kann, dann möchte ich auch wirklich abschalten.«
»Vielleicht denkt Ihre Tochter ja ähnlich wie Sie ... Wann ist sie denn weggegangen?«
»Irgendwann gestern. Als ich abends zum Strandhaus kam, war sie weg.«
»Haben Sie die Polizei gerufen?«
»Wie könnte ich! Sie ist zweiundzwanzig, und sie weiß, was sie tut. Ich hoffe es jedenfalls. Schürzenzipfel stehen mir nicht.« Sie lächelte wie eine Katze und bewegte ihre Finger mit den scharlachroten Krallen auf ihrem schmalen Schoß. »Es war sehr spät, und ich – ich war müde. Ich ging ins Bett. Aber als ich heute früh aufwachte, kam mir die Idee, daß sie vielleicht ertrunken sein könnte. Sie war keine gute Schwimmerin, trotzdem schwamm sie gern allein. Ich war dagegen. Wenn ich morgens aufwache, denke ich oft an die schrecklichsten Sachen.«
»*Schwamm* gern allein, Mrs. Dreen?«
»›Schwamm‹ rutschte mir so raus, nicht wahr? Ich sagte ja, ich denke an die schrecklichsten Sachen, wenn ich morgens aufwache.«
»Falls sie ertrunken ist, sollten Sie mit der Polizei reden. Die kann den Meeresboden absuchen lassen und so. Von mir können Sie nur Anteilnahme erwarten.«
Als ob sie den Grad meiner Anteilnahme abschätzen wollte, wanderten ihre Augen von meinen Schultern zu den Hüften und wieder hoch zu meinem Gesicht. »Offen gesagt, bei der Polizei kenne ich mich nicht ganz aus. Aber über Sie weiß ich Bescheid, Mr. Archer, und man sagt, Sie gehörten niemandem. Sie sind noch nie gekauft worden, stimmt das?«
»Jedenfalls nicht mit Haut und Haaren. Sie können jedoch eine Option auf ein Stück von mir haben. Hundert Dollar würden für den Anfang reichen.«
Sie nickte lebhaft. Aus ihrer glänzenden schwarzen

Handtasche gab sie mir fünf Zwanziger. »Vor allem muß jederlei Publicity vermieden werden. Als meine Tochter vor einem Jahr heiratete, hat sie sich völlig zurückgezogen ...«

»Einundzwanzig ist ein gutes Alter, um sich zurückzuziehen.«

»Vom Film – vielleicht haben Sie recht. Aber wenn ihre Ehe schieflaufen sollte, will sie vielleicht wieder zurück. Weder sie noch ich können einen Skandal brauchen. Weiß der Himmel, warum Una davongelaufen ist ...«

»Una? Una Sand? Ist das Ihre Tochter?«

»Ich dachte, das wüßten Sie.« Es schien sie etwas zu kränken, daß ich nicht völlig über alle Einzelheiten ihres Lebens orientiert war. Mir brauchte sie nicht zu erzählen, daß sie ein Gefühl für Publicity hatte.

Obwohl Una Sand mir weniger bedeutete als Hekuba, erinnerte ich mich doch an den Namen und an eine strahlende Blondine, die ein oder zwei Jahre im Scheinwerferlicht gestanden hatte. Sie war als Schauspielerin aber weniger gut gewesen wie als Pin-up-Girl.

»War ihre Ehe nicht glücklich? Ich meine, ist sie es nicht?«

»Sehen Sie, wie leicht man in die Vergangenheitsform rutschen kann?« Mrs. Dreen lächelte wieder katzenhaft, und ihre Finger flatterten frohlockend vor ihrem unbewegten Körper. »Ich nehme an, ihre Ehe ist ziemlich glücklich. Ihr Fähnrich ist ein durchaus ansehnlicher junger Mann – hübsch auf eine männliche Art und leidenschaftlich, wie sie mir sagte, und naiv genug.«

»Naiv genug, wofür?«

»Um Una zu heiraten. Jack Rossiter war ein ganz schöner Fang in dieser Stadt der Frauen. Er war Zweiter in Forest Hills in dem Jahr, in dem er zuletzt Tennis spielte. Jetzt ist er natürlich Pilot. Una hat es ganz gut getroffen, selbst wenn es nicht von Dauer ist. Tatsächlich«, fuhr sie fort, »tatsächlich bin ich in erster Linie Jacks wegen zu Ihnen gekommen. Er soll diese Woche zurückkommen, und natürlich ...«, wie viele unnatürliche Menschen gebrauchte sie dieses Adverb zu oft, » ... ist er sicher, daß sie auf ihn wartet. Es wäre sehr peinlich für mich, wenn er nach Hause kommt, und ich habe keine Ahnung, wo sie geblieben ist. Sie hätte wirklich eine Nachricht hinterlassen sollen, wenn sie mit jemand weggefahren ist.«

»Ich fürchte, ich kann Ihnen nicht folgen«, sagte ich. »Vor einer Minute war Una noch das Opfer der wilden, grausamen See; jetzt ist sie mit irgendwelchen Freunden durchgebrannt.«

»Ich erörtere nur die Möglichkeiten, das ist alles. Als ich in Unas Alter war, habe ich Dreen geheiratet, und es hat eine ganze Weile gedauert, bis ich zur Ruhe gekommen bin. Manchmal denke ich, ich hab's immer noch nicht geschafft.«

Unsere Blicke – meiner, wie ich hoffte, genauso teilnahmslos wie ihrer – trafen sich, entzündeten keinen Funken und trennten sich wieder. Das Spinnenweibchen, das sein Männchen frißt, war für mich nicht attraktiv.

»Ich lerne *Sie* allmählich recht gut kennen«, sagte ich mit dem notwendigen Lächeln, »aber nicht das verschwundene Mädchen. Mit wem war sie in letzter Zeit besonders oft zusammen?«

»Ich glaube nicht, daß wir darauf eingehen müssen. Sie vertraut mir sowieso nichts an.«

»Wie Sie meinen. Sollen wir uns den Ort des Verbrechens ansehen?«

»Es gibt kein *Verbrechen.*«

»Dann den Unfallort oder den Abfahrtsort. Vielleicht finde ich in dem Strandhaus etwas, was mir weiterhilft.«

Sie sah auf die mit kalt glitzernden Diamanten besetzte, waffeldünne Uhr an ihrem braunen Handgelenk. »Muß ich den ganzen Weg zurückfahren?«

»Falls Sie die Zeit haben, es könnte helfen. Wir nehmen meinen Wagen.«

Sie erhob sich entschieden, aber anmutig, als ob sie die

Bewegung vor ihrem Spiegel geübt hätte. Ein erfahrenes Luder, dachte ich, als ich ihren hohen, schmalen Schultern und den Hüften unter dem hautengen Kleid die Treppen hinunter auf die Straße folgte. Die Scharen von Männern, die sich an ihrer verborgenen Elektrizität gewärmt oder verbrannt hatten, taten mir ein wenig leid. Ich fragte mich, ob ihre Tochter Una wohl Ähnlichkeit mit ihr hatte.

Als ich Una schließlich sah, war der Strom abgeschaltet worden; daß es ihn gegeben hatte, erfuhr ich aus den zurückgebliebenen Spuren. Es waren welche zurückgeblieben.

Wir fuhren über den Sunset Boulevard zum Meer und weiter nordwärts auf der Umgehungsstraße 101. Den ganzen Weg nach Santa Barbara las sie ein Drehbuch in einem Schnellhefter mit der Aufschrift: ›Dieser Text ist nicht endgültig und nur zur allgemeinen Information übergeben worden.‹ Mir fiel ein, daß diese Warnung auch auf Mrs. Dreens eigene Geschichte zutreffen könnte.

Als wir die Stadtgrenze von Santa Barbara verließen, warf sie das Manuskript über ihre Schulter auf den Rücksitz. »Das schreit geradezu nach Erfolg. Das wird ein Knüller.«

Einige Meilen nördlich der Stadt zweigte links neben einer Tankstelle ein Sommerweg ab. Er wand sich für eine Meile oder mehr durch unwegsames Gelände bis zu ihrem Privatstrand. Das Strandhaus war ein gutes Stück vom Meer entfernt direkt an die braunen Uferfelsen gebaut worden, die wie narbige Schultern darüber kauerten. Um es zu erreichen, mußten wir zunächst eine viertel Meile am Strand entlangfahren und dann um den südlichen Uferfelsen herum, der fast bis ans Meer heranreichte.

Das blendende Blauweiß von Sonne, Sand und Brandung war wie ein Elektroschmelzofen. Aber ich fühlte eine Brise vom Wasser her, als wir aus dem Wagen stiegen. Einige Wolken zogen behäbig über unsere Köpfe hinweg landeinwärts. Ein kleines Flugzeug sprang darin herum wie ein Terrier in einem Hühnerhof.

»Sie leben zurückgezogen hier«, sagte ich zu Mrs. Dreen.

Sie streckte sich und berührte ihr gelacktes Haar mit den Fingern. »Die Rolle des Goldfisches wird einem über. Wenn ich nachmittags da draußen liege, dann – vergesse ich, daß ich einen Namen habe.« Sie zeigte auf die Mitte der Bucht hinaus, wo jenseits der Brecher ein weißes Floß sanft auf den Wellen schaukelte. »Ich werfe einfach meine Kleider ab und komme wieder aufs Protoplasma zurück. *Alle* Kleider.«

Ich sah zum Flugzeug hoch, dessen Pilot sich am Himmel tummelte. Es fiel, trudelte wie ein welkes Blatt, es stieß herunter wie ein Habicht und stieg hoch wie ein Hauch.

Sie sagte lachend: »Wenn sie zu niedrig kommen, bedecke ich selbstverständlich mein Gesicht.«

Wir waren vom Haus weg zum Wasser gegangen. Nichts hätte unschuldiger aussehen können als die ruhige Bucht, umgeben von dem Rund des weißen Strandes; ein gütiges Auge unter einer unbewegten Braue. Dann veränderten sich die Farben, als eine Wolke vor der Sonne herzog. Ein grausames Grün und ein gewalttätiges Purpur verliefen im Blauen. Ich fühlte den alten, primitiven Schrecken und Zauber. Mrs. Dreen teilte das Gefühl und faßte es in Worte.

»Es hat seltsame Launen. Manchmal hasse ich es genausosehr, wie ich es liebe.« Einen Augenblick lang sah sie alt und unsicher aus. »Ich hoffe, sie ist nicht da drin.«

Die Gezeiten hatten gewechselt, und die Flut kam herein, ganz von Hawaii und noch weiter her. Die Wellen kamen auf uns zu, am Strand tastend und nagend, wie ein riesiger, weicher Mund.

»Gibt es gefährliche Strömungen hier oder so etwas?«

»Nein. Aber es ist tief. Unter dem Floß müssen es fast sieben Meter sein. Ich konnte nie bis zum Grund tauchen.«

»Ich möchte mir gern Unas Zimmer ansehen«, bat ich. »Vielleicht sagt es uns, wohin sie gegangen ist und sogar mit wem. Sie wissen doch sicherlich, welche Kleider fehlen?«

Sie lachte entschuldigend, als sie die Tür öffnete. »Natürlich habe ich meine Tochter früher mal angezogen. Aber das ist vorbei. Außerdem müssen mehr als die Hälfte ihrer Sachen im Appartement in Hollywood sein. Ich werde jedoch versuchen, Ihnen zu helfen.«

Es tat gut, aus der flimmernden Helle des Strandes in die schattige Stille hinter den Jalousien zu treten. »Für ein Sommerhaus eine ziemlich komfortable Angelegenheit«, bemerkte ich. »Irgendwelches Personal?«

»Wenn ich schon gelegentlich vor meinen Produzenten auf die Knie muß, dann will ich es nicht auch noch vor meinen Angestellten tun.«

Wir gingen in Unas Zimmer, das sowohl in der Atmosphäre als auch in der Ausstattung leicht und luftig war. Aber es zeigte, daß hier das Hauspersonal fehlte. Strümpfe, Schuhe, Unterwäsche, Kleider, Badeanzüge, lippenstiftverschmierte Papiertücher waren auf Stühlen und auf dem Fußboden verstreut. Das Bett war ungemacht. Die gerahmte Fotografie auf dem Nachttisch war von zwei leeren Gläsern verdeckt, die nach Highballs rochen, und flankiert von übervollen Aschenbechern.

Ich stellte die Gläser weg und sah auf den jungen Mann mit dem Fliegerabzeichen auf der Brust. Naiv, hübsch, leidenschaftlich waren Worte, die auf die kräftige, stumpfe Nase, die vollen Lippen, das eckige Kinn und auf die großen, stolzen Augen paßten. Für Mrs. Dreen wäre er eine einzige gesunde Mahlzeit gewesen, und ich fragte mich wieder, ob auch ihre Tochter ein Fleischfresser war. Schließlich war das

Foto von Jack Rossiter der einzige Hinweis auf einen Mann in diesem Zimmer. Die beiden Gläser konnten genausogut von mehreren Abenden stammen oder von mehreren Wochen, wenn man nach dem Zustand des Zimmers urteilte. Damit ist nicht gesagt, daß es nicht ein attraktives Zimmer war. Es war wie ein hübsches, unordentliches Mädchen. Hübsch, aber unordentlich.

Wir untersuchten das Zimmer, die Wandschränke, das Badezimmer und fanden nichts Wichtiges, weder positiv noch negativ. Nachdem wir durch die elegante, aber zerknitterte Garderobe gewatet waren, mit der Una umhergeworfen hatte, wandte ich mich an Mrs. Dreen.

»Ich glaube, ich muß zurück nach Hollywood. Es würde mir helfen, wenn Sie mitkämen. Und es würde mir noch mehr helfen, wenn Sie mir erzählten, wen Ihre Tochter kannte. Oder vielmehr, wen sie gern hatte – ich nehme an, sie kannte eine Menge Leute. Erinnern Sie sich, Sie haben selbst angedeutet, daß eventuell ein Mann dahinterstecken könnte.«

»Ich nehme an, Sie haben nichts gefunden?«

»Über eines bin ich mir ziemlich sicher. Sie hatte nicht die Absicht, für längere Zeit zu gehen. Ihre Toilettensachen und Pillen sind noch immer in ihrem Badezimmer. Sie hat eine wahre Pillensammlung.«

»Ja, Una war immer ein Hypochonder. Sie hat auch Jacks Foto zurückgelassen. Sie hatte nur das eine, weil sie es am liebsten mochte.«

»Das ist nicht entscheidend«, sagte ich. »Sie können wohl nicht sagen, ob ein Badeanzug fehlt?«

»Leider nein; sie hatte so viele. Darin sah sie immer am besten aus.«

»Immer noch *sah*?«

»Ja, schon, als Arbeitshypothese. Es sei denn, Sie brächten mir Beweise für das Gegenteil.«

»Sie haben Ihre Tochter nicht sehr gern gehabt – oder?«

»Nein, ich mochte ihren Vater nicht. Und sie war hübscher als ich.«

»Aber nicht so intelligent?«

»Sie meinen, nicht solch ein Luder? Sie war schon eins. Aber ich mache mir noch immer Sorgen um Jack. Er liebte sie. Selbst wenn ich es nicht tat.«

Als ob der Name das Stichwort sei, begann plötzlich das Telefon zu klingeln. »Millicent Dreen«, sagte sie. »Ja, Sie können es mir vorlesen.« Kleine Pause. »›Schlachte das gemästete Kalb, stelle den Champagner auf Eis, schlag die Bettücher zurück und hole das schwarze Seidennachthemd heraus. Komme morgen nach Hause.‹ Ist das so richtig?«

Dann sagte sie: »Warten Sie eine Minute. Ich möchte eine Antwort senden. An Fähnrich Jack Rossiter. USS GUAM, CVE 173, Marine-Flughafen, Alameda. Der Text: ›Lieber Jack. Triff mich im Hollywood-Appartement. Im Strandhaus ist niemand. Millicent.‹ Wiederholen Sie bitte ... So stimmt's. Ich danke Ihnen.«

Sie wandte sich vom Telefon ab und ließ sich in den nächsten Sessel fallen.

»Jack kommt also morgen nach Hause?« fragte ich. »Bis jetzt hatte ich nur keine Beweise. Jetzt habe ich keine Beweise und nur noch bis morgen Zeit.«

Sie lehnte sich vor und sah mich an. »Ich überlege mir die ganze Zeit, wie weit ich Ihnen trauen kann.«

»Nicht sehr weit. Aber ich bin kein Erpresser, auch kein Gedankenleser. Es ist schwierig, Tennis mit dem unsichtbaren Mann zu spielen.«

»Der Unsichtbare hat nichts damit zu tun. Ich habe ihn angerufen, als Una nicht nach Hause kam. Kurz bevor ich zu Ihnen ins Büro kam.«

»Nun gut«, sagte ich. »Sie sind diejenige, die Una finden will. Sie werden schon kommen und mir alles sagen. Inzwischen – wen haben Sie noch angerufen?«

»Hilda Karp, Unas beste Freundin – ihre einzige Freundin.«

»Wo kann ich sie erreichen?«
»Sie hat Gray Karp, den Agenten, geheiratet. Sie wohnen in Beverly Hills.«

Ihr Haus stand auf einem flachen Hügel, zu dem der Rasen sanft anstieg. Es war groß und modisch grotesk: spanischer Missionsstil mit einem Schuß Verfolgungswahn. Der Raum, in dem ich auf Mrs. Karp wartete, war groß wie eine kleine Scheune, ausgestattet mit vielen blauen Möbeln. Um die Bar zog sich eine Haltestange aus Messing.
Hilda Karp war eine Blondine mit einem athletischen Körper und mit Verstand. »Mr. Archer, nicht wahr?« Sie hielt meine Karte in der Hand, die mit der Aufschrift ›Privat-Detektiv‹.
»Una Sand ist gestern verschwunden. Ihre Mutter sagte, Sie seien ihre beste Freundin.«
»Millicent – Mrs. Dreen – hat mich heute früh angerufen, aber wie ich ihr schon sagte, habe ich Una mehrere Tage nicht gesehen.«
»Warum könnte sie davongelaufen sein?«
Hilda Karp setzte sich auf die Armlehne des Sessels und sah nachdenklich vor sich hin. »Ich verstehe nicht, warum sich ihre Mutter Sorgen macht. Una kann auf sich selbst aufpassen, und sie ist früher schon mal ausgerückt. Warum diesmal, weiß ich nicht. Ich kenne sie gut genug, um zu wissen, daß sie unberechenbar ist.«
»Warum ist sie früher schon mal davongelaufen?«
»Warum rücken Mädchen von zu Hause aus, Mr. Archer?«
»Sie hat sich einen seltsamen Zeitpunkt ausgesucht. Ihr Mann kommt morgen.«
»Ja, Millicent erwähnte es. Er hat ein Telegramm von Pearl Harbour geschickt. Er ist ein netter Bursche.«
»Meinte Una das auch?«
Sie sah mich nur kühl an.
»Sehen Sie«, sagte ich, »ich versuche eine Aufgabe für

Mrs. Dreen zu erledigen. Mein Job ist, Skelette zur Ruhe zu bringen, aber nicht, ihnen die Choreographie vom *Danse Macabre* beizubringen.«
»Gut gesagt«, bemerkte sie, »tatsächlich ist aber kein Skelett da. Una hat im letzten Jahr mit zwei oder drei Männern herumgespielt, aber ganz harmlos natürlich.«
»Gleichzeitig oder nacheinander?«
»Immer nur mit einem. Einer genügt ihr zur Zeit. Der letzte heißt Terry Neville.«
»Ich dachte, der ist verheiratet.«
»Ist er auch, aber nur noch pro forma. Um Gottes willen, erwähnen Sie bloß meinen Namen nicht. Mein Mann macht in dieser Stadt Geschäfte.«
»Er scheint wohlhabend zu sein«, sagte ich und sah mehr sie an als das Haus. »Ich danke Ihnen sehr, Mrs. Karp. Ihr Name wird niemals über meine Lippen kommen.«
»Gräßlich, nicht wahr? Mein Name, meine ich. Aber ich konnte nicht anders, als mich in den Kerl zu verlieben. Ich hoffe, Sie finden Una. Jack wäre sonst schrecklich enttäuscht.«
Ich hatte mich schon zur Tür gewandt, drehte mich aber wieder um. »Könnte es nicht so gewesen sein: Sie erfuhr, er kommt zurück; sie fühlt sich seiner nicht wert, nicht in der Lage, ihm ins Gesicht zu sehen; sie beschließt also, die Kurve zu kratzen.«
»Millicent sagte, Una habe keinen Brief hinterlassen. Wenn Frauen sich schon zu so einem dramatischen Schritt entschließen, dann pflegen sie meistens etwas Schriftliches zurückzulassen – oder zumindest eine Ausgabe von Tolstojs Auferstehung mit Randglossen.«
»Da mögen Sie recht haben ... Wie gefällt Ihnen die Version: Sie mochte Jack überhaupt nicht; sie ging weg – nur um ihn das wissen zu lassen; ein wenig Sadismus vielleicht?«
»Aber sie hatte ihn doch gern. Nur, er war über ein Jahr fort. Immer wenn dieses Thema in einer zusammen-

gewürfelten Gesellschaft aufkam, bestand sie darauf, daß er ein wunderbarer Liebhaber sei.«

»Einfach so, wie? Sagte Mrs. Dreen, Sie wären Unas beste Freundin?«

Ihre Augen waren noch heller geworden, um ihren schmalen, hübschen Mund zuckte es belustigt. »Sicherlich. Sie sollten nur gehört haben, wie sie über mich redete.«

»Vielleicht kommt das noch. Danke. Auf Wiedersehen.«

Ein Telefonanruf bei einem Drehbuchautor, den ich kannte; mein Anzug, für den ich in einem Anflug von Euphorie einhundertfünfzig Dollar ausgegeben hatte; mein vorgetäuschtes sicheres Auftreten brachten mich an den Wachmännern bei den Studios vorbei bis zu Terry Nevilles Garderobe. Er hatte einen Bungalow ganz allein für sich. Das bedeutete, er war genauso wichtig, wie die Publicity behauptete. Ich wußte noch nicht, was ich eigentlich genau von ihm wollte, so klopfte ich erst einmal an und trat ein.

Nur Blinde hatten Terry Neville noch nie gesehen. Er war einsachtzig groß, hatte eine gute Figur und duftete wie ein ganzer Blumengarten. Er saß rauchend und lesend auf einem brokatbezogenen Sessel und sah nicht einmal auf, als ich ins Zimmer trat. Er schlug sogar noch eine weitere Seite seines Buches um.

»Wer sind Sie?« fragte er schließlich. »Ich kenne Sie nicht.«

»Una Sand ...«

»Die kenne ich auch nicht.« Grammatikalische Fehler waren aus seiner Sprache wie Unkraut ausgejätet worden, aber nichts war an ihre Stelle getreten. Seine Stimme war unpersönlich und ohne Leben.

»Die Tochter von Millicent Dreen«, sagte ich, um ihn versöhnlich zu stimmen. »Una Rossiter.«

»Natürlich kenne ich Millicent Dreen. Aber auch damit haben Sie noch nichts gesagt. Guten Tag.«

»Una ist gestern verschwunden. Ich dachte, Sie würden mir helfen, herauszufinden, warum sie ging.«

»Sie haben damit immer noch nichts gesagt.« Er erhob sich und ging einen Schritt auf mich zu; er war groß und breit. »Ich sagte *guten Tag.*«

Aber er war nicht groß und nicht breit genug. Ich war immer davon überzeugt, daß ich mit jedem Mann fertig werden könnte, der einen scharlachroten, seidenen Morgenmantel trägt. Er muß das meinem Gesicht angesehen haben, denn er änderte den Ton: »Falls Sie nicht von hier verschwinden, mein Lieber, werde ich einen Wachmann rufen.«

»In der Zwischenzeit sollten Sie sich Ihre Schmachtlocke aus dem Gesicht kämmen. Ich könnte sogar in der Lage sein, Ihnen eine kleine Unannehmlichkeit zu bereiten.« Ich sagte das in der Annahme, daß jedermann mit so einem Gesicht und solchen sexuellen Chancen meistens mit einem Bein in Scherereien steckt.

Es klappte. »Was wollen Sie damit andeuten?« fragte er. Plötzlich war er bleich geworden, wodurch seine sorgsam gezupften Augenbrauen starr hervortraten. »Sie könnten in Teufels Küche kommen, wenn Sie so daherreden.«

»Was ist mit Una geschehen?«

»Ich weiß es nicht. Verschwinden Sie.«

»Sie lügen.«

Wie einer von diesen sauberen und anständigen jungen Männern aus seinen Filmen ballte er die Faust und schlug nach mir. Ich ließ den Schlag über meine Schulter ins Leere gehen, legte ihm, während er noch nach seinem Gleichgewicht suchte, meine Hand auf den Solarplexus und schob ihn in den Sessel zurück. Dann schloß ich die Tür hinter mir und ging schnell zum Vorderausgang. Genausogut hätte ich mein Tennisspiel mit dem Unsichtbaren fortsetzen können.

»Kein Glück gehabt, nicht wahr«, sagte Mrs. Dreen, als sie mir die Tür ihres Appartements öffnete.
»Ich habe nichts herausgekriegt, womit ich weitermachen könnte. Wenn Sie Ihre Tochter wirklich wiederhaben wollen, sollten Sie zur Vermißten-Meldestelle gehen. Die haben die Organisation und die Verbindungen.«
»Ich nehme an, Jack wird hingehen. Er ist schon da.«
»Ich dachte, er käme morgen.«
»Das Telegramm war gestern abgeschickt worden. Irgendwie wurde es verzögert. Sein Schiff traf gestern nachmittag ein.«
»Wo ist er jetzt?«
»Ich nehme an, er ist jetzt schon im Strandhaus. Er war mit einem Marineflugzeug von Alameda her runtergeflogen und hat mich von Santa Barbara aus angerufen.«
»Was haben Sie ihm erzählt?«
»Was konnte ich ihm erzählen? Nur, daß Una weg ist. Er ist verzweifelt. Er glaubt, sie könnte ertrunken sein.«
Es war später Nachmittag, und trotz des Whiskys, den Mrs. Dreen verbrauchte – gleichmäßig wie ein Spirituskocher seinen Brennstoff –, waren ihre Lebensgeister heruntergebrannt. Ihre Hände und Augen waren kraftlos und ihre Stimme müde.
»Nun«, sagte ich, »dann kann ich ja wieder nach Santa Barbara zurückfahren. Ich habe mit Hilda Karp gesprochen, aber sie konnte mir nicht helfen. Kommen Sie mit?«
»Nein, nicht noch einmal. Ich muß morgen im Studio sein. Jedenfalls möchte ich Jack nicht gerade jetzt begegnen. Ich bleibe hier.«
Die Sonne stand tief über dem Meer, vergoldete das Wasser und färbte den Himmel blutrot, als ich Santa Barbara durchfahren hatte und wieder auf der Küstenstraße war. Ich glaubte zwar nicht, daß es zu irgend etwas gut sei, aber schließlich mußte ich ja was für mei-

nen Lebensunterhalt tun, und so hielt ich an der Tankstelle bei der Abzweigung zu Mrs. Dreens Strandhaus.

»Volltanken«, sagte ich zu der Frau. Ich brauchte sowieso Benzin. »Ein paar Freunde von mir wohnen hier in der Gegend«, sagte ich, als sie ihre Hand nach dem Geld ausstreckte. »Können Sie mir wohl sagen, wo das Haus von Mrs. Dreen liegt?«

Sie sah mich durch ihre Brillengläser mißbilligend an. »Sie sollten's doch wissen. Sie waren doch dort mit ihr, nicht wahr?«

Ich verbarg meine Verwirrung, indem ich ihr fünf Dollar gab und sagte: »Behalten Sie den Rest.«

»Nein, danke.«

»Mißverstehen Sie mich nicht. Ich möchte nur, daß Sie mir sagen, wer gestern dort war. Sie sehen doch jeden. Erzählen Sie ein bißchen.«

»Wer sind Sie?«

Ich zeigte ihr meine Karte.

»Ach so.« Unbewußt bewegten sich ihre Lippen, als sie die Höhe des Trinkgeldes errechnete. »Da war ein Kerl in einem grünen Cabrio. Ich glaube, es war ein Chrysler. Er fuhr etwa um zwölf runter und kam so schätzungsweise um vier zurück, als ob der Teufel hinter ihm her sei.«

»Das wollte ich nur hören. Sie sind wunderbar. Können Sie ihn wohl beschreiben?«

»Dunkler Typ und ziemlich gut aussehend. Tja, wie soll ich sagen? So 'n bißchen wie der Kerl, der in dem Film von letzter Woche die Hauptrolle gespielt hat, den Piloten, wissen Sie ... nur sah er nicht ganz so gut aus.«

»Sie meinen Terry Neville?«

»Stimmt, dem sah er ähnlich. Er war oft im Haus; ich hab ihn schon mehrfach beobachtet.«

»Ich weiß nicht, wer das sein könnte«, sagte ich, »aber jedenfalls schönen Dank. War er allein im Wagen, oder hatte er jemand bei sich?«

»Ich hab niemand weiter gesehen.«

Ich jagte die Straße zum Strandhaus runter. Die Sonne, groß und zornig rot, stand jetzt am Horizont, und man konnte beinahe sehen, wie sie langsam im Wasser versank. Sie verbreitete ein rotes Glühen über dem Strand wie ein mildes und schleichendes Feuer. Ich dachte, irgendwann einmal würden die Klippen zerfallen, die See austrocknen und die ganze Erde verdorren. Nichts würde übrigbleiben, nur knochenweiße Asche in Kratern wie auf dem Mond.

Als ich den Uferfelsen umfuhr und mich dem Strand auf Sichtweite genähert hatte, sah ich einen Mann aus dem Meer kommen. In dem schleichenden Feuerschein, der von der Sonne ausging, schien auch er zu brennen. Die Tauchermaske auf seinem Gesicht ließ ihn fremd und unmenschlich erscheinen. Er kam aus dem Wasser, als ob er seine Füße noch nie auf Land gesetzt hätte.

Ich ging auf ihn zu. »Mr. Rossiter?«

»Ja.« Er schob die Tauchermaske von seinem Gesicht und damit die Illusion des Fremdartigen. Er war einfach ein hübscher junger Mann, gut gebaut, gebräunt und sorgenvoll aussehend.

»Mein Name ist Archer.«

Nachdem er seine Hand an der nassen Badehose abgewischt hatte, streckte er sie mir, immer noch naß, entgegen. »Ach ja, Mr. Archer. Meine Schwiegermutter erwähnte Sie am Telefon.«

»Macht Ihnen das Schwimmen Spaß?«

»Ich suche nach der Leiche meiner Frau.« Es klang, als ob er es auch meinte. Ich sah ihn mir näher an. Er war groß und stark, aber noch sehr jung – zweiundzwanzig, höchstens dreiundzwanzig. Von der Schule gleich zur Luftwaffe, dachte ich. Wahrscheinlich hatte er Una Sand auf einer Party getroffen, war auf ihren Zauber geflogen, hatte sie in der Woche geheiratet, bevor er verschifft wurde, und an sie seither in seinen Wachträumen gedacht. Ich erinnerte mich an das kecke Telegramm, das er geschickt hatte, als ob das

Leben so wäre wie die Menschen in den flotten Magazinanzeigen.
»Warum glauben Sie, daß sie ertrunken ist?«
»Sie würde nicht so davongegangen sein. Sie wußte, ich würde in dieser Woche nach Hause kommen. Ich hatte ihr ein Telegramm geschickt.«
»Vielleicht hat sie es nicht erhalten.«
Nach einer Pause sagte er: »Entschuldigen Sie mich.« Er ging wieder auf die Wellen zu, die sich fast zu seinen Füßen brachen. Die Sonne war verschwunden, und das Meer wirkte grau und kalt, ein menschenfeindliches Element.
»Warten Sie eine Minute. Falls sie da drin ist, was ich bezweifle, sollten Sie die Polizei rufen. Dies ist nicht die richtige Art, nach ihr zu suchen.«
»Wenn ich sie vor Einbruch der Dunkelheit nicht finde, rufe ich sie«, sagte er. »Aber falls sie da drin ist, möchte ich sie selbst finden.« Ich hätte nie erraten, welchen Grund er dafür hatte, aber als ich es herausfand, ergab es einen Sinn. So viel Sinn, wie alles in dieser Angelegenheit.
Er machte ein paar Schritte hinaus in die Brandung, die jetzt mit aufkommender Flut schwerer geworden war, warf sich vorwärts und schwamm langsam zum Floß mit dem hinter der Tauchermaske versteckten Gesicht unter Wasser. Seine Arme und Beine schlugen den Rhythmus des Krauls, als ob seine Muskeln Vergnügen daran hätten, aber sein Gesicht war nach unten gerichtet und suchte den dunkler werdenden Meeresboden ab. Er schwamm in immer größeren Kreisen um das Floß herum und hob seinen Kopf etwa zweimal in der Minute, um Luft zu holen.
Er war schon mehrmals im Kreis geschwommen, und ich fühlte langsam, daß er nicht wirklich nach etwas suchte, sondern seinen Kummer ausdrückte, indem er einen sinnlosen rituellen Wassertanz aufführte, als er plötzlich Luft holte und tauchte. Für eine scheinbar

lange Zeit – tatsächlich waren es vermutlich etwa zwanzig Sekunden – war die Oberfläche des Meeres leer, bis auf das weiße Floß. Dann kam der Kopf mit der Tauchermaske aus dem Wasser, und Rossiter schwamm auf den Strand zu. Er schwamm in einer anstrengenden Seitenlage mit beiden Armen unter Wasser. Es herrschte jetzt Zwielicht, und ich konnte ihn nicht gut erkennen, aber ich sah, daß er sehr langsam schwamm. Als er näher kam, sah ich einen Schwall gelber Haare.

Er stand auf, riß seine Maske ab und warf sie hinaus ins Meer. Er sah mich wütend an und hielt mit einem Arm die Leiche seiner Frau an sich gepreßt. Der weiße Körper, der noch halb in dem Wasser trieb, war nackt – ein seltsamer, hell glänzender Fang vom Meeresboden.

»Gehen Sie«, sagte er mit erstickter Stimme.

Ich ging, um eine Decke aus dem Wagen zu holen, und brachte sie zu ihm, wo er sie auf den Strand hingelegt hatte. Er kauerte über ihr, als ob er ihren Körper vor meinen Blicken schützen müßte. Er bedeckte sie und strich das nasse Haar aus dem Gesicht. Ihr Gesicht war nicht mehr hübsch. Er bedeckte auch das.

Ich sagte: »Sie müssen jetzt die Polizei rufen.«

Nach einer Weile antwortete er: »Ich glaube, Sie haben recht. Wollen Sie mir helfen, sie ins Haus zu tragen?«

Ich half ihm. Dann rief ich die Polizei in Santa Barbara an und erzählte, daß eine Frau ertrunken war und wo sie zu finden sei. Ich verließ Jack Rossiter, der zitternd in seiner nassen Badehose neben ihrer in eine Decke gehüllten Leiche hockte, und fuhr zum zweitenmal zurück nach Hollywood.

Millicent Dreen war in ihrem Appartement im Park-Wilshire-Hotel. Am Nachmittag hatte auf dem Büfett noch eine fast volle Karaffe mit Scotch gestanden. Jetzt, um zehn Uhr, stand sie auf dem Kaffeetisch neben ihrem Platz und war fast leer. Ihr Gesicht und ihr Körper waren zusammengefallen. Ich überlegte, ob sie im Laufe eines jeden Tages um so viele Jahre alterte und sich an jedem Morgen durch ihre Willenskraft wieder erholte. Sie sagte: »Ich dachte, Sie würden nach Santa Barbara rausfahren. Ich wollte gerade ins Bett gehen.«

»Ich war dort. Hat Jack Sie nicht angerufen?«

»Nein.« Sie sah mich an, und ihre grünen Augen waren plötzlich sehr lebhaft, fast schillernd. »Sie haben sie gefunden?« fragte sie.

»Jack hat sie im Meer gefunden. Sie ist ertrunken.«

»Das hatte ich befürchtet.« Aber da war so etwas wie Erleichterung in ihrer Stimme, so als ob Schlimmeres hätte geschehen sein können; als ob sie zumindest keine Waffen verloren und keine Feinde gewonnen hätte in dem täglichen Kampf, ihre Position zu halten in der Stadt mit der größten Konkurrenz in der Welt.

»Sie haben mich angeheuert, sie zu finden«, sagte ich. »Sie wurde gefunden. Obwohl ich nichts dazu beigetragen habe – und das wär's dann wohl. Es sei denn, Sie wünschen, daß ich herausfinde, wer sie ertränkte.«

»Was meinen Sie damit?«

»Was ich gesagt habe. Vielleicht war es kein Unfall. Oder vielleicht hat jemand danebengestanden und beobachtet, wie sie ertrank.«

Ich hatte ihr schon mehrfach Anlaß gegeben, sich über mich zu ärgern, aber zum erstenmal an diesem Tag war sie richtig wütend. »Ich habe Ihnen hundert Dollar fürs Nichtstun gegeben. Ist Ihnen das noch nicht genug? Versuchen Sie jetzt auch noch, ein Sondergeschäft dabei herauszuschlagen?«

»Eines habe ich getan. Ich habe herausgefunden, daß Una gestern nicht allein war.«

»Wer war bei ihr?« Sie stand auf und ging mit schnellen Schritten auf dem Teppich hin und her. Während sie ging, wurde ihr Körper wieder jugendlich und kraftvoll. Sie erholte sich vor meinen Augen.

»Der unsichtbare Mann«, sagte ich, »mein Tennispartner.«

Sie wollte den Namen noch immer nicht preisgeben. Sie schien wie die Priesterin eines Kults, der es verboten war, ein gewisses Wort auszusprechen. Aber sie sagte schnell und barsch: »Wenn meine Tochter ermordet wurde, will ich wissen, wer es getan hat. Es ist mir gleich, wer es war. Aber wenn Sie mich nur hinhalten und mir nur Unannehmlichkeiten machen wollen und sonst nichts dabei herauskommt, werde ich dafür sorgen, daß Sie aus Kalifornien hinausgeworfen werden. Es wäre mir ein leichtes.«

Ihre Augen blitzten, ihr Atem ging schnell, und ihre spitze Brust hob und senkte sich mit dem Anzeichen eines echten Gefühls. In diesem Augenblick mochte ich sie sehr gern. Ich ging also fort, und anstatt ihr Unannehmlichkeiten zu bereiten, machte ich mir selbst welche.

Ich fand eine Telefonzelle in einem Drugstore und fand bestätigt, was ich schon wußte, daß Terry Neville eine Geheimnummer hatte. Ich rief ein bekanntes Mädchen an, das einen Film-Kolumnisten regelmäßig mit Klatsch versorgte, und erfuhr, daß Neville in Beverly Hills wohnte, aber die meisten Abende in der Stadt verbrachte. Zu dieser Zeit war er gewöhnlich bei *Ronald* oder *Chasen,* ein wenig später bei *Giro.* Ich ging zu *Ronald,* weil es am nächsten war, und fand Terry Neville.

Er saß in einer Nische in dem langen, niedrigen, verräucherten Raum bei geräuchertem Lachs und Starkbier. Ihm gegenüber saß ein terrierähnlicher Mann mit scharfen Gesichtszügen, der Milch trank und wie sein Manager aussah. Einige Schauspieler in Hollywood verbringen viel Zeit mit ihren Managern, weil sie gemeinsame Interessen haben.

Ich wich dem Oberkellner aus und ging zu Nevilles Tisch. Er sah mich, stand auf und sagte: »Ich habe Sie schon heute nachmittag gewarnt. Falls Sie nicht von hier verschwinden, rufe ich die Polizei.«

Ich sagte ruhig: »Ich bin so etwas wie die Polizei. Una ist tot.« Er antwortete nicht, und ich fuhr fort: »Hier ist nicht der geeignete Ort, um zu reden. Wenn Sie für eine Minute nach draußen kommen, möchte ich Ihnen einige Tatsachen mitteilen.«

»Sie sagen, Sie sind ein Polizist«, fuhr mich der Mann mit dem scharfen Gesicht an, und dann ganz ruhig: »Wo ist Ihr Ausweis? Beachte ihn nicht, Terry.«

Terry schwieg, und ich sagte: »Ich bin Privatdetektiv. Ich untersuche den Tod von Una Rossiter. Wollen wir nach draußen gehen, meine Herren?«

»Wir wollen rausgehen zum Wagen«, sagte Terry Neville tonlos. »Komm, Ed«, fügte er zu dem terrierähnlichen Mann gewandt hinzu.

Der Wagen war kein grünes Chrysler-Cabriolet, sondern eine schwarze Packard-Limousine mit einem uniformierten Fahrer. Als wir auf den Parkplatz kamen, stieg er aus dem Wagen und öffnete die Tür. Er war groß, ein Schlägertyp.

Ich sagte: »Ich glaube nicht, daß ich einsteige. Stehend höre ich besser. Bei Konzerten und Beichten stehe ich immer.«

»Sie werden auch nichts zu hören bekommen«, sagte Ed.

Der Parkplatz war verlassen und weit abseits der Straße, und ich vergaß, den Fahrer im Auge zu behalten. Er gab mir wie einem Kaninchen einen Schlag ins Genick. Eine Welle von Schmerz stieg mir in den Kopf. Ein zweiter Kaninchenschlag traf mich. Meine Augen verdrehten sich, und mein Körper knickte zusammen. Zwei Männer, die sich in einem Irrgarten von Lichtern bewegten, ergriffen mich an den Oberarmen und hoben mich in den Wagen. Bewußtlosigkeit war für mich eine große schwarze Limousine mit einem schnell schnurrenden Motor und verhängten Fenstern.

Obwohl der Nacken noch Tage später empfindlich ist, ist die Wirkung eines Kaninchenschlages auf das Zentrum des Bewußtseins plötzlich und kurz. Nach zwei oder drei Minuten kam ich wieder zu mir, während ich Eds Stimme sagen hörte: »Wir tun Menschen nicht gerne weh, und wir werden Ihnen nicht weh tun. Aber Sie müssen verstehen lernen, wie auch immer Ihr Name ist ...«

»Sacher-Masoch«, sagte ich.

»Kluger Junge«, sagte Ed. »Aber ein kluger Junge kann klüger sein, als es ihm guttut. Sie müssen verstehen lernen, daß Sie nicht herumgehen und Leute belästigen können, vor allem so wichtige Leute wie Mr. Neville.«

Terry Neville saß in der äußersten Ecke des Rücksitzes und machte ein besorgtes Gesicht. Ed saß zwischen uns. Der Wagen fuhr, und ich konnte sich bewegende Lichter jenseits der Schultern des Fahrers sehen, der über dem Lenkrad gebeugt saß. Das Heckfenster des Wagens war verhängt.

»Mr. Neville sollte sich aus meinen Fällen heraushalten«, sagte ich. »Es wäre besser, wenn Sie mich aussteigen ließen, oder ich lasse Sie wegen Entführung festnehmen.«

Ed lachte, aber nicht fröhlich. »Sie scheinen nicht zu verstehen, was mit Ihnen geschieht. Sie sind auf dem Weg zur Polizeiwache, wo Mr. Neville und ich Sie wegen versuchter Erpressung anzeigen werden.«

»Mr. Neville ist ein sehr mutiger kleiner Mann«, sagte ich, »er ist nämlich gesehen worden, als er Una Sands Haus verließ, kurz nachdem sie ermordet wurde. Er wurde gesehen, wie er es in großer Eile und in einem grünen Cabriolet verließ.«

»Mein Gott, Ed«, sagte Terry Neville, »du bringst mich in einen fürchterlichen Schlamassel. Du weißt nicht, in was für einen fürchterlichen Schlamassel du mich bringst.« Seine Stimme war keifend, an der Grenze der Hysterie.

»Ach du lieber Himmel, du hast doch vor diesem Taugenichts keine Angst, oder?« Ed sagte es wie ein japsender Terrier.

»Du steigst jetzt aus, Ed. Dies ist eine schreckliche Sache, und du weißt nicht, wie man damit fertig wird. Ich muß mit diesem Mann reden. Steig aus!«

Er lehnte sich nach vorn zur Sprechanlage, aber Ed legte eine Hand auf seine Schulter. »Dann spiele es auf deine Art, Terry. Ich glaube immer noch, daß mein Spiel das richtige ist, aber du hast es verdorben.«

»Wohin fahren wir?« fragte ich. Ich hatte den Verdacht, daß es nach Beverly Hills ging, wo die Polizei weiß, wer für ihre Gehälter aufkommt.

Neville sagte über die Sprechanlage: »Fahren Sie in eine Seitenstraße und parken Sie. Dann machen Sie einen Spaziergang um den Block.«

»Das ist besser«, sagte ich, als wir hielten. Terry Neville sah verängstigt aus. Ed sah trotzig und besorgt vor sich hin. Ich war eigentlich ganz zufrieden mit dem Verlauf der Dinge.

»Raus damit«, sagte ich zu Terry Neville. »Haben Sie das Mädchen umgebracht? Oder ist sie zufällig ertrunken – und Sie sind weggelaufen, um nicht in die Sache verwickelt zu werden? Oder haben Sie eine bessere Ausrede auf Lager?«

»Ich werde Ihnen die Wahrheit sagen«, flüsterte er. »Ich habe sie nicht ermordet. Ich wußte nicht einmal, daß sie tot ist. Aber ich war gestern nachmittag dort. Wir sonnten uns auf dem Floß, als eine Maschine sehr tief über uns hinwegflog. Ich ging fort, weil ich nicht mit ihr dort gesehen werden wollte ...«

»Sie meinen, Sie haben sich nicht nur gesonnt?«

»Ja, das stimmt. Diese Maschine flog zuerst ganz hoch, dann kreiste sie zurück und kam sehr tief herunter. Ich dachte, vielleicht erkennt mich der Pilot und versucht Aufnahmen zu machen oder so was.«

»Was für ein Flugzeug war es?«

»Ich weiß nicht. Eine Militärmaschine, glaube ich. Ein

Jäger. Es war ein blaugestrichener Einsitzer. Ich kenne mich mit Militärmaschinen nicht aus.«
»Was tat Una Sand, als Sie fortgingen?«
»Ich weiß nicht. Ich schwamm zum Strand, zog mich an und fuhr weg. Sie blieb, glaub ich, auf dem Floß zurück. Aber sie war gesund und munter, als ich sie verließ. Es wäre schrecklich für mich, wenn ich in diese Sache hineingezogen würde, Mr. ...«
»Archer.«
»Mr. Archer. Es tut mir schrecklich leid, wenn wir Ihnen weh getan haben. Wenn ich es wiedergutmachen kann ...« Er zog eine Brieftasche heraus.
Sein ständiges, schwächliches Greinen langweilte mich. Selbst sein Geldscheinbündel langweilte mich. Die Situation langweilte mich.
Ich sagte: »Ich habe kein Interesse daran, Ihre brillante Karriere zu verderben, Mr. Neville. Irgendwann möchte ich Ihnen Ihre brillante Fresse jedoch zerschlagen, aber das kann noch warten. Bis ich Grund habe zu glauben, daß Sie mir nicht die Wahrheit gesagt haben, werde ich alles, was Sie mir erzählt haben, für mich behalten. In der Zwischenzeit möchte ich jedoch hören, was der Coroner zu sagen hat.«
Sie brachten mich zu *Ronald* zurück, wo mein Wagen stand, und verließen mich mit vielen Beteuerungen ihrer Verbundenheit. Ich sagte ihnen »Gute Nacht«, wobei ich mir meinen Nacken mit übertriebener Geste rieb. Gewisse andere Gesten fielen mir noch ein.
Als ich in Santa Barbara ankam, war der Coroner schon mit Una beschäftigt. Er sagte, ihre Leiche weise keine Spuren von Gewalt auf; in Lunge und Magen sei nur wenig Wasser, aber das habe nichts zu bedeuten, das käme bei zehn Prozent aller Fälle von Tod durch Ertrinken vor.
Das hatte ich noch nicht gewußt. Ich bat ihn also, mir die Sache in simplen Worten genauer zu erklären, was

er bereitwillig tat. Mein Interesse schien ihn sogar zu freuen.
»Ein plötzliches Inhalieren von Wasser kann einen sofortigen Kehlkopfkrampf auslösen, was dann schnell zur Erstickung führt. Ein solcher Krampf setzt gewöhnlich ein, wenn das Gesicht des Opfers nach oben gerichtet ist, wodurch Wasser in die Nasenlöcher einströmt; er kann möglicherweise durch einen emotionellen oder Nervenschock gefördert werden. So kann es sich abgespielt haben – oder auch nicht.«
»Zum Teufel«, sagte ich, »vielleicht ist sie nicht einmal tot.«
Er sah mich sauer an. »Vor sechsunddreißig Stunden war sie es noch nicht.«
Ich dachte darüber nach, als ich in meinen Wagen stieg. Una konnte nicht viel später als vier Uhr nachmittags am 7. September ertrunken sein.
Es war drei Uhr morgens, als ich mich im Hotel Barbara anmeldete. Ich stand um sieben auf, frühstückte in einem Restaurant und ging zum Strandhaus, um mit Jack Rossiter zu reden. Es war erst ungefähr acht Uhr, als ich dort eintraf, aber Rossiter saß am Strand in einem Liegestuhl und beobachtete das Meer.
»Sie schon wieder?« sagte er, als er mich sah.
»Ich sollte meinen, für eine Weile hätten Sie genug vom Meer. Wie lange waren Sie draußen?«
»Ein Jahr.« Er schien nicht reden zu wollen.
»Ich belästige die Leute wirklich nicht gern«, sagte ich, »aber es ist mein Geschäft, mich unbeliebt zu machen.«
»Offenbar. Was ist Ihr Geschäft eigentlich?«
»Zur Zeit arbeite ich für Ihre Schwiegermutter. Ich versuche immer noch herauszufinden, was mit ihrer Tochter geschehen ist.«
»Versuchen Sie etwa, mich in die Zange zu nehmen?« Er stützte seine Hände auf die Stuhllehnen, als wolle er aufstehen. Einen Augenblick lang waren seine Knöchel

weiß. Dann entspannte er sich. »Sie haben gesehen, was geschehen ist?«
»Ja. Aber dürfte ich einmal fragen, zu welcher Uhrzeit Ihr Schiff am 7. September in San Francisco eingelaufen ist?«
»Bitte. Um vier. Vier Uhr nachmittags.«
»Ich nehme an, das könnte nachgeprüft werden?«
Er antwortete nicht. Neben seinem Stuhl lag eine Zeitung im Sand. Es war die letzte Abendausgabe einer Zeitung aus San Francisco vom 7. September.
»Schlagen Sie Seite vier auf«, sagte er.
Ich schlug sie auf und fand einen Artikel, in dem die Ankunft der USS GUAM bei der Golden Gate Bridge um vier Uhr nachmittags beschrieben wurde. Eine Abordnung von Marinehelferinnen hatte das Schiff begrüßt, und eine Kapelle hatte *California Here I Come* gespielt.
»Wenn Sie mit Mrs. Dreen sprechen wollen, sie ist im Haus«, sagte Jack Rossiter. »Aber mir scheint, Ihr Job ist beendet.«
»Danke«, sagte ich.
»Und falls ich Sie nicht wiedersehen sollte, leben Sie wohl.«
»Gehen Sie fort?«
»In wenigen Minuten wird mich ein Freund abholen kommen. Ich fliege mit ihm nach Alameda, um zu sehen, wie es mit Urlaub steht. Ich hatte nur achtundvierzig Stunden, und ich muß morgen bei der amtlichen Untersuchung durch den Coroner dabei sein. Und bei der Beerdigung.« Seine Stimme war hart. Seine ganze Persönlichkeit hatte sich über Nacht verhärtet. Am Abend vorher war sein Wesen noch weit offen. Jetzt war es verschlossen und unverletzlich.
»Auf Wiedersehen«, sagte ich und trottete durch den weichen Sand zum Haus. Auf dem Wege dahin dachte ich an etwas und ging schneller.
Als ich anklopfte, kam Mrs. Dreen zur Tür mit einer Tasse Kaffee. Sie war unsicher. Sie trug einen schweren,

wollenen Morgenmantel mit einer silbernen Schnur um die Hüften und eine seidene Haube auf dem Kopf. Ihre Augen waren trübe.

»Hallo«, sagte sie. »Ich bin gestern abend doch noch zurückgekommen. Ich hätte heute sowieso nicht arbeiten können. Und ich meinte, daß Jack nicht ganz allein sein sollte.«

»Ihm scheint es ganz gut zu gehen.«

Ich ging hinein. »Sie sagten gestern abend, Sie möchten wissen, wer Una umgebracht hat – ganz gleich, wer es war.«

»Nun?«

»Gilt das immer noch?«

»Ja. Warum? Haben Sie etwas gefunden?«

»Noch nicht. Aber mir kam eine Idee, das ist alles.«

»Der Coroner glaubt, es sei ein Unfall gewesen. Ich habe heute früh am Telefon mit ihm gesprochen.« Sie nippte an ihrem schwarzen Kaffee. Ihre Hand zitterte wie ein Blatt im Wind.

»Vielleicht hat er recht«, sagte ich, »vielleicht hat er unrecht.«

Draußen war das Geräusch eines Wagens. Ich ging zum Fenster und sah hinaus. Ein Kombiwagen hielt am Strand, und ein Marineoffizier stieg aus und ging auf Jack Rossiter zu. Rossiter erhob sich, und sie schüttelten sich die Hände.

»Würden Sie Jack rufen, Mrs. Dreen, und ihm sagen, er möchte für eine Minute ins Haus kommen?«

»Wenn Sie es wünschen.« Sie ging zur Tür und rief ihn.

Rossiter kam zur Tür und sagte ein wenig ungeduldig: »Was gibt's?«

»Kommen Sie rein«, sagte ich. »Und erzählen Sie mir, um welche Zeit Sie Ihr Schiff vorgestern verlassen haben.«

»Lassen Sie mich nachdenken ... Wir machten um vier fest ...«

»Nein, Sie nicht. Das Schiff ja, aber nicht Sie. Habe ich recht?«
»Ich weiß nicht, was Sie meinen.«
»Sie wissen, was ich meine. Sie flogen Ihre Maschine von Bord, einige Stunden bevor das Schiff im Hafen eintraf. Ich nehme an, Sie gaben das Telegramm vor dem Start einem Kumpel, damit der es für Sie abschickte. Sie flogen dann hier runter, erwischten Ihre Frau, wie sie sich mit einem anderen Mann amüsierte, landeten darauf am Strand und ertränkten sie.«
»Sie sind verrückt.« Einen Augenblick später sagte er weniger heftig: »Ich gebe zu, ich bin vom Schiff abgeflogen. Sie können das sowieso leicht nachprüfen. Ich kurvte ein paar Stunden herum, um einige Flugstunden zu sammeln.«
»Wohin sind Sie geflogen?«
»Die Küste entlang. Bis hierher bin ich nicht gekommen. Ich landete in Alameda um fünf Uhr dreißig, und ich kann es beweisen.«
»Wer ist Ihr Freund?« Ich zeigte durch die offene Tür auf den anderen Offizier, der am Strand stand und aufs Meer sah.
»Leutnant Harris. Ich werde mit ihm nach Alameda fliegen. Ich warne Sie, äußern Sie in seiner Gegenwart keine lächerlichen Verdächtigungen, oder Sie werden dafür büßen.«
»Ich möchte ihn etwas fragen«, sagte ich. »Was für eine Maschine haben Sie geflogen?«
»Eine FM-3.«
Ich ging aus dem Haus und den Abhang hinunter zu Leutnant Harris. Er drehte sich zu mir um, und ich sah das Fliegerabzeichen auf seiner Bluse.
»Guten Morgen, Leutnant«, sagte ich. »Sie sind schon ganz hübsch viel geflogen, vermute ich?«
»Zweiunddreißig Monate. Warum?«
»Ich möchte, daß Sie eine Wette entscheiden. Könnte

eine Maschine auf diesem Strand landen und wieder starten?«

»Ich glaube, eine Piper Cub könnte es vielleicht. Ich würde es jedenfalls versuchen. Ist damit die Wette entschieden?«

»Es war ein Jäger, an den ich dachte. Eine FM-3.«

»Eine FM-3 nicht«, sagte er. »Unmöglich. Vielleicht könnte man sie noch zur Not auf dem Strand aufsetzen, aber starten wäre ausgeschlossen. Nicht genügend Platz und zu rauher Boden. Fragen Sie Jack, er wird Ihnen das gleiche sagen.«

Ich ging zum Haus zurück und sagte zu Jack: »Ich hatte unrecht. Es tut mir leid. Wie Sie schon sagten, ich glaube, ich komme mit diesem Fall nicht zurecht.«

»Auf Wiedersehen, Millicent«, sagte Jack und küßte sie auf die Wange. »Falls ich heute abend nicht mehr zurückkomme, bin ich morgen sehr früh wieder da. Halt die Ohren steif.«

»Du auch, Jack.«

Er ging, ohne mich noch einmal anzusehen. Der Fall endete also, wie er begonnen hatte, mit mir und Mrs. Dreen allein in einem Zimmer – wir fragten uns, was mit ihrer Tochter geschehen war.

»Sie hätten das nicht zu ihm sagen sollen«, sagte sie. »Er hat schon genug zu ertragen.«

Mein Verstand arbeitete sehr schnell. Ich fragte mich, ob irgend etwas dabei herauskommen würde. »Ich nehme an, Leutnant Harris weiß, wovon er spricht. Er sagt, ein Jäger käme von diesem Strand nicht mehr hoch. Einen anderen Ort gibt es in dieser Gegend nicht, wo er unbemerkt gelandet sein könnte. Er ist also nicht gelandet.

Aber ich nehme ihm nicht ab, daß er nicht hier herumgekurvt ist. Ein junger Ehemann, der die Küste entlangfliegt, würde sich die Gelegenheit nicht entgehen lassen, seine Frau schnell mal im Tiefflug und mit wackelnden

Tragflächen zu begrüßen. Terry Neville hat die Maschine runterkommen sehen.«
»Terry Neville?«
»Ich habe gestern mit ihm gesprochen. Er war bei Una, bevor sie starb. Beide waren zusammen auf dem Floß, als Jacks Maschine runterkam. Jack sah die beiden und sah, was sie taten. Sie sahen ihn ebenfalls, und Terry Neville nahm Reißaus.«
»Sie reimen sich das zusammen«, meinte Mrs. Dreen, aber ihre grünen Augen waren gespannt auf mein Gesicht geheftet.
»Natürlich reime ich mir das zusammen; ich war ja nicht dabei. Nachdem Terry Neville getürmt war, war niemand hier als Una und Jack, der in seinem Flugzeug über ihr kreiste. Ich versuche herauszufinden, wie Una umgekommen ist. Meiner Meinung nach starb sie vor Angst. Ich glaube, Jack kam im Sturzflug runter und drückte sie ins Wasser. Das wird er so oft wiederholt haben, bis sie nicht mehr konnte. Dann flog er zurück nach Alameda und trug seine Flugzeit ein.«
»Hirngespinste«, sagte sie. »Und dazu noch sehr häßliche. Ich glaube kein Wort davon.«
»Das sollten Sie aber. Sie haben doch das Telegramm?«
»Ich weiß nicht, wovon Sie reden.«
»Jack schickte Una ein Telegramm, in dem er ihr seine Ankunft mitteilte. Una erwähnte es Hilda Karp gegenüber. Hilda Karp sagte es mir. Komisch, daß Sie nichts davon sagten.«
»Ich wußte nichts davon«, sagte Millicent Dreen. Ihre Augen waren leer.
Ich fuhr fort, ohne ihr Leugnen zu beachten: »Ich nehme an, das Telegramm teilte nicht nur mit, sein Schiff werde am 7. September eintreffen, sondern daß er an diesem Nachmittag das Strandhaus überfliegen werde. Glücklicherweise brauche ich mich nicht aufs Raten zu verlassen. Das Telegramm wird bei der We-

stern Union abgeheftet sein, und die Polizei wird die Möglichkeit haben, es einzusehen. Ich fahre jetzt in die Stadt.«

»Warten Sie«, sagte sie. »Gehen Sie deswegen nicht zur Polizei. Sie werden Jack nur Unannehmlichkeiten bereiten. Ich habe das Telegramm vernichtet, um ihn zu schützen, aber ich sage Ihnen, was drin stand. Sie hatten recht mit Ihrer Annahme. Er telegrafierte, er werde am 7. September herüberfliegen.«

»Wann haben Sie es vernichtet?«

»Gestern, bevor ich zu Ihnen kam. Ich befürchtete, es würde Jack mit hineinziehen.«

»Warum sind Sie überhaupt zu mir gekommen, wenn Sie Jack schützen wollten? Mir scheint, Sie wissen, was geschehen ist.«

»Ich war nicht sicher. Ich wußte nicht, was geschehen war, und bis ich es herausfand, wußte ich nicht, was ich tun sollte.«

»Sie sind immer noch nicht sicher«, sagte ich. »Aber ich werde es allmählich. So steht fest, daß Una das Telegramm nie erhalten hat, zumindest nicht den genauen Wortlaut. Sonst hätte sie nicht getan, was sie an diesem Nachmittag tat, als ihr Mann herüberfliegen wollte, um sie zu grüßen. Vielleicht haben Sie das Datum geändert? So, daß Una ihren Mann einen Tag später erwartete? Dann haben Sie es arrangiert, daß Sie am 7. September in Hollywood sein würden, damit Una einen letzten Nachmittag mit Terry Neville verbringen konnte.«

»Vielleicht.« Ihr Gesicht war hellwach, beherrscht, aber voll gefährlicher Energie, wie eine Kobra, die dem Klang der Flöte lauscht.

»Vielleicht wollten Sie Jack für sich selbst«, sagte ich. »Vielleicht hatten Sie auch einen anderen Grund. Ich weiß es nicht. Ich glaube, selbst ein Psychoanalytiker würde es schwer haben, Ihre Beweggründe zu erforschen, Mrs. Dreen, und ich bin keiner. Ich weiß nur, Sie

haben einen Mord inszeniert. Ihr Plan lief sogar besser, als Sie erwartet hatten.«
»Es war ein Unfall«, sagte sie mit rauher Stimme. »Wenn Sie zur Polizei gehen, machen Sie sich nur lächerlich. Und Jack kriegt Schwierigkeiten.«
»Sie haben Jack wohl sehr gern, was?«
»Warum sollte ich auch nicht?« sagte sie. »Er gehörte mir, bevor er Una sah. Sie hat ihn mir weggenommen.«
»Und Sie glauben, jetzt hätten Sie ihn wieder.« Ich erhob mich, um zu gehen. »Ihretwegen hoffe ich, daß er nicht darauf kommt, was ich gerade herausgefunden habe.«
»Halten Sie das für möglich?« Plötzlicher Schrecken hatte ihr Gesicht verzerrt.
Ich antwortete ihr nicht.

FRIEDRICH GLAUSER

Verhör

Sie sind ein mächtiger Mann, Herr Untersuchungsrichter. Eine Handbewegung von Ihnen, und alle Quälgeister sind verschwunden ... Sie können sich ja gar nicht denken, was ich die letzten Stunden zu leiden gehabt habe. Zu sechst waren die hinter mir her und haben mich gequält, mit Fragen gequält, die ärger waren als eine mittelalterliche Tortur mit Ausrenken und Wassertrichter. Und Durst haben sie mich leiden lassen ... ganz ausgetrocknet ist mein Mund. Aber Sie brauchen nur zu erscheinen, Herr Untersuchungsrichter, und die Quälgeister sind verschwunden, wie gesagt, ein Wink Ihrer Hand genügt.

Nein, Sie müssen mich nicht für schwatzhaft halten. Es ist nur die Reaktion. Bedenken Sie doch nur einmal, wie Ihnen zumute wäre, wenn Sie vor einem Revolutionstribunal erscheinen müßten, und Ihre Inquisitoren wären die Einbrecher, Landstreicher, Saufbrüder, die Sie in Ihrem langen Leben in Behandlung gehabt haben. Glauben Sie, daß diese Leute glimpflich mit Ihnen umgehen würden? Ich glaube es nicht. Und Ihre Kommissare, Inspektoren, Geheimpolizisten (ich kenne mich wirklich nicht aus in den Rangstufen dieser Leute), nun, für mich sind diese Leute: Masse, Plebs ..., Canaille, wie man früher sagte. Für diese Leute ist es eine Wonne, Menschen zu quälen, die keine fertiggenähten Krawatten tragen, Halbschuhe nach Maß anhaben und gutgebügelte Hosen. Hab ich nicht recht ...

Sie schweigen, Herr Untersuchungsrichter. Wie wohltuend ist Ihr Schweigen, nach dem Lärm, den Ihre Untergebenen vollführt haben. Zu dritt waren sie manchmal über mich gebeugt und spuckten mir ihre Fragen ins Gesicht. Zuerst habe ich versucht, Ant-

wort zu geben, aber dann hab ich's sein lassen. Wozu auch? Sie hörten doch nicht zu, diese Proletarier der Justiz.
Mein Mund ist ganz ausgetrocknet, und es macht mir Mühe zu sprechen; ich habe seit gestern abend nichts gegessen, nichts getrunken. Wären Sie so liebenswürdig, mir vielleicht ein Glas Wasser zu reichen?
Sehr freundlich von Ihnen, mir Wein zu bestellen und etwas zu essen. Sie werden sehen, sobald ich restauriert bin, werde ich Ihnen meinen Fall so klar darstellen können, daß es Ihnen unmöglich sein wird, mich nicht gehen zu lassen ...
Ich bin Großindustrieller, Herr Untersuchungsrichter, und ein witziger Journalist; in der kleinen Industriestadt, in der ich lebe, hat man mir einmal den Titel eines »okkulten Bürgermeisters« gegeben. Der Titel ist mir geblieben. Denn ich beschäftige mich prinzipiell nicht mit Politik, gehöre auch keiner Partei an; so kann es denn kommen, daß mein Wort gewichtig wird und den Ausschlag gibt, wenn zwei Parteien bei den Wahlen fast gleich stark sind. Ich erzähle Ihnen dies nur zur Orientierung, damit Sie sich ein Bild machen können von mir, von meiner Persönlichkeit. Und glauben Sie nicht etwa, ich wolle renommieren; aber wenn ich bedenke, was für einen Eindruck ich Ihnen machen muß mit meinem zerschlissenen Kragen, meinen zerdrückten Kleidern, so fühle ich irgendwie die Verpflichtung, mich Ihnen als der darzustellen, der ich wirklich bin.
Und mich, einen unbescholtenen Mann, der stets seine Steuern gezahlt hat (gewiß, es gibt Geschäftsnotwendigkeiten, die eine prompte Erfüllung dieser Angelegenheit nicht immer gestatten), mich, einen Wirtschaftsführer, wagt dieser glatzköpfige Kommissar, oder was er sonst ist, einen »Mörder« zu nennen. Nicht nur einmal, nein, unzählige Male hat er mir das Wort ins Gesicht geschrien, in die Ohren geflüstert. Ich ein Mörder! Ich bitte Sie, Herr Untersuchungsrichter, sehe ich aus ...

Ah, da kommt der bestellte Wein. Und Sandwichs gibt es auch! Aber ich hoffe sehr, Herr Untersuchungsrichter, Sie werden mithalten. Ich bin überzeugt, Sie haben noch nicht gefrühstückt. Und daß man Sie so früh aus dem Bett geholt hat ... Ich weiß, ich weiß ... Pflichtbewußtsein ... Ich kenne das. Wenn ich bedenke, wieviel schlaflose Nächte ich zugebracht habe, um einer Verbesserung meines Betriebes, um einer Erleichterung der Arbeit nachzustudieren ... Ja, die Pflicht ... Natürlich, der Kaffee ist für Sie bestimmt, Sie werden ihn brauchen, darf ich Sie bitten, mir einen kleinen Schluck zurückzulassen, ich habe nämlich Angst, daß der Wein mich sonst ganz schläfrig macht.
Darf ich Sie vielleicht noch um mein Zigarettenetui bitten, es liegt dort neben Ihnen, Ihre Trabanten haben es mir abgenommen, als ob es eine gefährliche Waffe enthielte. Haha ... Was soll auch in einem Zigarettenetui anders sein als Rauchware, oder? Haben Ihre Leute vielleicht geglaubt, ich hätte Dynamit darin?
Sie haben ganz recht, Herr Untersuchungsrichter, wir wollen ernsthaft bleiben. Genug gelacht. Ich bin Ihnen noch die Geschichte meines Abenteuers schuldig. Erlauben Sie nur noch eins, wie ist Ihr werter Name? Vielleicht ist meine Frage nicht passend, die Verbrecher, die Sie sonst auszufragen pflegen, kennen Sie wahrscheinlich schon, vielleicht sind Sie in Ihrem Fach eine Berühmtheit, aber Sie müssen bedenken, ich bin in Justizsachen, besonders in Strafsachen (das Zivilprozeßrecht beherrsche ich gut), ein ziemlicher Laie. Nur aus dem, was man so auf der Bahn liest, aus Kriminalromanen, Detektivgeschichten, habe ich meine kriminologische Weisheit geschöpft. Sie sehen also, es ist nicht weit her mit ihr ... Also, wie bitte? ... Schaffroth? Ein sonderbarer Name, erweckt die Assoziation an Schafott, finden Sie nicht auch?
Nun meine Geschichte: Ich wollte also mit dem Nachtschnellzug nach Italien. Im Flugzeug werde ich krank,

das Auto konnte ich in dieser Jahreszeit nicht gebrauchen, die Straßen sind schlecht, und die Pässe sind eingeschneit. Also nahm ich lieber ein Billett zweiter Klasse. Ich bin anspruchslos. Sonst fahre ich immer dritter: Denn ich bin im Grunde meines Wesens Demokrat, wissen Sie. Nur für eine Nachtfahrt mußte ich wohl zweite Klasse nehmen, sonst kommt man müde an.
Gewiß, ich hätte Schlafwagen nehmen sollen ... Aber was wollen Sie, in dieser Krisenzeit, man muß sparen ...
Ja, das Geschäft in Italien war wichtig, es erforderte meine Anwesenheit, sonst hätte ich sicher einen Vertreter hingeschickt. Meine Frau hatte mich bis an den Bahnhof begleitet, wir haben in der Stadt noch zu Nacht gegessen.
Ja, meine Frau ist bedeutend jünger als ich. Sie sehen ja selbst, meine Schläfen sind grau, ich werde wohl etwa im gleichen Alter sein wie Sie, Herr ... äh ... wie war doch Ihr Name? ... etwas mit Schafott ... nein, nicht Schafott ... nun, es fällt mir nicht ein, ist ja auch gleichgültig, also, wie Sie, Herr Untersuchungsrichter ... Richtig, Herr Schaffroth ...
Eine Liebesheirat. Meine Frau ist neunundzwanzig Jahre alt, aber sie sieht aus wie neunzehnjährig, ein junges Mädchen. Natürlich, sie schminkt sich, und das wird wohl auch etwas ausmachen. Wir führen die harmonischste Ehe, die Sie sich denken können, nie haben wir Streit. Und ein fünfjähriges Kind haben wir auch, einen Knaben, Lovis heißt er. Der Name hat mir gefallen. Vielleicht wird er einmal ein Künstler ... obwohl die Kunst heutzutage ...
Was wollen Sie, ich lese gern, habe auch eine schöne Sammlung, Stiche nur, ein paar Whistler Probedrucke, ich sage Ihnen, Perlen!
Was Sie nicht sagen? Sie sammeln auch? Dann müssen Sie mir die Freude machen, mich einmal besuchen zu kommen, Sie können gut über Nacht bleiben, ich lasse Sie mit dem Wagen abholen. Keinen Protest, Herr Un-

tersuchungsrichter, ich muß mich doch für Ihre Freundlichkeit erkenntlich zeigen; und meine Frau wird sich so freuen! Sie ist sehr gastfreundlich, wie ich auch, und welch größere Freude haben wir denn auf der Welt, als gute Freunde bei uns zu sehen?
Meine Frau begleitete mich also auf den Bahnhof. Es regnete. Wissen Sie, so dieser richtige Novemberregen, der auch noch jetzt gegen die Scheiben klatscht. Ich finde ein leeres Coupé, suche nach dem Zugführer, drücke ihm einen Fünfliber in die Hand und verspreche ihm noch einmal so viel, wenn ich bis zum Morgen allein bleibe. Ich habe das Glück gehabt, auf einen anständigen Kerl zu fallen, der das Leben versteht, er hat das Geld verschwinden lassen, wie ein Zauberkünstler, und dann hat er salutiert, als ob ich wenigstens Chef im Generalstab wäre. Meine Frau war mit eingestiegen, wir bummeln den Gang entlang. Da fällt mir ein Herr auf, auch er sitzt in einem leeren Coupé, vom Gesicht war nichts zu sehen, das war hinter einer Zeitung verborgen. Ich sage noch zu meiner Frau: »Irene«, sage ich, »der Mann kommt mir so merkwürdig vor, ganz als ob er sich vor der Polizei verstecken wolle.« Vielleicht wollte er wirklich über die Grenze, Sie haben wohl seine Identität noch nicht festgestellt? ... Vorläufig noch nicht? Nun, ich warte vertrauensvoll auf Ihre Feststellungen. Auf alle Fälle, ich habe ihn nicht gekannt, auch später nicht, als ich seine Leiche sah.
Warum ich das betone? Aber ich bitte Sie, Herr Untersuchungsrichter, ich betone gar nichts. Ihr Ohr ist durch Mißtrauen geschärft. Wenn man angeklagt wird, benützt man doch jede Gelegenheit zur Verteidigung. Nicht wahr? Meine Frau steigt aus, wir nehmen zärtlich Abschied voneinander; es kommt ja selten vor, daß ich allein verreise, gewöhnlich nehme ich sie mit. Aber nun hatte unser Lovis gerade eine Mandelentzündung, und meine Frau war ängstlich, wie eben Frauen immer ängstlich sind, und wollte das Kind nicht alleine lassen.

Ja, wir Ehemänner, wir müssen immer vor den Kindern zurücktreten, der mütterliche Instinkt ... Aber ich schweife ab.

Der Zug fährt schon an, ich stehe am Fenster und winke meiner Frau, da wird hinter mir die Türe aufgerissen, und eine alte Frau stürzt herein. Man sah sofort, daß sie nicht in die zweite Klasse paßte; und denken Sie, bevor sie eintritt, zieht sie hinter ihrem Rock zwei Buben hervor, der eine zwei-, der andere dreijährig, schätze ich. Hinter diesem Kleeblatt wird der Kondukteur sichtbar, will die Frau aus dem Coupé zerren, ich lasse es nicht zu, winke ab. Denn ich denke, die alte Dame (und wenn ich Dame sage, so ist das ein Euphemismus, es war eine bessere Arbeitersfrau, eine Poliersgattin vielleicht, die wahrscheinlich mit ihren Enkeln nach Italien fahren wollte) hat sich das Geld für die Reise zweiter Klasse mühsam zusammengekratzt. Ich winke also in meiner Gutmütigkeit dem Kondukteur ab und denke sogleich an den Herrn, den ich hinter seiner Zeitung versteckt erblickt habe. Wir zwei Männer, denke ich, werden wohl miteinander auskommen. Ich packe also meinen Koffer und verziehe mich. Denn mit Kindern eine Nachtfahrt durchzumachen, das wird mir wohl niemand zumuten wollen.

Ich begebe mich also zu dem Zeitungsherrn. Wenn ich jetzt daran denke, ich wollte, ich hätte die Nachtfahrt mit den Kindern auf mich genommen. Dann säße ich nicht hier. Aber ich bin sicher, dies wird sich alles aufklären, und ich werde hocherhobenen Hauptes dies Untersuchungszimmer verlassen, nicht wahr, Herr Untersuchungsrichter? Der Zeitungsherr, ich weiß nicht, wie ich ihn anders nennen soll, der Zeitungsherr also bleibt hinter seinem Blatte verborgen. Wenn es Sie übrigens interessiert, es war der »Temps«, den er las. Ein praktisches, großes Blatt, wie gemacht, um sich zu verbergen.

Der Zeitungsmann sitzt also auf dem Fensterplatz in der

Fahrtrichtung, er blickt nicht auf, als ich das Coupé betrete, er blickt nicht auf, als ich über seine Füße stolpere und mich entschuldige. Er brummt nur etwas Unverständliches. Ich verstaue meinen Koffer oben im Netz, setze mich nieder, denke noch: »Nun muß ich nach rückwärts fahren, das tut mir nie gut, ich bekomme dann Schwindelanfälle. Aber in diesem Falle schadet es wohl nichts, denn ich kann mich ja ausstrecken, das Gesicht zur Wand kehren, dann liege ich ja eigentlich in der Fahrtrichtung, und alles geht in Ordnung.« Sie sehen, wie gut ich mich noch an meine Gedanken erinnere, und da soll ich mich in einer derart wichtigen Sache, wie diese Anklage ist, täuschen? Ich, ein Geschäftsmann, der bekannt ist für sein gutes Gedächtnis –; ich habe ein ganz bestimmtes mnemotechnisches System, doch ist jetzt wohl nicht die Zeit, Ihnen dieses auseinanderzusetzen ...

Ausgezeichnet dieser Wein ... Verzeihen Sie, Sie haben eine Frage gestellt, ich habe nicht aufgepaßt ... Aber nein, Herr Untersuchungsrichter, Sie müssen von den Menschen nicht immer das Schlechteste denken, nein, durchaus nicht, ich bitte Sie nicht, die Frage zu wiederholen, um Zeit zum Nachdenken herauszuschlagen ... Aber wenn man, wie ich, fast sechs Stunden lang verhört worden ist, und wie verhört!, so müssen Sie begreifen, daß das Gehirn abgespannt ist, es reagiert nicht mehr so prompt wie sonst.

Sie wollen wissen, ob der Herr Gepäck hatte? Warten Sie, hier drin ist alles eingraviert, eingeätzt muß ich fast sagen ... Aber Sie wissen ja, wie es einem geht, wenn Sie meinen, einen Stich ganz genau zu kennen, und Sie sehen ihn ein zweites Mal an, so erscheint er Ihnen vollkommen neu, gewisse Details, gewisse Feinheiten treten plötzlich hervor, die Sie zuerst gar nicht bemerkt hatten ... Das hat nichts mit Ihrer Frage zu tun? ... Erlauben Sie, bitte. Ich muß mir eben gewisse Details wieder ins Gedächtnis zurückrufen, wie gesagt, gewisse

Teile der Gravüre genauer betrachten, mit meinem geistigen Auge ... erst dann kann ich Ihnen Auskunft geben. Und bedenken Sie doch, daß mich Ihre Proleten ganz durcheinander gebracht haben ... Auch sie stellten diese Frage.
Soweit ich mich erinnern kann, trug er eine kleine gelbe Handtasche, gewiß, eine Tasche aus Schweinsleder, aus echtem Schweinsleder, ich habe den Geruch noch in der Nase ... ganz deutlich jetzt ... Jawohl, und nun besinne ich mich ganz genau, als ich dann zurückkam, als das ... Unglück ... nun ... der Mord passiert war, in meiner Abwesenheit, da habe ich an diese Tasche gar nicht mehr gedacht. Aber mein Unterbewußtsein muß registriert haben, denn jetzt sehe ich deutlich wieder das leere Netz ... Die Tasche ist nicht gefunden worden? ... Das bestärkt nur meine Theorie, daß es sich um einen ganz gewöhnlichen Eisenbahnraub handelt. Vielleicht waren Wertsachen in dieser Tasche.
Danke, Herr Untersuchungsrichter, nur ein Stück Zukker ... Sonst trinke ich den Kaffee am liebsten ungesüßt, aber heute mache ich schon eine Ausnahme ...
Ohne Ihnen schmeicheln zu wollen, aber Ihre Bemerkung zeugt von einer erstaunlichen Kombinationsgabe ... Gewiß könnte uns der Inhalt der Tasche auf eine Spur führen, gewiß könnten wir, falls wir die Tasche bei irgend jemandem finden würden, ohne weiteres auf die Schuld dieses Jemanden schließen. Aber da liegt eben die Schwierigkeit. Denn bis jetzt ist die Tasche noch nicht aufgetaucht? ... Nicht einmal andeutungsweise? ... In den Aussagen der verschiedenen Zeugen vielleicht, des Zugführers zum Beispiel?
Was Sie nicht sagen! ... Nein, diese Eröffnung haben mir Ihre Untergebenen nicht gemacht ... Die Aussage des Zugführers belastet mich am schwersten? Er behauptet, es sei absolut unmöglich, daß jemand anders das Coupé betreten hätte? ... Woher nimmt dieser Mann seine Sicherheit? Ich erinnere mich, einmal die

Besprechung eines Buches gelesen zu haben, das von der Unzuverlässigkeit der Zeugenaussagen handelte; ein Professor hatte eine kleine Komödie vor seinen Studenten aufgeführt und diese Komödie dann erzählen lassen, schriftlich ... Ja, ja, ich bin sicher, daß Sie das Buch gelesen haben und nicht nur eine Kritik darüber, wie ich. Aber glauben Sie nicht auch, daß gewissen Zeugen wenig zu trauen ist, besonders einem derartigen Kerl, der in seiner offiziellen Stellung sich von mir bestechen läßt und dann nicht einmal fähig ist, diese Bestechung redlich zu verdienen? Vielleicht hat er in einer Ecke des Wagens Schnaps gesoffen, hat seinen Dienst verschlafen und will sich jetzt reinwaschen, auf meine Kosten.

Nein, ich ereifere mich nicht, ich rege mich nicht auf. Aber eins will ich Ihnen offen und ehrlich sagen, die Methoden der Justiz sind unfair, die Justiz hält sich an keine Regeln. Gleichgültigkeit ist ein Schuldbeweis, Aufregung ist ein Schuldbeweis, der Angeklagte kann sich benehmen wie er will, immer ist es falsch, immer wird, wie es auch sei, sein Benehmen zu seinen Ungunsten ausgelegt. Das ist falsch, das ist grundfalsch. Sie wollen doch die Wahrheit herausfinden, nicht wahr? Aber Sie wollen ja gar nicht die Wahrheit, Sie wollen einen Schuldigen.

Das glaube ich gerne, daß fast alle Gefangenen die gleichen Worte gebrauchen. Mein Gott, uns stehen nicht so viele verklausulierte juristische Formen zu Gebote, um einfache Tatsachen möglichst kompliziert auszudrücken.

Nun schweife ich wieder ab, nach Ihrer Meinung. Aber daran sind Sie selber schuld. Ich will also weiterfahren. Ich zog meine Schuhe aus, holte die ledernen Pantoffeln hervor, die mir Irene zur letzten Weihnacht geschenkt hatte, zog einen Hausrock an und gab wohl acht, mein Portefeuille in meine Revolvertasche zu stoßen. Bei dieser Gelegenheit kam mir meine kleine Welterpistole in die Hand, ich zog sie aus der Tasche (für sie und für das Portefeuille wäre die Tasche zu klein gewesen) und legte die Pistole unter das Luftkissen, das ich mir schon vorher gefüllt hatte. Während ich dies tat, warf ich noch einen Blick auf meinen Mitreisenden, er blickte noch immer nicht von seiner Zeitung auf, also hatte er meine Vorsicht wahrscheinlich gar nicht bemerkt. Ich frage ihn noch höflich, ob es ihn störe, wenn ich noch eine Zigarette rauche. Sonst kann ich nämlich nicht einschlafen. Ich erriet mehr, als ich es sah, sein Kopfschütteln, dazu stieß er einen Laut aus, der wie ein nasales »äh, äh« klang. Also störte es ihn nicht. Ich rauchte meine Zigarette zu Ende.

Das wäre möglich, durchaus möglich. Durch das Türfenster wäre es ein leichtes gewesen, mich vom Gang aus zu beobachten ... Auch dies ist wieder Ihrer Kombinationsgabe durchaus würdig, Herr ... Herr Untersuchungsrichter. Denn dies ist ja der einzige, tatsächliche Anhaltspunkt in dieser Affäre: daß der Mord mit meiner Pistole begangen worden ist. Und daß man scheinbar meine Fingerabdrücke und nur meine Fingerabdrücke darauf festgestellt hat. Das ist aber gar nicht merkwürdig, denn ich habe ja die Pistole aufgehoben, als ich zurückkehrte ...

Sie haben gut reden, ich hätte sie liegen lassen sollen. Es war dies eine Reflexbewegung. Bücken Sie sich nicht auch, wenn Sie einen Gegenstand erblicken, der Ihnen bekannt vorkommt? Das ist so instinktiv ... Daraus können Sie mir keinen Strick drehen, Herr Schafott, pardon, Herr Schaffroth.

Nun der Schluß ist bald erzählt. Ich wollte noch auf die Toilette, bevor der Zug in die nächste Station einfuhr. Ich schritt also zur Tür, ging durch den Gang, traf niemanden, das ist wahr. Ich muß etwa zehn Minuten abwesend gewesen sein, ich wusch mir noch die Hände, putzte mir die Zähne (ich bitte Sie noch einmal zu bemerken, wie genau ich mich an die unbedeutendsten

Details zu erinnern weiß), und dann kehrte ich durch den leeren Gang zurück. An den Türfenstern der Coupés waren die Vorhänge schon vorgezogen, ich sah auf meine Uhr, während ich sie gewohnheitsmäßig aufzog, es war genau halb neun Uhr, nach meinen Berechnungen mußten wir etwa in einer Viertelstunde in die nächste Station einlaufen. Auch bei meinem Coupé war der Vorhang zugezogen, ich wunderte mich darüber, denn ich hatte dies nicht gemacht, und dachte noch: »Hat sich mein Zeitungsmann endlich von seinem ›Temps‹ losreißen können, das ist günstig, dann kann man das Licht abblenden, und wir können beide schlafen.« Ich war müde, am Morgen war ich sehr früh aufgestanden, es hatte so viel zu erledigen gegeben.

Ich mache die Schiebetüre ganz leise auf, das Licht brannte hell, mein Kissen war umgestülpt, die kleine Pistole lag auf dem Boden, wie ich Ihnen schon erzählte.

Wo sie lag ... warten Sie ... sie lag vor den Füßen des Mannes, der saß mit offenem Mund in seiner Ecke, die Zeitung lag ausgebreitet auf seinen Knien, und die Zeitung hatte ein rundes Loch ... Übrigens dort liegt sie ja noch, die Zeitung ... und ich sah zum erstenmal das Gesicht des Zeitungsmannes. Ein gewöhnliches Gesicht, glatt rasiert, noch ziemlich jung, neben der linken Hand des Toten, die ausgebreitet, mit der Handfläche nach oben, auf dem Kissen lag, sah ich ein Paar graue Wildlederhandschuhe ...

Nein, sonst habe ich nichts bemerkt ...

Bestimmt nicht, Herr ... Herr ... Untersuchungsrichter, es lag sonst nichts herum, seine Tasche war verschwunden, das hab ich Ihnen ja gesagt, der Rock stand weit offen, als ob jemand in aller Hast die Taschen des Mannes durchsucht hätte ... Warum stellen Sie Ihre Frage zum drittenmal, soll das eine Falle sein? ... Stellen Sie ruhig Fallen, wenn man ein reines Gewissen hat wie ich, dann hat man nichts zu fürchten.

Papierschnitzel? ... Nein, ich habe keine Papierschnitzel gesehen ... Wieso soll ich Unglück gehabt haben? ... Ich verstehe Sie nicht ... Das kommt mir alles so spanisch vor; darf ich Sie noch um Zündhölzer bitten ... danke.

Wo ... wo ... haben Sie das gefunden? Das, das ist ja ... der Kopf von ... Nein, diese Dame kenne ich nicht. Eine Augenblickstäuschung, ich dachte zuerst, es sei Irene, die Züge haben eine gewisse Ähnlichkeit, ich kann es nicht leugnen. Und dieser Papierschnitzel, ausgerechnet mit diesem Gesicht, ist in dem Coupé gefunden worden? Was Sie nicht sagen ...

Ich habe den Mann nicht gekannt, ich wiederhole es noch einmal ... Das ist eine Beleidigung meiner Frau, Herr ... Untersuchungsrichter, Herr Schaffroth, nein, meine Frau hatte keinen Freund, ich verbitte mir aufs strengste derartige Insinuationen. Wirklich, es kommt mir vor, als wollten auch Sie in die Fußstapfen Ihrer plebejischen Vorgänger treten, aber Sie denken wohl, Ihre Art der Tortur, die Tortur der Freundlichkeit sei die wirksamere ... Darum haben Sie mir Wein bestellt und Sandwiches ... Haha, ich weiß schon, wir dünken uns zivilisierter als die Araber, aber wenn man zu diesen sogenannten wilden Völkerstämmen kommt, und man ist eingeladen und hat Brot und Salz gereicht bekommen, so ist man Gastfreund, unverletzlich ... Ich habe von Ihnen auch Brot und Salz angenommen – ich bin Ihr Gastfreund, Herr, aber Sie mißbrauchen die Gastfreundschaft.

Sie lachen schadenfroh ... Haben Sie noch weitere Überraschungen in der Hinterhand ... Decken Sie nur ruhig Ihre Karten auf, wir sind allein, und wenn ich Ihnen auch ... aber das ist Unsinn, Sie haben keinen Aktuar, der wollte wohl nicht aus dem Bett? Ich kann Ihnen ja eigentlich erzählen, was ich will, Sie auch verulken, mit einem falschen Geständnis, nur um endlich einmal schlafen zu dürfen, mir fallen schon die Augen zu, ein falsches Geständnis, wie wäre das? Und morgen widerrufen, was meinen Sie? Ein geschickter Advokat könnte mit dieser Situation viel anfangen ... Schlagworte wie: psychische Tortur, langes Verhör ... unerlaubt langes Verhör, mein Mandant mußte zusammenbrechen ... Wie glauben Sie, würde das auf das p. p. Publikum wirken? He? Die Justiz hat keine gute Presse ... Fragen Sie nur weiter, ich bin sicher, ich bin unschuldig, mir kann nichts passieren.

Sie schweigen lange ... Ich will Ihre Meditationen beileibe nicht unterbrechen ...

Aber finden Sie nicht auch, es wäre Zeit, schlafen zu gehen? ... Draußen graut es schon über den Dächern ... Heizt man bei Ihnen nicht? Es friert mich ... Sie schweigen noch immer ... Nun, ich kann's auch.

Das Kratzen, das man in der Stille hört ... ich habe es schon lange bemerkt, dachte, es seien Ratten ... oder Mäuse, um aber von diesen Tieren herzurühren, ist das Geräusch zu regelmäßig ... Ich sollte doch dies Kratzen, dies Schaben, dies Wetzen kennen ... Ein Diktaphon! Natürlich! Und ein gutwilliger Gehilfe, der die Rollen austauscht, wenn sie vollgeritzt sind? ... Sie sehen, uns Verdächtigten fällt manchmal auch etwas ein, wir kombinieren auch ... Sehr schlau ... Jeden Tonfall meiner Stimme können Sie somit den Richtern vorführen, klug, sehr klug. Nur daß Ihnen Ihre Klugheit nichts nützen wird.

Ihr Schweigen wird langsam peinlich ... Soll es eine Methode sein, mich mürbe zu machen? Wir wollen sehen ...

Wildlederhandschuhe ... graue Wildlederhandschuhe. Sie lagen neben dem Toten ... War ein eleganter Mann, der Zeitungsmann, hatte Bildung, scheinbar, denn er las doch den »Temps«. Graue Wildlederhandschuhe ...

Was es doch manchmal für Zufälle gibt. Vor einer Woche bat mich meine Frau, mit ihr zusammen in ein Handschuhgeschäft zu gehen, sie wolle ihrem Vater ein

Paar Handschuhe kaufen, er habe Geburtstag, und ich hätte doch so guten Geschmack. Ich bin mitgegangen, wir haben ein Paar Wildlederhandschuhe gekauft, graue Wildlederhandschuhe ... Ein Zufall. Auch die Handschuhe des Toten waren neu.

Sie schweigen noch immer. Darf ich den Papierfetzen noch einmal sehen? ... Vielleicht ist sie es doch, Irene, nur habe ich nie an ihr ein so glückliches Lächeln gesehen ... Aber eben, sehen Sie, die Frau, von deren Person Sie nur das Abbild des Kopfes besitzen, die Frau, sie trug auch ein Kleid auf der Photographie, und das Kleid hat mich an ein Sommerkleid Irenes erinnert.

Nicht einmal mit einem halben Geständnis sind Sie aus Ihrer Reserve zu locken ... Denn wenn ich von dem Kleid spreche, muß ich doch die Photographie gesehen haben, denken Sie. Natürlich habe ich sie gesehen, sie lag neben dem Toten, ich habe sie zerrissen, ich wollte nicht ..., und die Fetzen habe ich zum Fenster hinausgeworfen, ich dachte, sie seien alle vom Wind fortgetragen worden, aber der Wind hat mir einen Streich gespielt, und just den Kopf hat er mir ins Coupé geweht.

Ich beobachtete Sie schon lange, Sie warten auf etwas ... Ha, ganz können Sie sich auch nicht beherrschen, Sie haben Schritte gehört draußen, jemand kommt, er bringt etwas ... Mich überraschen Sie nicht mehr, ich weiß, was er bringt, der Mann, der näher kommt ... Aber ich will Fassung bewahren ... Sie erlauben mir doch noch eine Zigarette? ... Ich habe da noch zwei oder drei von einer stärkeren Marke ... Nein danke, ich werde sie erst anzünden, wenn Ihre Überraschung kommt.

Die Schweinsledertasche ... durchweicht ... Sie können wieder abtreten, junger Mann, Sie haben Ihre Sache gut gemacht ... Der Fluß war wohl nicht tief genug, daß Sie sie so schnell haben finden können ... Wie gesagt, Sie haben Ihre Sache gut gemacht, junger Mann ... Sie können abtreten, was ich zu sagen habe, ist zu ernst, die

Jugend würde nur darüber lachen ... Und schließlich Ihnen, Herr Untersuchungsrichter, Herr Schaffroth, jetzt weiß ich Ihren Namen endgültig, werde ihn nicht mehr mit Schafott verwechseln, will ich mich doch lieber anvertrauen, nur um Ihnen Ihre Freundlichkeit zu vergelten. Machen Sie die Tasche nicht auf ... Lassen Sie mich zuerst sprechen ... Sie haben recht, ich will zuerst meine Zigarette anzünden ... oh, ich habe sie ja ganz zerkaut, in der Aufregung, wir wollen sie in den Papierkorb werfen ... Sie können eigentlich die Tasche ruhig aufmachen ... es sind Briefe darin, lesen Sie nur, in dieser Zeit werde ich mich soweit gesammelt haben ... Verstehen Sie? ... Die Zündhölzer sind nichts wert, sie brechen immer ab. So, jetzt ... Liebesbriefe, Liebesbriefe von meiner Frau ... Danke, ich nehme gern noch einen Schluck Wein, habe so einen bitteren Geschmack im Munde ...

Das einzige, das ich zu meiner Verteidigung vielleicht anführen könnte, ist folgendes: Ich habe nämlich aus Notwehr gehandelt. Aber sehen Sie, auch das kann ich nicht beweisen. Stellen Sie doch bitte das Diktaphon ab, wir brauchen es nicht mehr. Ich will morgen gern alles zu Protokoll geben ...wenn es noch nötig ist ... Danke, Herr Schaffroth.

Notwehr; vor drei Tagen hab ich einen Brief unter meiner Korrespondenz entdeckt, er war irrtümlich dazwischen geraten, es war ein Brief meiner Frau, frankiert, adressiert. Vielleicht hatte sie diesen Brief dem Mädchen gegeben, und das Mädchen hatte ihn aus Zerstreutheit unter die angekommenen Briefe gemischt. Frauen sind manchmal unvorsichtig. Genug. Ich öffnete den Brief, er war an ein Postfach adressiert, es stand kein Name drauf. Der Inhalt? Etwa folgendermaßen war er: Meine Frau bestätigte einem gewissen Claude, ich müsse in zwei Tagen nach Italien verreisen, sie gab den Zug an, alles war klar geschildert. Die Gelegenheit sei günstig, schrieb sie, und er, Claude, solle sie nutzen.

Ich nahm ein neues Kuvert, schrieb selbst die neue Adresse, mit Schreibmaschine, und schickte ihn ab. Die Gelegenheit ... Der Brief war zärtlich ... Es gibt Unglücksfälle, die auf der Bahn passieren können, es wird nicht viel Aufhebens davon gemacht, drei Zeilen in der Zeitung, ein Nachruf im lokalen Blatt: Der bekannte Industrielle ... wahrhaftiger Patriot ... unvergeßliches Andenken ... der Gesangverein unter der bewährten Leitung von ... sang ihn ins Grab. Ich danke dafür.
Ich hab mir nichts anmerken lassen ... Das Suchen ist nutzlos, Herr Schaffroth, der Brief ist verbrannt worden, es stand eigens als Nachschrift, und ich habe die Briefe durchgesehen. Was Sie noch finden, ist unwichtig. Sie können die Briefe deuten so und so, Irene können Sie nichts damit beweisen. Es ist genug an einem. Sie kommen um Ihren Skandal, glauben Sie mir.
Es wird heiß im Zimmer, und dies Jucken in den Beinen. Wohl die Schlaflosigkeit. Ich will mich beeilen, dann werden Sie mich wohl in Ruhe lassen.
Der Clou vom ganzen ist nämlich folgendes: Der gute Claude war ein Hochstapler ... Wie ich ihn erkannt habe? Trotzdem ich ihn nie gesehen habe? Trotzdem er hinter dem »Temps« verborgen war? Ich habe Ihnen gesagt, wir sind im Gang auf und ab gebummelt. Vor der Tür des Zeitungsmannes ist Irene zusammengezuckt ... Ich spreche recht unzusammenhängend ... Der Clou nämlich: Claude hat mir die Briefe zum Kauf angeboten, wollte gar kein Unglück, wollte mich nicht beiseite schaffen ... Erpressung ist eben doch einfacher, nicht so alternierend wie ein Mord ... Aber ich habe doch den Mord gewählt? Mord? Ich habe viele Entschuldigungen. Wenn dieser Papierschnitzel nicht gewesen wäre, denn daß Sie nach der Tasche forschen würden ... Sie wissen jetzt alles ...
Aber eins haben Sie nicht bemerkt ... Sie waren zu eifrig, Sie wollten die Briefe zu schnell lesen. Die Ziga-

rette, jawohl die zerkaute Zigarette, jetzt kommen Sie nach.
Jawohl, in der zerkauten Zigarette hatte ich etwas versteckt ... für alle Fälle ... Ich hatte es schon lange ... Ein verstorbener Freund, ein Arzt, hat es mir geschenkt ... Ein sympathisches Präparat, wirkt stark, nur ein wenig Druck über dem Herzen, aber der vergeht ... Ja, die grauen Wildlederhandschuhe ... an denen hab ich ihn erkannt, hätte ich ihn erkannt, auch wenn Irene nicht zusammengezuckt wäre ... Diese Wildlederhandschuhe. Wie gut doch eine Frau lügen kann ... Aber wir sind doch alle Lügner, mehr oder weniger ... Und Sie, Wahrheits-Champion ... Sie tun mir ein wenig leid, Tag für Tag eine Wahrheit suchen zu müssen, die doch nicht die Wahrheit ist ... Denn Wahrheit hat mit Worten nichts zu tun ... Glauben Sie nicht auch? ... Somit empfehle ich mich, Herr Schaffroth, schad' um die Diktaphonrollen ... die Justiz arbeitet immer unrationell, immer ... Sie sollten sich das merken ... Oh, machen Sie sich keine Mühe mehr, der Arzt kommt zu spät ... Ich will schlafen, gute Nacht, Herr Untersuchungsrichter Schaffroth ... oder vielmehr guten Tag, es wird so hell.

-KY

Ausbruch gelungen – und wie viele Tote?

Berlin.
Berlin (West) oder Westberlin.
Und zwar Tegel. Flugplatz Tegel. Humboldt-Schloß. Borsig-Werke. Und neuerdings am Tegeler See, auf früherem Gaswerksgelände, klotzige Wohnmaschinen in der märkischen Landschaft, Neheimer Straße, so als habe jemand ein halbes Dutzend kalkweißer Ziegelsteine auf einen Billardtisch gestellt.
An den Fassaden ein Balkon überm anderen, ein Gitterkäfig neben dem anderen.
Einer davon gehörte zur Wohnung der Studienrätin Eva-Maria Muthesius, 35, unverheiratet, kein Kind, Deutsch und Geschichte.
Seit einigen Tagen wohnte Petra bei ihr, Petra Palczewski, noch keine achtzehn, Schülerin und etwa noch ein Jahr bis zum Abitur. Sie stand im kleinsten Zimmer und nagelte Poster an die currygelb getünchte Wand. Dazu Jazz, der Trompeter Dusko Goykovich, ziemlich laut aus den Stereoboxen.
»Petra! Halb zwei – etwas leiser bitte!« rief die Muthesius von der Diele her.
»Das ist doch hier kein Altersheim«, bemerkte Petra.
»Wenn man mittags mal niest, sind die gleich beim Hauswart. Und ich bin froh, daß ich die Wohnung endlich hab.«
»Neubau, vierter Stock ...« Das kam ein wenig anklagend, ein wenig abfällig.
Die Muthesius lachte. »Stinkbürgerlich, ich weiß, aber kein Gegenüber, mit Blick über den ganzen Tegeler See.«
Petra wurde albern-trotzig: »Ja, Frau Studienrätin: Auf dem Tegler See kocht ein Segler Tee – und in der Steiermark ist der Meier stark.« Sie hämmerte weiter.

»Dieses Scheißposterdings muß wieder ran – kein Leben ohne Frank Zappa!« Sie schlug zu, als wollte sie durch die Wand durch.
Die Muthesius wurde energisch. »Komm, gib den Hammer her! Ich will keinen trouble hier, die sehn mich sowieso schon immer so komisch an – als wär ich 'ne zweite Meinhof. Eine teutsche Studienrätin hat eben ihre Klassenarbeiten zu korrigieren, anstatt linke Artikel zu schreiben und Flugblätter zu verteilen.«
»Tja, wer Mao liebt, muß leiden!«
»Wenn du man in letzter Zeit im Unterricht so geistreich gewesen wärst ...« Das Schrillen eines Kurzzeitweckers unterbrach sie. »Ich muß noch zu Weirichs rauf, Blumen hinstellen, die sind ja gleich da. Wenn hier Nachbarn aus dem Urlaub zurückkommen, kauft man vorher für sie ein und stellt ihnen ein paar Blumen auf den Tisch.«
»Bürgerlicher geht's ja kaum noch!« sagte Petra.
»So kann man wenigstens mit ihnen reden. Was Strategie ist, wirst du auch noch eines Tages begreifen. Also – bis gleich!« Sie lief aus dem Zimmer und schlug die Wohnungstür hinter sich zu.
Petra begann, ihren Koffer auszupacken. Jeans, Pullis, T-Shirts, ein bißchen Wäsche, Bücher und ein prall gefüllter Leitz-Ordner; nicht viel. Sie blätterte gerade in Urs Jaeggis *Kapital und Arbeit in der Bundesrepublik*, als nebenan im Wohnzimmer das Telefon läutete. Sie lief hinüber und meldete sich überaus förmlich: »Hier bei Muthesius ...«
Es war ihre Mutter. »Petra – bist du's?«
»Ich? Ja ... Du, Mutti ...?«
»Gott sei Dank, Kind, wir haben schon überall herumtelefoniert. Ich steh hier in der Zelle, Vata auch und ... Is das deine Studienrätin, die ...«
»Ja, sie hat mich bei sich ...« sagte Petra.
»Vata hat deinen Zettel gefunden: Du hältst das bei uns nich mehr aus – Petra!«

»Nee, tu ich auch nich«, sagte Petra.
Die Mutter wurde weinerlich. »Wir haben doch imma alles getan, damit du ...«
Da brach es aus Petra heraus. »Klar, ihr habt immer alles getan, damit ich nie Zeit für mich hatte, ja! Stefan aus dem Kindergarten abholen, nich, Susi die Rechenaufgaben nachsehen, Andreas die Windeln wechseln, für Papa den Antrag auf Verschickung schreiben, für dich einholn gehn, oder vielleicht nich? Ich werd noch wahnsinnig! Und ...«
»So schlimm, wie du ...«
»Laß mich endlich mal ausreden! Und abends immer der Fernseher an! In dem engen Loch immer der Scheißkasten an!« Petra wurde immer erregter. »Da kann doch kein Schwein bei lernen!«
Die Mutter ließ sich nicht beirren. »Du könntest heute schon 'ne schöne Stange Geld verdien'n, wenn du damals da in der Drogerie angefangen hättest. Das war doch 'ne Chance da.«
»Hör doch endlich auf rumzuquatschen! Ich will das Abi machen, ich will studieren – Mensch, seid ihr denn schwer von Kapee, soll ich's euch noch schriftlich geben? So was ...«
»Überleg's dir noch mal ...«
»Laß mich mit dieser idiotischen Drogerie zufrieden!« schrie Petra.
»Aber dann komm wenigstens zurück!« rief die Mutter.
»Da kannste dich aufn Kopp stellen!«
Die Mutter änderte ihre Taktik. »War's denn nich imma gemütlich bei uns – Weihnachten, Ostern, denk doch mal daran. Nich bloß imma an alles Mieße! Und wenn wa Mensch-ärgere-dich-nich geschpielt habn! Stefan heult dauernd, weil de nich da bist ...«
»Der wird in seinem Leben noch mehr zu heulen kriegen!«
»... und Susi ißt nichts. Die sagen alle, du mußt zurückkommen; du solltest bloß ma hörn, was die sagen!«

Petra wurde wieder ruhiger. »Ich kann bei euch nich lernen, ich bleib sitzen. Ein Jahr noch – und das will ich auch noch schaffen!«
»Es kommt doch nich drauf an, ob man Akademika is, Kind, glücklich muß man sein!«
Petra stampfte mit dem Fuß auf. »Und wenn ihr euch den Mund fußlich redet – ich bleib hier!«
»Petra, wir ...«
Petras Vater mischte sich ein. »Gib mal her, Gerda! Petra, hörste mich?«
»Ja ...«
Er zog sofort vom Leder. »Wennde bis heute abend acht Uhr nich wieda da bist, dann laß ick da von de Pollezei holn!«
Petra lachte nur. »Kannste gar nich, bevor de was vom Gericht in'nen Händen hast. Und die geben dir nichts, die Zeiten sind vorbei, wir haben uns erkundigt.«
»Petra, wir ...« Das war wieder ihre Mutter.
Ihre Eltern stritten sich wohl. »Laß ma, Gerda, quatsch nich dazwischen! Petra, biste noch da ...?«
Petra brachte gequält ein Ja heraus.
»Mensch, du und deine linken Spinna, ihr wollt ja bloß wat Beßret sein! Das isses doch: wat Beßret! Aba Scheiße, die jrößten Arschlöcher seid ihr! Imma uff unsre Kosten! Leiste erst ma wat, bevor de ... Wir brauchen dir hier, und wat machste: Sitzen läßte uns! Klasse! Wenn det dein Sozialismus sein soll: na, dann proste Mahlzeit! Und Michael erst! Seit drei Jahrn pennta zusamm, und jetz issa dir nich mehr fein jenuch, weila bloß 'n lumpija Handwerka is. Muß ja wat Höhret sin. Uffhängen sollte man so wat, und wenn's die eijene Tochter is! Da kann ick nur saren ...«
»Papa, laß dir doch erklären ...«
»Ick will nischt mehr hören, du hast ma jenuch erklärt! Du jehörst hierher, und damit basta! Ick muß jetz wieda anne Maschine, aba Mutta jeht nach Haus. Und da wirst du ooch hinjehn. Wennde in eina Schtunde nich wieda

da bist, dann is der Ofen aus bei euch. Vaschtandn? Eh ick dich so loofen lasse, bring ick deine sehr vaehrte Frau Schtudienrätin eijenhändich um, vaschtehste? Da kannste Jift druff nehm. Die rote Schlampe, die! Det is mein Ernst, denk dran!« Er hängte ein.

Petra ging ins Badezimmer, riß den Medikamentenschrank auf und suchte nach dem kleinen Fläschchen mit den Beruhigungstabletten. Sie schluckte eins der smaragdgrünen, in der Mitte eingekerbten Plättchen und spülte es mit einem Schluck Wasser hinunter. Als sie sich das Gesicht gekühlt und wieder abgetrocknet hatte, klingelte es an der Wohnungstür.
Es war die Muthesius. »Entschuldigung, ich hab die Schlüssel vergessen ... Gott, Petra, wie siehst du denn aus?«
»Meine Eltern haben angerufen.«
»Und ...?«
»Mutter hat auf Rührung gemacht, Vater hat gedroht, dich umzubringen.« Plötzlich schluchzte sie unkontrolliert auf. »Ich halt das nich durch, Eva! Drei Stunden erst – und ich kann nich mehr ...«
Die Muthesius geleitete das Mädchen behutsam zu einem Stuhl. »Komm, setz dich erst mal hin.« Dann wurde ihre Stimme scharf: »Ich hätte dich doch ein bißchen anders eingeschätzt. Ein Telefongespräch – und schon willst du aufgeben! Daß die Sache nicht kampflos abgehen wird, das haben wir doch gewußt. Also reiß dich jetzt zusammen und ...«
Petra ließ den Kopf hängen. »Ich weiß nich, ob ich ...«
»Du wirst es schaffen! Wenn es eine schafft, dann du! Du mußt es schaffen! Du bleibst so lange hier, bis ich ein Zimmer für dich gefunden habe, und dann – verdammt noch mal! – besinnst du dich auf deine eigenen Kräfte und holst alles aus dir raus, was in dir drinsteckt. Es wär 'ne Schande, wenn ein Mädchen mit deiner Begabung bei Osram Lampendrähte zusammenlöten oder

in deiner ulkigen Drogerie da den Leuten Waschlappen verkaufen müßte.«
»Die anderen brauchen mich doch auch ...« Es klang kläglich.
Die Muthesius wurde sarkastisch. »Damit du zehn Jahre später selber vier Kinder hast, dazu halbtags arbeiten gehn mußt, damit ihr wenigstens halbwegs über die Runden kommt, und dein Mann tausendeinhundert Mark brutto in der Lohntüte hat und sich jeden zweiten Tag besäuft, weil er seine geisttötende Arbeit nicht mehr ertragen kann. Die ganze Entfremdungsdiskussion, denk mal dran!«
Petra schrie sie an. »Das ist doch alles nur Theorie: Meine Mutter ist doch ohne mich aufgeschmissen, die braucht mich doch, wenn sie nich schon mit fuffzich ...«
Die Muthesius schrie zurück. »Deine Mutter – Quatsch! Das System braucht dich. Das System braucht dich und deine Kinder für seine Fließbänder und seine Dreckarbeit. Darauf kommt es doch hinaus!«
»In der Theorie – und in der Praxis heul ich mich tot.«
»Emanzipation fällt einem nicht in den Schoß – vielleicht begreifst du das mal!«
Petra gab auf. »Mach mir ’n Kaffee.«
»Warte mal ab, in ein, zwei Tagen sieht die Welt wieder anders aus. Jetzt haben sie gemerkt, daß du ausgebrochen bist und jagen dich alle, aber dann ... Ich wette, daß du’s schaffen wirst! Du hast uns gegenüber die Pflicht, daß du’s schaffst. Wenn nicht von hundert Mädchen wenigstens eine diesen Teufelskreis durchbricht, dann kommt doch unsre Gesellschaft nie weiter ... Übrigens: Hat Ralf schon angerufen?«
»Ralf ...?« Petra tat erstaunt.
»Welcher Ralf schon – dein Medizinmann, natürlich«, sagte die Muthesius.
»Nein, der hat sich noch nicht gemeldet. Die haben wohl endlich ihre Leiche gekriegt. Der muß fürs Physikum büffeln«, sagte Petra.

»Er wollte mir noch für den Biologieunterricht ’n Stückchen Gewebe mit ein paar hübschen Krebszellen mitbringen.«

Petra lachte. »Ich krieg richtig Appetit auf ein Hackepeterbrötchen!«

»Na, siehst du, jetzt lachst du schon wieder; eins zu null für dich.«

Es klingelte an der Wohnungstür.

»Das wird Ralf sein«, sagte Petra. Sie ging zur Tür und öffnete.

Vor ihr stand ein junger Mann, blaue Jeans, schwarze Lederjacke, lang herabfallendes und leicht gekräuseltes Haar, die Schultern bei locker baumelnden Armen leicht nach vorn geschoben. »Na bitte! Wußt ick doch, wo de dir vakrochn hast. Nu laß mich schon rin in die jute Stube!«

Petra starrte ihn an. »Michael, ich ... Wie bist du denn so schnell, ich ...«

Er breitete die Arme aus. »Komm, laß da abknutschn, wie sich det für Valobte jehört!«

Petra sträubte sich. »Nicht doch, Frau Mu...«

»Die kann da noch wat bei lern!« lachte Michael. Für ein paar Sekunden gerieten sie in eine Art Clinch.

Petra schrie auf. »Michael – nein! Laß los!«

Die Muthesius kam in die Diele. »Nanu – Michael. Woher wissen Sie denn –«

»Ah, Mahlzeit, Frau Muthesius. Die Blum hab ick leida vajessen ...«

»Warum arbeiteste denn nich? Biste wieder mal jefeuert worden?« fragte Petra dazwischen.

»Ick hab blau jemacht, ick wollt dir sehn.«

»Blau biste wohl auch, was?« Petra schnüffelte.

Michael lachte. »Die paar Bierchen ... Die lange Reise, weeßte. Aba für meine Petra, da geh ick meilenweit.«

Sie sahen sich an, alle drei, reihum, und keiner fand Worte, die irgendwie gepaßt hätten.

Die Muthesius faßte sich als erste. »Wollen wir uns nicht ...«
Michael sah sich in der Wohnung um. »Hier wohnste also jetzt?«
»Bis wir für Petra was Eigenes gefunden haben«, sagte die Muthesius schnell.
Michael wehrte ab. »Da redn wa noch drüba ... Aba schick isses hier.« Er ließ sich auf die Liege fallen. »Quietscht 'n bißchen, aba brauchbar.« Er lachte anzüglich. »Wat habta denn da an'ne Wand hängn? Gruppensex – wa?«
»Das ist die Kopie eines Gemäldes von Tizian«, antwortete die Muthesius. »Bacchanal ...«
»Jaja, is ne janz schöne Sauerei, wat die da uff dem Bild treiben. Und so ville uff eenmal. So wat is bei Petra und mir nich drinne. Wir beede alleene und sonst hat da niemand wat bei zu suchen.«
»Wollen wir uns nicht ...« unterbrach die Muthesius ihn.
Michael baute sich vor Petra auf. »Ick hab mit deine Eltan jesprochn: Du sollst zurückkomm'n.«
»Eha schneid ick mir die Pulsadern uff, ehe ich da wieder hin zurückgehe!«
»Dann heiraten wir eben in vierzehn Tagen – ick kann die Wohnung von unserm Meista kriejen.« Michael legte den Arm um sie.
Die Muthesius kam Petra zuvor. »Michael, Petra braucht jetzt jede Minute, um alles das nachzuholen, was sie in den letzten Monaten versäumt hat. Ihre Versetzung ist aufs äußerste gefährdet. Sie muß den Sprung in die 13. Klasse schaffen, sonst ist die jahrelange Arbeit, sonst ist alles umsonst gewesen – verstehen Sie doch! Das ist die letzte Hürde vor dem Abitur, der Rest ist dann nur noch mehr oder weniger Formsache.«
Michael gab sich nicht geschlagen. »Ick vadiene jetz jenuch, und wenn Petra mit ihre Schreibkünste int Büro jeht, komm wa prima üba de Runden.«

»Ich hab dir doch schon tausendmal gesagt, daß ich studieren will!« schrie Petra. »Jura! Daß ich Jugendrichterin werden will ...«
»Damitte de Leute bei uns ausm Kietz vaknacken kannst, wa?!« höhnte Michael.
»Aber Michael!« mischte sich die Muthesius wieder ein. »Im Gegenteil, sie will helfen, gerechte Urteile zu fällen, keine Klassenjustiz, den Jungen und Mädchen ...«
Michael fuhr sie an. »Hörnse uff, dumme Sprüche zu kloppen! Ick jeh jetz vier Jahre mit Petra, und ick hab 'n Recht druff ... Petra zieht zu mir!«
»Ich denke nich daran!« fauchte Petra.
Michael stand drohend vor ihr. »Du ...!«
Die Muthesius versuchte zu vermitteln. »Kommt, Kinder, wir bereden das alles mal in Ruhe. Ich setz Wasser auf, und dann trinken wir erst mal 'ne Tasse Kaffee. Da wird sich dann schon 'ne Lösung finden.« Sie ging in die Küche, und gleich darauf konnten Petra und Michael sie mit dem Wasserkessel hantieren hören.
»Na schön«, rief Michael ihr hinterher, »reden wa darüber. Aba jloobense bloß nich, det ick ma dumm quasseln lasse.«
Die Muthesius kam zurück. »So! Eh das Wasser kocht, könntest du dich, Entschuldigung, könnten Sie sich mal nützlich machen.«
»Ick ...?« fragte Michael erstaunt.
»Ja – Sie. Sie sind doch Handwerker, Michael. Ich hab mir 'ne Markise für den Balkon gekauft, und ...«
»Und nu kriegta die oben nich ran ...?«
»Ganz richtig. Da ist zwar noch eine Holzleiste von meinem Vorgänger dran, und die Haken hab ich auch schon gekauft, aber ich krieg sie nicht rein. Wenn man mit ausgestreckten Armen arbeiten muß, wird einem ganz schwindelig ...« Die Muthesius machte eine Handbewegung, die Hilflosigkeit andeuten sollte.
»Is doch 'ne Kleinichkeit«, sagte Michael. »Werkzeug habense schon draußen?«

»Haken, Schraubenzieher, Bohrer – alles da.«
»Und 'ne Leita?«
»Die Trittleiter zum Fensterputzen ...«
»Na, mal sehn, wat sich machn läßt«, sagte Michael. Er öffnete die Balkontür. »Mensch, det ist ja 'ne Aussicht hier – wie 'm Urlaub!«
»Ja, die Wohnung ist nicht schlecht«, bestätigte die Muthesius.
»Hier ist die Markise«, sagte Petra, »auf die Stange haben wir sie schon raufgezogen.«
Michael freute sich. »Rot-weiß – Klasse. Mir zu Ehrn wohl, wa? Ick hab nämlich ma bei Rot-Weiß Neukölln jespielt, Linksaußen. Eh wa dann nach Kreuzberch jezogen sind. – Mensch, vier Stockwerke – janz schön hoch!«
»Reicht denn die Leiter?« fragte die Muthesius und deutete auf die kleine Aluminiumleiter.
»Klar, die reicht dicke. Wenn mich eena festhält.«
»Petra«, sagte die Muthesius.
»Okay! Denn ma ran an die Buletten!« Michael stieg die Leiter hinauf. »Ihr jebt mir mal 'n Hamma und 'n dicken Narel, damit ick 'n Loch in det Holz schlaren kann, sonst faßt der Haken nich.«
»Hier – bitte.« Die Muthesius reichte ihm das Gewünschte.
»Ankörnen nennt man det in de Fachsprache.« Michael erklärte den beiden Frauen unten jeden seiner Handgriffe. »So! Nu ma her mit die Haken. Wie ville sind's denn?«
In diesem Augenblick klingelte im Zimmer das Telefon. Doch die Muthesius schien es nicht zu bemerken. »... vier Haken, insgesamt vier Haken. Ich dachte, wir ...«
»Telefon!« rief Michael.
»... ich dachte, vier Haken reichen – oder?« Die Muthesius sah zu ihm hinauf.
»Nehmse doch erst mal det Scheißtelefon da ab!« schrie Michael.

»Ach, das ist doch nicht so wichtig. Der ruft nachher noch mal an«, sagte Petra.
»Der ...?« Michael hörte auf zu hämmern.
»Kommen Sie«, sagte die Muthesius beschwichtigend, »wer mich unbedingt sprechen will, der ruft auch später noch mal an.«
Das Telefon schrillte unbeirrt weiter.
Michael ließ nicht locker. »Vielleicht isses auch für Petra ...?«
»Unsinn, es weiß doch keiner, daß sie hier ist«, sagte die Muthesius. »Und zappeln Sie da nicht so herum, Mann, das sieht ja lebensgefährlich aus.«
Aber Michael wurde noch lauter. »Mensch, dann jehn *Sie* doch ran – mich macht det dauernde Jebimmle janz nervös.«
»Wenn Sie so großen Wert ... Bitte ...!« Die Studienrätin war mit ein, zwei Schritten im Zimmer. »Muthesius! Wie bitte? Nein, da sind Sie hier falsch verbunden. Hier ist Muthesius ...« Sie knallte den Hörer auf die Gabel. »Unverschämtheit!« Sie kehrte auf den Balkon zurück. »Da dachte doch jemand, hier sei ein Massagesalon.«
»Ihr könnt ma doch nich für dumm vakoofen!« fuhr Michael hoch. »Ick weeß doch jenau, wer da dran war: Ralf war da dran, dieset hochnäsije Arschloch da. Hamse mir doch azählt von dem. Herr Doktor! Der war dran!«
»Wie kommen Sie denn auf die Idee?«
»Halt doch det Maul, du ...!« Er legte den Hammer auf die Leiter und hob drohend den Arm, die Innenhand zum Schlag bereit.
»Michael!« Petra zerrte an seiner Hose.
Er polterte weiter. »Ihr steckt doch beide unta eina Decke. Loswerdn wollta mich, ick bin euch nich vornehm jenuch. Aba nich mit mir!«
»Michael, Ihre Phantasie ...«
»Dir laß ick zuerst hochjehn, du alte Schrippe! Ihr

glaubt wohl, ick bin doof und merke nich, wat hier jekunkelt wird. Mal sehn, wat euer Direx dazu sagt, wenn ick 'm det hier zeije.« Damit hielt er eine Zigarettenschachtel hoch. »Dann seita jeliefat, alle beede.«
»Wo haste das her?« fauchte Petra. »Gib mir sofort die Schachtel wieder!« Sie versuchte danach zu greifen.
»Det möchste wohl, wa?« Michael streckte den Arm von sich und setzte seinen Fuß auf die oberste Leitersprosse. »Aba denkste, Puppe, denkste – wat da drin war, is bei mir zu Hause. Also – wie isses: Kommste mit oder soll ick ...«
Petra bekam seinen anderen Arm zu fassen und versuchte, ihn von der Leiter zu ziehen. Michael lachte nur und hatte sich mit einem Ruck befreit.
Die Muthesius legte Petra die Hand auf den Arm. »Vorsicht Mädchen!«
»Nehmse jefällichst Ihre Pfoten von meine Braut!« Michael stieß mit dem untersten Fuß nach ihr. »Sie Drecksau, Sie ...«
Er wankte. Seine Hände griffen haltsuchend ins Leere. Instinktiv streckten beide Frauen die Arme aus.
»Michael – um Gottes willen!«

Mannhardt stand im Büro des Chefs und betrachtete, während dieser telefonierte, die an der Wand hängende große Berlin-Karte, die, von den vielen Markierungsnadeln schon ganz zerpikt, den Raum beherrschte.
»Ja«, sagte der Chef, offenbar zum Polizeipräsidenten, »die Mordkommission ist jetzt doch eingeschaltet worden. Oberkommissar Mannhardt wird die Ermittlungen leiten, zusammen mit Kriminalobermeister Koch. Die eine der beiden mutmaßlichen Täterinnen ... Moment ... die 35jährige Studienrätin Eva-Maria Muthesius, befindet sich noch in ihrer Wohnung und wird gerade ärztlich versorgt ... Ein leichter Schock – soweit ich weiß, ja ... Ja, draußen in Tegel, Neheimer Straße, am Tegeler See ... Die Neubaublöcke da. Das Opfer ...

Hier, ja ... Ein Michael Slzapka ...« Er buchstabierte: »S-l-z ... ja: z-a-p-k und a, Slzapka, 23 Jahre alt, Starkstromelektriker von Beruf. Ja ... Die Hauptverdächtige ist die Schülerin Petra Palczewski, knapp achtzehn Jahre. Sie ist flüchtig – und zwar im Pkw der Muthesius B-HV 7331. Ja, die Fahndung läuft auf Hochtouren.«
Daß dem so war, bemerkte Mannhardt, als er im Dienstwagen zur Neheimer Straße hinausfuhr. Überall, nicht nur in Tegel, blitzende Blaulichter. Auch vor dem Haus der Muthesius, eingekeilt von den üblichen Schaulustigen, die bekannte Funkwagenparade. Mannhardt kannte einen der uniformierten Kollegen, den dicken Armbruster.
Der war voll in Aktion. »Zurücktreten, zurücktreten bitte! Du auch, Karlchen, du auch! Sie beide da, das gilt auch für Sie!« Er ging auf Koch und Mannhardt zu, die inzwischen aus ihrem Wagen geklettert waren.
»Mannhardt, Mordkommission, hier ...« Die Marke.
»Natürlich. Ich kenn Sie doch noch von der Gothaer Straße her, Herr Kollege, vom Lehrgang damals ...«
»Das will ich meinen – Tagchen auch! Ich werde als erstes mal die Zeugen ...«
»Wenn's überhaupt welche gibt«, sagte Armbruster.
»Herr Koch hier auch. Und Sie passen bitte auf, daß uns keiner durch die Lappen geht.«
»Mach ich«, versicherte der dicke Armbruster.
»Und dann sind Sie so nett und schreiben mal die Adressen auf von denen, die wir Ihnen rüberschicken«, sagte Mannhardt.
»Wenn Sie nachher 'ne Lage schmeißen, tun wir alles.«
Mannhardt reckte sich auf die Zehenspitzen. »Meine Damen und Herren, wer von Ihnen etwas von dem Vorfall eben gesehen hat, kommt bitte mit hinüber zum Mannschaftswagen!«
»Ich.«
Ein kesses Katalogmädchen quetschte sich durch die Menschenmenge nach vorn.

»Ich wohn da drüben –« Sie zeigte auf einen Mietwohnungsblock, der im rechten Winkel zu dem Haus stand, vor dem sich die Menschen scharten. »Im sechsten Stock. Ich hab grad kleine Wäsche aufgehängt, als da der Krawall losging.«
»Dann kommen Sie mal als erste mit.«
Mannhardt geleitete sie zum Mannschaftswagen, dessen hintere Tür geöffnet war und so etwas Sichtschutz bot.
»Ihr Name?«
»Irene Kersten. Fräulein Irene Kersten. 21 Jahre alt. Wohnung: Berlin –«
»Schon gut, das nimmt später mein Kollege alles auf. So, und nun erzählen Sie mal. Sie haben also von Ihrem Balkon aus beobachtet, wie ...«
»Genau. Zuerst denke ich, kuck mal, die lassen sich 'ne Markise anbringen. So 'n Ding hab ich auch schon immer ...«
»Das ist im Moment unwesentlich, Fräulein Kersten«, fiel Mannhardt ihr ins Wort.
»Ach so, ja. Also der macht da mit der Markise rum – ja, und dann hamse sich das Streiten gekriegt. Hören konnt ich das nich, aber wie se da rumgefuchtelt haben ... Ja, und dann ham die beiden Frauen ihn runtergestoßen!« Der letzte Satz kam beinahe stolz heraus – stolz, daß sie eine solche Sensation miterlebt hatte.
»Und das haben Sie genau gesehen? Es hätte doch sein können, daß Sie die Situation mißverstanden haben und der junge Mann nur das Übergewicht gekriegt hat und sich an einer der beiden festhalten wollte. Was meinen Sie?«
»Festhalten? Warum hatta denn dann ›Mörder!‹ geschrien, als er gekippt is?«
»Das hat er geschrien? Das haben Sie genau verstanden?«
»Na klar doch.« Sie tat ein paar Schritte auf die wartende Menschenmenge zu, um sich ihre Aussage von

den anderen bestätigen zu lassen. »Stimmt doch, er hat doch geschrien: ›Mörder!‹ Wörtlich ... hat er doch?«
Aus der Menge kam zustimmendes Gemurmel.
»Vielen Dank, Frau ... Fräulein ...?« Mannhardt hatte kein Gedächtnis für Chargen.
»Kersten.«
»Fräulein Kersten, ja. Geben Sie meinem Kollegen bitte noch Ihre Personalien. Vielen Dank.«
Die Stimme eines älteren Mannes, mit Krückstock und Zigarre, ertönte aus der Menge. »Die spinnt doch!«
»Erlauben Sie mal!« empörte sich Fräulein Kersten.
»Wenn Sie bitte mal etwas näher ...« Mannhardt bugsierte das Katalogmädchen in die Menge zurück und schaffte Platz für den Zwischenrufer.
»Ja ...« Der quetschte sich nach vorn. »'n Rentner ist doch kein D-Zug nich. Den Weibern geht doch immer die Phantasie durch. Wenn det 'n Mord war, dann freß ick 'n Besen.«
»Also kein Mord, sondern ...?« Mannhardt kritzelte etwas auf seinen Notizblock.
»... 'n Unfall, Herr Kommissar! Dem Jungen is schwindlich geworden, und er hat sich noch an die beiden Frauen festhalten wollen. Aber die konnten ihn ooch nich mehr halten. Det hab ick mit meinen eigenen Augen jesehn, det kann ick vor jedem Jericht beschwörn – ja, so war det und nich anders! Schrecklich! Als wir damals, ick war Jefreiter da, als wir damals ...«
Mannhardt wehrte ab. »Vielen Dank, ja ... Wenn Sie freundlicherweise Ihre Personalien ...«
»Em-we – machen wir!«
Ein Junge, vielleicht dreizehn Jahre alt, drängelte sich vor. »Ich heiße Detlev Ernst, Neheimer Straße 4, mein Vater ist auch bei der Polizei. Wir haben hier auf dem Parkplatz Federball gespielt, das Mädchen hat den Mann runtergestoßen, und vorher haben sie sich ganz laut gestritten und haben Krach gehabt und ... und der

Mann hat wirklich ›Mörder!‹ geschrien, ganz laut. Dann ist sie in einem grauen VW geflitzt, und das hier hab ich gefunden, nachdem die Feuerwehr den Mann abgeholt hat, das hier, bitte, es muß ihm aus der Tasche gefallen sein ...«
»Eine Zigarettenschachtel ...?« Mannhardt sah ihn skeptisch an.
»Ja, und da sind Schulaufgaben drin«, wußte der Junge, »Mathe, Physik und Chemie, ein Zettel mit Aufgaben is da drin.«
»Zeig mal her ... Hm, danke, ich nehm das mal mit.«
»Muß ich noch aufs Präsidium?«
»Nein, das wird nicht nötig sein.«
Der Junge verzog sich enttäuscht, und Mannhardt wandte sich wieder der Menschengruppe zu.
»Wenn noch jemand etwas beobachtet hat ...«

Mannhardt glitt im Fahrstuhl nach oben, stieg aus und ging einen kasernenlangen Flur hinunter.
Ein Polizist, taubenblau uniformiert und sheriffstolz, wollte ihn aufhalten. »Wohin?«
»Mannhardt – Mordkommission.«
Der Uniformierte verlor etwas von seiner Großspurigkeit. »Ach so, 'tschuldigung. Die Kollegen von der Spurensicherung sind gerade fertig geworden, gerade weg und ...«
»Wer ist denn noch drin?«
»Der Arzt nur noch. Sie hatte wohl 'n leichten Nerven ... Da ist er ja. Herr Doktor ...!«
Mannhardt sah den Arzt an. »... kann ich?«
»Mordkommission, was? Doktor Bertram – angenehm. Sehr verstört, die Gute; gehen Sie ein bißchen sanft mit ihr um, die Sache war ein böser Schock für sie.«
»Aber sie ist vernehmungsfähig – oder?«
»Sie wird ein bißchen müde sein, die berühmte Beruhigungsspritze. Übrigens, ich hätte auch eine gebrauchen können, ich hab den Jungen unten liegen sehen. Na ja,

dann viel Erfolg noch.« Der Arzt ging zum Fahrstuhl, und Mannhardt betrat die Wohnung.
»Frau Muthesius?«
»Ja – hier auf dem Sofa.«
Mannhardt suchte das Zimmer, aus dem die Stimme gekommen war. »Mein Name ist Mannhardt«, stellte er sich vor. »Mordkommission.«
»Mordkommission ...?« wiederholte die Muthesius.
»Das ist der Balkon hier?« Mannhardt stieß die Tür auf, blieb, während sie nachschepperte, einen Augenblick auf der Schwelle stehen, um gleich einem kurfürstlichen Türmer den Blick über das im bläulichen Dunst zerfließende Havelland schweifen zu lassen, und trat dann hinaus.
»Es war ein Unfall, ein Unfall, mein Gott!«
»Ganz schön hoch ...« bemerkte Mannhardt.
»Er hat den Halt verloren, ganz plötzlich, wissen Sie, ich ...« Die Muthesius stockte.
Er kam ins Zimmer zurück. »Ich wäre Ihnen dankbar, wenn Sie mir einmal mit Ihren Worten den Hergang schildern würden – das heißt, wenn es Sie nicht zu sehr anstrengt ...«
»Das tut es nicht. Ich bin schon wieder ganz in Ordnung.« Es war der Muthesius anzumerken, daß sie sich zusammenriß; mit einem energischen Ruck setzte sie sich auf.
»Zuerst darf ich noch um Ihre Personalien bitten.«
»Ja, natürlich. Also: Eva-Maria Muthesius, Studienrätin am Erasmus-Gymnasium.«

»Wie Sie das schildern, ist es also ein ganz eindeutiger Unfall gewesen«, sagte Mannhardt kopfnickend.
»Was denn sonst? Sie glauben doch nicht, daß wir beide diesen Mann absichtlich über den Balkon gestoßen haben?«
»Ich glaube einstweilen gar nichts, Frau Muthesius. Aber Sie werden mir doch zugestehen, daß ich mir

meine persönlichen Gedanken über die kopflose Flucht Ihres jungen Schützlings mache.«
»Die Petra hat eben durchgedreht. Ich habe Ihnen doch erzählt, daß die beiden sich lange Zeit sehr nahegestanden haben. Und jetzt ist sie Zeuge geworden, wie der Mann vor ihren Augen auf die Straße stürzte. Es war grauenhaft, sage ich Ihnen. Dieser Schrei ...«
»Ja ja, das geht schon an die Nieren, wenn einem das Wort ›Mörder‹ in den Ohren gellt.«
»Mörder? Wie kommen Sie denn darauf?«
»Frau Muthesius, ich verstehe, daß Sie selber nichts davon erwähnt haben; es wäre ja beinahe so gewesen, als ob Sie sich selbst bezichtigen würden. Aber wir haben verschiedene Zeugen vernommen, die alle übereinstimmend behaupten, daß Slzapka genau das gerufen hat, als er stürzte.«
»Zeugen! Sensationsgierige, die zu viele Schundromane gelesen haben.«
»Aber, aber, Frau Muthesius! Tüchtige Arbeiter, brave, schwerarbeitende Hausfrauen, rechtschaffene Rentner, alles Leute, deren Partei Sie doch sonst so lautstark ergreifen.«
»Aha, daher weht der Wind also; man hat Ihnen von meiner politischen Einstellung erzählt. Dann brauch ich ja wohl kein weiteres Wort zu verlieren. Ihr Bullen seht doch gleich rot, wenn einer rot ist.«
»Nun mal langsam mit den Beamtenbeleidigungen, Genossin Muthesius! Ich bin zwar kein Juso mehr, steh aber immer noch ein ziemliches Stückchen links von der Mitte. Man muß schon so verbohrt sein wie ihr, wenn man alle Bullen als faschistoid ansieht. Lernt mal 'n bißchen differenzieren, eh ihr ...«
»Ihr stützt doch diesen Staat und ...«
Mannhardt winkte ab. »Sicher. Weil sich daraus noch was machen läßt. Und wer uns daran hindern will, der ... Aber lassen wir das, aus dieser Ecke weht der Wind auch gar nicht, der weht von ganz woanders her: Mord

bleibt Mord – und mag das Motiv auch noch so sozialistisch edel sein!«

»Wir haben den Michael nicht umgebracht, verdammt noch mal!« schrie sie wieder.

»Das hat bis jetzt auch noch keiner behauptet«, gab Mannhardt zurück. »Aber wenn Sie es noch lange so stark betonen, könnte ich mich allmählich wirklich fragen, ob nicht doch etwas daran ist.«

Die Muthesius sah ihn trotzig an, schwieg aber still.

Mannhardt erhob sich von seinem Platz und begann, im Zimmer umherzulaufen. »Stört es Sie, wenn ich rauche?« fragte er plötzlich.

»Nein, rauchen Sie ruhig. Da steht ein Aschenbecher.« Sie deutete auf den kleinen Beistelltisch.

Er nahm sich eine Zigarette und hielt ihr das Päckchen hin. »Sie auch eine?«

»Ich rauche nicht.«

»Soso, Sie rauchen nicht.« Er warf das abgebrannte Streichholz in den Aschenbecher.

»Was soll diese alberne Betonung? Ist es vielleicht ein Zeichen von krimineller Veranlagung, wenn man nicht raucht?« fauchte die Muthesius.

»Bewahre.«

Mannhardt war vor dem Schreibtisch stehengeblieben. Wie geistesabwesend begann er ein paar der darauf liegenden Schriftstücke durchzublättern. Plötzlich nahm er ein beschriebenes Blatt hoch. »Liebe Mutter«, begann er laut abzulesen, »tut mir leid, daß ich erst heute ...«

»Meine Privatkorrespondenz geht Sie nichts an, legen Sie den Brief sofort hin!« sagte die Muthesius scharf und stand ebenfalls auf.

»Unterschrift: Deine Eva. Aha, das haben Sie also geschrieben.«

»Na und?« Sie nahm ihm den Bogen aus der Hand und lehnte sich gegen ihr weißes Sideboard. »Aber wenn Sie schon dabei sind, dürfen Sie meinetwegen auch den

Rest des Briefes erfahren. Bitte: Tut mir leid, daß ich erst heute zum Schreiben komme, aber du weißt ja, daß ich seit zwei Wochen als Schriftführerin bei uns im Abteilungsvorstand sitze. Das macht irre viel Arbeit, denn wir Linken kämpfen ja hier in Berlin in der Partei mit dem Rücken gegen die Wand. Wir ...«

»Ersparen Sie mir den Rest«, bat Mannhardt gespielt verzweifelt. Aber dann wurde er wieder ernst. »Vielleicht können Sie mir aber eine Auskunft geben, nämlich was dieser Zettel hier bedeuten soll.« Damit holte er die Zigarettenschachtel aus der Tasche, die er von dem dreizehnjährigen Detlev Ernst erhalten hatte, nahm den Zettel heraus und hielt ihn der Muthesius entgegen.

Eva-Maria Muthesius warf einen Blick darauf und streckte instinktiv die Hand aus. »Woher haben Sie ...« Sie biß sich auf die Lippen und schwieg.

»Das will ich Ihnen gern verraten«, sagte Mannhardt, aber seine Stimme klang hart. »Aus einer Zigarettenschachtel, die dem Verunglückten aus der Tasche gefallen ist. Und ich frag mich, was der wohl bedeuten mag.« Er hielt sich das Stück Papier mit den in kleiner Schrift geschriebenen Worten vor die Augen: »Was versteht man unter dem lichtelektrischen Effekt? Schildern Sie das Fischer-Tropsch-Verfahren, und geben Sie die Chancen seiner Nutzung in der Zukunft an. Berechnen Sie den Mengenindex nach Laspeyres ... und so weiter und so weiter. Frau Muthesius, mein Sohn steht auch bald kurz vor dem Abi; wenn mich nicht alles täuscht, sind das Prüfungsfragen. In Ihrer Handschrift und in einer Zigarettenschachtel, die ja kaum die Ihre gewesen sein dürfte. Haben Sie eine Erklärung dafür?«

»Nein.« Eva-Maria Muthesius starrte auf den Boden.

»Dann gestatten Sie mir, eine Vermutung auszusprechen. Könnte es sein, daß das die Themen sind, die in Petras bevorstehender Prüfung verlangt werden?«

Eva-Maria Muthesius schwieg immer noch verbissen. »Könnte es vielleicht weiterhin sein, daß Sie – was sagten Sie vorhin noch – Ihre Fächer sind Deutsch, Geschichte und Erdkunde, nicht wahr? – sich die Prüfungsfragen Ihrer Kollegen beschafft und sie Petra weitergegeben haben, damit Ihr Schützling Petra das Examen auch besteht? Wacker, wacker, Genossin. Mogeln – das sind doch ganz bourgeoise Methoden – oder ist euch jedes Mittel recht?«

»Euch ist jedes Mittel recht, uns zu verleumden! Also bitte, ich gebe zu, es ist so, wie Sie annehmen. Aber das war – das war keine politische Angelegenheit. Verdammt, Mann, ich habe dem Mädchen einfach helfen wollen. Helfen müssen! Sie haben keine Ahnung, unter welchen Bedingungen sie zu Hause arbeiten mußte. Keine Ruhe, keine Möglichkeit, sich zu konzentrieren. Und die naturwissenschaftlichen Fächer sind eben nicht Petras Stärke. Wenn sie die Numerus-clausus-Hürde nicht schafft, war alles umsonst. Dabei ist das Mädchen hervorragend begabt. Das wird mal eine Jugendrichterin, wie wir sie so dringend nötig haben. Soll so eine Begabung daran scheitern, nur weil sie nicht die Chance hat, wie andere in Ruhe zu lernen, sich auf das Examen vorzubereiten? Die andern haben Väter und Brüder, die ihnen helfen, die andern haben Geld für Bücher und vor allem für Nachhilfestunden. Aber sie – sie hat nur 'ne Familie am Hals, die sie auffrißt, von der sie aufgefressen wird, die sie nicht weiterkommen läßt. Bei dem Zuhause, das sie hat, da hätte es auch Einstein nur bis zum Busfahrer geschafft.«

»Das Moralische Ihrer Handlung interessiert mich nicht«, entgegnete Mannhardt schroff. »Ich bin hier, um einen Tatbestand festzustellen und Antworten auf offene Fragen zu finden. Und Sie haben mir noch nicht die Frage beantwortet, wie diese Schachtel in die Tasche des Verunglückten gelangt ist.« Er sah die Muthesius auffordend an. »Na ...?«

»Bedaure.« Das Gesicht der Muthesius verriet keine Gefühlsregung.
»Dann werde ich Fräulein Petra danach fragen müssen.«
»Tun Sie, was Sie nicht lassen können«, entgegnete die Muthesius müde.
In diesem Augenblick schrillte das Telefon.
Ehe sich Eva-Maria Muthesius noch in Bewegung setzen konnte, war Mannhardt schon am Apparat. »Ich geh ran.« Er nahm ab.
»Ja?«
Stille.
»Petra? Hallo, sind Sie das?«
Es knackte in der Leitung, und er hatte das Gefühl, jemanden atmen zu hören. »Machen Sie keinen Quatsch! Hallo, hallo ...! Mensch, Petra!« Ein deutliches Knacken. »Aufgelegt.«
»Da haben Sie es!« Die Muthesius knallte die Balkontür zu und sah Mannhardt mit funkelnden Augen an. »Jetzt weiß sie nicht mehr, wo sie hin soll. Jetzt wird sie von euch Bullen gejagt, bis ihr sie in die Enge getrieben habt und wie ein Tier abknallen könnt.«
»Kommen Sie, reden Sie keinen Stuß. Hier wird niemand abgeknallt. Sie sollten mir lieber helfen und überlegen, wo wir das Mädchen finden können, ehe es womöglich den Kopf verliert. Sie müssen doch eine Ahnung haben, wohin sie sich wenden könnte. Zu den Eltern vielleicht?«
»Nie im Leben; die haben sie doch überhaupt erst in die Situation reingetrieben. Immer mit dem Gerede, wieviel Geld sie jetzt schon als Drogistin verdienen könnte. Die wollten doch, daß sie Michael heiratet. Bestimmt haben die Michael die Prüfungsaufgaben ...« Die Muthesius schlug sich auf den Mund und starrte Mannhardt mit aufgerissenen Augen an.
»Sieh mal an.« Mannhardt zündete sich eine neue Zigarette an. »Jetzt geht mir ein Licht auf.« Er ließ sich in

den Sessel fallen und deutete auf die Couch. »Setzen Sie sich hin, Frau Muthesius. Und nun werden wir zwei einmal Tacheles miteinander reden. Und bitte ohne ideologische Unterbrechungen.«
Und als die Muthesius widerstrebend Platz genommen hatte, fuhr er fort: »Also Michael hat von der Schiebung gewußt? – Ich warte auf Ihre Antwort, Frau Muthesius.«
»Ja.« Das kam sehr leise heraus.
»Und hat sein Wissen als Druckmittel benutzt, um Petra zu bewegen, wieder zu ihm zu kommen?«
»Nein. Ja. Ach, Sie machen mich ganz verrückt – so war das nicht, wie Sie das darstellen. Jetzt fehlt doch nur noch, daß Sie wieder behaupten, wir hätten ihn vom Balkon gestürzt, weil wir keinen anderen Ausweg gewußt hätten.«
»Haben Sie das nicht?«
»Wie oft soll ich es Ihnen denn noch sagen – es war ein Unfall, Mensch, ein Un-fall!«
»Aber warum hat er dann ›Mörder‹ geschrien? Und das können Sie nicht abstreiten, dafür gibt es genügend Zeugen.«
Sie starrte ihn an. »Ich hab nichts ... in der Sekunde muß ich wohl ... völliger Blackout ...«
»Hat er nun das gerufen oder hat er nicht?« bohrte Mannhardt unbeirrt nach.
»Ja, er hat«, gab sie endlich zu.
»Na also. Und warum wohl?«
»Aus Rache. Aus Eifersucht – was weiß ich. Ralf hatte gerade angerufen, und da ...«
»Ralf? Wer ist Ralf?«
»Ein Bekannter von Petra«, erklärte sie.
»So so, ein Bekannter von Petra. Was ist dieser Bekannte denn von Beruf?«
»Er hat noch keinen Beruf. Er studiert noch.«
»Oh, ein Student also. Das ist natürlich besser als Handwerker.«

»Wie Sie das sagen, hört sich das richtig gemein an.«
»Für Michael wird sich das ähnlich gemein angehört haben«, bemerkte Mannhardt trocken.
Die Muthesius ließ den Kopf hängen. »Petra hat nichts mit Ralf. Im Moment hatte sie für so was überhaupt keine Zeit. Aber Michael hat ihr gar keine Gelegenheit für Erklärungen gegeben. Bei ihm sind die Sicherungen durchgebrannt, und da hat er sich dann wohl fallen gelassen.«
»Wieso? Wollen Sie auf einmal sagen, er hat Selbstmord begangen? Und hat dann im Sturz ›Mörder!‹ gerufen, um euch seinen Tod als Mord anzuhängen? Frau Muthesius, für wie gutgläubig halten Sie mich eigentlich?«
»Ich weiß es nicht – ich weiß es wirklich nicht. Aber das wäre die einzige Erklärung, die mir einleuchtet. Ich sage Ihnen die Wahrheit, Herr Kommissar. So war es, genau so ist es gewesen.« Eva-Maria Muthesius saß mit nach vorn gesackten Schultern da. »Mir ist völlig klar, daß wir das niemals werden beweisen können. Und Petra weiß das auch, und darum ist sie auch abgehauen. Mein Gott, was soll jetzt bloß aus ihr werden? Die bringt sich um oder läuft vorher noch Amok.«
»Amok? Wieso?« hakte Mannhardt sofort ein.
»So macht man doch Anarchisten, oder? Jetzt ist sie als Mörderin abgestempelt; jetzt hat sie nichts mehr zu verlieren. Aber ehe ihr sie kriegt, macht sie diesen Wilbertz noch fertig ...«
»Wilbertz?«
»Ja, den Direktor von unserer Schule, den sehr verehrten Kollegen Dr. Wilbertz. Der will sie schon lange von der Schule weg haben, bloß weil sie mal Flugblätter vom KSV, von den Kommunisten da, den Studenten, verteilt hat. Haß ist gar kein Ausdruck für das, was sich da bei ihr ...«
»Ich kenne das Mädchen nicht – würde das denn zu ihrem Charakter passen?«

»An sich nicht, aber die Eskalation jetzt, wo sie in die Enge getrieben ... Die Gesellschaft ist doch schuld an ihrer Misere, und Wilbertz steht für diese ganze beschissene bürgerliche Gesellschaft: einer für alle.«
»Wenn Sie den Eindruck haben«, brummte Mannhardt.
»Ja, hab ich, aber wer steckt schon in einem anderen Menschen drin.«
»Hat sie sonst noch jemand auf dem Kieker?«
Die Muthesius wich seinem Blick aus. »Weiß ich nicht. Aber macht sie nur fertig, Menschen sind ja hier austauschbar wie Glühbirnen – da kommt's nicht darauf an, wenn mal eine kaputtgeht. Das Öl ist knapp, die anderen Rohstoffe werden immer knapper – nur die Menschen, die lassen sich beliebig nachproduzieren.«
»Sie sollen jetzt keine Volksreden halten«, unterbrach Mannhardt sie grob. »Wenn Sie dem Mädchen helfen wollen, zerbrechen Sie sich lieber den Kopf, und überlegen Sie, wo ich sie finden kann.«
»Mit einer Zwei in Chemie und Mathematik wäre sie durchgekommen«, fuhr die Muthesius fort, als ob sie nicht gehört hätte. »Und bis zum Abitur hätte ich sie dann auch noch gebracht. Man muß doch etwas tun!«
»Ihr habt vielleicht etwas zuviel getan«, bemerkte Mannhardt.
»Also Sie glauben mir endlich, ja?«
»Was nutzt es, wenn *ich* Ihnen glaube«, gab er zurück. »Da sind meine Vorgesetzten, da ist der Untersuchungsrichter, der Staatsanwalt. Und es sieht schlecht aus für euch. Wenn sich das Mädchen wenigstens stellen würde.«
»Das tut die nie.«
»Na gut. Ich muß dann wohl ...«
»Und was ist mit mir?« fragte die Muthesius.
»Vorläufig festgenommen – tut mir leid.«

Berlin.
Berlin (West) oder Westberlin.

Und zwar Wedding. Hinter der Linie Humboldthain-Gesundbrunnen schiebt der Westen mit einem Dutzend Straßen die Mauer um einige halbe Kilometer in den Osten zurück, um dann von mehreren Friedhöfen und der Bernauer Straße aufgehalten zu werden. Im rechten Teil dieses Zipfels, dieses Keils, wo in kurzen Abständen die gelben Busse, reklameüberzogen, zum Märkischen Viertel und zum Zoo abfahren, hat die riesige Sanierungsmaschine, schnell bewegt von gemeinnützig-sanierten Wohnungsbaubossen, gerade begonnen, den modernen Wegwerfmenschen neue Legebatterien hinzusetzen, ohne liebgewordene Kneipen, von Lokalpolitikern regelmäßig mit liebgewordener Publicity gewürdigt und geweiht. Betonkästen stehen in projizierten Kahlschlagflächen, mißgeborene Neubaublöcke zwischen Altbauten, die, renoviert, jeder Straße zur Zierde gereichen würden. So auch in der Puttbusser Straße, wo Petras Eltern wohnten, die Mannhardt und Koch nun befragen sollten, mußten, wollten.

Während Koch das Sanierungskonzept des Senats beredt verteidigt hatte – unter den Umständen hier, da gibt's doch überhaupt keine andere Lösung: Geld knapp, Grund und Boden noch knapper –, waren sie ins muffige Treppenhaus gelangt, wo ihnen phonstarker Lärm den Weg zu den Palczewskis wies.

»Junge, ist das ein Aufstand da drin«, sagte Mannhardt, während er stürmisch klingelte. »Ich an Petras Stelle wär hier schon mit anderthalb Jahren abgehauen.«

»Das ist doch wenigstens noch 'ne Familie«, sagte Koch.

»Kannst ja mal fragen, vielleicht adoptieren se dich ja.«

Von drinnen hörten sie eine weibliche Stimme. »Los – ab int Schlafzimma! Stefan, laß den Eima stehn! Susi, nimm jefällichst dein Schulzeuch mit! Gitti, du wechselst Andreas seine Windeln, wenna wieda stinkt!« Großes Gekreische, Türenknallen.

»Eh die aufmacht, hat oben die Abrißkolonne angefangen. Nebenan sind sie schon«, sagte Koch.
Mannhardt klingelte weiter, unbeirrt. »Frau Palczewski!«
»Ja, ick komm ja schon!« Sie öffnete die Tür. »Bestimmt nich vom Müttergenesungswerk die Herren, wa?«
»Nein. Aber erst mal guten Tag, Frau Palczewski. Wir sind ... Kriminalpolizei, leider. Mannhardt ist mein Name. Mein Kollege – Herr Koch. Sie werden ja wohl schon ... Sie wissen ja sicherlich schon ...«
»Ja, hab ick schon jehört, aba kommse man rin. In die Küche da. Mein Mann is noch uff Arbeet.«
»Petra ist nicht hier?«
»Nee.«
»Mein Kollege darf sich doch mal hier umsehen – Sie verstehen ...?« Mannhardt machte eine entschuldigende Geste.
»Meinetwejen solla. Hauptsache, er klaut nich unsre joldenen Tella.«
»Danke. Darf ich ...?« Mannhardt rückte sich einen Stuhl zurecht.
»Ja, setzense sich ma da ant Fensta, hier vorne ist noch allet voll von Stefan sein Brei. Schwein det. Der spuckt im Augenblick allet wieda aus.«
Mannhardt nahm am Küchentisch Platz. »Sie haben gehört, daß Ihre Tochter ...?«
Sie setzte sich ebenfalls. »Die Petra – ja ...«
»Und ...?«
»Wissense, Herr Kommissar, ick bin 43 Jahre, ick hab een Kriech mitjemacht, mein ersta Mann is ma an Krebs wegjestorben, een Junge vom Lastwagen übafahrn – Gott, wat soll einen da noch jroß aschüttan: Man bekommt seine Kinda – und man valiert se wieda, det eene so, det andere so ...«
Koch kam zurück. »Nichts.«
Mannhardt nickte. »Danke. Komm, setz dich auch mal.

Meinen Sie denn, Frau Palczewski, daß Petra noch mal hierher ...?«
»Ja, die kommt uff alle Fälle noch mal. Mein Mann hat ihr doch den Berlina Ausweis abjenommen und den Reisepaß ooch, damit se keene ... damit se uff keene dumme Jedanken kommt. Und ohne die kommt se doch aus Berlin nich raus.«
»Ah ja!«
»Glauben *Sie* denn, daß Ihre Tochter Michael vom Balkon gestürzt haben könnte?« fragte Mannhardt.
»Keene Ahnung ...«
Koch griff ein. »Ihre Tochter Susi sagt, Michael sei ihr hinterhergelaufen wie 'n Dackel.«
Frau Palczewski kam in Fahrt. »Die ham ja schon jelebt wie ... ja, wie 'n richtijet Ehepaar, ham die; und die hätten det so schön ham können. Vor drei Jahrn – ja so lange muß et wohl schon her sein – vor drei Jahrn, da hatten wa 'ne schöne Lehrstelle für sie: Drogistin hinten inna Brunnenstraße, 'ne schöne Sache. Wie det da duftet, und 'n weißen Kittel an, den janzen Tach. Aba nee, da wollte se nich! Die mußte ja unbedingt wat Höheret werdn. Kind, sach ick zu ihr, weeß ick noch wie heute, Kind, wat soll denn die janze Studiererei, du heiratest ja doch mal. Stimmt doch, oda? Sehnse, Herr Kommissar ...«
Susi klinkte die Tür auf. »Mama, an welchem Fluß liegt'n Nürnberg?«
»Weeß ick nich, da war ick noch nich, anner Nüre vielleicht ...«
»Denn krieg ick wieda 'ne Fünf in Erdkunde.«
»Kuck doch mal in'n Atlas.«
Susi sah sie böse an. »Ham Sie eenen mit?« fragte sie Mannhardt.
»An der Pegnitz, Susi.« Er buchstabierte: »P-e-g-n-i-t und z: Pegnitz.«
»Nu hau ab«, Frau Palczewski gab ihr einen Klaps, »und vajiß det nich jleich wieda! Ja, mit die Petra war

det schon schwer. Imma Rosinen in'n Kopp! Jeh ruhich uffs Jymnasium, hab ick zu ihr jesacht, und laß dir da so von oben herab ankucken: Wer is denn die da, die stinkt ja nach Wirsingkohl, die wohnt wohl inne Laube uff de Rieselfelder. Nee, Herr Kommissar, det ham wa nich nötich, det is nischt für uns, det endet imma mitt'n jroßen Knall. Und det allet hier, det übarascht mir nich mehr, det hab ick schon lange komm'n sehn. Aba sie wollte ja nich hörn; sie hätte 'n ordentlichen und anständijen Beruf erlern könn – und nu wandert se int Jefängnis: jratuliere!«

»Noch besteht ja die Hoffnung, daß sie ...« unterbrach Mannhardt sie.

»Ne, da besteht keene Hoffnung mehr. Die Lehra, die ham se schon früha nich vaknusen könn'n: Vata anjelernta Arbeeta, Mutta Verkäuferin – und nu jetz noch die janze Jeschichte. Die saren doch, die Petra, die is 'ne Schande für det janze Jymnasium.«

»Ich glaube, da läßt sich schon noch dran drehn«, sagte Mannhardt.

»Und wenn, wat ham wa denn? Denn kuckt se uns nich mehr an, denn sind wa ihr nich mehr fein jenuch. Se sehn ja – warum isse denn jetzt wegjezogen: weil's bei der Frau Studienrätin da vornehma is, weil se da jelehrt mit der quatschen kann.«

Mannhardt rutschte etwas unbehaglich auf seinem Stuhl herum. »Tja, das ist schon eine schwierige Lage – für beide Seiten. Im Moment kann ich Ihnen nur den guten Rat geben – versuchen Sie auf Petra einzuwirken, sich zu stellen, falls sie hier aufkreuzen sollte.«

Er erhob sich, Koch ebenfalls.

»Ja, also, Frau Palczewski, wir müssen dann wieder weiter.« Es passierte nicht oft, daß ihm die Worte fehlten, aber in diesem Fall war es so.

Mit einem Kopfnicken verließen er und Koch die Wohnung.

Berlin.
Berlin (West) oder Westberlin.
Und zwar Kreuzberg, das Pendant zum Wedding. Die Mariannenstraße, an der Kottbusser Brücke beginnend, zieht sich, ein ausgetrocknetes Flußtal inmitten einer türkenbesiedelten Steinwüste, einmal von der Hochbahn überspannt, hin zum grünen Trichter des Mariannenplatzes, links die ockergelbe Denkmalsfestung des ehemaligen Bethanien-Krankenhauses, geradeaus Thomaskirche mit tödlich-öder Mauer dahinter, einen Straßenzug vor der Spree, an dieser Stelle dennoch eine fast wohnliche Straße, erhaltenswürdig. Slzapka allerdings, gelernter Karusselldreher, wohnte in dem Stück zwischen Oranien- und Naunynstraße, wo die Parterrewohnungen immer feucht und düster waren, sosehr man die Wände auch, wie Slzapka es getan hatte, mit allen möglichen Kunststoffen abdichtete und helle Tapeten aufpappte.
Slzapka lag, an diesem heißen Sommertag sogar ein Vorteil, seit Stunden schon in seiner Gruft und schlief. Als es jetzt an der Wohnungstür klingelte, brauchte er lange, ehe er Hemd und Hose übergezogen hatte und öffnen konnte.
Draußen stand Petra. »Guten Tag, Herr Slzapka.«
Slzapka war gereizt. »Müßta mir denn imma wachmachn? Ick muß heute ahmt noch zua Schicht, ick muß jetz schlafn. Micha is nich da.«
»Schade, 'ntschuldigung, ich dachte, Sie wären schon ...«
»Wat is denn?« Er gähnte.
»Michael schickt mich – er hat Kinokarten für heute abend, das heißt, die hat er vergessen, hier ... Um 18 Uhr, für 18 Uhr 30, und nun soll ich sie holen, damit ... er kann ja nicht, sonst, wir schaffen's sonst nachher nicht, weil er ja gleich von der Arbeit ... Und ich hab ja schon Schulschluß, da soll ich sie ...«
»Dann komm mal rin.« Er ließ Petra in den schmalen Flur, knipste Licht an und schloß dann die Tür.

»Danke«, sagte Petra.
»Du hast Jlück jehabt, det ick übahaupt uffjewacht bin. Mir is so, als hätt da vorhin schon eena Sturm jeklingelt. Aba als ick ma dann im Bette uffjerichtet hatte, da wart wieda ruhich. Na ...«
»Ich geh mal in Michas Zimmer«, sagte Petra schnell.
»Zimma?« wiederholte er. »In die Besenkamma die ...!«
Sie ging hinein, schaltete das Radio ein und begann zu suchen. »Wo kann er die denn haben?«
»Keene Ahnung. Mach mal det Fensta uff, det schtinkt ja hier wie im Schweineschtall. Wennde Patärr wohnst, mußte imma allet zu ham, die klaun ja wie die Raben hier.«
»Dafür braucht man keine Treppen zu steigen.« Petra wühlte in dem Krempel, der in einem hoch angebrachten Regal lag; irgendwelche Zubehörteile für Modellflugzeuge.
»Trotzdem, eure Wohnung sucht euch mal woanders, 'n Hochhaus, Märkischet Viertel oder Gropiusstadt oder so wat.«
Petra riß einen Stapel Papier herunter. »Huch, die Comic-Hefte!«
»Ja, die liesta jetz imma.« Slzapka sah sie an. »Ihr jeht ja nich mehr so ville weg wie früha, jetz hockta imma alleene hier rum und spielt mit de Hände an de Finga ...« Es sollte wohl eine Frage sein.
»Ich hab soviel für die Schule zu tun, gerade jetzt.«
»Det wird ja schpäta wat Schönet werden: du Jugendrichterin, oder wie die sich schimpfen, Beamtin, höhra Dienst – und er zieht im Kraftwerk Reuta die Kupferdrähte durch de Hallen: 'n mickriga Starkelektrika.«
»Nee, hier sind sie auch nicht. Was ...? Ach, das wird schon werden, der macht dann seinen Meister, dann wird er graduierter Ingenieur und dann ...«
Slzapka baute sich vor ihr auf. »Und dann und dann und dann! Quatsch doch bloß nich so'n dämlichet Zeuch.

Du weeßt doch janz jenau, detta schon mal janz anständich uff die Schnauze jefloren ist, damals, da, als er an'n Schreibtisch wollte, bei die Leute da vom Buchklub. Eijene Werbekolonne, der Herr Jeneralvatreta für Westberlin. Drei Mille Einlare – und in zwee Jahrn det Zehnfache zurück, oda wat sie ihm da allet vasprochen ham. Und wat war? Keen Pfennich hat er jekricht, det einzije, wat er jekricht hat, det warn drei Monate mit Bewährung. So isset doch!«
»Das war ja auch 'ne Gemeinheit von denen«, sagte Petra.
»Ja, und 'n Glück, det se'n nich für imma rausjeschmissen ham. Aba det war 'ne Lehre für ihn: nie wieda so wat – Schusta, bleib bei deinem Leisten!«
»Er hat bloß keinen Mumm – intelligent ist er doch, um mehr zu werden als Arbeiter«, sagte Petra.
Slzapka lief rot an. »Ick wer dir mal wat saren, du: Ick bin Arbeeta, Facharbeeta sojar, Karusselldreher, wenn dir det 'n Bejriff is, und det is schon wat, die jroßen Stücke ... Mein Jroßvata war Arbeeta und mein Urjroßvata ooch, wenn ooch bloß Landarbeeta. Und ick bin stolz druff! Von uns leben die dicken Schweine doch alle, die da int Fernsehen rumprotzen und jroße Reden schwingen, von unse Arbeet.«
Petra wich zur Wand zurück. »Ist ja gut, ich hab ja gar nichts ...«
Slzapka wurde noch lauter. »Und eens merk dir: Wennde jetz Micha fallen läßt wie 'ne heiße Kartoffel, weil er nich mehr fein jenuch is für dich, weila dir 'n Klotz am Bein is, dann findste dich im Krankenhaus wieda, det saach ick dir! Oda du kannsta de Radieschen von unten bekieken. Vastehn wa uns?«
Petra drehte sich weg, suchte weiter. »Ja ...«
»Der Junge braucht dir, wie er de Luft zum Atmen braucht; ohne dir, da sacka ab, da valierta jeden Halt, da gehta mir vor de Hunde.« Er ging auf Petra zu und packte sie. »Du, eens saach ick dir ...«

»Lassen Sie mich los! Loslassen!« Sie wollte ihn abschütteln.
»Wenn der Junge sich wat antut, dann ...«
»Wir heiraten ja Ostern, ja, bestimmt, Ostern ...!«
Slzapka ließ sie los. »Na schön ...« Er stieß die Luft aus den Lungen. »Saach mal, du suchst doch keene Kinokarten hier, det kannste mir doch nich azählen ... Und so komisch biste ooch, so blaß, so uffjelöst ... Da schteckt doch wat andret hinta! Zeich mal – warum is denn deine Bluse so zerrissen, seh ick jetz erst ...?«
»Ach, die ... Da bin ich vorhin hängengeblieben ... Bei uns im Keller ...«
»So, im Kella. Da haste wohl ooch wat jesucht, wa? Vielleicht ooch die Kinokarten?«
»Mannomann, nu is aba jenuch!« fuhr Petra ihn an.
Slzapka baute sich in der Tür auf, verstellte ihr den Weg hinaus. »Kinokarten ... det ick nich lache! Und die suchste in seine Fußballschuhe! Also los: wat wird hier jespielt?«
»Ich such die Kinokarten, heute 18 Uhr 30, Gloria-Palast!«
»Du schnüffelst doch hier!« rief Slzapka. Drohend: »Also, raus mit de Sprache!«
»Nicht! Mein Gott: die Kinokarten, nichts weiter!« schrie Petra.
Slzapka beutelte sie hin und her, daß ihr Hinterkopf gegen den Schrank schlug.
Da klingelte es draußen.
Er ließ sie los und ging zur Wohnungstür. »Momentchen mal, wir sprechen uns noch!« Er öffnete.
»Herr Slzapka?« Draußen stand ein Polizist.
»Ja ...? Wat jibt's denn?«
»Ich war vorhin schon mal hier«, sagte der Beamte.
»Da hab ick jeschlafen, da bin ick nich schnell jenuch hochjekommen«, erklärte Slzapka.
»Es tut mir leid, aber ...«
»Wat is denn?«

»Ich muß Ihnen eine traurige Mitteilung machen ... Ihr Sohn ist einem Kapitalverbrechen zum Opfer gefallen. Das heißt, das ist noch nicht ganz ... aber, ja ... Er ist tot.«
Slzapka starrte ihn an. »Michael ...? Tot ...?«
»Ja, mein herzliches Beileid.«
»Wie denn? Ein Unfall, saren Sie? Wieda keine Sicherheitsvorschriften einje ... 'n tödlicha Schlach, nich, ick hab's ja kommen sehn, die janze Zeit üba. Diese verdammten Schweine die ...!«
»Nein, nein!«
»Was, nich im Kraftwerk ...?«
»Nein. Es besteht Anlaß zu der Vermutung, daß seine Braut ihn in der Neheimer Straße in Tegel von einem Balkon in die Tiefe gestoßen hat.«
»Seine Braut – Petra ...« Er schlug dem Polizisten die Tür vor der Nase zu und stürzte ins Innere der Wohnung. »Für die braucht ihr keen Jericht mehr, die schlach ick selba tot!«

Das Schulgebäude war ein grauer, klassizistischer Bau, im alten Stil eher als Erziehungs*anstalt* konzipiert. Mannhardt ging, während Koch auf der Knabentoilette verschwand, schnell an Bandwürmern vorbei, die sich in Spiritus schlängelten, an Linolschnitten, auf denen stets die Sonne aufging, an Ehrenurkunden für irgendwelche sportlichen Leistungen mit Gustav Heinemanns Unterschrift darauf. Die Tür zum Zimmer des Direktors, weinrot gepolstert, verschluckte, obwohl sein Fingerknöchel schmerzte, sein Klopfen.
»Gehen Sie nur rein ...« sagte die Schulsekretärin.
Von drinnen wurde gefragt: »Wer ist denn da?«
»Mannhardt, Kriminaloberkommissar ...«
»Herein!«
Dann stand Mannhardt dem Direktor gegenüber. »Guten Tag, Herr Dr. Wilbertz.«
Der Direktor, Ende Vierzig, alert, kämpferisch, stand hinterm aktenüberladenen Schreibtisch. »Wirklich ein

guter Tag! Jeden Augenblick kann hier eine Kugel durchs Fenster pfeifen.«
»Wir haben unsere Beamten so verteilt, daß ...«
»Seit ich Direktor des Erasmus-Gymnasiums bin, ist das das erste Mal, daß eine Schülerin ...«
»Das ist noch gar nicht erwiesen«, fiel Mannhardt ihm ins Wort.
»Dieser Anarchistin ist alles zuzutrauen.« Wilbertz wühlte in seinen Akten. »Lesen Sie mal das Flugblatt hier, das sie vorige Woche auf dem Hof hier verteilt hat – hier, bitte!«
»Ja, ja ... Später vielleicht ...« Mannhardt betrachtete den bunten, rätselhaften Dienstverteilungsplan.
»Typisch – immer nur die Augen verschließen!« sagte Dr. Wilbertz. »Hier, hören Sie sich das an: Unsere Arbeit gilt der revolutionären Umgestaltung der Schule und vor allem dem Kampf gegen die Allmacht der Schulleitung! Wir kämpfen gegen jede Autorität, die nicht bereit ist, sich von unten in Frage stellen zu lassen. Der Feind steht immer oben! Nicht Gewalt ist unsere Waffe, sondern Ungehorsam ... – prächtig, was?«
»Nicht ohne Grund ist Juno rund ...« murmelte Mannhardt.
»Sie sehen ja, was dabei herauskommt – Typen wie diese Petra Palczewski. Mit Flugblätterverteilen fängt es an; jetzt hat sie einen Mord begangen –«
»Bisher besteht nur der Verdacht«, versuchte Mannhardt ihn zu bremsen.
»... und morgen wirft sie Bomben und überfällt unsere Banken.«
»Wenn sie hier von der Schule fliegt: wahrscheinlich ja!«
»Herr Mannhardt!«
»Keine Angst, Herr Dr. Wilbertz, sie wird nicht dazu kommen, völlig durchzudrehen; ich rechne fest damit, daß sie erst einmal hier aufkreuzen wird – und hier stehen meine Leute.«

»Dann soll ich Ihnen also als Köder dienen, haben Sie sich das so vorgestellt?«
»Das Mädchen haßt Sie, Herr Wilbertz, und wenn sie wirklich Amok läuft ...«
»Sie hat keinen Grund, mich zu hassen!« rief Dr. Wilbertz.
»Sie haben ihr das Leben verdammt schwer gemacht.«
»Sie hat auf dieser Schule nichts zu suchen – Chemie: Fünf, Mathematik: Fünf, Biologie: Vier!«
»Aber Einsen in den geisteswissenschaftlichen Fächern: Deutsch, Geschichte ...« wandte Mannhardt ein.
»Das ist auch schon lange her!«
»Bei Petras häuslichen Verhältnissen ...«
Dr. Wilbertz spielte mit den bunten Plättchen seines Dienstplanes. »Es wird niemand gezwungen, bei uns das Abitur zu machen. Aber ich als Leiter der Schule kann es einfach nicht zulassen, daß die anderen Schüler ins Hintertreffen geraten. Sie wissen: der Numerus clausus! Eine Zehntelnote kann über Sein oder Nichtsein entscheiden. Ich habe auch ein soziales Gewissen, schließlich bin ich alter SPD-Mann, aber je mehr Zeit meine Lehrer für Mädchen wie Petra Palczewski aufwenden, desto weniger Zeit bleibt ihnen für das Dutzend Schüler, das von 2,0 durchaus noch auf 1,6 oder 1,5 kommen könnte. Der größeren Zahl gegenüber haben wir die größeren Verpflichtungen!«
»Frau Muthesius hat sich doch um Petra gekümmert ...«
»*Fräulein* Muthesius bitte: Meines Wissens ist sie unverheiratet. Und wird es auch wohl bleiben – Sie verstehen ...?«
»Nein.«
»Noch sind förmliche Eheschließungen zwischen zwei Frauen zum Glück nicht statthaft«, sagte Dr. Wilbertz.
»Sie wissen, was diese Anschuldigung bedeuten kann ...?«
»Ich beschuldige niemanden, ich tue nur, was in dieser Situation von mir verlangt wird: Ich verschaffe Ihnen

Informationen, die Ihnen zur Aufklärung eines Mordes weiterhelfen können. Und entschuldigen Sie meine Erregung: Ich bin jetzt beinahe dreißig Jahre im Schuldienst, und bisher hat mir noch niemand gesagt: Paß auf, da wird ein siebzehnjähriges Mädchen kommen und versuchen, dich umzubringen!«
»Dazu wird es nicht kommen«, sagte Mannhardt mit Nachdruck. »Und außerdem sind das doch nur, ja, Spekulationen ... Das hier, die Bewachung, ist eher ein Alibi für uns als eine echte Schutzmaßnahme.«
»Und bis jetzt hat mich auch noch kein Kriminalpolizist als Köder benutzt. Ich werde mich beschweren, Herr Mannhardt!«
»Bitte.«
»Das Abgeordnetenhaus wird sich freuen, wenn es erfährt, wie Sie die Unterwanderung unseres Gymnasiums durch linksextremistische Kräfte unterstützen ...« Er schrie plötzlich auf, als ein Ball dicht neben dem Fenster gegen die Hausmauer prallte. »Mein Gott!«
Mannhardt war schon am Fenster. »Die spielen nur Fußball auf dem Hof. Wir werden ...« Die Glocke zur Pause ertönte. »Geht denn das auch nachmittags so?«
»Ja, das ist die Automatik.«
»Die Automatik«, wiederholte Mannhardt, »ja ... Ich bin lediglich zu Ihrem Schutz hier, Herr Dr. Wilbertz. Und außerdem hoffe ich, daß Sie mir noch ein paar Hinweise geben können, wo das Mädchen sich ...«
»Fragen Sie doch mal Fräulein Muthesius: Die kennt doch alle Schlupfwinkel hier, die bringen doch jeden Tag Heimzöglinge unter, die irgendwo ausgebrochen sind, oder herumstreunende Mädchen.«
»Was haben Sie bloß gegen Ihre Kollegin?« Mannhardt ließ wieder seinen Kugelschreiber klicken. »Die ist schließlich in derselben Partei wie Sie, wie wir beide.«
»Gehen Sie mir mit unseren Salon-Linken! Ihr Vater ist Millionär, Werkzeugmaschinen und ähnliches, sie geht

nicht das geringste Risiko ein. Sie hat ihr Netz, aber Mädchen wie Petra, die stürzen ab. Erst aufhetzen, dann sehen, was passiert, wie wir hier reagieren. Nur politische Karriere machen, sich vor seinen Genossen brüsten, wie man dem Establishment wieder ein Schnippchen geschlagen hat. Ich bin die Größte, die neue Rosa Luxemburg! Und dann einen schönen Artikel geschrieben: Arbeitertochter wird Jugendrichterin. Petra ist für die Muthesius doch nichts weiter als ein Instrument, ein Testobjekt. Geht sie bei dem Experiment kaputt – na schön, jede Revolution fordert ihre Opfer! Wenn ich mich als Schulleiter gegen linksradikale Agitationen aus den Reihen der mir anvertrauten Jugendlichen zur Wehr setze – setzen muß –, so erkenne ich doch sehr gut, daß in unserem speziellen Fall die Muthesius die weitaus Gefährlichere ist. Petra ist –«
»Ich hoffe immer noch, daß wir sie ...« fiel Mannhardt ihm ins Wort, konnte den Satz aber nicht beenden, weil Koch plötzlich im Zimmer stand.
»Was ist denn nun schon wieder!?«
»Das ist mein Mitarbeiter«, beruhigte Mannhardt den Direktor. »Herr Koch.«
»Petra ist bei Slzapka!« rief Koch.
»Slzapka?« wiederholte Mannhardt, der nicht begriffen hatte.
»Dem Vater des Verunglückten, mein Gott noch mal! Sie war da und hat seine Sachen durchstöbert. Als ein Beamter erschien, um dem Mann mitzuteilen, daß sie seinen Sohn ... da wollte er sie – ja, wollte er sie ... Sie ist aber entkommen!«
»Parterrewohnung?« fragte Mannhardt.
»Ja. Wieder in den Wagen rein und ab – quer durch die Mitte. Im Augenblick Großfahndung. Wolln wir hinterher?«
»Nein – ohne mich«, antwortete Mannhardt.
Dr. Wilbertz höhnte: »Unsere Kripo sympathisiert mit den Verbrechern – so ist's richtig!«

»Mir ist nicht bekannt, daß Petra von irgendeinem Gericht verurteilt worden ist«, sagte Mannhardt.
»Sie hören noch von mir, Herr Mannhardt!« rief Dr. Wilbertz.
»Sie von mir ebenfalls. Wenn Petra an dieser Schule ihr Abitur gemacht hat, kriegen Sie 'ne Kiste Sekt von mir. Wenn nicht, dann …«
»Komm schon!« Koch zog Mannhardt mit sich fort. »Wir können dich nicht schon wieder rauspauken. Trink erst mal was im Büro!«

Sie hatten sich in die Keithstraße zurückgezogen, in ihr Büro. Oft verflucht, war es jetzt Refugium. Und doch diskutierten sie weiter, der Fall war mehr als Routine, als wollten sie sich beweisen, daß Kriminalbeamte nicht allesamt, fern von Reflexionen über die gesellschaftlichen Bedingungen des Verbrechens, auf apolitisch getrimmte Menschenfängerspezialisten waren.
»Zucker?« fragte Mannhardt, der den Kaffee geholt hatte.
»Nee, danke«, wehrte Koch ab, »ich bin selber süß genug.«
Mannhardt stierte auf den Boden. »Das ist vielleicht 'ne Scheißwelt: wir sitzen hier in aller Gemütsruhe – und draußen hetzen sie ein Mädchen durch die Stadt, das im Grunde nichts weiter wollte als das, was ihr das Grundgesetz zusichert.«
Koch winkte ab. »Sie hätt's auch geschafft, auch ohne ihn umzubringen.«
»Verdammt noch mal, jetzt redest du auch schon so, als wäre sie eine überführte Mörderin! Es steht keineswegs fest, daß sie ihn umgebracht hat! Es kann ohne weiteres ein Unfall gewesen sein.«
»Bitte – und dieses ›Mörder‹ – das hat er nur aus Daffke geschrien«, gab Koch pikiert zurück. »Oder ein halbes Dutzend Zeugen haben geschwindelt, und die Muthesius auch.«

»Nein, nein, das muß man wohl als erwiesen ansehen.« Mannhardt schob sich mit Daumen und Zeigefinger die Augendeckel zusammen. »Aber kann es nicht sein, daß Slzapka dies als eine Art letzten Racheakt gemeint hat? Um den beiden Frauen, oder meinetwegen auch nur Petra, noch was anzuhängen?«
»Ganz hübsch komplizierte Gedankengänge für einen Mann, der sich auf dem Luftweg nach unten befindet«, bemerkte Koch skeptisch.
»Ja, ja, ich weiß . . . Und an Selbstmord kann ich auch nicht glauben, obwohl man den rein sachlich natürlich auch in Betracht ziehen muß. Nach der Aussage der Muthesius soll er eigentlich ganz munter in der Wohnung angekommen sein. Krach gab es erst dann, als dieser neue Bekannte von Petra anrief, dieser Student. Nee, Selbstmord scheidet meiner Meinung nach aus.«
»Also bleibt Unfall oder Mord, und wenn du mich fragst, hat ihn diese Petra ganz schlicht von der Leiter gestoßen, vielleicht auch beide Frauen gemeinsam.«
»Es wäre natürlich auch möglich«, wandte Mannhardt ein, »daß es die Muthesius allein war. Sie hat spontan die Chance gesehen, sich des Mannes zu entledigen, der Petra wieder in ihr altes Milieu zurückholen wollte und damit alles zunichte machte, was sie in monatelanger Arbeit erreicht hatte.«
»Ich sehe schon, du willst diese Petra aus irgendeinem Grund unbedingt reinwaschen. Warum, verstehe ich nicht. Für mich ist das 'ne Anarchistin.«
»Sie und dieser Michael Slzapka sind doch beides Opfer, Opfer unserer ach so schönen Gesellschaft. Klar, jeder hat die Chance, was zu werden. Aber wer oben anfängt, der geht über Hundertmarkscheine, und wer unten anfängt, der braucht so viel Zeit, sich die nötigen Piepen erst einmal zu verdienen, daß ihm die Kraft fehlt . . .«
»Ach, hör auf!« Koch schenkte sich noch einmal Kaffee ein. »Wer hat sie denn gezwungen, aufs Gymnasium zu gehen? Meinste denn, daß man als Tippse immer unglück-

lich und als Frau Studienrätin immer glücklich werden muß?«

»Darum geht's doch gar nicht!« rief Mannhardt. »Aber es ist doch unhaltbar, daß alle menschlichen Bindungen kaputtgehen, nur weil ein intelligenter Mensch, nur weil ein intelligentes Mädchen mal was anderes werden will als Hausfrau, Mutter und ungelernte Arbeiterin oder irgendwo 'ne unterbezahlte Hilfskraft. Und dann zusehen muß, wie die schwachsinnigen Söhne von irgendwelchen schwachsinnigen Apothekern oder Zahnärzten das werden, was sie nicht werden durfte!«

»Das ist doch ein Extremfall hier«, warf Koch ein.

»Sicher gibt's nicht jedesmal 'n Mord oder 'n Selbstmord, aber hör dich doch mal um!«

»Was mag sie denn bloß bei Slzapka gewollt haben?«

»Was weiß ich. Wahrscheinlich – ja ...«

»Wenn diese Idioten im Funkwagen besser aufgepaßt hätten, dann wär sie jetzt hier auf Numero Sicher«, sagte Koch.

»Die hatten doch genug zu tun, um den alten Slzapka zu bändigen.«

»Den kann ich gut verstehen, da hätt ich auch zugeschlagen«, meinte Koch.

Mannhardt wurde sarkastisch. »Lynchjustiz – prima! Zum Glück war's 'ne Parterrewohnung, und sie konnte noch aus dem Fenster raus.«

»Zum Glück! Wer weiß, wen sie jetzt *zum Glück* umlegt!« rief Koch.

»Mensch, du rutschst auch immer mehr nach rechts ab.«

Koch geriet in Rage. »Ich tu das, was bei uns in den Vorschriften steht. Fürs Mitleidhaben werde ich nicht bezahlt! Und wenn jemand meinen Sohn, wenn ich mal einen haben sollte, wenn mir jemand meinen Sohn vom Balkon stürzen will, dann mach ich ihn fertig, eh ich ihn frage, ob er mal im Heim gewesen ist und seine Mutter Nutte war. Eins kann ich dir sagen ...«

Das Schrillen des Telefons unterbrach ihn. Mannhardt nahm ab. »Mannhardt, ja, bitte?«
Es war der Chef. »Wissen Sie schon das Neueste?«
»Nein ...«
»Der Junge, der Michael Slzapka, hat das Bewußtsein wiedererlangt. Die Ärzte haben zwar keine Hoffnung, daß er durchkommt, aber Olscha sitzt bei ihm im Virchow-Krankenhaus – vielleicht macht er doch noch 'ne Aussage. Moment mal ...«
»Was ist?« fragte Koch dazwischen.
»Michael Slzapka lebt noch ... die Ärzte ...« sagte Mannhardt.
»Hallo, Mannhardt ...!«
»Ja, Herr Dr. Weber?«
»Ich höre gerade, daß das Mädchen ... Ja, ja ... Hören Sie: Man hat sie eingekreist, und sie ist auf den Neubau, den Rohbau des Berlin-Centers geflüchtet. Nicht Europa-Center – Berlin-Center! Ja, ja ... Sie steht oben auf dem Gerüst, siebentes Stockwerk, und droht, in die Tiefe zu springen, wenn einer sie ... Ja. Ja. Hm ...«
»Hallo, sind Sie noch da, hallo ...?« rief Mannhardt.
»Hören Sie, Mannhardt, Sie haben doch Talent zu so was: Es sind fünf Minuten von hier zum Wittenbergplatz, zur Urania rüber ... Sie wissen am meisten über den Fall, Sie haben die meisten Informationen über das Mädchen, Sie haben mit den Beteiligten gesprochen: Versuchen Sie, sie von da oben runterzuholen.«
»Ich?«
»Ja, Sie haben vollkommen freie Hand.«
»Okay. Lassen Sie ihr ausrichten, daß einer kommt, der ihr vielleicht helfen kann.«
»Mach ich. Und viel Glück!«
»Danke«, brummte Mannhardt.

Zum letztenmal Berlin.
Diesmal das Stückchen Platz, wo die Kleiststraße, die vom Wittenbergplatz, vom KaDeWe, kommt, mit der Ku'-

damm-Entlastung zusammenstößt, der geschwungenen Lietzenburger, und gleichzeitig die vom Schöneberger Rathaus kommende Martin-Luther-Straße ihre breitgrüne Verlängerung, An der Urania genannt, in den Tiergarten schickt. Zur Zeit der hier geschilderten Vorgänge wuchs an diesem innerstädtischen Brennpunkt, wie es so schön heißt, das Berlin-Center empor; eine weitere Bereicherung für dieses Viertel der Dienstleistungstempel.

In der Höhe des siebenten Stockwerks stand Petra Palczewski auf dem umlaufenden Gerüst und hielt alle, die sie zum Aufgeben bewegen wollten, mit zugespitzten Drohungen im Innern des Rohbaus zurück.

Mannhardt kletterte über Schalbretter und Sprinklerrohre hinweg, klopfte sich den Staub von der Hose und lauschte dem Verkehrslärm, der kaum abgeschwächt heraufdrang, trotz Feuerwehr und Polizei auf zwei der Spuren. Da war viel Blaulicht, da war der Notarztwagen, da waren die Sprungtücher; Zutaten zum Spektakulum. Da stöhnte die Menge, wenn Petra sich bewegte, und da tönten immer noch die Martinshörner.

Mannhardt bewegte sich auf Petra zu.

»Bleiben Sie stehen!« schrie das Mädchen. »Keinen Schritt weiter – oder ich springe!«

»So geht das schon seit einer Viertelstunde«, sagte der Feuerwehrmann, der an der Brüstung stand.

»Und wenn sie's tut – das Sprungtuch, das Ihre Leute da halten ...?« Mannhardt sah ihn an.

»Bei der Höhe – ziemlich witzlos!«

»Und wenn Sie von 'ner ausgefahrenen Leiter aus ...?«

»Haben wir schon versucht«, antwortete der Feuerwehrmann, »da wäre sie um ein Haar gesprungen. Die meint es ernst, das ist kein Getue.«

»Dann werd ich mal mein Glück versuchen«, sagte Mannhardt.

»Ich seh schwarz.« Der Feuerwehrmann zog sich zurück.

Mannhardt rief aufs Gerüst hinauf: »Hören Sie, Petra,

mein Name ist Mannhardt. Ich habe die Ermittlungen geleitet, ich habe mit allen gesprochen; ich kenne Ihre Probleme – ich bin der einzige, der Sie hier versteht und der Ihnen helfen kann.«

»Helfen? Wie denn?«

»Das sind zehn, fünfzehn Meter bis zu Ihnen hin. Ich kann nicht die ganze Zeit über so brüllen.«

»Dann kommen Sie her – bis zu dem großen Teerofen da, dem Teerkocher«, sagte sie.

»Okay.«

»Aber die anderen bleiben da«, verlangte sie.

»In Ordnung«, versprach Mannhardt.

Er tat ein paar Schritte nach vorn. »Achtung, das Gerüst ist nicht so stabil wie ...« sagte er, als sie unwillkürlich vor ihm zurückwich.

»Halt! Stehenbleiben!« rief das Mädchen wieder.

»So, hier ...?« Mannhardt stützte sich mit der rechten Hand gegen einen Pfeiler.

»Ja. Wenn Sie mich mit einem Hechtsprung packen wollen – ich zieh Sie mit in die Tiefe, mir ist jetzt alles egal!«

»Alles egal – wieso eigentlich?«

»Ich steh doch für Sie als Michaels Mörderin fest.«

»Sie können es vorsätzlich oder im Affekt getan haben; es kann ein Unfall oder auch ein Selbstmord gewesen sein. Fest steht noch gar nichts«, entgegnete Mannhardt ruhig.

»Bei der Stimmung hier in Berlin, da sind doch die Richter und Schöffen alle gegen mich. Ich bin von zu Hause abgehauen, ich hab viel in linken Kneipen rumgesessen, ich hab auch mal Hasch geraucht, da heißt es doch gleich: Trebegängerin ermordet tüchtigen Arbeiter! Und tüchtige Arbeiter, die sind für die Lebensfähigkeit unserer Stadt zehnmal wichtiger als linke Spinner, die irgendeinen unnützen Scheiß studieren. Ich hab KSV-Flugblätter verteilt, gegen den portugiesischen Kolonialkrieg, ich hab zum Schulstreik aufgerufen, als das mit dem Radikalenerlaß kam – ich bin doch als Anarchistin abgestempelt. Und so was gehört eben eingesperrt.«

»Ich bin auch Beamter und ...«
»Sie sind doch da, um mich einzusperren!«
»Ich bin erst einmal da, um Sie daran zu hindern, hier Selbstmord zu begehen«, sagte Mannhardt.
»Und warum? Damit ich dann meine zehn Jahre absitzen kann? Sie sind als Zulieferer fürs Gefängnis da, als nichts weiter!« schrie Petra.
Mannhardt sprach nur so laut, wie gerade notwendig. »Nun – a) ist meine Tochter bald so alt wie Sie und könnte leicht auf ähnliche Gedanken kommen ...«
»Mensch, jetzt macht er auf väterlich!«
»... und b) gelte ich bei uns als so weit links, daß man mich bei den letzten Beförderungswellen geflissentlich übersehen hat.«
»Sie können mir viel erzählen.«
»Soll ich mich jetzt vielleicht neben Sie aufs Gerüst stellen und die Internationale singen?« fragte Mannhardt.
»Ha-ha! Man merkt doch gleich, daß Ihr jetzt 'n Polizeipsychologen habt!« höhnte Petra wieder.
»Komm, Mädchen, nun laß mal die Sprüche, du hast dich lange genug interessant gemacht. Du hast 'ne echte Chance, nicht verurteilt zu werden, alles spricht für einen Freispruch mangels Beweises. Bei dem Aufsehen, den der Fall erregen wird, gilt ganz sicher das alte in dubio pro reo. Also: Komm jetzt runter und laß die Zicken!«
»Ich hab Michael nicht runtergestoßen!«
»Okay. Das mußt du mit dir selber abmachen.«
»Trotzdem bin ich aber schuld an seinem Tod«, sagte Petra so leise, daß er es kaum verstehen konnte.
»Das sind Millionen von anderen Menschen auch, da sind, wenn man's genau nimmt, ganze Generationen dran schuld.«
»Das hat doch alles keinen Sinn mehr. Michaels Vater wollte mich umbringen und hätt's auch beinahe geschafft; für meine Eltern bin ich 'ne Verräterin, für die bin ich gestorben, aus der Schule wollen sie mich rausekeln, jetzt erst recht ...«

Eine Stimme aus dem Hintergrund unterbrach sie. »Herr Mannhardt ...?«
Mannhardt sagte zu Petra: »Momentchen mal, mein Chef ...« Dann drehte er sich nach links zu Dr. Weber hin. »Ja, was gibt's denn?«
»Kann ich mal zu Ihnen nach vorne kommen?« fragte der Chef.
»Nein!« rief Petra. »Das ist doch wieder so'n blöder Trick.«
»Dann geh ich mal 'n Augenblick nach hinten«, sagte Mannhardt.
»Es ist außerordentlich wichtig!« rief der Chef.
»Dann gehn Sie schon«, sagte Petra. »Aber wenn das 'ne Falle is – lebend kriegt ihr mich nich! Ich sitz da nich zehn Jahre im Knast und verkomm da – lieber aufm Friedhof in 'ner Urne, als da lebendig begraben sein.«
»Komm, Petra, Nerven behalten!« rief Mannhardt. »Ich bin gleich wieder da.« Er ging ins Innere des Gebäudes zu Dr. Weber. »Ja ...?«
»Slzapka ist gestorben«, sagte der Chef, unnötig leise.
Mannhardt schloß die Augen, atmete tief durch. »Dann ...«
»Aber vorher hat er noch mal für kurze Zeit das Bewußtsein erlangt ...«
»... haben Sie doch vorhin schon gesagt, oder hab ich Sie da ...?«
»... und dabei hat er noch 'ne Aussage gemacht.«
»Was – 'ne Art Geständnis oder nur wirres Zeug?« fragte Mannhardt hastig.
»Wir hatten einen Mann im Krankenhaus neben seinem Bett sitzen, samt Tonbandgerät«, sagte Dr. Weber.
»Und?«
»Er entlastet die beiden Frauen. Einwandfreier Unfall.«
»Ist das echt?«
»Das Band?« fragte Dr. Weber zurück.
»Das Band und Michaels, ja, Geständnis ...«
»Die Aufnahme«, sagte der Chef, »sicher, und seine

Aussage: bestimmt! In seinem Zustand hat der Mann auf jeden Fall die Wahrheit gesagt, der war gar nicht mehr in der Lage, sich irgendwie was auszudenken, um das Mädchen womöglich zu schützen. Nee, da bin ich ganz sicher.«

»Ich muß zu dem Mädchen zurück«, sagte Mannhardt.

»Hier, nehmen Sie das Tonbandgerät mit.« Dr. Weber drückte ihm den Apparat in die Hand.

»Okay.« Mannhardt ging wieder auf die Brüstung zu.

»Was haben Sie denn da?« fragte Petra schnell. »Giftgas, Nervengas oder was?«

»Ein kleines Tonbandgerät.«

»Wozu denn das? Bleiben Sie stehen!«

»Ja doch!« Mannhardt nahm seinen alten Platz wieder ein. »Michael ist im Krankenhaus noch mal zu sich gekommen, ehe er ...«

Petra sagte leise: »Dann ist er wohl auf das Schwimmbekken gefallen ... Die Kinder hatten da unten eins aufgeblasen ...«

»Vielleicht, ja ... Auf jeden Fall hat er Sie vor seinem Ableben noch entlastet.«

»Michael ... mein Gott!«

»Wenn Sie wollen, können Sie sich seine Aussage anhören, damit Sie nicht denken, wir lügen Sie an.«

»Michael ...« Ihre Stimme war kaum zu verstehen.

»Soll ich das Band abspielen?«

»Wenn Sie es da haben ...«

Mannhardt stellte das Gerät auf die Brüstung und schaltete es ein. Nach einigen kratzenden Geräuschen sagte eine fremde Stimme, die des am Bett sitzenden Polizeibeamten:

»Herr Slzapka ... Herr Slzapka – können Sie mich verstehen?«

Dann kam, ganz leise, Michaels Stimme: »Ja ...«

»Herr Slzapka, wir müssen wissen, wie das passiert ist. Sie wissen doch – Sie sind über den Balkon gestürzt ...«

»Balkon ...«

»Herr Slzapka, sind Sie gestoßen worden, oder wie war das?«
(unverständlich)
»Hören Sie mich? Wir müssen wissen, ob man Sie gestoßen hat. Sie hatten doch Streit mit Fräulein Palczewski. Hat sie Sie über den Balkon gestoßen?«
»Petra ... nein. Petra hat nich ...«
»Oder Frau Muthesius? War sie es?«
»Frau ... nein ... Leiter – gekippt ...«
»Dann war es ein Unfall? Herr Slzapka – war es ein Unfall?«
»Unfall ... ja, Unfall ...«
Nach einer Pause von gut einer halben Minute schaltete Mannhardt das Gerät wieder aus. »Damit sind Sie aus dem Schneider ...«
»Und damit soll ich leben ...?« fragte Petra.
Mannhardt verkürzte die Distanz um einen weiteren Schritt. »Ich hab vor zwei Jahren einen Mann erschossen, 'n kleinen Ladendieb ... Wir haben ihn für einen Gewaltverbrecher gehalten. Sein erster Bruch, 'ne belanglose Sache. Schlecht gezielt, das Licht, mit dem Knöchel umgeknickt. Manchmal träum ich noch davon, ich war auch schon mal beim Psychiater, aber ich kann trotzdem noch lachen, tanzen, alles genießen, was sich so ergibt. Man kann schon, wenn man will.«
»Er ist gestorben, und ich bin auch so gut wie tot ...«
»Wieso?«
»Michaels Vater hat Ihren Leuten doch sicherlich erzählt, daß ich bei Michael alles durchwühlt habe ...«
»Nein, aber ich hätt's mir denken können«, sagte Mannhardt.
»Wieso: denken können?« fragte sie.
»Sie wollten Tagebücher finden, Aufzeichnungen, die Sie entlastet hätten. Der alte Slzapka haßt Sie, das steht mal fest, und wenn er das Entlastungsmaterial vor Ihnen gefunden hätte, hätte er's todsicher verschwinden lassen.«

»Ja, der ganz sicher. Aber ich war ja noch aus einem anderen Grund da ...« sagte sie.
»Der Zettel mit den Aufgaben, der Zettel, wo Frau Muthesius ...« sagte Mannhardt.
»Dann war er also doch in der Schachtel?«
»Ja. Und ich weiß auch, daß Michael euch damit erpressen wollte.«
»Er hat gesagt, daß er ihn zu Hause gelassen hätte und ...« Mannhardt streckte die Arme aus. »Kommen Sie doch erst mal runter da von diesem wackligen Gerüst, das können wir doch auch beim Whisky besprechen!«
»Ich steh hier ganz gut. Ich hab ein Scheißleben vor mir, und ob ich noch mal so 'ne Chance hab, so schnell auszusteigen ...? Den Mut ... normalerweise ... den hat man nur einmal.«
»Frau Muthesius hilft Ihnen doch, die hat Ihnen doch schon mehr als geholfen – oder?«
»Die fliegt von der Schule; wenn das rauskommt, dann ist sie doch auch gestorben«, sagte Petra.
Mannhardt starrte auf seine Schuhspitzen. »Jetzt versteh ich dich langsam ... Das ist mehr als raffiniert, du, wirklich! Und ich hab auch noch Mitleid mit dir gehabt ...«
»Was ...?«
»Tu doch nicht so!«
»Die Muthesius ist 'n prima Typ, aber ihr andern alle ... Beweis ist Beweis. Das mein ich. Oder reden wir aneinander vorbei?« Petra sah auf die Straße hinunter, federte auf ihrem Brett.
»Nein ...«
»Soll ich also springen?«
»Klasse! Jetzt spielst *du* den Trumpf aus, den *ich* in der Hand habe.« Mannhardt lachte bitter.
»Ausspielen ...? Es sieht nur aus wie ein Spiel, es ist immer noch ernst bei mir. Nur: Wenn ich jetzt noch springe, wo Michas Geständnis da ist, dann geht das auf Ihr Konto, Herr Mannhardt, dann ist das Ihr Versagen. Dann wird es bei Ihnen im Büro heißen: Der Dussel war so

ungeschickt und hat das Mädchen noch in den Tod getrieben.«
»Dussel – ja ...« wiederholte Mannhardt.
»Was nützen Ihnen Ihre ganzen linken Lippenbekenntnisse: hier können Sie etwas beweisen!« forderte Petra.
»Ein bißchen zynisch, was?« fragte Mannhardt.
Da war wieder Dr. Weber aus dem Hintergrund: »Mannhardt, was ist denn nun, glaubt sie's nicht, kann ich Ihnen irgendwie helfen?«
Mannhardt schrie nach hinten: »Gleich!« Dann wandte er sich wieder Petra zu. »Das ist 'ne glatte Erpressung!«
»Sie haben den Zettel mit den Aufgaben bei sich, hier bei sich?« fragte sie.
»Ja ...«
»Davon hängt mein Schicksal ab und das von Frau Muthesius. Kommt das raus, dann sind wir für Wilbertz und die Schulbehörde beide gestorben: Ihre Karriere ist hin und mein Abitur. Aber wenn Sie mir jetzt helfen, dann ist dieser ganze furchtbare Tag nicht umsonst gewesen, dann kann ich wenigstens noch was werden, wo ich andern helfen kann, daß es ihnen nich genauso dreckig geht wie Micha und mir – Jugendrichterin, Sozialarbeiterin, Psychologin oder so.«
»Das ist mir zu billig«, entgegnete Mannhardt. »Meinetwegen spring doch!«
»Das verkraften Sie nie!«
»Wenn ich das Beweismaterial hier unterschlage, dann bin *ich* gestorben – ich!« sagte Mannhardt.
»Micha hat den Zettel in einer Zigarettenschachtel versteckt gehabt, das weiß ich.«
»Ja, stimmt.«
»Weiß außer uns beiden noch einer davon?« fragte sie.
»Die Muthesius.«
»Die hält ganz sicher den Mund.«
»Das ist anzunehmen, ja ...« bestätigte Mannhardt.
»Sind Sie Raucher?« fragte sie.
»Wieso?«

»Sind Sie Raucher, hab ich gefragt«, wiederholte sie.
Da hörten sie Dr. Weber rufen. »Was ist denn noch?«
Mannhardt wandte sich nach hinten. »Noch einige psychologische Probleme. Sie glaubt, daß das 'n fauler Trick von uns ist.«
»Nein – mein Wort!« schrie Dr. Weber.
»Bitte noch etwas Geduld!« rief Mannhardt.
»Der weiß von nichts?« fragte Petra.
»Nein«, antwortete Mannhardt.
»Dann tun Sie jetzt so, als würden Sie eine rauchen wollen. Die erste Packung ist leider leer. Das ist Michaels, die mit dem Zettel. Sie werfen sie in den Teerkocher hier. Da ist sie im Nu verbrannt, Asche. Dann ziehen Sie ihre volle Packung heraus und stecken sich eine an. Oder Sie geben mir auch eine.«
»Kommt nicht in Frage, nein«, sagte Mannhardt.
Petra machte einen Schritt nach vorn. »Gut ...!«
Die Gerüststangen schepperten. Ein Aufschrei der Menge unten.
»Petra!«
Sie kam wieder zurück. »Also ...?«
»Gut ...« Mannhardt blickte sich im Halbdunkel des Rohbaus nach Dr. Weber um. »Sie will unbedingt noch 'ne Zigarette rauchen.«
»Ja, lassen Sie sich Zeit«, rief Dr. Weber zustimmend.
»Den müßt ihr mal zum Fortbildungslehrgang schicken, Zermürbungstaktik üben«, sagte Petra.
Mannhardt musterte sie sekundenlang. »Die Illustrierten machen nächste Woche wieder 'ne rührselige Geschichte draus, dabei bist du so was von eiskalt, so abgebrüht, so ausgekocht wie, wie ...«
»Die Schachtel!«
»Okay!« Er zog die Schachtel mit den Aufgaben heraus, Michaels Schachtel. »Leer ...« Dann wurde er lauter. »Leer, verdammte Scheiße!« Er riß die Tür des Teerkochers auf und warf die Schachtel hinein. Das Papier flammte zischend auf.

»Danke!« sagte Petra.
Mannhardt riß die andere Schachtel auf, klopfte eine Zigarette heraus und zündete sie an. »Hier ...«
»Ich bin also frei?« fragte Petra.
»Ja. Und nun komm endlich runter!«
»Meinen Sie, ich verdau das alles?«
»So wie du gebaut bist!« grollte Mannhardt.
»Versuchen wir's. Also – Sprung zurück ins Leben!« Sie landete bei Mannhardt hinter der Brüstung.
Unten ein erlösender Aufschrei der Menge. Einige der Polizisten und Feuerwehrleute klatschten Mannhardt anerkennenden Beifall.

Verzeichnis der Autoren, Texte und Quellen

RAYMOND CHANDLER

23. 7. 1888 Chicago – 26. 3. 1959 La Jolla (Kalifornien)

Mit der Mutter (geschieden) 1896 nach England, wo er bis 1905 das Dulwich College besucht. Darauf Reisen in Europa; ein halbes Jahr Arbeit beim englischen Marineministerium. Teilnahme am Ersten Weltkrieg zuerst bei den Kanadiern, später bei der Royal Air Force. 1919 Rückkehr in die USA und Karriere im Geschäftsleben (Ölgesellschaften). Während der Depression beginnt er zu schreiben. Die ersten Erzählungen erscheinen 1933 in der Zeitschrift *Black Mask.* Zwischen 1933 und 1939 veröffentlicht Chandler 21 Kurzgeschichten, in denen der Name des Detektivs wechselt – gelegentlich hat dieser gar keinen Namen und nennt sich einfach »ich«. Zwölf dieser Erzählungen sind unter dem Titel *The Simple Art of Murder* (1950) gesammelt; von den andern baut Chandler zwei in den Roman *The Big Sleep* (1939) und je drei in die Romane *Farewell, My Lovely* (1940) und *The Lady in the Lake* (1943) ein. Diese acht Originalerzählungen hat Philip Durham 1964 unter dem Titel *Killer in the Rain* in Buchform herausgegeben. Neben den drei eben genannten Romanen liegen noch folgende vier Krimis von Chandler vor (in allen sieben Romanen ist der Privatdetektiv Philip Marlowe die Zentralfigur): *The High Window* (1942), *The Little Sister* (1949), *The Long Good-Bye* (1953) und *Playback* (1958). Als Chandler etwa um 1943 berühmt wird, geht er nach Hollywood, wo er Drehbücher für Paramount schreibt; die meisten seiner eigenen Romane werden ebenfalls verfilmt.

In Raymond Chandler: *Mord im Regen.* Frühe Stories. Mit einem Vorwort von Philip Durham. Neu übersetzt von Hans Wollschläger. Zürich: Diogenes, 1976. S. 66–112. © Diogenes Verlag AG, Zürich. Mit freundlicher Genehmigung des Diogenes Verlags. – Originaltitel: »The Man Who Liked Dogs«, zuerst erschienen in *Black Mask*, März 1936. 1940 verwendet Chandler große Teile der Kurzgeschichte für seinen Roman *Farewell, My Lovely.* 1964 erschien sie in *Killer in the Rain.*

ARTHUR CONAN DOYLE

22. 5. 1859 Edinburgh – 7. 7. 1930 Crowborough (Sussex)

Vater Kunstmaler. Doyle wird im Jesuitenkollegium von Stonyhurst erzogen. Bevor er das Medizinstudium an der Universität Edinburgh beginnt, verbringt er ein Jahr am Jesuitengymnasium Feldkirch (Österreich). 1880 Schiffsarzt. 1882–90 Arztpraxis in Southsea bei Portsmouth. 1885 Heirat mit Louise Hawkins, die 1906 stirbt. 1887 erstes Auftreten von Sherlock Holmes im Roman *A Study in Scarlet.* Drei weitere Holmes-Romane folgen später: *The Sign of Four* (1890), *The Hound of the Baskervilles* (1902), *The Valley of Fear* (1915). In der Julinummer 1891 der neuen Zeitschrift *Strand* erscheint die erste der Erzählungen um Sherlock Holmes: *A Scandal in Bohemia.* 55 weitere Erzählungen folgen; sie sind gesammelt in den Bänden *The Adventures of Sherlock Holmes* (1892, 12 Erzählungen), *The Memoirs of Sherlock Holmes* (1893, 11 Erzählungen), *The Return of Sherlock Holmes* (1905, 13 Erzählungen), *His Last Bow* (1917, 8 Erzählungen), *The Case-Book of Sherlock Holmes* (1927, 12 Erzählungen). Doyle hält nicht viel von seinen Holmes-Erzählungen, 1893 läßt er Holmes sterben (dieser fällt den Reichenbach-Fall hinunter). Redakteure, Verleger und finanzielle Überlegungen veranlassen die Wiederauferstehung des berühmten Detektivs; es stellt sich nachträglich heraus, daß er den Sturz doch überlebt hat. Doyle nimmt am Burenkrieg teil und publiziert Romane, Erzählungen, Aufsätze und politische Pamphlete. Er ist eine bekannte Persönlichkeit und beteiligt sich eifrig am politischen Leben Englands in den Jahren 1900–20. 1907 Heirat mit Jean Leckie. Nach 1920 ist Doyle hauptsächlich am Spiritualismus interessiert.

In Arthur Conan Doyle: *Sämtliche Sherlock Holmes Romane und Stories.* Bd. 3. Berlin: Ullstein, 1977. S. 126–152. Deutsch von Tanja Terek. © Ullstein GmbH Verlag, Berlin. Mit freundlicher Genehmigung des Ullstein Verlags. – Originaltitel: »The Norwood Builder«. Die Erzählung ist die zweite in dem Band *The Return of Sherlock Holmes* (1905).

R(ICHARD) AUSTIN FREEMAN

1862 London – 1943 ebd. (?)

Sohn eines Schneiders. Studiert Pharmazie und Medizin. Eine Zeitlang Hals-, Nasen-, Ohrenpraxis, dann als Arzt im Dienst des »Colonial Office« in Afrika. 1891 schwere Erkrankung und Rückkehr nach England. Gefängnisarzt, dann bei der Einwanderungsbehörde. 1898 erscheint ein Reisebuch. 1902/1903 veröffentlicht *Cassell's Magazine* die Gaunergeschichten um Romney Pringle, die Freeman zusammen mit Dr. John Pitcairn (1860–1936) verfaßt – unter dem Pseudonym Clifford Ashdown. 1907 Freemans erster Krimi: *The Red Thumb Mark,* in dem auch schon sein Hauptheld, Dr. John Evelyn Thorndyke auftritt. Freeman ist der Erfinder der sogenannten »inverted detective story«: der Leser erlebt das Verbrechen mit und weiß also vor dem Detektiv, wer der Täter ist. Erst dann tritt der Detektiv auf, und der Leser verfolgt gespannt, ob und wie der Detektiv dem Täter auf die Schliche kommt. Die ersten dieser Erzählungen sind in *The Singing Bone* (1912) zu finden. Neben andern Krimis und Erzählungen schrieb Freeman über zwei Dutzend Romane und Kurzgeschichtenbände mit Thorndyke als Zentralfigur.

Originaltitel: »The Blue Sequin«. In R. Austin Freeman: *The Best Dr. Thorndyke Detective Stories.* Selected with an Introduction by E. F. Bleiler. New York: Dover Publications, 1973. S. 135–150. Zuerst erschienen in R. Austin Freeman: *John Thorndyke's Cases* (1909). – Für diesen Band neu übersetzt von Josef Schmidt.

JACQUES FUTRELLE

1875 Pike County (Georgia) – 14./15. 4. 1912 (Untergegangen mit der »Titanic«)

Er versucht sich in mehreren Berufen, u. a. beim Theater, bevor er sich ganz dem Journalismus zuwendet, Redakteur beim *American* wird und sich in der Nähe von Boston niederläßt. Er veröffentlicht Romanzen, Krimis, Western, Gesellschaftsromane und Kurzgeschichten aller Art. Überlebt haben nur die Erzählungen um Professor S. F. X. Van Dusen, genannt »The Thinking Machine«. Dieser erscheint zuerst im Krimi *The Chase of the Golden Plate* (1906), dann in den zwei Kurzgeschichtenbänden *The Thinking Machine* (1907) und *The Thinking Machine on the Case* (1908; in England: *The Professor on the Case*). 18 Van-Dusen-Kurzgeschichten, die bisher nur in Zeitschriften gedruckt worden waren, liegen seit 1973 auch in Buchform vor: Zwei in *Best »Thinking Machine« Detective Stories* (1973), 13 in *Great Cases of the Thinking Machine* (1976) und eine in Hugh Greenes Anthologie *The Crooked Counties* (1973).

Originaltitel: »The Motor Boat«. In *Great Cases of the Thinking Machine.* With an Introduction by E. F. Bleiler. New York: Dover Publications, 1976. S. 28–40. Zuerst in *Sunday Magazine,* 1906. – Für diesen Band neu übersetzt von Josef Schmidt.

FRIEDRICH GLAUSER

4. 2. 1896 Wien – 8. 12. 1938 Nervi (bei Genua)

Sohn einer Österreicherin und eines Schweizers. Volksschule und drei Klassen des Gymnasiums in Wien, darauf drei Jahre Landerziehungsheim Glarisegg in der Schweiz. Nach weiteren drei Jahren am Collège in Genf Maturität in Zürich. Ein Semester Studium der Chemie. Beteiligung am Zürcher Dadaismus (Glausers Name erscheint neben denjenigen Balls, Tzaras u.a. auf Manifesten und in Publikationen). Schwierigkeiten mit dem Vater, der seinen Sohn in eine Pflegeanstalt bringen lassen will. Ein Jahr in der Pflegeanstalt Bel-Air, Münsingen (1919), Flucht. Ein Jahr in Ascona. Dort verhaftet wegen Rauschgift. Drei Monate Heilanstalt Burghölzli, Zürich. 1921–23 Fremdenlegion (Marokko). Kellner in Paris, Bergmann in Belgien, Krankenwärter in Charleroi. Wegen Morphium verhaftet und in die Schweiz überführt. Zur Analyse in Witzwil, dann wieder Münsingen. Gärtner in der Nähe von Basel, später Winterthur. 1932 einige Monate in Paris, dann wieder in der Schweiz in der Pflegeanstalt. Seit 1936 in Freiheit. Seine Hochzeit ist auf den 9. Dezember 1938 festgesetzt; am Tag vorher erliegt er einem Hirnschlag.

Glauser schreibt in den Jahren 1925–37 neben einer Anzahl von Erzählungen und neben einem autobiographischen Roman über die Fremdenlegion (*Gourrama,* 1937) folgende Krimis, in denen – von *Der Tee der drei alten Damen* (1940) abgesehen – der Detektiv-Wachtmeister Studer die Hauptrolle spielt: *Wachtmeister Studer* (1936), *Matto regiert* (1936), *Die Fieberkurve* (1938), *Der Chinese* (1938), *Krock u. Co.* (1941).

In *Matto regiert. Roman. Und 19 Erzählungen.* Werkausgabe. Bd. 4. Zürich: Verlag der Arche, 1973. S. 290–305.

DASHIELL HAMMETT

27. 5. 1894 St. Mary's County (Maryland) – 10. 1. 1961 New York

Jugend in Baltimore. Er verläßt die Schule mit 14 Jahren und verdient sich sein Leben bei der Eisenbahn, als Zeitungsverkäufer, Fabrik- und Hafenarbeiter, schließlich als Pinkerton-Detektiv. Im Ersten Weltkrieg Unteroffizier. Nach 1918 einige Jahre in Militärspitälern (Tuberkulose), bevor er wieder bei Pinkerton eintritt. Seit 1922 erscheinen seine »hartgesottenen« Kurzgeschichten in Zeitschriften, vor allem in *Black Mask.* Zwischen 1929 und 1934 schreibt Hammett seine fünf Romane: *Red Harvest* (1929), *The Dain Curse* (1929), *The Maltese Falcon* (1930), *The Glass Key* (1931), *The Thin Man* (1934). Danach produziert er kaum mehr. Alkoholismus. Im Zweiten Weltkrieg dient er zwei Jahre in Alaska. 1951 fünf Monate im Gefängnis, da er sich weigert, die Namen derjenigen zu nennen, die Beiträge zu einem »Civil Rights«-Fonds geleistet haben. Als Marxist verfolgt, stirbt er an Lungenkrebs.

In Dashiell Hammett: *Ausgewählte Detektivstories.* Herausgegeben und mit einem Vorwort von Lillian Hellman. Zürich: Diogenes, 1976. S. 171–186. Deutsch von Elisabeth Gilbert. © Diogenes Verlag AG, Zürich. Mit freundlicher Genehmigung des Diogenes Verlags. – Zuerst erschienen unter dem Titel »Crooked Souls« in *Black Mask,* 15. Oktober 1923. Später als »The Gatewood Caper« in *Ellery Queen's Mystery Magazine,* Mai 1953, dann in D. Hammett: *A Man Named Thin* (1962), ferner in D. Hammett: *The Big Knockover, Selected Stories and Short Novels.* Edited with an Introduction by Lillian Hellman (1966).

E(RNEST) W(ILLIAM) HORNUNG

7. 6. 1866 Middlesbrough (Yorkshire) – 22. 3. 1921 Partridge Green (Sussex)

Der immer kränkliche Junge besucht die Uppingham School. Mit 18 Jahren fährt er nach Australien in der Hoffnung, das Klima werde seine Gesundheit verbessern. Drei Jahre später ist er wieder in England, heiratet Arthur Conan Doyles Schwester Constance und wird Journalist und Schriftsteller. Im Ersten Weltkrieg ist er in Frankreich und betreut Soldaten als Beauftragter des Y.M.C.A. Sein einziger Sohn fällt im Krieg. Hornung stirbt an den Folgen einer Erkältung.
Seine Romane und Erzählungen spielen zum großen Teil in Australien. 1899 erfindet er den Gentleman-Einbrecher A. J. Raffles, eine Gegenfigur zum Sherlock Holmes seines Schwagers. Raffles erscheint in vier

Büchern von Hornung, in den Kurzgeschichtensammlungen *The Amateur Cracksman* (1899), *The Black Mask* (in USA: *Raffles: Further Adventures of the Amateur Cracksman,* 1901), *A Thief in the Night* (1905) und im Roman *Mr. Justice Raffles* (1909). Ferner veröffentlicht er 1905 einen Band von zehn Erzählungen, *Stingaree,* deren Zentralfigur der australische »Raffles« Tom Erichsen ist. Der Autor Barry Perowne schreibt 1934–40 weitere acht Bücher um die Figur Raffles, denen er 1974 und 1977 noch ein neuntes und zehntes folgen läßt.

Vorsätzlicher Mord 168

Originaltitel: »Wilful Murder«. In E. W. Hornung: *The Amateur Cracksman.* New York: Scribner, 1899. S. 124–148. – Für diesen Band neu übersetzt von Armin Arnold.

–KY

Unter diesem Pseudonym verbirgt sich ein verhältnismäßig junger deutscher Autor, der Krimis, Hörspiele und Kurzgeschichten schreibt. –ky sagt über sich selbst: »Als ich gemerkt habe, daß ich den großen Roman des 20. Jahrhunderts doch nicht schaffen würde, dachte ich, versuch's doch mal mit einem Krimi. Als ich dahinterkam, daß das auch nicht leichter war, war es bereits zu spät.« Ulrich Greiwe hat –ky den »linkesten und frischesten Könner unter Deutschlands Spannungsschreibern« genannt. Die Sozialkritik ist bei –ky keine Mache, sondern er meint es ernst damit und gibt so dem Leser neben der obligaten Spannung Stoff zum Nachdenken. Von –ky liegen folgende Krimis vor (alle in Richard K. Fleschs Serie »rororo-thrillers«): *Einer von uns beiden* (1972), *Von Beileidsbesuchen bitten wir abzusehen* (1972), *Stör die feinen Leute nicht* (1973), *Ein Toter führt Regie* (1974), *Es reicht doch, wenn nur einer stirbt* (1975), *Mitunter mörderisch* (4 Novellen, 1976).

Ausbruch gelungen – und wie viele Tote? 409

In –ky: *Mitunter mörderisch. Kriminalstories.* Reinbek bei Hamburg: Rowohlt, 1976. (rororo-thriller 2385.) S. 7–41. © Rowohlt Taschenbuch Verlag GmbH, Reinbek bei Hamburg. Mit freundlicher Genehmigung des Rowohlt Verlags.

MAURICE LEBLANC

1864 Rouen – 6. 11. 1941 Perpignan

Als Vierjähriger entgeht Leblanc mit knapper Not den Flammen, als das väterliche Haus abbrennt. 1870–71 in Schottland, dann Besuch des

Lycée Corneille in Rouen. Er kennt Gustave Flaubert und Guy de Maupassant, arbeitet eine Zeitlang im Büro einer Fabrik, zieht dann nach Paris um, wo Leblancs Schwester lebt – als Geliebte Maeterlincks. Leblanc studiert Jura, verdient sich aber sein Leben als Journalist und Autor von Romanen, Dramen, Novellen. Der Erfolg kommt 1907 mit Arsène Lupin, den Leblanc zuerst Lopin genannt hatte, auf die Beschwerde eines Pariser Politikers gleichen Namens hin aber hatte umtaufen müssen. Lupin ist das französische Ebenbild von Raffles, ein charmanter Dieb und Schwindler, der Held von etwa dreißig Bänden.

In Maurice Leblanc: *Arsène Lupin, der Gentleman-Gauner.* Aus dem Französischen von Erika Gebühr. Zürich: Diogenes, 1971. S. 65–81. © Diogenes Verlag AG, Zürich. Mit freundlicher Genehmigung des Diogenes Verlags. – Originaltitel: »Le mystérieux voyageur«, das 4. Kapitel in Leblancs erstem Buch um Lupin: *Arsène Lupin, gentleman-cambrioleur* (1907).

ROSS MACDONALD

Geb. 1915 Los Gatos (Kalifornien)

Pseudonym für Kenneth Millar. Die Eltern trennen sich, und Kenneth verbringt seine Jugend bei verschiedenen Verwandten in Kanada. Schließlich kommt er zu seiner Mutter nach Kitchener (Ontario). Studium der Anglistik an der University of Western Ontario, dann Toronto, zuletzt an der University of Michigan, wo er promoviert (1943). Zwischendurch (1936–37) ein Jahr in Europa. Er heiratet 1938 die Mitstudentin Margaret Sturm, die später als Krimiautorin (Margaret Millar) berühmt wird. 1944–46 Dienst bei der amerikanischen Marine im Pazifik. Seither wohnt er mit Margaret in Santa Barbara (Kalifornien). Macdonalds erste vier Krimis (1944–48) erscheinen unter dem Namen Kenneth Millar, der fünfte unter dem Pseudonym John Macdonald. Vom 6. bis 10. Band nennt sich unser Autor John Ross Macdonald, im 11. Ross MacDonald, und vom 12. an Ross Macdonald. Heute werden Neuauflagen auch der ersten 11 Krimis unter dem letzten Namen veröffentlicht. Macdonald gilt als legitimer Erbe Hammetts und Chandlers. Sein Privatdetektiv Lew Archer ist ein Nachkomme Marlowes und tritt in 18 von Macdonalds bisher 24 Bänden auf.

In Ross Macdonald: *Sämtliche Detektivstories.* Aus dem Amerikanischen von Hubert Deymann. Zürich: Diogenes, 1976. S. 177–208.

© Diogenes Verlag AG, Zürich. Mit freundlicher Genehmigung des Diogenes Verlags. – Als »Find the Woman« von Kenneth Millar in *Ellery Queen's Mystery Magazine,* Juni 1946, und in der Anthologie *The Queen's Awards* (1946), darauf in Ross Macdonalds einziger Kurzgeschichtensammlung *The Name is Archer* (1955).

FRANÇOIS GAYOT DE PITAVAL

1673 Lyon – 1743 ebd.

Dieser französische Jurist, von Beruf Rechtsanwalt am Pariser Gerichtshof, gab in den Jahren 1734–43 eine zwanzigbändige Sammlung von Rechtsfällen heraus: *Causes célèbres et intéressantes, avec les jugements qui les ont décidées.* Geschildert werden die Prozesse um Verbrechen, ihre Aufklärung und die Bestrafung der Täter. Diese Sammlung wurde von anderen Autoren erweitert und in viele Sprachen übersetzt. Friedrich Schiller schrieb das Vorwort zu einer vierbändigen deutschen Ausgabe. 1842 erschien in Deutschland der erste Band von *Der neue Pitaval. Eine Sammlung der interessantesten Criminalgeschichten aller Länder aus älterer und neuerer Zeit,* zuerst herausgegeben von J. E. Hitzig und W. Häring (d. i. Willibald Alexis), später von Anton Vollert. 1890 war *Der neue Pitaval* auf 60 Bände angewachsen. Seither sind zahlreiche andere »Pitavals« erschienen.

In *Das rote Gasthaus. Französische Kriminalerzählungen.* Herausgegeben von Herbert Greiner-Mai und Hans-Joachim Kruse. Berlin: Verlag das neue Berlin, 1972. S. 5–33. Dort aus François Gayot de Pitaval: *Die wahrhaften Geschichten des alten Pitaval. Merkwürdige Rechtsfälle als ein Beitrag zur Geschichte der Menschheit.* Nach der 1782/92 von C. W. Franz und insbesondere auf Grund der von Friedrich Schiller 1792/94 herausgegebenen Übersetzung, neu bearbeitet von Helmut Eggert. Erfurt 1951. – Die französische Vorlage erschien im Original-Pitaval im Jahre 1734.

EDGAR ALLAN POE

19. 1. 1809 Boston – 7. 10. 1849 Baltimore

Eltern Schauspieler. Vater stirbt 1809, Mutter 1811. Der Knabe wird vom kinderlosen Ehepaar John und Frances Allan in Richmond (Virginia) aufgenommen und erzogen. 1815–20 mit den Pflegeeltern in England. 1826: Poe verlobt sich heimlich mit Elmira Royster, bevor er im

Herbst das Studium an der University of Virginia aufnimmt. Er trinkt und spielt und macht bis Weihnachten 1826 2500 Dollar Schulden. Auflösung der Verlobung, Flucht nach Boston, Eintritt in die Armee. 1831 endgültiger Bruch mit dem Pflegevater. Aufenthalt bei einer Tante in Baltimore. Poe beginnt zu schreiben und wird 1835 »Assistant Editor« des *Southern Literary Messenger* in Richmond. Im selben Jahr heiratet Poe seine dreizehnjährige Kusine Virginia Clemm. 1837 in New York, dann in Philadelphia. 1840 Redakteur bei *Graham's Magazine,* in welchem im April 1841 die erste Dupin-Erzählung erscheint: *The Murders in the Rue Morgue.* Von 1842 an freier Schriftsteller. 1847 stirbt Poes Frau an Tuberkulose. Auf den 17. Oktober 1849 ist Poes Hochzeit mit der unterdessen verwitweten und wohlhabenden Elmira Royster festgesetzt. Drei Wochen vorher wird Poe völlig betrunken aufgefunden; er muß ins Spital eingeliefert werden, wo er am 7. 10. 1849 stirbt.
Neben *The Murders in the Rue Morgue* sind folgende vier Erzählungen für die Entwicklung der Krimiliteratur wichtig geworden: *The Mystery of Marie Rogêt* (1842), *The Gold Bug* (1843), *Thou Art the Man* (1844) und der hier vorgelegte Text *The Purloined Letter* (1845).

In Edgar Allan Poe: *Die schwarze Katze. Der entwendete Brief.* Englisch und Deutsch. Übersetzt und herausgegeben von Dietrich Klose. Stuttgart: Reclam, 1971 u.ö. (Reclams Universal-Bibliothek Nr. 1703.) S. 29–73.

RICHMOND

1827 erschien in London ein dreibändiger Roman mit dem Titel *Richmond: Scenes in the Life of a Bow Street Runner* by »Richmond«. Wer der Autor war, ist nicht ermittelt worden. 1976 hat E. F. Bleiler den Roman als Reprint mit einer ausführlichen historischen Einleitung über die »Bow Street Runners« und mit zahlreichen Illustrationen zu diesem Thema herausgegeben. Der Roman besteht aus Richmonds Jugendgeschichte (etwa ein Drittel des Umfangs) und fünf längeren Detektiverzählungen, die Bleiler mit Recht »the first collection of detective stories in English« nennt. Im Originalroman sind die fünf Erzählungen nicht voneinander abgesetzt oder betitelt worden. Bleiler hingegen numeriert sie am oberen Seitenrand des Reprints von »Richmond's First Case« bis zu »Richmond's Fifth Case«.

Originaltitel: »Richmond's First Case«. In *Richmond: Scenes in the Life of a Bow Street Runner. Drawn Up From His Private Memoranda.* By »Richmond«. London: Henry Colburn, 1827. Reprint, with an Introduction by E. F. Bleiler. New York: Dover Publications, 1976. S. 89–121. – Erste deutsche Übersetzung für diesen Band von Ingrid Schuster.

T(HOMAS) S(IGISMUND) STRIBLING

4. 3. 1881 Clifton (Tennessee) – 8. 7. 1965 Florence (Alabama)

Jugend in Clifton und in Florence (Alabama). Jurastudium an der University of Alabama. Lehrer, Rechtsanwalt. Vor 1922 Autor von literarisch wertlosen Erzählungen, dann Romane und Kurzgeschichten von Niveau. 1933 Pulitzer-Preis für den Roman *The Store.* Stribling schreibt drei Serien von Kurzgeschichten um Dr. Henry Poggioli, Professor für Psychologie und Kriminalistik an der Ohio State University. Die ersten Erzählungen erscheinen 1925–26 in der Zeitschrift *Adventure* und enden mit Poggiolis Tod. Eine zweite Serie über den wiederauferstandenen Akademiker folgt 1929–30. Der Band *Clues of the Caribbees* (1929) enthält fünf Novellen um Poggioli. Die dritte Serie von Poggioli-Geschichten erscheint in den Jahren 1945–57 in *Ellery Queen's Mystery Magazine* und *The Saint Detective Magazine.* Der Band *The Best Dr. Poggioli Detective Stories* (1975) enthält 15 Erzählungen der dritten Serie.

Unter dem Titel »The Mystery of the Chief of Police« in T. S. Stribling: *The Best Dr. Poggioli Detective Stories.* New York: Dover Publications, 1975. S. 15–29. Früher erschienen in der Anthologie *To the Queen's Taste: The First Supplement To 101 Years Entertainment.* Boston: Little, Brown, 1946. – Für diesen Band neu übersetzt von Armin Arnold mit freundlicher Genehmigung von Mrs. Loŭ Ella Stribling.

Inhalt

Reclams Kriminalromanführer

Herausgegeben von Armin Arnold und Josef Schmidt

Paperback und Leinen. 15 × 21,5 cm. 455 Seiten

Wer sich über den Kriminalroman als literarische Gattung und seine Geschichte, über Autoren, Pseudonyme und Werke, über Detektive, Gauner und Gangster informieren will, dem gibt dieses erste in deutscher Sprache verfaßte Nachschlagewerk hinreichend Auskunft. In einem lexikalischen Teil findet man über 1000 Autoren mit ihren Hauptwerken verzeichnet, wovon mehr als 300 ausführlich und kritisch vorgestellt werden. Das Schwergewicht liegt naturgemäß auf der angelsächsischen und europäischen Produktion, aber die Herausgeber haben es sich zum Ziel gesetzt, alle Länder, in denen Krimis geschrieben werden, dokumentarisch zu erfassen. Eine Liste von »hundert lesenswerten Krimis« soll vor allem dem Anfänger Appetit auf literarische Morde machen; auch ein erläuterndes Verzeichnis der kriminalliterarischen Fachtermini ist für ihn bestimmt. Ausführliche Bibliographie und Register schließen den Band ab.

Armin Arnold und Josef Schmidt, Professoren für Germanistik an der McGill University von Montreal, haben das kaum überschaubare Material neu gesichtet und mit großer Genauigkeit zu einem Handbuch verarbeitet, das jeder ernsthafte Leser von Kriminalromanen mit Gewinn konsultieren wird.